Melissa Foster

Versuchung in Bayside

www.MelissaFoster.com

DIE AUTORIN

Mit mehr als zehn Millionen verkauften Büchern ist Melissa Foster eine preisgekrönte *New-York-Times-*, *Wall-Street-Journal-* und *USA-Today-*Bestsellerautorin. Ihre Bücher werden vom *USA-Today-Bücherblog*, vom *Hagerstown Magazine*, von *The Patriot* und vielen anderen Printmedien empfohlen. Melissas Bücher sind als Taschenbuch, digital oder als Hörbuch bei den meisten Online-Buchhandlungen erhältlich.

Besuchen Sie Melissa auf ihrer Website oder chatten Sie mit ihr auf Social Media. Sie diskutiert gern mit Buchclubs und Lesegruppen über ihre Romane und freut sich über Einladungen. Melissas Bücher sind bei den meisten Online-Buchhändlern als Taschenbuch und E-Book erhältlich.

Melissa Foster

Versuchung in Bayside

Bayside Summers

LOVE IN BLOOM – HERZEN IM AUFBRUCH

Aus dem Amerikanischen von Stefanie Kersten

Die Originalausgabe erschien erstmals 2020 unter dem Titel
»Bayside Fantasies« bei World Literary Press, MD, USA.

Deutsche Erstveröffentlichung
2025 bei World Literary Press, MD, USA
© 2020 der Originalausgabe: Melissa Foster
© 2025 der deutschsprachigen Ausgabe: Melissa Foster
MELISSA FOSTER® und WORLD LITERARY PRESS® sind eingetragene Marken.
Alle Rechte vorbehalten.
Lektorat: Judith Zimmer, Hamburg
Umschlaggestaltung: Elizabeth Mackey Designs
Cover-Foto: Regina Wamba

Vorwort

Ich liebe es, über Figuren zu schreiben, die nicht perfekt sind, und sie auf eine Reise mitzunehmen, die keiner von ihnen erwartet. Tegan Fine und Jett Masters fallen definitiv in diese Kategorie. Ich hoffe, dass Sie mit der heißen, spannenden Achterbahnfahrt der Gefühle der beiden genauso viel Spaß haben, wie ich beim Schreiben hatte. Wenn das hier Ihr erster »Love in Bloom«-Roman ist: Sie können alle Geschichten der Reihe unabhängig voneinander oder als Teil der größeren Familie lesen. Steigen Sie einfach ein und genießen Sie die lustige, sexy Fahrt.

Wenn Sie schon zu den begeisterten Leserinnen meiner Reihe »Love in Bloom – Herzen im Aufbruch« gehören, haben Sie Tegan bereits in »Voller Einsatz für die Liebe« *(Die Bradens in Peaceful Harbor)* kennengelernt, und sie ist Ihnen vielleicht auch in anderen *Braden*-Büchern und in der *Whiskeys*-Reihe über den Weg gelaufen. Jett sind Sie schon in einigen anderen *Bayside Summers*-Geschichten begegnet.

Lust auf weitere prickelnde Liebesromane voller Romantik und sexy Momente? Melden Sie sich für meinen Newsletter an, damit Sie keinen verpassen:
www.MelissaFoster.com/Newsletter_German

Die Reihe »Love in Bloom – Herzen im Aufbruch«

Bayside Summers ist nur eine der vielen Serien aus der weitverzweigten Reihe »Love in Bloom – Herzen im Aufbruch«. Sie werden den Figuren aus jeder Geschichte immer wieder begegnen, sodass Sie keine Verlobung, Hochzeit oder Geburt verpassen. Eine vollständige Liste aller Serientitel sowie eine Vorschau auf den nächsten Band finden Sie am Ende dieses Buches und auf meiner Website:
www.MelissaFoster.com/Herzen-im-Aufbruch

Besuchen Sie auch meine Seite mit »Reader Goodies«! Dort gibt es Serienübersichten, Checklisten, Stammbäume und einiges mehr:
www.MelissaFoster.com/Checklisten_und_Stammbaume

Eins

Tegan starrte mit zusammengekniffenen Augen an den hektisch arbeitenden Scheibenwischern vorbei in den Schleier des prasselnden Regens auf die Straße und hielt auf die Tankstelle zu. Das Lenkrad umklammerte sie dabei so fest, dass ihre Fingerknöchel weiß hervortraten, und sie musste praktisch in Richtung ihres Handys schreien, um das Rattern der Lüftung zu übertönen. »Das ist doch verrückt! Du hättest mich vorwarnen können, dass ich zukünftig die Hälfte des Jahres in der Arktis wohne.« Ihre Stimme wurde eine Oktave höher, als sie ihre Freundin Chloe Mallery nachahmte. »›Du wirst es lieben!‹, hast du gesagt. ›Es geht nichts über Cape Cod im Frühling!‹«

»Zu meiner Verteidigung: Jeder weiß, dass der April die Blumen macht und der Mai den Dank dafür bekommt.«

»Es ist Anfang April und schweinekalt. Ich bin mir ziemlich sicher, dass sich die Blumen gerade einen Weg nach China graben. Da zweifle ich doch ein bisschen an den anderen Versprechen, die du gemacht hast – zum Beispiel, dass im Sommer heiße Junggesellen in Scharen ans Cape kommen.«

»Das stimmt aber«, erwiderte Chloe.

»Sagt die Single-Frau, die auf Dating-Apps zurückgreift,

um Männer kennenzulernen. Was habe ich mir nur dabei gedacht?«

Chloe lachte. »Du hast an deinen Lieblingsonkel gedacht und natürlich an mich, Harper und Daphne. Deine neuen besten Freundinnen.«

Ein Anflug von Traurigkeit überkam sie. Tegan hatte im letzten Sommer ihren Großonkel Harvey Fine verloren, einen exzentrischen Schauspieler im Ruhestand und Besitzer eines kleinen Amphitheaters. Er hatte ihr sein Anwesen, den Theaterbetrieb und genug Geld hinterlassen, dass sie beides nicht übernehmen und trotzdem keinen einzigen Tag in ihrem Leben mehr arbeiten müsste. Doch ihr Onkel war ihr sehr wichtig gewesen, und so hatte sie vor zwei Wochen ihre Heimatstadt Peaceful Harbor in Maryland verlassen und war ans Cape gekommen, um dem Ganzen eine Chance zu geben. Für die nächsten sieben Monate war Brewster in Massachusetts ihr Zuhause. Obwohl Tegan es gewohnt war, Urlaubsreisen allein zu unternehmen, warf der monatelange Aufenthalt sie doch ein wenig aus der Bahn. Wäre doch nur Jock Steele, der in den letzten zehn Jahren der Assistent ihres Onkels gewesen und auch für sie ein guter Freund geworden war, hiergeblieben. Dann hätte sie wenigstens Gesellschaft in dem alten Herren-haus und jemanden, der ihr half, den Betrieb ihres Onkels zu durchblicken. Aber Jock hatte sich aufgemacht, um herauszu-finden, was er nun aus seinem eigenen Leben machen wollte.

Als sie durch eine Pfütze an der Einfahrt der Tankstelle fuhr, spritzte das Wasser bis zu den Fenstern hoch. Sie war überzeugt, dass ihr Onkel gewusst hatte, wie schwierig der temporäre Umzug für sie werden könnte, und dass er vom Himmel aus ein paar Strippen gezogen hatte, um sie mit der Drehbuchautorin Harper Garner zusammenzubringen. Harper wohnte in der Gegend und hatte nicht nur ein gemeinsames Projekt vorgeschlagen, um das Bühnenprogramm des Amphitheaters auszubauen, sondern Tegan auch Chloe und einigen anderen guten Freunden vorgestellt, die sie mit offenen Armen aufgenommen hatten.

»Sieh den Sturm doch einfach als eins deiner Abenteuer«, meinte Chloe unbekümmert.

»Mein Leben ist schon, seit ich denken kann, ein einziges großes Abenteuer.« Tegan arbeitete seit Jahren parallel in drei verschiedenen Jobs, wodurch sie nie wusste, was der Tag für sie bereithielt. Mindestens einmal im Jahr machte sie einen Solo-Urlaub an einem ihr bisher unbekannten, spannenden Ort. Das hier würde jedoch ihr bisher größtes Abenteuer werden, schon allein weil es das war, was ihr am meisten am Herzen lag. Das Haus, das immer so voller Freude gewesen war und sich wie ein zweites Zuhause angefühlt hatte, kam ihr jetzt viel zu leer vor, und das Wetter wirkte wie ein schlechtes Omen.

Sie schaute aus dem Seitenfenster auf den vom Wind aufgepeitschten Regen. Der bedrohliche, düster-graue Himmel verlieh der fast menschenleeren Tankstelle eine unheimliche Atmosphäre. »Keine Sorge, Chloe. Ich haue nicht einfach so ab. Der Sturm ist heftig, aber es kommt mir vor, als wäre ich in eine ganz neue Welt reingeworfen worden – eine, die immer für mich bestimmt war und die ich jetzt erkunden muss.«

Sie ließ die Zapfsäulenreihe aus, an der ein schwarzer SUV stand – oder vielleicht zurückgelassen worden war –, und bog in die nächste ein. »Ich habe nicht mehr alle Tassen im Schrank, dass ich bei dem Wetter rausgegangen bin«, sagte sie mehr zu sich selbst als zu Chloe. Seit anderthalb Wochen sortierte sie den Nachlass ihres Onkels und hatte einfach mal das Haus verlassen müssen, bevor sie einen Koller bekam.

»Wenn ich getankt habe, suche ich mir ein Restaurant fürs Mittagessen und arbeite eine Runde am Plan fürs Amphitheater. Und dann verkrieche ich mich und halte Winterschlaf, bis der Sturm vorbei ist.«

»Denk doch nur mal, wie viel du in der Zeit lesen kannst. Hast du schon mit dem Buchclub-Roman für diesen Monat angefangen? Wenn nicht, eine Vorwarnung: Den solltest du definitiv nicht in der Öffentlichkeit lesen.« Chloe arbeitete in einer Einrichtung für betreutes Wohnen und leitete nebenbei einen Online-Buchclub, dessen Schwerpunkt auf erotischen Liebesromanen lag. Diesen Monat lasen sie ein Buch aus einer von Tegans Lieblingsbuchreihen, *Nice Girls After Dark* der Bestsellerautorin Charlotte Sterling.

Tegan stellte den Motor ab und ihr alter Corolla Berta stotterte und hustete, bevor er schließlich verstummte. Ihr Onkel hatte ihr einen schicken Lincoln hinterlassen, aber wie sein Haus fühlte sich auch das Auto ohne ihn darin falsch an. Außerdem war sie noch nicht bereit, Berta aufzugeben.

»Ich habe das Buch gerade angefangen«, meinte sie zu Chloe. »Und schon auf der dritten Seite gemerkt, dass man das definitiv nicht in Gesellschaft lesen sollte. Huiuiui, geht's da zur Sache!«

»Ich weiß, das ist eins von den guten. Das sollte dich während deines Winterschlafs schön warm halten.«

»Sehr gut. Und jetzt verrat mir, wo ich etwas zu essen bekomme – falls ich das Tanken überlebe.«

»Oh je, das ist zu dieser Jahreszeit ein bisschen schwierig. Außer dem Supermarkt gibt es nur ein paar Läden, die außerhalb der Saison offen sind. Meine Freundin Gabe betreibt das Common Grounds Coffeehouse, das ist das ganze Jahr über geöffnet, aber dafür müsstest du nach Harwich fahren. Dann wäre da noch das Sundial Café zwischen Brewster und Orleans. Wo bist du gerade?«

Auf dem Cape reihten sich mehrere malerische Kleinstädte aneinander. Orleans war nur etwa fünfzehn Minuten von Tegans Anwesen in Brewster entfernt. Zumindest bei gutem Wetter. Heute hatte sie fast eine dreiviertel Stunde für die Fahrt dorthin gebraucht.

»In Orleans, weil nur hier eine Tankstelle offen hat. Am Sundial bin ich auf dem Weg hierher vorbeigekommen, das ist perfekt. Dass hier nichts offen hat, hättest du schon mal erwähnen können.«

»Dann hättest du es dir vielleicht zweimal überlegt, ob du dein perfektes Peaceful Harbor verlässt, und Harper hätte vielleicht in die Röhre geguckt.«

»Ich würde meinen Onkel und Harper nie damit hängen lassen, dass ich nicht mal den Versuch unternehme, die Sache zum Laufen zu bringen.«

Sie schaltete den Lautsprecher ihres Handys aus und hielt es sich ans Ohr, während sie den Blick über ihre Umgebung wandern ließ. »Hier ist kein Mensch unterwegs. Ich sehe einen SUV, aber nirgendwo regt sich was. Endet das jetzt wie in diesem Film, wo das doofe Mädchen falsch abbiegt und in den Händen eines Serienmörders landet?«

»Klar doch«, gab Chloe sarkastisch zurück. »Es ist wahrscheinlicher, dass du vom Wind weggefegt wirst. Ich bleibe dran, damit ich Hilfe rufen kann, falls du wie Mary Poppins durch die Luft fliegst.«

»Okay. Wünsch mir Glück – ich trotze jetzt der Arktis.« Tegan schnappte sich ihre Kreditkarte und zog sich die Kapuze ihres Regenmantels über den Kopf. Sie versuchte, die Autotür zu öffnen, doch der Wind schlug sie prompt wieder zu und hätte dabei fast ihre Finger erwischt, was sie erschrocken aufschreien ließ. »Der verdammte Wind hat meine Tür wieder zugeschmissen!«

»Du bist ein knallhartes Buchclub-Mädchen. Geh da raus und zeig dem Wind, wer der Boss ist!«

»Und wie ich das bin.« Sie drückte die Tür mit der Schulter auf und stemmte sich gegen Wind und Regen, als sie aus dem Auto stieg. Die Tür schlug zu und ihre Kapuze flog ihr vom Kopf. Der Regen prasselte trotz des Dachs über den Zapfsäulen auf sie ein. Sie versuchte, die Kapuze wieder aufzusetzen und dem Wind und dem Regen den Rücken zuzudrehen, doch das Wetter schien aus allen Richtungen gleichzeitig zu kommen und ihre Kapuze wurde immer wieder weggerissen. »Hörst du den Wind heulen?«

»Heul zurück!«, brüllte Chloe.

Tegan legte den Kopf in den Nacken und gab ein Aufheulen von sich, so laut es ihre klappernden Zähne erlaubten. In diesem Moment kam ein Mann aus dem kleinen Supermarkt der Tankstelle.

»Toller Paarungsruf!«, rief er und winkte ihr zu. Dann setzte er ebenfalls zu einem Heulen an und rannte zu einem Pick-up, den sie bisher noch nicht bemerkt hatte, weil er seitlich neben dem Gebäude geparkt war.

Tegan zog den Kopf zwischen die Schultern und drückte sich das Telefon ans Ohr. »Oh mein Gott! Ein wildfremder Kerl mit umwerfendem Lächeln hat mich gehört und zurückgeheult!« Chloe und sie brachen in schallendes Gelächter aus, während der Pick-up davonfuhr. Sie hatte Mühe, ihre Kreditkarte richtig herum zu drehen. »Meine Finger sind taub.« Sie steckte die Karte ins Bezahlterminal an der Zapfsäule und wippte in ihren Gummistiefeln auf den Zehenballen, um sich aufzuwärmen. Ihr Blick fiel auf einen großen, breitschultrigen, dunkelhaarigen Mann, der den Laden verließ. Sein Haar und sein teuer aussehender Mantel waren bereits durchnässt, doch er schlenderte mit ernster Miene und seinem Handy am Ohr durch den strömenden Regen, als hätte er alle Zeit der Welt. Seine Bewegungen strahlten Autorität aus, als könnte er das Wetter ändern, wenn er wollte, befände es aber nicht für nötig.

»Erzähl mir nachher, wie du mit dem Plan fürs Amphitheater vorankommst …«

Chloes Stimme trat in den Hintergrund, als der Mann nur für einen kurzen Moment den Blick über Tegan wandern ließ, bevor er ihn auf den SUV in der nächsten Zapfsäulenreihe richtete. Doch in dieser einen Sekunde stand die Welt still. Sie beobachtete, wie er hinter seinem Auto verschwand.

»Hörst du mir noch zu?« Chloes laute Stimme riss Tegan aus ihrer Träumerei.

»Mhm. Bleib kurz dran.« Sie spähte um die Zapfsäule herum und versuchte, einen letzten Blick auf den Kerl zu erhaschen.

Er stand an der Motorhaube des SUVs und schien noch immer zu telefonieren. Als er den Kopf hob und sie entdeckte, zwinkerte er ihr doch tatsächlich zu. Sie sog scharf Luft ein, konnte sich jedoch nicht rühren. Er hatte die blauesten Augen, die sie je gesehen hatte. Ein freches Grinsen erschien auf seinem attraktiven Gesicht, bevor er in seinen Wagen stieg und davonfuhr.

Tegan stieß den angehaltenen Atemzug aus, und ihr wurde klar, dass sie ihn nicht nur angestarrt, sondern regelrecht angegafft und dabei wie ein Vollpfosten gegrinst hatte. »Meine Herren! Ich nehme alles zurück. Hier gibt es *wirklich* heiße Männer. Zumindest einen oder zwei.«

»Bitte sag mir, dass es nicht Justin Wicked war. Der flirtet mit allem und jeder.«

Ihr gemeinsamer Freund Justin flirtete nicht nur gern, er war auch ein begnadeter Künstler, Miteigentümer eines Steinhandels und Mitglied des Cape-Cod-Chapters des Motorradclubs Dark Knights. Er hielt immer ein schützendes Auge auf seine Freunde, so wie die Dark Knights in Tegans Heimatstadt auf ihre Gemeinschaft.

»Nur fürs Protokoll: Justin sieht wirklich gut aus«, sagte Tegan. »Aber nein, er war es nicht.«

»Ein heißer, nicht identifizierter Kerl? Gefällt mir.«

»Den, der mitgeheult hat, habe ich gar nicht angegafft.« Tegan wischte sich den Regen aus dem Gesicht, den Blick immer noch auf die Straße gerichtet. »Der andere war mehr so der Typ Wein und Kaviar zum Abendessen. Aber man hat ihm angesehen, dass er weiß, wie heiß er ist, und damit fällt er eigentlich direkt in die eine Kategorie.«

»Eine Nacht fantastischer Sex und dann *See you later, Alligator*?«, fragte Chloe.

»Nein.« Vor Kälte zog sie die Schultern hoch. »Er ist die Art von Mann, die sich wahrscheinlich die ganze Zeit im Spiegel bewundert. Ich kann solche Kerle nicht ausstehen. Die sind nur was für Fantasien. Dunkle, versaute Fantasien, in denen er der Mann ist, den ich mir wünsche, und nicht der arrogante Idiot, der er vermutlich ist.« Sie wandte sich wieder der Zapfsäule zu und schaute auf die Anzeige. »Soll das ein Witz sein? Das blöde Ding sagt: *Kartenfehler. Beim Personal melden.*«

»Es ist ein Abenteuer, schon vergessen? Denk positiv. Vielleicht ist der Tankwart ja heiß und Single«, sagte Chloe.

»Es gibt sicher noch andere Lichtblicke im Leben als ein

heißer Kerl«, erwiderte Tegan. Es war lange her, dass sie einen Mann kennengelernt hatte, mit dem sie ausgehen, geschweige denn schlafen wollte.

»*Zwei* heiße Kerle?«

Tegan zog ihren Mantel fester um sich. »Nur wenn sie Eis und Pizza mitbringen.«

»Spaßbremse.«

»Mit mir kann man total viel Spaß haben. Jetzt gerade zum Beispiel. Da stelle ich mich dem Monsun und hole den Tankwart, damit er die blöde Zapfsäule wieder in Gang bringt. Ich ruf dich später noch mal an.«

»Vergiss den Junggesellinnenabschied am Samstagabend nicht. Das Motto lautet: *Je heißer, desto besser.* Also brezel dich ordentlich auf.«

»Kann es kaum erwarten! Und ich habe das perfekte Outfit dafür.«

Nachdem sie aufgelegt hatte, steckte sie das Handy in ihre Tasche, zog ihre nasse Kapuze wieder hoch und hielt sie dieses Mal fest, während sie zum Tankstellengebäude eilte. Drinnen angekommen wischte sie sich das Regenwasser aus dem Gesicht.

Der Mann hinter dem Verkaufstresen schaute von der Zeitschrift auf, die er gerade las. »Furchtbares Wetter, was?«, begrüßte er sie freundlich.

»Schrecklich.« Sie wedelte mit ihrer Kreditkarte. »Die Zapfsäule nimmt meine Karte nicht an.«

»Heute ist Ihr Glückstag. Ihr Benzin wurde schon bezahlt.«

»Wie bitte?« Hatte sie sich verhört?

»Vorhin war ein Mann hier, der mir hundert Dollar gegeben hat, um dem nächsten Kunden den Tank zu füllen. Das Restgeld soll ich behalten. Sie waren gerade an der Zapfsäule, also sind Sie die glückliche Gewinnerin.«

»Wirklich? Er hat etwas an seine Mitmenschen weitergegeben – das ist großartig.« Tegan glaubte an das Konzept des
Weitergebens und versuchte so oft wie möglich, anderen Leuten
einen Gefallen zu tun. Aber sie hatte selbst noch nie erlebt, dass
jemand etwas nur aus gutem Willen an sie weitergab. Das
fühlte sich genauso toll an, wie es selbst zu machen. »Na, das
macht den Tag doch gleich viel besser.«

Sie rannte zurück zu ihrem Auto, überlegte, von welchem
der beiden Männer wohl die großzügige Geste kam, schloss
jedoch den selbstverliebten Adonis sofort aus. Während sie
tankte, nahm sie weder Wind noch Regen und nicht einmal
ihre Eiszapfenfinger wahr. Sie war zu sehr mit der Frage
beschäftigt, wie sie ihren Seelenverwandten wiederfinden
sollte – den Mann, der mit dem Pick-up weggefahren war.

Zwei

Tegan hatte sich direkt in die unbeschwerte Atmosphäre des Sundial Cafés verliebt. An den mintgrünen Wänden hingen signierte Originale von Künstlern aus der Gegend, coole Sonnenuhren aus Holz, Stein und Metall, und Dutzende, mit Tesafilm befestigte Buntstiftzeichnungen. Die dunklen Holzdielen waren ebenso zerschrammt wie die Holztische, von denen keiner zum anderen passte und die gerade alle besetzt waren. Tegan saß auf einem der mit rotem Samt gepolsterten Barhocker am Tresen und brütete über ihren Notizen für das Amphitheater. Ihre Haare waren klatschnass und sie sah wahrscheinlich aus wie ein begossener Pudel, aber das war ihr egal. Das hier war genau das, was sie gebraucht hatte: eine schöne Tasse heiße Schokolade und einen Ort, der sich lebendig anfühlte. Das Handyverbot war ein unerwarteter Bonus. Abgesehen von dem niedlichen Geplapper der sieben-jährigen Joni Remington, die sich mit den Gästen unterhielt, gab es damit keine Ablenkungen – und Joni war eher eine Freude als eine Ablenkung. Alle paar Minuten schaute sie bei ihr vorbei, um zu fragen, woran Tegan gerade arbeitete. Jonis Vater Rowan, ein unheimlich großer Kerl mit zerzausten Haaren und einem Hauch von Hippiecharme, führte das Café.

Er und Joni hatten sich Tegan schon nach wenigen Minuten vorgestellt und ihr ein bisschen was über die Gegend erzählt. Alle im Café unterhielten sich darüber, ob der Sturm vielleicht drehte oder sogar ein Hurrikan daraus wurde. Tegan konnte sich nicht vorstellen, dass das Wetter noch schlimmer werden konnte, als es ohnehin schon war.

»Bitte sehr, Herzblatt.« Rowan stellte den von ihr bestellten Käsetoast vor ihr auf die Theke.

»Danke.« Tegan war aufgefallen, dass Rowan jeden Herzblatt nannte. Er hatte freundliche Augen und ein entspanntes Auftreten, das sie an ihren verstorbenen Onkel erinnerte.

»Von Joni bekommst du Pluspunkte für dein Mittagessen. Sie liebt Käsetoast.«

Tegan nahm einen Bissen und warf einen Blick zu Joni, die am Tisch eines jungen Paars saß und sich mit den beiden unterhielt. Sie trug einen blauen Pullover mit einem puscheligen rosa Bären auf der Vorderseite, einen gelben Rock über blauen Leggings, ein lila Tutu und grau-rosa Stulpen mit rosa Rüschen am unteren Ende. Auf dem Kopf saß eine blaue Strickmütze mit großen Eulenaugen und Klappen, die ihre Ohren bedeckten.

Sie drehte sich wieder zu Rowan. »Joni ist toll. Sie kennt hier wohl alle.«

»Meine Tochter hat ein Händchen für Menschen. Das hat sie von ihrer Mutter.« Er wischte mit einem Lappen über den Tresen. »Du hast ja sicher schon gemerkt, dass die meisten Leute hier außerhalb der Saison ihre Geschäfte nicht für die wenigen Kunden öffnen, die sich bei diesem Wetter rauswagen, aber mir ist es wichtig, dass die Leute eine Anlaufstelle haben.«

»Gehört dir das Café?«

»Ja, aber ich arbeite nur über den Winter bis zum Frühjahr

hier. In den wärmeren Monaten betreibe ich einen Foodtruck. Für Joni ist es gut, unter Menschen zu kommen, wenn die Schule ausfällt, anstatt den ganzen Tag mit ihrem alten Herrn im Haus zu hocken.«

»Klingt für mich nach einem guten Vater. Ich bin froh, dass du geöffnet hast. Der Laden brummt, sieht aus, als lohnt es sich für dich.«

»Wir haben heute ungewöhnlich viel zu tun, das ist nicht typisch für diese Jahreszeit. Normalerweise haben wir die ganze Woche über nur eine Handvoll Gäste. Ich glaube, die Leute bekommen gerade wegen des vielen Regens einen Lagerkoller. Der Winter und die ersten Frühlingswochen können hier ganz schön einsam werden. Ich öffne das Café gerne für alle, die mal woanders sein wollen als zu Hause.« Er ließ seinen Blick über ihre nassen Haare gleiten. »Oder um sich trockenzulegen.«

»Ich weiß das zu schätzen. Bei mir war es viel zu still, um mich zu irgendwas zu motivieren. Arbeitet deine Frau auch hier?«

Er schaute kurz zu Joni hinüber. »Wir haben Jonis Mutter vor ein paar Jahren durch Brustkrebs verloren, aber sie war nicht meine Frau. Sie hatte nichts fürs Heiraten übrig.«

»Oh.« Trauer stieg in ihr auf. »Euer Verlust tut mir sehr leid.«

»Mir auch. Carlo – Carlotta – war die Liebe meines Lebens und ein wahnsinnig toller Mensch. Joni und ich tun unser Bestes, um ihr Andenken lebendig zu halten. Und Joni hat Carlos Vorliebe für ausgefallene Klamotten geerbt.«

»Mir gefällt ihr Outfit.« Tegan biss erneut von ihrem Käsetoast ab. »Tutus sind der Hammer.«

Rowan lachte leise.

»Hey, Row?« Am anderen Ende der Theke winkte ihm ein

Mann zu.

»Ich lasse dich mal weiterarbeiten.« Sein Blick huschte über die Notizbücher und Klebezettel, die auf dem Tresen verteilt lagen, bevor er zu dem anderen Gast ging und sich nach seinen Wünschen erkundigte.

Tegan knabberte an ihrem Toast, während sie ihre Aufzeichnungen noch einmal durchging. Das Amphitheater ihres Onkels stand den ganzen Sommer über Kindertheatergruppen aus der Umgebung für Auftritte zur Verfügung. Tegan hatte nicht geahnt, dass es bei ihrem Erbe so viele Rädchen gab, die es am Laufen hielten. Sie war davon ausgegangen, dass Theatergruppen anriefen, um Termine im Amphitheater zu vereinbaren, und dass sie diese nur im Kalender eintragen musste. Doch das war nur ein kleiner Teil dessen, was für die Durchführung nötig war. Glücklicherweise wurden die Kinderaufführungen ein Jahr im Voraus gebucht und der Terminplan für den kommenden Sommer stand bereits fest, sodass sie sich in diesem Bereich des Betriebs hauptsächlich in die Verwaltungsarbeit einarbeiten musste. Aber sie und Harper wollten auch etwas Neues veranstalten: Episodentheater für Erwachsene. Sie wollten das Programm im Spätsommer erst mal vorsichtig in Form einer dreiteiligen Serie antesten, die im August an drei Abenden pro Woche lief. Harper schrieb die Stücke und kümmerte sich um die Produktion, Tegan war für das Marketing, die Website und alles Administrative zuständig.

Die Glocke über der Tür läutete und Jonis fröhliche Stimme ertönte: »Wir haben hier Handyverbot, Erdnussbutterkugel.«

Tegan grinste. Joni gab allen alberne Spitznamen und erfand noch albernere Geschichten. Sie hatte Tegan schon *Tinker Bell, Bananensplit* und *Brownie-Krümel* genannt, und als Tegan ihr ein Kompliment für ihre Rüschenstulpen machte, erklärte Joni ihr, dass sie ein Geschenk von einem Gorilla im Park waren.

Tegan warf einen Blick über die Schulter und schaute geradewegs in die stechend blauen Augen des Trenchcoat-tragenden Zwinkerkerls von der Tankstelle. Er fuhr sich mit einer Hand durch die nassen Haare und strich sie sich wie ein *Dolce & Gabbana*-Model nach hinten. Das machte seine kantige Kieferpartie und die markante Nase noch attraktiver. Das arrogante Lächeln von vorhin zeigte sich wieder und trotz der Alarmglocken, die in ihrem Kopf losschrillten, breitete sich Wärme in Tegans Brust aus.

Joni hatte einen ausgesprochen guten Geschmack.

Der Kerl war definitiv so verlockend wie Erdnussbutterkugeln. Die extragroße Variante, die man mit zwei Händen festhalten musste, wenn man sie sich in den Mund steckte.

Der Mann tätschelte Joni den Kopf und hielt den Blick fest auf Tegan gerichtet, während er auf den Tresen zukam, das Handy immer noch ans Ohr gedrückt.

Sein durchdringender Blick verstärkte die Hitze, die in ihr aufloderte. Sie wandte sich wieder ihrer Arbeit zu und stopfte sich ein Stück Käsetoast in den Mund. Sie gehörte nicht zu den Frauen, die auf Arschlöcher standen. Der Mann mit dem Pick-up war eher ihr Typ, fröhlich und extrovertiert.

Der Zwinkerkerl stellte sich neben sie, und sie zwang sich, nicht zu ihm hinüberzuschauen, obwohl ihr der herrliche Duft eines teuren Rasierwassers und rauer Natur in die Nase stieg.

»Der Junge kann fünf Millionen in das Spiel stecken. Wir haben das Zehnfache.« In seiner Stimme schwang ein wenig Frustration mit. »Wir bekommen den Deal. Der Kleine wird gerade ein bisschen größenwahnsinnig. Das Team soll mit einer gründlichen Überprüfung loslegen. Du weißt, was zu tun ist. Und klär das endlich mit dieser verdammten Zeitschrift. Ich will nichts mehr davon hören.«

Rowan kam mit genervter Miene herüber und blieb vor dem Mann stehen. »Tut mir leid, Sir, aber bei uns sind Handytelefonate verboten.«

Jetzt konnte Tegan sich doch einen kurzen Blick nicht verkneifen, weil sie wissen wollte, wie der Kerl reagierte.

Der Mann rieb sich die Stirn. Er bedeutete Rowan mit erhobenem Zeigefinger, einen Moment zu warten. »Verschieb das Meeting auf nächste Woche, wenn ich wieder im Büro bin.« Er gab einen halb spöttischen, halb lachenden Laut von sich. »Nie im Leben.«

Rowan schaute Tegan mit hochgezogener Augenbraue an, als wollte er sagen: *Hör sich einer diesen Typen an.*

Joni kletterte auf den Barhocker neben ihr. Ihre hellbraunen Ponyfransen lugten unter ihrer Mütze hervor und rahmten ihr hübsches, schmales Gesicht ein. »Keine Handys, ich hab's dem Frech-Specht gesagt.«

Rowan nickte zustimmend. »Gut gemacht, Jojo.«

»Ich muss dann mal, Ti«, sagte der Mann. Er beendete das Gespräch und legte sein Telefon auf den Tresen, bevor er sich Rowan zuwandte und beschwichtigend die Hände hob. »Tut mir leid, Mann. Du weißt, wie das ist. Die Arbeit hört nie auf. Machst du mir eine Tasse dunkle Röstung?« Er schlüpfte aus seinem Mantel und drehte sich dabei, um sich suchend umzuschauen, wodurch eine ganze Menge Wassertropfen auf Tegans Notizen landeten. »Wo kann ich den aufhängen?«

»Hey!« Tegan griff nach einer Serviette und tupfte hektisch ihre Unterlagen trocken.

»Verdammt. Tut mir leid.« Er schnappte sich ebenfalls eine

Handvoll Servietten aus einem Spender auf dem Tresen und wischte über ihre Haftnotizen, riss sie damit jedoch von der Theke ab und verschmierte die Tinte.

Sie packte seine Hand und hielt sie fest. »Aufhören. Ich mach das schon.«

Erneut hob er beschwichtigend die Hände. »Tut mir leid, aber vielleicht solltest du das da lieber in einem Büro weitermachen.«

»Bist du die Tresenpolizei oder was?«

Jett verkniff sich einen Fluch und fragte sich unwillkürlich, ob der Tag eigentlich noch beschissener werden könnte. Nach verspäteten Flügen und der Mitteilung, dass einer der Eigentümer von Carlisle Enterprises mit harten Bandagen kämpfte, war er kurz vorm Austicken. Dass er nun vor der Frau, deren lebhafte Art und sonniges Lächeln sich schon im ersten Moment in sein Gedächtnis eingebrannt hatte, wie ein Volltrottel dastand, setzte dem Ganzen die Krone auf.

Der Mann hinter der Theke stellte eine Tasse Kaffee vor ihm ab und legte eine Speisekarte daneben. Sein wachsamer Blick wanderte zwischen dem entzückenden kleinen Mädchen und der temperamentvollen Blondine hin und her, die krampfhaft versuchte, ihre Notizzettel wieder zu ordnen. Waren die beiden seine Frau und Tochter?

Ganz toll. Jetzt kam er nicht nur arrogant rüber, sondern checkte auch noch die Frau des Barkeepers ab – hier und an der Tankstelle. Wenn das mal nicht nach *Arschloch* schrie, was dann?

»Tut mir wirklich leid«, wiederholte Jett. »Ich bin den ganzen Tag lang in dem Unwetter unterwegs gewesen, stehe kurz vor dem Abschluss eines großen Geschäfts, bei dem es auf einmal Probleme gibt, und habe meine Laune an den Falschen ausgelassen.« Er schaute das kleine Mädchen mit der Eulen-mütze an. »Entschuldigung, Prinzessin. Ich hätte sofort auflegen sollen, als du mich darauf hingewiesen hast.« Er wandte sich an den Mann hinterm Tresen. »Ich wollte eure Regeln nicht missachten. Normalerweise bin ich kein Arsch. Na ja, jedenfalls nicht so ein Arsch.«

»Schon okay, Mann. Ich bin Rowan.« Er reichte Jett die Hand, die dieser schüttelte.

»Jett«, erwiderte er. »Freut mich, dich kennenzulernen.«

Rowan deutete mit dem Kopf in Richtung des kleinen Mädchens. »Joni ist meine Tochter. Sie ist hier der Käpt'n an Bord. Also hör lieber auf sie.«

»Das werde ich ab sofort, versprochen.«

»Zuhören ist wichtig!«, rief Joni. »Es zeigt, dass andere Leute einem nicht egal sind.« Sie hüpfte von ihrem Hocker und zeigte auf eine Reihe Haken an der Wand. »Dein Mantel kommt da hin, Inspector Gadget.«

Jett lachte leise und wollte sich bei ihr bedanken, doch sie war schon wieder unterwegs, um sich mit einer älteren Frau an einen Tisch zu setzen. Er hängte seinen Mantel auf, ging zurück zum Tresen und musterte die blonde Frau erneut bewundernd. Rowan war ein Glückspilz. Sie war eine echte Schönheit mit ihren hohen Wangenknochen, der schmalen, geraden Nase, dem wahnsinnig sinnlichen Mund und ihrem schlanken, anmutigen Hals. Sie trug einen grauen Oversize-Pullover und Jeans, die in kniehohen waldgrünen Gummistie-feln steckten. Ihre Haare waren feucht und wirkten deswegen gerade dunkelbraun, doch ihm waren an der Tankstelle die blonden Strähnen aufgefallen, die ihr lächelndes Gesicht umspielten.

»Das mit den Notizen tut mir leid«, sagte er, als er sich neben sie setzte, und bemerkte, dass sie den Tresenbereich vor seinem Hocker abgeräumt hatte. »Und der Kommentar mit dem Büro auch. Heute ist einer dieser Tage ...«

»Das war meine eigene Schuld. Ich hätte mich nicht so sehr ausbreiten sollen.« Sie griff nach dem Rest ihres Käsetoasts.

»Ich hätte besser aufpassen müssen und taktvoller reagieren sollen. Ich bin wirklich kein Arsch.«

Sie musterte ihn abschätzend aus ihren großen blauen Augen, während sie das letzte Stück ihres Toasts aß. Jett war es gewohnt, dass Frauen ihn eingehend unter die Lupe nahmen, aber diese Frau wirkte kein bisschen interessiert. Und warum sollte sie auch, wenn sie mit dem Hippie-Kerl hinterm Tresen verheiratet war?

»Im Zweifel für den Angeklagten«, meinte sie schließlich. »Ich kann mir denken, was dein Problem ist. Du musst dich ein bisschen locker machen.« Sie griff nach seiner Krawatte und zog daran, bis sie sich löste. »Und das hier muss definitiv weg.« Sie schob ihm das Jackett über die Schultern und zerrte es an seinen Armen nach unten.

Er zog es aus und legte es neben sich auf den Tresen, amüsiert über die draufgängerische Schönheit. Er schaute zu Rowan, um diesem zu signalisieren, dass er es nicht darauf anlegte, mit seiner Frau zu flirten. »Bist du immer so direkt?«

»Meistens, ja. Normalerweise weiß ich innerhalb von ein paar Minuten, ob jemand vertrauenswürdig ist, aber ich kann es nicht leiden, dabei um irgendwas herumreden zu müssen. Du bist so zugeknöpft, dass ich nicht richtig einschätzen kann, ob deine Klamotten nur Fassade sind, oder ob du wirklich so bist. Du solltest die Krawatte abnehmen und den obersten Hemdknopf aufmachen, bevor dich der Kragen erstickt. Dann bist du wahrscheinlich gleich weniger gestresst.«

»Meine Kleidung macht mir keinen Stress. Und ich bin wirklich ein Armani-Typ, ganz sicher.«

Sie schürzte die Lippen. »Möglich. Aber bist du Armani durch und durch? Oder eher nur Armani, wenn es nützlich für dich ist, und den Rest der Zeit etwas anderes?«

Er entdeckte Rowan aus dem Augenwinkel. »Analysierst du deinen Ehemann auch so?«

»Ich habe keinen Ehemann, aber wenn ich einen hätte und er sich benehmen würde, als hätte er einen Stock im Hintern, dann definitiv.«

Sie hatte Feuer. Das gefiel ihm. »Ich kann dir versichern, dass ich keinen Stock im Hintern habe. Nur im Moment zu viel zu tun.« *Zum Beispiel herausfinden, ob du Rowans Freundin bist.*

Sie neigte den Kopf zur Seite und in ihren Augen blitzte ein Hauch Verführung auf. »Wie schade. Ein Mann, der sich so anzieht, sollte doch eigentlich alles unter Kontrolle haben. Also ist es wohl doch eher Fassade?«

Sie war gut. Er fragte sich, ob sie ihrem Temperament im Schlafzimmer wohl freien Lauf ließ, oder ob sie eine der Frauen war, die einen Mann nur gerne aufstachelten.

Warum zum Teufel dachte er überhaupt daran, wenn sie wahrscheinlich Rowans Freundin war?

Er nahm einen Schluck von seinem Kaffee, um sich von der Lust abzulenken, die in ihm schwelte. »Ich habe nie gesagt, dass ich das Ganze nicht unter Kontrolle habe. Für mich steht nur viel auf dem Spiel.«

Sie verdrehte die Augen, wandte sich wieder ihren Notizen zu. »Geht uns das nicht allen so?«

»Was ist das eigentlich, was ich hier fast ruiniert hätte? Planst du, die Weltherrschaft zu ergreifen? Rache an einem Ex? Die Neudefinition vom Sinn des Lebens?«

»So was in der Art.« Sie sortierte ein paar der Zettel um. »Ich erstelle einen Schlachtplan für ein Unternehmen, das ich geerbt habe.«

»Ein Schlachtplan, ist das so etwas wie ein Businessplan?« Er ließ den Blick über die Notizbücher und Post-its schweifen, auf denen kurze Stichpunkte standen. *Treffen der örtlichen Theatergruppe? Mehr Mundpropaganda? Steuern? Zeitpläne?*

»Ja, genau.«

Rowan schlenderte zu ihnen herüber und musterte sie neugierig. »Alles in Ordnung bei euch?«

»Ja«, antwortete sie. »Der Toast war sehr lecker, danke.«

»Jederzeit, Herzblatt.« Rowan nahm ihren leeren Teller mit, als er wieder ging.

Herzblatt? *Partnerin*, schlussfolgerte Jett. »Hast du schon mal ein Unternehmen geleitet?«, fragte er.

Sie warf ihm einen scharfen Blick zu und richtete sich kerzengerade auf. »Zu deiner Information: Ich führe sogar *zwei* Unternehmen und bin ziemlich gut darin.«

»Das glaube ich sofort.« Nichts war heißer als Selbstvertrauen, außer vielleicht die Kombination aus Selbstvertrauen und Sarkasmus, und von beidem besaß sie eine Menge. »Du kommst mir vor wie eine Frau, die sich mit vollem Einsatz nimmt, was sie will, sobald sie einen Entschluss gefasst hat.«

»Das siehst du richtig.« Erneut flammte Hitze in ihren Augen auf und es fühlte sich wie eine Herausforderung an.

Eine sehr verlockende Herausforderung – allerdings spielte

sie womöglich auch nur Spielchen mit ihm, um Aufmerksamkeit von ihrem Mann zu bekommen. Solche Frauen konnte er nicht ausstehen. Doch er wollte nicht gleich das Schlimmste von ihr denken und biss an. »Von welcher Art Unternehmen sprechen wir denn?«

»Ich mache Fotobearbeitung und fertige Kinderkostüme. Außerdem bin ich die Frau mit den flinken Fingern für ein Bekleidungsgeschäft in Maryland, was ich auf Eis gelegt habe, solange ich hier bin, aber im Herbst fange ich wieder damit an.«

Er hatte keine Ahnung, was man als »Frau mit flinken Fingern« so machte, doch das hielt seinen Verstand nicht davon ab, anzügliche Kommentare zu formulieren. Die verkniff er sich jedoch und konzentrierte sich auf den Rest ihrer Antwort. Wenn sie nur vorübergehend hier war, war sie vielleicht doch nicht Rowans Freundin. »Was ist mit der Fotobearbeitung und den Kostümen? Machst du damit weiter, während du hier bist, oder ist das auch auf Eis gelegt?«

»Das geht beides von überall aus, also arbeite ich daran, während ich mich in den neuen Betrieb einarbeite.«

»Du bist ziemlich umtriebig.«

»Ich langweile mich nicht gerne bei der Arbeit.« Sie senkte verführerisch die Stimme. »Oder sonstwo.«

»Das ist noch etwas, das wir gemeinsam haben.«

»Noch etwas?«

Am liebsten hätte er gesagt, dass sie ja beide merkten, was sich da zwischen ihnen anbahnte, hielt sich aber zurück, nur für den Fall, dass sie doch Rowans bessere Hälfte war. »Wir sind beide Geschäftsinhaber.«

Sie schürzte die Lippen. »In welcher Branche bist du unterwegs?«

»Ich vermehre gern Geld.« Er warf einen Blick auf ihre Notizen. »Doch wenn das hier deine Vorstellung von einem Businessplan ist, hast du größere Probleme als ein bisschen verschmierte Tinte.«

»Dann habe ich mich wohl geirrt.« Sie verengte die Augen zu Schlitzen. »Es war nicht das zugeknöpfte Hemd oder die Krawatte, die dem freundlichen Teil deines Hirns den Sauerstoff entzogen haben. Du bist einfach nicht besonders taktvoll, oder?«

»Die Frau, die mir gerade quasi an die Wäsche gegangen ist, hat ein Problem mit Direktheit?« Er grinste.

»Ich ... Nein.«

»Gut.« Er lehnte sich näher zu ihr. »Dann raus mit der Sprache: Du und Rowan, seid ihr ein Paar, oder bist du Single?«

Sie zog die Augenbrauen hoch. »Ich und Rowan? Ich kenne ihn und Joni erst seit heute.«

»Für mich hat es ausgesehen, als würde er dich beschützen. Deswegen habe ich angenommen, dass ihr zusammen seid.«

Eigentlich wusste er es besser, als vorschnelle Annahmen zu treffen. Er war ein kluger Geschäftemacher, der ein Imperium aufgebaut hatte, indem er Multimillionen-Dollar-Unternehmen übernahm und naiven Geschäftsinhabern beibrachte, wie sie ihre kühnsten Träume noch übertreffen konnten. Verhandlungen mit den härtesten Konkurrenten waren für ihn ein Kinderspiel, und doch hatte diese zierliche, scharfsinnige blonde Schönheit es geschafft, ihn aus dem Konzept zu bringen?

Das war wirklich mal was erfrischend Neues.

Sie sammelte ihre Sachen zu einem unordentlichen Stapel zusammen. »Ich glaube, Rowan ist einfach ein netter Kerl, der es nicht mag, wenn Leute in sein Café kommen, seine Tochter ignorieren und sich aufführen, als hätten sie hier das Sagen.«

»Autsch. Den ersten Eindruck habe ich auf ganzer Linie vermasselt.«

»Den zweiten Eindruck«, korrigierte sie ihn beiläufig, während sie die Notizbücher und den Stapel von Haftnotizen in eine Umhängetasche stopfte.

Zweiter Treffer. Sie hatte recht.

Aber er wollte nicht, dass das Gespräch schon zu Ende ging. In der Hoffnung, noch ein wenig mehr Zeit mit ihr zu verbringen, sagte er: »Lass es mich wiedergutmachen. Ich könnte dir bei deinem Businessplan helfen, wenn du möchtest.«

Sie musterte ihn prüfend von oben bis unten, rutschte jedoch bereits von ihrem Barhocker und fischte ein paar Geldscheine aus ihrer Tasche. »Ich bin mir ziemlich sicher, dass ich das alleine schaffe. Aber danke für das Angebot.« Sie legte das Geld auf den Tresen und ging zielstrebig zur Garderobe. Ihr Hüftschwung war wirklich sexy. Sie schnappte sich ihren leuchtend gelb-weißen Regenmantel und zog ihn an.

Joni flitzte quer durchs Café zu ihr. »Wo willst du denn hin, Jelly Bean?«

»Nach Hause, Eulchen.«

Joni schlang die Arme um die Beine der blonden Frau, und in diesem Moment ging Jett auf, dass er dermaßen von ihr eingenommen gewesen war, dass er glatt vergessen hatte, sie nach ihrem Namen zu fragen. Sie drückte Joni kurz an sich und ging dann mit einem breiten Lächeln vor dem Mädchen in die Hocke. »Vielleicht sehen wir uns hier irgendwann wieder.«

»Hoffentlich! Bringst du die Bilder von den Prinzessinnen mit, von denen du mir erzählt hast? Und kannst du mir ein

Kostüm machen? Ich mag Meerjungfrauen, aber ich möchte gern Flügel haben, wie ein Vogel, und ein Fell, wie ein Löwe.«

»Das klingt fantastisch. Ich kann versuchen, dir so eins zu machen, das wird allerdings ein bisschen dauern.«

»Macht nichts!« Joni schlang die Arme schwungvoll um den Hals der Blondine. »Lass dich nicht vom Hurrikan erwischen.«

»Der Hurrikan kann mir gar nichts.« Die Frau machte eine wegwerfende Handbewegung und richtete sich wieder auf. »Kann ja nicht mehr viel schlimmer werden, als es heute sowieso schon ist. Bis bald, Waschbär.«

»Bis dann, Affenpopo!« Joni rannte hinter den Tresen zu ihrem Vater, der sie hochhob und ihr einen Kuss auf die Wange gab.

Die Kleine war verdammt süß, aber die Frau, die in voller Regenmontur und mit aufgesetzter Kapuze auf ihn zukam, war noch süßer und unglaublich sexy. Er stand auf, als sie nach ihrer Tasche griff. Er war es gewohnt, sich voll und ganz auf seine Deals und Verhandlungen zu konzentrieren. Wann eine Frau das letzte Mal seine Aufmerksamkeit über einen geschäftlichen Kontakt oder eine schnelle Nummer hinaus so gefesselt hatte, daran konnte er sich nicht erinnern. Die meisten Frauen flirteten mit ihm, als gäbe es kein Morgen, und hätten sich vermutlich für ihre durchnässte Erscheinung entschuldigt – als wäre sein potenzielles Interesse an ihnen anders, wenn draußen die Sonne schien. Doch diese temperamentvolle Frau hatte nicht mit den Wimpern geklimpert, gekichert oder sich für irgendetwas entschuldigt, geschweige denn für ihr attraktives, wenn auch ziemlich regengeplagtes Äußeres, und das gefiel ihm sehr.

»Soll ich dir dein Auto vom Parkplatz holen, damit du

nicht gleich wieder nass wirst?«, bot er ihr an.

»Ich bin nicht aus Zucker.« Sie nahm ihre Umhängetasche vom Tresen, doch sie rutschte ihr aus der Hand und ihr Inhalt verteilte sich vor ihm auf dem Boden.

Sie bückte sich ächzend, um alles wieder zu verstauen, und er beugte sich ebenfalls nach unten, sammelte einige der Post-its ein und half ihr, sie in ihre Tasche zu stecken.

»Vielen Dank. Ich bin so ein Tollpatsch«, sagte sie entnervt.

»Passiert doch jedem mal.«

Ihr Blick wurde weicher. »Was hast du noch mal gesagt, wie du heißt?«

»Armani, wenn es mir nützt«, antwortete er grinsend, als sie sich wieder aufrichteten. »Und du?«

»Miss Fine«, erwiderte sie mit einem flirtenden Unterton in der Stimme. Dann machte sie auf dem Absatz kehrt und ging zur Tür.

»Du bist aber mehr als fein!«, rief er ihr lachend hinterher.

Sie schaute noch einmal über ihre Schulter, und als der Blick ihrer hübschen blauen Augen seinem begegnete, knisterte es gewaltig zwischen ihnen. Sie zwinkerte ihm zu und im nächsten Atemzug war sie zur Tür hinaus und stemmte sich gegen Wind und Regen, kämpfte, um ihre Kapuze aufzubehalten, während sie zum Parkplatz eilte. Er hätte ihr folgen können, aber er war nur für zwei Nächte in der Stadt und musste sich um die Probleme mit dem Carlisle-Projekt kümmern. Das Letzte, was er gebrauchen konnte, war eine Ablenkung. Außerdem entsprachen seiner Erfahrung nach viele Frauen nicht dem Eindruck, den sie nach außen hin machten.

Aber es war nicht zu leugnen, dass *Miss Fine* ein verlockender kleiner Vogel mit dem Schneid eines Adlers und der femininen Ausstrahlung einer Taube war.

Ach du Scheiße! Vögel? Er war wirklich kurz vorm Durch-drehen.

Er setzte sich wieder auf seinen Barhocker und starrte in seine Kaffeetasse. War da irgendein Hippie-Kram drin, der ihm die Männlichkeit geraubt und durch gefühlsduseligen Unsinn ersetzt hatte?

Drei

Jett war in Gedanken noch immer bei der Blondine, als er vor dem Bürogebäude des Bayside Resorts in Wellfleet parkte, der Ferienanlage direkt am Strand, die seinem kleinen Bruder Dean zusammen mit dessen Freunden Rick und Drake Savage gehörte. Sie waren alle zusammen weiter südlich am Cape in Hyannis aufgewachsen, gemeinsam mit Jetts und Deans älterem Bruder Doug, der als Arzt in Übersee arbeitete, und Ricks und Drakes Schwester Mira, die inzwischen verheiratet war, zwei Kinder hatte und vor Kurzem mit ihrer Familie näher an die Schule ihres Sohnes gezogen war. Die meisten von Jetts Kindheitsfreunden lebten immer noch am Cape, aber er hatte schon am Tag seines Auszugs zum College gewusst, dass er nie wieder dauerhaft hierher zurückkommen würde.

Er stellte den Motor ab und blickte hinaus in den strömenden Regen. Jetzt im Winter glich das Cape eher einem Skelett, dem das Grün des Frühlings schließlich wieder Leben einhauchen würde. Doch anstatt den tristen Himmel und die Trostlosigkeit der vom Wetter gebeutelten Landschaft zu sehen, stiegen Bilder einer temperamentvollen Blondine vor seinem inneren Auge auf, die ihm das Jackett abstreifte und seine Krawatte mit einem seltsam sinnlichen Ausdruck in den

Augen lockerte. Er ließ sich auf den Fahrersitz zurücksinken und hatte es überhaupt nicht eilig, diese Gedanken zu verdrängen. Darum brauchte er sich keine Sorgen zu machen, denn weitere Bilder kamen hinzu. Wie ein Film, der rückwärts ablief, sah er ihre Haare, die ihr der Wind ins Gesicht peitschte, als sie an der Tankstelle mit ihrer Kapuze kämpfte, während sie um die Zapfsäule herumlinste und ihn anlächelte, als wäre er das Beste, was ihr seit Langem über den Weg gelaufen war.

Und er würde sie verdammt noch mal nie wiedersehen, was wahrscheinlich auch gut so war, aber warum zum Teufel löste das ein dumpfes Ziehen in seiner Magengegend aus?

Er nahm die Geschenktüte für die Tochter seiner Freundin Daphne vom Beifahrersitz und versteckte sie unter seinem Mantel, bevor er aus dem SUV stieg und die Verandastufen zur Eingangstür hinaufging. Er fuhr sich mit einer Hand durch die Haare und trat rasch ins Haus, damit die Kälte nicht ins gemütlich warme Innere drang. Als er gerade die Tür schloss, wackelte die zweieinhalbjährige Hadley auf ihn zu. Das Mädchen hielt einen Plüschvogel in einem Nest in den Händen und ihre feinen braunen Haare wurden von einer rosa Haarspange zusammengehalten, die zu ihrem gleichfarbigen Kapuzenpulli passte, auf dessen Vorderseite in weißen Buchstaben »Mamas kleiner Wildfang« stand.

Sie starrte stoisch zu Jett hoch und hielt ihm das Nest entgegen. Mit ihren kleinen Pausbäckchen sah das einfach nur süß aus. »Mein Vogel.«

Jett hatte noch nie ein so ernsthaftes Kind erlebt. Er hörte Daphne, die kurvige Blondine, die in der Verwaltung des Resorts arbeitete, mit jemandem im Lagerraum sprechen. Sie und Hadley wohnten in der Wohnung über den Büroräumen. Dean hatte Jett von Hadleys neuem Lieblingsspielzeug erzählt, und er war nicht mit leeren Händen gekommen. Er ging vor der Kleinen in die Hocke. »Hallo, meine Hübsche. Wie heißt denn deine Vogeldame?«

»Vogel«, antwortete sie mit zusammengezogenen Augenbrauen.

»Meinst du, sie hätte gern ein paar Freunde?«

Hadley nickte und beobachtete aufmerksam, wie er die Geschenktüte unter seinem Mantel hervorholte. »Das ist für dich.«

»Vogel halten.« Sie streckte ihm das Nest nachdrücklich entgegen.

Er tauschte es grinsend mit ihr gegen die Geschenktüte. Sie ließ sich auf den Hintern plumpsen, griff mit ihren kleinen Händen in die Tüte und holte ein Vogelhäuschen aus Stoff und vier Plüschvögel heraus. Selbst wenn sie spielte, runzelte sie die Stirn und schürzte kritisch die Lippen, wie eine Erwachsene.

Daphne streckte den Kopf aus dem Lagerraum und machte große Augen. »Jett«, sagte sie leise. Sie fasste sich an die Spitzen ihrer langen blonden Haare und ihr Blick huschte zu ihrer Tochter, die sich zufrieden mit ihren neuen Spielzeugen beschäftigte.

Daphne war in seiner Gegenwart immer ein bisschen nervös, was er süß fand. Sie war eine schöne, kluge junge Frau, aber auch unendlich lieb, und hatte eine wunderbare Tochter, beides Gründe, die sie zur absolut falschen Person für Jett machten.

Ein cooler Quasi-Onkel zu sein, damit kam er klar. Mit Stiefvater dagegen weniger.

Er hatte in dieser Hinsicht nie ein gutes Vorbild gehabt. Jetts Vater war die meiste Zeit seines Lebens nicht gerade der einfachste Mensch gewesen. Mal war er ein fürsorglicher Vater, dann wieder ein arroganter, egozentrischer Mistkerl. Und obwohl er sich in den letzten Jahren zum Positiven verändert hatte, traute Jett dem Braten nicht. Während seine Brüder sich mit ihrem Vater versöhnt hatten, suchten Jett und er immer noch nach einer gemeinsamen Basis. Sie gingen freundschaftlich miteinander um, aber nicht herzlich. Ihm war klar, dass sie vielleicht nie wieder eine stabile Beziehung zueinander aufbauen würden, doch zumindest versuchten sie es.

»Hey, Daph«, begrüßte er sie und stand auf. »Du siehst toll aus.«

Sie errötete. »Vielen Dank. Du hättest Hadley wirklich kein Geschenk mitbringen müssen.«

Jett kannte die Umstände von Daphnes Scheidung nicht, aber es musste schlimm gewesen sein, denn sie hatte nicht nur ihre Ehe aufgegeben, sondern auch den Bundesstaat verlassen und war in ihre Heimatstadt zurückgezogen. Daphne war eine großartige Mutter, und sie und Hadley verdienten einen Mann, der ihre verletzlichen Herzen wertschätzen und beschützen würde. Jemand, der sie für immer liebte und hoffentlich den Schmerz vergessen ließ, den Hadleys abwesender Vater hinterlassen hatte. Jett war zwar nicht dieser Mann, doch die beiden gehörten für ihn zur Familie. Musste er Hadley ein Geschenk mitbringen? Nein. Aber er wollte dem kleinen Mädchen zeigen, dass nicht alle Männer furchtbar waren.

»Doch, musste er«, ertönte eine vertraute Stimme hinter Daphne, nur Sekunden bevor Deans Frau Emery an ihr vorbeirannte und sich Jett in die Arme warf.

»Wie geht's, Wirbelwind?« Jett liebte Emery von Herzen. Sie vergötterte seinen Bruder und tat ihm gut, doch vor allem hatte seine Schwägerin bei ihm für immer einen Stein im Brett, weil sie seinen Vater dazu gebracht hatte, über eine Verhaltens-änderung nachzudenken. Emery war eine Rückenyoga-Spezialistin und gab Kurse nebenan im Summer House Inn, das Ricks Frau Desiree und ihrer Schwester Violet gehörte. Jetts Vater hatte sie anfangs nicht akzeptiert, weil er der Meinung war, dass Dean ohne sie an seiner Seite mehr aus seinem Leben machen könnte. Eines Abends war er zu weit gegangen, und als Emery der Kragen geplatzt war, hatte sie ihm sehr direkt verklickert, was sie von der Art und Weise hielt, wie er andere Leute behandelte – vor allem seine Familie. Sie hatte ihn gezwungen, sich damit auseinanderzusetzen, was für ein Mensch er geworden war.

Emery löste sich von Jett, stemmte die Hände in die Hüf-ten, betrachtete ihn von oben bis unten. »Mensch, ich habe deine olle Visage vermisst. Ich bin so froh, dass du wieder da bist.«

»Ich hab dich auch vermisst.« Jett zog seinen Mantel aus und warf ihn auf dem Weg zu Daphne auf einen Stuhl. »Komm her und lass dich umarmen.« Er drückte sie kurz an sich. »Schön, dich und die Kleine zu sehen, Süße.«

Hadley schnappte sich ihre Spielzeuge, rappelte sich auf und watschelte zu Daphne hinüber. »Vögel!«, rief sie. »*Meine* Vögel!«

»Das sehe ich.« Daphne strich ihr über den Kopf. »Hast du dich schon bedankt?«

Hadley drehte sich mit den Vögeln in den Armen zu ihm um. »Danke, Vögel!«

»Gern geschehen, Had«, sagte Jett, als sie sich wieder auf den Hintern fallen ließ, um weiterzuspielen.

Ricks Bürotür öffnete sich und Dean und Rick traten aus

dem Raum.

»Haben wir doch richtig gehört. Schön, dich zu sehen, Kumpel.« Rick breitete die Arme aus, um Jett zu drücken.

»Gleichfalls. Wie geht's Desiree?«, fragte Jett.

Stolz leuchtete in Ricks Augen auf. »Ihr geht's gut. Das Baby kommt im Juli und zum Glück hat die Morgenübelkeit inzwischen nachgelassen.«

»Und ihr Frühstück ist noch besser, seit sie schwanger ist«, fügte Emery hinzu.

In den wärmeren Monaten machte Desiree regelmäßig Frühstück für sämtliche Freunde, und ab und zu auch mal im Winter und den ersten Frühlingswochen. Es war ein Running Gag, dass ihre Kochkünste ihr Sexleben mit Rick widerspiegelten.

»Das freut mich sehr.« Jett schaute zu Dean und konnte es einfach nicht lassen, ihn ein bisschen zu triezen. »Hey, Bruderherz. Ich habe eine schöne, lange Umarmung von deiner hübschen Frau bekommen.«

Dean kniff die Augen zusammen. Sie waren beide über eins achtzig groß, sportlich und hatten blaue Augen, doch damit endeten die Ähnlichkeiten auch schon. Jett hielt sich fit, aber er war nicht übermäßig durchtrainiert. Er verbrachte zu viel Zeit auf Reisen und in Büros, um so ein wandelndes Kraftpaket wie Dean zu sein, der nicht nur Gartengestaltungen entwarf, sondern auch mit eigenen Händen umsetzte inklusive Mauern, Terrassen und gepflasterter Wege. Jett hatte die dunklen Haare ihres Vaters geerbt, Dean dagegen war blond wie ihre Mutter und sein dichter Bart ließ ihn noch mehr wie einen ziemlich beeindruckenden Wikinger aussehen.

»Nimm deine dreckigen Pfoten von meiner Frau«, grollte Dean streng und sein Blick huschte kurz zu Hadley, die jedoch völlig in ihre Spielzeuge vertieft war. »Was ist los? Haben deine Aufblaspuppen alle den Geist aufgegeben?«

»Ich kann mich nicht beschweren, schönen Dank auch, aber man findet selten eine, die so schön ist wie deine Frau«, stichelte Jett und seine Gedanken kehrten direkt zurück zu Miss Fine. Warum dachte er immer noch an sie? Verdammter Mist. Auch wenn er nur für zwei Nächte hier war, hätte er trotzdem versuchen sollen, bei ihr zu landen.

Dean lachte leise, doch seine Aufmerksamkeit richtete sich direkt wieder auf Emery, die übers ganze Gesicht strahlte. Er zwinkerte ihr zu, bevor er Jett mit einem todernsten Blick fixierte. »Bring mich nicht dazu, dich vor unseren Freunden zu erwürgen. Das gibt schlechtes Karma.« Dann zog er Jett mit einem Ruck in eine feste Umarmung. »Hab dich vermisst.«

»Ich dich auch«, erwiderte Jett. »Aber ganz ehrlich? Ist schöner, deine Frau zu drücken.«

Dean verstärkte seinen Griff nur noch.

»Arsch«, quetschte Jett erstickt hervor.

Dean schubste ihn mit einem herzlichen Lachen von sich und streckte stattdessen einen Arm nach Emery aus.

»Findest du auch, dass Jett irgendwie anders aussieht?«, fragte Emery.

Dean musterte ihn von oben bis unten. »Nope. Immer noch der gleiche hässliche Mistkerl wie immer.«

»Ich finde auch, dass er sich verändert hat«, meinte Daphne. »Da ist so ein Ausdruck in deinen Augen.«

»Mein Tag war irgendwie merkwürdig.« *Und der Ausdruck ist einer sarkastischen, frechen Blondine geschuldet, die einen Businessplan auf Post-its ausarbeitet.*

»Dein Grinsen sagt mir, dass ich wahrscheinlich keine Einzelheiten wissen will«, sagte Rick.

»Nichts in die Richtung«, gab Jett zurück. »Ich ...« ... *kann nur nicht aufhören, an diese Frau zu denken.* Er entschied sich für einen Themenwechsel. »Wo ist Drake?«

»Er wollte mit Serena nach dem Musikladen sehen, für den Fall, dass der Sturm noch heftiger wird«, antwortete Rick.

»Ich habe eben auf dem Weg hierher den Wetterbericht gehört«, sagte Jett. »Das Schlimmste soll erst Mitte der Woche kommen.«

Rick setzte sich aufs Sofa. »Du kennst doch Drake, immer übervorsichtig auf alles vorbereitet. Hat mich überrascht, dass du bei dem Sturm zum Junggesellenabschied kommst. Du weißt schon, dass Gavin erst in zwei Wochen heiratet, oder?« Ihr gemeinsamer Kumpel Gavin Wheeler betrieb mit Drakes Frau Serena ein Innenarchitekturbüro und stand kurz vor der Hochzeit mit seiner Freundin Harper.

»Bleibst du bis zur Hochzeit?«, wollte Dean wissen. »Da sind Mom und Dad bestimmt ganz aus dem Häuschen.«

»Nein. Sorry, Dean. Ich muss am Sonntagmorgen wieder weg. Aber nachdem du mit Emery durchgebrannt bist und mir damit den Spaß verwehrt hast, dir einen Junggesellenabschied zu schmeißen, und unser langweiliger großer Bruder gar keinen haben wollte, bleiben mir nicht mehr viel Gelegenheiten für solche Sauforgien.«

»Gavin ist nicht so der Typ für Sauforgien«, warf Daphne ein wenig verlegen ein. »Und irgendwas sagt mir, dass das auch nicht dein Ding ist, Jett.«

Hadley stemmte sich auf die Beine und hielt Jett einen roten Plüschvogel hin. »Dett. Vogel!«

»Vielen Dank, Schätzchen.« Er nahm den Vogel entgegen und beugte sich zu ihr hinunter. »Bekommt Onkel Jett ein kleines Lächeln von dir?«

Hadley klappte den Mund zu und schenkte ihm einen ausdruckslosen Blick, der die ganze Runde in schallendes Gelächter ausbrechen ließ.

»Och, komm schon. Das ist schlecht für meinen Ruf.« Jett schnappte sich das Mädchen und schwang es hoch über seinen Kopf, was ihm ein breites Grinsen und ein niedliches Kichern einbrachte. »Na, geht doch.« Er setzte die Kleine auf seine Hüfte und gab ihr einen Kuss auf den Kopf. »Wenn ich Hadley zum Lächeln bringe, fühle ich mich immer wie Superman.«

»Sie ist mein Männerkompass«, sagte Daphne. »Für dich lächelt sie und deswegen kaufe ich dir das mit der Sauforgie auch nicht ab. Du hast einfach nur noch nicht die richtige Frau gefunden.«

Hadley zappelte ein wenig und Jett stellte sie wieder auf den Boden. Mit einem leichten Stirnrunzeln rupfte ihm das Mädchen den Vogel wieder aus der Hand und stapfte zurück zum Rest ihrer Spielsachen.

»Ich glaube, dein Männerkompass ist kaputt, Daph«, meinte Rick. »Dieser Kerl wird nie sesshaft werden. Aber wenn du Lust auf eine Party-Orgie hast, musst du woandershin, Jett. Die meisten Frauen hier in der Gegend machen es sich wie Des eher mit einem guten Buch vor einem warmen Kaminfeuer bequem.«

»Zu denen gehöre ich auch«, sagte Emery. »Aber für Harpers Junggesellinnenabschied mache ich eine Ausnahme.«

»Ich auch«, stimmte Daphne ihr zu.

Jett hatte tatsächlich nicht viel für Orgien übrig, es sei denn, die Blondine aus dem Café wäre daran beteiligt. Doch ihm war bereits zu Ohren gekommen, dass diese Party ziemlich wild werden würde. »Die Sache findet im Salty Hog statt und es soll echt voll werden.«

»Voll mit *Bikern*, nicht Single-Frauen«, warf Emery ein. »Du bist doch hier aufgewachsen, also weißt du, dass die Dark Knights immer im Salty Hog abhängen.«

Das stimmte zwar, aber er war seit Jahren nicht mehr in der Bar gewesen.

»Vielleicht steht mein Bruder ja auf große, haarige Biker«, zog Dean ihn auf, was die anderen zum Lachen brachte.

Jett ignorierte die Stichelei und ließ sich auf der Kante von Daphnes Schreibtisch nieder, in Gedanken erneut bei der Blondine aus dem Café, die sich mit hoher Wahrscheinlichkeit nicht im Salty Hog herumtreiben würde. Wo würde er ihr vielleicht noch mal über den Weg laufen? Sie war attraktiv und Single. Mit Sicherheit hatte sie an einem Freitagabend doch was anderes vor als zu lesen. »Was hat hier heute Abend denn offen?«

»Nichts«, sagte Emery. »Colton macht das Undercover morgen für Harpers Junggesellinnenabschied auf. Da kommen eine Menge Frauen, aber Männer müssen draußen bleiben. Sorry, Jett.« Colton war Harpers Bruder und der Besitzer eines Nachtclubs in Truro.

Jett konnte ja einfach morgen noch mal in dem Café vorbeischauen. Möglicherweise ging sie regelmäßig dorthin.

»Bringen wir mal deine Sachen rüber ins Haus, Jett.« Dean lachte leise. »Wir haben dir Schallschutzkopfhörer besorgt, damit du dieses Mal vernünftig schlafen kannst.«

»Brauche ich nicht.« Jett stieß sich vom Schreibtisch ab. »Ich habe meine Lektion gelernt, als du und Em mich während der Feiertage die ganze Nacht wachgehalten habt. Daph hat alles für mich vorbereitet, oder?«

»Alles fertig.« Daphne ging zu ihrem Schreibtisch und holte einen Schlüsselbund aus der Schublade, mit dem sie auffordernd wedelte. »Cottage Nummer sieben.«

»Ist das dein Ernst? Du übernachtest nicht bei uns?«, fragte Dean.

Jett schnappte sich die Schlüssel. »Vielen Dank, Daph. Und ja, das ist mein voller Ernst. Ihr braucht kein fünftes Rad am Wagen. Außerdem habe ich noch Arbeit zu erledigen, während ich hier bin.«

Daphne nahm Hadley auf den Arm. »Ich bringe meine Kleine kurz für einen Töpfchenversuch nach oben. War schön, mal wieder zu reden, Jett. Wir sehen uns auf der Hochzeit?«

»Ganz sicher.« Er hielt die Schlüssel hoch. »Und danke auch für den Gefallen.«

»Jett, du weißt, wie gerne wir dich bei uns haben, und wir haben dir wirklich Kopfhörer aufs Gästebett gelegt. Nur für den Notfall. Ihr Jungs könnt das mal unter euch klären.« Emery stellte sich auf die Zehenspitzen und gab Dean einen Kuss, bevor sie die Treppe zu Daphnes Wohnung nach oben ging.

Rick holte seinen Mantel aus dem Schrank. »Ich bin mal in der Pension und sehe nach Des. Bis morgen Abend auf der Party.«

Nachdem Rick gegangen war, verschränkte Dean die Arme vor der Brust und schenkte Jett einen durchdringenden Blick. »Dir ist klar, dass unsere Familie sich mehr Zeit mit dir wünscht, nicht weniger?«

»Natürlich weiß ich das und irgendwann nehme ich mir auch mehr Zeit. Aber ich stecke bis zum Hals in den Vorbereitungen für den Kauf von Carlisle Enterprises, was eine Profitmaschine werden wird, sobald ich die Firma in die Finger bekomme. Und das *Fortune Magazine* hängt mir im Nacken, weil sie unbedingt einen Artikel über reiche Leute bringen wollen, die der Gesellschaft was zurückgeben, oder so was in der Art.« Vor ein paar Jahren hatte ihn schon das *Forbes Magazine* als einen von fünf Unternehmern vorgestellt, für die das Weitergeben ihres Erfolgs einen großen Stellenwert hatte.

»Klingt ja furchtbar«, neckte Dean ihn.

»Hey, ich habe nicht um den Artikel gebeten.«

»Lass mich raten, du versuchst, dich davor zu drücken.«

Jett legte ihm schwungvoll eine Hand auf die Schulter. »Du kennst mich einfach zu gut, kleiner Bruder. Das ist alles ein Riesenhaufen Unsinn. Die sollten so was lieber mit Leuten machen, die für diesen Mist leben, wie der Kleine. Eines Tages wird er auf dem Cover sein, da bin ich mir sicher. Dieser naive Mistkäfer will mir doch tatsächlich Carlisle wegschnappen.«

Als Jett seine ersten Schritte in der Geschäftswelt gemacht hatte, hatte ihn eine seiner Lieblingsprofessorinnen gefragt, ob er einen kurz vor dem Abschluss stehenden Studenten unter seine Fittiche nehmen könnte. Mentor für den Nachwuchs zu sein, hatte ihm so gut gefallen, dass er seitdem noch einige mehr angenommen hatte. Gerade betreute er einen hellen Kopf namens Jonas Cross. Aber keiner seiner Schützlinge besaß die Arroganz, das Selbstbewusstsein und die Fähigkeiten von Zack Kingsley, alias *der Kleine*. Jett war zwei Jahre lang sein Mentor gewesen und mittlerweile stand Zack seit drei Jahren auf eigenen Beinen. Er schlug sich gut und Jett war stolz auf ihn. Sie hielten immer noch Kontakt und führten eine locker-freundschaftliche Konkurrenzbeziehung miteinander. Carlisle Enterprises wäre für Zack ein Riesenerfolg, doch gegen Jett hatte er keine Chance.

»Du hast ja schon immer gesagt, dass der Kleine Eier aus Stahl hat«, sagte Dean. »Aber du verdienst diesen Artikel.«

»Ich bin voll und ganz zufrieden damit, im Hintergrund zu

bleiben.« Dean verstand nicht, dass Jett zwar viel für andere tat, damit jedoch nie ausgleichen konnte, wie sehr er seine eigene Familie im Stich gelassen hatte. Vor allem Dean, der seit Jetts Collegezeit immer da gewesen war, wenn sein Bruder es mal wieder nicht zu einer Familienfeier schaffte. Aber dieses Fass wollte Jett gerade wirklich nicht aufmachen, also wechselte er erneut das Thema. »Wie sieht's denn bei dir aus? Läuft das Geschäft noch gut?«

»Das ist super.« Dean wurde auf einmal sehr ernst. »Ich dachte, dass du an deinem Verhältnis zu Dad arbeiten wolltest.«

»Mann, Dean. Kannst du bei der Sache nicht einmal Ruhe geben? Ich bemühe mich. Ich telefoniere mindestens einmal im Monat mit ihm. Wir nähern uns langsam an, aber wir haben beide viel um die Ohren.«

»Das verstehe ich, aber einer von euch muss irgendwann nachgeben. Du kannst da nichts aufbauen, wenn du nie hier bist, und Mom und Dad werden auch nicht jünger.«

Immer der Friedensstifter.

Dean glich nicht nur Jetts Abwesenheit aus. Doug hatte schon studiert, als Jett aufs College gegangen war. Nachdem beide älteren Brüder aus dem Haus waren und Jett kaum noch mit ihrem Vater sprach, hatte Dean sich entschieden, am Cape zu bleiben und sich um ihre Eltern zu kümmern – oder besser gesagt, dafür zu sorgen, dass ihre Mutter sich nicht sitzen gelassen fühlte. Auf jeder Veranstaltung der Stiftung ihres Großvaters, die ihr Vater sehr aktiv betrieb, ließ er sich blicken, und auch sonst war er immer da, wenn die beiden ihn brauchten.

Jett streckte sich und holte seinen Mantel. »Ich weiß deine Sorge zu schätzen, und ich schulde dir Dankbarkeit für die vielen Jahre, in denen du meine Lücke gefüllt hast. Aber es ist nicht mehr dein Job, meine Fehler auszugleichen. Dad und ich gehen das in unserem eigenen Tempo an.«

»Eurem eigenen Tempo. Ich weiß, was das bedeutet. Wenn es ums Geschäft geht, denkst du langfristig, aber bei persönlichen Beziehungen bist du wie ein schlechter One-Night-Stand: rein und vor dem Frühstück wieder raus.«

Vier

S.L.U.T. dröhnte auf Harpers Junggesellinnenabschied Samstagnacht aus den Lautsprechern. Harpers Schwester Jana und ihre Schwägerin Cree hatten mit der Organisation der Party einen Volltreffer gelandet. Auf einem schwarzen Banner über dem Barbereich stand in goldenen Buchstaben: *Für immer derselbe Penis.* Pinke Heliumballons mit der schwarzen Aufschrift *Let's party, bitches* schwebten unter der Decke und an Schnüren, die an den Stühlen festgebunden waren. An der Wand neben der Tanzfläche war ein BH-Pong-Spiel aufgebaut – BHs in verschiedenen Farben, die an einem Brett hingen, um Pingpong-Bälle hineinzuwerfen. Stripper hatte Harper kategorisch abgelehnt, also hatte Jana einfach lebensgroße Pappaufsteller spärlich bekleideter Männer besorgt und auf der Tanzfläche platziert. Außerdem hatten die Mädels alle pink-schwarz-weiß-gemusterte Augenmasken mit einem lustigen Aufdruck bekommen. Auf Harpers stand *Heiße Braut* und bei den anderen fanden sich Spitznamen wie *Sexy Mama, Die Versaute, Badass Babe, Scharfes Luder, Sexy Single* und *Wild und willig.* Tegan hatte keine Ahnung, was auf ihrer Maske stand, weil Jana sie nicht auf ihre eigenen Masken schauen ließ und allen unter Strafandrohung verboten hatte, es sich gegenseitig zu verraten. Da sie ebenso tough wie schön war, würde Tegan sich ganz sicher nicht mit ihr anlegen. Desiree und Emery hatten Kekse in Penisform gebacken und Violet hatte sie an der Spitze mit weißem Zuckerguss verziert, der wie Sperma aussah – was der blonden, lieben Desiree enorm peinlich war, aber absolut zur dunkelhaarigen, draufgängerischen Violet passte.

Außerdem hatte Chloe es absolut ernst gemeint: Das Motto der Party war wirklich *Je heißer desto besser.* Zum Glück war die Bar für die Öffentlichkeit geschlossen, denn alle Anwesenden lebten das in ihren Outfits exzessiv aus. Tegan hatte sich für ein Outfit entschieden, das sie im letzten Winter für eine Silvesterparty genäht hatte, und passte damit wunderbar in die Runde: ein hautenger, ärmelloser grauer Jumpsuit aus Samt mit kurzen Hosenbeinen, der den Rücken freiließ und dessen tiefer Ausschnitt ihr bis zum Bauchnabel reichte. Der graue Choker und die an den Zehen offenen Lederstiefel, deren Schaft ihr bis zu den Oberschenkeln reichte, waren die perfekte Ergänzung, um den Sexy-Faktor in die Höhe zu treiben.

»Harper! Harper! Harper!«, skandierte Tegan zusammen mit den anderen Mädels. Sie tranken gerade Blowjob-Shots, eine leckere Mischung aus Amaretto und Irish Cream mit Schlagsahne, die man in den Mund bekommen musste, ohne die Hände zu benutzen.

»Einen Moment«, sagte Harper und holte übertrieben tief Luft. Sie steckte in einem schwarzen Spitzen-Oberteil, dessen Knöpfe bis unterhalb ihres schwarzen BHs geöffnet waren, einem schwarzen Minirock, sexy High Heels, und ihre Overknee-Strümpfe waren an Spitzenstrumpfbändern befestigt. Zusätzlich zu ihrer *Braut*-Maske trug sie ein glitzerndes Plastikdiadem und eine weiße Schärpe, auf der in Gold *Braut* stand.

»Okay, ich bin so weit.« Sie beugte sich über den Bartresen, um das Schnapsglas mit dem Mund anzuheben. Ihre Hände waren mit flauschig gepolsterten pinken Handschellen auf dem Rücken gefesselt, und als ihre langen blonden Haare nach vorn rutschten, glitt ihr das Diadem vom Kopf.

»Jemand muss ihr die Haare halten!«, rief Colton von seinem Platz hinter der Bar, wo er mit nacktem Oberkörper tanzte. Er kümmerte sich um die Getränke und sein Waschbrettbauch und die blauen Tattoos waren dabei eine echte Augenweide.

Colton war wirklich heiß mit seinen scharf geschnittenen Gesichtszügen und den verstrubbelten hellblonden Haaren. Er trug eine tief sitzende Jeans, eine schwarze Fliege und an den Handgelenken weiße Manschetten mit penisförmigen Knöpfen. Zu schade, dass seine Attraktivität vollkommen an die Partygäste verschwendet war, weil er auf Männer stand. Als Tegan ihn und seinen Bruder Brock im letzten Sommer kennengelernt hatte, wusste sie vom ersten Moment an, dass die beiden alles für ihre Schwestern tun würden.

»Ich mache das!« Jana fasste Harpers Haare mit einer Hand zusammen. »Das ist die Wiedergutmachung für die vielen Male, die du mir als Teenager beim Kotzen die Haare gehalten hast.«

Harper warf ihr einen kurzen Blick zu. »Einmal reicht da aber nicht, das waren *Jahre*!«

Serena holte ihr Handy aus der Tasche und nahm ein Video auf. »Das ist der Moment der Wahrheit, meine Freunde. Spuckt oder schluckt Harper Garner Wheeler-in-spe?«

»Natürlich schluckt sie«, gab Colton grinsend zurück. »Ist eine Gabe der Garners.«

»Colton!«, schimpfte Harper ihn. »Bring mich ja nicht zum

Lachen, wenn ich das Ding im Mund habe, sonst spuck ich es aus.«

»Das sagst du hoffentlich nicht zu Gavin«, warf Violet ein und strich sich das schwarze, trägerlose Minikleid über den schmalen Hüften glatt. An den Seiten hatte es große Cutouts, die den Blick auf ihre bunten Tattoos freigaben.

»Glaub mir, mein Mann bringt mich nie zum Lachen, wenn mein Mund da unten beschäftigt ist.« Harper schloss die Lippen um den Rand des Schnapsglases.

»Schluck! Schluck! Schluck!«, feuerten alle sie an.

Harper legte den Kopf mit Schwung in den Nacken und trank den Shot in einem Zug aus, was die Freundinnen zum Jubeln brachte.

Jana nahm ihr das Schnapsglas aus dem Mund und löste dann die Handschellen. »Die leihe ich mir mal für heute Nacht aus, Schwesterchen.«

»Als hättest du keine eigenen«, sagte Cree. Sie war mit Tegan in Peaceful Harbor aufgewachsen und wohnte schon seit ein paar Jahren am Cape. An Weihnachten hatte sie Harpers und Janas großen Bruder Brock geheiratet.

»Man kann nie genug davon haben«, meinte Jana. »Moment, *braucht* jemand welche?« Sie ließ die Handschellen an einem Finger baumeln und hielt sie fragend hoch.

Chloe schüttelte den Kopf. »Ich habe meine eigenen.«

»Dean und ich haben mehr als genug Spielzeug«, antwortete Emery.

»Wir auch«, sagte Serena. »In mehrfacher Ausführung.«

Jana schwenkte die Handschellen in Richtung Desiree und Daphne, die jedoch beide knallrot anliefen und die Köpfe schüttelten. »Vi frage ich erst gar nicht«, sagte Jana. »Ich will gar nicht wissen, was für hartes Zeug du und Andre so treibt.«

Desiree und Violet betrieben gemeinsam einen Laden für Sextoys im hinteren Bereich ihrer Kunstgalerie neben der Pension. Als Tegan zu Crees Hochzeit am Cape zu Besuch gewesen war, hatten die Mädels ihr das beeindruckende Angebot des kleinen Geschäfts gezeigt. Tegan hatte so viel damit zu tun gehabt, ihre Zelte in Peaceful Harbor abzubrechen und den Umzug ans Cape vorzubereiten, dass ihr kaum Zeit für Dates blieb. Also hatte sie ein bisschen Spielzeug gekauft, das ihr in den langen, einsamen Nächten Gesellschaft leistete. Jetzt, wo sie über *Armani* fantasieren konnte, kamen die Dinger vielleicht auch endlich mal ordentlich zum Einsatz.

Violet grinste. »Hart, weich, egal was, wahrscheinlich machen wir's.«

»Hast du's gut«, sagte Chloe.

»Tegan? Handschellen?«, bot Jana ihr an.

Tegan stand nicht auf Bondage, aber eine Seidenkrawatte ab und zu mit dem richtigen Kerl war definitiv ein Ja. »Nein danke. Kein Bedarf.«

»Steph?« Jana wackelte mit den Augenbrauen.

»Dafür bräuchte ich erst mal einen Mann«, erwiderte Steph. »Und es zeichnet sich nichts Vielversprechendes am Horizont ab.«

Tegan kannte Steph vom Buchclub. Sie war Dichterin und Inhaberin eines Kräuterladens in Brewster. Für ihre braunen Haare überlegte sie sich ständig etwas Neues, heute Abend waren es blaue Ponysträhnen.

»Nichts Vielversprechendes?«, meldete Violet sich laut zu Wort. »Was ist mit Dwayne?« Dwayne Wicked war Justins Cousin.

Steph verdrehte die Augen. »Den kannte ich schon als Kind. Manchmal helfe ich bei seinem Tierschutzverein aus, aber das ist alles. Alles andere kommt nicht in die Tüte, vielen Dank auch.«

»Hey«, mischte Serena sich ein. »Ich bin mit einem Kerl verheiratet, den ich schon ewig kenne, und das ist fantastisch.«

»Einen Mann ewig zu kennen, ist kein Grund, ihn nicht zu daten«, stimmte Violet ihr zu. »Wenn nicht Dwayne, wie wäre es dann mit Justin? Baz? Beckett? Zeke? Zander? Tank? Soll ich weitermachen?«

Tegan versuchte, bei den ganzen Namen mitzukommen. Justin und seinen Bruder Zander sowie Gavins Bruder Beckett hatte sie letztes Jahr auf Gavins Geburtstagsfeier kennengelernt, aber sie hatte keine Ahnung, wer die anderen waren.

»Verkuppel sie ja nicht mit Justin«, sagte Chloe. »Der schläft sich durch alle Betten.«

»Die sind alle ziemlich heiß«, meinte Daphne. »Biker wie Justin und seine Brüder und Cousins sind nicht so mein Ding, aber Beckett? Zum Anbeißen. Und Jett?« Sie fächelte sich Luft zu. »Der ist mir ein bisschen zu viel Mann, aber richtig was fürs Auge.«

»Hallo? Single-Frau auf zwölf Uhr.« Tegan machte mit beiden Händen auf sich aufmerksam. »Ihr habt gerade eine ganze Liste lediger Kerle runtergerattert und von manchen davon habe ich noch nie was gehört. Beckett kenne ich, aber der lebt in Virginia, und Justin ist zwar heiß, aber ich glaube, dass Chloe ihn eigentlich ganz gerne mal flachlegen würde ...«

»Nur, wenn du ihm vorher den Mund zuklebst«, meinte Chloe.

Violet lehnte sich über ihre Schulter. »Aber der Mund ist doch das Zweitbeste an Männern.«

»Und ihre Hände«, sagte Tegan. »Ich liebe große, starke Hände.« Ihr war nicht entgangen, dass *Armani* kräftige, männliche Hände hatte, um die sich ihre Gedanken in der vergangenen Nacht in allen Einzelheiten gedreht hatten – und um das, was er damit und mit seinem sexy Mund alles anstellen könnte.

»Arme. Ich liebe starke Arme. Brocks sind perfekt.« Cree befeuchtete ihre Lippen und zog die Augenbrauen hoch.

»Können wir bitte nicht über Körperteile sprechen?«, flehte Daphne. »Ich hatte wirklich, wirklich lange keinen Kontakt zu irgendwelchen.«

»Och, Daphne. Wir finden schon noch einen Mann für dich«, versprach Desiree.

»Wer steht sonst noch auf der Liste der Single-Männer?«, überlegte Jana.

»Justins Bruder Blaine und Deans Bruder Jett«, ergänzte Emery.

»Blaine? Also der ist nicht von schlechten Eltern. Aber Jett? Theoretisch ist er Single und definitiv heiß, nur leider so was von mit seiner Arbeit verheiratet«, sagte Chloe.

»Was würde ich nicht dafür geben, mich für diesen knackigen Kerl über meinen Bartresen zu beugen«, sagte Colton.

Daphne machte große Augen. »Ist Jett bi?«

»Schön wär's.«

»Du würdest eine Menge Frauen abbekommen, wenn du bi wärst«, sagte Daphne mehr zu sich selbst als zu Colton.

Er tätschelte ihr die Hand. »Schnuckiputz, ich bin so was von schwul. Ich war noch nie an einem gruseligeren Ort als einer Vagina, also bin ich da so schnell wie möglich raus.«

»Du bist hier, damit wir was zu gucken haben, nicht zum Quatschen«, sagte Jana. »Bring uns bitte noch eine Runde Shots.«

»Zu Befehl.« Colton setzte sich in Bewegung. »Nur fürs

Protokoll: Ich wäre ja bei jedem der Wicked-Männer für eine Runde Bettsport zu haben.«

Jana warf ihm einen finsteren Blick zu.

Während die Mädels sich über Justins Brüder – Zeke, Zander und Blaine – und Cousins – Tank, Baz und Dwayne – unterhielten, wanderten Tegans Gedanken zurück zu dem arroganten, gut aussehenden Mann im Café. *Armani* hatte es irgendwie geschafft, die Fantasien über ihren Pick-up fahrenden, den Himmel anheulenden Seelengefährten komplett in den Hintergrund zu drängen.

»Justin und seine Brüder kommen zur Hochzeit«, holte Harper sie ins Gespräch zurück.

»Darf ich euch mal was fragen? Seid ihr schon mal einem Mann begegnet, der total abturnend war und euch gleichzeitig trotzdem heißgemacht hat?«, wollte Tegan wissen. »Geht so was überhaupt?«

»Babe, das trifft doch auf so viele Männer zu«, sagte Colton, der gerade frische Schnapsgläser befüllte.

»Sehe ich auch so. Und meistens geben sie seltsames Zeug von sich«, meinte Violet. »Aber wenn sie uns zu ähnlich wären, würden wir uns ja langweilen.«

»Ich fand Gavin nie abturnend«, verkündete Harper stolz.

Jana warf ihr einen trockenen Blick zu. »Du bist noch nicht verheiratet. Warte ab, bis er dir das erste Mal einen Bettofen beschert, weil er es lustig findet. Hunter hat das genau ein Mal gemacht und ist nur ganz knapp mit dem Leben davongekommen.«

»Wie eklig!«, rief Daphne.

»Was ist ein Bettofen?«, fragte Desiree. »Ist das ein Euphemismus für was Sexuelles? Rick arbeitet hart daran, mir alle Slang-Ausdrücke sehr anschaulich beizubringen, und ich komme voll auf meine Kosten.« Das *voll auf meine Kosten* flüsterte sie. »Aber der Begriff sagt mir nichts.«

Die Mädels lachten, während Violet ihr erklärte, dass es sich dabei um einen Furz unter der Bettdecke handelte.

»Das ist ja widerlich!«, entfuhr es Desiree. »So was würde Rick nie tun.«

»So was habe ich damit nicht gemeint, ich fand ihn nicht eklig. Er war nur ein bisschen zu arrogant. Ihr wisst schon ... Teurer Anzug, schickes Auto, eingebildet«, erklärte Tegan. »Aber er bringt mich auch zum Lachen, ist intelligent und hat offensichtlich ein gutes Händchen fürs Geschäft.«

»Wo hast du ihn denn kennengelernt?«, wollte Serena wissen.

Daphne trat ein wenig näher zu ihnen. »Ich lerne jedes Mal so viel, wenn ihr euch über Männer unterhaltet. Spielt es eine Rolle, wo man sich kennenlernt?«

»Kommt drauf an«, antwortete Serena. »Eine Bücherei ist zum Beispiel was ganz anderes als eine Bar.«

»In einer Bücherei trifft man keine heißen Single-Kerle, das könnt ihr mir glauben. Ich bin mit Hadley quasi jede Woche da und habe noch nie einen gesehen.«

»Sie hat ihn nicht in der Bücherei getroffen.« Chloe schaute fragend zu Tegan. »Darf ich?«

Tegan hatte Chloe gestern Abend die ganze Geschichte über *Armani* erzählt, während sie ihre Outfits für die Party zusammenstellten. Ihre langbeinige Freundin sah in dem schwarzen Minikleid aus wie ein Supermodel. Die Schnürung in der Mitte entblößte ein ordentliches Stück ihres straffen Bauchs.

Sie gab Chloe mit einer Handbewegung die Erlaubnis und überließ ihr das sprichwörtliche Mikrofon.

»Tegan hat ihn an der Tankstelle gesehen und sich später im Café mit ihm unterhalten«, erklärte Chloe. »Zwischen den beiden hat es definitiv geknistert. Ich habe ihr gesagt, dass sie ihn mit nach Hause hätte nehmen sollen, aber sie meinte, dass sie sich keine Ablenkung leisten kann, weil sie so viel um die Ohren hat.«

»Warum hast du dich dann nach Single-Männern erkundigt, wenn du nicht abgelenkt werden willst?«, fragte Jana.

»Weil ich einfach nicht aufhören kann, an ihn zu denken. Er lenkt mich also schon ab. Mir bleiben nur noch zwei Monate, um die Terminplanung, die Website und das Marketing – also so ziemlich alles für Harpers Theaterstück – auf die Reihe zu bekommen, und ich erwische mich ständig dabei, wie ich Tagträumen über diesen Kerl nachhänge. Als wäre ich eine Langweilerin, die es echt nötig hat.« Tegan seufzte. »Okay, vielleicht bin ich das gerade wirklich, aber nur, weil ich es sein muss. Vergesst es. Ist sowieso egal. Wir haben ja keine Nummern ausgetauscht oder so. Ich werde meinen sexy Anzugträger außerhalb meiner Fantasien nie wiedersehen. Lasst uns noch was trinken. Vielleicht vergesse ich ihn ja, wenn ich genug intus habe.«

Chloe stupste sie in die Seite. »Manchmal sind Fantasien viel besser als die Realität.«

»Wie recht sie damit hat«, stimmte Steph ihr zu.

»Haltet durch, Mädels«, versuchte Harper, sie aufzumuntern. »Da draußen gibt es ein paar gute Männer, das können ein paar von uns aus eigener Erfahrung bestätigen.«

»Ich auf jeden Fall.« Jana tätschelte die Handschellen. »Dann kommen diese Schätzchen wohl mit zu mir nach Hause. Mein Kindsvater kümmert sich zu Hause um Kai, also werde ich mich nachher um *ihn* kümmern.« Kai war ihr vier Monate alter Sohn.

Colton schnappte sich die Handschellen. »Sorry, Boss, aber die gehören heute Nacht mir. Auf mich wartet ein Bär, dem dringend jemand eine Lektion erteilen muss.« Er hängte sie an eine seiner Gürtelschlaufen und schob dann eine Reihe Shots über den Bartresen. »Eine Runde Deep-Throats für die Mädels mit Partner. Auf dass alle eure Männer heute Abend auf ihre Kosten kommen. Und für die Singles eine Runde Super-Orgasmen.« Er nahm sich selbst jeweils ein Schnapsglas und stieß mit den Mädels an.

»Warum bekommst du von beidem einen?«, fragte Desiree.

»Männer haben auch Bedürfnisse.« Er zwinkerte ihr zu und alle leerten ihre Shots in einem Zug.

Aus den Lautsprechern ertönten die ersten Takte von *Single Ladies*, was Serena und Emery begeistertes Johlen entlockte.

»Komm, schnell!« Serena packte Emery an der Hand und Emery schnappte sich Janas. Sie rannten auf die Tanzfläche und der Rest der Mädelstruppe war ihnen dicht auf den Fersen.

Sie tanzten um die Papp-Männer herum, und Tegan reckte die Arme in die Luft, schwang die Hüften, wackelte mit dem Hintern und sang lauthals mit den anderen mit.

»Passt auf, dass Tegan euch nicht erwischt«, brüllte Cree.

»Wie meinst du …« Violet drehte sich zu Tegan um.

Jana klappte die Kinnlade herunter. »Tegan, was *machst* du da?«

»Tanzen!« Sie wedelte ausladend mit den Armen. »Cree ist nur neidisch auf meine Moves.«

Emery versuchte, ein Lachen zu unterdrücken, scheiterte jedoch kläglich. »Babe! Du siehst aus wie ein Fisch auf dem Trockenen.«

»Ich weiß!« Tegan drehte sich im Kreis, bevor sie die Beine

ein wenig breiter auseinanderstellte, mit den Daumen nach links deutete und ihren Oberkörper schwungvoll in die gleiche Richtung bewegte, bevor sie auf die andere Seite wechselte. »Meine Koordination macht ständig schlapp, aber das ist okay. Ich stehe dazu.«

»Wer macht schlapp und steht dazu?«

Die tiefe Männerstimme, die laut durch die Bar hallte, ließ die Mädels herumfahren.

Tegan brauchte einen Moment, bis sie den kräftigen Kerl mit der blonden Kurzhaarfrisur und dem lasziven Grinsen zuordnen konnte. Er machte ein paar Schritte nach vorn, breitete die Arme aus und verkündete: »Dwayne Wicked, zu Ihren Diensten, Ladys. Macht nie schlapp, steht allzeit bereit und eure Outfits ...« Er verengte die Augen und gab einen zufriedenen Laut von sich. »Ich muss gestorben und im Paradies gelandet sein. Wer möchte mich wiederbeleben?«

»Gavin!«, rief Harper und flitzte auf ihren Verlobten zu.

Einen Moment lang herrschte Durcheinander, als noch ein paar Männer die Bar betraten. Ihre besseren Hälften eilten zu ihnen, doch Tegan starrte nur den arroganten Anzugträger an, der gerade durch die Tür kam. Sein durchdringender Blick sorgte dafür, dass sie keinen Muskel rühren konnte, während sämtliche Einzelheiten ihrer nächtlichen Sexfantasie vor ihrem inneren Auge abliefen.

»*Armani*«, hauchte sie atemlos.

»Armani?«, fragte Chloe, die gerade an ihr vorbeiging und nun ihrem Blick folgte. »Ach du Scheiße. Armani ist Jett? Da hast du aber das heiße Los gezogen, Süße. Viel Glück. Ich muss mal eben Justin dafür eine reinhauen, dass er hier so reinplatzt.«

»Sag ihm Danke schön von mir.« Tegan hörte die Lust, die

in ihrer eigenen Stimme mitschwang.

Hitze brannte sich einen Weg zwischen Jett und ihr, doch sie wandte sich nicht ab, als er den Hauch von nichts ihres Outfits praktisch in sich aufsog. Sie straffte die Schultern und riss sich zusammen, um ihm seine Wirkung auf sie mit gleicher Münze heimzuzahlen. Sie stützte eine Hand in die Hüfte und setzte ihr arrogantestes Lächeln auf, während sie ihn unverblümt musterte. Er sah kein bisschen zugeknöpft mehr aus. Seine vollen, dunklen Haare waren vom Wind zerzaust und er hatte sich nicht rasiert. Oh Mann, die Bartstoppeln standen ihm unfassbar gut.

Er schlüpfte aus seiner schwarzen Regenjacke und warf sie auf einen Stuhl, was ihr noch mehr zu gucken gab. Die obersten beiden Knöpfe seines dunkelvioletten Hemds waren geöffnet und entblößten ein Stückchen dunkler Brusthaare, die sie zu gerne anfassen würde. Die Ärmel hatte er bis zu den Ellenbogen aufgekrempelt, was den Blick auf seine muskulösen Unterarme freigab. Als er auf sie zukam, spannte sich der Stoff seiner Jeans eng über seine kräftigen Oberschenkel.

Er bewegte sich energischer als im Café und verströmte so viel pure Männlichkeit, dass Tegans Mund sich auf einen Schlag staubtrocken anfühlte. Seine Ausstrahlung war ganz anders als Deans, der allein schon durch seine Körpermasse Eindruck machte. Nein, von diesem Mann ging eine unheimlich faszinierende Präsenz aus, die von seinem Selbstbewusstsein befeuert wurde. Jede Frau hier im Raum war immens sexy angezogen, und Tegan war bei Weitem nicht die Hübscheste von ihnen, aber er wandte nicht ein einziges Mal den Blick von ihr ab.

Als er vor ihr stand, sagte er: »Vor fünf Minuten habe ich noch überlegt, wie ich den Abend früher beenden kann, ohne jemanden zu beleidigen.« Er trat noch näher zu ihr. So nah, dass sein Oberkörper beinahe ihren streifte. »Jetzt will ich nur noch dafür sorgen, dass du nicht wieder verschwindest, ohne mir vorher deine Telefonnummer zu geben, weil ich bei meiner Suche nach *Post-it-Girl* auf Instagram leider nicht weit gekommen bin.«

Sie lachte leise. Sein lockeres Flirten gefiel ihr. »Post-it-Girl?«

»Ich habe es auch mit *heiße Frau im Sundial Café* versucht, aber ebenfalls Fehlanzeige.«

»Hast du nicht.«

Er schenkte ihr ein freches Grinsen, das sich so sehr davon unterschied, wie sie ihn zuvor wahrgenommen hatte. Sie konnte ihn nur perplex anstarren ... Und sich fragen, wie viele andere Arten zu lächeln er wohl noch in petto hatte. Ein raubtierhaftes fürs Schlafzimmer? Oder kam er da immer direkt zur Sache? Versteckte er vielleicht irgendwo noch ein unbeschwertes? Eins, das durchkam, wenn er nicht Mr. Charmant oder Mr. Business war? Er war vielleicht nicht ihr Seelengefährte, der seinen Mitmenschen gern etwas weitergab, aber sie suchte ja ohnehin nicht nach der großen Liebe am Cape. Auf dem College hatte sie ein paar kurze Affären gehabt, doch es war Jahre her, dass sie sich so leichtsinnig auf etwas einließ. War es überhaupt leichtsinnig, wenn ihre Freunde ihn kannten und ihm vertrauten? *Nein*, entschied sie. *Es ist nur impulsiv. Ein Abenteuer.*

Er schaute sie mit einem verspielten, sinnlichen Ausdruck an, der ihren Puls noch mehr in die Höhe schießen ließ. Gott, auch das stand ihm so gut. Vielleicht würde ihr eine Affäre mit dem Objekt ihrer Fantasien ja dabei helfen, sich auf das Unternehmen zu konzentrieren, mit dem sie sich dringend befassen sollte.

»Ich habe auch nach *Miss Fine* gesucht, aber keine Spur von dir. Was soll man da machen?« Er runzelte die Stirn. »Ich bin nicht auf die Idee gekommen, nach *Flirten und flachlegen* zu suchen. Das ist eine nette Überraschung. Eine, für die ich mich gern zur Verfügung stelle.«

»Wa...?« Sie schnappte nach Luft, erinnerte sich dann aber plötzlich an die Maske. Eilig riss sie sich das Ding vom Kopf, um die Aufschrift zu lesen. *Flirten und flachlegen.* Sie würde Jana umbringen.

»Wir haben uns die Masken nicht selbst ausgesucht«, sagte die Blondine und schloss die Faust um das Stück Stoff. »Jana hat sie machen lassen und jeder eine verpasst, ohne uns zu sagen, was draufsteht.«

Sie war so niedlich verlegen, dass er sich einfach nicht sattsehen konnte. Kurzerhand nahm er ihr die Maske aus der Hand und steckte sie in die Brusttasche seines Hemds. »Das ist aber schade. Ich hatte mir schon Hoffnungen gemacht.«

»Wer hat Lust auf einen Blowjob?«, rief Colton, der gerade Schnapsgläser auf dem Bartresen aufreihte.

Alle jubelten, auch die Blondine.

Jett grinste breit und erntete dafür ein wahnsinnig sexy Lachen von ihr. »Das hört sich schon besser an! Doch normalerweise kenne ich vorher zumindest den Namen der Frau.« Er reichte ihr die Hand. »Jett Masters. Freut mich sehr, dich kennenzulernen.«

Sie strahlte übers ganze Gesicht, als sie ihm die Hand

schüttelte. »Ich bin Tegan Fine.«

»Ein außergewöhnlich schöner Name für eine unglaublich schöne Frau.«

»Ein bisschen kitschig, aber okay«, neckte sie ihn. »Dein Fanclub hier ist ganz schön groß.«

»Nicht nur hier. Ich bin auf der ganzen Welt heiß begehrt.« Er deutete mit dem Kopf in Richtung Bar. »Lust, deinen Mund zum Einsatz zu bringen?«

»Kommt drauf an.« Sie verschränkte die Arme vor der Brust und schob eine Hüfte provokant nach vorn. »Bleibst du weiter so arrogant?«

Er fand es großartig, wie direkt sie war, und wusste, dass sie ihn einfach stehen lassen würde, wenn er nicht der Mann war, den sie heute Abend wollte. So viel Selbstachtung fand man nur selten und das war noch anziehender als ihre herrlichen Kurven. Er konnte nicht widerstehen, das Knistern zwischen ihnen noch ein bisschen anzufachen. »Willst du das denn?«

»Tegan! Komm schon, als Nächstes kriegen wir Super-Orgasmen!«, brüllte Cree von der anderen Seite des Raums herüber.

Sinnliche Hitze flackerte in Tegans Augen auf, doch sie hielt den Blick fest auf Jett gerichtet und hob nur einen Zeigefinger in Crees Richtung. »Gibst du Frauen immer, was sie wollen?«

Er machte noch einen halben Schritt auf sie zu, was sie scharf Luft einziehen ließ. »Wollen, brauchen, das ist alles irgendwie miteinander verbunden, denkst du nicht auch?«

»Eigentlich denke ich am liebsten gar nicht, wenn ein Mann mich verwöhnt.« Ihre Zunge huschte über ihre Unterlippe und hinterließ eine verlockende, feuchte Spur.

»Dann werden wir wunderbar miteinander auskommen.«

Er bot ihr den Arm. »Wollen wir?«

Als sie sich in Bewegung setzte, stolperte sie jedoch prompt über ihre eigenen Füße. Er wandte sich ihr gerade noch rechtzeitig zu, um sie an der Taille zu fassen. Aus großen Augen und schwer atmend schaute sie zu ihm hoch und blinzelte ein paarmal.

Er verstärkte seinen Griff ein wenig und zog sie an sich. »Bringe ich Sie aus der Fassung, Miss Fine?«

»Meine verdammten Stiefel bringen mich aus der Fassung. *Dich* finde ich amüsant.« Sie zog eine fein gezupfte Augenbraue hoch. »Hältst du mich jetzt den Rest des Abends hier als Geisel, während die anderen ihre Blowjobs und Orgasmen genießen? Oder machen wir mit?«

»Es wäre unhöflich, nicht mitzumachen.« Er lehnte sich zu ihr und atmete den Duft nach süßer Zitrone und Sonnenschein ein, der dem Sturm trotzte, der sich zwischen ihnen zusammenbraute. »Ich bin nur noch heute Nacht hier in der Stadt, aber du kannst gern meine willige Geisel werden, wenn wir hier fertig sind.«

»Wir werden sehen. Das Urteil darüber ist noch nicht gefallen.« Sie löste sich aus seiner Umarmung und hakte sich bei ihm unter. »Zeig mir, dass man mit dir Spaß haben kann, und dann entscheiden wir, ob du für eine Nacht mein *Master* sein darfst.«

Sein Handy klingelte und als er es aus der Tasche zog, wurde ihm *Tia Strong* auf dem Display angezeigt. Abgesehen von seinen Freundinnen aus Bayside gab es nur eine einzige Frau in Jetts Leben, die ihm absolut nichts durchgehen ließ, und das war Tia, seine langjährige Assistentin. Sie arbeitete in seinem New Yorker Büro und hatte keinerlei Skrupel, ihm wie gestern Abend die Meinung zu geigen. Sie waren seinen

Terminkalender für die kommende Woche durchgegangen und er hatte sie gebeten, eine Miss Fine aufzuspüren, die – aus den Post-its geschlossen – kürzlich ans Cape gezogen war und vermutlich eine Firma im Unterhaltungssektor übernehmen wollte. Tia fragte, ob er vorhatte, ihre Firma aufzukaufen, und als er zögerte und schließlich mit »Nicht so ganz« antwortete, musste sie etwas in seiner Stimme gehört haben, das sie auf die Gründe für seine Bitte brachte, denn sie weigerte sich rundheraus, eine schnelle Nummer für ihn aufzuspüren. Tia würde sich wunderbar mit Tegan verstehen, und sei es auch nur aufgrund der Freude, dass er von einer weiteren Frau Gegenwind bekam.

Tegan lehnte sich dichter zu ihm. »Schau nie auf einer Party auf dein Handy und nimm auch keine Anrufe an, vor allem nicht in Gesellschaft einer Lady. Das ist der erste Minuspunkt. Bis dann, *Armani, wenn es dir nützt.*« Sie schlenderte zu den Mädels hinüber, die sich an der Bar versammelt hatten und kichernd Shots kippten. Und schaute nicht einmal über die Schulter.

Verdammt.

Die Frau ließ Sachen fallen, stolperte über ihre eigenen Füße, war ein Albtraum auf der Tanzfläche und besaß trotzdem mehr Klasse als die Gucci-tragenden Models und hochkarätigen Firmenchefs, die er kannte. Sie war absolut fesselnd, und wie bei den besten Deals, die er in seinem Leben abgeschlossen hatte, wollte er unbedingt mehr über sie wissen.

Der Blowjob war ihm scheißegal. Wenn er es nur darauf abgesehen hätte, gab es mehr als genug Frauen, die quasi damit um sich warfen. Tegan gehörte ganz klar nicht zu ihnen. Oder vielleicht doch, aber ihn beschlich das Gefühl, dass eine Nacht mit Tegan Fine seinen Appetit erst recht wecken würde.

Justin und er stießen mit ihren Shots an und kippten sie

hinunter, als Dwayne sich zu ihnen gesellte.

»Ich wusste gar nicht, dass du Tegan kennst«, sagte er. »Das erklärt wohl, warum du im Hog keine Frauen aufreißen wolltest. Sie ist echt ein heißes …«

»Lass es lieber, Dwayne«, unterbrach Jett ihn warnend. »So ist das nicht. Ich hatte keine Ahnung, dass sie mit Harper befreundet ist.«

»Ach nein?« Dwayne musterte Tegan hungrig und rieb sich die Hände. »Perfekt. Diese Klamotten werden sich super auf dem Boden meines Schlafzimmers machen.«

Jett fixierte ihn mit einem finsteren Blick und ballte die Hand zur Faust. Er war selbst überrascht, wie heftig ihn ein besitzergreifender Impuls urplötzlich überrollte.

Justin legte seinem Cousin eine Hand auf die Schulter. »Hau lieber ab, bevor der Kerl dich umbringt.«

»Was? Er hat doch gesagt …«

»Mach die Augen auf«, entgegnete Justin scharf. »Sie checkt ihn ab, als würde er ihr gehören.«

Jett drehte sich um und erwischte Tegan dabei, wie sie ihn selbstbewusst beobachtete. In ihrem Blick stand eindeutig Verlangen und wieder schaute sie nicht weg. *So. Was. Von. Heiß.*

Violet packte Dwayne am Arm. »Bringt dich deine große Klappe schon wieder in Schwierigkeiten?«

Bevor Dwayne auch nur ein Wort sagen konnte, rief Steph plötzlich: »Spice Girls!« Der schnelle Song trieb sie und ein paar der anderen Mädels wieder auf die Tanzfläche. Beckett, Drake, Rick und Desiree schoben sich an Jett vorbei, um ihnen zu folgen.

»Komm mit, Playboy. Da hinten sind ein paar Single-Ladys, die einen Tanzpartner brauchen.« Violet zwinkerte Jett zu und zerrte Dwayne in Richtung Tanzfläche.

»Shit«, presste Justin zwischen zusammengebissenen Zähnen hervor. »Beckett hat es auf Chloe und Daph abgesehen. Du musst allein klarkommen, Kumpel.«

Jett war alles andere als allein. Tegans Blick lag noch immer auf ihm. Er deutete mit dem Kopf zur Bar und formte mit den Lippen: *Ein Drink für dich?*

Sie zeigte ihm ihr volles Schnapsglas, als wollte sie sagen: *Nein danke.*

Er versuchte, die Enttäuschung zu ignorieren, die in seiner Brust aufstieg.

Tegan nahm sich einen Keks von einer Platte auf dem Tresen, und als sie ihn hochhielt, sah Jett, dass er wie ein Penis geformt war. Sie kniff die Augen ein wenig zusammen und ließ die Zunge über die mit Zuckerguss verzierte Spitze gleiten. Hitze schoss zwischen seine Beine. *Gott, diese Frau ...* Sie steckte sich den Keks in den Mund. *Genau so, Baby, zeig mir, was du mit mir machen willst.* Er hoffte, dass keiner der Jungs ihr dabei zuschaute, doch er würde auf keinen Fall wegsehen, um sich zu vergewissern. Tegan zog die Augenbrauen hoch und biss kräftig zu, ohne ihren Blickkontakt abreißen zu lassen. *Verdammte ...*

Er erkannte eine Warnung, wenn er sie sah, aber das sinnliche Funkeln in ihren Augen ließ ihm eine ganz andere Botschaft zukommen. Das war pure Hitze und er wollte sich kopfüber in die Flammen stürzen. Sie erhob ihr Glas, als wollte sie ihm zuprosten, trank dann den Shot in einem Zug aus und stellte das leere Glas auf der Bar ab, ohne wegzusehen. Ein flirtendes Lächeln erschien auf ihrem wunderschönen Gesicht und in diesem Moment ging ihm auf, dass sie ihn komplett durchschaut und sich die Oberhand verschafft hatte.

»Wer will die Braut und den Bräutigam beim BH-Pong herausfordern?« Harpers laute Stimme riss Jett aus seinen Gedanken.

»Wir!« Emery zog Dean mit sich auf die andere Seite des Raums.

Tegan schaute ihn fragend an und ihr Blick huschte flüchtig zu Emery und Dean. Jett nickte und nahm damit ihre Aufforderung an, ihr Partner beim BH-Pong zu werden – was auch immer das war.

Sie schlenderte in ihrem sexy hautengen Outfit auf ihren unfassbar heißen Stiefeln zu ihm herüber und blieb nur Zentimeter vor ihm stehen. »Zeigen wir denen, wer der Boss ist?«

»Das würde ich lieber *dir* zeigen«, erwiderte er und wurde mit hübscher Röte belohnt, die ihr in die Wangen stieg. Das war überraschend und sehr süß nach der Show, die sie ihm gerade geboten hatte.

»Du kannst gerne *mir* zeigen, wer der Boss ist«, bot Colton ihm an. Er deutete auf das *Für immer der gleiche Penis*-Banner über seinem Kopf. »Das ist Janas Werk, nicht meins. Ich bin immer für mehr Abwechslung.«

Brock, der sich gerade mit Cree und Andre an Jett vorbei zur Tanzfläche schob, lachte im Vorbeigehen.

Jett schüttelte grinsend den Kopf. »Vollpfosten.«

»Das hast du nun davon, bei einem Junggesellinnenabschied reinzuplatzen«, meinte Tegan, als sie sich den andern beim Spiel anschlossen.

»Abgesehen von meinem Abstecher ins Sundial gestern war das das Beste, was ich bei diesem Besuch am Cape gemacht habe.«

»Wow.« Sie hakte sich wieder bei ihm unter. »Und so

schnell ist der Minuspunkt wieder verschwunden.«

»Ich mag Frauen, die nicht nachtragend sind.«

»Und ich mag Männer, die lange genug mit dem Flirten aufhören können, um das Spiel zu spielen«, mischte Dean sich ein und warf Jett einen Ping-Pong-Ball zu.

Das verdammte Ding prallte an seiner Hand ab und schlitterte über den Boden. Er schüttelte den Kopf und ignorierte den Spott seines Bruders und die Sprüche ihrer Kumpel darüber, dass er offenbar nicht geschickt mit seinen Händen war. Dean warf ihm einen weiteren Ball zu. Dieses Mal fing Jett ihn auf und beäugte daraufhin die bunten BHs, die an dem Brett an der Wand hingen.

»Gehört was davon dir?«, fragte er Tegan.

»Das wüsstest du wohl gerne.« Sie nahm ihm den Ball ab und sagte zu den anderen: »Wer will als Erstes sein Shirt verlieren?«

Das brachte ihr eine Runde zweideutiger Bemerkungen über *Strip*-BH-Pong ein, die sich von da an durchs gesamte Spiel zogen. Jett konnte nicht fassen, wie schnell er und Tegan sich aufeinander einstimmten. Sie war hemmungslos und witzig und genauso ehrgeizig wie er. Jede sarkastische Bemerkung der anderen Teams wurde gekontert, und sie konzentrierte sich aufs Werfen, als würde ihr Leben davon abhängen. Sie jubelten, gaben sich High-Fives und lachten wie unbeschwerte College-Studenten. Als sie die letzte Runde schließlich gewannen, warf Tegan sich ihm freudestrahlend in die Arme und reckte triumphierend eine Faust in die Höhe, während Jett sie schwungvoll herumwirbelte. Er kämpfte gegen den Impuls an, sie zu küssen, weil er wusste, dass er sicher nicht aufhören wollte, sobald sich ihre Lippen berührten. Wann hatte er das letzte Mal gelacht, geschweige denn, die Gesellschaft einer Frau so genossen?

Mit Voranschreiten des Abends drehte Colton die Musik weiter auf und dimmte das Licht, was der Party eher die Atmosphäre einer Nacht im Club als eines Junggesellinnenabschieds mit unerwartetem Zuwachs verlieh. Alle tanzten, unterhielten sich und tranken, bis auf die drei Mädels, die sich zum Fahrdienst bereit erklärt hatten. Jett und Tegan tauschten heiße Anspielungen aus und kamen sich immer näher, obwohl die Mädels sie ständig wegen irgendwas wegschleiften.

Jett stand mit Justin, Andre und Violet an der Bar und versuchte, sich auf Andre zu konzentrieren, der gerade von seiner und Violets letzter Überseereise erzählte. Vergebene Liebesmüh. Er konnte sich weder gedanklich von Tegan losreißen, noch den Blick von ihr abwenden. Gerade tanzte sie mit Chloe und Steph. Sie zappelte und zuckte und an ihren Bewegungen war absolut nichts aufreizend, und doch war Jett wie gebannt. Abseits der Tanzfläche war Tegan eine ungewöhnliche Mischung aus verspielt und sinnlich. Aber *auf* der Tanzfläche? Er war sich ziemlich sicher, dass alle anderen sie als albern wahrnahmen, er jedoch sah nur eine wunderschöne, unbekümmerte Frau, die nur so vor Selbstbewusstsein strotzte. Noch nie hatte er etwas so Verlockendes gesehen.

Verflucht, er vermisste es, so sorglos zu sein. Es kam ihm vor, als wären seine Gedanken, Handlungen, jeder geschäftliche Deal, jeder einzelne verdammte Schritt, den er machte, von den Geistern seiner Vergangenheit belastet. Wenn er ans Cape kam, konnte er es kaum erwarten, wieder zu verschwinden – wenn er nicht hier war, nagten Schuldgefühle an ihm. Doch heute Abend wurde dieses hässliche Gefühl von Tegans Nähe in Schach gehalten.

Er dachte zurück an vorhin, als sie auf Gavin und Harper angestoßen hatten. Colton hatte Tegan ein Glas Champagner angeboten, doch sie hatte ihre sexy Augen auf Jett gerichtet und gesagt: »Danke, ich habe hier alles, was ich brauche.« Damit hatte sie nach seinem Champagnerglas gegriffen und es an den Mund gehoben, als hätte sie es nur auf einen Schluck daraus abgesehen. Doch sie hielt inne und leckte sich über die Lippen, statt aus dem Glas zu trinken, und er hätte schwören können, dass er ihre heiße, geschickte Zunge auf seiner Haut spürte. Sie war draufgängerisch und selbstsicher, doch darunter simmerte auch etwas Süßes, das er unbedingt auf einer intimen Ebene kennenlernen wollte. Normalerweise konnte er andere Leute hervorragend einschätzen, aber er wusste nicht recht, ob Tegan sich einfach nur mal an den sexuell aufgeladenen Neckereien ausprobierte und einen Rückzieher machen würde, bevor es ernst wurde – oder ob sie eine Meisterin der Verführung war.

Justin stieß Jett mit dem Ellenbogen an. »Warum bist du nicht da drüben und tanzt mit Tegan?«

»Mache ich. Gleich. Ich beobachte sie gern.« Er nahm einen Schluck von seinem Drink. Tegan stolperte. Sein Magen krampfte sich zusammen und er wollte sich schon von der Bar abstoßen, doch Emery packte sie rechtzeitig und die beiden brachen in gackerndes Gelächter aus, das ihn ebenfalls zum Grinsen brachte. »Sie ist so verdammt niedlich.«

»Stimmt«, sagte Justin. »Jedes Mal, wenn ihr euch näher kommt, seht ihr aus, als würdet ihr euch gleich die Kleider vom Leib reißen, aber vielleicht solltest du lieber auf Abstand bleiben, wenn sie tanzt. Am Ende verpasst sie dir noch ein blaues Auge.«

Jett begegnete seinem amüsierten Blick. »Das Risiko gehe ich ein.«

Andre zog Violet an sich. »Die besten Frauen tanzen zu ihrem eigenen Takt. Meine gehört auf jeden Fall dazu.«

»Na komm, mein Großer. Ich zeig dir, was ich draufhabe.« Violet schleppte ihn mit in Richtung Tanzfläche.

Jett kannte Violet schon etliche Jahre. Als sie damals ans Cape gezogen war, kam sie beinhart rüber und hatte massive Mauern um sich herum errichtet. Desiree und sie waren zwar Halbschwestern, kannten sich bis dahin jedoch kaum. Trotzdem beschlossen sie, die Pension gemeinsam zu führen, um eine Beziehung zueinander aufzubauen. Es erstaunte ihn immer wieder, wie sehr Violet sich verändert hatte. Sie war immer noch tough, zeigte sich nun aber auch weicher, liebevoller gegenüber ihrer Schwester und ihren Freunden – und jetzt natürlich auch gegenüber Andre. Jedes Mal, wenn Jett sie sah, dachte er an seine eigene Familie und fragte sich ganz leise, ob sein Vater und er wohl je wieder an diesen Punkt kommen würden.

Doch damit würde er sich ein andermal beschäftigen.

Im Moment hatte er Tegan lange genug beim Tanzen beobachtet. Er musste näher bei ihr sein, ihr Lachen hören und das Funkeln in ihren Augen sehen, wenn er sie berührte. Er drehte sich zur Bar um. »Hey, Colton, könntest du vielleicht schon mal *Sex on Fire* vorbereiten?«

»Vorbereiten? Schau mich doch mal an. Sex mit mir entfacht immer ein Feuer.« Colton vollführte ein paar Tanzbewegungen.

Justin lachte leise.

Jett schenkte Colton einen betont ausdruckslosen Blick.

»Ooh.« Colton seufzte dramatisch. »Du meinst, dass ich den *Song* vorbereiten soll.« Er deutete mit einem Finger auf Jett. »Wird gemacht. Ich schiebe dann für den Rest der Nacht

Slow Hands und ein paar andere sex-fördernde Songs hinterher. Ich steh voll hinter dir, auch wenn es mir andersrum lieber wäre.«

Jett schüttelte grinsend den Kopf.

»*Endlich* bringt Jett Bewegung in die Sache«, sagte Justin.

Während Colton den Song auflegte, marschierte Jett zur Tanzfläche. Tegan hatte ihm den Rücken zugewandt, streckte die Arme zur Decke und schwenkte Kopf und Hintern von einer Seite zur anderen. Chloe schaute über Tegans Schulter zu Jett, doch der hielt sich einen Finger an die Lippen. Grinsend stupste Chloe Steph an und die beiden machten ein bisschen Platz, damit er Tegan umrunden konnte. Ihre Augen waren geschlossen, als würde sie sich in der Musik verlieren. In Gedanken spann Jett das weiter, nahm sie mit in sein Schlaf- zimmer, sah sie nackt und mit geschlossenen Augen unter ihm liegen, während ihre Körper sich in ihrem eigenen sinnlichen Takt bewegten.

Er griff nach oben und fing ihre Hände mit seinen ein. Sie riss die Augen auf, doch als er ihre Arme um seinen Nacken legte, verdunkelte sich das helle Blau. Er wollte ihr nicht das Gefühl geben, dass ihm nicht gefiel, wie sie tanzte, aber er musste sie einfach in die Arme nehmen. Die Musik war zu schnell für einen langsamen Tanz, was ihnen die perfekte Gelegenheit bot, ihren eigenen gemeinsamen Rhythmus zu finden.

»Warum hast du so lange gewartet?«, fragte sie frech und ihre Hüften bewegten sich weiter ziellos.

»Ich habe die Aussicht genossen. Es ist nie gut, etwas zu überstürzen – weder bei Geschäften noch beim Vergnügen.«

Er hielt ihren Blick fest und schwelgte in den Flammen, die in ihren Augen aufloderten, als er von ihren Handgelenken bis zu den Schultern über ihre Arme strich, wo er sich mit den Fingerspitzen unter den dünnen Stoff ihres Oberteils stahl. Ihre tanzenden Freunde um sie herum nahm er nur noch am Rand wahr, weil er sich schon zu sehr auf Tegan konzentrierte, um auf irgendetwas sonst zu achten. Eine Hand ließ er an ihrem Oberkörper nach unten gleiten. Das Gefühl ihrer Kurven ließ heiße, drängende Lust durch seinen Körper pulsieren. Er schlang einen Arm um ihre Taille, zog sie an sich und brachte etwas Ruhe in die Sache. Ihre Augen weiteten sich ein winziges bisschen und verengten sich gleich darauf verführerisch, als die Musik zu einem langsameren Takt wechselte.

Zustimmende Laute ertönten um sie herum, als sich Paare und Freunde zusammenfanden, um ihre sinnlichen Seiten zu entfesseln. Doch Jett und Tegan ließen die Melodie schweigend in sich widerhallen. Ihr weicher Körper schmiegte sich an seine harten Muskeln, ihr Herz klopfte hektisch an seiner Brust. Er hielt sie dort fest, eine Hand auf ihren unteren Rücken gelegt. Seine Finger ruhten auf der Wölbung ihres Hinterns, und er lenkte ihre Hüften in den gleichen wiegenden Rhythmus, mit dem er ihr entgegenkam. Die andere Hand fand ihren Weg weiter nach unten und neckte die nackte Haut an ihrem Oberschenkel. Das Hämmern der Bässe und die Lust, die in ihren Augen simmerte, verwob sich mit dem Gefühl ihrer Körper, die sich im Gleichklang miteinander bewegten und ihn so noch tiefer hineinzogen.

Tegans Körper stand in Flammen. Jetts Hände waren stark und besitzergreifend. Er fixierte sie so durchdringend mit seinem hungrigen Blick, als könnte er ihr Verlangen spüren und wollte jeden einzelnen ihrer Wünsche erfüllen. Dann schob er eine Hand in ihre Haare. Seine Bartstoppeln kratzten verlockend über ihre Wange, als er seinen warmen Mund auf eine Stelle neben ihrem Ohr drückte. Sein Griff um sie wurde noch fester, er drückte sie an sich und zog mit den Lippen eine unsichtbare Spur ihren Hals nach unten. Sie bekam weiche Knie. Gott im Himmel, ihr Herz würde jeden Moment explodieren. Die sexuelle Anspannung würde sie umbringen, ganz bestimmt.

Ein sexy Song ging in den nächsten über, ihre Hände erkundeten einander gierig, schickten Wellen der Lust durch sie hindurch. Sie spürte seine harte Hitze beim Tanzen. In ihren High Heels war sie fast groß genug, um sich den Kuss zu holen, nach dem sie sich schon den ganzen Abend lang sehnte, doch auch wenn sie bei Jett ziemlich draufgängerisch war, ging sie normalerweise bei Männern nicht so ran und hielt sich jetzt zurück. Er war die personifizierte Versuchung und gab ihr das Gefühl, mutig und sexy zu sein, weckte in ihr Wünsche und Bedürfnisse und Hunger, wie sie es noch nie erlebt hatte. Sie fühlte sich sicher mit ihm. Zum ersten Mal, seit sie ans Cape gezogen war, zermarterte sie sich nicht das Hirn über die Arbeit, die vor ihr lag, oder das Leben, das sie zurückgelassen hatte. Tatsächlich konnte sie gerade kaum einen klaren Gedanken fassen, abgesehen von der Erkenntnis, dass sie Jett begehrte und dass sich das herrlich anfühlte – und ein bisschen gefährlich, nachdem er ihren Verstand in den letzten vierundzwanzig Stunden so für sich eingenommen hatte. Und doch ... Wenn sie sich nicht zurückhielten, wenn sie sich den Genuss einer perfekten gemeinsamen Nacht erlaubten, vielleicht würde sie es ja hinterher schaffen, ihn aus ihrem Kopf zu verbannen, und somit zukünftige Ablenkungen verhindern. Na ja, abgesehen von der Hochzeit, auf der sie ihn wiedersehen würde, doch bis dahin hätte sie genug Zeit, sich auf die Arbeit zu konzentrieren. *Und wenn wir im Bett den gleichen Draht zueinander haben wie heute Abend, bin ich vielleicht bereit für eine Wiederholung.*

»Du bist so verdammt sexy«, raunte er ihr dunkel ins Ohr.

Ein warmes Pochen regte sich in ihrer Mitte. »Wenn du weiter solche Sachen zu mir sagst, steht gleich die Tanzfläche in Flammen.«

»Ist das eine Beschwerde oder ein Kompliment?«

»Kompliment«, gab sie atemlos zurück. Die Lichter flackerten und die Musik hatte einige kleine Aussetzer, was sie abrupt aus ihrer Trance riss, auch wenn ihr Körper sicher jeden Moment lichterloh brennen würde.

»Der Sturm kommt wohl näher«, sagte Colton in einen der stillen Momente hinein.

Tegan war den ganzen Tag lang so sehr damit beschäftigt gewesen, nicht an Jett zu denken, dass sie den Wetterbericht nicht verfolgt hatte.

Jett strich mit einer Hand über ihren Rücken und hielt sie dicht bei sich. »Bist du mit dem Auto hier?«, fragte er an ihrem Ohr.

Das Verlangen in seiner Stimme unterbrach ihren Gedankengang. »Ich ... ich bin mit Jana und Cree hergefahren.«

Die Lichter flackerten erneut und brachten ein paar ihrer Freunde zum Fluchen.

»Ich habe den Regen so satt«, sagte Jana.

»Frag mich mal«, meinte Harper. »Aber solange es vor der Hochzeit aufhört, werde ich ...«

Der Rest ihres Satzes ging in einem dröhnenden Donnerschlag unter. Die Lichter flackerten ein letztes Mal, dann wurde der Raum stockfinster und die Musik brach ganz ab. Jett drückte Tegan fest an sich, während um sie herum erschrockenes Keuchen, leise Aufschreie und noch mehr Flüche ertönten.

»Ich pass auf dich auf«, versicherte Jett ihr.

Alle redeten ängstlich und frustriert durcheinander und eilten im Schein ihrer Handytaschenlampen von der Tanzfläche, um ihre Sachen einzusammeln. Doch Jett blieb ruhig und sein Herz schlug gleichmäßig und kräftig an Tegans Schulter. Er legte ihr sanft eine Hand an die Wange und die Telefone ihrer Freunde spendeten genug Licht, dass er ihr in die Augen sehen konnte.

»Ich will dich so gern nach Hause begleiten«, sagte er und beobachtete ihr Gesicht dabei aufmerksam. »Aber ich muss morgen wieder los und kann dir abgesehen von heute Nacht nichts versprechen.«

Das verstand sie, schaffte es jedoch nicht, das in Worte zu fassen.

»Ich bringe dich zur Tür und gehe dann, wenn du das willst«, bot er ihr an. »Aber ich bin noch nicht bereit, unsere gemeinsame Zeit zu beenden.«

»Ich auch nicht«, erwiderte sie. Erneut grollte Donner über ihnen, und die Anziehung zwischen ihnen war so intensiv, dass ihr das Denken schwerfiel. »Ich wohne in Brewster. Das ist ein ganz schönes Stück zu fahren«, brachte sie schließlich hervor.

Er strich mit dem Daumen über ihre Lippen und sah ihr fest in die Augen. »Ich würde bis nach Boston fahren, wenn du dort wohnen würdest.«

Justin tauchte neben ihnen auf, einen Arm um Steph, den anderen um Chloe gelegt. »Kümmerst du dich um Tegan?«, fragte er.

»Ja. Wo ist Daphne?«, wollte Jett wissen und suchte den

dunklen Raum nach ihr ab. »Braucht sie eine Mitfahrgelegenheit?«

Tegan wurde ganz warm ums Herz, dass er so an ihre Freundin dachte.

»Daph ist mit Violet auf der Toilette. Wir nehmen sie mit!«, rief Rick, der ein paar Meter weiter Desiree in ihren Mantel half.

»Der Sturm sollte doch erst zur Wochenmitte richtig schlimm werden«, sagte Colton.

Chloe leuchtete Jett mit ihrer Handytaschenlampe ins Gesicht. »Wehe, wenn du meine Süße nicht anständig behandelst, Jett Masters. Wenn ich eine schlechte Rückmeldung bekomme, kannst du was erleben.«

Jett lachte leise. »Du solltest mich doch besser kennen.« Er ließ den Blick noch einmal durch den Raum schweifen. »Colton, sollen wir noch bleiben und dir hier beim Aufräumen helfen?«

Doch Colton winkte ab. »Nein, ist schon in Ordnung. Trotzdem danke. Ich weiß allerdings nicht, warum sich meine Notbeleuchtung nicht eingeschaltet hat. Vielleicht gab es einen Kurzschluss in der Elektrik.«

»Ich bleibe und schau mir das an«, sagte Brock. »Alle mal herhören. Diese Stürme sind unberechenbar. Legt euch einen Vorrat an Wasser und unverderblichen Lebensmitteln an, seht zu, dass ihr genug Kerzen im Haus habt, und gebt uns Bescheid, wenn ihr irgendwas braucht.«

»Ja, Dad«, zogen Jana und Harper ihn wie aus einem Mund auf.

Harper und Gavin bedankten sich bei allen fürs Kommen und starteten eine Umarmungsrunde. Als Harper bei Tegan ankam, raunte sie ihr leise zu: »Jett ist toll, aber wirklich mit seiner Arbeit verheiratet. Behalt einfach deine Erwartungen ein bisschen im Auge. Lass dich nicht verletzen.«

Wieder einmal war Tegan dankbar, dass sie so gute Freunde hatte. »Werde ich nicht. Ich bin in der nächsten Zeit auch mit meiner Arbeit verheiratet. Das ist nur … du weißt schon. Spaß für eine Nacht.« Sie konnte nicht fassen, dass sie das aussprach, geschweige denn es wirklich durchziehen wollte.

»Das habe ich bei Gavin auch gesagt und jetzt heiraten wir.« Harper griff nach seiner Hand. »Ruf mich an, wenn du den Terminplan fürs Theater fertig hast, und pass bei dem Wetter da draußen auf dich auf.«

Tegan versprach ihr, sich zu melden, sobald sie alles sortiert hatte. Danach verabschiedeten sie sich von ihren Freunden, Jett holte ihre Jacken und sie machten sich auf den Weg. Kalter Regen peitschte ihr ins Gesicht, doch auch das konnte die Hitze zwischen ihnen nicht dämpfen. Der Wind fuhr heulend in die Stromleitungen, und die Böen waren so stark, dass Tegan nur mühsam vorankam. Jett fasste sie um die Taille und zog sie an seine Brust. Er legte ihr eine Hand auf den Hinterkopf und schirmte ihr Gesicht mit der anderen ab, als könnte er sich in einen Regenschirm für sie verwandeln. Sie rannten über den Parkplatz, und als sie stolperte, fing Jett sie auf.

»Ich bin so ein Tollpatsch«, sagte sie, als er ihr beim Einsteigen in den SUV half.

»Das gibt mir nur einen Grund, dich fester in den Arm zu nehmen.«

Er lehnte sich ins Innere des Autos und sorgte so dafür, dass sie den Regen nicht abbekam, der ihm auf den Rücken prasselte. Sacht strich er ihr die nassen Haare aus dem Gesicht, eine intime Berührung und noch eine rücksichtsvolle Geste.

Ihre Blicke trafen sich und ihr Name kam ihm heiser über

die Lippen. »Tegan ...«

Sie lehnte sich nach vorn und brachte ihren Mund an seinen, nahm sich den ersten Kuss, den sie sich so verzweifelt wünschte. Ihr blieb keine Zeit, sich an den harten Druck seiner Lippen zu gewöhnen, kein vorsichtiges Herantasten, als er die Führung übernahm. Er packte ihre nassen Haare und neigte ihren Kopf ein wenig zur Seite, um den Kuss zu vertiefen. Seine Zunge wagte sich weiter vor, seine Lippen waren warm und fordernd, und er schmeckte nach Alkohol und erotischen Versprechen. Sie konnte es kaum erwarten, dass er diese unausgesprochenen Dinge in die Tat umsetzte.

Sie klammerte sich an seinen Kopf und seine Schultern, wollte immer noch mehr von ihm. Seine Hand fand einen Weg unter ihren Mantel und streichelte ihre Brust. Sie bog sich ihm entgegen, bis er die Finger unter den Stoff ihres Oberteils schob und ihren Nippel zwischen Zeigefinger und Daumen rollte. Als sie in den Kuss stöhnte, schob er sich weiter ins Innere des Autos. Kalte Luft wogte herein, doch das war ihr egal. Seine Küsse hallten in ihr wider, jede Bewegung seiner Zunge trieb sie höher. Sie war blind vor Lust, keuchte und suchte nach Halt, verlor sich vollkommen in ihm. Noch nie war sie so tief, so besitzergreifend geküsst worden. Er war unermüdlich, und oh, wie sehr ihr das gefiel! Als er sich schließlich losriss, um die Lippen auf ihren Hals zu senken, entwich ihr ein »Ja!«.

Er saugte hart an ihrer Haut, kniff sie in die Brustwarze und schickte damit einen Feuersturm durch ihren Körper. Die Lust war so intensiv, dass sie Sterne sah. Sie vergrub die Finger in seinen Haaren, als er sich gierig über ihre Kehle nach unten küsste und sich von da aus mit Zunge und Lippen über ihr Brustbein arbeitete. Schließlich drückte er einen einzelnen Kuss auf die Wölbung ihrer Brust, bevor sie spürte, wie er den Kopf hob, doch sie hielt die Augen geschlossen. Sie fühlte seinen hämmernden Herzschlag und wartete auf eine weitere Berührung, einen weiteren Kuss. Als beides ausblieb, hob sie langsam die Lider.

In seinem Blick lag ebenso viel Leidenschaft wie Zärtlichkeit. Ihre Nerven summten wie Stromdrähte unter Spannung, die gefährlich Funken sprühten, und doch empfand sie auch eine gewisse Ruhe und Sicherheit in seinen Armen.

»Nicht hier«, flüsterte er und zog ihren Jumpsuit sorgfältig wieder über ihrer Brust zurecht.

Dann suchte er noch einmal ihre Lippen mit seinen und küsste sie so liebevoll, dass sie sich einen Moment lang fragte, ob sie träumte.

Fünf

Die Fahrt nach Hause war eine wilde Mischung aus Wind, Regen und gespannten Erwartungen. Sie konnten nicht voneinander lassen, als sie durch Tegans imposante Eingangstür stolperten und sich dabei ihrer durchweichten Jacken entledigten. Jett drängte sie mit dem Rücken gegen die Tür und diese fiel mit einem lauten Knall ins Schloss, der von der hohen Decke und den Parkettböden widerhallte.

Tegan riss die Augen auf. »Nach oben!«

Ohne sich voneinander zu lösen, taumelten sie auf die breite Treppe zu und arbeiteten sich die Stufen nach oben.

»Du wohnst wirklich hier?«, fragte er atemlos.

»Mhm«, antwortete sie und suchte seine Lippen für einen weiteren herrlichen Kuss.

Im ersten Stock angekommen, drückte er sie mit seinem muskulösen Körper gegen die nächstbeste Wand und widmete sich intensiv ihrem Mund. Dabei umfasste er ihre Hände, streckte sie seitlich neben ihr aus und ließ sie seine harte Länge spüren. Ohne den Kuss zu unterbrechen, schob er ihre Beine erst mit dem Knie, dann mit dem Fuß auseinander, sodass sie ihm vollkommen ausgeliefert war – und es in vollen Zügen genoss. Bei jeder Bewegung seiner Hüften schoss ein heißer

Blitz in ihre Mitte. Sie hatte noch nie was mit einem Mann angefangen, der es so gut verstand, die Führung zu übernehmen. Aber es machte ihr keine Angst. Sie war fasziniert und so erregt, dass sich ihre Brust unter ihren schweren Atemzügen heftig hob und senkte. Seine Lippen wanderten ihren Hals hinunter und er strich mit der Zunge verführerisch langsam an ihrem Choker entlang, bevor er den Kopf etwas tiefer senkte, um mit leicht geöffnetem Mund Küsse auf ihrer Brust zu verteilen, bis jeder Zentimeter ihres Körpers vor Verlangen pulsierte. Sie bog den Rücken durch, rieb sich mit sehnsüchtigen Lauten an ihm und keuchte auf, als seine Lippen sich einen Weg zu der entblößten, empfindlichen Haut um ihren Bauchnabel suchten.

Er zog sich mit einem verruchten Funkeln in den Augen zurück und richtete sich wieder auf, um mit dem Mund sacht über ihren zu streichen. »Ist schon eine ganze Weile her für mich, und ich bin schon den ganzen Abend halb hart, weil ich mir ausgemalt habe, was ich mit dir anstellen will. Also sag mir, wenn ich zu grob werde. Ich will nichts tun, womit du dich nicht wohlfühlst.«

Seinem nachdrücklichen Tonfall war anzuhören, wie wichtig ihm das war, und das erregte sie noch mehr. »Okay«, brachte sie als heiseres Flüstern hervor.

Sein Blick huschte den langen Flur hinunter. »Wohnt hier sonst noch jemand?«

Sie schüttelte den Kopf und der fast greifbare Hunger in seinen Augen sorgte dafür, dass ihre inneren Muskeln sich lustvoll verspannten. Er gab eine ihrer Hände frei und strich mit den Fingerspitzen von ihrem Handgelenk hoch bis zur Schulter. Schweigend hakte er einen Finger unter den Stoff ihres Oberteils und zog es ihr bis zum Ellenbogen hinunter, was den Blick auf eine ihrer Brüste freigab. Ohne ihren Blickkontakt zu unterbrechen, tat er das Gleiche auf der anderen Seite, sodass sie nun mit nacktem Oberkörper vor ihm stand.

Er legte ihr eine Hand an die Wange und streichelte mit dem Daumen über ihre Unterlippe, während er ihr tief in die Augen sah. »Du kannst mir vertrauen. Ich würde dir nie wehtun. Du sollst dich nur gut fühlen.«

Auch wenn sie sich überhaupt keine Sorgen machte, waren seine Worte eine angenehme Bestätigung.

Sein Blick schweifte abwärts und ihre Brustwarzen zogen sich unwillkürlich kribbelnd unter seiner Hitze zusammen. Er fuhr mit beiden Händen zu dem Stoff, der zusammengeschoben in ihren Ellenbeugen hing. Sacht malte er kleine Kreise auf ihre Haut und drückte sie wieder gegen die Wand. Schließlich senkte er den Kopf, um einen ihrer Nippel mit der Zunge zu umspielen, bis sich ein schmerzhaft-verlangendes Ziehen darin ausbreitete. Anschließend widmete er sich ihrer anderen Brust und zog sie mit sich in einen sinnlichen Rhythmus, der sie mit jedem berauschenden Lecken weiter in die Höhe trieb. Als er an der Wölbung ihrer Brust saugte, schickte ihre Mitte ein elektrisierendes Kribbeln in ihren ganzen Körper.

Sie kniff die Augen zusammen und keuchte laut: »Mehr!«

Er ließ die Zunge über ihre Brustwarze gleiten und steigerte ihr Verlangen ins Unermessliche, sodass sie absolut nichts zurückhalten konnte.

»Oh Gott … Ja … Noch mal«, bettelte sie.

Er wiederholte die Bewegung, bis sie keinen klaren Gedanken mehr fassen konnte. Als er die Lippen schließlich um einen ihrer Nippel schloss, durchströmte sie pure Lust. Er saugte härter, während er ein Knie gegen ihre Mitte drängte und so viele Empfindungen in ihr weckte, dass ihr fast die Sinne schwanden. Jedes Reiben seines Knies trieb sie dichter an die Klippe heran. Sie bebte am ganzen Körper, rang ächzend nach Atem und haschte nach einem Orgasmus, der zum Greifen nah war.

»Mehr!«, schrie sie auf. »*Härter!*«

Er gab ihr ohne Zögern genau das, was sie wollte, bis sie sich verzweifelt unter ihm wand und überwältigt von ihrer Sehnsucht gierige Laute von sich gab, wie sie es noch nie erlebt hatte. Innerhalb weniger Augenblicke hatte er ihre Beine wieder eng zusammengeschoben und zog sie nun vollständig aus. Als Nächstes war ihr Tanga an der Reihe. Es sollte sie nervös machen, nur noch mit ihren Stiefeln und dem Choker bekleidet hier im Gang zu stehen, während Jett noch komplett angezogen war. Doch das kam ihr nicht einmal in den Sinn, denn er schlüpfte aus seinem Hemd und entblößte so seine herrlich breite Brust und definierte Bauchmuskeln, die sie zu gern mit der Zunge nachgefahren hätte.

»Meine Augen sind hier oben, meine Hübsche«, meinte er.

Sie schaute zu ihm hoch und wurde davon überrascht, dass er sie ansah, als wäre sie das Schönste, das er je gesehen hatte. Er bewegte sich wie ein Panther auf der Pirsch, als er eine Hand über ihren Oberschenkel nach oben wandern ließ.

»Komplett rasiert«, raunte er ihr zu und schickte damit einen wohligen Schauer durch ihren Körper. Er gab ein bewunderndes Brummen von sich, als seine Finger die Innenseite ihres Schenkels und ihr Geschlecht erkundeten. »Herrlich«, flüsterte er ihr ins Ohr und strich quälend langsam über ihre Feuchtigkeit, während er mit dem Daumen Druck auf ihre empfindsamste Stelle ausübte.

Sie streckte die Hand aus und umfasste seine Härte durch

seine Jeans. »Ich will auch spielen.« Es überraschte sie selbst, wie heiser sie klang.

Er hob ihre Hand an die Lippen und küsste ihre Finger. »Du bekommst so viel Zeit dafür, wie du möchtest, Süße, versprochen.«

Er verschränkte die Finger mit ihren und suchte erneut ihre Lippen, um sie lange und so sinnlich zu küssen, dass sie ihm jeden Wunsch erfüllt hätte, nur damit er weitermachte. Sie schloss die Augen, als er sich auf die Knie sinken ließ. Bei der ersten Berührung seiner Zunge schoss ihr ein heißes Kribbeln in sämtliche Glieder. Die zweite raubte ihr den Atem und dann verwöhnte er sie nach allen Regeln der Kunst. Seine Bartstoppeln kitzelten und kratzten sie. Er setzte seine Hände und seinen Mund so meisterhaft ein, dass er ihr damit den Verstand raubte. Sie krallte sich an seinen Schultern fest und drängte ihm das Becken entgegen. Keinen einzigen der wilden Laute, die in ihrer Kehle aufstiegen, konnte sie zurückhalten, während er sie immer höher in die Wolken hinaufschickte. Ihre Hüften zuckten nach vorn, ihr Geschlecht pulsierte, doch als sie gerade wieder zu Atem kam, wurde er rauer, besitzergreifender und katapultierte sie damit in eine neue Welle der Ekstase. Die Welt um sie herum drehte sich. Sie grub die Finger in seine Schultern, versuchte sich abzustützen, doch die erotische Oase, die er für sie geschaffen hatte, war überwältigend, und so ergab sie sich den unvergleichlichen Empfindungen.

Sie verlor jegliches Gefühl für Zeit und Raum. Als sie schließlich wieder in die Realität zurückkehrte, richtete Jett sich auf und hob sie auf die Arme.

»Schlafzimmer?« Seine Stimme klang rau, doch der Ausdruck in seinen Augen war weicher geworden, wie bei einem Tier, dessen schlimmster Hunger fürs Erste gestillt war.

Tegan deutete den Flur hinunter und schlang die Arme um seinen Nacken, um ihn zu küssen. Dass sie sich dabei selbst schmeckte, machte ihr nichts aus – sie brauchte ihn gerade so sehr wie noch nie zuvor etwas anderes. Als sie ins Schlafzimmer traten, löste er sich gerade lang genug von ihrem Mund, um sich nach dem Bett umzusehen, es mit Schwung aufzudecken und Tegan auf die Matratze zu legen. Regen prasselte gegen die Fenster, doch schon spürte sie Jetts Lippen wieder, wie sie ihren Mund fordernd erkundeten, und alles andere um sie herum verlor an Bedeutung. Seine Küsse waren magisch und machten süchtig, wie ihre Lieblingssüßigkeit versteckt im besten Softeis der Welt. Als sie sich gerade auf seine Leidenschaft eingestellt hatte, nahm er plötzlich das Tempo heraus und die Bewegungen seiner Lippen wurden zärtlicher. Er verwöhnte ihren Mund mit der gleichen Aufmerksamkeit und Hingabe, mit der er ihr gerade schon Lust geschenkt hatte. Wie konnte ein Mann, den sie nur so kurz kannte, schon solche Emotionen in ihr auslösen?

Er umfasste ihre Kniekehle und zog ihr Bein nach oben, bevor er sich erneut Richtung Süden verabschiedete, sich ausgiebig ihren Brüsten widmete und ihr kitzelnde Küsse auf den Bauch drückte. Sie konnte ein Kichern nicht unterdrücken.

»Verdammt, ich hab dich gern«, erwiderte er mit einem leisen Lachen und in seinen Augen erkannte sie nur Aufrichtigkeit.

Während er ihr die Stiefel und sich selbst die Schuhe auszog, ermahnte sie sich, dass sie nur die eine Nacht miteinander verbrachten und dass sie nicht zu viel in das hineininterpretieren durfte, was er in der Hitze des Augenblicks sagte. Sie machte eine Handbewegung zu seiner Jeans. »Zeig mir wie sehr. Runter mit den Klamotten.«

»Hast du es eilig?« Er beugte sich über sie und drückte die Lippen auf ihre. »Was, wenn ich gar nicht mehr will, sondern einfach nur die ganze Nacht damit verbringen möchte, mich um dein Vergnügen zu kümmern?«

Ein Grinsen stahl sich auf ihr Gesicht. »Dann würde ich antworten, dass du darin sehr gut bist.«

»Beim *mehr* bin ich sogar noch besser«, gab er frech zurück.

»Dann solltest du zur Sache kommen, damit ich selbst beurteilen kann, wo deine Stärken liegen.«

Er schob die Hände unter ihren Hintern und umfasste ihn, als würde er ihm gehören. »Ich mag es, wie fordernd du bist.«

»Und ich mag deinen Mund«, erwiderte sie schlagfertig.

»Was der als Nächstes von sich gibt, wird dir wahrscheinlich weniger gefallen.« Er wurde ein wenig ernster. »Als ich heute Abend losgefahren bin, habe ich nicht damit gerechnet, mit jemandem nach Hause zu gehen. Normalerweise bin ich vorbereitet, aber ich habe keine Kondome dabei. Ich gehe nicht davon aus …?«

Der geknickte Ausdruck in seinen Augen brachte sie zum Lachen. »Mr. Armani ist nicht auf alles vorbereitet? Darüber muss ich sofort die Medien informieren.«

»Ach, Mann. Du machst mich fertig.« Er rollte sich von ihr herunter.

Sie versuchte, eine neutrale Miene beizubehalten, konnte jedoch ein Grinsen nicht unterdrücken, als sie sich rittlings auf seinen Schoß setzte. »Ich frage mich ja, ob deine Freunde wohl wissen, dass du Frauen heiß machst und dann auf dem Trockenen sitzen lässt«, scherzte sie. Es war schön, dass Mr. Perfect doch auch nur ein Mensch war.

»Ich bin einfach nicht der Typ Mann, der es auf Sex abgesehen hat.«

»Oh, hmmm … Ich dachte ja schon irgendwie, dass wir es heute Abend beide darauf abgesehen hatten.«

»Ja, na ja, das ist was anderes. Ich bin nicht mit dem *Vorsatz* zur Tür raus, Sex zu haben.«

Sie schlang die Arme um ihn. »Bist du getestet, Armani?«

»Natürlich. Was ist mit dir, Post-it-Girl?«

»Ich hätte doch deinen Mund nicht in meine Nähe gelassen, wenn ich es nicht wäre.« Sie gab ihm einen zärtlichen Kuss, bevor sie ein wenig nach hinten rutschte, um nach seinem Gürtel zu greifen. »Und ich nehme die Pille.«

»Du hast mich also grundlos gefoltert?«

Sie zog den Gürtel mit Schwung aus den Schlaufen und warf ihn beiseite. »Es war lustig, dich zappeln zu lassen.« Als Nächstes öffnete sie Knopf und Reißverschluss seiner Hose und leckte sich über die Lippen beim Anblick seiner harten Länge, die sich unter dem dunklen Baumwollstoff seiner Unterwäsche abzeichnete. Sie war so viel forscher als je zuvor, aber auch das war ihr egal. Wenn sie diesen großen, attraktiven Mann eine einzige Nacht lang genießen konnte, würde sie keine Sekunde davon verschwenden.

Ihr Puls beschleunigte sich, als sie von ihm herunterstieg, den Bund seiner Boxershorts nach unten zog und so die Spitze seiner Erektion freigab. Sie musste ihn unbedingt schmecken, sein Verlangen in ihrer Hand pulsieren spüren, ihn so für sich einnehmen, wie er es mit ihr gemacht hatte. Doch sie wollte nichts überstürzen. Also lehnte sie sich langsam nach vorn und ließ die Zunge über seine Erregung gleiten.

Er stöhnte auf und streifte sich Jeans und Unterwäsche ungeduldig von den Beinen. Mit vereinten Kräften schafften sie es innerhalb kürzester Zeit, ihn auszuziehen. Sie drückte ihn nach hinten und leckte über seine komplette Länge, was ihm einen weiteren sinnlichen Laut entlockte. Schließlich legte sie die Finger um seine Härte und ließ die Zunge um seine Spitze kreisen.

»Fuck.«

»Nicht kommen«, raunte sie ihm zu, bevor sie die Lippen um seinen Schaft schloss.

»Du spielst mit dem Feuer. Wie gesagt, mein letztes Mal ist eine ganze Weile her.« Er biss die Zähne zusammen, als sie ihn mit Hand und Mund verwöhnte. Mit beiden Händen strich er ihr ächzend über die Haare und seine Hüften zuckten bei jeder ihrer Bewegungen leicht nach oben.

»Tegan, Baby«, warnte er sie heiser, was sie zu ihm hoch-schauen ließ.

Der lustgetränkte Ausdruck in seinen Augen weckte in ihr den Wunsch, ihn noch mehr in den Wahnsinn zu treiben. »Nicht kommen«, wiederholte sie, und seine Kiefermuskeln spannten sich an.

Ohne den Blick von seinem zu lösen, ließ sie die Zunge demonstrativ um seine Spitze kreisen und wanderte seinen Schaft hinunter, womit sie ein weiteres Stöhnen erntete. Schließlich nahm sie ihn in den Mund, saugte an ihm und bewegte die Hand fest und schnell auf und ab. Sie spürte, wie er noch härter wurde, doch dann griff er nach unten und umfasste seine Erektion an der Basis.

»Du musst damit aufhören. Ich muss dich ganz spüren.« Er drehte sich mit ihr zusammen um, sodass sie nun unter ihm lag. »Du machst mich verrückt.«

»Gut.« Sie spielte mit seinen regenfeuchten Haaren.

Seine Mundwinkel zuckten, doch das Lächeln war anders als bisher, wärmer, intimer. Er strich mit einer Hand an ihrer

Seite nach unten. »Du bist wirklich wunderschön. Das war mein voller Ernst.«

Er sagte so wundervolle Dinge, und sie versuchte, das nicht zu sehr an sich heranzulassen, konnte es jedoch genauso wenig ignorieren wie die Sonne, die an einem trüben Tag durch die Wolkendecke bricht. Sie sollte diese Nacht nicht zu etwas machen, was sie nicht war, ganz egal, wie gut sie sich verstanden und wie richtig sich das zwischen ihnen anfühlte. Also sagte sie gelassener, als sie sich fühlte: »Du bist auch nicht so übel.«

Er senkte die Lippen auf ihre, während er sie beide in die richtige Position brachte. Wie er sie küsste, so tief und leidenschaftlich, machte ihr seinen Körper nur noch mehr bewusst. Seine muskulösen Oberschenkel drängten sich gegen ihre, seine Härte fand ihre Mitte und seine starken Arme hielten sie liebevoll umfangen. Sein Brusthaar kitzelte und seine Bartstoppeln kratzten ebenso sinnlich über ihre Wangen wie zuvor über ihre Beine. Er roch nach Sex und Mann und er schmeckte himmlisch. Noch nie war sie sich der Nähe eines anderen Lebewesens derart bewusst gewesen. Sie hielt unwillkürlich den Atem an, doch er drang nicht direkt in sie ein. Stattdessen zog er sich etwas zurück und hauchte kleine Küsschen über ihre Lippen und Wange bis zu ihrem Ohr. Jede Berührung schickte ein aufregendes Kribbeln über ihre Haut.

Er schmiegte das Gesicht an ihres und neckte ihr Geschlecht mit der Spitze seiner Länge. Irgendwann bewegte er endlich das Becken nach vorn und schob sich langsam in sie. Sie spürte, wie ihr Körper sich ihm anpasste, während er sich Zentimeter für Zentimeter vorwagte, bis er ganz in ihr versunken war.

Seine Arme schlangen sich fester um sie und er atmete lang

gezogen aus. »So gut«, flüsterte er ihr ins Ohr. Als er sich etwas aufrichtete, fühlte sie ihn unglaublicherweise noch tiefer und der veränderte Winkel ließ sie scharf Luft einziehen. Ihre Blicke trafen sich und in diesem Moment regte sich etwas in ihrer Brust. Jett zog die Augenbrauen zusammen, als hätte er es ebenfalls gespürt, und für einen ganz kurzen Moment sah sie die gleiche merkwürdige Verwirrung in seinen Augen aufblitzen, die auch in ihr aufstieg. Ihr blieb jedoch keine Zeit, sich weiter darüber Gedanken zu machen, denn er nahm ihren Mund erneut ein, und sie begannen, sich miteinander zu bewegen. Schnell fanden sie einen gemeinsamen Rhythmus, mit dem sie sich ihrer Leidenschaft hingaben. Sie bekamen einfach nicht genug von den Lippen des anderen, krallten sich aneinander fest und versuchten, jedes Fleckchen Haut zu erreichen, stöhnten und flehten nach mehr. Tegan schlang die Beine um ihn und presste die Fersen gegen die Rückseiten seiner Oberschenkel, während er tiefer, schneller in sie stieß. Jede Bewegung schickte sie weiter nach oben, näher an ihren Höhepunkt heran.

»Halt mich fester«, sagte sie atemlos.

Schon eroberte er wieder ihren Mund – *Gott, dein Mund* –, während er die Hände unter ihren Hintern schob, das Becken hart gegen ihres drängte und das Tempo noch einmal anzog. Blut hämmerte durch ihre Adern und rauschte laut in ihren Ohren. Sie grub die Fingernägel in seine Haut und schrie auf, als der Orgasmus sie mit sich riss. Er küsste ihr die Laute von den Lippen und verwöhnte sie geschickt weiter, was sie so lang auf ihrem Höhepunkt hielt, dass sie sicher jeden Moment vor Ekstase ohnmächtig werden würde. Und als sie gerade wieder von ihrem Hoch herunterkam, wurde er langsamer und strich über die geheime Stelle, bei der sie unwillkürlich die Zehen verkrampfte und die Augen zusammenkniff. Elektrisierende Blitze schossen durch ihren Körper und sie verlor sich in einem weiteren, intensiven Orgasmus. Jeder Muskel in seinem Körper spannte sich an, und er löste den Mund mit einem Knurren von ihrem, als er sich seiner eigenen, heftigen Erlösung ergab. Er drang noch ein paarmal tief in sie ein und gab dabei die heißesten Laute von sich, die sie je gehört hatte.

Seine Bewegungen wurden wieder langsamer und er senkte den Kopf neben ihren. Sie waren beide außer Atem und wurden vom letzten Nachhall der Lust geschüttelt. Sie konnte ihn nicht loslassen, wollte noch nicht, dass er sich zur Seite rollte. Er hielt sie in den Armen, als wäre sie etwas unendlich Wertvolles, als würde sie ihm gehören, und ihre Körper passten so perfekt zueinander, dass sie die Verbindung zwischen ihnen bis in ihre Seele spürte.

Oh nein, nein, nein. Wo kommt das denn auf einmal her?

Ihre Gedanken waren noch zu benebelt, um der Sache auf den Grund zu gehen, also zwang sie sich zu einer Lüge, um die Kontrolle über ihren elenden Verstand wiederzuerlangen. »Ich kriege keine Luft.«

»Sorry, Baby.«

Er drehte sich zur Seite und sie vermisste sein Gewicht sofort. Das war doch albern. Sie gehörte nicht zur anhänglichen Sorte Mensch. Sie brauchte keinen festen Partner und wollte auch keinen. Dieser Mann hatte ihr im wahrsten Sinne des Wortes das Hirn rausgevögelt.

Sie stemmte sich hoch und eilte mit einem »Bin gleich wieder da« ins Bad.

Gott, Tegan. Reiß dich zusammen!

Nachdem sie die Toilette benutzt und sich ein wenig frisch gemacht hatte, starrte sie sich im Spiegel an. Ihr Herz raste immer noch und ihre Hände zitterten. Ihre Haare glichen einem Vogelnest, ihre Haut war erhitzt und ihr Make-up verschmiert. Sie sah aus, als hätte sie gerade den Sex ihres Lebens gehabt. Und sie musste dringend wieder hinunter von Wolke Sieben, auf die er sie befördert hatte, und zurück in die Realität.

Sie nahm sich einen Moment Zeit, den Rest ihres Make-ups loszuwerden, und redete sich dabei selbst ins Gewissen.

Es war guter Sex.

Das ist alles.

Sex. Ein One-Night-Stand. Mehr nicht.

Sie holte tief Luft und ließ sie geräuschvoll wieder entweichen. Ein bisschen gesammelter kehrte sie schließlich ins Schlafzimmer zurück.

»Du bist so verdammt sexy«, begrüßte Jett sie und stand vom Bett auf, um sie in die Arme zu nehmen. »Ich bin dran. Halt das Bett für mich warm.«

Sie schaute ihm auf den hübschen, nackten Hintern und kletterte wieder auf die Matratze. Eine Menge grauenvoller Gedanken gingen ihr durch den Kopf. Was, wenn er gerade überlegte, wie er schnellstmöglich von hier verschwinden konnte? *In dem Fall hätte er doch nicht gesagt, dass ich das Bett warmhalten soll.* Toll, jetzt war sie noch nervöser. Sollte sie sich hinsetzen? Hinlegen? Möglichst heiß aussehen? Eilig probierte sie ein paar Körperhaltungen durch, die sich allesamt lächerlich und gekünstelt anfühlten. Letztendlich saß sie einfach nur da und wirkte wahrscheinlich so unruhig, wie sie sich fühlte, als er aus dem Bad zurückkam. Jett sah immer noch unfassbar attraktiv aus mit seinem schlanken Körperbau und der beeindruckenden Verlockung, die zwischen seinen Beinen hing. Bei seinem Anblick konnte sie keinen klaren Gedanken mehr fassen, selbst wenn sie gewollt hätte. Er kroch zu ihr unter die Laken und zog sie an sich, um sie sanft zu küssen. Gemeinsam mit ihr rutschte er auf dem Bett weiter nach unten, sodass sie beide auf der Seite lagen und er sie in die Arme nehmen konnte.

»Das war fantastisch«, sagte er, und in seiner Stimme schwang ein Hauch von Ehrfurcht mit.

»Ja«, pflichtete sie ihm bei. »Du bist wirklich in *allem* gut.«

Er stützte sich mit einem Unterarm auf und schaute mit einem heißen und gleichzeitig irgendwie frechen Grinsen auf sie herunter. »Das kann ich nur zurückgeben, meine Schöne.«

»*Wir* sind in allem gut«, meinte sie, als er die Lippen auf ihre senkte und sie so tief küsste, dass ihr Körper an den aufregendsten Stellen vorfreudig kribbelte.

Als er sich wieder von ihr löste, zwickte er sie leicht in die Unterlippe und fuhr mit den Zähnen an ihrem Kiefer entlang. Sie spürte, wie er wieder hart wurde. »Ich finde ja, dass wir exzellent sind.«

Sein warmer Atem schickte eine Gänsehaut über ihren Körper. Dieses Mal würde sie sich nicht hinreißen lassen. Sie musste die Kontrolle übernehmen. Also stemmte sie sich gegen seine Brust, bis er sich auf den Rücken legte. »Vielleicht sollten wir Runde zwei einläuten«, sagte sie, während sie sich rittlings auf seine Hüften setzte. »Nur um zu sehen, ob wir es noch von exzellent zu spektakulär schaffen.«

Er packte sie an der Taille und seine Hüften kamen ihr entgegen, als sie sich auf seine harte Länge sinken ließ. Sie stöhnten beide auf. Funken glommen in seinen Augen auf, als er das Becken leicht kreisen ließ.

»Wir müssen uns was Heißeres als *exzellent* und *spektakulär* einfallen lassen«, gab er heiser zurück. »Weil wir lichterloh in Flammen stehen.«

Sechs

Als Jett erwachte, wurde er von heftigem Regen, der gegen die Fenster trommelte, und den leisen Seufzern der herrlich nackten Schönheit begrüßt, die warm in seinen Armen schlief. Er konnte sich nicht erinnern, wann er das letzte Mal die ganze Nacht mit einer Frau verbracht hatte, aber er wusste mit Sicherheit, dass die humorvolle, sinnliche Verführerin, die sich gerade an ihn kuschelte, absolut einzigartig war.

Tegan gab einen schläfrigen Laut von sich und schob ein Bein über seine, um sich noch dichter an ihn zu schmiegen. Er drückte ihr einen Kuss auf den Kopf und ließ seine Hand über ihren Rücken wandern, bis er ihren Hintern umfassen konnte. Sie stöhnte sinnlich auf und legte die Finger um seine Erektion.

»Na, dir auch einen guten Morgen«, murmelte sie dösig.

Er lachte zum x-ten Mal, seit er sie kennengelernt hatte. »Guten Morgen, Sonnenschein.«

Sie hob den Kopf mit einem verschlafenen Blinzeln. Gerade war sie noch schöner als gestern. Sie seufzte verträumt. »Ich liebe mein Bett. Du nicht auch? Es ist so warm und gemütlich.«

Ihn beschlich eine Vorahnung, dass das alberne Lächeln wohl den Rest des Tages nicht von seinen Lippen weichen würde, nicht auf dem Weg nach Boston und auch nicht während des Flugs nach Chicago. Bei diesem Gedanken durchfuhr ihn ein schmerzhafter Stich des Bedauerns. »Normalerweise stehe ich zusammen mit der Sonne auf«, erwiderte er ein wenig abwesend.

Sie drückte ihm einen Kuss auf die Brust. »Das liegt nur daran, dass du normalerweise keine Tegan bei dir im Bett hast.«

»Damit hast du absolut recht.«

Sie erhob sich auf alle viere und ihre goldenen Haare umspielten ihr Gesicht. »Wir können gerne aufstehen, wenn du willst.« Sie bewegte sich in Richtung Fußende und schenkte ihm so einen herrlichen Ausblick auf ihren Hintern.

»Das lassen wir schön bleiben.« Er packte sie an der Taille und zog sie unter sich, was sie beide zum Lachen brachte.

Langsam arbeitete er sich an ihrem Körper entlang, liebkoste und verwöhnte alle Vertiefungen und Kurven, mit denen er sich in der vergangenen Nacht vertraut gemacht hatte, noch einmal. Sie krallte die Fäuste ins Laken, während er sich ausgiebig alles in Erinnerung rief. Ihre Fersen drückten sich in die Matratze, als er sich auf die Stelle konzentrierte, die sie schon zuvor in den Wahnsinn getrieben hatte. Sie kam heftig, klammerte sich an seine Schultern und schrie hemmungslos auf. Er zog ebenso viel Lust daraus, wie sie sich unter ihm wand, ihn anbettelte und seinen Namen lustvoll stöhnte, wie wenn er ihre Hände und ihren Mund auf sich spürte. Gemächlich küsste er sich an ihrem Körper wieder nach oben, leckte über ihren Bauch und neckte ihre Rippen, was ihm ein sexy Lachen einbrachte. Gott, wie er diesen Laut liebte. Schließlich zog er eine unsichtbare Spur zu ihren Brüsten und widmete sich beiden genüsslich, was ihr Lachen in ein sinnliches

Stöhnen verwandelte, während er sie wieder bis ganz dicht an den Höhepunkt brachte. Dort hielt er sie eine Weile an der Schwelle zur Erlösung, bis sie ihn anbettelte, sich ihm entgegenbog und das Verlangen in ihrer Stimme zu intensiv wurde, um es ihr weiter zu verwehren. Ihre Körper fanden schnell zueinander und es gab keine Zurückhaltung mehr. Sie waren atemlos und gierig, und er wünschte, er könnte die Zeit anhalten und in der Vereinigung schwelgen, die alles andere um sie herum ausblendete und sie beide über die Klippe trug.

Sie sanken zurück auf die Matratze, befriedigt und erschöpft, die Finger noch ineinander verschränkt.

»Dafür sollten wir eine Goldmedaille bekommen«, brachte Tegan keuchend hervor.

Sex war noch nie mit so viel unbeschwertem Humor verbunden gewesen. »Oh ja, sollten wir.«

»Wann geht dein Flug?«

»Zwanzig vor eins von Boston.« Er griff nach seiner Armbanduhr, die er irgendwann im Lauf der Nacht auf den Nachttisch gelegt hatte. »Shit. Ich muss los, es ist schon fast acht.« Er konnte sich nicht erinnern, jemals keine Lust auf die bevorstehende Woche gehabt zu haben, aber im Moment wollte er einfach nur weiter in Tegans Nähe sein, ihren unglaublich heißen Körper genießen, ihren sexy, geschickten Mund erobern und sich in ihrer positiven Ausstrahlung sonnen. Er wollte den Tag damit verbringen, über alberne Dinge zu scherzen, zweideutig-schlagfertige Bemerkungen auszutauschen, nicht nach Boston fahren, nicht nach Chicago fliegen und nicht Stunden damit verbringen, ein Meeting vorzubereiten.

Und genau deswegen musste er hier weg. Ablenkung konnte er sich nicht leisten.

Er gab ihr noch einen zahmen Kuss und stieg aus dem Bett. »Du bist eine gefährliche Frau. Ich muss ins Cottage unter die Dusche und meine Sachen packen.« Rasch sammelte er seine Klamotten vom Boden ein und schimpfte sich innerlich dafür aus, dass er bei ihr alles um sich herum vergessen hatte. Bei dem Wetter würde die Fahrt nach Boston eine halbe Ewigkeit dauern. »Schuhe ...?«

Tegan deutete auf die andere Seite des Zimmers und stand ebenfalls auf. Ihre Haare waren zerzaust von seinen Händen und ihre Lippen von ihren Küssen gerötet. Sie versuchte nicht mal, ihre Nacktheit zu verbergen, und auch das gefiel ihm ungemein.

Sie stand mit einem angewinkelten Bein da, wickelte sich ihre Haarspitzen um die Finger und sah dabei ebenso unschuldig wie verführerisch aus. »Du könntest Zeit sparen, indem du hier duschst«, meinte sie honigsüß. »Zusammen mit mir.«

Seine Brust zog sich schmerzhaft zusammen, und er ließ die Kleidungsstücke fallen, die er in den Händen hielt. »Verdammt, *gefährlich* ist noch gar kein Ausdruck.« Er durchquerte den Raum mit großen Schritten und warf sich die lachende Tegan über die Schulter, um sie ins Bad zu tragen. »Du bist der schlechteste und beste Einfluss, dem ich je ausgesetzt war.«

»Erzähl mir was, das ich noch nicht weiß«, erwiderte sie frech.

Er drehte das Wasser in der Dusche auf und biss sie in die Pobacke, was ihr ein Quietschen entlockte und sie zum Strampeln brachte. Als er sie an seinem Körper nach unten rutschen ließ, schlang sie Arme und Beine um ihn und hängte sich an ihn wie ein Äffchen an einen Baum.

»Wir beeilen uns«, versprach sie.

Er trug sie unters warme Wasser. Da er schon hart war, ließ

sie sich noch weiter sinken und nahm jeden Zentimeter seiner Länge in ihre Enge auf. Seine Stimme glich eher einem Knurren, als er entgegnete: »Vergiss es, auf gar keinen Fall.«

Sie beeilten sich nicht und sie sauten sich noch mal ordentlich ein. Jett war immer noch halb hart, als sie sich hastig anzogen, und in Gedanken bei Tegan, die unter der Dusche vor ihm kniete und ihn mit dem Mund verwöhnte. Wie sie aus ihren großen blauen Augen zu ihm hochgesehen und ihn herausgefordert hatte, sich tiefer in ihr zu bewegen. Fuck. Es reichte schon, dass er an sie dachte, um die Beherrschung zu verlieren.

»Mach schnell!«, trieb sie ihn an und zog sich ein Sweatshirt über den Kopf. Rasch schnappte sie sich sein Handy und stopfte es ihm auf dem Weg ins Erdgeschoß in die hintere Hosentasche.

Unten blieb er stehen, zog sie in die Arme und nahm sich einen Moment, um sie zu küssen, wie sie es verdient hatte – tief und dankbar. Sie stand auf der untersten Stufe, was den Größenunterschied zwischen ihnen verringerte, doch sie stellte sich trotzdem auf die Zehenspitzen. Seine Hand wanderte zu ihrem Hintern. Der dünne Stoff ihrer Leggins ließ das Inferno in ihm nur noch höher lodern, und als sie auch noch einen ihrer sinnlichen Laute von sich gab, verlangte sein verdammter Schwanz pochend nach Aufmerksamkeit.

»Wenn du so weitermachst, komme ich hier nie weg.« Er strich ihr die nassen Haare aus dem Gesicht. »Wir sollten das irgendwann wiederholen.«

»Wann bist du das nächste Mal am Cape?«

»In zwei Wochen zur Hochzeit.«

Sie schmiegte sich fester an ihn. »Hast du schon ein Date?«

»Nein. Ich date eigentlich nie.«

»Oh«, sagte sie und klang ein bisschen enttäuscht. »Na ja, ich habe durch den Umzug und die Firma und so auch keine Zeit für Dates. Aber wie wäre es mit einer Wiederholung nach der Hochzeit?«

Verdammt, sie war süß, wenn sie nervös wurde. Er strich mit den Lippen über ihre. »Was schlägst du vor? Noch ein One-Night-Stand?«

Sie zuckte mit einer Schulter. »Wir sind doch inzwischen Freunde und haben beide viel zu tun. Ich bin schon ein bisschen auf den Geschmack dieser *Vorzüge* gekommen ...«

»Miss Fine, möchtest du etwa eine Fickbeziehung mit mir?«

»Nein!« Ihre Wangen färbten sich dunkelrot. »Ich finde die Bezeichnung echt furchtbar.«

»Dann hattest du so was schon mal?«

»Oh Mann, *nein*!« Sie versuchte, sich aus seinen Armen zu befreien. »Vergiss es. War eine dumme Idee.«

Er zog sie jedoch fester an sich und gab ihr einen Kuss auf die Stirn, woraufhin sie ihm wieder in die Augen sah. »Das war nur ein Witz. Ich hatte auch noch nie eine Freundschaft plus. Wie stellst du dir das vor? Keine Verpflichtungen? Wir haben einfach was miteinander, wenn ich in der Stadt bin?«

Sie zuckte erneut die Schultern. »Keine Ahnung, aber andere Leute machen so was ja auch. Ich kann meine Freundin Izzy aus meiner Heimatstadt fragen. Sie hat so was in der Art mit einem Kerl aus Boston, glaube ich.«

»Du bist so verflucht niedlich. Frag ja nicht deine Freundin. Wir legen unsere eigenen Regeln fest, aber jetzt müssen wir uns beeilen, sonst verpasse ich meinen Flug.«

»Okay. Also, hm … Keine Verpflichtungen, so viel ist klar.«

»Ja, das ist in Ordnung für mich. Aber ich teile nicht. Wenn du mit mir schläfst, schläfst du *nur* mit mir.«

Sie lachte leise. »Du warst bestimmt schon im Sandkasten ein lustiges Kerlchen. Das wäre eine ziemlich besitzergreifende Freundschaft plus – auch bekannt als feste Beziehung.«

»Hoppla, nein. Das kommt nicht infrage. Ich kann mich definitiv nicht auf so was Kompliziertes einlassen.« Er warf einen Blick auf seine Uhr.

»Wie wäre es, wenn wir nicht nach Einzelheiten über andere Männer oder Frauen fragen, und wenn Sex mit anderen, dann nur geschützt?«

Bei der Vorstellung von ihr mit einem anderen Mann wollte er auf irgendetwas einschlagen. »Das bedeutet Kondome, nicht nur die Pille, oder?«

Sie verdrehte die Augen. »Natürlich.«

»Okay. Klingt gut.« Er schaute noch einmal auf die Uhr. »Ich muss wirklich los.«

Doch als er sie erneut küsste und sie ihm die Arme um den Nacken legte, konnte er einfach nicht damit aufhören. Sie war Himmel und Hölle, vereint in einem wunderschönen, temperamentvollen Gesamtpaket.

Auch auf dem Weg zur Tür ließen sie nicht voneinander ab, bis er schließlich doch die Kraft aufbrachte, sich von ihren Lippen zu lösen. »Der Sturm soll zur Wochenmitte richtig heftig werden. Wie Brock gesagt hat: Leg dir einen Vorrat von allem an, was wichtig ist. Essen, Wasser, Streichhölzer, Kerzen. Hat das Haus Schutzläden für die Fenster? Wenn ja, weißt du, wie man sie anbringt?«

»Das ist nicht mein erster Sturm.« Sie tätschelte ihm die

Brust. »Fahr vorsichtig nach Boston und guten Flug.«

Er erlaubte sich noch einen Kuss und haderte damit, jetzt gehen zu müssen – und gleichzeitig ärgerte er sich über sich selbst, dass er so empfand. »Wollen wir Nummern austauschen?«

Sie kaute auf ihrer Unterlippe und ein nachdenklicher Ausdruck trat in ihre Augen. »Nein. Damit ist die Katastrophe vorprogrammiert. Wir führen keine Beziehung. Also sollten wir auch nicht ständig in Kontakt stehen oder unseren Alltag miteinander teilen, oder?«

»Stimmt. Also sehen wir uns auf der Hochzeit?«

Sie nickte.

Er gab ihr noch einen letzten Kuss und sagte: »Ich freue mich schon drauf, dich danach nackt zu sehen.«

»Ich mich auch.« Röte kroch ihr in die Wangen.

Er öffnete die Tür und sofort trieb ein Windstoß einen Regenschwall in den Eingangsbereich. »Shit.« Eilig machte er die Tür wieder zu. Dass sie hier draußen ohne irgendwen zurückblieb, gefiel ihm gar nicht. »Vielleicht solltest du ins Resort fahren und in einem der Cottages übernachten, um hier nicht allein zu sein.«

»Ich komme schon klar. Ich lebe schon seit Jahren allein und bin eine erwachsene Frau. Mit ein bisschen Regen und Wind kann ich umgehen.« Sie schob ihn in Richtung Tür. »Los jetzt.«

Tegan schloss die Tür hinter Jett und wackelte mit dem Hintern, reckte die Fäuste in die Luft und drehte sich mit einem kleinen Freudentanz im Kreis. »Ja! Ja! Ja!«, flüsterte sie vor sich hin, bevor sie die Treppe immer zwei Stufen auf einmal nehmend nach oben rannte und sich mit Schwung aufs Bett warf. Sie drehte sich auf den Rücken und schaute grinsend zur Decke, während sie die Arme weit ausbreitete und mit den Beinen strampelte. »Das war so unglaublich gut!«, schrie sie begeistert.

Ihr Puls raste und vielleicht lockerten sich in ihrem Oberstübchen gerade ein paar Schrauben, aber das war ihr egal. Sie platzte beinahe bei der Vorstellung, wie er durch die Sicherheitskontrollen am Flughafen ging und dabei den roten Spitzentanga mit einem herzförmigen Anhänger aus Metall fand, den sie ihm mitten in der Nacht in die Jackentasche geschmuggelt hatte. Was würde sie dafür geben, Mäuschen zu spielen, wenn der Metalldetektor Alarm schlug!

Wie hatte sie es nur geschafft, einen Mann zu finden, der humorvoll, sexy, klug *und* gut im Bett war? Sie drehte sich auf den Bauch und vergrub das Gesicht in dem Kissen, auf dem er gelegen hatte, um seinen männlichen Duft einzuatmen.

Jett Masters.

Sogar sein Name war heiß.

Sie angelte sich ihr Handy und rollte sich wieder auf den Rücken, während sie durch die ungelesenen Nachrichten scrollte. Jock hatte ihr gestern Nacht eine geschrieben – *Da zieht ein Sturm in deine Richtung. Alles okay bei dir?* – und eine war von Chloe heute Morgen: *Ich fasse es nicht! Du und JETT! Ruf mich an!* Tegan war froh, dass sie ihr Handy vor der Party ausgeschaltet hatte.

Sie schickte Jock schnell eine Antwort. *Hi, mir geht's gut. Es ist nur Regen und Wind. Wie läuft's bei dir? Hast du deine Familie besucht? Schreibst du? Wo bist du?* Danach rief sie Chloe an.

»Süße«, begrüßte ihre Freundin sie. »Sag mir bitte, dass er dich nicht mit einem Küsschen auf die Wange bei dir zu Hause abgesetzt hat.«

»Oh Mann! Ich weiß gar nicht, wo ich anfangen soll. Nur so viel: Jett Masters kann gerne jederzeit und immer mein Master sein.«

Sie quietschten beide ausgelassen.

»Ich will *alles* wissen. Angefangen beim ersten Kuss.«

»Dieser Mann küsst nicht einfach nur. Er fordert mit jeder einzelnen Berührung. Gott, Chloe! Ich bin so hibbelig. Warum hast du mir nie erzählt, dass du einen Sexgott kennst? Und warum hast *du* ihn dir noch nicht selbst geschnappt? Oder Daphne? Ich weiß wirklich nicht, wie dieser unglaubliche Mann noch Single sein kann. Aber ich bin so froh darüber, weil – rate mal!« Sie ließ Chloe keine Zeit zum Antworten, sondern rief direkt: »Wir führen ab sofort eine Freundschaft plus!«

»Wow! Das freut mich sehr für dich.« Doch sie klang nicht unbedingt, als würde sie sich freuen. »Willst du das denn?«

»Machst du Witze? Das ist perfekt.« Eine Nachricht erschien auf ihrem Handy, doch als sie aufs Display schielte, sah sie Jocks Namen und entschied, sie später zu lesen. Sie sprang auf die Beine. »Keine Verpflichtungen. Ich muss nicht über Gefühle grübeln oder ob er mich anrufen wird, nichts von dem ganzen Unsinn. Ich kann mein Ding machen und er seins. Wenn er in der Stadt ist, haben wir Sex. Ich werde so viel damit zu tun haben, alles für Harpers Theaterproduktionen auf die Beine zu stellen, dass mir keine Zeit für eine Beziehung bleibt. So kann ich Spaß haben und mich gleichzeitig auf die Arbeit konzentrieren.« Tegan wanderte durch den Raum, und dabei fiel ihr Blick auf Jetts Boxershorts, die unter dem Bett hervorlugten. Dass er gerade keine Unterwäsche trug, löste ein Flattern in ihrem Magen aus.

»Jett ist auf jeden Fall ein toller Kerl«, meinte Chloe.

Tegan schaute durch das regennasse Fenster zu den Bäumen, die sich im Wind bogen. Der zögerliche Unterton in der Stimme ihrer Freundin war ihr nicht entgangen. »Aber …?«

»Ich weiß nicht, ob es was zu bedeuten hat, aber seit ich Jett kenne, habe ich ihn noch nie mit einer Frau gesehen.«

»Glaub mir, er ist nicht schwul.«

»Das weiß ich!«, gab Chloe zurück. »Ich denke nur ein bisschen weiter und spiele den Advocatus Diaboli. Wenn er dich gefragt hat, ob du eine Fickbeziehung mit ihm anfangen willst, hat er dann nicht vielleicht noch mehr von der Sorte? Vielleicht ist das ja sein Ding. Würde durchaus Sinn ergeben, er ist ständig unterwegs.«

»Könntest du es bitte Freundschaft plus nennen? Das klingt netter.«

»Okay, dann eben FP.«

»Danke. Das klingt wahrscheinlich komisch, aber es war meine Idee, und keiner von uns beiden hat so was schon mal gemacht.«

»Wow, echt? Hast du ihn gefragt?«

»Ja, und ganz ehrlich, ich freue mich so darauf, das mit ihm auszuprobieren. Es passt gerade perfekt in mein Leben und Jett ist nicht nur heiß und fantastisch im Bett. Er bringt mich zum Lachen, und du weißt ja, wie ich dazu stehe.« Ihr Onkel hatte es sich zum täglichen Ziel gesetzt, so oft wie möglich zu lachen, und Tegan hatte sich immer ein Beispiel an ihm genommen. Es tat ihrer Seele gut und machte die Welt ein bisschen freundlicher, ganz egal, was um sie herum passierte. »Es ist ein schönes Gefühl zu wissen, dass ich alle paar Wochen Spaß mit einem tollen Kerl haben werde. Mir ist schleierhaft, warum das nicht jeder macht. Denk doch mal drüber nach, Chloe. Nie wieder Sehnsucht nach einem Mann, der es ja doch mit absoluter Sicherheit ständig versaut.«

»Oder grauenhafte Dates mit Kerlen, die dir auf Dating-Apps erzählen, wie schlau und lustig sie sind, in echt aber einfach nur kindisch und langweilig rüberkommen.«

»Ganz genau. Siehst du? Du brauchst auch eine FP!«

»Auf jeden Fall brauche ich was Besseres als den aktuellen Zustand. Hm, du redest von alle paar Wochen. Hat Jett denn explizit *gesagt*, dass er so oft herkommt?«

»Nein. Aber seine Familie lebt doch hier, oder? Hast du mir nicht erzählt, dass du zusammen mit Dean, Rick, Drake und ein paar anderen in Hyannis oder der näheren Umgebung aufgewachsen bist? Dean ist Jetts Bruder, also gehe ich davon aus, dass Jett auch dabei war. Mir kam es vor, als ob ihr euch alle nahesteht, also muss er doch zu Besuch kommen.«

»Seine Familie wohnt am Cape, doch er und sein Vater sind sich nicht sonderlich grün. Ich kenne nicht die ganze Geschichte, ich weiß nur, dass es da ordentlich Spannungen gibt. Und ich will dir ja nicht die Tour vermasseln, aber Jett ist nur drei- oder viermal im Jahr in der Stadt, und er bleibt immer nur einen oder zwei Tage.«

»Oh.« Drei- oder viermal pro Jahr? Sie war sich nicht sicher, was sie erwartet hatte, doch definitiv mehr als das. Sie hatten sich so gut verstanden und die Aussicht auf diese Freundschaft beflügelte sie ebenso wie die auf Sex. Sie versuchte, ihre Enttäuschung zu überspielen und erwiderte: »Das kommt unerwartet, ist aber nicht das Ende der Welt.«

»Das macht dir nichts aus?«

»Natürlich nicht«, log sie. »Es ist immer noch mehr Sex, als ich im Moment habe, und so bleibt mir mehr Zeit für die Arbeit. Ich nähe immer noch Kostüme für die Prinzessinnenboutique und kümmere mich um die Bildbearbeitung von Cicis Fotos. Ich habe mehr als genug zu tun.« Tegans große Schwester Cici war Fotografin und lebte mit ihrem Ehemann und zwei kleinen Kindern in New York.

»Und du könntest trotzdem noch einen echten Partner kennenlernen«, erinnerte Chloe sie. »Jemanden, der für dich da ist, wenn du es willst, nicht nur, wenn es ihm gerade passt.«

»Du hast doch gerade gesagt, wie furchtbar die Suche ist.«

»Trotzdem gebe ich ja nicht auf. Den richtigen Mann zu finden ist eben hart.«

»Aber einen harten Kerl zu finden ist einfach«, sagte Tegan und brachte sie damit beide zum Lachen. »Keine Sorge, ich bleibe offen dafür. Wir haben uns darauf geeinigt, dass wir weiterhin geschützten Sex mit anderen haben dürfen.« Ihr drehte sich bei der Vorstellung von Jett mit einer anderen Frau der Magen um. Sie versuchte, den Gedanken zu verdrängen, doch er hing weiter wie eine dunkle Wolke in ihrem Kopf und ließ sich nicht ignorieren. Sie schloss die Augen und erinnerte sich daran, wie es sich angefühlt hatte, als er auf ihr lag, in ihr war, ihr erotische Dinge zuflüsterte. Das funktionierte. Ein Kribbeln breitete sich in ihrem Körper aus und verscheuchte die bedrückenden Bilder von eben.

Nur dass sie sich damit ziemlich heiß gemacht hatte, was auch nicht prickelnd war, also sagte sie: »Erzähl mir, was du heute noch vorhast. Ich bekomme nämlich gerade Sehnsucht nach den Händen dieses Mannes auf mir.«

»Oh je, so fängt es an ...«

»Ach, sei doch still! Du hast keine Ahnung, wie unglaublich ... Na, egal. Ich darf nicht an ihn denken, sonst steigere ich mich noch rein, und ich muss dringend arbeiten.«

»Du kannst jederzeit deinen batteriebetriebenen Freund zum Einsatz bringen.«

»Das bringt mir gerade nichts. Lenk mich bitte ab. Erzähl mir einfach, was du heute noch machst, oder sing irgendeinen doofen Song oder mach *irgendwas*. Wenn ich nicht aufhöre, mir Jetts Gesicht vorzustellen, komme ich zu gar nichts mehr.«

»Verwende seinen Namen nicht, Teg. Glaub mir, das hilft. Mein Tag wird jedenfalls total aufregend. Ich mache alle Schotten dicht. Warst du schon vor der Tür? Der Sturm hält direkt auf uns zu. Ach, das erinnert mich daran, dass Justin nachher vorbeikommt, um mir mit meinen Schutzläden zu helfen. Soll ich ihn bei dir vorbeischicken?«

Tegan machte sich auf den Weg ins Erdgeschoß. »Warum glaubt jeder, dass ich nicht alleine zurechtkomme? Ich habe alles im Griff.« Sie ging in die Küche, die sicher so groß wie ihre halbe Wohnung in Peaceful Harbor war. »Ich brauche jetzt vor allem Frühstück.« Sie öffnete den Kühlschrank und ließ den Blick über die fast leeren Fächer wandern. »Und einen Ausflug in den Supermarkt.«

»Nimm einen Vorrat an Wasser mit und besorg dir Lebensmittel, die du nicht kochen musst, falls der Strom ausfällt. Der Sturm könnte echt fies werden.«

Tegan nahm sich einen Joghurt und riss den Deckel ab. »Das ist er schon.« Sie holte sich einen Löffel aus der Besteck-schublade und fügte hinzu: »Aber keine Sorge, der Supermarkt steht ganz oben auf meiner Liste, sobald ich ein paar Dinge für Harpers Stücke geklärt habe.«

»Auf die freuen sich alle schon.«

»Ich mich auch. Diesen Sommer mit einem kleinen Pilotprojekt zu starten und sicherzugehen, dass wir alles unter Kontrolle haben, bevor wir es größer aufziehen, war eine kluge Entscheidung. Ich hoffe nur, dass wir das hinbekommen.«

»Werdet ihr, und wir sind da, um euch zu helfen, wenn ihr uns braucht.«

»Danke. Ich mache mich jetzt mal besser an die Arbeit. Bitte erzähl niemandem von meiner Vereinbarung mit Jett. Bei den Mädels macht es mir nichts aus, aber vielleicht wird es komisch, wenn die Jungs es herausfinden.«

»Süße, ich sag es nicht gern, aber nach eurem Paarungsritual gestern Abend auf der Tanzfläche ist das mit dir und Jett nun wirklich kein Geheimnis mehr.«

»Toll. Damit hätte ich wohl rechnen sollen. Dann wünsch mir Glück.«

»Du wurdest doch schon beglückt. Du solltest lieber mir welches wünschen.«

»Das brauchst du gar nicht. Justin sieht fantastisch aus, ist ein guter Freund und er kommt heute bei dir vorbei. Das ist die perfekte Ausgangslage für eine FP.«

»Ich fange nichts mit Bad Boys an, schon vergessen? Und sieh mal einer an, du tönst mit dieser ganzen FP-Sache herum, als wärst du Expertin bei dem Thema.«

Sie lachten beide und zogen sich noch eine Weile lang gegenseitig auf, bevor sie das Telefonat schließlich beendeten.

Tegan ging mit ihrem Joghurt den Gang hinunter zum Büro ihres Onkels, in dem sie gestern an Ideen fürs Theater gewerkelt hatte. Als sie an dem elegant eingerichteten Wohnzimmer vorbeikam, wurde ihr die erdrückende Stille schmerzhaft bewusst, die nur vom gruseligen Heulen des Winds unterbrochen wurde, der um das alte Anwesen fegte, und vom Regen, der gegen die riesigen Fenster klatschte. Hatte der große Kasten mit seinen sechs Schlafzimmern schon immer so geknarzt und geächzt? Wenn ihr Onkel früher ein Nickerchen gehalten hatte oder mit Jock außer Haus war, hatte sie immer sein Lachen in der Stille gehört oder seine zittrige Stimme, die eine seiner Geschichten erzählte, mit denen er sie immer zum Lachen brachte. Doch nun war es Jetts Lachen, das um sie herum ertönte, und der Klang seiner tiefen Stimme, der die Geräusche des Sturms übertönte. Er hatte sich in ihrer Fantasie festgesetzt und ausgebreitet, als würde er genau dorthin gehören. Als hätte ihr Onkel ihn eingeladen, weil er der Meinung war, dass Jetts Lachen sie glücklich machte.

Den Gedanken ließ sie sich durch den Kopf gehen, als sie sein Büro betrat. Die Präsenz ihres Onkels war überall spürbar, so stark, dass nicht einmal Bilder von Jett sie überlagern konnten. Sie sah Harvey immer noch vor sich, wie er in seinem Rollstuhl hinter dem imposanten Schreibtisch saß, und sich selbst auf einem der beiden pflaumenfarbenen Sessel ihm gegenüber, fasziniert von absolut allem, was er sagte. Auf sie hatte er immer überlebensgroß gewirkt, selbst im Rollstuhl, als sollte er eigentlich auf seiner eigenen Bühne stehen. Sie erinnerte sich noch daran, wie sie als Kind auf seinem Schoß gesessen und er ihr aus einem der Bücher vorgelesen hatte, die im Regal hinter seinem Schreibtisch standen. Alles würde sie dafür geben, ihn noch einmal richtig sehen zu dürfen, seine zerbrechliche Hand zu halten und seinen wundervollen Geschichten über seine geliebte Frau Adele zu lauschen. Sehnsucht simmerte dunkel und einsam in ihr vor sich hin. Sie schaute zu den fast bodentiefen Fenstern, aus denen man normalerweise einen beeindruckenden Ausblick auf das Amphitheater hatte, doch heute war es zu stürmisch und grau, um bis zur anderen Seite des Gartens zu sehen.

Sie wandte sich ab und ließ den Blick über die Berge von Habseligkeiten ihres Onkels schweifen, die überall im Raum verteilt waren. Mittlerweile hatte sie mit dem Aussortieren angefangen, es jedoch auf einen anderen Tag verschoben, als die Trauer zu überwältigend geworden war.

Heute war allerdings nicht der richtige Zeitpunkt dafür.

Sie wusste nicht, wie sie es gestern geschafft hatte, hier an den Plänen fürs Theater zu arbeiten. Heute bekam sie das auf keinen Fall hin. Hatte die kleine Episode mit Jett womöglich diese schmerzhaften Emotionen in ihr geweckt? Wenn überhaupt, dann hatte er dem verlassenen Anwesen wieder Leben eingehaucht. *Vielleicht liegt es ja daran. Seine Abwesenheit verstärkt die Stille.*

Sie wusste nicht, ob sie sich deswegen jetzt noch einsamer fühlte als am Vortag, aber sie sammelte ihre Sachen zusammen und brachte alles in die Küche – einer der wenigen Räume, in denen die Präsenz ihres Onkels sie nicht erdrückte. Das war auch nachvollziehbar, da eine Köchin hier ein paarmal pro Woche seine Mahlzeiten vorbereitet hatte, sodass Jock sie später nur noch aufwärmen musste.

In der Küche war es durch die strahlend weißen Wände und die Schränke aus hellem Ahornholz weniger düster als im Rest des Hauses. In fast jedem Raum gab es einen Kamin, so auch hier, was gemütliche Stimmung verbreitete und ihm trotz der relativ modernen Einrichtung ein altmodisches Flair verlieh.

Sie breitete ihre Unterlagen auf der großen Kücheninsel und dem Tisch aus, um mit der Strategieplanung anzufangen, doch in dem Moment ging ihr auf, dass sie Jocks Nachricht ganz vergessen hatte. Sie holte ihr Handy hervor und las die knappe Antwort: *Schön, dass es dir gut geht.*

»Oh, Jock«, murmelte sie traurig. Fünf Jahre hatte es gedauert, bis Jock ihr anvertraut hatte, dass er nach dem Verlust seiner Freundin und des gemeinsamen Neugeborenen am absoluten Tiefpunkt seines Lebens gewesen war, als er ihren Großonkel kennenlernte. Wie genau das zustande gekommen und wie Jock zu Harveys Assistenten und Pfleger geworden war, hatte sie nie herausbekommen. Aber sie wusste, dass Jock vor seinem tragischen Schicksalsschlag ein Bestsellerautor gewesen war und danach nie wieder etwas geschrieben hatte. Jock behauptete immer, dass ihr Onkel ihn gerettet hatte, doch ihr Onkel hatte gesagt, dass das auf Gegenseitigkeit beruhe. Keiner der beiden Männer war auf die näheren Umstände eingegangen und sie hatte nie nachgebohrt. In seinem Testament hatte ihr Onkel Jock eine altmodische Schreibmaschine und zwei Millionen Dollar hinterlassen, die Jock jedoch nur erhalten würde, wenn er wieder etwas veröffentlichte. Ihr Onkel hatte gern seine Scherze getrieben, aber er war auch der liebevollste Mann, den sie kannte. Mit Sicherheit war das seine Art gewesen, Jock dazu zu bringen, wieder ein Leben für sich selbst zu führen.

Doch manche Dinge konnte man nicht erzwingen.

Jock sprach nicht viel über seine Familie. Tegan wusste nur, dass sie nicht weit von Nantucket und Martha's Vineyard entfernt auf Silver Island wohnten, wo sie das Weingut *Top of the Island* betrieben. In den letzten Jahren war er nur selten zu Hause zu Besuch gewesen, weil er sich rund um die Uhr um Harvey gekümmert hatte, aber ihr Bauchgefühl sagte, dass noch mehr dahintersteckte. Im Lauf der Jahre hatte sie seine Eltern, seine drei Schwestern und seinen Bruder Levi kennengelernt, die im Sommer immer mal vorbeigekommen waren. Seinem Zwillingsbruder Archer war sie jedoch noch nie begegnet. Als sie mal gefragt hatte, wie nahe er und Jock sich standen, ließ Jock eine Bemerkung fallen, die auf Schwierigkeiten zwischen ihnen hindeutete. Da er jedoch sofort danach das Thema wechselte, hatte sie das Ganze auf sich beruhen lassen.

Nach dem Tod ihres Onkels hatte Jock all seine Sachen eingelagert und kurz darauf das Cape verlassen. Als sie ihn fragte, ob er nach Hause zurückging, sagte er, dass er seine Verwandtschaft nicht mit seiner Trauer belasten wollte. Das bereitete ihr Sorge. Für sie gehörte Jock zur Familie, und sie konnte ihn genauso wenig mit seiner Trauer allein lassen, wie Jock ihren Onkel ohne die angemessene Pflege allein gelassen hatte. Doch Jock war ein sturer Kerl, genau wie ihr Onkel. Kein Wunder, dass die beiden so gut miteinander ausgekommen waren.

Sie entschied sich, bei Jock durchzuklingeln statt ihm zurückzuschreiben.

»Du hättest nicht anrufen brauchen«, begrüßte Jock sie, doch sie hörte das Lächeln in seiner Stimme.

»Wenn du das nicht gewollt hättest, hättest du meine Fragen beantwortet.«

»Mir geht's gut, Teg. Bei dir alles okay? Ich verfolge den Wetterbericht. Sieht nicht gut aus.«

»Alles in Ordnung.«

»Vergiss nicht, dir einen Wasservorrat anzulegen. Die Gefriertruhe im Keller ist groß genug, um ...«

Während Jock ihr das Einmaleins der Sturmvorbereitungen erklärte, wanderten Tegans Gedanken zurück zu Jett, der das Gleiche getan hatte. Jetzt wünschte sie sich doch, dass sie Telefonnummern ausgetauscht hätten, damit sie erfuhr, ob er sicher in Boston angekommen war. *Gott ...* Sie machte genau das, was sie zu vermeiden versuchten.

Schnell lenkte sie ihre Aufmerksamkeit wieder zu Jock. »Ich komme hier klar, Jock. Es ist ein Sturm, nicht der Weltuntergang. Wo bist du? In den Staaten? In Übersee? Geht's *dir* denn gut?«

»Im Moment sitze ich in einem Café, trinke eine schöne Tasse Kaffee und lese Zeitung. Du weißt noch, was das ist, oder? Diese Dinger, die früher ganz üblich waren und die einem die Finger schwarz färben?«

»Ha ha, sehr witzig.« Jock war ein Meister darin, Fragen auszuweichen. »Vergessen wir das Wo und konzentrieren uns aufs Wie. Versuchst du zu schreiben?«

»Ja und ich starre nach wie vor auf eine leere Seite. Was ist mit dir? Hast du den Businessplan aufgestellt, über dem du den ganzen Winter gebrütet, den du aber immer wieder aufgeschoben hast?«

»Ich musste eben eine ganze Menge für meine anderen Jobs regeln. Jetzt arbeite ich dran.« Sie lehnte sich über ein großes Stück Plakatkarton und malte einen riesigen Kreis darauf. »Allerdings geht es gerade nicht um mich. Hast du dich bei deiner Familie gemeldet? Du warst immer nur bei meinem Onkel. Jetzt kannst du endlich ein bisschen Zeit mit ihnen verbringen. Ich wette, dass sie dich vermissen.«

»Wie war Harpers Party?«

»*Jock.* Hast du wenigstens mit Archer gesprochen? Ich habe nie mitbekommen, dass er dich hier besucht hat.«

»Teg, lass es gut sein, okay?«

»Es würde helfen, wenn ich wüsste, was wir da gut sein lassen.«

Er schwieg einen langen Moment und sagte dann: »Er will keinen Kontakt zu mir. Themenwechsel?«

»Besuchst du deine Familie wenigstens, wenn wir zu Harpers und Gavins Hochzeit auf Silver Island sind?«

Wieder dehnte sich sein Schweigen aus.

»Jock …«

»Du hast meine Frage nicht beantwortet. Wie war die Party?«

»Themenwechsel«, neckte sie ihn, und er lachte leise. »Tja, wenn du nicht schreibst oder Zeit mit deiner Familie verbringst, solltest du zurückkommen und bei mir einziehen. Das hier war mehr als zehn Jahre lang dein Zuhause und ich bin einsam.«

»Trotz der Freunde, die du gefunden hast?«

»Ich meinte nicht hier am Cape, sondern im Haus, auf dem ganzen Anwesen. Außerdem könnte ich dir helfen, Inspiration zum Schreiben zu finden, und du könntest mich bei den geschäftlichen Sachen unterstützen.«

»Ich kann das noch nicht, Tegan. Es erinnert mich zu sehr daran, wie viel ich verloren habe.«

Sie seufzte. Dagegen hatte sie kein Argument. »Das kannst du laut sagen«, meinte sie leise.

»Du musst das Vermächtnis deines Onkels nicht weiterführen. Er wollte, dass du dein Glück findest, und war davon überzeugt, dass es am Cape auf dich wartet.«

»Das hat er gesagt?«

»Sehr oft sogar. Deswegen hat er dir einen Grund gegeben, dorthin zu ziehen. Aber du musst nicht mitspielen. Er hätte nie gewollt, dass du einsam bist.«

»Ich weiß. Ich vermisse ihn einfach, und ich will, dass das Theater läuft und ich an sein Erbe anknüpfen kann. Ich glaube an die gleichen Werte wie er, Gutes weiterzugeben und Freude zu verbreiten. Es ist nur dieses riesige, leere Haus, das mir zu schaffen macht. Ich arbeite in der Küche«, gestand sie ein. »Und ich sollte mich jetzt auch wieder ransetzen.«

»Ist dein Kühlschrank voll? Hast du Kerzen?«

»Jock, hör bitte auf, dich wie ein überfürsorglicher Bruder aufzuführen. Ich bin schon ein großes Mädchen.«

»Ein Feuerzeug? Holz für den Kamin?«

»Mach's gut, Jock.«

»Tegan, ich mein's ernst. Die Stürme an der Ostküste sind Monster im Vergleich zu dem, was du gewohnt bist.«

»Ich lege jetzt auf, aber ich hab dich lieb und wünschte, du wärst hier.«

»Ich hab dich auch lieb, Teg.«

»Dann komm zurück.«

»Wenn ich nicht überfürsorglich sein darf, darfst du mir auch nicht auf die Nerven gehen.«

»Ja ja, schon gut. Ich mache mir nur Sorgen um dich.«

»Reden wir doch noch mal über die Dinge, mit denen du dich auf den Sturm vorbereiten solltest.«

»Igitt! Tschüss!« Sie beendete das Telefonat und war froh, seine Stimme gehört zu haben.

Als sie die Ärmel hochkrempelte und nach einem Kugelschreiber griff, zeigte ihr Handy vibrierend eine weitere Nachricht von Jock an. Sie öffnete sie und las: *Du könntest dir einen Freund suchen, der dir Gesellschaft leistet.* Sie ließ hibbelig die Schultern kreisen, weil ihr sofort wieder ihre neue FP durch den Kopf schoss. Wieso sich den Stress antun, den feste Partner mit sich brachten, solange sie Jett hatte?

Sie tippte eine Antwort zurück. *Keine Zeit für einen Freund. Ich muss ein Business planen.* Dann legte sie ihr Handy weg und machte sich wieder an die Arbeit, auch wenn ihr Jett dabei weiterhin nicht aus dem Kopf ging. Es gab keine bessere Motivation, sich ranzuhalten, als das Wissen, dass sie nach zwei Wochen harter Arbeit mit einer Nacht oder zwei *hartem* Jett belohnt wurde.

Sieben

Das grollende Donnern der Wellen hallte in Jetts Ohren wider, als er in sein Cottage im Bayside Resort stürzte und dabei eine Tropfspur bis ins Schlafzimmer hinterließ. Wind und dichter Regen hatten dafür gesorgt, dass der Verkehr nur im Schneckentempo auf den Straßen vorankam. Somit hatte Jett die normalerweise kurze Fahrt von Brewster nach Wellfleet über eine Stunde gekostet. Er schnappte sich seinen Koffer aus dem Schrank, warf ihn aufs Bett und stopfte hastig seine Kleidung hinein. Plötzlich hörte er, wie die Eingangstür geöffnet wurde. *Shit.* Er hatte keine Zeit für lange Abschiede.

»Jett?«, rief Dean.

»Schlafzimmer«, gab er laut zurück, während er seinen Anzug in den Kleidersack verpackte.

Deans Jacke und Mütze sahen durchweicht aus und seine Miene verkniffen.

»Da draußen ist die Hölle los und ich bin spät dran.« Jett zog den Reißverschluss des Kleidersacks zu. »Ich muss schnellstens nach Boston.«

»Ich versuche schon den ganzen Morgen, dich zu erreichen. Tia hat mich angerufen, damit ich dich aufspüre. Warum gehst du nicht ans Handy?«

Jett stieß einen unterdrückten Fluch aus und holte sein Telefon aus der hinteren Hosentasche. »Ich habe es gestern Nacht ausgemacht und ganz vergessen.« Sobald er es wieder einschaltete, vibrierte es wie das Sexspielzeug eines Nymphomanen. Fünf verpasste Anrufe von Tia, eine Handvoll von seinen Kunden und einer von seinem Bruder Doug. »Tia wird mich umbringen.«

»Moment mal ... Du hast dein Handy *ausgemacht*?«, fragte Dean, als sich Jett mit dem Kleidersack in der Hand an ihm vorbeischob. »Und du hast *vergessen*, es wieder anzuschalten?«

Jett war zu sehr damit beschäftigt, mit den Zähnen zu knirschen, um ihm zu antworten. Er hatte sich so unfassbar auf Tegan konzentriert, dass alles andere vollkommen in den Hintergrund getreten war: Das Handy, die Zeit, die Anrufe, die er heute Morgen hätte machen müssen, und die Berichte, die er eigentlich vor dem Flug noch hatte durchgehen wollen. Er warf den Kleidersack aufs Bett und scrollte durch Tias Nachrichten, die hauptsächlich aus Warnungen vor dem herannahenden Sturm bestanden.

»Deine Nacht mit Tegan muss ja der Wahnsinn gewesen sein.« Dean kniff die Augen zusammen und streckte eine Hand nach Jetts Jackentasche aus. »Was ist das denn?«

Jett sah zu, wie Dean ihm etwas Rotes aus der Tasche zog, das er anschließend lachend in der Luft baumeln ließ – *ein roter Spitzentanga*?

»Mann, Bruderherz. Da kenne ich dich mein ganzes Leben lang, und mir war trotzdem nicht bewusst, dass du ein Trophäenjäger bist.«

»Gib das her.« Jett schnappte sich den Tanga und stopfte ihn zurück in seine Jackentasche. Er hatte das Ding nicht mitgenommen, was bedeutete, dass Tegan es ihm zugesteckt haben musste. *Verdammter Mist, das ist heiß.*

»Das erklärt eine Menge. Die Chemie zwischen euch beiden hat also gestimmt.«

»Ja, sie ist toll«, erwiderte er, während er ins Bad eilte und sein Waschzeug zusammenräumte.

Toll traf nicht einmal annähernd, was er von Tegan hielt. Er hatte die erste Hälfte der Fahrt nach Bayside damit verbracht, gegen den Drang anzukämpfen, einfach auf alles zu pfeifen, umzudrehen und zu ihr zurückzukehren. Während der zweiten Hälfte musste er sich immer noch gut zureden, es zu lassen. Trotzdem würde er jetzt nicht losschwärmen, wie fantastisch sie war. Damit würde er nur an den verkorksten Morgen anknüpfen und die Ablenkung konnte er sich nicht leisten. Er musste einen Flug erwischen.

»Warum rennst du dann weg?« Dean verschränkte die Arme vor der Brust und fixierte Jett mit einem durchdringenden Blick, als er mit seinem Waschzeug aus dem Bad kam. »Ein Riesensturm zieht auf, und du riskierst lieber dein Leben, um abzuhauen, anstatt Gefahr zu laufen, die Frau noch mal wiederzusehen?«

»Hör auf mit dem Quatsch, Dean. Die Geschäfte stehen nicht still, nur weil es ein bisschen windet.«

»In diesem Fall schon. Aber *du* tust das nicht, oder?« Dean folgte ihm ins Wohnzimmer, wo Jett seinen Computer und seine Aktentasche einsammelte.

»Ich weiß nicht, warum du so angepisst bist, aber ich habe jetzt echt keine Zeit dafür.« Er schob den Laptop in seine Aktentasche und marschierte zurück ins Schlafzimmer.

»Ich bin angepisst, weil dir zum ersten Mal, seit ich denken kann, etwas wichtiger als die Arbeit war, und jetzt tust du, als wäre Tegan dir völlig egal.«

Jett biss die Zähne zusammen. Er war schon sauer genug, weil er sich erlaubt hatte, bei dieser Frau alles andere zu vergessen. Da brauchte er nicht noch eine Predigt von seinem Bruder.

»Wir sind mit Tegan befreundet«, fuhr Dean fort. »Sie wird Harpers Geschäftspartnerin und hoffentlich bleibt sie uns hier lange erhalten. Du kannst sie nicht sitzen lassen und uns den Schlamassel aufhalsen.«

Jett stellte die Aktentasche ab und baute sich innerlich kochend vor Wut vor seinem Bruder auf. »Wann musstest du jemals für mich einen Schlamassel mit einer Frau beseitigen? Oder anders gefragt: Wann habe ich je was mit einer Frau von hier angefangen? Du weißt, dass ich keine Spielchen mit Frauen spiele.«

»Genau das meine ich ja.« Dean straffte die Schultern.

Jetts Geduld hing am seidenen Faden, der inzwischen zum Zerreißen gespannt war. »*Was* genau meinst du, Dean? Spuck's klar und deutlich aus, sonst verpasse ich noch meinen Flug.«

Sein Telefon meldete sich mit Tias Klingelton, und als er danach griff, sagte Dean noch: »Ich weiß, wie Schlamassel bei dir aussieht, Jett. So was wie das hier hast du vielleicht noch nicht hinterlassen, aber das heißt nicht, dass ich die Vorzeichen nicht erkenne.«

»Es *gibt* keinen Schlamassel, Dean. Ich weiß, wie man mit Frauen umgeht.«

»Mom ist eine Frau. Wenn du mit Tegan auch nur annähernd so umgehst wie mit ihr, besorge ich lieber gleich mal Taschentücher.«

Jetts Handy verstummte und er musste einen weiteren Fluch unterdrücken. »Ich weiß, dass ich Mom im Stich gelassen habe, und ich weiß zu schätzen, was du alles für mich getan hast.«

»Was ich immer noch tue, Jett. Alles, was ich für *sie* auch jetzt noch tue.«

Als müsste man Jett an die Schuldgefühle erinnern, mit denen er lebte. Er konnte nicht verhindern, dass seine Stimme lauter wurde. »Wenn du Stress mit Dad hattest, wer stand dann immer hinter dir? Wer hat alles stehen und liegen lassen, um für dich da zu sein, als die ganze Sache den Bach runterging?«

»Das warst du.«

»Ganz genau, ich«, gab er zornig zurück. »Also tu nicht so, als würde ich mich einen Scheiß um diese Familie scheren. Ich habe vielleicht massive Zeitdefizite, aber ich schwimme gerade so sehr in Arbeit, dass ich mich kaum über Wasser halten kann.«

»Ich weiß«, meinte Dean ein wenig ruhiger. »Das verstehe ich. Ich will damit nur sagen, dass du vielleicht nicht ständig so unter Strom stehen würdest, wenn du deiner Familie auch nur halb so viel Zeit schenken würdest wie deinen Kunden.«

»Ich stehe nicht ständig unter Storm. *Hierher* zu kommen, stresst mich.«

Dean verengte die Augen zu Schlitzen.

»Das hat nichts mit dir zu tun. Es ist einfach schwer, nicht im Büro zu sein, das ist alles.«

»Wirklich alles?« Dean nickte mit einem niedergeschlagenen Ausdruck in den Augen. »Du hast hier Familie und Freunde, die dich lieben. Vielleicht verstehst du eines Tages, dass du zwar aussiehst wie Dad, dich aber deswegen nicht verhalten musst wie er früher.«

Jetts Handy vibrierte und gab ihm damit einen Grund, den Blick von der schmerzhaften Wahrheit in Deans Augen abzuwenden. Auf dem Display stand eine Nachricht von Tia: *Ruf mich an!*

»Du bist ein toller Kerl, aber deine Prioritäten sind echt für'n Arsch.« Dean warf einen Blick aus dem Fenster. »Ich muss noch eine Menge Kram erledigen. Schönen Flug.«

Jett fluchte zwischen zusammengebissenen Zähnen, als Dean das Cottage verließ, und rief Tia zurück.

»Ist alles in Ordnung bei dir?«

Die Panik in Tias Stimme erinnerte ihn nur an den Fehler, den er begangen hatte. »Alles bestens. Tut mir leid, dass du dir wegen mir Sorgen gemacht hast.«

»Was war denn los? Hast du dein Handy verloren?«

»Nein. Ich hatte es ausgeschaltet.«

Einen langen Moment herrschte Stille am anderen Ende.

»Tia, bist du noch da?«

»Ich sammle gerade meine Kinnlade vom Boden ein.«

»Mann, nicht du auch noch. Was ist denn nun mit meinem Flug?«

»Wie kam es zum Handyabschalten? Hat dir jemand eine Knarre an den Kopf gehalten?«

»Nein.«

»Ah, dann wurdest du mit einem Messer bedroht?«

Die Belustigung in ihrer Stimme entlockte ihm ein leises Lachen. »Ich war mit jemandem zusammen. Können wir es damit gut sein lassen?«

»Auf gar keinen Fall! Es gibt nur eine Frau auf der Welt, die dich dazu bringen könnte, dein Telefon auszumachen. Ich wusste gar nicht, dass Mila Kunis gestern bei euch zu Besuch war. Wie hast du es geschafft, bei ihr zu landen? Hast du Ashton Kutcher gekillt? Oh je, ich sollte direkt meine Schwester drauf ansetzen, dir einen Strafverteidiger zu organisieren!«

Tias große Schwester Aida arbeitete als Medienanwältin.

»War's das?«, fragte er trocken.

»Nicht mal annähernd. Ich frage mich ja, ob sie dir insgeheim Haltungsnoten gegeben und dich mit ihrem Ehemann verglichen hat. Hat sie dich versehentlich Ashton genannt? Wie ist sie denn so? Liebenswert und sarkastisch oder genau das, was du dir erhofft hast? Unartig, nett und für Spaß zu haben?«

»Könntest du bitte damit aufhören, mir auf die Nerven zu gehen? Ich mache mich ja auch nicht über die Kerle lustig, mit denen du ausgehst.«

»Nein, du lässt sie nur beschatten und präsentierst mir all ihre Schandtaten«, erwiderte sie sarkastisch.

»Jemand muss doch auf dich aufpassen.« Es gab nur einen Grund, warum Tia so gar keinen Aufstand wegen seines Flugs machte, und als ihm diese Erkenntnis kam, regte sich seine Wut erneut. »Mein Flug wurde gestrichen, oder?«

»Wenn du dein Handy gestern Abend angelassen hättest, hätte ich dir noch einen kurzfristigen Flug buchen können. Aber du warst ja mit einer Runde Horizontaltango beschäftigt.«

Er lachte. »Es reicht, Tia.«

»Ich will ihren Namen, damit ich ihr Reggie Steele auf den Hals hetzen kann.« Reggie war ein Privatdetektiv, dessen Dienste sie im Lauf der Jahre schon mehrfach in Anspruch genommen hatten.

»Keine Chance.«

»Du bist so eine Spaßbremse.«

»Da würde sie dir wohl widersprechen.« Er schaute auf sein Gepäck und überlegte, ob er noch eine Nacht mit Tegan verbringen sollte. Sein Körper war eindeutig dafür. Die Chemie zwischen ihnen war fantastisch und er wollte sie besser kennenlernen. Und *das* ... war gefährlich.

Damit hatte er seine Antwort.

So verführerisch wie Tegan war, Jett musste sich der Arbeit widmen, die er vor sich herschob, und mit der Unternehmensprüfung für den Carlisle-Deal anfangen. Wenn er nach Boston fuhr und am Flughafen arbeitete, während er auf den nächsten Flug wartete, konnte er die Berichte durchsehen und die Anrufe erledigen, die er heute Morgen nicht gemacht hatte.

»Tia, wann bekommst du mich hier weg?«

»Hast du nicht mitbekommen, dass ein Sturm auf das Cape zuhält? Oder hat sie dir tatsächlich den Verstand rausgevögelt?«

Ja, hat sie. »Wann? Morgen?«

»Hoffentlich. Ich bin dran, aber dieses Mal solltest du dein Handy anlassen, damit ich dich erreichen kann – auch mit runtergelassener Hose.«

»Es *reicht*, Ti.« *Morgen.* Er würde sich jetzt ranhalten, seine Arbeit erledigen und morgen ganz früh zum Flughafen fahren. »Ich bleibe hier und arbeite ohne Ablenkungen, mit eingeschaltetem Handy, voll konzentriert.«

Später am Nachmittag hatte Jett sein Auto gepackt und abfahrbereit gemacht – und versuchte immer noch, konzentriert zu arbeiten, doch Gedanken an Tegan lenkten ihn ständig ab. Er rief seinen Bruder Doug zurück. In einer angenehmen Viertelstunde redeten sie über das Projekt in Übersee, mit dem Doug und seine Frau gerade beschäftigt waren. Das wechselte bei jedem Einsatz. Über ihre Eltern sprachen sie nicht, und da Doug selbst nur ein- oder zweimal im Jahr nach Hause kam, machte er Jett nicht die Vorwürfe, die in Dean zu brodeln schienen. Nach dem Gespräch rief Jett seine Großmutter Rose an, in der Hoffnung, dass sie ihn vielleicht von den Grübeleien über Tegan abbrachte. Sie telefonierten jede Woche miteinander und normalerweise schaffte sie es immer, ihn abzulenken. Heute konnte allerdings nicht einmal seine lustige, liebe Grandma Rose Tegan aus seinem Kopf vertreiben. Immerhin war sie vor dem Sturm sicher, was ihn beruhigte.

Nachdem er aufgelegt hatte, warf er seiner Jacke einen Blick zu und dachte an den roten Spitzentanga, den Tegan ihm in die Tasche gesteckt hatte. Er würde nie vergessen, wie wunderschön und sexy sie in der vergangenen Nacht ausgesehen hatte, als er ihr den schwarzen Tanga ausgezogen und sie nackt bis auf die Stiefel und den Choker vor ihm gestanden hatte. Sie hatte pure Selbstsicherheit ausgestrahlt. Ihm war schleierhaft, wann sie die Zeit gefunden hatte, das verführerische Höschen in seiner Jackentasche zu verstecken, aber die Tatsache, dass sie es getan hatte, weckte heißes Verlangen in ihm.

Sein Handy klingelte und auf dem Display erschien *Der Kleine* als Anrufer-ID. Jett hatte sich schon gefragt, wie lange es wohl dauern würde, bis er sich meldete. »Hey, Kleiner, wie läuft's?«, sagte er.

»Kann nicht klagen. Ich war gerade zwei Wochen auf Bali mit der Rothaarigen, die ich letzten Sommer kennengelernt habe. Von der hatte ich dir erzählt – surft gerne und ihr gehört eine Bar in Manhattan?«

Zack schwärmte immer von irgendeiner Frau. Jett verlor ständig den Überblick bei ihnen und war nicht in Stimmung, über das Liebesleben des Kleinen zu sprechen, insbesondere, wenn sich seine Gedanken permanent um sein eigenes drehten.

»Klar. Freut mich, dass ihr euch gut amüsiert habt.«

»Gut amüsiert ist noch gar kein Ausdruck für den genialen Trip. Es ist krass, was Sonne und eine schöne Frau für die Stimmung tun. Aber hey, jetzt bin ich aufgetankt und bereit, meine Konkurrenz bei Carlisle Enterprises wegzufegen. Ich wollte nur mal durchklingeln ... Du weißt schon, um dir die Chance zu geben, dich würdevoll zurückzuziehen und deinen Ruf zu bewahren.«

Jett grinste und sah praktisch vor sich, wie der Siebenundzwanzigjährige vor den Panoramafenstern seines Büros in Manhattan auf und ab tigerte und davon träumte, so erfolgreich wie Jett zu werden. Jett besaß ein Vielfaches an Kapital, doch Zack war ein hervorragender Geschäftsmann und ein kluger Investor. Mit seinem Ehrgeiz und Biss würde er sich einen Namen machen – wenn auch nicht damit, Jett vom Platz zu drängen. »Du bist also immer noch genauso größenwahnsinnig.«

»Ein weiser Mentor hat mir einmal gesagt, dass es Zeitverschwendung ist, wenn ich nicht versuche, der Beste zu werden.«

»Klingt nach einem klugen Kerl. Lass mich wissen, wenn du mit der Investment-Anfängerliga fertig bist und die Ladys und wilden Nächte aufgeben willst, um bei den Erwachsenen einzusteigen.«

»Du meinst, ich soll mein Leben aufgeben?« Zack lachte. »Keine Chance, Mann. Du musst das vielleicht, um deinen Thron zu behalten, aber das heißt ja nur, dass ich ein besserer Geschäftsmann bin. Wir sehen uns auf dem Schlachtfeld, Jett.«

»Viel Spaß da, Kleiner. Ich bleibe einfach der Mann auf dem Thron.«

Als er das Gespräch beendete und sein Handy wieder einsteckte, donnerte es plötzlich so laut und heftig, als käme es direkt von draußen vorm Cottage. Der Sturm war zu einem weißen Hintergrundrauschen geworden, aber jetzt nahm er die Geräusche von Wind und Regen – und die lauten Stimmen – überdeutlich wahr. Er griff nach seiner Jacke – und drückte die Tasche mit dem Tanga ein wenig –, bevor er das Cottage verließ, um nachzusehen, was da vor sich ging.

Dean und Rick eilten auf den Vorratsschuppen zu.

Jett rannte ihnen in den strömenden Regen hinterher und rief: »Was ist los? Braucht ihr Hilfe?«

»Ein Baum ist auf die Galerie gefallen!«, rief Rick über den Wind hinweg.

Shit. Die Mädels. »Geht's allen gut?« Im Kopf war er sofort wieder bei Tegan. Überall auf ihrem Grundstück standen Bäume. Jetzt bereute er es schwer, dass er ihre Nummer nicht hatte, um sich zu versichern, dass bei ihr alles okay war.

»Ja«, sagte Rick. »Ich lasse Des bei diesem Wetter nicht aus dem Haus, und Vi und Andre waren in ihrem Cottage.«

»Wir können definitiv Hilfe gebrauchen. Die Straßen stehen unter Wasser und machen den Geschäften Probleme«, fügte Dean hinzu, der gerade den Schlüsselbund nach dem Schlüssel für den Schuppen durchsuchte. »Drake und Serena sind in die Stadt gefahren, um dort zu helfen. Violet und Andre sind schon dabei, die Bilder aus der Galerie zu schaffen, aber es sind noch ein Haufen übrig. Wir müssen die Äste entfernen und das Dach freiräumen, damit wir es mit einer Plane abdecken können.«

Während Dean den Schuppen aufschloss, fragte Rick: »Was ist mit deinem Flug?«

»Gecancelt. Tia versucht, einen späteren zu bekommen.« Er folgte ihnen in den Schuppen.

»Ich dachte, du musst dringend arbeiten«, meinte Dean bissig.

Jett sah ihm fest in die Augen. »Mein nerviger Bruder hat mir eine verbale Abreibung verpasst. Diesen Fehler mache ich nicht noch mal. Ihr braucht Hilfe. Ich bin für euch da.«

Dean reichte ihm eine Kettensäge. »Kommen deine zarten Bürohände mit richtiger Arbeit klar?«

»Du meinst, nachdem sie dir den Hintern versohlt haben?«

Sie luden Werkzeug und Ausrüstung auf die Ladefläche von Deans Pick-up, und während sie zur Pension fuhren, erkundigte sich Jett, ob jemand nach Daphne und Hadley gesehen hatte. Zum Glück hatte Dean das bereits getan und die beiden befanden sich wohlbehalten in ihrer Wohnung über dem Büro.

Dean parkte vor der Galerie, die sich im ersten der drei Cottages neben dem Summer House Inn befand. Der Baum hatte im Garten hinterm Haus gestanden und nun die rechte Seite des Gebäudes zerstört. Es sah aus, als wäre die Galerie von den gespenstisch wirkenden Ästen verschlungen worden.

Als sie aus dem Pick-up stiegen, kam ihnen Violet mit einem mit Plastik abgedeckten Karton aus der Galerie entgegen. »Der Sexshop ist hin. Wir bringen die Verkaufsware ins freie Cottage.« Sie spähte unter der Kapuze ihres schwarzen Regenmantels hervor zu Jett. »Du bist noch hier?«

»Mein Flug wurde gestrichen. Tut mir leid wegen der ganzen Sachen. Hast du Fotos für die Versicherung gemacht?«

»Verdammt. Nein. Daran habe ich nicht gedacht.« Violet machte auf dem Absatz kehrt und wollte wieder hineingehen.

»Ich übernehme das«, bot Jett an. »Hat schon irgendwer mit Tegan gesprochen?«

Violet grinste. »Bist du nicht gerade erst aus ihrem Bett

gekrochen?«

»Wir haben keine Nummern ausgetauscht.«

»Toll gemacht, du Amateur«, sagte Violet. »Chloe hat mit ihr telefoniert. Es geht ihr gut.«

Gott sei Dank.

Violet hastete zu dem ungenutzten Cottage und die Männer machten sich an die Arbeit. Jett deutete mit dem Daumen über die Schulter. »Ich knipse eben die Fotos für die Versicherung.«

»Wir müssen erst sicherstellen, dass das Gebäude nicht einsturzgefährdet ist«, sagte Rick. Er war Architekt und hatte mehrere Jahre lang ein Architektur- und Bauunternehmen in Washington geleitet. »Dann räumen wir das Cottage aus und kümmern uns um den Baum.«

Dean holte eine Leiter vom Pick-up, während Rick und Jett zur Rückseite des Cottages liefen.

»Es hat also zwischen dir und Tegan doch nicht gefunkt?«, fragte Rick.

»Wie kommst du darauf?«

»Ihr habt keine Nummern ausgetauscht.«

»Ich hatte es eilig, weil ich dringend zum Flughafen musste.«

»Mhm, klar.«

»Das ist mein Ernst. Sie ist fantastisch und wir haben uns super verstanden. So gut, dass ich vergessen habe, mein Handy wieder anzumachen.« Ganz zu schweigen davon, dass er seit Jahren nicht mehr so tief und lange geschlafen hatte.

»In diesem Fall bist du ein Trottel, dass du dir nicht ihre Nummer besorgt hast«, meinte Rick, während sie die Stabilität des umgestürzten Baums überprüften, der auf der zerstörten Wand und dem Dach lag.

»Ich überlege schon seit Stunden, ob ich zu ihr rausfahren und nach ihr sehen soll. Allerdings hat sie mich ziemlich abblitzen lassen, als ich vorhin meinte, dass sie auf sich aufpassen soll. Sie hat darauf bestanden, dass sie das allein hinkriegt. Ob es wirkt, als würde ich klammern, wenn ich bei ihr vorbeischaue?«, fragte Jett.

Dean kam mit einer Leiter um die Ecke und lehnte sie gegen die Rückseite des Cottages. »Hast du gerade das Wort *klammern* benutzt?«

»Sollen wir unsere Teenie-Zeitschriften holen und ein Quiz machen, um zu sehen, ob du zu anhänglich bist?«, fragte Rick lachend.

»Du kannst mich mal.« Jett gefiel der Gedanke nicht, dass Tegan ganz allein da draußen war, weit und breit keine Nachbarn in Sicht. Egal, wie lange sie schon allein lebte, wenn ein Baum auf ihr Haus fiel, konnte sie verletzt werden.

Während sie den umgestürzten Baum begutachteten, der glücklicherweise vorerst an Ort und Stelle stabil zu sein schien, unterhielten sie sich weder über Tegan noch über irgendetwas anderes. Jett machte Fotos von den Schäden außen am Cottage und ging dann hinein. Durch das kaputte Dach drang Regen ins Innere. Knorrige Äste ragten in alle Richtungen. Tische und Regale waren zertrümmert, die Einzelteile lagen verstreut auf dem nassen Boden zwischen Scherben zerbrochener Töpferwaren und kaputten Gemälden. Inmitten des Chaos stand Andre in seiner Regenmontur und stapelte Bilder in Kartons.

»Was für ein Albtraum«, schimpfte er.

»Tut mir echt leid, Kumpel.« Jett schnappte sich so viele Kunstwerke und Töpferwaren, wie er tragen konnte, und packte sie in einen weiteren Karton, bevor er sich ans Fotografieren machte.

»Vi und ich wollten nach der Hochzeit eigentlich eine weitere Klinik eröffnen, aber wir können Des und Rick nicht mit diesem Schlamassel allein lassen.« Andre leitete *Operation SHINE*, eine internationale humanitäre Organisation, die mit *Ärzte ohne Grenzen* vergleichbar war. Er und Violet reisten um die ganze Welt, um jedes Jahr drei Krankenhäuser in Entwicklungsländern aufzubauen.

»Rick kann das schon regeln«, erinnerte Jett ihn.

»Er muss ein Urlaubsresort leiten und wird bald Vater.« Andre hob die von Desiree handgefertigten und nun durchweichten Karten auf. »Die Mädels haben so hart hierfür geschuftet.«

»Es ist ätzend, dass Sachen zerstört wurden, in die sie viel Herzblut gesteckt haben, und dass ihnen jetzt Einnahmen verloren gehen, aber wenigstens waren sie nicht hier, als der Baum umgefallen ist. Ich will nicht kleinreden, wie schlimm der Schaden ist, und ich will auch wirklich nicht herzlos klingen, aber letzten Endes ist Kunst Luxus«, meinte Jett, als Violet gerade das Cottage betrat. »Die Mädels sind unersetzlich.«

Andre hievte den Karton hoch. »Du hast absolut recht. Ein Leben ohne Vi ist für mich unvorstellbar.«

»Ich liebe dich wirklich sehr, Andre«, sagte Violet. »Können wir trotzdem mit der Gefühlsduselei aufhören und uns beeilen, bevor der Baum uns hier alle platt macht?«

»Typisch meine Freundin.« Andre gab ihr einen Kuss, bevor er hinausging.

Ich würde gerne wissen, wie es meiner *Freundin geht.*

Jett fluchte unterdrückt. Tegan war nicht seine Freundin und genau so sollte es auch bleiben.

»Was ist denn mit dir los?«, fragte Violet. »Warum siehst

du aus, als würdest du gern jemanden umbringen, und nicht, als hättest du eine heiße Nacht hinter dir?«

Weil ich keine Ahnung habe, wie der Impuls, nach ihr zu sehen, in die verdammten Spielregeln passt.

Stunden später war Jett bis auf die Knochen durchgefroren. Sie hatten es geschafft, ein paar der Kunstwerke zu retten, und die anderen machten sich nun auf den Weg zum Summer House, wo die Frauen ein Kaminfeuer entfacht und warmes Essen vorbereitet hatten.

»Kommst du mit?«, fragte Dean Jett.

»Nein, ich muss noch arbeiten.«

»Danke für deine Hilfe heute. Es war schön, dich dabei zu haben.«

Jett nickte. Er war zwar klatschnass und ihm war kalt, aber es hatte Spaß gemacht, mit Dean und ihren Freunden zusammenzuarbeiten. Er war erleichtert gewesen, als er Daphne vor einer Weile über den Weg gelaufen war, die mit Hadley zum Summer House hinüberging, um sich dort den Mädels anzuschließen, und sie erwähnte, dass sie einen Post von Tegan in einem Buchclub-Forum gesehen hatte. Tegan hatte geschrieben, dass sie sich für den Sturm mit Lebensmitteln eingedeckt hatte und erst wieder hinausgehen wollte, wenn die Sonne wieder schien. Zumindest stand damit fest, dass es ihr gut ging.

»Falls wir uns nicht mehr sehen, bevor du dich auf den Weg machst, wünsche ich dir schon mal einen guten Flug.« Dean klopfte ihm kurz auf den Rücken und schloss sich dann den anderen an.

Jett kehrte zu seinem eigenen Cottage zurück und war fast ein wenig traurig, dass sein Bruder wusste, dass er Abschiede nicht mochte. Normalerweise bekam Dean von ihm nur eine kurze »*Bis dann*«-Nachricht.

Als sein Handy ihm ein Update von Tia meldete, war Jett froh über die Ablenkung.

Ich habe deine neuen Flugzeiten.

Super, schick sie mir per E-Mail, tippte er zurück und holte seine Autoschlüssel aus der Tasche, um zum Büro des Resorts zurückzufahren und dort den Cottage-Schlüssel abzugeben.

Acht

Der eiskalte Sturzregen und der höllische Wind nahmen Tegan fast vollständig die Sicht, sodass sie es kaum schaffte, ihren Einkaufswagen über den Supermarktparkplatz zu befördern.

Sie musste sich mächtig anstrengen, um das verdammte Ding davon abzuhalten, gegen eins der parkenden Autos zu krachen. Als sie es endlich zu ihrem eigenen geschafft hatte, schob sie den Wagen seitlich daneben und hielt ihn mit einer Hand fest, während sie die Einkäufe auf den Rücksitz lud. Der Kofferraum ließ sich schon lange nicht mehr öffnen.

Nachdem sie den Einkaufswagen in einem weiteren Kampf durch Wind und Regen zurückgebracht hatte, ließ sie sich atemlos, erschöpft und klatschnass auf den Fahrersitz fallen. Sie lehnte den Kopf nach hinten und lachte beim Gedanken daran, was für einen verrückten Tag sie hinter sich hatte. Wenn sie nicht den halben Tag damit verbracht hätte, von Jett zu träumen, wäre sie vielleicht früher aus dem Haus und dem Einkaufsansturm zuvorgekommen. Das Wetter war viel schlimmer als vermutet. Überall lagen umgestürzte Bäume. Ihr Auto hatte die ganze Fahrt über gerattert und gewackelt, während sie Umleitungen wegen Sturzfluten und Unfällen gefolgt war, und als sie endlich ankam, waren die Regale fast leer gewesen. Die Schlangen an den Kassen waren so lang, dass sie genug Zeit hatte, mit ihrer Schwester, ihrer Mutter und ein paar Freunden zu Hause zu chatten. Sie hatte es sogar geschafft, im Buchclub-Forum zu posten und sämtliche Beiträge zu lesen, die sie in den letzten Tagen verpasst hatte. Gefühlt dauerte es eine halbe Ewigkeit, bis sie endlich an der Reihe war, doch zumindest hatte dieser Wahnsinn sie davon kuriert, in Jett mehr als einen Freund zu sehen, mit dem man Spaß haben konnte. Sie hatte keine Zeit für Tagträume. Er hatte sein Leben und sie hatte ihres. Jetzt, wo sie wieder klar denken konnte, hatte sie diese FP-Sache voll im Griff.

Die Riesenpackung Minz-Schokoladen-Eis, die ich gekauft habe, ist nur Notnahrung für den Fall, dass ich in Sachen FP wieder rückfällig werde.

Sie wollte den Motor anlassen, aber der hustete und stotterte nur, bevor er wieder verstummte. Sie tätschelte das Armaturenbrett. »Komm schon, Berta. Ich glaube an dich.« Erneut drehte sie den Zündschlüssel und wieder stotterte der Motor, ratterte ungesund und ging aus.

»Noch einmal, Schätzchen. Du schaffst das.« Ein dritter Versuch. Der Motor keuchte, ruckelte und … sprang an. Tegan stieß einen Jubelschrei aus.

Sie drehte die Heizung auf, schnallte sich an und fuhr vom Parkplatz, wobei sie hinter einer endlosen Schlange von Fahrzeugen herkriechen musste. Die Polizei leitete den Verkehr wegen eines umgestürzten Baums um, also folgte sie den anderen Autos im Stop and Go auf ihr unbekannten Straßen. Sie wurden noch zweimal umgeleitet, und Tegan konnte nur hoffen, dass sie noch auf dem richtigen Weg war.

Ihre Gedanken schweiften zu der Arbeit, die sie am Morgen erledigt hatte. Sie hatte Fortschritte in Sachen Businessplan gemacht, doch da das Amphitheater nicht mehr nur für Kinderproduktionen genutzt werden sollte, musste sie ihm einen neuen Namen geben. Nachdem sie viel zu lange potenzielle Vorschläge durchprobiert und mehr als ein Dutzend Mal »Jett« inmitten von Kringeln, Herzen und anderen albernen Krakeleien geschrieben hatte, gab sie auf und widmete sich dem Entwurf des plüschigen, geflügelten Meerjungfrauenkostüms für Joni. Das wiederum erinnerte sie an ihr Gespräch mit Jett im Café, also ging sie nach oben, um ihn endlich aus ihrem Kopf zu verbannen. Putzen half ihr normalerweise, den Kopf freizubekommen, also räumte sie ihr Schlafzimmer auf und wusch die gesamte Wäsche, einschließlich der Bettlaken und Jetts vergessener Boxershorts – was nicht gerade hilfreich war, die Gedanken an ihn loszuwerden.

Weder vorhin noch jetzt.

Sie fragte sich, wohin er von Boston aus fliegen würde. Was stand für ihn auf dem Programm? Meetings? Arbeitete er in einem Büro? Von zu Hause aus? Chloe meinte, dass er viel unterwegs war, also nahm sie an, dass er zu einem Geschäftstreffen musste. Ihre Neugier ging immer mehr ins Detail. Wie war er an einem normalen Tag, wenn sie keine Party besuchten und er nicht arbeitete? Wo wohnte er? Besuchte er seine Familie wirklich nur ein paarmal im Jahr? Sie schluckte schwer und stellte sich die schmerzhafteste Frage von allen: Würde er in den nächsten zwei Wochen mit anderen Frauen schlafen?

Oh Mann. Sie benahm sich schon wieder wie ein Teenager. Das musste aufhören.

Sie umklammerte das Lenkrad fester und konzentrierte sich auf die Straße. Wie lange war sie schon unterwegs? Eine Stunde? Länger? Sie hatte keine Ahnung, wo sie sich befand, und hoffte, dass das Auto, dem sie beim Abbiegen auf eine größere Straße folgte, ebenfalls nach Brewster fuhr. Sie schaute sich um. Stromleitungen schwankten und riesige Bäume neigten sich im Wind. Wasser schlug in den Schlaglöchern Wellen, wie auf kleinen Teichen, und der weißgraue Himmel sah eher nach Winter als nach Frühling aus. Sie folgte dem vorausfahrenden Auto weiter und erkannte auf einer Hauptstraße schließlich wieder, wo sie war.

Gott sei Dank.

Langsam entspannten sich ihre Finger, die vom eisernen Griff um das Lenkrad schon ganz taub waren. Sie beugte sich nach vorne, wischte mit der Hand die beschlagene Windschutzscheibe und schlug den Weg nach Hause ein. Erleichtert atmete sie auf, als die lange Zufahrtsstraße zu ihrem Haus in Sicht kam. Sie bog ab und bretterte prompt durch das Schlagloch, dem sie normalerweise immer auswich. Ihr Auto setzte auf dem Boden auf und schlingerte geradewegs in den regengefüllten Graben, wodurch ihre Einkäufe einen Abgang nach vorn machten. Sie schrie auf und trat auf die Bremse. Das Auto ächzte und schepperte, bevor es verstummte.

»Nein, nein, nein!«, bettelte Tegan und drehte den Zündschlüssel, um den Motor wieder zu starten. »Komm schon! Komm schon!« Sie spähte aus dem Fenster in den strömenden Regen, konnte jedoch kaum mehr als einen Meter weit sehen, bevor alles verschwamm. Aber dieser Meter reichte aus, um zu erkennen, dass das Auto in einem ungünstigen Winkel halb im und halb außerhalb des Grabens stand.

»Verdammt!« Noch ein Versuch. *Komm schon, Berta. Spring an!* Das Keuchen des Motors klang wie ein Mann, der mit seinem letzten Atemzug kämpfte, und das erinnerte sie an ihren Onkel. Sie konnte praktisch sehen, wie er amüsiert den Kopf schüttelte, weil sie nicht sein schickes Auto genommen hatte.

Seine Stimme hallte in ihren Ohren wider: *Lach drüber, Liebes*, gefolgt von seinem vertrauten und tröstlichen tiefen Lachen.

Gott, wie sehr sie ihn vermisste.

Sie schloss die Augen, um die brennenden Tränen zurückzuhalten, und dachte daran, wie ihr Onkel ihr einmal gesagt hatte, dass Weinen nie half – außer man wurde von der Polizei angehalten. *In dem Fall setzt du alles daran, einen Strafzettel zu vermeiden. Ziel direkt auf sein Ego und klimper mit den Wimpern. Wenn das nicht funktioniert, brich in Tränen aus.* Ihr entfuhr ein Lachen. Sie war damals sechzehn gewesen und hatte Angst, in einer fremden Umgebung allein Auto zu fahren. Natürlich hatte Harvey sie aufgeheitert und sie kurz darauf losgeschickt, um etwas sehr Wichtiges in einer Galerie abzuholen. Er hatte ihr seine Autoschlüssel in die Hand gedrückt und gesagt: *Kurbel die Fenster runter und dreh die Musik auf. Ängste haben am Cape Cod keine Chance.* Auf dem Weg zur Galerie war sie zu langsam gefahren, die Fenster hochgekurbelt, das Radio aus, genau wie ihre Mutter es ihr beigebracht hatte. *Keine Ablenkungen.* Sie war mit klopfendem Herzen angekommen und hatte gefühlt die ganze Fahrt über die Luft angehalten.

Auf dem Heimweg hatte sie das Fenster einen Spalt geöffnet und das Radio leise angemacht. Bald darauf hatte sie sich in einem Lied verloren und es lauter gestellt, das Fenster heruntergekurbelt und die beruhigende Meeresluft genossen. Sie hatte sich so gut gefühlt, dass sie für ein Eis anhielt, zum Breakwater Beach fuhr und dort spazieren ging. Als sie schließlich mit dem Paket ihres Onkels nach Hause kam, bat er sie, es für ihn zu öffnen. Darin befand sich eine kleine, handgeschnitzte Schmuckschatulle aus Holz mit einer Gravur: *Es gibt nichts, was du nicht kannst.* Anscheinend hatte ihre

Mutter ihren Onkel vorgewarnt, dass sie Angst vorm Autofahren hatte, und deshalb hatte er den Trip für sie geplant.

Sie benutzte diese Schmuckschatulle immer noch und fuhr fast immer mit heruntergelassenen Fenstern und eingeschaltetem Radio.

Außer bei diesem Wetter.

Sie ließ den Blick über die im Auto verstreuten Einkäufe schweifen und amüsierte sich ein bisschen darüber, dass sie zumindest nicht verhungern würde. Ihr Handy fand sie nach kurzer Suche unter dem Beifahrersitz und grübelte, wen sie um Hilfe bitten sollte, um ihr Auto aus dem Graben zu befreien. Sie erinnerte sich, dass Justin zu Chloe fahren wollte, also rief sie ihre Freundin an. Die Leitung knisterte und ihr Anruf landete auf der Mailbox. »Hey, ich bin's. Ich glaube, ich brauche doch Justins Hilfe. Mein Auto steckt im Graben fest. Aber, hm, wenn ihr gerade Sex habt oder so, hört nicht auf. Ich versuche es bei jemand anderem.« Sie beendete den Anruf grinsend und feuerte Chloe in Gedanken an.

Nachdenklich starrte sie in den Regen und überlegte, wer sonst noch zur Auswahl stand. Ihr Handy gab drei durchdringend laute Pieptöne von sich und erschreckte sie damit zu Tode. Auf dem Bildschirm erschien eine Unwetterwarnung, in der die Bewohner aufgefordert wurden, wegen Sturzfluten und umgestürzter Bäume in ihren Häusern zu bleiben.

»Echt jetzt?« Über ihr grollte Donner. Ein Blitz zuckte bedrohlich nah vom Himmel und entlockte ihr einen Aufschrei. Im nächsten Atemzug entfuhr ihr ein hysterisches Kichern. Sie schickte ihrem Onkel ein stummes Dankeschön, denn er hatte recht: Lachen war viel besser als Weinen. Dennoch wünschte sie sich, er könnte ein paar himmlische Strippen ziehen und ihr einen Abschleppwagen schicken.

Ein Abschleppwagen!

Sie öffnete den Browser auf ihrem Handy und wollte nach Abschleppunternehmen suchen, aber der blöde Ladebalken blieb direkt wieder stehen. Wundervoll. Das Auto wurde von einer Orkanböe geschüttelt, und Tegan versuchte es erneut mit dem Motor, doch der gab nur ein leises, unheilvolles Klicken von sich. Berta hatte die Nase voll. Tegan liebte ihr Auto zwar über alles, aber die ganze Situation war so absurd, dass sie erneut auflachte.

Sie dachte an Chloe, Jett und Jock, die sie allesamt vor dem Sturm gewarnt hatten, und wie sie ihnen versichert hatte, dass sie klarkommen würde. *Und ob ich damit klarkomme.* Sie brauchte ihre Freunde nicht zu belästigen. Das Haus war nicht so weit weg, auch wenn die Auffahrt ziemlich lang war. Ein Stück geradeaus und dann um eine Kurve, eben außer Sicht. Mit den Einkäufen schaffte sie das trotz des Regens in vier oder fünf Minuten, und weder war sie aus Zucker noch wurde sie weggeblasen. Berta störte hier niemanden, bis Tegan sie abschleppen und hoffentlich reparieren lassen konnte.

Selbst ist die Tegan! Allerdings hatte sie es nicht eilig, den Einkauf durch den Regen zu schleppen.

Sie löste ihren Sicherheitsgurt und kramte auf dem Rücksitz nach dem Eis. Wenn sie schon dem Sturm trotzen musste, hatte sie sich erst einmal was Süßes verdient. Vielleicht ließ der Regen nach, während sie ihr Eis aß. Sie riss die Verpackung auf, löffelte mit zwei Fingern die cremige Köstlichkeit heraus und schob sie sich in den Mund. Mmmh. Sie wiederholte das Ganze.

Das ist noch besser als Lachen.

Stürme waren irgendwie schön, wenn man nicht gerade irgendwohin musste. Sie lehnte sich im Sitz zurück, naschte Eis und beobachtete den Regen.

Eine ganze Weile später tauchten Scheinwerfer in ihrem Rückspiegel auf. Sie drehte sich um und starrte auf die verschwommenen Lichter. *Justin! Danke, Chloe!*

Eine dunkle Kapuzengestalt tauchte neben ihrem Fenster auf, und sie kurbelte es schnell herunter, doch die strahlend blauen Augen, die sie anschauten, verschlugen ihr die Sprache. Alles, was sie herausbrachte, war ein atemloses und verdutztes »Hey«.

Jetts Blick wanderte zu ihren verschmierten Fingern, die in der Eispackung steckten, und ein amüsiertes Funkeln trat in seine Augen. »Veranstaltest du hier eine kleine Party?«

»Ich ...« *Jett. Gott, Jett. Sieh sich einer diesen Mann an.* Noch attraktiver als in ihrer Erinnerung. Und er war hier! *Moment ... was?* »Ich dachte, du wärst schon weg.«

»Mein Flug wurde gestrichen.« Er stützte sich mit den Unterarmen auf den Fensterrahmen, schützte sie so vor dem Regen und brachte sein schönes Gesicht nahe genug heran, um sie zu küssen. Er roch verwegen und verführerisch. »Ich fliege erst morgen früh. Ich weiß, dass du mit dem Sturm allein fertig wirst und natürlich die Lage im Griff hast – immerhin hast du dir ja einen schönen Graben ausgesucht, um das Wetter zu beobachten –, aber ich dachte, du hättest vielleicht Lust auf Gesellschaft. Ist in diesem heißen Schlitten Platz für zwei?«

Sie konnte sich ein Grinsen nicht verkneifen. »Ja, bloß mein Eis teile ich nicht.«

»Wie schade.« Er streckte die Hand aus und zog ihre eisverschmierten Finger aus dem Behälter, um sie von der Handfläche bis zu den Fingerspitzen abzulecken, steckte ihre Finger in den Mund und zog sie langsam wieder heraus, wobei er fest an ihnen saugte.

Tegan. Konnte. Nicht. Atmen.

Er drückte einen Kuss auf ihre Fingerspitzen. »Ich liebe Minz-Schokolade.«

»Ich auch«, flüsterte sie.

Er legte ihr die Hand auf den Nacken, zog sie näher zu sich. »Hallo, Freundin«, murmelte er an ihren Lippen, um sie dann mit einem langen, sinnlichen Kuss zu erobern. Sie schlang die Arme um seinen Hals und zog seinen großen Körper halb durchs offene Fenster. Der Eisbehälter rutschte ihr vom Schoß. Sie lachten beide und er löste sich von ihr, doch in dem Moment, in dem sich ihre Blicke trafen, flammte die Hitze zwischen ihnen wieder auf, und er küsste sie erneut so lange, dass ihr schwindelig wurde.

»Gibt es noch was, das du mir *verweigern* willst?«, fragte er.

»Mhm. *Alles.*«

Er deutete mit dem Kopf in Richtung ihres Hauses. »Was hältst du davon, wenn wir die Party nach drinnen verlegen?«

»Mein Auto springt nicht an. Ich muss es abschleppen lassen, aber ich habe keinen Handyempfang. Kann ich mir dein Telefon leihen?«

Er bückte sich und angelte sich die Eispackung, um sie ihr zu geben, während er die herumliegenden Einkäufe betrachtete. »Wie lange bist du schon hier draußen?«

Sie zuckte mit den Schultern. »Eine Weile.«

»Wie wäre es, wenn du meinen Wagen zum Haus fährst und ich mich um dein Auto kümmere?«

»Es springt nicht an.«

»Ja, das habe ich verstanden.«

Ein aufregendes Kribbeln durchfuhr sie, doch sie ermahnte sich, dass er nur Sex mit ihr hatte und nicht ihr Ritter in glänzender Rüstung war. Den brauchte sie sowieso nicht. Sie war durchaus in der Lage, ihre Angelegenheiten selbst zu regeln. »Ich rufe einfach einen Abschlepper.«

»Habe ich auch verstanden. In meinem SUV ist es warm und trocken. Ich nehme deine Einkäufe mit und komme in ein paar Minuten nach.«

»Das musst du nicht ...« Sie verstummte, als er ihr die Kapuze über den Kopf zog und ihr mit dem Handrücken über die Wange strich.

Ein liebevolles Lächeln erschien auf seinem Gesicht, was jedoch nichts an der Lust in seinen Augen änderte. Wenn überhaupt, steigerte es sie noch. »Du bist so verdammt süß.«

Oh Gott ... Doch dann blitzte Chloes Frage in ihrem Kopf auf. *Hat er nicht vielleicht noch mehr Fickbeziehungen? Vielleicht ist das ja sein Ding.*

Das war der Moment der Wahrheit. Sie konnte ihre Vereinbarung beenden oder erwachsen sein – oder besser gesagt es auf *erwachsene* Dinge ankommen lassen –, diese FP-Sache durchziehen und jeden heißen Moment davon genießen.

»Wie hättest du es gern, Sunshine? Party im Straßengraben oder an einem Ort, an dem wir etwas mehr Platz haben, um uns auszubreiten?«

Feuer loderte in ihr auf. Sie schenkte ihm ihr schönstes selbstbewusstes Grinsen. »Wir können noch eine Nacht miteinander verbringen. Warum sollten wir die in einem Straßengraben verschwenden?«

Nachdem Jett einen Abschleppwagen organisiert hatte, sammelte er die Einkäufe ein. Innerlich verfluchte er sich dafür, nicht auf sein Bauchgefühl gehört und früher nach Tegan geschaut zu haben. Bei seiner Ankunft waren ihre Hände und Wangen eiskalt, während das, was vom Eis noch übrig war, fast geschmolzen war. Was, wenn sie statt in den Graben gegen einen Baum gefahren wäre? Es hätte alles Mögliche passieren können, aber sie war ruhig, gelassen und gefasst und aß Eis, als wäre nichts gewesen. Er lehnte sich auf dem Fahrersitz ihres Autos zurück und fragte sich, warum sie diesen alten Klapperkasten fuhr, obwohl sie in einem Anwesen lebte, das wohl locker zwei Millionen wert war. Er entdeckte ihr Handy auf dem Beifahrersitz und ihre Handtasche auf dem Boden. Sie war wirklich anders als die Frauen, die er sonst kannte. Die meisten würden nirgendwo ohne Handy und Handtasche hingehen. Er steckte das Telefon in seine Jackentasche und die Handtasche in eine der Einkaufstüten. Den Autoschlüssel für den Abschleppwagenfahrer legte er unter die Fußmatte. Allerdings konnten sie froh sein, wenn der vor morgen kam, weil alle mit dem Sturmchaos zu tun hatten.

Er zog sich die Kapuze über den Kopf und stieg aus dem Auto. Der Wind riss sie direkt wieder nach hinten, als er Tegans Einkäufe vom Rücksitz sammelte, und dabei aus dem Wundern nicht herauskam. Versorgte sie eine Armee von Junkfood-Süchtigen? Da waren mehrere Packungen mit zuckrigen Frühstücksflocken, aber keine Milch. Zusätzlich zum Eis hatte sie tütenweise Süßigkeiten und ein Dutzend Joghurts mit Keks-Toppings gekauft, Scheibenkäse, eine Packung buttriges Mikrowellen-Popcorn, eine Menge geschnittene Salami, einen Laib vorgeschnittenes Partybrot, das aussah wie die kleinen Brotscheiben, die seine Mutter für Mini-Sandwiches verwendete, ein Glas Mayonnaise und eins mit extra-crunchy Erdnussbutter, ein paar Schachteln Bärchenkekse, Cracker, Chips, Salsa, zwei Sixpacks Donuts mit Puderzucker und ein paar Oliven – grüne und schwarze. Außerdem hatte sie eine Ausgabe der Cosmopolitan mitgenommen, auf der die Schlagzeile prangte: *Bist du sexy genug im Schlafzimmer? Mach unser Quiz!*

Sie brauchte kein dummes Quiz. Sein Mangel an Konzentration war ein Beweis für ihre Fähigkeiten im Schlafzimmer.

Seine Brust wurde nass, also schloss er den Reißverschluss seiner Jacke bis oben und ließ den Blick über das Grundstück schweifen, während er leicht nach vorn gebeugt die lange Zufahrt entlangstapfte. Aus irgendeinem Grund kam ihm die Umgebung bekannt vor.

Als er die Verandastufen hinaufstieg, spähte Tegan aus einem der Seitenfenster. Beim Anblick ihres schönen Gesichts wurde ihm ganz warm ums Herz. Sie verschwand und einen Augenblick später ging die Haustür auf.

»Dir ist bestimmt eiskalt. Tut mir echt leid.« Sie wischte ihm mit einem Handtuch übers Gesicht.

»Schon okay.« Er stellte die Einkaufstüten auf den Boden und zog gleich auch noch die Stiefel aus.

»Danke für deine Hilfe.« Sie rubbelte ihm mit dem Handtuch über die Haare. »Ist der Abschlepper schon da?«

»Die sind mit dem Sturm dauerbeschäftigt, aber ich habe den Schlüssel für sie im Auto gelassen. Könnte ein paar Tage dauern, bis es repariert wird. Wenn das überhaupt machbar ist. Wir sollten uns um einen Mietwagen für dich kümmern, damit du hier nicht festsitzt.«

»Ich brauche keinen, aber ich hoffe, dass Berta nicht endgültig das Zeitliche gesegnet hat«, erwiderte sie ein wenig beunruhigt.

Er platzierte seine Stiefel neben der Tür. »Berta?«

»Mein Auto sieht doch aus wie eine Berta, findest du nicht?«

Er gluckste. »Schon irgendwie. In ein oder zwei Tagen weißt du hoffentlich, ob sie repariert werden kann.«

»Daumen drücken. Himmel, du bist ja völlig durchnässt, und ich habe keine trockenen Klamotten, die dir passen.«

»Ich habe welche in meinem Wagen.« Er zog seine Jacke aus, und sie versuchte, sein Shirt mit dem Handtuch zu trocknen. Er ließ seine Jacke auf seine Stiefel fallen, legte eine Hand auf ihre und drückte sie an seine Brust. Als Tegan zu ihm aufschaute, stand ihr das Verlangen ins Gesicht geschrieben. Er zog sie in die Arme. »Viel besser.«

Röte kroch ihr in die Wangen. »Jetzt sind wir beide nass.«

»Noch besser.« Er griff mit einer Hand nach hinten und zog sich das Shirt über den Kopf.

Sie machte große Augen und ließ ihre warmen, schmalen Hände bewundernd über seine Brust wandern, was einen lustvollen Blitz durch seine Adern schickte. Gott, diese simple Berührung ließ ihn steinhart werden. Er zog sie wieder an sich und ließ sie spüren, was sie in ihm anrichtete.

Ihr Herz klopfte hart an seiner Brust. »Willst du …«

Als er die Lippen auf ihre presste, stellte sie sich auf die Zehenspitzen und drängte sich ihm entgegen. Ihre Selbstsicherheit in Sachen Sex weckte in ihm die unbändige Sehnsucht, wieder tief in ihr zu sein. Er löste sich gerade lange genug von ihrem Mund, um ihr Pullover und BH auszuziehen. »Du bist so verdammt schön.«

Sie griff nach dem Knopf seiner Jeans und er machte kurzen Prozess mit ihren restlichen Kleidungsstücken. Währenddessen konnten sie kaum voneinander ablassen, und als sie endlich nackt waren, stürzte sie sich praktisch auf ihn.

Sie schlang die Beine um seine Taille, als er sie auf seine harte Länge sinken ließ, und er küsste ihr das verlockende Stöhnen von den Lippen. Sie war so eng und heiß, und ihre Finger gruben sich in seine Kopfhaut, als sie sich in seine Haare krallte, und schickten damit ein erotisches Kribbeln über seine Wirbelsäule nach unten. Er lehnte sich nach hinten, nutzte die Tür als Halt, und umfasste ihren Hintern mit beiden Händen, damit sie das Tempo anziehen und sich härter auf seinem Schaft bewegen konnte. Ein Wimmern kam ihr über die Lippen und ihre Beine legten sich fester um ihn, was ihm sagte, dass sie direkt auf einen Höhepunkt zusteuerte. Und er ebenso. Was zum Teufel hatte sie mit ihm gemacht? Normalerweise geriet seine Selbstbeherrschung durch nichts ins Wanken, doch sie erregte ihn dermaßen, dass er die Lust und das Verlangen, die sich in ihm aufbauten, einfach nicht zurückhalten konnte. Er schob eine Hand in ihre Haare und zog ihren Kopf nach hinten, was ihm Zugang zu ihrem herrlichen Hals verschaffte. Gierig drückte er die Lippen auf ihre Haut, saugte an ihr und reizte sie mit den Zähnen. Gestern Nacht hatte er herausgefunden, wie wild sie das machte. Ihr Becken zuckte nach vorn, ihr Geschlecht pulsierte und mit einem hungrigen »Jett!« katapultierte sie ihn geradewegs in die Ekstase. Er klammerte sich an sie, und der Raum drehte sich um ihn, als ihn ein heftiger Orgasmus mit sich riss, der direkt aus seiner Seele zu stammen schien. Zwischen zusammengebissenen Zähnen presste er ihren Namen hervor, während er sie weiter auf seiner Länge auf und ab bewegte, bis sie erneut über die Klippe fiel. Sie war unglaublich, wunderschön und so sexy, wie sie den Rücken durchbog und ihm die Brüste entgegenhob, ihn tief in sich aufnahm.

Als sie erschöpft und bebend in seinen Armen zusammensank, lehnte er den Kopf an ihre Schulter und versuchte, wieder zu Atem zu kommen und klarer zu sehen. Das Gefühl, wie sie in seinen Armen lag, befriedigt und vertrauensvoll, ging ihm unter die Haut. »So. Verdammt. Gut«, brachte er keuchend hervor.

Sie schmiegte das Gesicht an seine Halsbeuge und seufzte entspannt.

Eine ganze Weile schwiegen sie beide.

Schließlich verlagerte sie ihr Gewicht etwas in seinen Armen, wodurch sich ihre Brüste an seinen Oberkörper drückten, und ihre Beine schlangen sich fester um seine Taille. Er sollte eigentlich herunterfahren, konnte aber weder ihren weichen Körper noch ihren weiblichen Duft ignorieren, oder wie perfekt sie zusammenpassten. Sein Schaft war noch immer in ihr und schon wieder halb hart. Sie gab ihm einen Kuss auf den Hals und ließ die Zunge über seine Haut wandern, wodurch seine Erregung erst recht aufmerkte. *Fuck.*

Er spürte ihre Fingerspitzen auf seinem Nacken. »Noch mal?«, flüsterte sie.

Den Wunsch erfüllte er ihr nur zu gern und verlor sich schnell in ihren sinnlichen Lauten, ihrem fordernden Betteln und ihren restlichen sexy Vorzügen.

Neun

Während Tegan sich die Haare föhnte – nach der *zweiten* gemeinsamen Dusche in weniger als zwölf Stunden –, ging Jett ins Erdgeschoß, um die Einkäufe wegzuräumen und das Handtuch aufzuhängen, das er sich vorhin um die Hüften gewickelt hatte, um nur damit bekleidet seinen Koffer aus seinem SUV zu holen. Gestern Abend war er so sehr auf sie fixiert gewesen, dass er das kunstvoll geschnitzte Geländer an der großen Treppe gar nicht bemerkt hatte. Er nahm sich einen Moment Zeit, um die beeindruckenden Ölgemälde zu bewundern, die im großen Foyer und im Flur hingen. Die dunklen Parkettböden, die hohen Decken und die Zierleisten strahlten Eleganz aus. All das entsprach nicht seinem Eindruck von Tegan, obwohl er sie zugegebenermaßen nicht besonders gut kannte.

Er sammelte die Einkäufe und das Handtuch vom Boden auf und machte sich auf die Suche nach der Küche, wobei er an prunkvoll eingerichteten Räumen vorbeikam. Diese Zimmer passten nicht so recht zu der Frau im Obergeschoss, die Stapel von Papieren und Kartons, die überall herumlagen, allerdings schon.

Jeder Raum war luxuriöser als der vorherige, doch schließlich betrat er eine helle Küche mit lachsfarbenem Boden und einem massiven Steinkamin. Die Kücheninsel im Landhausstil, die sich fast über die gesamte Breite der Küche erstreckte, und der passende Tisch waren mit Post-its und Ausdrucken übersät. Na, dieser Raum erinnerte ihn schon eher an Tegan. Er schmunzelte in sich hinein, während er die Einkäufe auf die Arbeitsplatte stellte und das Handtuch über den Rand des Spülbeckens legte. Er sah eine große Familie vor sich, die sich um den Tisch versammelte, und fragte sich, ob Tegan wohl viele Geschwister hatte.

Kurz überflog er die Papiere auf dem Tisch. Die Notizen waren nicht weniger verwirrend als im Café. *Das Café.* Er fragte sich, wie Rowan und Joni wohl mit dem Sturm zurechtkamen. Unwillkürlich fuhr er sich mit der Hand übers Gesicht. In seinem Kopf herrschte schon genauso ein Durcheinander wie in Tegans Notizen.

Er umrundete den Tisch und versuchte, sich zusammenzureimen, woran sie da arbeitete. Sein Blick fiel auf ein Stück Plakatkarton mit einem großen Kreis. Dieser wurde von Linien ähnlich wie eine Uhr in Einheiten unterteilt und überall waren verschiedenfarbige Anmerkungen notiert. Was ging nur im Kopf dieser Frau vor sich? Ihm fielen ein paar Zettel am Rand des Plakatkartons auf, und er blieb bei einem hängen, auf dem er mehrfach seinen eigenen Namen entdeckte.

»Du hast also die Küche gefunden.«

Er sah auf, als Tegan in den Raum schlenderte. In ihrem Baseball-Shirt mit rosa Ärmeln, den weißen Shorts und flauschigen rosa Socken sah sie umwerfend aus. Einfach zum Anbeißen. »Alias dein Büro?«

»Mehr oder weniger.«

»Ein großes Haus.«

»Ja. Zu groß für mich. Das ist das Einzige, was ich ändern würde, wenn ich könnte.«

»Bist du hier manchmal einsam?« Er griff nach dem Zettel mit seinem Namen und schaute sie mit hochgezogener Augenbraue an, während sie um die Arbeitsfläche herumkam.

Sie riss ihm das Papier aus den Fingern. »Ich kritzle gerne herum. Bild dir nichts darauf ein. Ich wollte nur deinen Namen nicht vergessen ... Du weißt schon, weil du nicht so einprägsam bist.« Sie knallte den Zettel verkehrt herum auf den Tisch und drehte noch ein paar weitere der Ausdrucke um.

Er fasste sich gespielt verletzt an die Brust. »Und ich habe mir schon vorgestellt, wie wir uns hinter der Tribüne küssen.«

Sie verdrehte die Augen. »Jetzt krieg dich mal wieder ein, *Armani*. Ich kritzle über alles und jeden herum.« Sie begann, die Einkäufe auszupacken. »Ich kann nichts dafür, das habe ich schon immer gemacht. Meine College-Hausarbeiten waren voller Namen und Ideen zu allem möglichen.«

»Aha.« Er tat so, als würde er ein paar andere Zettel genauer unter die Lupe nehmen. »Ich sehe hier aber nirgendwo die Namen von anderen Leuten.«

Sie stand mit dem Rücken zu ihm und riss eine Packung Cracker auf, aber er hörte sie seufzen. Ihre Hände bewegten sich schnell und hektisch, und taten etwas, das er nicht sehen konnte.

»Dann schaust du nicht genau genug hin und du solltest sowieso nicht herumschnüffeln. Ich bin am Verhungern. Du nicht?« Bevor er antworten konnte, fügte sie noch hinzu: »Wir führen eine FP. Freunde mit gewissen Vorzügen dürfen nicht rumschnüffeln.«

Leise lachend trat er hinter sie und legte ihr die Arme um die Taille. Sie versteifte sich ein wenig und hielt mitten in der

Bewegung inne. Er wusste, dass er im Keim ersticken sollte, was die Kritzeleien ausdrückten – die Hoffnung auf eine Beziehung –, und das würde er auch rechtzeitig, doch im Moment musste er sie auf andere Gedanken bringen, damit sie sich entspannen konnte. Er drückte ihr einen Kuss auf die Wange. »Tief durchatmen, Baby. Ich schnüffle nicht herum und bin froh, dass du meinen Namen nicht vergessen wolltest. FPs – so hast du uns doch genannt – sollten auf jeden Fall wissen, wie der oder die andere heißt.«

Sie gab einen dieser langen, zufriedenen Seufzer von sich und drehte sich in seinen Armen um. »Probier das mal.« Sie hielt ihm ein Crackersandwich hin.

Er öffnete den Mund und sie schob ihm das ganze Ding hinein. Er schmeckte Salami, Käse und Oliven. Mochte er alles sehr gern.

»Ich habe an meinem Businessplan für das Theater meines Onkels gearbeitet, und mir ist klar geworden, dass es einen neuen Namen braucht«, sagte sie und wandte sich wieder der Arbeitsfläche zu, wo sie etwa ein Dutzend Crackersandwiches zusammenbaute. »Ich habe mir den Kopf zerbrochen, und wir hatten gerade Stunden zusammen im Bett verbracht, also ...«

Er schluckte den Bissen hinunter. »Verstehe schon. Du konntest nicht aufhören, an mich zu denken. Da wärst du nicht die Erste.«

Sie sah ihn betont ausdruckslos an.

»Mich vergisst man nicht so schnell. Aber nur, damit das klar ist: Ich finde, Jett ist kein guter Name für ein Theater.«

Sie schüttelte den Kopf und ein Lächeln umspielte ihre Lippen. »Du bist ein Blödmann.«

»Das hast du nicht geschrien, als du unter der Dusche gekommen bist. Ich bin mir ziemlich sicher, dass du mich einen Gott genannt hast.«

»Ich habe *Oh Gott* gesagt und nicht *Du bist ein Gott*.« Sie reichte ihm ein weiteres Sandwich. »Obwohl du dich an der Orgasmusfront ziemlich gut schlägst. Jetzt steck dir das in den Mund, bevor ich dich aus meiner Küche werfe und in den Sturm rausjage.«

Er nahm das Crackertürmchen entgegen. »Du hast also offenbar ein Theater geerbt, du fährst ein Auto, das schon vor Jahren auf dem Schrottplatz hätte landen sollen, und du isst wie ein Mann, wenn Football im Fernsehen läuft. Sollte ich sonst noch was über dich wissen?«

»Nicht viel. Stimmt schon, ich esse ziemlich viel Mist.« Sie biss von einem Crackersandwich ab und brachte den Teller zum Tisch, wo sie die Papiere zur Seite schob, um Platz zu schaffen. »Wenn du nicht weißt, was du tun sollst, wenn ich bei deinem nächsten Besuch am Cape fünf Kilo schwerer bin – keine Sorge.« Sie eilte zurück zur Anrichte und begann, die Einkäufe wegzuräumen. Zeit für eine Antwort ließ sie ihm nicht. »FPs können jederzeit beendet werden, sogar per SMS. Schick einfach eine mit dem Text: *Das funktioniert für mich nicht mehr.* Das ist einer der größten Vorteile unserer Vereinbarung.« Sie öffnete den Kühlschrank und beförderte die Joghurtbecher so unsanft hinein, dass sie übers Regal rollten. »Ich muss mir keine Sorgen machen, dass du mir auf den Hüftspeck schaust oder fragst, warum ich nicht mehr Sport treibe, und du musst dir keine Sorgen machen, dass ich dir mit der Frage auf den Sack gehe, ob du dich mit anderen Frauen triffst.«

Der bissige Unterton in ihrer Stimme verriet ihm, wie schwierig das für sie werden würde, doch er war nicht bereit, dieses Problem mit leeren Versprechungen kleinzureden. Als sie den Kühlschrank schloss, packte er sie vorne am Oberteil, zog sie näher zu sich heran und presste die Lippen auf ihre.

»Ich mag Frauen, die gern essen. Schlank, kurvig, klein, groß, schwarz, weiß. Nichts davon ist so wichtig wie das, was hier drin ist.« Er tippte ihr an die Schläfe. »Ich mag schöne Frauen jeder Form und Größe, aber am attraktivsten finde ich kluge, interessante, die mir nicht nach dem Mund reden, nur um mir Geld aus der Tasche zu ziehen oder mir an die Wäsche zu gehen.«

Sie verengte die Augen ein wenig, als würde ihr nicht gefallen, was er gesagt hatte, aber er war direkt und ehrlich und würde sie nicht an der Nase herumführen.

Er schaute ihr tief in die Augen. »Glaub's mir, Tegan. Deinen frechen Mund liebe ich besonders an dir, und das nicht nur, weil du weißt, wie du ihn auf meinem Körper besser als jede andere vor dir zum Einsatz bringst. Ich mag ihn, weil er mir verrät, was in deinem Kopf vorgeht, und das finde ich – dich finde ich – unglaublich interessant.«

Ihr Blick wurde weicher.

»Du weißt, dass ich nichts Festes will. Aber unsere kleine FP-Vereinbarung hält schon länger als alles andere vor dir.« Er strich ihr über die Taille. »Fünf Kilo mehr oder weniger sind mir egal, aber Zukunftsträume von weißen Gartenzäunen könnten mich in die Flucht schlagen.«

Sie kniff die Lippen zu einer schmalen Linie zusammen, setzte gleich darauf jedoch ein selbstbewusstes Grinsen auf. »Ich bin eine viel beschäftigte Frau. Ich habe weder Zeit für Tagträume noch für unsichere Männer, die sich beschweren, wenn sie mich nicht erreichen können.«

Verdammt, sie war umwerfend. »Dann sind wir uns ja in dem Punkt schon mal einig. Jetzt erzähl mir mal, was das alles soll.« Er deutete auf die Zettel. »Und warum isst eine Frau mit einem Haus wie so einem hier Crackersandwiches und fährt ein Auto, das nur noch von gutem Willen zusammengehalten wird?«

»Schmeckt dir mein edles Mahl nicht?«, neckte sie ihn.

»Tatsächlich finde ich es großartig, aber edel ist es nicht unbedingt.«

»Ist mir klar«, erwiderte sie unbekümmert. »Wo soll ich anfangen, ohne die FP-Grenze zu überschreiten?«

Er runzelte die Stirn. »Tegan, lass uns keine Spielchen spielen. Es tut mir leid, wenn ich deine Gefühle verletzt habe. Diese FP-Sache ist für uns beide neu. Ich versuche nur, unsere Erwartungen nicht zu hoch zu schrauben.«

»Du hast meine Gefühle nicht verletzt, und ehrlich gesagt war es mir vor mir selbst peinlicher als vor irgendwem sonst, als ich mich dabei ertappt habe, wie ich deinen Namen kritzle.« Sie nahm sich noch ein Crackersandwich. »Wir sind uns da sehr einig, keine Sorge.«

Erleichterung rang mit einem ganz anderen Gefühl in ihm – vielleicht Enttäuschung? Er wusste nicht, was er damit anfangen sollte, also ignorierte er es.

»Das alles und mein Auto habe ich meinem Großonkel Harvey zu verdanken. Gab es in deinem Leben schon einmal jemanden, mit dem du nur ein paar Wochen im Jahr verbracht hast, der aber trotzdem immer sehr präsent für dich war?«

Ja, meine komplette Familie und die sehe ich nicht mal so oft. Das behielt er jedoch für sich und sagte stattdessen: »Klar. Meine Großmutter.«

»Das ist süß. Für mich war es mein Onkel Harvey«, erwiderte sie mit einem Hauch von Traurigkeit. »Er ist letzten Sommer verstorben.«

»Das tut mir leid.« Er nahm ihre Hand, führte sie zu einem Stuhl und setzte sich neben sie. »Er fehlt dir bestimmt.«

»Du kannst dir nicht vorstellen, wie sehr«, sagte sie leise. »Ich habe als Kind viel Zeit mit ihm hier verbracht. Er hatte ein Emphysem und saß die letzten Jahre seines Lebens im Rollstuhl.«

»Im Café hast du Maryland erwähnt. Bist du dort aufgewachsen?«

»Ja, in Peaceful Harbor. Ich wohne eigentlich immer noch dort und meine Eltern auch. Ich bin nur bis zum Herbst hier. Die Besuche am Cape waren immer großartig, weil mein Onkel jeden Tag zu einem Abenteuer gemacht hat. Für ihn war Lachen so wichtig wie anderen Menschen ihr Glaube. Er war sehr exzentrisch, wie du wahrscheinlich schon am Haus erkennst – das ich, um deine Frage von vorhin zu beantworten, zusammen mit seinem Lincoln Town Car und dem Children's Amphitheater geerbt habe, nebst genug Geld, um nie wieder arbeiten zu müssen. Das hätte ich dir wahrscheinlich nicht erzählen sollen, bestimmt willst du mich jetzt nur noch wegen meines Gelds.«

Er konnte ein Lachen nicht unterdrücken. »Da hast du wahrscheinlich recht. Das solltest du nicht jedem erzählen. Vor allem nicht Männern. Wir sind alle Mistkerle, die nur auf eine reiche Frau aus sind, die uns ein schönes Leben finanziert.«

Sie verdrehte die Augen.

»Im Ernst, das solltest du wirklich lieber für dich behalten. Es gibt da draußen viele, die so was ausnutzen.«

»Ich weiß, aber ich weiß genauso, dass ich dir vertrauen kann. Tun alle anderen auch.«

»Du wirkst nicht wie eine Mitläuferin.«

»Normalerweise nicht, doch ich vertraue unseren Freunden. Und mein Onkel hat mir beigebracht, auf mein Bauchgefühl zu hören. Es war ihm egal, was andere über ihn oder seinen Lebensstil dachten, und das hat er an mich weitergegeben. Dir ist vielleicht schon aufgefallen, dass ich nicht besonders gut tanzen kann.«

Das konnte er problemlos wahrheitsgemäß beantworten. »Ich konnte mich von deinem Anblick auf der Tanzfläche nicht losreißen.«

»Weil du mit mir ins Bett wolltest.«

»Möglich, doch Fakt ist auch: Dein Selbstbewusstsein auf der Tanzfläche war ein besseres Aphrodisiakum als ein an ein Bett gefesseltes Model im Bikini.«

Sie lachte laut auf. »Wow, über den hast du aber lange nachgedacht, oder? Da tauchen Bilder in meinem Kopf auf …«

Sie fächelte sich Luft zu, sodass er sich einfach vorbeugen und sich einen Kuss stehlen musste.

»Denk lieber nicht zu lange darüber nach«, sagte er. »Das ist etwas, das ich mir als Teenager ausgemalt habe, und da es im echten Leben nie passiert ist, hat es sich in meinem Kopf festgesetzt.«

»Na, dann müssen wir diese kleine Fantasie vielleicht eines Tages ausleben.«

»Verdammt, Tegan.« Er nahm ihre Hand und legte sie auf seinen Schritt. »Ein Satz, und das richtest du bei mir an.«

Sie biss sich auf die Unterlippe, als er sich von seinem Stuhl erhob und seine Jeans zurechtrückte, und knabberte glucksend an einem Cracker, während er sich wieder setzte. »Alles in Ordnung? Alles, wo es hingehört?«

»Im Moment schon«, antwortete er gelassen. »Erzähl weiter.«

»Also, ich würde vermutlich einen weißen Bikini tragen,

um auch genug Unschuld auszustrahlen …«

Er zog sie auf seinen Schoß und küsste sie leidenschaftlich, aber sie lachte nur und befreite sich wieder.

»Ich brauche erst was zu essen, bevor ich mich noch mal von dir vernaschen lasse.« Sie griff nach einem weiteren Türmchen. »Und ich stecke mir gern leckere Dinge in den Mund …« Sie ließ den Blick an seinem Körper nach unten gleiten, was Hitze in ihm aufsteigen ließ. »… bin jedoch keine gute Köchin.«

»Für dieses Gespräch brauche ich was zu trinken.« Er ging zum Kühlschrank und holte eine Flasche alkoholhaltige Limonade heraus, die er dort vorhin gesehen hatte. Er nahm einen kräftigen Schluck. »Hast du auch was Stärkeres im Haus?«

»Kann sein. Aber wenn's dir zu heiß wird, solltest du vielleicht die Küche verlassen.«

Er setzte sich wieder. »Oh, damit komme ich schon klar. Iss auf, Baby, du wirst viel Energie brauchen, um die Nacht zu überstehen. Und während du auftankst, möchte ich mehr über den Onkel erfahren, der es für eine gute Idee gehalten hat, dass du allein hier am Cape wohnen sollst.«

»Ich bin nicht allein. Ich habe inzwischen Freunde gefunden, und laut dem Assistenten meines Onkels war Harvey der Meinung, dass ich hierhergehöre. Außerdem hat er mich nicht gezwungen, herzukommen. Er kannte mich besser als jeder andere und wusste, dass ich Herausforderungen und Abenteuer liebe. So was macht mir keine Angst und das verdanke ich ihm. Er hat mir viel über Selbstvertrauen beigebracht und dass man sein Leben selbst in die Hand nehmen muss.« Sie kaute an einem Cracker. »Ich bin zu Besuch gekommen, nachdem mir zum ersten Mal ein Junge das Herz gebrochen hatte. Da war ich zwölf und dachte, mein Leben wäre vorbei, weil dieser Kerl mich in der letzten Schulwoche gefragt hatte, ob ich mit ihm gehen will, nur um sich zwei Tage später von mir zu trennen und mit meiner besten Freundin auszugehen. Natürlich war sie keine echte Freundin. Jedenfalls kam ich in der darauffolgenden Woche hierher, völlig fertig mit den Nerven.« Sie schüttelte den Kopf. »Echt albern. Mein Onkel arbeitete damals ehrenamtlich in einem Krankenhaus und ich habe ihn zu den Kindern begleitet. Als wir nach Hause gekommen sind, hingen überall Zielscheiben mit dem Namen des Jungen an den Bäumen und vor jedem Baum standen Eimer mit Wasserbomben. Mein Onkel hatte das alles für mich vorbereitet, damit ich über den Jungen hinwegkomme, und es hat funktioniert. Als ich fertig war, waren wir beide klatschnass und lachten uns schlapp, und ich konnte mich kaum noch daran erinnern, was an diesem Jungen so besonders gewesen war.«

»Jungs sind dumm und Mädchen sensibel. Das ist eine gefährliche Kombination.«

»Mädchen sind auch dumm und manche Jungs sind sensibel. Aber da müssen wir alle durch.«

»Als Kind bin ich oft wütend nach Hause gekommen und meine Mutter hat mir dann gesagt, dass ich das am Basketballkorb in der Einfahrt auslassen soll.« Das hatte er bis jetzt ganz vergessen. Auch dass sein Vater sich immer besonders viel Zeit genommen hatte, wenn er abends nach Hause kam, um im Hinterhof mit ihm den Baseball hin und her zu werfen oder ihn pitchen zu lassen, bis ihm die Arme lahm wurden.

»Ich weiß nicht viel über deine Eltern …« Sie machte eine kurze Pause und wirkte, als wäre ihr unwohl bei dem Thema. »Außer, dass Chloe gesagt hat, dass du und dein Vater euch nicht sehr nahesteht.«

»Vielen Dank, Chloe«, meinte er sarkastisch. Über seine Familie wollte er auf keinen Fall sprechen.

»Da du aussiehst, als würdest du sie am liebsten umbringen, reden wir nicht weiter drüber.«

»Perfekt«, sagte er und versuchte, das Brennen in seinem Bauch zu ignorieren.

»Meine Eltern haben bei mir immer auf Sicherheit gepocht, in der Schule und bei Freunden«, sagte sie unbekümmert. »Sie wollten, dass ich Buchhalterin oder Krankenschwester werde, wegen der Jobsicherheit. Aber gleichzeitig hat mir Onkel Harvey den Floh ins Ohr gesetzt, dass das Leben zu kurz ist, um auf Abenteuer zu verzichten, und dass ich meinem Herzen folgen soll, wohin es mich auch führt.«

»Klingt nach meiner Großmutter.«

»Vielleicht muss das so sein. Unsere Eltern haben getan, was sie für das Beste für uns hielten, um uns vor Misserfolgen oder Schmerz zu bewahren, und andere Generationen, die viel Schweres durchgemacht haben, wissen, wie wichtig es ist, das Leben zu genießen. Wer weiß? Wenn ich Kinder habe, hoffe ich, dass ich einen Mittelweg finden und ihnen helfen kann, ihrem Herzen auf gefahrlose Weise zu folgen. Aber zurück zu meinem Auto: Damals, als ich Angst vorm Fahren hatte, hat mein Onkel ein Abenteuer für mich inszeniert.«

Sie erzählte die Geschichte, wie ihr Onkel sie mit Versprechungen vom Zauber der Luft und Musik am Cape Cod zum Fahren verleitet hatte. Dabei erwähnte sie auch das Schmuckkästchen, das er oben auf ihrer Kommode gesehen hatte. Dass ihr beim Erzählen Tränen in die Augen stiegen, sagte Jett, dass sie ihm wertvolle Erinnerungen an einen Mann anvertraute, der ihr viel bedeutet hatte. Er wollte ihren Schmerz lindern, ob das für eine FP angemessen war oder nicht. Also drückte er ihre Hand sanft und rückte näher, sodass seine Knie sich von außen an ihre lehnten.

»Als ich wieder zu Hause in Maryland war, wartete dort Berta mit einer großen roten Schleife und einer am Lenkrad befestigten Karte auf mich, auf der stand: *Mach die Fenster auf und folge deinem Herzen, wohin es dich auch führen mag, aber hol dir vorher die Erlaubnis deiner Eltern dafür.*«

»Klingt, als wäre er ein toller Mensch gewesen.«

»Das war er. Ich durfte Roadtrips mit Berta erst machen, nachdem ich volljährig war, aber an meinem achtzehnten Geburtstag haben meine große Schwester Cici und ich unsere Sachen gepackt, die Fenster runtergekurbelt, die Musik aufgedreht und waren von sieben Uhr morgens bis elf Uhr abends unterwegs. Vielleicht der beste Tag meines ganzen Lebens.«

»Wohin seid ihr gefahren?«

»Nach New York. Dort haben wir Mittag gegessen und den Tag mit einem Einkaufsbummel und Sightseeing verbracht. Für Cici war die Stadt schon damals ein Traum. Sie ist Fotografin und wollte schon mit zehn oder elf Jahren weg vom Land. Sie hatte ihre Kamera dabei und hat jede Menge Fotos geschossen.«

»Und für sie machst du die Bildnachbearbeitungen?«

»Ja, und für ihren Mann Cooper Wild und seinen Bruder, Jackson. Die beiden sind ...«

»Berühmte Fotografen.« Sie war ganz schön bescheiden. Die Wilds führten eins der renommiertesten Fotoateliers in New York City. »Ich hatte mal ein Fotoshooting für eine Zeitschrift mit den beiden. Die Welt ist klein.«

»Ganz offensichtlich. Wenn du für eine Zeitschrift abgelichtet wurdest, bist du ja wohl auch eine Persönlichkeit.«

»Kein Stück. Erzähl mir mehr von deinem Roadtrip.«

Sie musterte ihn forschend, hatte aber wohl etwas in seinen Augen erkannt und verstanden, dass er nicht über sich selbst sprechen wollte, denn sie sagte: »Ach, das war nur ein Tagesausflug. Wir hatten nicht viel Geld und konnten uns kein Hotelzimmer leisten. Trotzdem war es mein erster Vorgeschmack auf Freiheit und hat meine Abenteuerlust geweckt. Seitdem mache ich jedes Jahr eine Reise und war schon an ein paar wirklich tollen Orten.« Sie steckte sich den Rest des Cracker-Sandwiches in den Mund.

»Du machst Roadtrips mit Berta? Das klingt gefährlich, nach allem, was ich von ihr gesehen habe«, sagte er.

»Als sie und ich jünger waren, haben wir viel zusammen unternommen. Jetzt ist sie etwas zu alt, um mit mir die Highways unsicher zu machen. In den letzten Jahren war ich vor allem in Übersee, in Irland, Italien, der Schweiz …«

Er wollte sie fragen, ob sie mit festen Partnern verreist war, doch das passte nicht zu einer Freundschaft plus. Es ärgerte ihn, dass er das überhaupt wissen wollte. Bisher hatte es ihn nie interessiert, was die Frauen, mit denen er schlief, mit anderen Männern gemacht hatten. Aber er konnte seine Neugier nicht ganz unterdrücken. »Verreist du dann mit Cici oder deinen Freundinnen?«

»Nein. Cici hat mittlerweile zwei Kinder und ehrlich gesagt reise ich lieber allein. So kann ich einfach meine Sachen packen und losziehen, wann immer es mein Terminkalender erlaubt.«

Sie war sogar noch beeindruckender, als er gedacht hatte, und sie war mutig. Allerdings gefiel ihm die Vorstellung, dass sie allein unterwegs war, genauso wenig wie die Vorstellung, dass sie mit anderen Männern verreiste. Nicht, weil er dachte, dass sie nicht auf sich selbst aufpassen konnte. Das traute er ihr durchaus zu, dennoch blieb ein nagendes Gefühl der Besorgnis.

»Ich plane nicht gerne im Voraus«, riss sie ihn aus seinen Gedanken.

Er warf einen Blick auf ihr Chaos auf dem Tisch und die an eine Uhr erinnernde Skizze auf dem Plakatkarton. »Stell dein Licht mal nicht so unter den Scheffel. Um hier den Durchblick zu behalten, muss man sich gut organisieren können.«

»Lass es mich so formulieren: Ich weiß zwar, was ich sehen und tun möchte, wenn ich verreise, aber ich erstelle keine festen Reiserouten oder so was. Generell bin ich schon gut im Planen. Ich gehe das nur nicht auf konventionelle Weise an.« Sie machte eine Handbewegung in Richtung der Zettelwirtschaft. »Ob du es glaubst oder nicht, ich bin heute sehr gut vorangekommen.«

»Das glaube ich dir aufs Wort. Man schaue sich nur diese Uhr an.«

Sie verdrehte die Augen.

»War nur ein Scherz. Du bist eine mutige Frau, Tegan, allein zu reisen und deine Familie und dein Leben hinter dir zu lassen, um ein Unternehmen zu übernehmen, mit dem du dich erst noch vertraut machen musst.«

»Keine Ahnung, ob ich mich als mutig bezeichnen würde. Ich habe nur keine Angst davor, etwas anzupacken, das mir wichtig ist. Ich möchte wirklich, dass das hier gelingt, für meinen Onkel, für Harper und ihren Traum, Episodenstücke auf die Beine zu stellen, und auch für mich selbst. Dieses Theater ist schon jetzt ein wichtiger Bestandteil im Leben vieler Menschen, und wir haben die Chance, noch viel mehr Leute zu erreichen und es zu etwas zu machen, auf das sich auch

Erwachsene jedes Jahr freuen können. Ich habe schon immer mein eigenes Ding gemacht, bisher jedoch nur in kleinem Rahmen, was mir viel Flexibilität verschafft und mir erlaubt hat, mir frei zu nehmen, wann immer ich Lust dazu hatte. Das wird jetzt ganz anders.«

»Ich würde Bildbearbeitung für die Wilds nicht gerade als kleinen Rahmen bezeichnen.«

»Ist es aber. Ich arbeite hinter den Kulissen, mache keine Fotos und lerne auch nicht die Leute kennen, die die Zeitschriften lesen oder die Bilder online sehen, die ich bearbeite. Zwischen der Nachbearbeitung und dem Fotografieren liegen Welten. Ich bin unsichtbar und das stört mich überhaupt nicht. Cici und die Jungs sind Künstler. Die Leitung des Theaters ist allerdings eine Gelegenheit, das zu ändern. Ich kann das Erbe meines Onkels fortführen, indem ich nicht nur den Betrieb weiterführe, sondern auch ein Teil davon werde. Indem ich bei den Aufführungen im Publikum sitze, wie mein Onkel, mich mit den Schauspielern austausche, die Kinder und ihre Eltern begrüße und an den anschließenden Mittagessen teilnehme. Wenn ich mit meinem Onkel zu den Aufführungen gegangen bin, war jede für sich ein fantastisches Ereignis. Die Schauspieler wurden begeistert empfangen, es gab immer ein Buffet und die Freude der Kinder war ansteckend. Das ist etwas Magisches. Ich möchte Teil dieses Zaubers sein. Und das ist noch nicht alles. Harper möchte ihre Romantikkomödien in Episodenform auf die Theaterbühne bringen. Das macht sonst niemand und ich finde es superspannend. Sie hat sogar ein lukratives Angebot von Trey Ryder, dem Chef der Streamingsparte vom Sender Movietime, bekommen, die Aufführungen live zu streamen. Er meinte, das wäre der nächste große Hit. Aber Harper hat abgelehnt. Sie wollte in der künstlerischen Gestaltung nicht eingeschränkt werden und sich bei den Aufführungen nicht mit Fernsehkameras herumschlagen müssen.«

»Wow. So ein Angebot abzulehnen, ist echt ein Ding. Ist dir klar, welche Goldgrube du dir damit schaffen könntest?« Ihm schossen direkt fünfzehn verschiedene Ideen durch den Kopf, wie er ihr zum Erfolg verhelfen könnte.

»Ich hoffe für Harper genau darauf. Uns beiden ist Geld nicht wichtig, wir wollen nur genug verdienen, um davon leben zu können.«

»Warum nicht? Du hast zwar dein Erbe, doch warum nicht nach den Sternen greifen?«

»Dieses Geld stammt von meinem Onkel. Ich werde mir aus Überzeugung meinen Lebensunterhalt weiterhin selbst verdienen. Harper und ich möchten, dass unsere Produktionen etwas Besonderes und irgendwie familiär bleiben, damit die Leute das Gefühl haben, alte Freunde zu besuchen. Wir sind beide der Meinung, dass Menschen, die sich nur auf das Geld konzentrieren, die Feinheiten vergessen, die gerade solche Projekte zu etwas Besonderem machen, und auch die Gründe, warum sie das Unternehmen überhaupt ins Leben gerufen haben.«

Darüber dachte er eine Minute lang nach und ihm dämmerte, wie recht sie hatte. Bei ihm stand der Profit mehr denn je im Vordergrund. Er hatte sein Unternehmen aufgebaut, indem er kleineren Firmen half, ihren Weg zu finden, doch mittlerweile steckte er seine Energie kaum noch in diese Bereiche, weil die Gewinne bei größeren Investitionen und Übernahmen um ein Vielfaches höher waren.

»Aber sie hat Trey nicht komplett abblitzen lassen«, holte Tegan ihn ins Gespräch zurück. »Er steht immer noch in den

Startlöchern und will uns ein weiteres Angebot machen, wenn es gut läuft und wir diese Richtung einschlagen wollen. Allerdings bezweifle ich, dass wir das tun werden. Wie gesagt, es geht nicht ums Geld. Die Vorstellung, Teil von etwas so Innovativem und Spannendem zu sein, hier am Cape, wo mein Onkel gelebt und gewirkt hat, ist einfach unglaublich. Ich liebe meine bisherige Arbeit, aber das hier? Das wird mich auf eine Weise erfüllen, die ich nie für möglich gehalten hätte. *Falls* ich es schaffe, das Ganze auf die Beine zu stellen.«

Ihre Begeisterung erinnerte ihn an sich selbst damals, als er sein eigenes Unternehmen gegründet hatte. Er war fest entschlossen gewesen, Geschäftsinhabern nicht nur dabei zu helfen, ihre Nische zu finden, sondern sie auch dabei zu unterstützen, ihre eigenen Erwartungen zu übertreffen, ihnen zu einem Erfolg in ungeahnten Höhen zu verhelfen und diesen Weg gemeinsam mit ihnen zu beschreiten. Und das hatte er bei Weitem übertroffen.

Es war Jahre her, seit er das letzte Mal den Nervenkitzel verspürt hatte, etwas von Grund auf aufzubauen wie Tegan gerade, und er wusste, dass das genauso viel mit ihr zu tun hatte wie mit der Herausforderung, die vor ihr lag.

Tegan redete ohne Punkt und Komma und kam sich ein bisschen albern vor, weil sie sicher sehr naiv klang – vor allem für einen Mann, der angeblich mit seinem Job verheiratet war. Wobei sie sich immer noch nicht ganz sicher war, in welcher Branche er eigentlich tätig war. Dass er sein Geschäft mit Geldverdienen machte, hatte ihr keine wirklichen Anhaltspunkte geliefert.

»Lass uns das *falls* durch ein *wenn* ersetzen und loslegen«, meinte er.

»Uns? Im Sinne von *wir zusammen*? Ich kann das nämlich durchaus alleine.«

»Das bezweifle ich nicht, aber wenn du offen für Vorschläge bist … Wie man Unternehmen zum Erfolg verhilft, ist quasi mein Fachgebiet.«

Sie lehnte sich auf ihrem Stuhl zurück und schlug die Beine übereinander. »Ist das so, Armani? Dann erzähl mal.«

»Da gibt es nicht viel zu erzählen. Ich bin Investor mit breit gefächerter Expertise. Risikokapitalgeber, Immobilien, Konzerne. Ich nehme Firmen auseinander und baue sie neu auf, damit sie maximalen Erfolg erzielen können …«

»Na ja, ich will aber nicht, dass der Betrieb meines Onkels zerschlagen wird. Die Kinderproduktionen laufen so ziemlich von selbst, wenn auch nach einem vorsintflutlichen System. Ich plane mit Harper die neue Facette des Unternehmens.«

Er neigte den Kopf ein wenig und sah dabei leicht amüsiert aus. »Wenn du mich ausreden lassen würdest, hätte ich gesagt, dass ich die Firmen nicht immer auseinandernehme. Am Anfang meiner Karriere als Investor habe ich mich mit kleinen Unternehmen zusammengetan, anstatt sie zu übernehmen, und mit den Eigentümern an der Entwicklung und Umsetzung profitabler Geschäftsstrategien gearbeitet.«

»Und wahrscheinlich hast du auch den Großteil ihrer Gewinne eingestrichen. Ich hätte dir wohl wirklich nicht von meinem Erbe erzählen sollen. Danke, aber ich bin nicht daran interessiert, Geld für etwas zu verschenken, das ich auch allein kann.«

Er runzelte die Stirn und seine Kiefermuskeln spannten

sich an. »Glaubst du wirklich, dass ich Geld von einer Frau annehme, mit der ich schlafe?«

»Klar. Warum nicht?«

»Weil ich kein Arsch bin.« Er lehnte sich seufzend nach hinten. »Wir haben noch eine gemeinsame Nacht, bevor ich wieder abreise, und so gern ich jede Minute davon mit dir im Bett verbringen würde, reizt mich die Begeisterung in deinen Augen und deine Entschlossenheit, dieses Unterfangen auf den Weg zu bringen, noch mehr als das Versprechen auf einen Orgasmus.«

»Warum?«, fragte sie skeptisch. »Weil du denkst, dass ich es nicht alleine schaffe?«

»Nein. Mein Gott, Tegan, du bist eindeutig kompetent, sonst hätte dein Onkel dir nicht eine so große Verantwortung übertragen.« Er beugte sich vor, nahm ihre Hand in seine und schaute ihr fest in die Augen. »In den letzten Jahren habe ich mich mehr auf große Firmenübernahmen und Umstrukturierungen konzentriert. Mit dir zusammenzuarbeiten und wieder selbst beim Aufbau eines Unternehmens Hand anzulegen, würde mir echt Spaß machen. Wenn wir nur halb so gut darin sind wie im Schlafzimmer, haben wir für beides Zeit: Arbeit und Vergnügen.«

Ein lautes Krachen, gefolgt von einem dumpfen Schlag, der das Haus zum Beben brachte, ließ sie beide erschrocken aufspringen.

»Was war das denn?«, fragte Tegan panisch und rannte zum Fenster. Sie war so in das Gespräch vertieft gewesen, dass sie den Sturm völlig vergessen hatte.

Wind und Regen peitschten gegen die Fenster, und sie schirmten ihre Augen ab, um in die Dunkelheit hinauszuspähen.

»Das klang, als wäre irgendwo ein Baum umgestürzt.«

»Das Amphitheater! Ich muss nachsehen, ob da was passiert ist!« Sie wollte los in Richtung Eingangsbereich, um ihre Jacke zu holen, doch er packte sie am Arm und hielt sie auf.

»Ich mache das.« Das Licht flackerte. »Sieht aus, als würde uns was Heftiges erwarten. Wo bewahrst du deine Taschenlampen und Kerzen auf?«

Sie eilte in die Küche, öffnete eine Schublade in einem Schränkchen und holte eine Taschenlampe heraus. »Ich weiß nicht, ob das die Einzige ist, aber ich habe Kerzen.« Sie zeigte auf eine, die auf der Anrichte stand. »Feuerzeug ist in der Schublade.«

»Wunderbar. Dann zünde die doch schon mal an und sieh nach, ob du noch mehr findest, während ich mich draußen umsehe, okay?«

»Ich hoffe, der Baum ist nicht aufs Theater gefallen.« Sie folgte ihm zur Haustür und sah ihm zu, wie er seine Jacke anzog. »Sei vorsichtig. Was, wenn noch ein Baum umstürzt? Was, wenn du verletzt wirst? Was, wenn das Theater zerstört ist? Ich komme mit dir mit.«

Sie machte einen Schritt in Richtung Garderobe, doch er zog sie völlig gelassen in seine Arme. »Wenn du denkst, dass ich dich bei diesem Wetter nach draußen gehen lasse, hast du dich geschnitten. Jetzt darf ich mal der Arsch sein, der dir sagt, dass du drinnen bleiben sollst. Ich weiß, dass du dir Sorgen machst, doch Bäume fallen eben mal um, Sachschäden entstehen und während des Sturms kannst du nichts dagegen tun, außer auf deine eigene Sicherheit zu achten. Konzentrier dich lieber darauf, Taschenlampen und Kerzen zu suchen.«

»Und was ist, wenn dir was zustößt?«

»Keine Sorge, Sunshine. Du kommst noch in den Genuss

deiner FP und nichts wird mich davon abhalten.«

»Ich mein's ernst. Da draußen geht die Welt unter.«

»Wenn ich mich verletze, musst du mich gesund pflegen.« Er gab ihr einen Klaps auf den Hintern. »Und ich erwarte ein sexy knappes Krankenschwester-Outfit, inklusive Netzstrümpfen und High Heels.« Er zwinkerte ihr zu und öffnete die Tür. Windböen und Regen fegten herein, bevor er nach draußen trat und die Tür hinter sich zuzog.

Tegan sammelte überall im Haus Taschenlampen und Kerzen ein und hielt nur kurz inne, um eine Textnachricht von Chloe zu lesen.

Habe gerade deine Nachricht bekommen. Alles okay? Soll ich Justin zu dir schicken, damit er dir mit dem Auto hilft?

Tegan antwortete schnell: *Nein. Alles in Ordnung, ist schon geregelt. Ich bleibe drinnen und sitze den Sturm aus.*

Als sie schließlich wieder ins Erdgeschoss ging, kam Jett gerade durch die Eingangstür. Sie legte ihre gesammelten Werke auf den Boden, während er seine Jacke auszog, um daraufhin nach ihrer Hand zu greifen. Er berührte sie oft und sie empfand es als beruhigend.

»Das Amphitheater ist heil geblieben, aber es war knapp.«

»Oh, Gott sei Dank!« Sie fasste sich an die Brust. »Jetzt kann ich wieder aufatmen.«

»Ein großer Baum ist umgestürzt und hat dabei mehrere kleinere mitgerissen. Zum Glück sind sie ein paar Meter vom Theater entfernt gelandet. Doch der Sturm wütet jetzt noch viel stärker und es könnten weitere Bäume umfallen.«

»Was ist, wenn einer davon das Theater trifft?«

»Dann rufen wir die Versicherung an und melden den Schaden.«

»Da bräuchten wir schon eine Turbo-Bearbeitung. Das

Kinderprogramm startet schon am Memorial-Day-Wochenende im Mai. Was ist, wenn das Theater Schaden nimmt und die Reparatur nicht rechtzeitig fertiggestellt werden kann? Ich würde die Aufführungen nur ungern absagen und die Kinder enttäuschen. Die Aufführungen sind immer schon ein Jahr im Voraus ausverkauft und viele Familien kommen jeden Sommer her. Bei einem Sturm wie diesem wird es wahrscheinlich eine Menge Versicherungsschäden geben. Kann gut sein, dass ich erst Mitte April an die Reihe komme.«

Er zog sich die Stiefel aus. »Beschwörst du so was immer herauf? Es ist doch noch gar nichts passiert.«

»Ich weiß«, sagte sie. »Aber es könnte sein, und wenn sie ewig brauchen, um den Anspruch zu bewilligen, könnte das die Premiere verzögern. Normalerweise nehme ich die Dinge, wie sie kommen, doch das wäre eine Katastrophe.«

»Die größere Katastrophe wäre, wenn eine so schöne Frau sich deswegen fertigmacht. Was macht man da an meiner Stelle in einer FP?« Er zwinkerte ihr zu, schlug dann jedoch einen ernsteren Ton an. »Wenn das passiert, so unwahrscheinlich es ist, dauert die Bearbeitung nicht zwingend so lange. Wir finden heraus, wer der Gutachter der Versicherung ist, und versuchen, ihn schnell hierher zu bekommen.«

»Ist das überhaupt erlaubt? Ich könnte den Schaden einfach nicht melden und das Geld meines Onkels für die Reparatur verwenden.«

»Das ist der größte Fehler, den kleine Unternehmen machen.« Er legte ihr den Arm um die Schultern und schob sie in Richtung Küche, nachdem sie ihre Beute wieder aufgehoben hatte. »Pass auf, du kleine Paniknudel. Ich bring dir bei, wie du diese Anfängerfehler vermeidest.«

»Innerhalb einer Nacht?«

»Unterschätz nie den *Master*.«

Das sagte er so verführerisch, dass ihr Puls plötzlich aus einem ganz anderen Grund in die Höhe schoss.

»Hörst du jetzt damit auf, dir Probleme auszudenken?«

»Ja, tut mir leid.« Ihr wurde bewusst, dass sie ziemlich aufgeregt vor sich hingeplappert hatte. »Du hast auf alles eine Antwort. Kein Wunder, dass man Artikel über dich schreibt. In welcher Zeitschrift war das noch mal?«

»Habe ich vergessen.«

»Lügner.« Sie legte Kerzen und Taschenlampen auf der Anrichte ab.

Er lachte leise. »Komm schon, Post-it-Girl. Wir haben eine Menge Arbeit vor uns.«

Zehn

Kerzen warfen tanzende Schatten auf den Küchentisch und auf Jett, der Tegans Businessplan durchging. Sie hatten schon vor geraumer Zeit die Cracker-Sandwiches verputzt, sich eine Pizza einverleibt, das Sixpack alkoholischer Limo geleert und arbeiteten sich gerade durch eine Tüte M&Ms. Der Abschleppwagenfahrer hatte Jett eine SMS geschickt, dass er Tegans Auto abgeholt hatte, und sie hoffte, dass die Werkstatt es reparieren konnte. Der Sturm tobte weiter außerhalb der dicken Mauern des Anwesens, doch drinnen war es kuschlig warm, und Tegan war mehr denn je von dem gut aussehenden Mann neben sich fasziniert. Jett hatte sich mit jeder einzelnen ihrer Notizen auseinandergesetzt. Er hatte Fragen gestellt, die zu Antworten führten, von deren Existenz sie nichts geahnt hatte, und zu Diskussionen über weitere Ideen, von denen sie befürchtet hatte, dass sie zu groß waren, um sie überhaupt in Betracht zu ziehen. Er drängte ihr nicht seine Meinung auf und gab ihr nicht das Gefühl, naiv oder chaotisch zu sein.

Noch nie hatte sie sich so vollständig von einem anderen Menschen akzeptiert und mit ihm im Einklang gefühlt. Er hatte ein paar geschäftliche Telefonate geführt, sich davon jedoch nicht vereinnahmen lassen. Tatsächlich hatte er damit sogar weniger Zeit verbracht als sie mit FaceTime-Gesprächen mit ihren Eltern und den Chats mit Jock und ihren Freunden zu Hause. Sie hatte keine Ahnung, warum Chloe behauptet hatte, dass er mit seiner Arbeit verheiratet war. Sein Handy war gestern Abend ausgeschaltet gewesen, und sie wusste, dass er den Tag damit verbracht hatte, ihren Freunden zu helfen, weil ein Baum auf Desirees und Violets Galerie gestürzt war. Tegan gefiel die Vorstellung, dass er sofort mit anpackte, und sie war froh, dass niemand verletzt worden war. Vielleicht hatte Chloe nur einen falschen Eindruck von ihm. Energie hatte er auf jeden Fall für drei. Bei ihm wirkte das Erstellen eines Business-plans so einfach, und er brachte ihre Gedanken und Ideen in eine Form, die auch für andere Sinn ergab.

Jett lehnte sich auf seinem Stuhl zurück und fuhr sich mit einer Hand durch die Haare. Das Kerzenlicht spiegelte sich in seinen blauen Augen. Der Strom war vor einer Stunde ausgefallen, doch sie hatten so viel Spaß und machten so große Fortschritte, dass sie die Unterbrechung kaum bemerkt hatten. Jett war so konzentriert, dass sich eine steile Falte zwischen seinen Augenbrauen bildete, und sie konnte sich gut vorstellen, wie er eine Vorstandssitzung leitete.

»Es fehlen noch ein paar Sachen, aber wir haben es fast geschafft«, sagte er.

»Ich kann nicht fassen, dass du das alles an einem Abend gemacht hast«, gab sie beeindruckt zurück.

Er blinzelte sichtlich verwirrt. »Wieso? Du weißt doch, womit ich mein Geld verdiene.«

»Ja, aber das ist fantastisch.« Sie deutete auf die neu sauber sortierten Zettel und das Notizbuch, in denen er präzise Anmerkungen und Ablaufpläne dokumentiert hatte.

»Süße, du hattest den Großteil davon schon. Du hast nur

etwas Hilfe beim Sortieren gebraucht.«

»Meinst du wirklich?«

»Absolut. Ich bin gespannt, wie die Website aussieht, wenn sie fertig ist.«

»Evan Grant von den Geeky Guys kümmert sich darum, doch er kann sie nicht fertigstellen, bis ich einen neuen Namen für das Amphitheater gefunden habe.«

»Richtig. Dafür machen wir ein Brainstorming. Vorher gibt es allerdings noch ein paar Lücken zu schließen.« Er griff nach ihrer Hand und zog Tegan zu einem sanften, zärtlichen Kuss an sich. »Die hier zum Beispiel.« Er legte ihr eine warme Hand an die Wange und strich mit dem Daumen darüber. »Du bist unglaublich, Tegan. Weißt du das eigentlich?«

Sie war zu sehr damit beschäftigt, unter seiner Berührung dahinzuschmelzen, um einen klaren Gedanken fassen zu können.

Er zog die Hand zurück und wurde wieder professionell. »Ich arbeite mit vielen Geschäftsinhabern zusammen und die meisten von ihnen sind vorher jahrelang einer Art Baukastenprinzip für Businesspläne gefolgt, ohne einen Funken Originalität. Sogar das Unternehmen, das ich gerade übernehme, ist nicht auf der Höhe der Zeit, weil die leitenden Familienmitglieder nicht über den eigenen Tellerrand hinausschauen. Die Firma ist zehn Millionen Dollar wert und macht trotzdem jeden Monat Verlust. Richtig geführt, würde sie hohe Gewinne erzielen und könnte in zwei Jahren das Fünffache wert sein. Du bist kreativ, innovativ und nach dem, was ich heute Abend hier gesehen habe, hast du einen ausgezeichneten Geschäftssinn. Du gehst nur alles etwas umständlich an.«

Fünfzig Millionen? Ihr erster Impuls war, ihn damit aufzuziehen, dass er ihr nur Honig ums Maul schmierte, um sie ins

Bett zu kriegen, doch die Aufrichtigkeit in seinen Augen hielt sie zurück. »Danke. Ich weiß, dass mein Hirn manchmal seltsam funktioniert. Wenn ich versuche, von A nach B zu denken, komme ich nicht weiter, aber meine Schwester ist genauso stringent und effizient wie du. Sie geht immer von A über B zu C, während ich von A über Z zu C zu K denke, und … Na ja, du verstehst schon.«

»Ja, tue ich. Hast du deshalb das Bild mit der Uhr verwendet?«

Sie nickte. »Mein Onkel hat das erfunden, als ich noch in der Schule war, und es hilft mir sehr, meinen Denkprozess in Gang zu bringen. Wenn ich weiß, wo ich anfange und wo ich hinwill, kann ich Ideen und Dinge hinzufügen, die ich als Zwischenschritte erreichen muss. Normalerweise brauche ich fünf bis zehn Durchgänge, bis alles passt, weil ich nicht nur diese Methode verwende, wie du gesehen hast. Ich werde wohl immer ein Post-it-Girl bleiben, aber irgendwann komme ich immer ans Ziel.«

»Klingt, als hätte dein Onkel genau verstanden, wie dein kluger Kopf funktioniert. Du hast Glück, dass du ihn hattest. Viele Menschen, die unkonventionell denken, bekommen diese Art von Unterstützung nicht und verzweifeln daran.« Er griff nach dem Notizbuch. »Lass uns über die noch offenen Punkte sprechen. Das Wichtigste ist deine Partnerschaft mit Harper. Was ihr beide da vorhabt, ist echte Pionierarbeit.«

»Ich weiß. Es ist total aufregend. Harper ist das Genie von uns beiden. Die Idee, Romantikkomödien in mehreren Episoden live auf die Bühne zu bringen, stammt von ihr.« Sie hatte bereits erklärt, dass sie im Fall eines erfolgreichen Testlaufs im nächsten Sommer jeden Monat ein anderes Stück mit jeweils drei Episoden pro Woche aufführen wollten. »Und wie gesagt: Wenn es gut läuft, will Harper irgendwann auch im Winter Aufführungen für die Einheimischen anbieten. Da in der Nebensaison nur wenige Leute hier sind, würden wir allerdings nur alle zwei Monate eine Produktion auf die Beine stellen. Und ich müsste jemanden einstellen, der sich im Winter um die Verwaltung kümmert, weil ich in diesen Monaten in Maryland bin. Aber Harper kennt Leute, die dafür infrage kämen.«

»Das ist alles schön und gut, doch ich wollte auf die eigentliche Partnerschaft hinaus, rein rechtlich gesehen. Wem gehört welcher Prozentsatz und wie werden Gewinne und Ausgaben gehandhabt?«

»Oh, verstehe. Wir haben keinen anwaltlich aufgesetzten Vertrag, wenn du das meinst. Wir machen das wie beim Kinderprogramm, mit ein paar Anpassungen: Harper zahlt eine Gebühr für die Nutzung des Theaters. Sie schreibt und produziert die Episoden, also gehören ihr sämtliche Rechte daran, sie übernimmt die Kosten und behält die Gewinne. Ich kümmere mich um das Marketing und den administrativen Kram des Theaters und trage die entsprechenden Ausgaben. Alles ganz unkompliziert.«

»Wenn es nur so einfach wäre, Tegs.«

Tegs. Sie packte das in die Schublade der Dinge, über die sie nicht zu viel nachdenken sollte. Darin befanden sich bereits seine verstohlenen Blicke und zärtlichen Berührungen, mit denen er sie ganz selbstverständlich bedachte. »Inwiefern?«

»Was ihr da vorhabt, ist viel größer als reine Werbemaßnahmen fürs Theater. Du bist exklusiv fürs Marketing ihrer Stücke zuständig. Hat Harvey das bei den Kindervorstellungen auch gemacht?«

»Nein. Die Bühnenkompanien waren für ihre Werbung

selbst verantwortlich. Das Theater ist für seine Kinderproduktionen so bekannt, dass er eigentlich gar keine machen musste. Er pflegte einfach seine Beziehungen zu den Ensembles, mit denen er befreundet war, und hatte deswegen kaum Aufwand damit. Die Buffets, die er nach den Aufführungen veranstaltete, waren sein Geschenk an die Kinder, auf eigene Kosten. Er war sehr wohlhabend, und es ging ihm eben darum, etwas zurück- und weiterzugeben.«

Jett blinzelte ein paarmal. »Tegs, wir reden hier von wöchentlichen Ausgaben in substanzieller Höhe für Werbung. Du baust im Grunde genommen Harpers Namen, ihre Marke auf, kümmerst dich ums gesamte Marketing und die PR. Dafür solltest du eine angemessene Vergütung erhalten.«

»Wir sind befreundet. Ich will, dass sie damit Erfolg hat.«

»Ich weiß, dennoch glaube ich, du hörst hier ein bisschen zu sehr auf dein Herz. Lass mal für einen Moment die Freundschaft beiseite und konzentrier dich aufs Geschäft. Willst du eine dauerhaft gute Beziehung zu Harper?«

»Natürlich.«

»Dann musst du das Ganze etwas anders angehen. Wenn du auch andere Aufführungen veranstalten und nur dein Theater vermarkten würdest, wäre das was anderes. Doch es gibt alle möglichen Komplikationen, die in diesem Szenario zu Ärger führen könnten. Was ist, wenn du den ganzen Aufwand betreibst, es gut läuft, und Harper daraufhin ein Angebot wie das von Movietime bekommt oder eins, ihre Stücke woanders aufzuführen?«

»Dann freue ich mich für sie.«

»Wirklich? Oder wirst du das Gefühl haben, dass du ihr geholfen hast, dieses fantastische Unternehmen auf die Beine zu stellen? Du hast es bekannt gemacht und sie verdient damit

Millionen. Ich weiß, dass dir das Geld egal ist, aber wird es dich nicht verletzen, wenn das, was ihr gemeinsam aufgebaut habt, plötzlich weg ist? Dass Harper ihren Traum lebt und du Teil davon warst, jetzt aber nicht mehr? Was dann, Tegs? Wer vertritt in diesem Szenario deine Interessen?«

»Das … Darüber habe ich noch nicht nachgedacht.«

»Ich weiß. Dein großes Herz beeinflusst deine geschäftlichen Entscheidungen und das ist in Ordnung. Ich mache nur Vorschläge. Du musst sie nicht annehmen, ich möchte nur, dass du darüber nachdenkst. Was ist, wenn Harper schwanger wird und beschließt, Hausfrau und Mutter zu sein, anstatt Drehbücher zu schreiben und Theaterstücke zu produzieren? Was ist, wenn sie ein Angebot bekommt, das sie nicht ablehnen kann, und ihre Ideen als Franchise auslagern möchte? So was hat Auswirkungen auf die Unternehmensführung, und du bist ein wichtiger Teil davon. Was ist, wenn du hier eine Fangemeinde hast und weitermachen willst, nachdem sie ausgestiegen ist? Darfst du Autoren und Produzenten beauftragen und die Episodenstruktur auch ohne ihre Beteiligung beibehalten? Oder wenn du beschließt, dass du keine Lust mehr hast, dich um dieses große Anwesen und das Theater zu kümmern, und es verkaufen willst? Hast du darüber nachgedacht, wie sich das auf Harper auswirken würde, nachdem ihr beide hart daran gearbeitet habt, ein Unternehmen aufzubauen, und sie es weiterführen möchte?«

»Über ein paar dieser Dinge habe ich schon nachgedacht, und wir haben zwar noch nicht darüber gesprochen, doch ich bin mir sicher, dass wir eine Lösung dafür finden.«

»Ganz sicher? Du hast noch andere Jobs und dein Leben in Maryland, aber es klingt so, als würde Harper alles auf diese eine Karte setzen, und die ist ziemlich gut. Tegs, die besten

Freundschaften, Ehen und Partnerschaften gehen aufgrund von Meinungsverschiedenheiten, sich ändernden Zielen oder unausgesprochenen Annahmen in die Brüche. Und nie sieht jemand es kommen.«

»Du bist schon ein Spielverderber«, meinte sie, obwohl sie wusste, dass er recht hatte. Ihre Schwester hatte etwas Ähnliches gesagt, als Tegan ihr zum ersten Mal von der Partnerschaft erzählt hatte, Tegan hatte es jedoch abgetan.

»Ich will keine Spaßbremse sein, aber ich fände es schade, wenn du oder Harper euer Herzblut in etwas steckt, und das vielleicht später eure Beziehung ruiniert. Wenn man solche Dinge im Voraus klärt, vermeidet man mögliche Probleme.«

»Du schlägst also im Grunde eine Art geschäftlichen Ehevertrag vor, in dem ich entschädigt werde, wenn ich ihre Stücke exklusiv promote. Das ist keine schlechte Idee. Ich werde mit Harper darüber sprechen.«

»Gut.«

»Was steht noch auf der Liste?«

»Marketing. Du hast einen fundierten Plan und ein solides Budget für die Vermarktung am Cape Cod und auf den Inseln, und ich gehe bei deiner neuen Zielgruppe der Zwanzig- bis Vierzigjährigen völlig mit. Deine Idee, auch Leute aus Boston, New York, Rhode Island und Connecticut anzulocken, ist goldrichtig. Aber warum steht das im Abschnitt große Zukunftsträume auf deiner Uhr?«

»Weil ich mir nicht sicher bin, ob ich das hinkriege«, sagte sie ehrlich. »Ich habe noch nie etwas in dieser Größenordnung gemacht, geschweige denn mit jemandem, der sich darauf verlässt, dass ich es nicht vermassle. Ich will Harper nicht enttäuschen, also wollte ich es lieber langsam angehen lassen.«

»Ist das dein Ernst, Tegs? Deine Ideen haben das Potenzial,

nicht nur den Umsatz, sondern auch den Wert des Unternehmens zu verdoppeln. Du willst nicht, dass der Profit alles andere überschattet, doch ich denke, dass du und Harper das von Anfang an bedenken und schriftlich festhalten solltet, damit ihr diese Ziele nie aus den Augen verliert. Eine Wertsteigerung des Unternehmens kann Harper nur nützen – ein Grund mehr, warum du eine rechtliche Vereinbarung abschließen solltest.« Er sah ihr tief in die Augen. »Partner ergänzen sich durch ihre unterschiedlichen Fähigkeiten. Sie ist kreativ, du hast einen exzellenten Geschäftssinn und eine klare Vision. Stell dein Licht nicht unter den Scheffel.«

Sie brauchte von niemandem Bestätigung, trotzdem tat sein Lob ihr unendlich gut. »Du willst mich doch nur ins Bett kriegen.«

»Ich spiele keine Spielchen, wenn es ums Geschäft geht. Glaub mir, ich hätte kein Problem damit, dir direkt zu sagen, wenn ich der Meinung wäre, dass du kleiner denken oder die Sache sogar abblasen solltest, weil du damit überfordert bist. Business steht für mich immer an erster Stelle. Du bist gut, Tegs. Steh dazu.« Er zwinkerte ihr zu. »Aber es gibt immer Luft nach oben. Vielleicht solltet ihr kürzere Stücke in Betracht ziehen, für die Leute, die nur übers Wochenende kommen.«

Sie erzählte ihm von weiteren Ideen, wie etwa Sondervorstellungen für Freundinnen oder Paarausflüge. »Allerdings geht es hier um Episodentheater. Für jede Liebeskomödie sind drei Episode geplant. Wir zeigen jede Woche die gleichen drei Vorstellungen. Wenn ein Paar also zwei Wochen lang hier ist, können sie ihre Vorstellungen auf beide verteilen, können sich aber auch alle in einer anschauen. Die Wochenenden sind zu kurz dafür.«

»Verstehe, das ergibt absolut Sinn. Aber irgendwann könntest du in Erwägung ziehen, samstags ein komplettes Programm zu zeigen, um auch diese Zielgruppe zu erreichen. Man weiß nie, was die Leute dazu bringt, wiederzukommen. War nur so eine Idee. Vielleicht kannst du sie für die Zukunft im Hinterkopf behalten.«

Er schlug eine leere Seite in seinem Notizbuch auf, zeichnete einen Kreis und teilte ihn mit einer Linie in zwei Hälften. Auf die eine schrieb er *Zu erledigen*, auf die andere *Zukunftsideen*. Sie presste die Lippen aufeinander, um sich nicht anmerken zu lassen, wie sehr sie es schätzte, dass er ihr einen Kreis gezeichnet hatte, anstatt zu versuchen, ihre Denkweise an seine anzupassen.

»Habe ich es falsch gemacht?«, fragte er.

»Nein. Es ist perfekt. Danke.«

Sie unterhielten sich über einige weitere Dinge, während sie den Kreis füllten. Als sie fertig waren, sagte er: »Wir haben alles Grundlegende abgedeckt, bis auf eins: Unvorhergesehenes. Was ist mit schlechtem Wetter? Im August kann es hier ziemlich regnerisch sein. Manchmal nieselt es nur ein oder zwei Stunden, manchmal schüttet es tagelang, und manchmal ziehen plötzlich heftige Stürme auf, die genauso schnell wieder vorbei sind. Wie sieht es in solchen Fällen mit den Aufführungen aus?«

»Mein Onkel hat bei Nieselregen immer Zelte aufgestellt. Er hat so viele Jahre lang mit den örtlichen Highschools und den Theater- und Kunstclubs der Colleges zusammengearbeitet, dass es ein Team von Freiwilligen gibt, die in den Sommermonaten bei den Veranstaltungen mithelfen. Bei schweren Unwettern werden die Kindervorstellungen verschoben. Aber Harper und ich sind zu dem Schluss gekommen, dass das bei den Veranstaltungen für Erwachsene schwierig ist, weil die Folgen aufeinander aufbauen. Wir suchen noch nach einer Lösung für dieses Problem. Es gibt eine Firma, die sich auf die Herstellung von dauerhaften Zeltelementen spezialisiert hat, und ein paar davon sehen wirklich toll aus. Ich informiere mich gerade drüber, bin mir jedoch nicht sicher, ob ich etwas so Permanentes möchte. Ein Teil des Ambientes besteht darin, den blauen Himmel oder im Fall der Erwachsenen den Mond und die Sterne zu sehen. Außerdem ist es immens teuer.«

»Du hast sicher recht mit dem Reiz der Open-Air-Atmosphäre. Zelte sind eine gute Idee, wenn auch etwas umständlich bei gelegentlichem Regen. Aber du hast erwähnt, wie wichtig es ist, dass die Besucher das Gefühl haben, alte Freunde zu besuchen.«

»Genau das wollen wir im Idealfall erreichen.«

»Du hast auch gesagt, dass du ungern hier im Haus bist, weil es zu groß ist. Ich weiß nicht, wie du dazu stehst, da mit dem Haus so viele Erinnerungen für dich verknüpft sind, aber ich habe hinter dem Amphitheater ein Kutscherhaus gesehen.«

»Du meinst das Verwalter-Cottage?«

»Wahrscheinlich, ich habe in dem Sturm nur einen kurzen Blick darauf erhaschen können. Hast du schon mal drüber nachgedacht, dort zu wohnen und die Aufführungen bei schlechtem Wetter hier drin zu veranstalten? Es wären Umbauarbeiten nötig, um den nötigen Platz zu schaffen, doch es könnte das Problem mit dem ständigen Aufbau von Zelten und Ähnlichem lösen. Bei gutem Wetter können die Vorstellungen draußen stattfinden, und an den Tagen, an denen man ein Zelt bräuchte, könnte man stattdessen drinnen spielen.«

»Hier? Im Haupthaus?« Sie erhob sich und sah sich nachdenklich um. Sie liebte das Verwalter-Cottage, das früher mal ein Kutscherhaus gewesen war. Es war gemütlich, wie ihr

Zuhause in Maryland, und es hatte drei Schlafzimmer, die sich perfekt für ihre Näh- und Fotowerkstatt eignen würden. Allerdings war es für sie immer noch Jocks Cottage. Irgendwie hatte sie gehofft, dass er sich dort zum Schreiben häuslich niederlassen würde, allmählich wurde ihr jedoch klar, dass der Verlust von Harvey für ihn womöglich zu schmerzhaft war, um jemals wieder dauerhaft zurückzukommen.

»Es ist eine Überlegung wert«, meinte Jett.

»Die Idee ist nicht schlecht. Ich hatte die Möglichkeit nur nie auf dem Schirm.« Sie lehnte sich gegen die Anrichte und dachte daran, wie einsam sie sich im Haupthaus oft fühlte. Ihre Erinnerungen würde sie durch einen Umzug ins Cottage nicht verlieren, aber konnte sie wirklich Fremde ins Haus ihres Onkels lassen?

Jett stand auf und kam zu ihr. »Harper schreibt Liebeskomödien, oder?«

»Ja. Sie ist echt gut.«

»Lachen war doch das Lebensmotto deines Onkels.« Er stellte sich zwischen ihre Beine und legte ihre Arme um seinen Hals. »Es könnte doch schön sein, mehr Freude ins Haus zu holen.«

»Ich muss darüber nachdenken. Ich liebe das Verwalter-Cottage. Es passt viel besser zu mir als dieses Riesengebäude und es würde eine Menge logistischer Probleme lösen. Aber ich weiß nicht, wie ich es finde, wenn Fremde das Haus meines Onkels bevölkern.«

»Das musst du nicht heute Abend entscheiden. Ich wollte die Idee nur mal in den Raum werfen.«

»Danke. Ich lasse es mir durch den Kopf gehen.« Draußen donnerte es. »Irgendwas sagt mir, dass dein Flug morgen früh wieder gestrichen werden könnte.«

»Ich habe meiner Assistentin Tia eine Nachricht geschickt, während du telefoniert hast, und meine Abreise um einen Tag verschoben.«

Ihr Puls beschleunigte sich. »Stehst du nicht kurz davor, einen wichtigen Deal abzuschließen?«

»Stimmt, doch das kriege ich schon hin. Du warst ein bisschen überfordert mit der Angst, dass ein Baum aufs Amphitheater fallen könnte. Was für ein Freund wäre ich, wenn das Theater heute Nacht Schaden nimmt und ich dich damit einfach sitzen lasse?« Er strich ihr die Haare aus dem Gesicht und legte ihr die Hand auf den Nacken. Er sah sie an, als hätte er noch nie jemanden so sehr küssen wollen wie sie in diesem Moment.

Er hatte extra für sie umgeplant? »Die Art von Freund, der nicht mehr will, als wir vereinbart haben«, sagte sie leise und versuchte, cool zu bleiben und ihr hoffnungsvolles Herz im Zaum zu halten.

»Ich bitte dich nicht um eine feste Beziehung, Tegs. Ich biete dir an, noch eine weitere Nacht zu bleiben und bei den Aufräumarbeiten nach dem Sturm zu helfen. Das schlechte Wetter soll morgen Nachmittag vorbei sein. Dann fahre ich nach New York und fliege von dort aus weiter, um zusätzliche Verzögerungen zu vermeiden.«

Seine Worte trafen sie, weil sich ihre Verbindung echt und tief anfühlte, dennoch wusste sie, wie sie zueinander standen. Sie war noch nie ein verträumter, unrealistischer Mensch gewesen und würde es auch jetzt nicht werden. Also versuchte sie, diese Empfindungen zu verdrängen, und wenn sie sich doch bemerkbar machten, kamen sie in die »Nicht zerdenken«-Schublade.

Er senkte den Kopf, küsste ihren Hals und flüsterte: »Wenn

du willst, dass ich bleibe.«

»Ja, will ich …«

Er küsste sie erneut und schickte damit Hitzewellen über ihre Haut.

»Wie wäre es, wenn du uns ein paar Decken holst?« Er strich mit den Lippen über ihren Kiefer. »Und ich mache im Wohnzimmer ein Feuer an.« Er küsste sich einen Weg über ihre Wange und berührte mit seinen Lippen federleicht ihre, was ihr den Atem stocken ließ. Mit zärtlichen Küssen wanderte er zu ihrem anderen Ohr und ließ damit das Feuer in ihr immer höher lodern. »Wir machen ein altmodisches Camping-Picknick.« Er blickte ihr in die Augen. »Kleidung optional.«

Als seine Lippen sich auf ihre legten, hoffte sie egoistisch, dass der Sturm noch ein paar Tage anhalten würde.

Im Haus war es still bis auf das Knistern des Feuers und die zufriedenen Laute, die Tegan von sich gab, während sie eine Schicht von einem weiteren gerösteten Marshmallow ablöste. Das Sweatshirt, das sie angezogen hatte, während er das Feuer entfachte, war ihr über die Schulter gerutscht, und ihre hauchdünnen seidenen Schlafshorts gaben den Blick auf ihre wunderschönen Beine frei.

»Du weißt gar nicht, was du verpasst. So schmecken sie am besten«, beharrte sie. »Mach den Mund auf und probier mal.«

»Ich habe noch nie jemanden gesehen, der geröstete Marshmallows in Schichten isst.« Er öffnete den Mund und sie legte ihm die zuckrige Leckerei auf die Zunge.

»Siehst du? Einfach köstlich.« Sie hielt ihren Stock erneut

übers Feuer, um den Rest des Marshmallows zu rösten.

»Das schmeckt gut, aber ich wüsste eine noch viel bessere Art, sie zu essen.« Er wackelte vielsagend mit den Augenbrauen.

»Du hast recht. Halt mal.« Sie drückte ihm den Stock in die Hand, sprang auf und rannte aus dem Zimmer.

Er ließ das Marshmallow fertig brutzeln und aß es gerade, als sie schwer bepackt zurückkam.

Sie setzte sich wieder auf die Decke und stellte eine Schachtel kleine Kekse in Bärchenform, einen Teller und eine Tüte mit Schokopralinen zwischen ihnen ab. »S'mores.«

»Mit Teddykeksen und Pralinen?«

»Ich musste improvisieren.« Sie schob je zwei Marshmallows auf ihre Stöcke. »Kannst du die rösten, während ich den Rest vorbereite?«

»Was genau?« Er lachte, hielt jedoch die Stöcke über das Feuer. »Wer hat dir beigebracht, Marshmallows in Schichten zu essen?«

»Niemand. Ich habe einfach gern lange was von guten Sachen.« Sie reihte die Kekse nebeneinander auf dem Teller auf und packte die Schokostückchen aus. Dann nahm sie ihm ihren Stock ab und drehte ihn über den Flammen. »Ich glaube, die sind fertig.«

Sie bauten ihre winzigen S'mores zusammen, doch als er sich einen in den Mund steckte, runzelte Tegan die Stirn.

»Jett Masters, hast du etwa die Schokolade einfach auf das Marshmallow gelegt und das so gegessen?«

»Was ist daran falsch?«

»Ist das dein Ernst? ›Du machst mich fertig, Smalls!‹« Sie schnappte sich einen Keks. »»Zuerst nimmst du den Cracker. Du legst die Schokolade auf den Cracker.‹« Sie folgte ihren eigenen Anweisungen. »»Dann röstest du das Marshmallow.

Wenn das Marshmallow brennt, legst du es auf die Schokolade.«« Sie tat genau das. »»Dann deckst du es mit einem zweiten zu.«« Sie packte einen weiteren Keks obendrauf und steckte sich das Ganze in den Mund.

»Hast du gerade *Herkules und die Sandlot-Kids* zitiert?«

»Mhm«, murmelte sie kauend. »Das war mein Lieblingsfilm als Kind. Zusammen mit den *Goonies*.«

Er traute seinen Ohren kaum und konnte den Blick einfach nicht von der frechen kleinen Sexgöttin abwenden, der ein bisschen Marshmallow an der Lippe klebte.

»Was denn? Habe ich was im Gesicht?« Sie wischte sich über die Wangen.

»Ja, gleich.« Er kroch auf allen vieren zu ihr. »Ich dachte, du könntest nicht noch heißer werden, doch da habe ich mich geirrt.« Er drängte sie sanft auf den Rücken und erntete dieses niedliche Lachen, das er gerne aufnehmen würde, um es bei sich zu haben, wenn er abreiste. »Das war auch mein Lieblingsfilm.«

Er zeichnete ihre Unterlippe mit der Zunge nach und saugte sie in seinen Mund. Tegan schloss die Augen und bog den Rücken mit einem verführerischen Wimmern durch.

»Ich zeige dir, wie ich meine Marshmallows am liebsten mag.«

Er zog ihnen die Oberteile aus und freute sich erneut darüber, dass sie keinen BH trug. Sie war so wunderschön. Er griff nach dem Stock mit dem Rest Marshmallow und zog die oberste Schicht ab, wodurch das zähflüssige Innere zum Vorschein kam. »Mund auf, Baby.«

»Die Richtung gefällt mir«, erwiderte sie verspielt.

Er fütterte sie mit der warmen Leckerei und küsste sie daraufhin leidenschaftlich. Die Süßigkeit schmolz zwischen ihren

Zungen dahin, bis nur noch der Geschmack heißer Lust zurückblieb.

»Komm wieder her«, forderte sie, als er sich schließlich wieder aus dem Kuss löste.

»Oh, Baby, du kriegst gleich noch viel mehr, aber zuerst …« Er streifte ihr die Shorts ab und tauchte einen Finger ins Innere des Marshmallows. »Keine Sorge, Sunshine. Ich passe auf, dass du nichts außer mir in dir hast.« Er verteilte die geschmolzene Köstlichkeit um ihre Klitoris und auf ihrem empfindlichen Geschlecht. Dann ließ er seine Zunge der Länge nach über ihre Mitte gleiten und saugte und leckte, bis er auch den letzten Rest gesäubert hatte. Sie wand sich stöhnend unter ihm und erneut reizte er ihr Geschlecht und ihre empfindsamste Stelle mit der Zungenspitze.

»Oh mein Gott.« Sie krallte sich in die Decken unter ihnen, als er die Lippen um die kleine Erhebung schloss, und hob ihm einen Moment später das Becken mit einem Ruck entgegen. »Jett … Oh Gott … Ich brauche dich …«

»Bald«, versprach er. Er fuhr mit den Fingern durch die geschmolzene Schokolade auf dem Teller und malte damit Kreise um ihre Nippel. Flammen loderten in ihren Augen auf, als er ihr mit dem verschmierten Finger über ihre Lippen strich. Als er seinen Mund auf ihre Brust senkte, schob er den Finger in ihren. »Hier, Baby.«

Und *verdammt.* Sie saugte an seinem Finger, als wäre es ein ganz anderer Körperteil, während er ihre Brüste verwöhnte. Sie ließ die Zunge kreisen und er bewegte den Finger in ihrem Mund, kratzte mit den Zähnen über ihren Nippel und erntete dafür noch mehr sinnliche, sehnsüchtige Laute. Der anderen Brust widmete er sich ebenso, neckte und reizte sie. Ihre Blicke trafen sich und die kleine Teufelin öffnete den Mund weiter, ließ ihn die Magie sehen, die sie mit ihrer Zunge wirkte.

»Fuck, Baby. Ich will deinen Mund auf mir spüren.« Er zog sich die restliche Kleidung aus und kniete sich hin.

Sie tauchte die Finger in die Schokolade und verteilte sie über seine komplette Länge.

»Du lässt jede einzelne meiner Fantasien wahr werden. Ich will sehen, wie du mich in den Mund nimmst, Baby.«

Er lehnte sich mit dem Rücken an die Couch und sie stemmte sich auf alle viere hoch, um seine Härte nach allen Regeln der Kunst zu verwöhnen. Während sie ihn ihre Zunge spüren ließ, an ihm saugte und ihn mit der Hand umfasste, schob er die Finger in ihr Geschlecht. Sie stöhnte um seinen Schaft, was ihm ebenfalls ein tiefes Grollen entlockte. Langsam bewegte sie sich auf seinen Fingern vor und zurück und saugte weiter an ihm. Der Anblick, wie sie ihn vorn und hinten in sich aufnahm, das Gefühl ihres heißen, feuchten Munds und ihres ebenso heißen, feuchten Geschlechts, wurde zu viel für ihn.

»Mach mich sauber, Baby, dann vögel ich dich, so tief es geht.«

Sie gab einen begeisterten Laut von sich und löste sich von seinem Schaft, um anschließend jeden Zentimeter noch einmal abzulecken. Als sie ihn dabei noch einmal in sich aufnahm und hart an ihm saugte, entlockte sie ihm ein Fluchen. Er vergrub eine Hand in ihren Haaren, zog ihren Kopf hoch und presste die Lippen gierig auf ihre, wobei sie sich weiter auf seinen Fingern bewegte. Noch nie hatte er etwas dermaßen Intensives erlebt wie Sex mit der Frau in seinen Armen. Er wollte alles Mögliche mit ihr anstellen, mit ihr zusammen ausprobieren. Schließlich zog er ihren Kopf wieder nach oben und knurrte: »Bleib genau so.«

Er kniete sich hinter sie und ihre Haare fielen ihr über ein

Auge, als sie über die Schulter zu ihm schaute. »Keine Sorge, Sunshine. Deinem Hintern nähere ich mich nicht, ohne vorher zu fragen.« Er drückte ihr einen Kuss aufs Steißbein und brachte ihre Körper in Position, um tief in sie einzudringen. Sie ließ den Kopf in den Nacken sinken, und er lehnte sich nach vorn, bis er mit seinem Oberkörper auf ihrem Rücken lag und er ihr einen Kuss auf die Schulter geben konnte. »Zu hart?«

»Nein. Der Winkel ist so gut.«

»Küss mich, während ich dich …«

Der Rest seines Satzes wurde von ihrem unersättlichen Mund erstickt. Er stützte sich mit einer Hand ab und tastete mit der anderen zwischen ihre Beine, weil er spüren wollte, spüren *musste*, wie sie kam. Sie löste die Lippen mit einem lauten, hungrigen Stöhnen von seinen, als er tiefer in sie stieß.

»Nicht aufhören«, bettelte sie.

Er bewegte sich schneller, drückte die Finger fester auf ihre feuchte, empfindliche Erhebung. Sie atmete in hektischen, flachen Zügen.

»Genau so, Baby. Lass mich spüren, wie du um mich kommst.«

Sie antwortete mit hohen, sehnsüchtigen Lauten, dann umfing ihn ihr Geschlecht noch enger und sie schrie auf. Sie bewegte sich mit einem Ruck vor und zurück, drängte ihm den Hintern entgegen und riss ihn mit sich über die Klippe in eine berauschend intensive Explosion aus Licht und Geräuschen. Ein wahres Feuerwerk.

Als er sich auf sie sinken ließ, fühlte er ihr Herz wild klopfen und legte sich mit ihr auf die Decke, ohne sich ganz aus ihr zurückzuziehen. Er gab ihr einen Kuss auf die Schulter.

Sie legte die Arme über seine, kuschelte sich mit dem Rücken an ihn und flüsterte: »Deine Art, Marshmallows zu essen, mag ich am liebsten.«

»Ruh dich aus, Baby. Ich kann es nicht erwarten, dich noch mal zu vernaschen.«

Eine ganze Weile später lagen sie vorm Kaminfeuer und unterhielten sich. Tegan hatte den Kopf auf seine Brust gelegt und ihre Beine waren ineinander verschlungen. Jett hatte sich noch nie so entspannt gefühlt wie in diesem Moment, in dem er Tegan zuhörte, wie sie die Vor- und Nachteile der Nutzung des Haupthauses für Aufführungen gegeneinander abwog.

»Glaubst du, mein Onkel wäre sauer, wenn ich das mache? Er und Adele haben hier geheiratet. All seine Erinnerungen, alles, was ihr Leben ausgemacht hat, ist in diesem Haus.«

»Ich kannte ihn nicht, doch nach dem, was du erzählt hast, scheint es, als hätte es ihn gefreut, statt Einsamkeit ein Lachen unter seinem Dach zu wissen. Du hast nicht viel über deine Tante erzählt. Wie war sie so?«

Sie schaute zu ihm auf und sah dabei wunderschön und traurig zugleich aus. Er drückte ihr einen Kuss auf die Stirn und erntete ein kleines Lächeln dafür.

»Ihre Liebesgeschichte war tragisch«, sagte sie. »Mein Onkel war ein Broadway-Schauspieler, bevor er hierherkam. Sein Vater war auch Schauspieler, aber soweit ich weiß, auch ein richtiger Mistkerl und so furchtbar im Umgang, dass er schließlich keine Engagements mehr bekam. Er hat das Amphitheater bauen lassen. Ich vermute, er wollte eine Bühne für seine Auftritte. Diese Seite der Familie kommt vom Geld, und für ihn war alles selbstverständlich, auch Onkel Harvey.

Deshalb blieb der in New York und wollte nichts mit seinem Vater zu tun haben. Nach dem Tod seines Vaters kam mein Onkel hierher, um das Anwesen zu verkaufen. Doch dann lernte er Adele kennen und verliebte sich auf den ersten Blick in sie. Sie war ein paar Jahre jünger als er und er nannte sie seine anmutige Göttin. Er erzählte immer, dass sie von diesem Moment an unzertrennlich waren, als wäre ihre Liebe vorherbestimmt gewesen. Aber bei ihrem siebten Date verlor sie bei einem Unfall beide Beine.«

»Mein Gott, Tegs. Das ist ja furchtbar.«

»Ja, und laut meinem Onkel war Adele nach dem Unfall so verzweifelt, dass sie versucht hat, mit ihm Schluss zu machen. Sie war so unglücklich, dass sie sich selbst nicht mehr ertrug, und war der Meinung, dass er eine Frau verdiente, die keine Behinderung hatte.«

»Ich kann mir gar nicht vorstellen, was sie durchgemacht haben muss.«

»Was sie *beide* durchgemacht haben. Mein Onkel hat sie vergöttert. Er war immer für sie da, egal wie sehr sie ihn von sich stieß. Während ihrer Genesung lernte er, wie wichtig Lachen ist. Er hat Humor eingesetzt, um ihre Mauern einzureißen und ihr klarzumachen, dass sie zusammengehören und dass er sie für immer lieben würde. Er hat mir erzählt, dass er sie nie bemitleidet hat. Er hat sie einfach so sehr geliebt, dass er sich ein Leben ohne sie nicht vorstellen konnte.«

»Oh Himmel ...«

»Ja.« Ein gequälter Unterton schlich sich in ihre Stimme. »Kannst du dir vorstellen, so sehr von jemandem geliebt zu werden?«

Er konnte sich nicht vorstellen, überhaupt von einer Frau geliebt zu werden, und schon gar nicht so. Abgesehen von seiner Mutter und seiner Großmutter, die ihm gegenüber quasi dazu verpflichtet waren, würde er nie eine Frau so nah an sich heranlassen, dass sie Gefahr lief, von ihm verletzt zu werden.

Tegan gähnte, schmiegte sich enger an ihn und fuhr ihm mit den Fingern durch sein Brusthaar. »Ich weiß nicht, ob solche Liebe für die meisten Menschen überhaupt möglich ist. Vielleicht hatten mein Onkel und Adele einfach Glück und nur wenige Menschen sind für so etwas bestimmt.« Sie seufzte. »Vielleicht lag es daran, dass er alles daransetzte, ihr den Humor des Lebens näherzubringen, und es funktionierte. Ich weiß nicht, wie viele Männer das in dieser Situation getan hätten, aber ich bin froh, dass er es gemacht hat. Er hatte Glück verdient und sie hat ihn mit Sicherheit glücklich gemacht. Zwei Jahre nach dem Unfall haben sie geheiratet. Das Foto auf dem Tisch neben dem Sofa, das sind die beiden.«

Er warf einen Blick auf das Bild eines großen, schlanken Manns in dunklem Anzug, der einer rundlichen, freundlich aussehenden Frau im Rollstuhl in die Augen blickte. Ihr weißes Hochzeitskleid verdeckte ihre fehlenden Beine. Die Liebe in ihren Augen ließ Jett jedoch vermuten, dass sie alles hatte, was sie brauchte. »Sie sehen glücklich aus.«

»Das waren sie auch. Doch es war wirklich eine tragische Liebesgeschichte. Acht Jahre später verlor er sie an den Krebs.«

Traurigkeit stieg in ihm auf. »Oh Mann. Das ist furchtbar.«

»Ja. Er hat ihre Asche im Garten verstreut und es sich zur Aufgabe gemacht, jeden Tag zu lachen, um ihr Andenken lebendig zu halten. Sie hatten keine eigenen Kinder, auch wenn sie sich welche gewünscht haben. Adele fand, dass Kinder das Leben mit unbefangenen Augen sehen, deshalb umgab Harvey sich nach ihrem Tod mit ihnen und öffnete das Theater für Kindergruppen. Er sagte, dass Kinder am meisten lachen, und bei ihrem Lachen stellte er sich vor, dass Adele es auch tat. Das war der Grund, warum er nach jeder Aufführung ein Buffet organisierte, damit die Kinder zusammen mit ihren Freunden das Leben genießen konnten. Aber ich glaube, er wollte einfach so viel Zeit wie möglich mit ihnen verbringen, weil sie Erinnerungen an Adele wachhielten.«

»Klingt, als wäre er ein verdammt großartiger Mann gewesen. Warum ehrst du sie nicht beide mit dem Namen des Theaters? Das Harvey-und-Adele-Fine-Amphitheater.«

Ein Strahlen trat in ihre blauen Augen. »Das gefällt mir. HAFA. Klingt sogar irgendwie fröhlich. Das ist perfekt.« Sie tippte ihm auf die Brust. »Gut im Bett und im Job. Wenn du dich selbst vermarktest, könntest du Millionen verdienen.«

Das tue ich schon, Süße.

Jett beobachtete die tanzenden Schatten um sie herum, während er dem Knistern des Feuers und dem Sturm lauschte, der gegen die Fenster trommelte. Als er vorhin beim Theater nach dem Rechten gesehen hatte, hatte ihn das Gefühl beschlichen, schon einmal dort gewesen zu sein, und auch jetzt konnte er es nicht abschütteln.

»Ich glaube, ich habe hier als Kind mal ein Theaterstück gesehen«, sagte er. »Die Umgebung kommt mir bekannt vor.« Das Seltsame war, dass Tegan sich auch vertraut anfühlte.

Sie gähnte. »Das fände ich schön. Es wäre toll, wenn er auch Einfluss auf dein Leben gehabt hätte.«

Das hat er. Er hat mich zu dir geführt. Der seltsame Gedanke ließ ihn die Zähne zusammenbeißen, doch er ließ ihn nicht mehr los. Abwesend streichelte er Tegan über den Rücken.

Ihm war den ganzen Abend lang merkwürdiges Zeug durch den Kopf gegangen, und sein Verhalten war auch untypisch: länger hierzubleiben, nicht auf sein Handy zu schauen, solange sie zusammen waren, und sich zu ärgern, wenn er Anrufe erhielt. Tia hatte sich genauso genervt angehört, als er sie bat, den Flug umzubuchen, für den sie zuvor alle Hebel in Bewegung gesetzt hatte. Doch er wollte hier bei Tegan sein, um ihr bei ihrem Unternehmen zu helfen, bei den Schäden, die der Sturm vielleicht noch verursachen würde – und was sie in diesem Moment taten, wollte er auch, so blöd es auch klang. Er wollte der Frau nahe sein, die ihn zum ersten Mal seit Ewigkeiten glücklich machte. Außerdem wollte er verstehen, warum sie ihn so in ihren Bann zog. Es war nicht nur der Sex, auch wenn die Chemie zwischen ihnen grandios war. Tegan war intellektuell und emotional anregend und sie war witzig. Ihr Humor und ihre klugen Kommentare ließen Stunden wie Minuten vergehen.

Warum war eine so schöne, abenteuerlustige Frau noch Single? Und warum zum Teufel hatte sie ausgerechnet bei ihm dieser FP-Sache zugestimmt?

Er öffnete den Mund, um sie zu fragen, doch sie schlief bereits tief und fest.

Auf dem Boden neben ihnen leuchtete das Display ihres Handys auf und eine Sprechblase mit dem Namen Jack Jock und der Nachricht *Wie geht's meinem sturen Mädchen? Ruf mich an* erschien.

Verdammt.

Er schloss die Augen und ermahnte sich, es auf sich beruhen zu lassen.

Doch das, was sie fast schon ehrfürchtig über die Liebe gesagt hatte, ließ ihm keine Ruhe.

Sie verdiente einen Mann, der ihr die Art von Liebe geben konnte, die ihr Onkel gefunden hatte.

Jett wusste, dass er nicht dieser Mann war. Vielleicht war

Jack Jock es …

Er knirschte mit den Zähnen und drückte Tegan ein wenig fester an sich.

Scheiß drauf. Hinter ihm lagen ein paar verdammt harte Tage. Er hatte sich ein wenig Sonnenschein verdient, bevor er sich wieder in den Arbeitsalltag stürzte. Als er die Augen schloss, kam ihm jedoch eine Erkenntnis, nach der er sich nichts mehr vormachen konnte.

Er war einfach zu egoistisch, um sich zurückzuziehen.

Elf

Tegan erwachte wohlig warm in ihrem Kokon aus Decken zum Knarren des Parkettbodens und dem Duft von Jetts Rasierwasser auf dem Kissen. Wunderbare Erinnerungen an die letzte Nacht stiegen in ihr auf. Sie hatten miteinander gelacht und ihre Lust gestillt. Sie hatte noch nie beim Sex gelacht, doch mit Jett war es einfach, sie selbst zu sein, was vielleicht daran lag, dass es zwischen ihnen keine einengenden Verpflichtungen gab, die mühsam wieder gelöst werden mussten. Oder vielleicht, nur vielleicht, ging ihre Verbindung ja tiefer, als es ihnen beiden bewusst war.

Sie lauschte auf die Geräusche des Sturms, es war jedoch Jetts gedämpfte Stimme, die ihre Aufmerksamkeit erregte. Er ging im Flur auf und ab, direkt vor dem Wohnzimmer, wo sie vor dem noch glimmenden Feuer lag.

»Ich weiß, dass ich nicht so oft zu Besuch komme, aber jetzt bin ich hier. Wenn du was brauchst, kannst du auf mich zählen.«

Tegan drehte sich auf den Bauch und spähte um das Sofa herum zu Jett, der mit dem Rücken zu ihr nur mit Boxershorts bekleidet am Eingang zum Wohnzimmer stand. Und wie gut er darin aussah. Sie fragte sich, ob er wohl mit Dean oder seinen Eltern sprach.

»Ach, komm schon«, sagte er neckend. »Du weißt doch, dass du die Einzige für mich bist.«

Tegan riss die Augen auf. So viel zum Thema Dean oder Familie. Sie verengte die Augen zu Schlitzen und war sich sicher, dass ihr praktisch vor Zorn Dampf aus den Ohren quoll. Sich im Rahmen einer Freundschaft plus auch noch mit anderen zu treffen, war eine Sache. Einer unbekannten Frau sexy Versprechungen zu machen, während er nach einer unglaublich heißen Nacht noch in Tegans Haus stand, eine ganz andere! Und das war definitiv nicht in Ordnung. Sie setzte sich auf, drückte die Decke an ihre Brust und überlegte, ob sie sich räuspern sollte, um ihn wissen zu lassen, dass sie zuhörte.

Er lachte leise ins Telefon, als er sich umdrehte und sie beim Lauschen erwischte. Mit einem Zwinkern nickte er ihr zu und formte mit den Lippen ein *Guten Morgen*. »Ich muss auflegen, Grandma. Ich liebe dich auch. Benimm dich, oder versuch es zumindest.«

Grandma?

Erleichterung und Verlegenheit rangen in ihr miteinander. Wärme durchströmte sie bei dem Gedanken, dass er früh aufgestanden war, um sich nach dem Sturm bei seiner Großmutter zu melden. Er beendete das Telefonat und kam zu ihr herüber.

»Morgen, meine Schöne.« Er ließ sich auf die Knie sinken und musterte sie aus seinen klaren blauen Augen aufmerksam.

»Es war so lieb von dir, deine Grandma anzurufen.« Sie kam sich albern vor wegen der Unterstellung, dass er so schäbig war, hier mit einer anderen Frau zu telefonieren.

»Sie lebt in einer Einrichtung für betreutes Wohnen namens LOCAL. Ich wollte hören, ob es ihr gut geht. Zum Glück ist alles in Ordnung.«

»Das freut mich zu hören. Chloe arbeitet dort. Kennen die beiden sich?«

»Ja. Meine Großmutter kennt jeden. Sie ist ziemlich auf Zack. Hast du schon mal den Witz über alte Damen gehört, die ihren Hausnotruf alarmieren, um von heißen Sanitätern besucht zu werden?«

»Ja.«

»Tja, wenn meine Grandma Rose und ihre wilden Freundinnen einen Hausnotruf hätten, würden sie nicht nur den Alarmknopf drücken, sondern wahrscheinlich auch einen Elektriker bestechen, um Videokameras zu installieren, damit sie den Sanitätern auf dem Weg zur Tür auf den Hintern schauen könnten.«

»Oh mein Gott. Das klingt zum Schießen.«

»Sie ist ziemlich cool.« Er beugte sich zu ihr hinunter und küsste sie sanft. »Es regnet noch, aber ich glaube, das Schlimmste ist überstanden. Hier ist der Strom wieder da, doch Tausende von Menschen haben immer noch keinen, und es gibt eine Menge Sturmschäden am ganzen Cape.«

»Oh nein.« Sie griff nach ihrem Handy und scrollte durch die Textnachrichten von Jock, Chloe und Harper. Sie atmete erleichtert auf, als sie sah, dass es ihren Freundinnen gut ging. »Hast du schon mit irgendwem gesprochen? Bei Chloe und Harper ist alles in Ordnung. Was ist mit Daphne und Hadley und den anderen im Bayside Resort und im Summer House?« Doch Jett schaute nur sehr ernst auf ihr Handy. »Jett?«

Er räusperte sich und schüttelte den Kopf, als wäre er in Gedanken versunken gewesen. »Tut mir leid. Ich habe vor etwa einer Stunde mit Dean telefoniert. Dort geht es allen gut. In

Daphnes Wohnung und im Büro gibt es Wasserschäden, aber sie haben alles im Griff. Sie und Hadley ziehen vorübergehend in eins der Cottages und die Jungs helfen ihr beim Packen. Dean und ich konnten allerdings unsere Eltern nicht erreichen. Es war jedes Mal besetzt, wenn wir angerufen haben. Ich mache mir keine allzu großen Sorgen, wahrscheinlich liegt es an den Telefonleitungen. Trotzdem fahre ich nach Hyannis, nachdem wir das Anwesen auf Sturmschäden überprüft haben.«

Sie ließ die Decke los und zog sich das Shirt über, das er gestern Abend getragen hatte. »Ich habe kein Krachen mehr gehört, also ist im Theater hoffentlich alles okay. Lass uns kurz nachsehen, dann können wir zu deinen Eltern.«

»Du musst nicht mitkommen, Tegs.«

»Ist das dein Ernst? Was ist, wenn du jemanden brauchst, der mit anpackt? Ich habe doch gemerkt, wie angespannt du geworden bist, als ich gestern deinen Vater erwähnt habe. Komm schon. Wir müssen duschen und verschwenden hier nur Zeit.« Sie zog ihn auf die Beine und ging zur Treppe. »Wir sollten Wasserflaschen mitnehmen, falls sie welche brauchen.«

»Tegan.« In seiner Stimme lag ein warnender Unterton, der sie mitten in der Bewegung innehalten ließ. »Mein Vater ist nicht gerade der umgänglichste Mensch.«

»Ich bin nicht davon ausgegangen, dass alles glatt läuft. Deshalb komme ich als Puffer mit.« Sie marschierte zu ihm zurück, ergriff seine Hand und zog ihn in Richtung Treppe. »Mann, wie gut kennst du mich inzwischen? Ich liebe spannende Abenteuer.«

»Du hast keine Ahnung, auf was du dich einlässt«, sagte er tonlos. »Ich weiß nicht, wie er heute drauf ist.«

»Und du hast keine Ahnung, wie gut ich darin bin, Situationen abzufedern. Weißt du noch, wie angespannt du im Café warst, Armani? Und sieh uns jetzt an. Vertrau mir.«

»Niemand kann meinen Vater aus der Reserve locken. Er ist ein Kinderneurochirurg mit einem Ego, das zu seinem Fachwissen passt.«

»Wollen wir wetten?« Sie stiegen die Treppe hinauf. »Vielleicht muss er auch ein paar einengende Klamotten loswerden.«

»Du wirst meinen Vater nicht überreden, sich auszuziehen.« Er versetzte ihr einen Klaps auf den Hintern, sodass sie mit einem Quietschen die restlichen Stufen hinaufflitzte.

»So habe ich das nicht gemeint«, erwiderte sie lachend. Im nächsten Moment packte er sie an der Taille und warf sie aufs Bett. Sie lächelte ihn an und ihr entging die Anspannung in seinem Körper nicht. »Ich will nicht mit ihm schlafen! Meine Güte! Ich will weder mehrere FPs gleichzeitig, noch zerstöre ich die Ehen anderer Leute. Es gibt viele Möglichkeiten, Spannungen abzubauen, und manchmal sind es die kleinen Dinge, die den Unterschied ausmachen, wie eine Freundin dabei zu haben, die ihn von deinem finsteren Blick ablenkt.«

»Woher willst du wissen, dass ich ihn finster anstarren werde?«

»Weil du dich jedes Mal bei seiner Erwähnung vom sexy Robert Downey Jr. in den Mann mit der eisernen Maske verwandelst. Und jetzt ab mit dir. Wir haben viel zu tun!« Sie schlängelte sich unter ihm hervor und stolzierte ins Badezimmer, streifte sich auf dem Weg das Shirt ab und warf es über die Schulter. »Und wir wissen doch beide, wenn wir einmal unter der Dusche sind ...«

Sie waren schneller wieder aus der Dusche heraus als am Vortag, doch ihre Hände und Lippen waren trotzdem zum Einsatz gekommen. Als sie schließlich das Haus verließen, regnete es nur noch leicht und der Wind hatte deutlich nachgelassen. Auf dem Weg durch den Garten mussten sie über Äste steigen und Pfützen ausweichen. Tegan war froh, dass das alte steinerne Amphitheater unversehrt geblieben war. Während sie zu Jetts SUV gingen, klingelte ihr Handy und zeigte ihr einen Videoanruf von ihrer Mutter an.

»Meine Mutter ist FaceTime-süchtig. Macht es dir was aus, wenn ich ganz kurz rangehe?«

Er öffnete ihr die Beifahrertür. »Nein. Soll ich hier draußen warten?«

»Im Regen? Sicher nicht. Steig ein.« Sie nahm den Anruf entgegen, während Jett hinter dem Steuer Platz nahm. »Hi, Mom. Hi, Dad. Ich kann nicht lange reden, ich bin gerade auf dem Sprung.«

»Wir wollten nur dein Gesicht sehen und uns vergewissern, dass alles in Ordnung ist«, sagte ihre Mutter. »Der Sturm sah in den Nachrichten so schrecklich aus und die Auswirkungen …«

»Mir geht's gut. Versprochen. Es regnet nur noch und am Anwesen gibt es keine Schäden. Aber ich fahre jetzt mit einem Freund zu seinen Eltern, also muss ich es kurz machen.«

»Okay, Prinzessin«, sagte ihr Vater. »Sei vorsichtig und wir sehen uns dann in ein paar Wochen.«

»Ich freue mich schon drauf. Hab euch lieb!« Nachdem sie aufgelegt hatte, sagte sie zu Jett: »Entschuldige bitte. Sie machen sich ständig Sorgen.«

Jett ließ den Motor an. »Ihr steht euch wirklich nahe.«

»Ja. Sie kommen zur Auftaktveranstaltung des Kinderprogramms am Memorial-Day-Wochenende her.«

»Schade, dass ich das verpasse«, sagte er. »Aber ich würde gerne zur Vorpremiere des Erwachsenenprogramms kommen, um zu sehen, wie deine harte Arbeit Früchte trägt.«

Sie versuchte, nicht zu viel hineinzuinterpretieren. »Gern. Sie findet am ersten Montag im August statt. Wenn du es nicht schaffst, ist das auch völlig in Ordnung.«

Jett fuhr die lange Zufahrtsstraße hinunter und wich dabei dem riesigen Schlagloch aus, das Tegans Auto in den Graben befördert hatte. »Du musst diese Dinger richten lassen.«

»Steht auf meiner Liste. Normalerweise sind sie nicht so tief.«

»Auf einer Schotterauffahrt sollte es gar keine geben. Wir könnten Justins Vater Rob Wicked beauftragen, die Schicht unter dem Kies zu reparieren, damit das nicht wieder passiert.«

»Macht sein Vater Straßenbauarbeiten? Ich dachte, er renoviert Häuser.«

»Am Cape macht jeder alles.« Er bog auf die Hauptstraße ab, die in Richtung Stadt führte.

Jett suchte im Radio nach den Nachrichten, in denen von umgestürzten Bäumen, Sturzfluten und Dünenabgängen am Meer berichtet wurde. Der Sturm hatte das Dach eines Motels in der Nähe von Hyannis abgedeckt, und man rechnete damit, dass es Tage dauern würde, bis die Stromversorgung am gesamten Cape wiederhergestellt war.

»Schau mal da.« Jett zeigte nach vorn auf einen Baum, der eine Einfahrt versperrte. Ein älteres Pärchen mit Regenschirmen stand ratlos daneben. Jett drosselte das Tempo. »Wir sollten ihnen helfen.«

»Auf jeden Fall«, meinte sie, während er bereits anhielt. »Aber was ist mit deinen Eltern?«

»Wir kommen schon noch hin. Wenn was Schlimmes

passiert wäre, hätte sich das Krankenhaus oder die Polizei bei mir oder Dean gemeldet.« Sie zogen ihre Kapuzen über und stiegen aus dem Auto. »Sieht aus, als könnten Sie Hilfe gebrauchen«, sagte Jett zu dem Pärchen, als sie sich ihnen näherten.

Der untersetzte, grauhaarige Mann hob zittrig eine Hand. »Ich kann mit meiner Kettensäge nicht mehr so gut umgehen wie früher.«

»Ich war mal ziemlich geschickt damit. Ist schon eine Weile her, doch das kriege ich sicher hin.« Jett schüttelte ihm die Hand. »Ich bin Jett und das ist Tegan.«

»Jett?«, fragte der Mann schroff. »Ist das Ihr richtiger Name, Junge?«

»Larry«, tadelte ihn die hochgewachsene Frau. Sie schenkte ihnen einen entschuldigenden Blick. »Ich bin Greta und entschuldige mich für meinen Mann.«

»Schon gut. Das höre ich oft«, sagte Jett. »Ich wurde nach dem besten Freund meines Vaters benannt, der im Dienst für unser Land gefallen ist. Sein Name war Jethro. Er war Pilot und alle nannten ihn Jet, mit einem T. Meiner Mutter gefiel der Name Jethro nicht, also fügten sie ein T hinzu und nannten mich Jett. Da hatte ich noch mal Glück.«

»Kann man wohl sagen.« Larry deutete in Richtung Garten. »Kommen Sie mit nach hinten. Vielleicht bringen wir die alte Kettensäge wieder zum Laufen.«

Tegan konnte sich Jett nicht als Jethro vorstellen, dennoch fragte sie sich, was zwischen ihm und dem Mann schiefgelaufen war, der seinen Sohn offensichtlich nach jemandem benannt hatte, der ihm viel bedeutet hatte.

»Kommen Sie doch ins Haus, da ist es wärmer, Liebes«, sagte Greta.

»Danke.« Tegan folgte ihr hinein.

»Wohnen Sie hier in der Gegend?«, fragte Greta.

»Ja. Ich habe vor Kurzem das Anwesen meines Großonkels geerbt, die Straße runter beim Amphitheater.«

Greta stieß die Küchentür auf und sagte: »Oh, Sie sind *die* Tegan, Harveys Großnichte.«

»Ja. Woher wissen Sie das?«

»Ach Liebes, hier weiß doch jeder, dass Harvey Ihnen das Anwesen hinterlassen hat. Wir haben einen ganz besonderen Mann verloren, als Harvey Fine von uns gegangen ist. Der Verlust von Adele war damals sehr tragisch.«

»Kannten Sie sie?« Tegan zog ihre Jacke aus und setzte sich an den Tisch. Sie hatte noch nie jemanden getroffen, der Adele gekannt hatte, und hoffte nun darauf.

»Ja, sogar schon, bevor sie Ihren Onkel kennengelernt hat. Sie war so ein Schatz, doch dann kam der Unfall. Ich war mir nicht sicher, ob sie das jemals verwinden würde. Ihr Onkel hat sich damals einfach geweigert, sie sich von dieser Tragödie nehmen zu lassen. Mir ist nicht klar, wie Harvey das geschafft hat, aber er hat unsere liebe Adele zu uns zurückgeholt.«

Greta erzählte ihr Geschichten über die Großtante, die sie nie kennengelernt hatte. Wie Adele als junge Frau gewesen war und dass sie sich genauso heftig in Harvey verliebt hatte wie Harvey sich in sie.

Kurze Zeit später kam Larry mit vor Kälte geröteter Nase in die Küche. »Es hat aufgehört zu regnen. Ihr Mann stellt sich da draußen gut an, Tegan.«

Sie war so in Gretas Geschichten vertieft gewesen, dass sie Jett glatt vergessen hatte. Sie warf einen Blick aus dem Fenster. Jett schwang die Kettensäge wie ein Profi und zerlegte den Baum in kleinere Stücke. »Ich sollte ihm helfen, das Holz aus der Einfahrt zu schaffen«, sagte sie und zog ihre Jacke wieder an. »Vielen Dank, Greta, dass Sie mir von Adele erzählt haben. Ich kenne sonst niemanden, der mit ihr befreundet war.«

»Es war mir ein Vergnügen. Besuchen Sie mich gerne jederzeit wieder.« Sie schrieb ihre Telefonnummer auf einen Zettel und reichte ihn Tegan.

Tegan ging nach draußen, und während sie und Jett das Holz stapelten, erzählte sie ihm von dem Gespräch.

»Das ist toll, Sunshine. Ich bin froh, dass du jemanden kennengelernt hast, der auch noch in der Nähe wohnt, falls du mal Hilfe brauchst.«

»Das ist süß, aber ich komme hier wirklich gut zurecht.«

Greta und Larry traten aus dem Haus, als sie mit dem Holzstapeln fertig waren, und boten an, sie für ihre Hilfe zu entlohnen.

»Nicht nötig«, sagte Jett.

»Ich bin immer gern bereit, eine gute Tat weiterzugeben«, fügte Tegan hinzu. »Greta, vielen Dank noch mal, dass Sie Ihre Erinnerungen an Adele mit mir geteilt haben.«

Als sie weiterfuhren, sagte Jett: »Du bist auch ein Mensch, der gern etwas zurückgibt?«

»Was meinst du mit *auch*?«

»Sag mir nicht, dass der Typ an der Tankstelle mein Geld eingesteckt hat, anstatt dein Benzin zu bezahlen.«

»Das warst *du*?«

»Wen hattest du denn sonst im Verdacht?«

»Niemanden«, sagte sie lässig.

Er zog die Augenbrauen zusammen. »Den Typ in dem Pick-up?«

Sie grinste und er schüttelte den Kopf.

»Was denn?«, sagte sie überrascht. »Er hätte mein Seelenverwandter sein können.«

»Frauen sind so seltsam. Wie kommt man vom Weitergeben einer kleinen Aufmerksamkeit direkt zur Seelenverwandtschaft?«

»Keine Ahnung. Gemeinsame Interessen und Werte? Danke übrigens. Ich weiß die Geste zu schätzen.«

»Bedank dich bei meiner Großmutter. Sie hat immer gesagt, dass es nicht darauf ankommt, wie viel Geld wir haben, sondern wie wir es einsetzen, um anderen zu helfen.«

»Wie steht sie jetzt dazu? Hat sich das geändert?«

»Jetzt ist sie zu sehr damit beschäftigt, Unfug anzustellen und mich zu verkuppeln, um sich über Lebensweisheiten Gedanken zu machen.«

»Du könntest es mit einer Dating-App versuchen, wie Chloe.«

Er sah sie ausdruckslos an. »Ich brauche keine Freundin, die ich doch nur enttäuschen würde.«

»Warum solltest du sie enttäuschen?«, fragte sie. Er verlangsamte das Tempo und hielt hinter einer Autoschlange an.

Seine Kiefermuskeln spannten sich an, und er deutete mit dem Kopf in Richtung der Polizisten, die den Verkehr weiter vorne regelten. »Sieht aus, als würde es noch eine Weile dauern, bis wir auf den Highway kommen.« Er drehte das Radio wieder lauter und nutzte quasi die Nachrichten, um ihr Gespräch zu beenden.

Während sie sich im Schneckentempo vorwärtsquälten, dachte sie über seine Bemerkung nach. Er war so ein netter Kerl, und sie konnte sich einfach nicht vorstellen, dass er jemanden hängen ließ. Sie schaute aus dem Fenster, während er einer Umleitung nach der anderen folgte. Der Radiosprecher berichtete über die umfangreichen Sturmschäden von Hyannis bis Provincetown und nannte die Standorte der Notunterkünfte.

»Meine umgestürzten Bäume sind nichts im Vergleich zu den Schäden, von denen sie da berichten. Es klingt, als hätten wir einen Schutzengel gehabt, der über uns gewacht hat.«

»Da gebe ich dir recht. Vielleicht hat dein Onkel auf dich aufgepasst.«

Die Vorstellung gefiel ihr.

Kurze Zeit später kamen sie an einem kleinen Einkaufszentrum vorbei, vor dem Menschen Trümmer aufräumten und Äste aufsammelten, die sie anschließend in einen Holzhäcksler steckten. Tegan entdeckte Joni, die in einem Marienkäfer-Regenmantel und lila Regenstiefeln mit einem Tablett voller Essen aus einem Foodtruck stieg.

»Das ist Joni! Können wir kurz anhalten?«

Jett fuhr rechts heran, und Tegan ging zu Joni hinüber, die nun Sandwiches an die arbeitenden Leute verteilte.

»Butterfisch!«, rief Joni, als sie Tegan bemerkte. Sie stellte das Tablett ab, stürmte auf Tegan zu und umarmte sie fest. »Wir versorgen die Helfer mit Essen. Was machst du hier?« Sie sah zu Jett auf, der ebenfalls zu ihnen trat. »Hallo, Diego!«

»Äh, hi«, erwiderte Jett verdutzt.

»Diego ist eine Figur aus der Kindersendung *Dora*«, erklärte Tegan.

Joni nahm Jett an der Hand und zog ihn zum Foodtruck. »Dad macht den Leuten was zu essen. Du darfst helfen, wenn du nicht grummelig bist. Dad sagt, wir haben heute keine Zeit zum Grummeln.«

»Ich bin ziemlich gut gelaunt«, sagte Jett. »Ich kann kurz mit anpacken, aber dann muss ich zu meinen Eltern und nachsehen, ob es ihnen gut geht.«

»Wo sind sie denn? Im Zoo bei den Affen?«, fragte Joni.

»Wahrscheinlich.« Jett warf Tegan einen Blick über die Schulter zu, hielt einen Finger hoch und formte mit den Lippen: *Ich kann zu ihr einfach nicht Nein sagen.*

Das war ein himmelweiter Unterschied zu dem gestressten Kerl, der mit dem Handy am Ohr ins Café gekommen war und Joni ignoriert hatte.

Er stieg die Stufen hinauf in den Foodtruck, wo er von Rowan begrüßt wurde. Jett schüttelte ihm die Hand und deutete auf Tegan. Rowan winkte, während Joni wieder zu ihr lief.

Das Mädchen griff nach ihrer Hand. »Du kannst mir helfen, das Essen zu verteilen, während die Schnuckiputzis mehr Sandwiches machen.«

Tegan fand es toll, dass ihr *Schnuckiputzi* genauso wenig Nein zu Joni sagen konnte wie sie selbst.

Nachdem sie sich von Rowan und Joni losgeeist hatten, brauchten sie noch eine halbe Ewigkeit nach Hyannis, und Jett wurde auf dem Weg mit Anrufen bombardiert. Tia koordinierte seine Geschäftsreisen für die Woche und hatte sein Meeting in Chicago auf sein Büro in L.A. verlegt. Außerdem musste er ein halbes Dutzend Telefonate bezüglich Carlisle Enterprises führen. Ein typischer Montag eben.

»Entschuldige bitte.« Man hörte ihm vermutlich an, wie genervt er von seinem letzten Gespräch war. Er musste schleunigst in sein Büro in L.A.

»Schon okay. Du hast meinetwegen deinen Flug verschoben. Ich erwarte nicht, dass du dein Unternehmen noch mehr vernachlässigst.«

Er schnaubte. »Meinem Unternehmen passiert nichts. Ich habe vielleicht eines der besten Finanzteams der Branche, aber in meinem Unternehmen geschieht nichts ohne meine Zustimmung. Ich mische bei jedem einzelnen Deal mit.«

»Okay, dann … Sag mir, was ich über deine Eltern wissen muss.«

Er dachte an ihre FaceTime-Gespräche mit ihren Eltern. Ihr Vater war das komplette Gegenteil von seinem. »Meine Mutter ist großartig, warmherzig, kontaktfreudig und umgänglich. Mein Vater leitet eine der renommiertesten Einrichtungen für Kinderneurochirurgie an der Ostküste. Er ist es gewohnt, mit Geld um sich zu werfen, und erwartet, dass sich die ganze Welt seinem Willen beugt.«

»Klingt anstrengend.«

»So kann man es auch ausdrücken.« Er fragte sich unwillkürlich, wie seine Brüder ihren Vater beschreiben würden. Nur als den Mann, zu dem ihr Vater in letzter Zeit geworden war? Würde Dean die Wahrheit sagen – seine guten, schlechten und grauenvollen Seiten? Als sie noch Kinder waren, war ihr Vater für eine Weile ausgezogen. Doug hatte ihm das nicht so lange nachgetragen wie Jett und Dean, und da Doug schon so viele Jahre im Ausland lebte, wusste Jett nicht, wie gut er ihren Vater überhaupt noch kannte.

Sie passierten die Ortsgrenze von Hyannis.

Er war es so gewohnt, Gedanken an seinen Vater zu verdrängen, dass es ihm jetzt keine Mühe mehr bereitete. Wenn er zu Besuch nach Hause kam, telefonierte er normalerweise auf dem Weg vom und zum Flughafen so viel, dass er seine Umgebung gar nicht richtig wahrnahm. Doch jetzt konnte er die Sturmschäden nicht ignorieren. Seine Heimatstadt sah aus wie die Kulisse eines Weltuntergangsfilms. Bäume waren auf halber Höhe abgeknickt, hatten Stromleitungen gekappt und versperrten Straßen. Die Gehwege und Gärten waren mit abgebrochenen Ästen und Müll übersät. Schaufenster waren zerstört oder mit Brettern vernagelt. Ein Teil des Dachs einer Ladenstraße war weggerissen worden und Leute brachten Kartons aus dem Gebäude auf den Bürgersteig.

»Heiliger Strohsack. Hier ist ja alles verwüstet«, sagte Tegan. »Wie weit ist es noch bis zum Haus deiner Eltern?«

»Nicht mehr weit.« Jett steuerte auf eins der Wohnviertel zu und umrundete dabei einen Baum, der auf die Straße gestürzt war und ein geparktes Auto unter sich begraben hatte. Zäune waren umgerissen, Straßen überflutet, Spielgeräte kaputt und in einem Garten lag ein umgekipptes Trampolin auf der Seite. Er hoffte, dass es seinen Eltern tatsächlich gut ging und er sich mit dieser Annahme nicht geirrt hatte.

Schließlich bog er in die Straße ein, in der er aufgewachsen war. Sein riesiges Elternhaus kam in Sicht. Es wirkte unversehrt. Trotz der Erleichterung drehte sich ihm der Magen um, wie immer, wenn er seiner Heimat einen Besuch abstattete.

Er hielt vor der langen Auffahrt an. Der schwarze Lexus seines Vaters stand vor dem Haus, und Jetts Muskeln spannten sich automatisch an, als würde er sich auf einen Kampf vorbereiten. Es war lange her, dass sein Vater und er sich einen verbalen Schlagabtausch geliefert hatten, aber alte Gewohnheiten waren schwer abzulegen. Er war nicht stolz darauf, dass er die Vergangenheit nicht ruhen lassen konnte, doch Vertrauen war Jetts kostbarstes Gut – im Beruf wie Privatleben. Vertrauen musste respektiert werden. War es einmal gebrochen … Tja, dann sah die Sache schon ganz anders aus.

»Wow.« Tegan machte große Augen. »Hier bist du aufgewachsen? Das ist unglaublich.«

Für sie sah es wahrscheinlich wie ein stattliches dreistöckiges Haus aus, das mit einem runden Vorplatz und einem Steingarten mit drei Ebenen am Ende der langen Auffahrt auf einem Hügel thronte. Selbst in dieser Jahreszeit verliehen die winterlich kahlen Gärten dem Haus eine Aura von Eleganz. Für Jett jedoch war sein Elternhaus das Spiegelbild des Manns, der sein Vater früher gewesen war. Protzig und überheblich – ein überkandidelter Kasten in einer Nachbarschaft mit bescheidenen Häusern.

Er bog in die Auffahrt ein, doch da rief Tegan plötzlich: »Stopp!«

Jett trat auf die Bremse. »Was ist los?«

»Es ist nur …« Sie krauste die Nase und löste ihren Sicherheitsgurt, um sich auf den Sitz zu knien und über die Mittelkonsole zu beugen, sodass sie ihm direkt in die Augen sehen konnte.

»Tegan …«

Sie brachte ihn mit einem Kuss zum Schweigen. Auf einmal waren ihre Hände in seinen Haaren, ihre Zunge tauchte tief und hungrig in seinen Mund ein. Sie stöhnte und presste ihren Körper gegen seinen, was ihn steinhart werden ließ. Er stemmte den Fuß fester gegen das Bremspedal, schlang die Arme um sie und verlor sich schnell in ihrem herrlichen Mund und den sinnlichen Lauten, die sie von sich gab. Als sich ihre Lippen wieder trennten, waren sie beide außer Atem.

Sie musterte sein Gesicht einen Moment lang. »Viel besser. Du siehst nicht mehr so aus, als würdest du jemanden umbringen wollen.«

Während sie sich auf dem Beifahrersitz niederließ, versuchte er, seine benebelten Synapsen in Gang zu bringen. Er schaute auf seine Erektion hinunter und begegnete danach Tegans amüsiertem Blick. »Und du denkst, es ist besser, wenn ich aussehe, als wollte ich dich vögeln?«

»Sehr sogar«, entgegnete sie gelassen und bedeutete ihm, weiterzufahren. »Na los.«

Beim Parken vor dem Haus kehrten die alten, unangenehmen Gefühle zurück, nur waren sie dieses Mal nicht ganz so überwältigend. Er half gerade Tegan aus dem Wagen, da traten seine Eltern durch die Haustür, was sein Unbehagen erneut verstärkte. Jett straffte die Schultern und nahm Haltung an wie ein Kadett, der sich für eine Inspektion bereit macht. Seine Eltern trugen Mäntel und Stiefel, als hätten sie auswärts etwas vor. Seine Mutter riss die Augen auf und stieß ein leises, freudiges Keuchen aus, sein Vater hingegen schaute mit zusammengekniffenen Augen von Jett zu Tegan.

Jetts Beschützerinstinkt erwachte. Was zum Teufel hatte er sich dabei gedacht, sie mitzunehmen? Mit einem Schritt nach vorne stellte er sich zwischen seinen Vater und sie.

»Jett! Ich dachte, du wärst schon weg! Was für eine wunderbare Überraschung.« Seine Mutter zog ihn in die Arme und küsste ihn auf die Wange. Wie immer roch sie nach Mandeln und Sommer. Sie war groß und schlank, mit silbernem Haar, das ihr Gesicht umrahmte. Das Alter tat ihrer Schönheit keinen Abbruch und auch jetzt strahlte sie mit ihren Lachfältchen noch immer von innen heraus. Sie tätschelte Jetts Wange, als sein Vater neben sie trat, und sagte: »Du siehst gut aus, Schatz. Wurde dein Flug gestrichen? Oder haben wir das deiner hübschen Freundin zu verdanken?« Sie warf Tegan einen hoffnungsvollen Blick zu, die seine übereifrige Mutter breit anlächelte. Bevor Jett antworten konnte, fuhr sie an Tegan gewandt fort: »Hallo, Liebes. Ich bin Sherry, Jetts Mutter.«

»Hallo. Ich bin Tegan.« Sie umrundete Jett und umarmte seine Mutter, als wären sie alte Freundinnen. Daraufhin wandte sie sich seinem Vater zu und gab einen anerkennenden Pfiff von sich. »Jetzt weiß ich, woher Jett seine Respekt einflößende Ausstrahlung hat. Sie haben beide was von Pierce Brosnan mit Ihren strahlend blauen Augen und den nach hinten gekämmten Haaren.« Sie tätschelte seinem Vater die Brust. »Da möchte ich doch glatt noch mal nach Hause fahren und mein schönstes Kleid anziehen.«

Sein Vater senkte den Blick auf ihre Hand auf seiner Brust und zog die Augenbrauen hoch. Jett reagierte schnell, legte Tegan eine Hand auf die Schulter und zog sie sachte zurück, um sie an der Taille zu fassen und dicht bei sich zu behalten.

»Tegan, ja?«, meinte sein Vater nicht unfreundlich.

»Ja, Sir. Tegan Fine.«

»Bitte, das Sir ist nicht nötig. Nennen Sie mich Douglas.« Sein Vater reichte ihr die Hand.

Douglas? Sein Vater hatte schon immer viel Wert auf höfliche Anreden als Ausdruck des Respekts gelegt. Noch nie hatte er seinen Vater die Worte *Sir* und *nicht nötig* gemeinsam aussprechen hören. Während Tegan ihm die Hand schüttelte, starrte Jett den Mann vor sich ungläubig an. Sicher würde sein Vater gleich mit der Befragung beginnen und Tegan ausquetschen, was sie und ihre Eltern beruflich machten, woher ihre Familie kam und wie er sie allgemein einzuordnen hatte.

»Freut mich, Sie kennenzulernen«, sagte sein Vater. »Und fürs Protokoll: Jeans und Stiefel stehen Ihnen hervorragend, also können Sie das beste Kleid im Schrank lassen. Wobei wir bei diesem Wetter vielleicht eher Boote als Stiefel brauchen.«

»Ja, absolut!«, erwiderte Tegan.

Jetts Blick huschte zu seiner Mutter, die fast unmerklich nickte, als würde sie ihm versichern, dass diese neue, unbeschwertere Seite an seinem Vater echt war.

»Junge«, wandte sein Vater sich an ihn und seine Körperhaltung wurde etwas steifer. »Was verschafft uns denn das Vergnügen?«

Und da war es. Das Unbehagen und die Förmlichkeiten, die sie immer noch nicht ablegen konnten. »Dean und ich konnten euch nicht erreichen und wir haben uns Sorgen gemacht.«

»Unsere Telefone waren den ganzen Tag über ausgefallen«, sagte seine Mutter. »Aber wenigstens haben wir Strom. Janie ist vor einer Weile vorbeigekommen und hat erzählt, dass Mitchell womöglich den Markt wegen eines Wasserschadens für einen Großteil der Saison schließen muss.«

»Oh Mist.« Jett drehte sich zu Tegan um und sagte: »Janie und Mitchell Myer wohnen nebenan. Ihnen gehört der Corner Market. Er ist seit Generationen in Familienbesitz.«

»Jett hat während der gesamten Highschool-Zeit dort gearbeitet«, fügte sein Vater hinzu. »Bis heute sagt Mitchell, dass er der fleißigste Teenager war, den er je beschäftigt hat.«

»Er hat schon immer viel gearbeitet«, sagte seine Mutter. »Jett, du hast bestimmt schon mit Rosie gesprochen, oder?«

»Ja, habe ich, und es geht ihr gut.«

»Das ist schön«, meinte seine Mutter. »Dieser Sturm war wirklich heftig.«

»Wir wollen in die Stadt fahren, um zu sehen, wie wir dort helfen können«, sagte sein Vater. »Möchtet ihr mitkommen? Die Muskeln ein bisschen sinnvoll einsetzen?«

»*Du* willst helfen?«, platzte Jett heraus, bevor er sich davon abhalten konnte.

Sein Vater hielt seinem Blick stand und seine Kiefermuskeln traten angespannt hervor. »Ja, Jett«, erwiderte er ruhig. »Mitchell ist seit Jahrzehnten unser Nachbar. Ich habe den Gehirntumor seiner Tochter operiert. Er hat dich eingestellt, obwohl du damals ein sturer Querkopf warst, und ...« Jetts Mutter berührte ihn am Arm, woraufhin sein Vater sich räusperte und für einen Moment den Blick senkte. Als er den Kopf wieder hob, zeigte sich ein bescheidener Ausdruck auf seinem Gesicht. »Ich bin dankbar, dass Mitchell dir eine Chance gegeben und ein Ventil für deinen Ehrgeiz und deine Entschlossenheit geschaffen hat.« Er richtete seine Aufmerksamkeit auf Tegan. »Schon als Kind wollte Jett in allem der Beste sein. Er war bei jeder Sportart dabei und arbeitete, während andere Kinder nur Blödsinn im Kopf hatten. Ich schwöre, mein Sohn war mehr unterwegs als zu Hause.«

Um dir aus dem Weg zu gehen, dachte Jett trocken mit einem Hauch von schlechtem Gewissen. Die emotionale Achterbahnfahrt nahm kein Ende.

»Ich wette, der Apfel ist da nicht weit vom Stamm gefallen«, sagte Tegan unbekümmert.

Jett hoffte doch sehr, dass dem nicht so war.

»Wie sieht's bei euch aus?«, fragte seine Mutter. »Habt ihr Zeit, um zu helfen?«

»Klar, können wir gern machen. Wir haben den ganzen Tag Zeit«, antwortete Tegan fröhlich.

Toll. Er war davon ausgegangen, kurz Hallo zu sagen und schnell wieder zu verschwinden. Jetzt saß er in der Falle. »Wir fahren euch hinterher.«

»Wunderbar!«, sagte seine Mutter.

Sie stiegen in ihre jeweiligen Fahrzeuge. Sobald Jett auf seinem Sitz Platz genommen hatte, fragte Tegan: »Hast du ein

Messer dabei?«

»Warum sollte ich?« Er ließ den Motor an und folgte dem Auto seines Vaters.

»Zwischen euch herrscht zum Schneiden dicke Luft.«

Er schüttelte grinsend den Kopf. »Ich habe dich gewarnt.«

»Ja, hast du. Spuck's aus, Armani. Was ist hier los?«

»Ich will nicht darüber reden«, sagte er abweisend.

»Wirst du aber. Frauen unterhalten sich gern miteinander und ich will es lieber von dir als von den Mädels erfahren.«

»Ist das dein …?«

»Hör mal, es ist, wie es ist«, sagte sie. »Nicht jeder hat eine einfache Kindheit. War dein Dad körperlich gewalttätig?«

»Was? Nein.« Er warf ihr einen finsteren Blick zu.

»Selbst wenn ist das kein Grund, sich zu schämen.«

»War er aber nicht, Tegan.«

»Was dann? Hat er dich zu sehr unter Druck gesetzt, der Beste zu sein? Dafür sind Ärzte doch berüchtigt.«

»Das hat er bei uns allen gemacht, das war nicht die Ursache für die Probleme.«

»Was war es dann? War er gemein zu deiner Mutter?«

Jett schluckte schwer und erinnerte sich an den harschen Ton, den sein Vater in den Wochen vor seinem Auszug gegenüber seiner Mutter angeschlagen hatte. Und später, nachdem Jetts Großvater verstorben war und die gesamte Leitung der Einrichtung auf den Schultern seines Vaters lastete. Doch wenn er die nächsten Stunden überleben wollte, durfte er sich nicht in dunklen Erinnerungen verlieren. Er musste dieses Gespräch abwürgen.

»Er hat uns verlassen, als ich noch ein Kind war«, sagte er zu scharf. »Er ist für ein paar Monate abgehauen, okay? Können wir das Thema jetzt beenden?«

»Oh, tut mir leid. War da ... jemand anderes? Eine andere Frau?«

Jett biss die Zähne zusammen. »Nein. Können wir das bitte einfach lassen?«

»Klar, aber du frisst das alles in dich rein. Ich will nur helfen.«

Da kann niemand helfen.

»Er ist zurückgekommen, oder?«, fragte sie vorsichtig. »Ich versuche nur, es zu verstehen. Ich meine, es ist offensichtlich, dass ihr schnell aneinandergeratet, trotzdem, er scheint sich Mühe zu geben. Er hat ein paar wirklich nette Dinge über dich gesagt.«

»Ja, *sturer Querkopf* war wirklich süß.«

»Na ja, ganz ehrlich? Ich kenne eine Menge Teenager-Jungs und bei den meisten trifft das den Nagel auf den Kopf.«

»Danke für das Vertrauen.«

»Du meinst für die realistische Perspektive?«, konterte sie. »Die beiden haben drei Jungs großgezogen. Das war sicher nicht immer einfach. Deine Mutter ist übrigens super. Ich wette, sie hatte genau das richtige Händchen für drei wilde Söhne. Ist dir aufgefallen, wie sie deinen Vater am Arm gefasst hat und wie er sofort offener geworden ist? Das sagt viel darüber aus, wie sehr sie ihn liebt und wie stabil ihre Beziehung ist. Man merkt, dass er ihr wirklich vertraut.«

»Sie liebt ihn ohne jeden Zweifel. Schon immer.«

Er folgte dem Wagen seines Vaters in die Stadt, wo ihn das Chaos nach dem Sturm erneut traf wie ein Schlag. Der Parkplatz des Corner Markets und der benachbarten Geschäfte war überflutet und abgesperrt. An den Bäumen entlang der Straße baumelten mehrere Äste wie lose Zähne, die nur darauf warteten, gezogen zu werden. Jett blickte die Straße hinunter zur Zahnarztpraxis, wo die Einsatzkräfte an beschädigten Stromleitungen arbeiteten. Er parkte neben der Drogerie und beobachtete, wie die Leute mit Besen das Wasser von den Türen wegschoben. Diese Läden waren ein fester Bestandteil seiner Jugend gewesen und nun stand das Leben ihrer Besitzer Kopf. Es war eine Sache, von Stürmen am Cape zu hören, während er Tausende von Kilometern entfernt damit beschäftigt war, Deals abzuschließen. Die Auswirkungen hautnah zu erleben, katapultierte ihn in seine Vergangenheit zurück.

Im Corner Market hatte er seine Liebe fürs Geschäftemachen entdeckt und in der Zahnarztpraxis hatte Lacey McGuire gearbeitet, eine hübsche Zahnarzthelferin und die erste Frau, in die er sich richtig verknallt hatte. Sie war damals Ende zwanzig gewesen, und im Nachhinein war ihm klar, wie lächerlich er gewirkt haben musste, wie er sie anhimmelte und versuchte, in seinen Basketballshorts und hohen Sneakers cool zu wirken. In der Drogerie hatte er seine ersten Kondome gekauft. Mann, war er nervös gewesen, hatte gewartet, bis fast niemand mehr im Laden war, und war dann zur Kasse geschlendert, als wäre das etwas ganz Normales für ihn. Und er dachte, er wäre damit durchgekommen. Doch als er sich an diesem Wochenende das Auto für ein Date ausleihen wollte, hielt ihm sein Vater einen halbstündigen Vortrag über verantwortungsbewusstes Dating und Respekt gegenüber Frauen. An diesem Tag hatte er eine wertvolle Lektion gelernt.

Kaufe nie Kondome in deiner Kleinstadt.

Außerdem erfuhr er so, dass sein Vater überall Augen und Ohren hatte. An diesem Abend hatte Jett sich geschworen, später einmal genauso einflussreich zu werden wie sein Vater. Dieser Vorsatz war ihm genauso wichtig wie der, den er Jahre zuvor gefasst hatte, als sein Vater ausgezogen war – dass er niemals so schwach sein würde wie er.

Als Jett sich nun Tegan zuwandte, der Frau, die ihn kaum kannte, jedoch ohne zu zögern angeboten hatte, für ihn da zu sein, erinnerte er sich an diese Vorsätze. Es war gut, dass er morgen abreiste. Sie hatte es nicht verdient, in sein Familiendrama verwickelt zu werden.

Er schlug einen milderen Ton an. »Ich weiß es zu schätzen, dass du mitgekommen bist und helfen willst, aber manche Dinge sind vielleicht zu kaputt, um jemals repariert zu werden.«

»Er muss dich wirklich verletzt haben«, sagte sie liebevoll. »Es tut mir leid, was auch immer du durchgemacht hast. Wenn du dich mal aussprechen willst, ich bin eine ziemlich gute Zuhörerin.«

»Danke, doch ich glaube, das überschreitet die FP-Grenze, Tegs.«

Sie öffnete die Beifahrertür. »Vielleicht hast du recht. Sorry. Ich kann einfach nicht mit ansehen, wie Freunde leiden.«

Während sie aus dem Auto stiegen und seine Eltern auf sie zukamen, erdrückte ihn eine neue Welle von Schuldgefühlen.

»Tegan und ich könnten mal zu den anderen Ladys gehen und fragen, wo wir am besten helfen können, und dir und deinem Vater überlassen wir die Schlepperei.« Seine Mutter hakte sich bei Tegan unter. »Kommen Sie, Liebes. Wir lernen uns besser kennen und Sie erzählen mir alles über sich und Jett.«

»Wir sind nur Freunde, Mom.«

Seine Mutter machte eine wegwerfende Handbewegung und Jett hörte sie beim Weggehen sagen: »Also, was hat Sie ins Leben meines Sohns verschlagen?«

»Tegan ist eine Draufgängerin, genau wie Emery. Ich mag

sie«, meinte sein Vater, während sie zur Vorderseite des Gebäudes marschierten. »In deinem Alter hätte ich so eine Frau ja nicht gehen lassen.«

Jett blieb stehen und drehte sich zu seinem Vater um. »Hör mal, ich bin hier und packe gern mit an. Aber für mich warst du immer nur mit Mom zusammen. Also versuch bitte nicht, aus dem Tag heute etwas zu machen, was er nicht ist. Wir sind keine Kumpel.«

Sein Vater straffte die Schultern. »Ich habe von deiner Mutter gesprochen.« Er wurde leiser und ein eisiger Ton schlich sich in seine Stimme. »Seit dem Tag, an dem ich sie kennengelernt habe, gab es nur deine Mutter für mich. Ich verstehe, dass du mir bis in alle Ewigkeit nachtragen wirst, dass ich euch damals im Stich gelassen habe, und das ist dein gutes Recht. Doch ich werde weiterhin alles daransetzen, dir zu zeigen, dass ich jetzt ein besserer Mensch bin als je zuvor, und wenn du etwas anderes glaubst, hast du dich geschnitten.«

Bevor er darauf reagieren konnte, ließ sein Vater ihn stehen, und Jett verfluchte sich dafür, dass er lauter Mist gesagt hatte, der nicht so gemeint war. Er war nie davon ausgegangen, dass sein Workaholic-Vater seine Mutter betrog. Das war ihm überhaupt nicht in den Sinn gekommen.

Warum er dann so etwas Gehässiges von sich gegeben hatte, war ihm ein Rätsel.

Sein Vater wandte sich ihm noch einmal zu und ihre Blicke trafen sich. Jett richtete sich zu voller Größe auf und wappnete sich für eine scharfe Retourkutsche.

»Kommst du, Junge?«, fragte sein Vater gelassen. »Es gibt viel zu tun.«

Zwölf

Wie viele Geschäfte am Cape befand sich der Corner Market in einem alten, zweistöckigen Haus mit Zedernholzverkleidung. Der weiße Zaun, der die Terrasse vor dem Eingang umgab, war während des Sturms beschädigt worden. Trümmer hatten das Fenster durchschlagen und ein großer Ast des alten Baums vor dem Haus war abgebrochen und hatte ein Loch ins Dach gerissen. Jett und sein Vater arbeiteten sich zusammen mit Freunden und Nachbarn, die Jett seit Jahren nicht mehr gesehen hatte, durch das knöchelhohe Wasser, räumten Regale aus und bargen Verkaufswaren.

Das Wasser hatten sie nach zwei Stunden unter Kontrolle, aber den Schlamm zu beseitigen und das Gebäude zu räumen, dauerte noch einige mehr. Jett unterbrach seine Arbeit trotz geschäftlicher Anrufe nicht, er telefonierte einfach währenddessen. Seine Mutter und Tegan hatten vor ein paar Stunden aus dem Sandwichladen die Straße hinunter, der die Freiwilligen kostenlos mit Essen versorgte, Mittagessen geholt. Die beiden pendelten zwischen dem Supermarkt und einigen benachbarten Geschäften hin und her und packten mit an, wo sie konnten.

Jett warf einen Blick aus dem Fenster und entdeckte Tegan, die Arm in Arm mit einer älteren Frau zum Drugstore ging.

Den ganzen Tag über hatte sie keine einzige Pause gemacht. Als sie vorhin Wasserflaschen für ihn und seinen Vater vorbeigebracht hatte, waren ihre Wangen gerötet, und Jett hätte sie am liebsten in den Lagerraum gezerrt, um ihr ein bisschen Entspannung zu verschaffen. Doch er hatte schnell mitbekommen, dass sie sich große Sorgen um mehrere Ladenbesitzer machte, die befürchteten, einen Großteil der Saison schließen zu müssen. Er hatte ihr erklärt, dass die meisten Geschäfte am Cape nur dank des Sommertourismus überlebensfähig waren. Sie wirkte niedergeschlagen und vertraute ihm an, dass sie sich egoistisch vorkam, weil sie sich Gedanken um das Amphitheater machte, während so viele Familien potenziell vor dem Nichts standen.

Das ging ihm immer noch durch den Kopf, als seine Mutter auf einmal in sein Blickfeld trat.

»Alles in Ordnung, Jett?«, fragte sie. »Du siehst besorgt aus.«

»Mir geht's gut.« Er stapelte weiter Dosen in einen Karton. »Wer ist das bei Tegan?«

»Das weiß ich nicht genau. Tegan hat sie auf dem Weg hierher aus dem Bus steigen sehen und ist zu ihr gegangen, um ihr zu helfen. Diese Frau ist etwas Besonderes, Schatz. Wusstest du, dass sie ganz allein um die Welt reist? Sie ist sehr abenteuerlustig und selbstbewusst.«

Er hörte die Hoffnung in der Stimme seiner Mutter. »Mom, du weißt, dass ich keinen Kopf für eine Beziehung habe.«

»Oh ja, das hast du sehr deutlich gemacht. Tegan war ganz offen zu mir. Sie meinte, dass sie sich zu sehr auf ihr Amphitheater konzentrieren muss, um sich auf etwas Festes einzulassen. Das hat mich an dich erinnert. Ich schätze, ich verstehe die Jugend von heute einfach nicht mehr.«

»Ich bin Mitte dreißig, Mom.«

»Du weißt, was ich meine. Du wirst immer mein kleiner Junge bleiben. Ich verstehe einfach nicht, warum eine Beziehung etwas Negatives für dich ist. Du arbeitest so hart. Da solltest du dir doch jemanden wünschen, mit dem du den Feierabend verbringen kannst, um von der Arbeit abzuschalten und dich zu entspannen.«

Er sah sie mit ausdruckslosem Blick an. »Mom ...«

»Schon gut. Ich sage nur, dass die Partnersuche einen glücklich machen und keine Folter sein sollte. Warum hast du mir nicht erzählt, dass sie Harvey Fines Nichte ist? Er war so ein wunderbarer Mann.«

»Ich hatte vorhin nicht viel Zeit für Erklärungen und ich kenne sie erst seit ein paar Tagen, Mom. Ihre Familiengeschichte war noch kein Thema.«

In ihren Augen blitzte ein Hauch mütterlicher Intuition auf, als wüsste sie genau, wie sie die letzten Tage verbracht hatten. »Sie meinte auch, dass du ihr bei einem Businessplan für einen neuen Geschäftszweig im Unternehmen ihres Onkels hilfst. Das ist ein großes Unterfangen für eine alleinstehende Frau.«

»Das ist ein großes Unterfangen für jeden«, korrigierte er sie. »Sie hat Erfahrung als Selbstständige und ist überzeugt, dass sie gut zurechtkommt. Sie schafft das schon.«

»Ja, das glaube ich auch. Oh, da ist Bryson. Ich unterhalte mich kurz mit ihm.« Bryson Myer war ein Jahr älter als Jett. Sie hatten auf der Highschool in den gleichen Sportmannschaften gespielt. »Ich bin wirklich froh, dass du hier bist.« Seine Mutter gab ihm einen kurzen Kuss auf die Wange. »Tegan hat gesagt, dass du zum Abendessen bleibst. Dein Vater wird sich freuen.

Ich habe Chicken-Potpie-Suppe im Slowcooker.«

Gott, Tegs. Abendessen …?

Obwohl er nicht begeistert davon war, so lange zu bleiben, knurrte sein Magen beim Gedanken an die Kochkünste seiner Mutter begeistert.

Während seine Mutter zu Bryson ging, schaute Jett zu seinem Vater, der Dosen von einem hohen Regal holte und sie in einem Karton verstaute. Sein Vater war immer eine dominante Führungspersönlichkeit gewesen. Wenn er einen Raum betrat, hörten alle auf ihn, er gab Anweisungen und leitete die Leute an, auch wenn er dazu gar keine Befugnis hatte. Jett bewunderte das an ihm, aber gleichzeitig missfiel es ihm auch. Heute hatte ihn sein Vater gewaltig überrascht. Oder besser gesagt, er hatte ihn *schon wieder* überrascht.

Douglas war ins Haus gegangen und hatte sich bei Bryson gemeldet, der die Arbeit der Freiwilligen koordinierte. Anstatt Bryson zu sagen, was er zu tun bereit war – und auf so ein Verhalten hätte Jett gewettet –, verblüffte ihn sein Vater restlos, indem er sagte: »Ich möchte hier mit anpacken. Wo kann ich euch helfen?« Und seitdem schuftete er wie ein Verrückter.

Sein Vater rutschte an der Kante des Regals ab, als er den Karton anhob, und verzog das Gesicht, weil er sich dabei prompt in die Hand schnitt.

»Dad! Lass mich das machen.« Jett eilte zu ihm und nahm ihm den Karton ab. »Du solltest nichts so Schweres heben.«

»Ich bin vielleicht alt, aber nicht klapprig.«

»Das wollte ich damit nicht …« Jetts Blick fiel auf die Hand seines Vaters. »Du blutest.« Er stellte den Karton ab.

»Das ist nichts.«

Er untersuchte die Wunde. »Das sieht mir nicht nach nichts aus.«

»Ist nicht schlimm. Ich bin Arzt, schon vergessen?«

»Ja, und die kranken Kinder brauchen deine Hände einsatzfähig. Wer rettet ihnen das Leben, wenn du dich verletzt?« Er deutete in Richtung Toilette. »Lass uns das sauber machen.«

»Seit wann sorgst du dich denn um mich?«

»Seit du zu einem Mann geworden bist, den ich nicht wiedererkenne, und keine Rücksicht mehr auf deine geschickten Hände nimmst.«

»Vielleicht bist du ja doch wieder hier, um mir zu helfen, wenn ich mich im Alter nicht mehr um mich selbst kümmern kann.«

»Es ist ein himmelweiter Unterschied, ob ich dafür sorge, dass du eine Wunde ausspülst, oder ob ich dir die Opa-Windeln wechsle.«

Sein Vater legte ihm eine Hand auf die Schulter. »Das würde ich nie von dir erwarten, Junge. Du brauchst nicht neidisch zu sein, dass dein alter Herr noch so gut in Schuss ist.«

Sie lachten immer noch leise vor sich hin, als sie die Herrentoilette verließen. Jett wusste nicht, wie es dazu gekommen war, aber sie kamen tatsächlich besser miteinander aus.

»Erzähl mir von deiner Freundin«, sagte sein Vater.

»Sie ist nicht *meine* Freundin, Dad. Wir sind nur … gute Freunde.« *Sowohl im Bett als auch außerhalb.*

In diesem Gedanken steckte so viel Wahrheit, dass er einen Moment lang perplex innehielt. Den ganzen Tag über war ihm Tegan nicht aus dem Kopf gegangen. Nicht nur, weil er sie jedes Mal, wenn er sie sah, küssen oder in die Arme nehmen wollte, sondern auch wegen ihres Unternehmens und der Überlegungen, wie er ihr helfen könnte, alles zu organisieren und auf den Weg zu bringen. Er dachte daran, wie selbstlos sie ihn heute begleitet und wie mühelos sie seinen kaltherzigen Vater für sich eingenommen hatte.

Korrektur.

Meinen ehemals kaltherzigen Vater.

Sein Vater war heute alles andere als das gewesen. Unermüdlich und ohne sich zu beschweren hatte er gearbeitet und sich bei den anderen Freiwilligen erkundigt, ob sie eine Pause brauchten. Zuletzt hatte Jett mit seinem Vater gescherzt, als er noch ein kleiner Junge gewesen war, vor Douglas' Auszug. Vor der negativen Wendung.

Wem wollte er denn etwas vormachen? Bevor sein Leben sich für immer verändert hatte.

Mitchell Myer kam auf sie zu. Der bodenständige Mann, der den missmutigen Teenager-Jett unter seine Fittiche genommen hatte, sah aus, als wäre er um zehn Jahre gealtert, seit Jett ihn zu Weihnachten gesehen hatte. Seine Schultern waren nach vorne gewölbt, sein graues Haar wirkte dünner und seine Wangen eingefallen. Er sah am Boden zerstört aus. Gebrochen.

»Mitchell«, begrüßte Douglas ihn.

»Douglas. Jett.« Mitchell schüttelte ihnen die Hände. »Danke, dass ihr euch die Zeit nehmt. Mutter Natur hat uns dieses Mal ganz schön in die Mangel genommen.«

»Tut mir leid, dass es dich so hart getroffen hat«, sagte Jett.

»Mir auch.« Mitchell seufzte müde. »Hast du das mit Ralph Stowe mitbekommen?«

Ihm gehörte das Sportgeschäft am Ende der Straße. Während Jetts Kindheit hatte er Stollenschuhe und andere

Sportartikel an einige der weniger wohlhabenden Familien in der Stadt gespendet. Ralph und Beth Stowe hatten fünf erwachsene Kinder, von denen eines eine Behinderung hatte und bei ihnen lebte.

»Ja, hab's vorhin gehört. Sherry und ich werden morgen im Krankenhaus vorbeischauen und auch Beth besuchen, um zu sehen, ob sie etwas braucht.«

»Was ist denn mit Mr. Stowe?«, fragte Jett.

»Er war gestern Abend auf dem Heimweg von Boston und ist mit vier anderen Autos in eine Massenkarambolage auf dem Highway geraten«, erklärte sein Vater. »Er hat eine Kopfverletzung und mehrere Knochenbrüche erlitten. Zum Glück kommt er wieder ganz in Ordnung, aber es wird einige Zeit dauern.«

»Das ist ja furchtbar. Kümmert sich jemand um den Laden?«, fragte Jett.

»Ja. Er hat eine sehr kompetente Stellvertretung, die sich um alles kümmert«, sagte Mitchell. »Seine ältesten Töchter kommen heute aus Boston her, um Beth mit Stacy zu helfen, und seine beiden Söhne fliegen morgen ein.«

»Wenn ich irgendwas tun kann, lasst es mich bitte wissen«, bot Jett an.

»Kennst du jemanden, der Wunder vollbringen kann?«, scherzte Mitchell, doch Jett wusste, dass nichts an der Situation lustig war.

»Wir bringen alles wieder auf Vordermann und unterstützen euch nach Kräften«, versicherte ihm sein Vater. »Bryson sagte, dass du wahrscheinlich für einen guten Teil der Saison schließen musst. Das ist ein harter Schlag.«

Mitchell schnaubte spöttisch. »Du meinst wohl ein potenzieller Genickbruch. Diese Stürme haben nicht nur auf meine

Familie Auswirkung. Klar, Bry hat jetzt selbst einen Sohn zu ernähren und ist auf die Einnahmen vom Supermarkt angewiesen, genau wie wir, aber ich habe auch noch fünfzehn Vollzeitmitarbeiter, deren Familien auch von diesem Geschäft abhängig sind. Wir erwirtschaften achtzig Prozent unseres Einkommens im Sommer. Da allein in diesem Straßenzug die Hälfte der Läden in Mitleidenschaft gezogen wurde, gehe ich nicht davon aus, dass meine Leute in nächster Zeit irgendwo anders Arbeit finden werden, um ihr Einkommen zu sichern. Normalerweise würde ich versuchen, ihnen unter die Arme zu greifen, doch wegen der Reparaturen an Haus und Geschäft nach den drei großen Stürmen vorletztes Jahr und da wir Jamie geholfen haben, wieder auf die Beine zu kommen, nachdem sie vor ein paar Jahren bei diesem Hurrikan alles verloren hat, und durch Brysons Anwaltskosten für seine Scheidung sind wir schon bis über beide Ohren verschuldet.«

Kein Wunder, dass der Mann fix und fertig aussah.

Abgesehen von seinen Brüdern und seinen Freunden in Bayside hatte Jett nicht mehr viel Kontakt zu den Leuten, mit denen er aufgewachsen war. Er wusste, dass Mitchells Tochter Jamie nach North Carolina gezogen war und dass Bryson geheiratet hatte, der Rest war ihm neu.

»Ich fürchte, wir müssen langsam über einen Schlussstrich nachdenken und uns nach etwas umsehen, das weniger von den Launen der Natur abhängig ist, um was zu Essen auf den Tisch zu bringen.« Mitchell ließ den Blick durch den Laden schweifen. »Wir hatten eine gute Zeit. Ich kann mich nicht beklagen.«

»Was du brauchst, ist ein Business Angel«, sagte sein Vater.

»Den braucht die ganze verdammte Stadt«, erwiderte Mitchell. »Ich gehe dann mal rüber zum Drugstore und sehe nach

Sally.« Er schüttelte ihnen erneut die Hände. »Noch mal vielen Dank.«

Nachdem er weggegangen war, sagte Jett: »Die Leute brauchen viel mehr als einen Business Angel.«

»Da hast du recht«, sagte sein Vater.

»Jemanden, der für sie verhandelt, um Rabatte für Reparaturen rauszuschlagen, und der ihnen beibringt, wie sie ihre Tante-Emma-Läden in profitablere Unternehmen verwandeln, damit sie in Zeiten wie diesen nicht untergehen. Sie brauchen bessere Notfallpläne.«

»Man kann ja nicht voraussehen, wann einem ein Baum aufs Dach fällt.«

»Nein, aber man kann daraus lernen. Eine Risikobewertung der Bäume, von herabhängenden Schildern und allem anderen durchführen, das bei einem weiteren Sturm Schäden verursachen könnte, und die Risiken so gut wie möglich eindämmen. Jährliche Gebäudeinspektionen ansetzen, um Leitungslecks oder allgemeinen baulichen Problemen vorzubeugen, nicht nur in Vorbereitung auf Unwetter. Die Häuser sind alt und so müssen sie auch behandelt werden.«

»Das alles kostet Geld und erfordert Know-how.«

»Stimmt. Doch du weißt so gut wie ich, dass man Geld einsetzen muss, um Geld zu verdienen. Wenn man diesen Ast vor dem Sturm abgesägt hätte, würden wir jetzt nicht hier stehen.«

»Tja, Junge, dann brauchen sie wohl doch ein Wunder. Da müsste schon ein ganz besonderer Mensch kommen, der so viel Zeit, Energie und Ressourcen in diese Stadt stecken will.«

»Ganz zu schweigen von der emotionalen Belastung, die mit all dem Mist verbunden ist. Da wäre ein ganzes Team nötig, nicht nur eine Person.«

Sein Vater sah ihm fest in die Augen und sagte: »Geleitet von jemandem, dem die Stadt genug am Herzen liegt, um das zu verwirklichen. Es gibt nur sehr wenige, die etwas in dieser Größenordnung zum Erfolg führen können, und hier in der Gegend kenne ich nur einen.«

»Wen denn?«

Sein Vater sagte nichts, neigte nur grinsend den Kopf ein wenig zur Seite.

»Oh nein, auf gar keinen Fall. Ich bin ab morgen wieder weg. Der Kauf von Carlisle Enterprises steht gerade ganz oben auf meiner Prio-Liste. Der Firmensitz ist in London, und sobald ich das Unternehmen übernommen habe, werde ich in den nächsten Monaten jede freie Minute da reinstecken.«

»Einen Versuch war es wert. Hoffentlich finden Mitchell und die anderen eine Lösung.«

»Du hast mehr Geld, als du je ausgeben kannst. Du könntest das machen«, schlug Jett vor.

»Junge, ich kenne mich mit einer Sache aus – Medizin. Und da vor allem in der Neurologie. Es braucht einen viel klügeren Kopf, um die Besonderheiten der unterschiedlichen Geschäfte zu verstehen, vom Wiederaufbau nach so einer Katastrophe mal ganz abgesehen.«

Jett war beeindruckt von der Botschaft, die sein Vater ihm damit vermittelte, und dem Ausdruck von Stolz und noch etwas anderem in seinen Augen. Etwas, das Jett seit seiner Kindheit nur selten gesehen hatte. Es war dieser Blick, der ihm sagte, dass sein Vater an ihn glaubte und dass er alles erreichen konnte, was er sich vornahm. Das berührte etwas tief in ihm.

»Ich glaube, Bryson hat ein Auge auf Tegan geworfen«, sagte sein Vater und riss Jett damit aus seinen Gedanken.

Er folgte Douglas' Blick zu Tegan und Bryson, die ein paar

Meter entfernt standen. Tegan war sichtlich begeistert von etwas, das Bryson ihr in seiner Brieftasche zeigte. Jett spürte, wie nagende Eifersucht in ihm aufstieg.

»Sieht so aus, als würde Bryson versuchen, sie mit Bildern seines süßen, blonden Sohns zu ködern. Aber …« Sein Vater zog die Brauen hoch und in seinen intelligenten blauen Augen tanzte Belustigung. »… sie ist ja nicht deine Freundin, also kümmert dich das vermutlich nicht weiter.«

Und wie es das tat. Sie war vielleicht nicht seine Freundin, doch Brysons würde sie ganz sicher auch nicht werden.

Dreizehn

Tegan konnte sich nur mit Mühe ein Grinsen verkneifen, als sie und Jett am Abend vor dem Haus seiner Eltern aus dem SUV stiegen. Während ihres Gesprächs mit Bryson war Jett wie ein Adler, der sein Nest verteidigt, herbeigesegelt. Er hatte ihr einen Arm um die Schultern gelegt und sich verhalten, als wären sie ein Paar. Seitdem war er sehr schweigsam. Sie sollte das Kribbeln, das sein besitzergreifendes Verhalten in ihr auslöste, wahrscheinlich nicht genießen, sie konnte jedoch nicht anders. Seit ihrem ersten Kuss versuchte sie, ihre Gefühle für Jett nicht über eine Freundschaft hinauswachsen zu lassen, aber das erwies sich als unmöglich. Er war so anders als der steife Anzugträger, den sie im Café kennengelernt hatte, ein Mann, der sich vermeintlich nicht die Hände schmutzig machen wollte und darauf beharrte, dass sein Leben nur aus Arbeit bestand. Doch die hatte er nicht nur ruhen lassen, um ihr zu helfen, sondern auch ihren Freunden in Bayside, er war heute Morgen sofort zur Stelle gewesen, um das reizende Ehepaar zu unterstützen, und hatte den Rest des Tages damit verbracht, anderen Gutes zu tun. Sie war sich allerdings bewusst, dass sie nur aufgrund ihrer FP-Vereinbarung Zeit miteinander verbrachten und dass er wahrscheinlich Schluss machen würde, wenn sie ihm ihre Gefühle gestand.

Trotzdem, diese strikten emotionalen Grenzen zu wahren, machte sie fertig.

Merkte er überhaupt, wie viel Zufriedenheit er ausstrahlte, wenn er alte Freunde mit einem Schulterklopfen begrüßte? Wenn er Seite an Seite mit seinem Vater arbeitete, einem Mann, den er offenbar nur schwer als den Menschen sehen konnte, der dieser so gerne sein wollte? Oder machte er ihr und allen anderen etwas vor?

Sein Vater schloss die Tür auf und Tegan nutzte die Gelegenheit, die beiden Männer zu beobachten. Sie waren sich sehr ähnlich, ernst und karriereorientiert. In dieser Hinsicht glichen sie sich wie ein Ei dem anderen. Ihr war allerdings aufgefallen, dass Jett sich gegenüber den Menschen, mit denen er heute gesprochen hatte, herzlicher verhielt als sein Vater. Douglas war nicht unterkühlt gewesen, nur souveräner, aufmerksam, aber mit einer würdevollen Ausstrahlung, die auf eine einflussreiche Persönlichkeit hindeutete. Was Jetts Vater an Wärme fehlte, machte seine Mutter jedoch locker wett.

Jett legte Tegan eine Hand auf den Rücken, während sie seinen Eltern ins Haus folgten. Nachdem sie ihre nassen Stiefel und Jacken ausgezogen hatten, nahm Jett sie am Arm und führte sie zu einer Treppe zu ihrer Linken. »Ich zeige Tegan eben, wo sie sich die Hände waschen kann.«

»Alles klar, Schatz«, erwiderte seine Mutter. »Im Wäscheschrank sind frische Handtücher.«

Jett zog sie zielstrebig die Treppe hinauf.

»Ich glaube nicht, dass deine Mutter uns abkauft, dass wir nur Freunde sind«, flüsterte sie.

Er brummte nur unwillig, schob sie in ein luxuriöses Badezimmer und schloss die Tür hinter ihnen. Etwas Raubtierhaftes blitzte in seinen Augen auf, als er auf sie zupirschte. Ihr Puls beschleunigte sich. Er war so verboten heiß.

»Neue FP-Regel«, sagte er schroff. »Wenn wir zusammen unterwegs sind, werden keine Verabredungen mit anderen ausgemacht.«

Sie konnte das breite Lächeln nicht unterdrücken, das sich auf ihre Lippen stahl. Fühlte er ihre Verbindung genauso intensiv wie sie? Wollte er mehr? Hoffnung regte sich in ihr. Bryson war sexy und wahnsinnig nett, doch sie hatte kein Interesse an ihm. Ihm fehlte Jetts Biss, das gewisse Etwas, das jedes Mal ein Feuer in ihr entzündete, wenn sich ihre Blicke trafen. Außerdem hatte Bryson einen kleinen Sohn, und Tegan war noch lange nicht bereit, eine Familie zu gründen. Sie wollte ein Unternehmen aufbauen und Abenteuer erleben.

Das würde sie Jett jedoch nicht erzählen. Denn das war die perfekte Gelegenheit, um vorsichtig abzutasten, wie er wirklich für sie empfand.

»Aber wir hatten doch gesagt, dass wir andere Leute daten dürfen«, erwiderte sie und schenkte ihm einen unschuldigen Blick.

Seine Augen verengten sich. »Wenn wir nicht zusammen sind.«

»Ich gehe doch nicht direkt heute mit ihm aus, während du hier bist.«

Seine Brust hob sich unter einem tiefen Einatmen, und im nächsten Moment packte er sie und setzte sie auf den Waschtisch, um sich zwischen ihre Beine zu drängen. Er beugte sich so weit vor, dass sie seinen Atem auf ihren Lippen spürte. »Also, habt ihr euch verabredet?«

»Keine Fragen nach Einzelheiten, weißt du noch?«, entgegnete sie frech.

»Tegan ...« Die Hitze in seinem Blick untermauerte die Warnung in seiner Stimme.

Das ließ sie mutiger werden. »Du bist eifersüchtig.«

»Ich bin nie eifersüchtig«, sagte er scharf. »Ich bin nur genervt, und das wärst du auch, wenn ich heute ein Date mit einer anderen Frau ausgemacht hätte.«

Sie wollte es abstreiten, konnte aber nicht lügen. Stattdessen strich sie ihm mit den Fingern über die Brust. »Gib es zu. Du genießt unsere gemeinsame Zeit genauso wie ich. Da ist eine Verbindung zwischen uns.« Sie senkte die Stimme, als wäre *Verbindung* ein Schimpfwort.

»Und ich kann es kaum erwarten, mich wieder mit dir zu *verbinden*.« Er zog sie an die Kante des Waschtischs und rieb sich an ihr, während er ihren Hals küsste und damit einen heißen Blitz in ihre Mitte schickte. »Wir *genießen* eine Menge miteinander ...«

Sie umfasste seinen Hintern, woraufhin er das Becken noch fester an ihrem bewegte und herrliche Reibung erzeugte. Sie schloss die Augen und er küsste und knabberte weiter an ihrem Hals und Kiefer. Als er ihre Brüste umfing, zogen sich ihre Nippel kribbelnd zusammen. Sie wurde feucht an seiner harten Hitze und konnte kaum noch einen klaren Gedanken fassen. Verzweifelt klammerte sie sich an den letzten Rest Verstand und brachte keuchend hervor: »Gib es zu. Du magst mich.«

»Das weißt du doch, Tegs«, gab er heiser und dunkel zurück. »Wenn ich dich nicht mögen würde, wäre ich nicht hier.«

Er verwöhnte sie weiter berauschend, zog ihren Pullover und ihren BH nach oben und küsste sich über ihre Brüste. Seine Bartstoppeln kratzten über ihre empfindliche Haut. »Sag ja zu der Regel«, forderte er.

»Überzeug mich«, gab sie atemlos zurück.

Er legte ihre Hände auf den Rand des Waschtischs und senkte den Mund erneut auf eine ihrer Brüste. Saugend und leckend reizte er sie, bis sie beinahe wahnsinnig vor Lust wurde. Eine Hand schob er zwischen ihre Beine und rieb sie durch den Stoff ihrer Jeans hindurch, trieb sie immer höher und höher. So nah an den Himmel heran, dass sie ihn praktisch schmecken konnte.

»Sag ja«, wiederholte er rau.

»*Ja!* Die Regel gilt. Hör nur nicht auf«, flehte sie.

Wieder widmete er sich ihrer Brust mit den Lippen, und sie hielt die Luft an, wappnete sich für den explosiven Orgasmus, den er ihr verschaffen konnte – das hatte er bereits bewiesen. Kurz schoss ihr durch den Kopf, dass seine Eltern auf sie warteten, doch als er einen Kuss auf ihre Brustwarze drückte, war das sofort vergessen.

»Noch mal«, sagte sie benommen.

Doch statt seines heißen Munds spürte sie, wie er ihren BH und Pullover wieder nach unten zog. Sie riss die Augen auf, als er einen Schritt von ihr weg machte. »Warum hast du aufgehört?«

Er schenkte ihr ein arrogantes und viel zu sexy Grinsen. »Du warst vorhin in der Einfahrt so nett zu mir, dafür wollte ich was zurückgeben.« Er streckte die Hand nach der Türklinke aus. »Es ist keine gute Idee, den Meister der Verhandlung schlagen zu wollen.«

Damit verließ er das Bad und ließ Tegan erregt zurück – und mit Racheplänen.

Als sie sich wieder beruhigt und frisch gemacht hatte, war unten der Tisch für das Abendessen bereits gedeckt und Jett nirgends zu sehen.

»Da ist sie ja«, sagte sein Vater. Er hatte sich umgezogen

und trug nun eine Stoffhose und einen teuer aussehenden Pullover. »Jett telefoniert gerade auf der Veranda mit Tia. Wie sie seinen Terminplan sieben Tage die Woche im Griff behält, ist mir ein Rätsel.« Er holte eine Flasche Wein. »Möchtest du ein Glas?«

»Gern. Vielen Dank.« Während er den Wein einschenkte, sagte sie: »Tut mir leid, dass es so lange gedauert hat. Meine Schwester hat angerufen, als ich im Bad war.« Die Ausrede war ihr eingefallen, als sie mit den Händen unter kaltem Wasser versuchte, ihre hochgekochten Hormone zu beruhigen. Douglas reichte ihr ein Weinglas. »Danke. Kann ich noch helfen?«

»Nett von dir, Schätzchen, aber sobald Jett wieder reinkommt, können wir essen«, sagte Sherry, die ihr im Lauf des gemeinsamen Tages das Du angeboten hatte, dem Douglas sich anschloss. »Ich würde gerne mehr über deine Familie erfahren. Wie schön, dass deine Mutter zwei Mädchen bekommen hat. Ich wollte immer ein Töchterchen, doch daraus wurde nichts. Dafür bin ich mit zwei wunderbaren Schwiegertöchtern gesegnet. Hast du auch Brüder?«

»Wenn es dich tröstet: Meine Mutter wollte immer Jungs. Meine Schwester und ich stehen uns sehr nahe, aber als wir klein waren, haben wir uns oft wahlweise gestritten oder angeschwiegen. Meine Mutter sagte immer, dass es einfacher ist, mit Geschrei umzugehen als mit Stille.«

»Deine Mutter und ich sollten uns mal austauschen. Unsere Jungs waren als Kinder dicke Freunde. In unserem Haus war es immer laut und es war unmöglich sauber zu halten. Dean kam jeden Tag mit säckeweise Erde in den Taschen heim und pflanzte ständig irgendwo irgendwas ein. Doug, unser Ältester, brachte immer verletzte Tiere mit, die er gesund pflegte, und tote, die er begrub.« Sie hielt den Zeigefinger hoch. »Immer erst, nachdem sie im Spülbecken gewaschen worden waren. Ich bin damals davon ausgegangen, dass er Tierarzt wird, doch er ist in die Fußstapfen seines Vaters getreten.«

»Erinnerst du dich an die Schlange?«, fragte Douglas glucksend.

»Wie könnte ich die vergessen?«, sagte Sherry. »Wir haben sie tagelang im ganzen Haus gesucht, bis Dean sie schließlich in der Spielzeugkiste gefunden und wie am Spieß geschrien hat.«

»Oh mein Gott«, sagte Tegan. »Wie seid ihr sie wieder losgeworden?«

»Unser furchtloser Sohn war zur Stelle, bevor ich überhaupt die Treppe runter war.« Sie deutete auf die Terrassentür, vor der Jett mit ernstem Gesichtsausdruck telefonierend auf und ab ging. »Er hätte es sogar mit Godzilla aufgenommen, wenn der einen seiner Brüder bedroht hätte.«

»Mochte er Tiere und die Natur?«

»Nein. Jett hat lieber mit seinem Vater Baseballkarten katalogisiert und sortiert. Oh, wie sehr er es liebte, sie von ihren Listen zu streichen und sich die Statistiken auf der Rückseite einzuprägen. Jett verdiente sich ständig irgendwo was dazu, nur damit er am Wochenende mit seinem Vater zu Bud's Sports gehen und sich ein Päckchen Baseballkarten kaufen konnte.«

»Das klingt nach einer schönen Zeit.« Tegan versuchte sich vorzustellen, wie nahe sich Jett und sein Vater gestanden haben mussten.

»Das war es auch«, sagte Douglas, und etwas in seinem Ton ließ Tegan vermuten, dass er diese Tage vermisste. »Aber Zeiten ändern sich. Bud's gibt es schon lange nicht mehr. Der Laden ist vor Jahren pleitegegangen.«

Sie fragte sich, ob Jett diese Tage auch vermisste. »Sammelt Jett immer noch Karten?«

»Nein, er hat aufgehört, als ...« Sherrys Stimme wurde leiser und sie öffnete die Tür eines Hängeschranks.

»Schon als Junge«, sagte Douglas und trat neben Sherry, um ihr eine Hand auf die Hüfte zu legen. »Lass mich das machen.« Er holte einen Stapel Schüsseln heraus und stellte sie auf die Anrichte. Er tauschte einen Blick mit seiner Frau, und sie schienen sich wortlos über etwas zu verständigen, das Tegan nicht verstand, doch es blieb etwas Bedauerndes zurück. Er drückte Sherrys Hand und wandte sich mit unbeschwerterer Miene Tegan zu. »Als die Jungs noch klein waren, war es hier laut und man konnte kaum Ordnung halten, das war allerdings nichts im Vergleich zu drei testosterongeladenen Teenagern, die so ziemlich alle Sportarten betrieben. Unser Haus müffelte wie eine Umkleidekabine.«

Sherry löffelte Suppe in die Schüsseln. »Unsere Jungs waren alle sportlich, aber Jett hatte echte Leidenschaft dafür. Er wurde vom Boston College für ihre Baseballmannschaft angeworben.«

Wow, das war ihr neu.

Jett kam in die Küche, legte Tegan eine Hand auf den Rücken und warf seinen Eltern einen skeptischen Blick zu. »Entschuldigt, dass ich so lange telefoniert habe. Tia hat mir einen Flug für morgen früh von Hyannis aus organisiert, statt von New York.«

Enttäuschung machte sich in Tegans Brust breit. Sie hatte vergessen, dass er so bald wieder weg sein würde.

»Das klingt angenehmer, als vorher bis nach New York zu fahren«, sagte seine Mutter.

Um die Sehnsucht zu verdrängen, die in ihr aufkam, sagte Tegan: »Ich wusste gar nicht, dass du College-Baseball gespielt hast.«

»Wer hat denn diesen Unsinn erzählt?«

»Ach, Jett«, schimpfte seine Mutter. »Wir haben Tegan gerade erzählt, dass Boston dich verpflichten wollte. Wir sind noch nicht dazu gekommen, ihr zu sagen, dass du das Stipendium zugunsten eines Wirtschaftsstudium abgelehnt hast.«

»Bereust du es, nicht gespielt zu haben?«, fragte Tegan, und seine Eltern schauten zu Jett.

Der schnaubte spöttisch. »Kein Stück. Mich verpflichtet niemand zu irgendetwas. Inzwischen könnte ich mir ein ganzes Baseballteam kaufen, wenn ich wollte.« Er nahm zwei der Schüsseln von der Anrichte und sagte: »Das riecht toll, Mom.«

Tegan folgte ihm mit den anderen beiden Schüsseln ins Esszimmer, die sie dort auf dem Tisch abstellte. »Warum hast du aufgehört, Baseballkarten zu sammeln?«

»Ich bin da rausgewachsen«, antwortete er knapp. Seine Eltern brachten Tegans Weinglas, die Weinflasche und drei weitere Gläser mit. Er warf seinem Vater einen finsteren Blick zu. »Du hast mir nicht erzählt, dass das Baumhaus den Sturm nicht überlebt hat.«

»Da du allergisch auf alles Nostalgische reagierst, bin ich eigentlich davon ausgegangen, dass du dich freust, dass ich es abgebaut habe.« Sein Vater reichte Tegan ihr Weinglas. »Möchtest du ein Glas Wein, Junge?«

Jett starrte seinen Vater weiter unverwandt an und die Anspannung knisterte fast hörbar zwischen ihnen. »Ich werde mir ein Glas Whiskey einschenken.«

»Ich denke, da schließe ich mich an«, sagte sein Vater und marschierte ihm hinterher in Richtung Küche.

Tegan fühlte sich, als hätte sie einen Schlag in die Magengrube kassiert. Was war da eben passiert? Sie sah Sherry an.

»Tut mir leid. Ich wusste nicht, dass er schlechte Laune bekommt, wenn man ihn fragt, warum er aufgehört hat, Karten zu sammeln.«

»Ach Liebes, es geht nicht darum, was du gesagt hast. Ich kann mich nicht erinnern, wann wir das letzte Mal einen ganzen Tag mit Jett verbracht haben, und ich bin sicher, dass wir dir dafür zu danken haben.«

»Er wollte von sich aus herkommen. Ich bin nur zur Unterstützung hier.«

»Mhm. Das behauptet ihr beide. Es ist schwer zu glauben, dass Jett früher mal der Augapfel seines Vaters und Douglas sein Ritter in glänzender Rüstung war. Die beiden sind zwei der fleißigsten und liebevollsten Männer, die ich je kennengelernt habe. Leider sind sie auch zwei der stursten.« Sie nippte an ihrem Wein. »Sie kämpfen mit sich selbst, wollen es aber unbedingt aneinander auslassen.«

»Das verstehe ich nicht. Warum sollte Jett mit sich kämpfen?«

»Er läuft schon so lange vor allen Bindungen davon, die ihm ein Klotz am Bein sein könnten, dass er sich damit in eine verfahrene Situation gebracht hat.«

Jett und Douglas kamen mit ihren Drinks aus der Küche und ihre Gesichter spiegelten das gleiche Unbehagen wider.

»Unter der aufgeplusterten Fassade verbergen sich zwei grundgute, treue Männer«, fügte Sherry leise hinzu. Sie drehte den beiden den Rücken zu und sagte noch: »Jett wird dich krampfhaft auf Abstand halten, doch glaub mir, Liebes, er ist es wert, dass du ihn nicht aufgibst.« Sie drückte Tegans Arm aufmunternd und schlenderte zu ihrem Platz.

»Wollen wir essen?«, fragte sein Vater.

Jett rückte einen Stuhl für Tegan zurecht, und während sie

sich setzte, beugte er sich näher zu ihr und flüsterte: »Bereust du schon, dass du mitgekommen bist?«

Sie erwiderte seinen Blick, als er sich neben sie setzte. Das Bedauern in seinen Augen rührte sie zutiefst. Unter dem Tisch legte er seine Hand auf ihre und drückte sie, wie seine Mutter ihren Arm, und sie hätte schwören können, dass sich das Bedauern in diesem Moment eher in Sehnsucht oder Hoffnung verwandelte. Ein innerer Kampf, in der Tat. »Kein bisschen«, antwortete sie aufrichtig, denn sie wollte ihn jetzt mehr denn je verstehen.

Erleichterung verdrängte das Bedauern aus seinen Augen, und während sie sich das köstliche Essen seiner Mutter schmecken ließen, löste sich die Spannung, die wie eine dunkle Wolke über ihnen hing, ein wenig. Seine Eltern erzählten Geschichten über Jett und seine Brüder, von denen Jett die meisten abstritt, die jedoch alle rührend waren und das Bild enger Bande zwischen den Brüdern zeichnete.

Jett stupste Tegan gegen den Arm. »Wenn du so kochen könntest, würde ich vielleicht öfter mit dir abhängen.«

»Ach, schon okay, musst du nicht«, neckte Tegan ihn und erntete ein herzhaftes Lachen von seinem Vater.

Jett zog missmutig die Augenbrauen zusammen.

»Ich bin sicher, dass eine lebenslustige, kluge Frau wie Tegan viele *Freunde* hat, die gerne für sie kochen«, meinte seine Mutter, was die finstere Miene ihres Sohns noch verstärkte. »Es war so schön, dich kennenzulernen, Tegan. Danke, dass du heute so vielen Menschen geholfen hast.«

»Es war toll, wie die ganze Gemeinde zusammengekommen ist«, sagte sie. »Das hat mich an zu Hause erinnert.«

»Woher stammst du?«, fragte sein Vater.

»Aus Peaceful Harbor in Maryland. Eine kleine Küstenstadt, und die Leute dort unterstützen sich auch gegenseitig, so wie bei euch.«

»Dann bist du ja ziemlich weit weg gezogen«, sagte sein Vater. »War die Umstellung schwierig für dich?«

»Ich sehe es als Abenteuer. Schwierig ist es nicht, nur ist das Haus ohne meinen Onkel etwas einsam, und es ist ein wenig beängstigend, in seine großen Fußstapfen zu treten. Aber ich gebe mein Bestes. Im Oktober fahre ich zurück nach Maryland und komme im Frühjahr wieder. Ich habe heute viele wirklich nette Leute kennengelernt, von denen viele meinen Onkel kannten und auch schon im Theater waren. Das hilft, weil es mir vor Augen führt, dass ich etwas weiterführe, das den Menschen Freude bereitet.«

»Jett hat erwähnt, dass du Harvey Fines Nichte bist und sein Amphitheater geerbt hast«, sagte sein Vater. »Er war ein bemerkenswert freundlicher Mann, und es tut mir leid, dass du ihn verloren hast. Er hat immer großzügig an die Pediatric Neurology Foundation gespendet und vielen Familien geholfen.«

»Danke. Die Stiftung kenne ich noch nicht, aber mein Onkel hat sehr sorgfältig ausgewählt, welche gemeinnützigen Organisationen er unterstützt, und ich hoffe, sein Vermächtnis mit demselben Geist und derselben Großzügigkeit weiterzuführen.«

»Das ist sehr nett von dir. Jetts Großvater war einer der ersten Kinderneurochirurgen des Landes. Er hat die Stiftung gegründet, um …«

»Dad, bitte versuche nicht, sie für die Stiftung zu gewinnen.«

Sein Vater nickte. »Entschuldige. Es gab eine Zeit, in der ich der Überzeugung war, dass ich in meiner Praxis und in jedem Aspekt der Stiftung meine Finger im Spiel haben muss, nur weil sie unseren Familiennamen tragen. Leider hat meine Familie den Preis für dieses Bestreben bezahlt.« Er hielt Jetts stahlhartem Blick stand. »Doch das hat sich geändert«, sagte er. Dann wandte er sich wieder Tegan zu. »Ich wollte dir die Stiftung nicht aufschwatzen. Ich bin es nur so gewohnt, anderen Leuten den Wert der Projekte näherzubringen, dass ich nicht merke, wie das außerhalb der medizinischen Gemeinschaft wirken muss.«

»Schon in Ordnung.« Sie sah Jett an. Du hast wahrscheinlich schon zigmal alles über die Stiftung gehört, aber ich weiß nichts darüber. Und da ich jetzt gehört habe, dass sie von deinem Großvater gegründet wurde, würde ich gern mehr erfahren. Meinst du, du erträgst das noch mal?«

»Klar«, sagte Jett und schickte seinem Vater eine weitere wortlose Nachricht, die sich etwas weniger angespannt anfühlte.

Tegan lauschte den Ausführungen seines Vaters darüber, wie die Stiftung junge Patienten durch Interessenvertretung, Bildung, Forschung und Initiativen unterstützte. Der Stolz in seiner Stimme war nicht zu überhören, und es wurde schnell klar, welch große Rolle er in der Stiftung spielte und wie wichtig sie ihm war.

»In ein paar Wochen findet unsere jährliche Spendenaktion statt. Jett ist normalerweise zu beschäftigt, doch ich würde mich freuen, wenn du als unser Gast an der Veranstaltung teilnehmen würdest. Dort kannst du die Verantwortlichen der Stiftung persönlich kennenlernen und selbst entscheiden, ob du uns unterstützen möchtest.«

»Sehr gern«, erwiderte Tegan aufgeregt. »Danke. Ist das eine formelle Veranstaltung? Soll ich ein kleines Schwarzes tragen oder …?«

»Es ist eine Gala, aber du musst dir nicht extra ein schickes Kleid kaufen. Zieh einfach an, worin du dich wohlfühlst. Ich freue mich so, dass du kommst.« Seine Mutter strahlte sie an. »Wir setzen dich an unseren Tisch und ich werde dich allen vorstellen.«

»Ich nähe die meisten meiner Kleider selbst. Und ich weiß auch schon genau, welches ich tragen werde«, meinte Tegan.

»Das ist ja wunderbar. Du bist wirklich ein Multitalent.«

»Wann findet die Gala dieses Jahr statt?«, fragte Jett abrupt.

»Am ersten Freitag im Juni«, antwortete seine Mutter.

»Ich werde da sein«, sagte Jett. »Ich hole dich ab, Tegs.«

Hoffnung flatterte wie ein Vögelchen in ihrer Brust, und sie versuchte nicht einmal, sie zu unterdrücken.

»Bist du sicher, Jett?«, fragte sein Vater. »Ich weiß, wie schwer es für dich ist, dich von der Arbeit loszueisen. Tegan ist bei uns und deinen Brüdern in guten Händen. Susie und Emery freuen sich bestimmt auch über ihre Gesellschaft.«

»Ja, absolut«, sagte Jett nachdrücklich. »Ich werde es einrichten.«

Seine Mutter fasste sich an die Brust. »Das ist so aufregend. Du warst schon so lange nicht mehr auf einer Veranstaltung deines Vaters, ich könnte glatt weinen. Da Doug und Susie dieses Jahr auch kommen, wird es ein echtes Familientreffen.« Sie erhob ihr Glas. »Auf Neuanfänge und neue Freundschaften.«

Sie prosteten einander zu, und Jett wirkte zwar wieder angespannt, aber seine Eltern waren bester Laune.

»Tegan, hast du deinen Onkel mal im Rahmen seines ehrenamtlichen Engagements ins Krankenhaus begleitet?«, fragte seine Mutter.

»Ja, mehrfach sogar. Er hat mich und meine Schwester immer mitgenommen, wenn wir hier zu Besuch waren. Er war der Meinung, dass es gut für uns ist, anderen zu helfen.«

»Ich dachte mir schon die ganze Zeit, dass du mir bekannt vorkommst, und jetzt weiß ich auch warum. Ich fertige Stoffpuppen für Kinder mit unheilbaren Krankheiten, und ich glaube, ich bin dir und deiner Schwester dort in einem Sommer über den Weg gelaufen. Du warst damals noch ein kleines Mädchen, vielleicht sieben oder acht Jahre alt. Hat deine Schwester braune Haare?«

»Oh du meine Güte! Das warst du? Ich werde diesen Tag nie vergessen. Du warst im Zimmer dieser Patientin, die wir besucht haben, und ein Junge hat ihr vorgelesen. Du hast mir eine Puppe geschenkt und mir eine Geschichte darüber erzählt, dass jede Puppe ein bisschen Magie in sich trägt. Und du hast gesagt, dass die Geschichte, die der Junge gerade vorliest, von der Puppe handelt, die das kleine Mädchen von dir bekommen hat. Ich habe meine immer noch. Du warst die Inspiration für meine kahlen Babys.«

»Der Junge war Jett«, sagte seine Mutter leise. »Er war zwölf oder dreizehn und unglaublich verschlossen. Ich habe ihn an diesem Tag mitgeschleppt, um ihm eine andere Perspektive aufs Leben zu geben.«

»Das gibt's doch nicht.« Tegan drehte sich zu Jett um, der aussah, als würde er zwischen Faszination und absoluter Ungläubigkeit schwanken. »Erinnerst du dich daran?«

»Ich bin mir nicht sicher. Ich komme gerade nicht richtig mit. Was für kahle Babys?«, fragte Jett.

»So nenne ich die Babypuppen, die ich herstelle. Es hat mit einer Puppe für meine Nichte Melody angefangen, als sie noch ganz klein war, und daraufhin wollten ihre Freunde auch welche haben. Jetzt mache ich sie für meine Freunde, wenn sie Kinder bekommen, und zu Weihnachten bekommen die Kinder im Krankenhaus von Peaceful Harbor welche.«

»Aber warum sind sie kahl?«, fragte Jett.

»Damit sich nichts löst, woran das Kind ersticken könnte. Deswegen sind die Gesichter auch aufgemalt.«

»Es war vorherbestimmt«, sagte seine Mutter. »Schicksal.«

Schicksal . . . Tegan dachte an ihren Onkel und fragte sich, ob er mal wieder seine Finger im Spiel hatte.

»Na, Junge«, sagte sein Vater mit einem Nicken. »Das ist wohl ein Zeichen dafür, dass du hier eine ganz besondere *Freundin* gefunden hast.«

Jett rutschte unruhig auf seinem Stuhl herum, presste die Hände auf seine Oberschenkel und wirkte wie ein Löwe, der in einer Falle saß. Tegan fragte sich, ob diese Verbindung zu seiner Vergangenheit zu viel für ihn war und zu viele Grenzen überschritt, zu viel Vertrautheit schuf. Bereute er es, zugesagt zu haben, mit ihr auf die Gala zu gehen?

Jetts Telefon klingelte, als ob höhere Mächte wussten, dass er einen Fluchtweg brauchte. Er zog es aus der Tasche, warf einen kurzen Blick aufs Display und sprang auf. »Da muss ich rangehen. Entschuldigt mich.« Ohne sich noch einmal umzusehen, verschwand er auf die Terrasse.

Tegan spielte mit ihrer Serviette und beobachtete, wie Jett wie ein eingesperrtes Tier auf und ab tigerte. Traurigkeit stieg in ihr auf. Um ihretwillen, ja, aber noch mehr wegen seiner Eltern, die mit ihren Bemerkungen über das Schicksal und Tegan als besondere Freundin positiven Einfluss nehmen wollten, nur um prompt von ihrem Sohn sitzen gelassen zu werden.

»Er arbeitet so viel«, sagte seine Mutter.

»Manchmal wünschte ich, der Apfel wäre weiter vom Stamm weg gefallen«, meinte sein Vater nachdenklich.

Vierzehn

Stunden später lag Jett mit Tegan in den Armen nackt und zufrieden in ihrem Bett und fragte sich, wann sein Leben so durcheinandergeraten war. Von dem Moment an, als er Tegan an der Tankstelle gesehen hatte, tauchte sie ständig in seinen Gedanken auf und störte seine Konzentration. Doch den Tag mit seinen Eltern zu verbringen und der Gemeinde zu helfen, die als Kind für ihn da gewesen war, hatte wie ein Brecheisen gewirkt und den schweren eisernen Deckel angehoben, mit dem er die Erinnerungen an seine Jugend fest unter Verschluss gehalten hatte.

Jetzt überfielen ihn diese Erinnerungen und die Schuldgefühle, die sie in ihm auslösten – weil er nie zurückgeblickt hatte, wegen seiner verkorksten Beziehung zu seinem Vater, weil er diesen verdammten Anruf beim Abendessen entgegengenommen hatte – und er wusste nicht, wie er sie abschalten sollte.

»Wenn du noch länger so angestrengt nachdenkst, explodiert dir irgendwann der Kopf.« Tegan stützte sich auf einen Ellenbogen und musterte ihn nachdenklich.

Er musste unwillkürlich lächeln, obwohl in ihm ein Krieg tobte. Sie war verantwortlich dafür. Er sollte ihr dafür danken, dass sie ihn ertrug, dass sie ihm eine Freundin war, wie er es noch nie erlebt hatte. Wie hatte sie das nur in den wenigen Tagen geschafft? Sie machte seine Gefühle, seine Gedanken, sein Leben noch komplizierter, als sie es ohnehin schon waren.

»Ich dachte, ich hätte dich geschafft«, sagte sie. »Möchtest du darüber reden, was dich so an die Decke starren lässt?«

Wie konnte jemand, der so schön und voller Leben war, so viele widersprüchliche Emotionen in ihm auslösen? Hitzewallungen und grelle Lichtblitze konkurrierten mit der Dunkelheit in seinem Inneren. Die Schwärze verdichtete sich immer mehr, nur um direkt von etwas, das sie sagte oder tat, vertrieben zu werden. Er wusste nicht, was er mit all dem anfangen sollte, und er hatte das Gefühl, den Verstand zu verlieren.

»War es, weil ich die Baseballkarten erwähnt oder zugesagt habe, dass ich mit deinen Eltern zu der Benefizveranstaltung gehe?«, fragte sie sanft. »Ich wollte dich damit nicht verärgern oder mich in dein Leben drängeln.«

»Das war es nicht. Oder vielleicht ein Teil davon.« Er setzte sich auf und fuhr sich mit einer Hand durch die Haare. Die innere Unruhe schmirgelte über seine Haut wie Sandpapier. »Es war die ganze Situation.«

Er schlug die Decke zurück und stand auf. »Von dem Moment an, als mein Vater dich begrüßt hat, ohne direkt zu fragen, was deine Eltern beruflich machen, und den ganzen anderen Mist, der ihm früher wichtig war, bis hin zu der Art und Weise, wie du ihn genauso für dich eingenommen hast wie mich. Als wären er und ich aus dem gleichen Holz geschnitzt.« Er ging auf und ab und schaffte es nicht, seine lauter werdende Stimme unter Kontrolle zu bringen. Etwas wollte aus ihm heraus und er konnte es nicht aufhalten. »Ich erkenne den Mann nicht wieder, mit dem wir heute fast den ganzen Tag verbracht haben. Und ich kann ihm verdammt noch mal nicht trauen. Und dann zu sehen, wie meine Mutter mit dir genauso umgeht wie mit Emery und Susie … Was sollte das? Du bist nicht meine Partnerin, Tegan, aber so hat sie dich behandelt. Und du hast dich auch so verhalten. Am schlimmsten ist, dass keine von euch etwas falsch gemacht hat. Ihr seid einfach nett und herzlich, ihr seht das Leben durch eine rosarote Brille, voller Hoffnung und Zuversicht. Und das ist auch *gut* so«, sagte er zornig. »Meinen Zynismus wünsche ich niemandem. Doch wir sind wie Tag und Nacht, du und ich. Meine Brille ist angeknackst und dunkel. Ich kenne die Abgründe, die das echte Leben mit sich bringt, die Lügen der Menschen, dass alles, woran du geglaubt hast und auf das du dich verlassen konntest, auseinandergerissen werden kann und dich in den hässlichen Untiefen der Realität zurücklässt. Und heute?« Er warf die Hände in die Luft. »Das hat mir die Augen geöffnet. All die Menschen, die mir in meiner Kindheit und Jugend geholfen haben, die Einfluss auf mein Leben hatten, und war er noch so klein – die meinen Namen kannten, wenn ich in ein Geschäft kam, oder mich nach Hause gefahren haben, als ich mir bei einem Fahrradunfall den Arm gebrochen hatte. Mitch Myer hat so unfassbar viel Licht in mein Leben gebracht und meinen Ehrgeiz geweckt. Er gab mir etwas, auf das ich mich konzentrieren konnte, als ich nur noch Scheiße bauen wollte. Er hat mir geholfen, meinen Platz im Leben zu finden, indem er mit mir sprach, als wäre meine Meinung etwas wert, als wäre ich mehr als das ständig wütende, kleine Ekel, zu dem ich geworden war.«

Er schluckte schwer, weil jedes Wort den Zorn wiedererweckte, der ihn vor all den Jahren verzehrt hatte. »Mitch, der Mann, der mich vor mir selbst gerettet hat, hat in den letzten

Jahren die Hölle durchgemacht. Jetzt ist er am Ende, und ich verdiene da draußen in der Welt mehr Geld, als ich je ausgeben kann, und hatte keine Ahnung, dass es seiner Familie so schlecht geht. Er könnte sein Familienunternehmen verlieren und müsste ganz von vorne anfangen. Wie kann das sein? Dann ist da noch die Katastrophe mit der Galerie. Desiree ist schwanger und Andre und Vi müssen eigentlich zu ihrem nächsten Projekt aufbrechen. Ich weiß, dass sie mehr Deans Freunde sind als meine, aber trotzdem. Und das Abendessen heute? Es war irre, auf der anderen Seite dieser verdammten Terrassentür zu stehen und dich mit meiner Familie zu beobachten. Zum ersten Mal in meinem Leben wollte ich dabei sein, und nicht der Kerl, der immer nur von draußen zusieht. Ich verstehe nicht mal, woher das kam oder was ich damit anfangen soll. Und morgen sitze ich im Flugzeug und kehre in mein normales Leben zurück, während hier in meiner Heimatstadt so viel Mist passiert. Erinnerst du dich an das Nagelstudio, an dem wir auf dem Weg zum Haus meiner Eltern vorbeigefahren sind? Da war früher Bud's Sports drin, wo ich jedes Wochenende mit meinem Vater Sammelkarten gekauft habe. Das waren die schönsten Tage, die wir je zusammen hatten. Ich bin bei jedem Heimatbesuch an dieser Kreuzung vorbeigefahren und war so darauf konzentriert, so schnell wie möglich hin und wieder wegzukommen, dass ich gar nicht bemerkt habe, dass es Bud's nicht mehr gibt, bis Dean es erwähnt hat. Was zum Teufel sagt das über mich aus?« Er hielt inne, um Luft zu holen, und bemerkte, dass Tegan ihre Lippen schürzte und die Stirn runzelte. »Shit. Das willst du doch gar nicht hören.«

»Doch, will ich«, erwiderte sie nachdrücklich. »Ich höre dir zu und ich will darüber reden. Wirklich. Es ist nur schwer, sich zu konzentrieren, wenn du nackt vor mir stehst und dein Schniedel auf Augenhöhe hin und her schwingt.«

Er schaute an sich hinunter und ihm entfuhr ein ungläubiges Lachen. Er spürte, wie sich der Knoten in seiner Brust löste. Wie um alles in der Welt ...? Es war alles so überwältigend, dass er sich auf die Bettkante fallen ließ und sein Gesicht in den Händen vergrub, um sich wieder unter Kontrolle zu bekommen und zu verarbeiten, was er da gerade von sich gegeben hatte.

»Komm her.« Sie zog seine Hand herunter und dirigierte ihn auf den Rücken neben sich. »Klingt für mich so, als wären deine Gedanken ein ziemlich beängstigender Ort.« Sie legte sich halb auf ihn, verschränkte die Arme auf seiner Brust und bettete ihr Kinn darauf. »Als ob sämtliche Geister der Vergangenheit sich auf einmal auf dich stürzen.«

»Ach, tatsächlich?«, fragte er sarkastisch. »Tut mir leid, dass ich dir das alles vor den Latz knalle. Das war nicht fair.«

»Ich bin froh, dass du dich mir anvertraut hast, bevor du daran erstickst.« Sie lehnte sich vor und strich mit ihren Lippen über seine. »Freunde reden über so was, Jett. Das ist was Gutes.«

Es war so lange her, dass er eine Freundschaft gepflegt hatte, in der er über substanzielle Dinge sprechen wollte, dass er vergessen hatte, wie gut es sich anfühlte, sich alles von der Seele zu reden. Aber es war ihr gegenüber ungerecht. Er strich ihr die Haare hinters Ohr und ermahnte sich, den Mund zu halten, bevor er noch mehr Schaden anrichtete. Doch sie ging nicht auf Abstand und schaute ihn auch nicht an, als hätte er den Verstand verloren, und so rutschte ihm heraus: »Was soll ich nur mit dir machen?«

»Lass mich weiter an dich heran«, sagte sie. »Lass mich

versuchen, dir zu helfen.«

»Mir ist nicht zu helfen, Tegs.«

»Okay, dann lass mich zuhören und nutzlose Dinge beitragen. Du kannst mir nicht erzählen, dass es dir jetzt nicht besser geht, nachdem du das alles losgeworden bist.«

Doch, das tat es, aber es war auch mit Schuldgefühlen verbunden.

»Du hast erzählt, dass dein Vater euch für eine Weile verlassen hat, als du noch klein warst. Ist das der Grund, warum du ihm nicht vertraust?«

»Tegs, lass es gut sein. Du willst das nicht.«

»Doch. Von allem, was du gesagt hast, irritiert mich das am meisten. Ich habe bisher zwar nur wenig Zeit mit ihm verbracht, aber selbst ich sehe, wie ähnlich ihr euch seid. Und es scheint ihn genauso zu belasten und zu quälen wie dich. Wenn er nicht vertrauenswürdig ist, dann habe ich ihn wirklich falsch eingeschätzt und muss unsere Freundschaft vielleicht neu überdenken, denn Vertrauen ist die Grundlage jeder Art von Beziehung.«

Etwas Schmerzhaftes regte sich in seiner Brust. »Du kannst mir vertrauen.«

»Ach ja? Woher soll ich das wissen?«

»Weil ich keine Versprechen gebe, die ich nicht halten kann. Ich lüge nicht.«

»Hat er das getan? Ein Versprechen gebrochen? Gelogen?«

»Was glaubst du denn?«

»Ich möchte keine Vermutungen anstellen. Menschen sind kompliziert, und wir sehen, was wir sehen wollen. Und das ist nicht immer echt.«

»Genau das meine ich.«

Sie ließ sich neben ihn rutschen und stützte sich wieder auf einen Ellenbogen auf. »Du vertraust ihm also nicht, weil er gegangen ist, als du noch klein warst?«

»Es geht nicht nur darum. Lass mich dir kurz das Leben mit meinem Vater umreißen. Als Kind war ich besessen von Sport. Schon mit vier bin ich immer an Spielen hängen geblieben, wenn eins im Fernsehen lief. Mein Vater interessierte sich nicht für Sport, dennoch brachte er mir alles über Baseball, Football und Eishockey bei. Am liebsten mochte ich Baseball, und mit sechs habe ich dank ihm angefangen, Baseballkarten zu sammeln, sie zu katalogisieren, die Statistiken zu lesen und sogar den Zustand der Karten zu bewerten. Er brachte mir den Unterschied zwischen den Teams und Ligen bei. Ich wusste absolut alles darüber. Er dachte sich Aufgaben aus, für die er mich bezahlt hat, und am Wochenende nahm er mich dann mit, um mit dem verdienten Geld Kartenpackungen zu kaufen. Wir standen uns alle sehr nahe und hatten eine schöne Kindheit. Meine Mutter wartete immer auf mich, wenn ich von der Schule nach Hause kam, meine Brüder und ich tobten die ganze Zeit wie die Wilden herum, und mein Vater sammelte Karten und übte nach der Arbeit mit mir Werfen, bis mir fast der Arm abfiel.«

»Das klingt wie aus dem Bilderbuch.«

»Ich hatte Glück. Aber als ich acht oder neun war, begann sich mein Vater zu verändern. Er arbeitete bis neun oder zehn Uhr abends, und schloss sich in seinem Arbeitszimmer ein, wenn er nach Hause kam. Wir sahen ihn nur noch selten, und immer war er schlecht gelaunt, einfach unerträglich. Ich erinnere mich, dass ich nachts wach lag und auf das Öffnen der Haustür gewartet habe, nur um zehn Minuten mit ihm zu verbringen. Doch er wimmelte mich ab und verschwand im Büro. Meine Eltern, die sich vorher nur selten gestritten hatten, lagen sich plötzlich ständig in den Haaren.«

»Das ist eine drastische Veränderung. Und es klingt schrecklich«, sagte Tegan mitfühlend.

»Tja, es kommt noch schlimmer. Weil ich so jung war, weiß ich nicht, ob es Monate oder Jahre gedauert hat, bis es so schlimm wurde. Kinder nehmen die Dinge aus einer verzerrten Perspektive wahr. Für mich fühlte es sich an, als wäre es schnell passiert. Dann zog er plötzlich aus, und meine Mutter sagte, dass sie sich nicht mehr verstanden hätten. Ich konnte nicht verstehen, dass die Menschen, die uns beigebracht hatten, anderen zu verzeihen, einfach aufgaben.«

»Hast du da aufgehört, Karten zu sammeln?«

»Da habe ich die verdammten Dinger weggeworfen. Als er ging, hatte ich das Gefühl, dass alles in meinem Leben eine Lüge war. Ich war ein Kind. Ich hatte keine Ahnung, wie ich unterscheiden sollte, was echt war und was nicht. An einem einzigen Abend machte er alles zunichte, was er mir beigebracht hatte. Außerdem habe ich ihm den Trennungsgrund nicht abgekauft. Ich hatte keine Ahnung, was die Veränderung oder seinen Auszug ausgelöst hatte, ich wusste jedoch, dass meine Mutter ihn trotz der Streitereien über alles liebte. Sie hätte ihn nie aufgefordert, sie zu verlassen. Und da war ich nun und steckte in einer verkehrten Welt fest, in der nichts mehr Sinn ergab.«

»Das ist so traurig. Hast du ihnen gesagt, dass du verwirrt warst?«

»Ich glaube, ich habe es meiner Mutter erzählt, aber ich war auf beide sauer und weiß nicht mehr genau, was ich tatsächlich getan habe. Auf meinen Vater war ich wütend, weil er uns verlassen hat, und auf meine Mutter, weil sie es zuließ. Und irgendwann hatte meine Mutter ein paar Dates – dachten wir zumindest. Zu diesem Zeitpunkt war ich mir sicher, dass da mehr im Busch war, dass er vielleicht eine Affäre hatte oder gehabt hatte, und sie es rausfand. In meinem Kopf haben sich Abgründe aufgetan.«

»Das muss für dich und deine Brüder schwierig gewesen sein, deine Mutter mit anderen Männern zu sehen.«

»Für Dean schon. Bei Doug weiß ich es nicht. Er hat sich zurückgezogen, nachdem unser Vater weg war. Doch ich weiß noch, dass ich so böse auf meinen Vater war, dass ich mich über die vermeintlichen Dates gefreut habe. Ist das nicht mies?«

»Ich höre da nichts Mieses raus. Nur Schmerz.« Sie strich mit den Fingern über seine Brust. »Ich kann mir gar nicht vorstellen, meine Eltern mit anderen Partnern zu sehen.«

»Schließlich stellte sich heraus, dass es gar keine richtigen Dates waren. Allerdings haben wir das erst vor etwa zweieinhalb Jahren erfahren, als Dean und Emery ein Paar wurden. Meine Mutter hat erzählt, dass meine Großmutter die Männer zu ihr geschickt hat, um meinen Dad eifersüchtig zu machen, damit er seinen Hintern wieder nach Hause bewegt.«

Überraschung leuchtete in ihren Augen auf. »Grandma Rose, die Retterin in der Not. Hat es funktioniert?«

»Ich weiß nicht, ob es die Dates waren, die ihn haben umdenken lassen. Aber wenn ich damals schon den Grund für seinen Auszug gekannt hätte, wäre nach seiner Rückkehr vielleicht alles anders gelaufen. Das ändert jedoch nichts an den letzten zwei Jahrzehnten.«

»Inwiefern?«

»Als Mom mir die Wahrheit über die Dates erzählte, hat sie mir auch erklärt, warum er uns wirklich verlassen hat. Damals arbeitete er zusammen mit meinem Großvater in der Praxis, und der Mann war zu allen, einschließlich meiner Großmutter, unfassbar ekelhaft. Bei seinen Patienten war er dagegen ein echter Charmeur. Er war eine Koryphäe auf seinem Fachgebiet, hoch angesehen und respektiert, genau wie mein Vater. Laut meiner Mutter hat er jahrelang versucht, nicht so zu werden wie sein Vater, doch er stand unter einem enormen Druck durch die immer größer werdende Praxis und die Forderungen meines Großvaters, und das hat irgendwann etwas in ihm zerstört. Deshalb hat er sich verändert und am Ende hat er uns deshalb verlassen. Er hatte Angst, dass er unsere Familie für immer verliert, wenn er sich und seine Arbeit nicht in den Griff bekommt. Während er weg war, hat er sich darauf konzentriert, ein besserer Mensch zu werden. Er arbeitete viel, aber er schaffte es, ein paarmal pro Woche einen Therapeuten aufzusuchen, und hat wahrscheinlich mehr Zeit mit uns verbracht als in den Monaten davor. Ich war zu wütend, um das zu würdigen, und als er wieder zu Hause einzog, konnte ich ihm nichts mehr glauben. Es dauerte etwa ein Jahr, bis ich überhaupt wieder anfing, ihm zu vertrauen.«

Schmerz spiegelte sich in ihren Augen wider. »Das ist eine lange Zeit für einen kleinen Jungen. Haben deine Brüder ihm sofort vergeben?«

»Sie waren viel nachsichtiger als ich. Vielleicht nicht direkt, aber sie machten ihm auch nicht die Hölle heiß.«

»Bist du immer nachtragend?«

Es wäre für sie viel einfacher gewesen, ihm einfach zu sagen, dass nichts davon seine Schuld war, doch stattdessen provozierte sie ihn. Er wusste, dass sie abklopfte, ob sie womöglich ihre Zeit mit ihm verplemperte, und ihm war auch klar, dass sie stark genug war, sich von ihm zu trennen, wenn er nicht der Typ Mensch war, den sie respektierte oder in ihrem Leben haben wollte. Vielleicht gab ihm das die Sicherheit, um weiter ehrlich zu ihr zu sein. »Ich war noch nie in einer Situation, in der mir jemand so wichtig war, dass ich mich davon hätte beeinflussen lassen.«

»Das klingt einsam.«

Die Traurigkeit in ihren Augen schmerzte ihn, und plötzlich ging ihm auf, wie kalt er geklungen hatte. Dennoch wollte er nicht die einzige Person anlügen, die ihn dazu brachte, sich selbst besser verstehen zu wollen. »Ich bin zu beschäftigt, um einsam zu sein.«

»Mit Frauen?« Das kam ihr kaum als Flüstern über die Lippen.

»Nein.« Er streichelte ihre Wange, um die Sorge aus ihren Augen zu vertreiben. »Ich gehe nicht mit jeder ins Bett. Ich arbeite viel, Süße. So nah wie hier – wie *dir* – bin ich noch nie jemandem gekommen. Nicht ein Mal. Ich habe mit dir mehr über diese ganze Situation gesprochen als mit meinen Brüdern. Sogar mehr als mit meiner Großmutter und der erzähle ich so ziemlich alles.«

»Danke, dass du mir vertraust. Aber darf ich dich noch was anderes fragen?«

»Nützt es was, wenn ich Nein sage?«, neckte er sie.

»Ah, du lernst dazu. Dein Dad war heute wirklich großartig, und wenn du schon als Kind angefangen hast, ihm wieder zu vertrauen, dann muss sich euer Verhältnis ja gebessert haben, oder? Also, bist du ihm immer noch böse?«

»Es mag so aussehen, aber nein. Er war ein paar Jahre lang toll und die Situation zwischen uns entspannte sich. Doch irgendwann wurde er wieder vom Druck des Jobs eingeholt und zwar noch schlimmer als vor der Trennung. Dieses Mal blieb er, und als Teenager hatte ich keine Skrupel, mich zu wehren. Wir sind ständig aneinandergeraten, es gab laute

Streits und Vorwürfe. Ich fand es schrecklich, dass er sich für was Besseres hielt und meine Mutter so behandelte. Nur Gott weiß, warum sie ihn trotzdem weiter liebte. Deshalb spielte ich in jeder Sportmannschaft und arbeitete die ganze Zeit, um ihm und allem zu Hause aus dem Weg zu gehen. Ich habe meine ganze Energie in diese Dinge gesteckt und mich darauf konzentriert, so wenig Zeit wie möglich daheim zu verbringen. Als ich aufs College ging, hatte ich nur ein Ziel: Ich wollte schlau genug werden, um die Geschäftswelt im Sturm zu erobern, damit ich nie wieder auf ihn angewiesen war. Während des gesamten Studiums habe ich mir als Laufbursche für eine Investorengruppe den Hintern aufgerissen, viel gelernt und im Grunde den Kontakt zu meinem Vater abgebrochen. Nicht, dass er es mitbekommen hätte. Als mein Großvater starb, was ungefähr zu der Zeit war, als Dean aufs College kam, habe ich angefangen, mein Erbe zu investieren, und landete einen Volltreffer. Zum Glück habe ich es nicht in den Sand gesetzt, denn mein Vater übernahm die Arztpraxis und wurde ein noch selbstgerechteres Arschloch als vorher.«

Tegan verzog das Gesicht.

»Tut mir leid, Babe, aber so war es. Du kannst jeden fragen. Sogar meine Mutter. Du wolltest wissen, warum ich ihm nicht vertraue. Weil der Mann, den du heute kennengelernt hast, nicht der Mensch ist, den ich seit meiner Jugend kenne. Du hast gehört, wie lange seine guten Vorsätze beim letzten Mal gehalten haben. Wie kann ich darauf vertrauen, wie er morgen sein wird? Oder nächstes Jahr?«

»Ich verstehe nicht, wie jemand so sehr Jekyll und Hyde sein kann.«

»Ich glaube, das ist ein Teil seines Charakters. Schlechte Gene vielleicht.«

»Ich würde ja fragen, was das über dich aussagt, doch schlechte Eltern bringen oft anständige Menschen hervor. Und es klingt so, als hätte er als großartiger Dad angefangen und wäre aus Überforderung falsch abgebogen. Eigentlich verrät es viel über ihn, dass er es geschafft hat, seine eigene Erziehung zu überwinden. Was hat ihn das letzte Mal aus diesem schrecklichen Loch rausgeholt?«

»Ob du es glaubst oder nicht, Emery hat ihn dafür zusammengestaucht, wie er mit anderen Menschen umging.«

»Emery? Heiliger Strohsack. Sie hat echt Mumm.«

»Sie ist ein Hitzkopf und hat ihm eine waschechte Gardinenpredigt gehalten. Ich war dabei. Und obwohl ich alles mitbekommen habe, weiß ich nicht, wie sie es geschafft hat, dass er ihr zuhört, denn ich habe ihm im Laufe der Jahre schon oft gesagt, was für ein arroganter Arsch er ist, und es hat nie was gebracht.«

Sie tippte ihm gegen die Brust. »Weil du zu dicht dran bist.«

»Wir stehen uns nicht nahe. Wir versuchen es, aber wir sind immer noch meilenweit voneinander entfernt. Du hast mich doch heute erlebt, als wir ankamen. Es ist so viel Zeit vergangen, dass wir kaum noch Zugang zueinander finden. Allein am Cape zu sein, stresst mich schon.«

»Ich meinte nicht nahestehen in Bezug auf euer Verhältnis. Ihr seid zwei vom gleichen Schlag. Einander ähnlich.« Ihre Mundwinkel zuckten nach oben. »Als ich dich an der Tankstelle zum ersten Mal gesehen habe, dachte ich auch, dass du ein arroganter Arsch bist.«

Er rollte sich über sie und erntete ein Kichern, das sich wie Balsam auf seiner aufgebrachten Seele anfühlte. »Du fandest mich heiß. Das konnte ich an der Art und Weise erkennen, wie du mich angegafft hast.«

»Heiß, ja, du hast aber auch gewirkt, als wüsstest du das. Zum Glück hast du inzwischen bewiesen, dass du viel mehr zu bieten hast als nur ein hübsches Gesicht.«

Sie sah ihn nicht so an wie seine Familie und einige seiner Freunde, als wäre er der Böse, und das half, seine Anspannung noch mehr zu lösen.

»Nach allem, was du mit deinem Vater durchgemacht hast«, sagte sie leise, »verstehe ich, dass du ihm nicht vertraust. Doch wenn er als guter Vater angefangen hat, als jemand, den du bewundert hast und mit dem du gerne zusammen warst, besteht dann nicht die Chance, dass er wieder an diesen Punkt zurückkehrt? Dass er jetzt der Mann ist, der er für den Rest seines Lebens sein wird? Oder hast du bereits beschlossen, dass er sich dein Vertrauen nie wieder verdienen kann?«

Sie war ein so guter Mensch, alles an ihr strahlte Hoffnung aus, und das raubte ihm den Atem, denn er wollte diese Hoffnung nicht zerstören. Wie war es möglich, dass er glücklich war und gleichzeitig Schuldgefühle hatte? »Keine Ahnung. Im Moment weiß ich nur, dass ich kaum einen Gedanken an all das verschwendet habe, bevor du aufgetaucht bist. Ich wäre morgen in dieses Flugzeug gestiegen und ein paar Minuten später in die Arbeit vertieft gewesen und hätte meine Familie und die Folgen des Sturms vergessen. Ich bin ein verdammter Mistkerl, Tegan, und ich verdiene deine Freundschaft nicht.«

Jett quälte sich so sehr und entkam weder seinem Schmerz

noch seiner Verwirrung. Unter all dieser Angst sah Tegan jedoch die Pein, die er mit sich herumtrug. Sie sah den verlorenen, einsamen Jungen, dessen Welt in Trümmern lag, den wütenden Teenager, der sich in den Überlebensmodus gezwungen hatte und mit aller Macht erwachsen werden wollte, und den ernsten, leidenschaftlichen Mann, der ihr nun in die Augen blickte und glaubte, er hätte all das hinter sich gelassen.

Sie sah auch die harte Wahrheit, die sich ihren Weg bahnte. Jett stand am Rand eines Vulkans, über den er bisher mit Scheuklappen hinweggesprungen war, und zum ersten Mal, seit dieser unbezwingbare Teenager seine Zukunft selbst in die Hand genommen und seinen Vater aus seinem Leben gestrichen hatte, waren die Scheuklappen weg, und er nahm den Vulkan in seinem ganzen Ausmaß wahr.

Sie wollte ihm den Schmerz und die Einsamkeit nehmen, die er so vehement leugnete und dennoch wie eine schwere Eisenkette mit sich herumschleppte. Jett würde ihr mit ziemlicher Sicherheit das Herz brechen, doch sie steckte bereits viel zu tief drin, um jetzt einfach zu gehen. Sie wollte sich nicht retten, und sie wusste, dass sie ihn nicht retten konnte. Das würde er nie zulassen. Er war zu beherrscht, zu verschlossen, zu sehr darauf bedacht, eine Ein-Mann-Armee zu sein. Diesen eisernen Willen hatte er auch bitter nötig gehabt, um den Schmerz hinter sich zu lassen und die Probleme zu überwinden, die ihn ganz offensichtlich plagten.

Nein, Jett Masters ließ sich von niemandem retten, und das war okay für sie. Das wollte sie nicht. Was sie wollte, wonach sie sich sehnte, war, genau das zu sein, wovor er sein Leben lang davongelaufen war. Jemand, dem er vertrauen konnte, von dem er wusste, dass er dieses Vertrauen nicht als selbstverständlich betrachtete, auch nicht unabsichtlich. Jemand, der den Mann sah, der er sein wollte, auch wenn er es selbst nicht tat – und der daran glaubte, dass er einen Weg finden würde, das zu bekommen, was er sich vom Leben wirklich wünschte.

Sie wollte ihm eine Freundin sein. Es wäre einfacher, wenn das alles wäre, doch da sie ihre Gefühle ebenso wenig ändern konnte wie er seine, tat sie, was ihr Onkel sie gelehrt hatte: Sie warf alle Bedenken über Bord und folgte ihrem Herzen.

Sie strich ihm über die Wange und sagte: »Ich bin für dich da.«

Er schmiegte sein Gesicht an ihre Handfläche und in seinen Augen tobte ein stiller Krieg, der sich jedoch in seiner leisen Stimme nicht widerspiegelte. »Ich finde es furchtbar, dass ich dich in diesen Wahnsinn reingezogen habe.«

»Das weiß ich«, sagte sie ruhig. »Aber ob du denkst, dass du meine Freundschaft verdienst oder nicht, ich will genauso bei dir sein wie für dich da sein.«

»Tegs.« In seinem Ton schwangen so viele Gefühle mit. »Ich will dich nicht verletzen.«

»Dann lass es.« Sie richtete sich auf und drückte die Lippen auf seine in der Hoffnung, seine inneren Dämonen zum Schweigen zu bringen.

Er küsste sie, doch die Anspannung wich nicht aus seinem Körper. Ihr war bewusst, dass er sich zurückhielt und versuchte, sich vor seinen Gefühlen abzuschirmen, die Mauern wieder aufzubauen, die nun Risse bekommen hatten. Vielleicht wollte er sogar sie davor schützen, ihm zu nahezukommen. Seine Muskeln waren so steif, dass er zitterte. Doch er konnte das Verlangen nicht verbergen, das auf sie übersprang, ihr unter die Haut ging und sie erfüllte, bis sie ebenfalls erbebte. Die intensive Verbindung machte ihnen beiden Angst, und vielleicht sorgte er sich ebenso wie sie darum, wie sehr es wehtun würde, wenn sie mit so viel Leidenschaft am Ende doch scheiterten. Doch sie entkamen ihr auch nicht, wurden voneinander angezogen wie Metall von einem Magneten.

Sie brauchten das hier und er verdiente es.

»Du kannst mir vertrauen«, sagte sie, nachdem sie ihre Lippen von seinen gelöst hatte.

»Ich weiß«, keuchte er.

»Dann lass los und beweis es mir.«

Gierig eroberte er ihren Mund aufs Neue und sein Herz hämmerte wie wild. Seine Arme wanden sich unter ihr durch und drückten sie fest an seine Brust. Er umfasste ihren Hinterkopf, vertiefte den Kuss, ließ ihn rauer werden, als würde er seine Dämonen mit jeder Bewegung seiner Zunge weiter davonjagen. Sie gab sich ihm vollkommen hin, wünschte sich diese Befreiung für ihn und dass er verstand, wie sehr sie ihm vertraute. Adrenalin rauschte durch ihre Adern, als seine Hand über ihren Oberkörper und ihre Hüften wanderte. Er packte ihren Hintern und seine Bartstoppeln kratzten über ihre Wangen, bis er schließlich einen animalischen Laut von sich gab und sich von ihrem Mund losriss.

»Fuck!«, fluchte er aufgebracht.

»Was stimmt nicht?«

Er schaute auf sie herunter und seine Kiefermuskeln arbeiteten vor Spannung. »Alles«, sagte er mit einem langen Atemzug, als würde man einem Schiff den Wind aus den Segeln nehmen.

Darauf wusste sie nichts zu sagen, doch als er sie erneut küsste, war er so zärtlich, dass sie es für einen Abschied hielt. Sie schloss die Augen, um jeden Augenblick zu genießen, sich das Gefühl seiner Arme um ihren Körper einzuprägen, den

Geschmack seines Munds, seinen Herzschlag an ihrem. Sie wollte die Zeit anhalten, um so lange wie möglich in diesem einen Moment zu leben. Seine Rückenmuskeln bewegten sich unter ihren Händen, als sie den Druck erhöhte. Sie hielt den Atem an und erwartete, dass er sich zurückzog. Doch das tat er nicht. Er schob die Finger in ihre Haare und umfing ihr Gesicht mit beiden Händen, um sie noch länger und genüsslicher zu küssen.

Das war kein Abschied.

Sie konnte es nicht einordnen, aber je länger seine Lippen auf ihren lagen, desto mehr entspannte er sich. Er ließ das Becken kreisen, rieb die Spitze seiner harten Länge über ihre Feuchtigkeit. Eilig hatte er es nicht und er drang auch nicht in sie ein. Alles fühlte sich irgendwie neu an, sein Gewicht auf ihr, seine sanften Berührungen, wie sich ihr Atem miteinander vermischte. Sie verlor sich in einem Meer aus Empfindungen und Erstaunen. Er zog sich ein wenig zurück, strich mit den Bartstoppeln über ihre Wange und drückte einen Kuss darauf. Seine Lippen wanderten hauchzart über ihre Haut, zu ihrem Kinn, ihrem Kiefer. Seine Hände erkundeten ihren Körper und wurden langsamer, um ihre Taille, ihre Hüften und Oberschenkel zu liebkosen. Dort verharrte er, tastete und massierte ihre Muskeln, als würde er sie zum ersten Mal spüren. Lust und etwas viel Größeres stiegen in ihr auf, durchdrangen jeden Winkel ihres Körpers, bis in die letzte Ecke, bis es nicht einmal mehr Raum für Gedanken gab. Sie konnte nur noch fühlen, Verlangen und Sehnsucht empfinden.

Ihre Finger suchten sich einen Weg über seinen Rücken bis hinauf in seine Haare, was ihr einen weiteren, animalischen Laut einbrachte, weniger fordernd, dafür genießerischer und sinnlicher als der letzte. Alles, was ihm über die Lippen kam, löste ein Kribbeln und heißes Brennen in ihr aus. Sein Mund widmete sich ihrem Hals, saugte an ihr und leckte über ihre Haut, bis sie kaum noch die Arme heben konnte und ihr Körper sich der Hitze ergab. Schließlich drehte er sich mit ihr auf die Seite, hielt sie jedoch weiter fest an sich gedrückt. Seine Lippen fanden erneut ihre und seine Zunge schob sich in ihren Mund, um ihn zu erobern wie die Flut, die ans Ufer rollte. Mit einer Hand griff er in ihre Kniekehle und zog ihr Bein über seinen Oberschenkel. Sein Schaft drängte sich wieder gegen sie und seine Zunge tastete sich weiter vor, während er ihren Hintern umfasste und sie noch dichter an sich zog. Sie konnte kaum noch atmen, so überwältigend war das Verlangen nach ihm.

»Tegs«, flüsterte er, ohne die Lippen ganz von ihren zu lösen.

Ihre Blicke hielten einander fest, als er sich ganz langsam in sie schob, bis er tief in ihr versunken war. Die Hoffnung, die sie im Zaum zu halten versuchte, spiegelte sich in seinen Augen wider, und ihr ging das Herz mit einer Welle schwindelerregender Emotionen auf. Er zog perplex die Augenbrauen zusammen und übte etwas mehr Druck auf ihren Hintern aus. Irgendwie schaffte er es, noch tiefer in sie zu stoßen, das Schlafzimmer verschwamm um sie herum und ihr blieb die Luft weg. Noch nie hatte sie sich so begehrt gefühlt, so mit einem anderen Menschen verbunden. Schnell fanden sie einen gemeinsamen Rhythmus und die Leidenschaft riss sie mit sich, baute sich immer weiter in ihnen auf, unaufhaltsam. Sie küssten sich nicht, sagten kein Wort, konnten sich nur aneinanderklammern, weil die Ekstase sie überwältigte, als sie zu den Sternen flogen. Sie waren Feuer und Regen, die Wüste und grüne Täler, flogen, stürzten ab, fielen, schwebten. Sie waren machtlos und mächtig zugleich, existierten in einer ganz neuen Dimension.

»Gott«, entfuhr es ihm, als ihre bebenden, befriedigten Körper ineinander verschlungen auf die Matratze sanken.

Sie wollte nicht sprechen, weil sie Angst hatte, dass das den Bann ihrer Vereinigung brach.

»Ich habe noch nie …«, flüsterte er, küsste sie dann jedoch, als wollte er den Gedanken nicht zu Ende führen.

Das brauchte er auch nicht, weil das *noch nie* auch auf sie zutraf. Noch nie hatte sie so empfunden, sich noch nie so verloren und zugleich geborgen gefühlt. Noch nie war ihr bewusst geworden, dass sie nie wieder dieselbe sein würde.

Fünfzehn

Als Tegan am Mittwochnachmittag zu Harper fuhr, war der Himmel klar, die Luft frisch und der Strom am gesamten Cape wiederhergestellt. Für einige Geschäfte und Hausbesitzer würde es noch Monate dauern, bis alle Sturmschäden behoben waren, doch die Aufräumtrupps hatten große Fortschritte bei der Beseitigung umgestürzter Bäume und anderer Überbleibsel gemacht. Hochwasserspiegel sanken, Schutzläden und Bretter wurden von den Schaufenstern und Häusern entfernt, und für viele war das Unwetter nichts weiter als ein kurzer Augenblick in ihrem vollgepackten Leben. Tegan kam es vor, als hätte sie während dieser Regentage mit Jett ein ganzes Jahr durchlebt, was den Abschied noch viel schwerer gemacht hatte.

Sie hatte versucht, sich abzulenken, um nicht an ihn zu denken und ihn zu vermissen. Gestern hatte sie ihren Garten aufgeräumt und spontan Greta und Larry einen Besuch abgestattet, um ihnen unter die Arme zu greifen. Sie war sogar auf eine Tasse Tee und weitere Geschichten über Harvey und Adele geblieben. Danach hatte sie sich in den Business-Modus begeben, fest entschlossen, ihre To-do-Liste in Vorbereitung auf Harpers Produktionen abzuarbeiten. Doch noch Stunden später hatte sie das Gefühl, als hätte sich Jett in ihre Haut eingebrannt. Unzählige Male hatte sie sich ihren Abschied noch einmal durch den Kopf gehen lassen in dem Versuch, die zwei Seiten der Medaille Jett Masters zu verstehen. Der zutiefst emotionale Mann, der ihr am Montagabend so viel von sich offenbart hatte, war am Dienstagmorgen verschwunden. Um fünf Uhr war er hellwach gewesen, um sechs hatte er geduscht und hing mit Tia am Telefon, und von diesem Moment an war er gedanklich praktisch nur noch bei der Arbeit, verschickte E-Mails und bereitete sich auf seine bevorstehenden Meetings vor.

Tegan hatte einen kurzen Einblick in sein Arbeitsleben erhalten: In den nächsten anderthalb Wochen von Sonnenaufgang bis Sonnenuntergang Meetings an der Westküste, danach würde er sich auf den Weg nach Louisiana machen, um irgendein Geschäftsvorhaben zu prüfen, bevor er am Morgen der Hochzeit bei der Location anreiste. Es schien, als hätte er das Muster beibehalten, das er während seiner Jugend entwickelt hatte – zu beschäftigt sein, seiner Heimatstadt einen Besuch abzustatten.

Sie versuchte, den Tatsachen ins Auge zu blicken. Egal, wie tief ihre Verbindung oder wie lang und sinnlich ihr Abschiedskuss gewesen war, Jett hatte ganz offensichtlich in seinem Leben keinen Platz für etwas anderes als Arbeit und gelegentliche Rendezvous. Seine Textnachricht von gestern Abend, in der er ihr viel Glück bei der Besprechung einer Partnerschaftsvereinbarung mit Harper wünschte, hatte diese Erkenntnis bestätigt. Sie hatte gehofft, dass er etwas Persönlicheres schreiben würde, vor allem, weil sie wusste, dass er einsam war, auch wenn er es nicht zugeben wollte. Doch als dem nichts mehr folgte, behielt sie ihr *Ich vermisse dich* für sich und gab sich gelassen, indem sie ihm viel Glück bei seinen Geschäftsabschlüssen wünschte. Sie hatte sich damit abgefunden, dass sie ihn in knapp zwei Wochen auf Gavin und Harpers Hochzeit wiedersehen und dort eine Nacht mit ihm verbringen würde. Wie lange es danach dauern würde, bis sie sich wieder trafen, konnte sie nicht abschätzen.

Sie stieg die Stufen zu Harpers Veranda hinauf und klopfte an die Tür, fest entschlossen, darüber hinwegzukommen und nach vorn zu sehen.

Die Tür schwang auf und Harper stand in einem farbenfrohen Boho-Chic-Kleid vor ihr, das sie wie eine Zeitreisende aus den Siebzigern wirken ließ. Ihre langen blonden Haare fielen ihr offen über die Schultern und auf der linken Seite hatte sie sich ein paar Strähnen zu einem feinen Zopf geflochten.

»Wow, schickes Auto«, staunte Harper.

»Pah. Ich bin froh, dass ich es habe, aber ich finde es schrecklich. Es gehörte meinem Onkel und im Vergleich zu Berta fährt es sich wie ein Bus. Berta hat mich während des Sturms im Stich gelassen und die Werkstatt ist noch nicht dazu gekommen, sie sich anzusehen.«

»So ein Mist. Ich weiß, wie sehr du dein Auto liebst.« Harpers Armreifen klimperten, als sie Tegan bedeutete, ins Haus zu kommen, wo sie Tegans Mantel aufhängte. »Das war ein heftiger Sturm. Des und Vi tun mir leid, doch es hört sich so an, als hätte Rick die Sache im Griff. Er setzt die Versicherungsgesellschaft mächtig unter Druck, damit die Sache zügig vorangeht. Ist bei dir was kaputtgegangen?«

»Ich hatte Glück. Es sind nur wenige Bäume umgestürzt und das Theater hat nichts abbekommen. Gestern habe ich Daphne eine Nachricht geschickt, um zu fragen, wie es ihr und Hadley im Cottage geht. Sie hat ein schlechtes Gewissen, weil sie es da so toll findet.«

»Man muss diese Frau einfach lieben. Sie musste mit ihrem Kleinkind ihre Wohnung verlassen und fühlt sich schuldig.« Harper setzte sich. »Sie ist ein wirklich lieber Mensch. Die Jungs reparieren diese Woche ihre Wohnung und das Büro und ein paar der Mädels wollen am Montagabend zum Streichen kommen. Hast du Lust zu helfen?«

»Auf jeden Fall.« Tegan setzte sich zu Harper und holte ein Notizbuch aus ihrer Umhängetasche.

»Super. Ich habe mich so gefreut, als du angerufen hast. Ich hätte nicht gedacht, dass wir noch vor meinen Flitterwochen Termine festlegen können, vor allem, weil Emery gesagt hat, dass du nach der Party mit Jett beschäftigt warst.«

»Woher weiß Emery das mit Jett? Ich habe seit seiner Abreise mit niemandem über ihn gesprochen, nicht mal mit Chloe, als wir wegen des nächsten Buchclubtreffens gechattet haben.«

»Anscheinend hat Jetts Mutter Dean angerufen, um ihn über euch beide auszuhorchen, und er hat Emery gefragt, die es gestern Morgen beim Frühstück Serena und den anderen erzählt hat.« Harper klatschte in die Hände. »Also? Was läuft da zwischen euch? Wir dachten alle, Jett wäre am Morgen nach meinem Junggesellinnenabschied wieder weg.«

»Da gibt's nichts zu sagen.« Tegan fürchtete, dass sie Jett noch mehr vermissen würde, wenn sie zu viel erzählte, und sie hatte sich bisher sehr gut davon abgelenkt, also formulierte sie es kurz und knapp. »Wir hatten eine Menge Spaß in der Nacht deiner Party, und als er erfahren hat, dass sein Flug gestrichen wurde, kam er vorbei … und ist geblieben. Am nächsten Tag haben wir nach seinen Eltern gesehen und sind mit ihnen in die Stadt gefahren, um bei den Aufräumarbeiten nach dem

Sturm zu helfen. Danach haben wir mit ihnen zu Abend gegessen. Jett hat mir bei meinem Businessplan geholfen. Er ist so gut darin.« Und in vielen anderen Dingen. »Aber jetzt ist er weg, und ich bin hier, bereit, das Ganze ins Rollen zu bringen.«

»Das sehe ich. Wie steht es denn zwischen dir und Jett? Wirst du ihn wiedersehen?«

»Mhm, auf deiner Hochzeit.« Ein Lächeln huschte über ihre Lippen. »Nach deiner Hochzeit.«

»Also gibt es doch was zu erzählen! Seid ihr zusammen?«

»Mehr oder weniger, aber nicht wirklich. Wir führen eine FP.«

Harper runzelte verwirrt die Stirn.

»Sorry. Eine Freundschaft plus«, erklärte Tegan.

»Tegan!«, entfuhr es Harper. »Damit seid ihr doch schon irgendwie ein Paar, oder?«

»Nicht so richtig. Er ist nicht mein fester Freund oder so. Ich rufe ihn nicht an, um ihm von meinem Tag zu erzählen. Wir treffen uns einfach, wenn er in der Stadt ist. Ich bin beschäftigt, er ist beschäftigt, und keiner von uns hat im Moment Zeit für Komplikationen.«

»Im Moment oder generell?«, fragte Harper.

»Ich … hm … Ich möchte jetzt lieber nicht genauer drüber nachdenken, okay?«

»Oh, das kommt mir so bekannt vor. Habe ich dir eigentlich mal erzählt, dass Gavin und ich uns auf einem Musikfestival in Romance in Virginia kennengelernt haben? Eigentlich sollte es nur ein One-Night-Stand mit einem Fremden sein. Ich schwöre dir, ich habe mich in dieser einen Nacht in ihn verliebt. Ich hätte nie gedacht, dass so was überhaupt möglich ist.«

»Hey, von Liebe kann hier nicht die Rede sein, Harper.«

»Ja, bei *dir* nicht.« Harper rieb sich über die Arme. »Ich kriege eine Gänsehaut, wenn ich nur an den Abend mit Gavin denke. Ein Jahr lang habe ich mir eingeredet, dass ich verrückt bin, und geglaubt, dass ich ihn nie wieder sehen werde. Ich kannte nicht mal seinen Nachnamen. Und dann hat das Schicksal doch noch zugeschlagen. Jetzt heiraten wir im Silver House auf Silver Island, wo wir letzten Sommer ein romantisches Wochenende verbracht haben. Wer weiß, was zwischen dir und Jett noch alles passiert.«

»Ich weiß es«, sagte sie niedergeschlagen. »Er hat mir klipp und klar gesagt, dass er keine Verpflichtungen eingehen will, und ich habe so viel zu tun …« Sie befürchtete, dass ihr Gespräch bald auf kompliziertes Terrain abdriften könnte, also versuchte sie, das Thema zu wechseln. »Apropos, lass uns anfangen. Es gibt so viel zu besprechen, zum Beispiel den neuen Namen des Theaters. Children's Amphitheater macht keinen Sinn mehr, da wir auch Vorstellungen für Erwachsene veranstalten werden. Ich habe beschlossen, es in Harvey-und-Adele-Fine-Amphitheater, kurz HAFA, umzubenennen.«

»Das ist eine tolle Idee, und HAFA ist wirklich einprägsam, aber das war die schlechteste Überleitung, die ich je gehört habe.«

»Ich weiß. Spiel einfach mit«, sagte Tegan mit einem leisen Lachen. »Ich darf nicht zu viel an Jett denken, sonst vermisse ich ihn. Also … zurück zum Geschäftlichen. Evan hat gesagt, dass die Website bis nächsten Freitag bereit ist, um die Ticketseite für beide Veranstaltungsarten zu testen. Er hat mich an Brandon Owens verwiesen, einen Grafikdesigner in Harborside, der das HAFA-Logo entwerfen wird. Ich hing den ganzen Morgen mit Brandon im Videocall, um Ideen und Farbschemata zu besprechen. Er ist großartig und will mir bis

Montag verschiedene Konzepte liefern. Ich hoffe, dass ich das endgültige Logo innerhalb von ein oder zwei Tagen danach bekomme, und würde mich über deine Meinung dazu freuen.«

»Natürlich. Ich helfe dir gerne, wo ich kann.«

»Wunderbar. Ich schicke dir eine E-Mail, sobald mir die Vorschläge vorliegen.« Tegan wappnete sich innerlich für den schwierigeren Teil des Gesprächs, doch da vibrierte ihr Telefon und auf dem Display erschien Jetts Name. »Entschuldige, ich muss nur eben …« Ihr Puls beschleunigte sich, als sie die Nachricht las. *Die Frau, mit der ich hier im Meeting sitze, war wohl auf der Tegan-Fachhochschule für Organisation. Sie hat gerade ein Notizbuch mit lauter Post-its herausgeholt.* Tegan biss sich auf die Unterlippe, um die Freude zu verbergen, die in ihr aufstieg.

»Nichts zu erzählen, hm?«, frotzelte Harper.

»Er macht sich nur über meine Organisationsfähigkeiten lustig.« Tegan tippte: *Dann ist sie wahrscheinlich großartig. Du solltest auf jeden Fall mit ihr ins Geschäft kommen!* Sie legte ihr Handy auf den Couchtisch, versuchte das Flattern in ihrer Brust zu ignorieren und sagte: »Okay, wo waren wir?«

»An deinem albernen Grinsen sehe ich, dass das wohl egal ist, weil du jetzt von Mr. Groß, Dunkelhaarig und Attraktiv träumst.«

»Nein. Werde ich nicht.« Sie wollte sich nicht zu sehr damit beschäftigen, dass Jett an sie dachte. »Also … Das mit dem Amphitheater ist geklärt, aber wir müssen noch über unsere Partnerschaft reden.«

»Wir haben doch den ganzen Winter über Ideen gesammelt. Ich dachte, da wäre alles in trockenen Tüchern.«

»Ja, und wir sind uns ja auch weitestgehend einig. Die Aufführungen für Erwachsene werden auf die gleiche Weise gehandhabt wie die Kinderprogramme. Du kümmerst dich um die Produktionen und trägst die Kosten für die Nutzung des Theaters, und ich leite das Theater und sorge weiterhin für Werbung vor Ort, um den Namen bekannt zu machen, knüpfe Kontakte zu den richtigen Gemeindegruppen und so weiter.«

»Ja, genau. Was fehlt denn noch?«

»Nun, bei diesem Szenario mache ich nur lokales Marketing, was die Reichweite natürlich begrenzt. Harvey hat auch nie aktiv für die Kinderprogramme geworben, sondern nur für die Verfügbarkeit des Theaters. Ich habe nichts dagegen, hier in der Gegend Marketing speziell für deine Stücke zu machen. Ich möchte, dass du Erfolg hast. Aber als Jett den Vorschlag machte, einen Anwalt einen Vertrag über die rechtliche Regelung der Partnerschaft aufsetzen zu lassen, um mögliche Konflikte in Zukunft zu vermeiden, kamen mir so viele andere Dinge in den Sinn, die wir tun könnten. Was wäre, wenn wir das Ganze auf die Spitze treiben und uns einen Namen damit machen?«

»Hatten wir uns nicht auf einen Test zum Anfang geeinigt?«

»Ja, und genau das sollten wir meiner Meinung nach auch tun. Aber wir hoffen doch beide, dass sich das Ganze zu einem Geschäftsmodell entwickelt, das genauso bekannt wird wie die Kinderaufführungen, bei denen wir ein Jahr im Voraus ausgebucht sind.«

Harper seufzte. »Das ist unser Wunschtraum.«

»Das muss nicht so bleiben«, erwiderte Tegan hibbelig. »Als wir uns zum ersten Mal unterhalten haben, war ich nervös, mich voll reinzustürzen und etwas falsch zu machen. Ich habe keine formelle Ausbildung für die Leitung eines Unternehmens und deswegen Angst, dich zu enttäuschen. Doch nachdem ich mit Jett den Businessplan ausgearbeitet habe, wurde mir klar, dass meine Ideen nicht nur umsetzbar, sondern wirklich gut sind und einen Versuch wert sein könnten. Nicht, dass ich Ruhm oder Reichtum als unser Ziel sehe, aber ich würde mir Ruhm und Anerkennung für dich als Drehbuchautorin und Produzentin wünschen. Jett hatte ein paar richtig gute Ideen, wie zum Beispiel, die Aufführungen bei schlechtem Wetter im Haupthaus stattfinden zu lassen. Da musste ich an deine Vision denken, auch im Winter Vorstellungen anzubieten. Und das brachte mich auf neue Dinge, wie vielleicht die Stücke irgendwann interaktiv zu gestalten.«

»Wie ein Krimi-Theater?«

»So genau habe ich mir das noch nicht überlegt, aber ja, so etwas in der Art.«

»Das ist eine coole Idee, es sollte nur nicht zu düster werden – eher eine Art Mystery-Geschichte mit einer romantisch-humorvollen Wendung. Ein nettes Krimi-Romantik-Stück. Das klingt fantastisch!«

»Es gibt so viele Möglichkeiten, die sich aus der Nutzung des Haupthauses ergeben ...«

»Und es würde die Sache noch persönlicher und besonderer machen. Wir könnten uns speziell für Weihnachten was überlegen. Das gefällt mir, aber es ist dein Zuhause, Tegan. Wo willst du dann wohnen?«

»In Jocks altem Cottage hinterm Haus. Ich habe noch nicht entschieden, ob ich wirklich dort einziehen möchte, doch da ich die letzten anderthalb Tage mit dem Versuch verbracht habe, nicht an Jett zu denken, hatte ich genug Zeit, um mir zu überlegen, was wir mit dem Haupthaus alles anstellen könnten. Schlechtes Wetter wäre kein Problem mehr. Keine abgesagten oder verschobenen Vorstellungen oder Probleme mit Zelten.

Wenn wir das in Angriff nehmen wollen, müsste ich allerdings umbauen, und das kostet Geld. Das ganze Projekt kostet Geld, aber ich würde wohl nur umbauen, wenn wir das wirklich in größerem Stil umsetzen, und das bringt mich zu ein paar meiner anderen Ideen, wie Werbung außerhalb des Capes – in Boston, Connecticut, New York, Rhode Island. Da steckt so viel Potenzial drin. Ich weiß, dass wir mit dem Testlauf am Ende des Sommers klein anfangen, doch wir könnten dieses Jahr schon für Aufsehen sorgen und die Leute fürs nächste Jahr heißmachen.«

»Das klingt super!«, rief Harper. »Seit ich für die Zeitung schreibe, habe ich viele Medienkontakte geknüpft. Ich könnte sie bitten, eine Kritik der Vorpremiere zu drucken. Ich weiß, dass das sehr hoch gegriffen ist, aber ich fände es toll, wenn unsere Stücke so bekannt werden, dass jeder sie sehen möchte. Wie viel Geld wir damit verdienen, ist mir egal, doch es ist harte Arbeit, die Stücke zu schreiben und sie auf die Bühne zu bringen.«

»Das sehe ich auch so. Meine Freundin Penny aus Peaceful Harbor ist ein Social-Media-Genie. Sie hat mir die ganzen Feinheiten beigebracht, und ich wette, sie hätte Vorschläge, wie man das Theater als exklusiv vermarkten kann, damit es sich von anderen abhebt.«

»Grandios. Wie stehst du zu der Sache, Tegan? Das klingt nach einer Menge Geld. Ich habe ja etwas Startkapital, allerdings ist es teurer, Produktionen auf die Beine zu stellen, als ich dachte. Du hast zwar gesagt, dass du nicht am Gewinn beteiligt werden willst, aber wenn wir das machen, müssen wir das ändern. Keine Widerrede.«

»Ja, das ist die andere Sache, die Jett angesprochen hat. Wenn wir in diese Richtung gehen, werden wir im ersten Jahr viel mehr ausgeben, als wir dachten. Doch deine Hochzeit steht vor der Tür und ich möchte dich in keiner Weise unter Druck setzen. Wir können abwarten und sehen, wie es diesen und nächsten Sommer läuft, und vielleicht danach versuchen, es größer anzugehen, wenn wir der Meinung sind, dass es funktioniert. Aber wenn wir uns jetzt dazu entschließen, das in größerem Rahmen aufzuziehen und ein Programm in der von uns angedachten Form aufzubauen, sollten wir eine formelle Partnerschaftsvereinbarung abschließen, denn es gibt so viel Konfliktpotenzial. Jett hat ein paar mögliche Fälle genannt. Was ist zum Beispiel, wenn wir Erfolg haben und ein Jahr im Voraus ausverkauft sind, du aber dann beschließt, deine Stücke woanders unterzubringen?«

»So was würde ich nie tun.«

»Davon gehe ich auch nicht aus, es ist nur eins der Szenarien, die Jett angesprochen hat und die wir wahrscheinlich besser schriftlich regeln sollten. Was ist, wenn ich das Amphitheater nicht mehr betreiben will? Oder wenn du ein besseres Angebot als das von Trey bekommst, weil wir durch das Marketing so viel Reichweite bekommen haben? Ich bin nicht auf Geld aus und will auch nicht die Rechte an deinen Produktionen, andererseits ...«

»Wir müssen uns beide absichern«, stimmte Harper ihr energisch zu. »Tegan, wir machen das zusammen. Ich würde dich nie aus einem Deal ausschließen, egal wie groß oder klein er ist, und ich habe kein Problem damit, das schriftlich festzuhalten. Wir gehen beide ein großes Risiko ein. Du vertraust auf meine Schreib- und Produktionsfähigkeiten und sprichst davon, aus deinem Haus auszuziehen und es umzubauen, damit dieses Projekt gelingt. Ich setze alles auf eine Karte, indem ich meine ganze Zeit und Energie in das Schreiben und die Produktion der Stücke stecke und mich darauf verlasse, dass du das Programm vermarkten, koordinieren und verwalten kannst. Das ist unser gemeinsames Baby. Wir sitzen im selben Boot und sollten alles, was daraus entsteht, teilen. Für mich gibt es keine Alternative.«

»Okay. Trotzdem solltest du es dir in Ruhe durch den Kopf gehen lassen. Ich habe mich bei der Haupthausnutzung noch nicht endgültig entschieden, und wenn wir das nicht machen, bleiben immer noch die Optionen, über die wir schon gesprochen haben, also bleibende Zeltaufbauten zu installieren.«

»Die könnten auch funktionieren. Aber warte mal. Du bist Ende Oktober wieder weg. Was passiert dann?«

»Bis dahin kann ich hoffentlich den Großteil meiner Aufgaben mobil erledigen, doch wir müssten wahrscheinlich jemanden einstellen, der bei jeder Vorstellung vor Ort ist, insbesondere wenn wir schon diesen Winter welche veranstalten. Eigentlich finde ich, damit sollten wir bis nächstes Jahr warten, damit wir die Möglichkeit haben, die Leute anzufüttern und alle Kinderkrankheiten auszumerzen. Wir könnten trotzdem alle Optionen durchsprechen – und was passiert, wenn wir es versuchen und scheitern.«

»Wir werden nicht scheitern«, entgegnete Harper bestimmt.

»Das denke ich auch, aber Jett hat mir die Sache mit dem Notfallplan ziemlich nachdrücklich eingehämmert.«

Harper lachte leise. »Was hat er dir denn noch eingehämmert?«

»Aus, lass das!« Tegan versetzte ihr einen spielerischen Schubs.

»Okay, na gut. Ist ja gut.«

»Soll ich dich fragen, wie Gavin im Bett ist?« Tegan zog die Augenbrauen hoch.

»Auf keinen Fall. Ich kann kaum glauben, dass dieser umwerfende Adonis in knapp zwei Wochen mein Ehemann sein wird. Wir sollten lieber zur Sache kommen, sonst fange ich schon wieder an, von ihm zu schwärmen.«

Tegan lachte. »Okay, bist du sicher, dass du nicht noch etwas Bedenkzeit willst?«

»Ja. Ich weiß durch die vielen Stunden Videochat schon, wie gut wir zusammenarbeiten. Wir passen gut zusammen, Tegan. Ich bin dabei.«

In den nächsten Stunden klopften sie alle Details ab, von geschäftlichen bis hin zu finanziellen. Sie arbeiteten alle Szenarien durch, die Jett als potenzielle Konflikte angeführt hatte, und dazu noch ein paar weitere Zukunftsideen. Tegan machte sich sorgfältig Notizen und schrieb alles auf, was in die formelle Vereinbarung einfließen sollte. Sie einigten sich darauf, mit dem Anwalt zu sprechen, den Harvey für das Unternehmen engagiert hatte, damit der ihnen einen Vertrag aufsetzte.

»Ich weiß nicht, wie es dir geht, aber ich freue mich tierisch über diese neue Richtung«, meinte Harper begeistert, als sie das Treffen beendeten.

»Ich auch. Und ich habe ein gutes Gefühl dabei«, meinte Tegan, während sie in ihre Jacke schlüpfte.

»Moment mal. Wir haben noch gar nicht über einen Namen für unsere Partnerschaft gesprochen.«

»Oh, richtig. Irgendwelche Ideen? Wie wäre es mit *Wheeler Fine Productions*?«

»Das klingt so steif.« Harper machte große Augen. »Ich hab's! Wie wäre es mit *Two Hot Babes Dreaming Big* – zwei heiße Babes mit großen Träumen?«

Sie lachten.

»Wohl eher *Hot Babes Making It Big* – zwei heiße Babes kommen groß raus«, sagte Tegan.

»Das gefällt mir. Wo wird der Name am häufigsten auftauchen?«

Tegan zuckte mit den Schultern. »Ich bin mir nicht sicher. Aber das ist ein guter Punkt. Wenn wir Erfolg haben, könnten die Medien den Firmennamen erwähnen. Vielleicht sollten wir uns für was Einfaches entscheiden, wie *Bayside Productions?*«

»Oh mein Gott. Ich hab's! Wir können Jett dafür ehren, dass er die Idee hatte, und es *Fine Wheeler Bayside Productions* nennen. FWB Productions – *Friends with benefits*, also Freundschaft plus!«

Sie brachen in schallendes Gelächter aus.

»Das merkt er nie, solange wir den vollen Namen benutzen und nicht nur FWB«, sagte Harper. »Komm, lass uns das nehmen. Das ist grandios.«

»Auf keinen Fall! Das kann ich nicht machen. Was ist, wenn das mit uns auf eine fiese Trennung rausläuft? Dann hätte ich immer ein mieses Gefühl, wenn ich den Namen unseres Unternehmens sehe.«

»Naaa gut«, gab Harper nach.

»Wheeler Fine Productions ist ein guter Name, findest du nicht?«

Harper stieß sie mit der Schulter an. »Wie wäre es mit Fine Wheeler?«

Tegan seufzte und gleich darauf sagten beide wie aus einem Mund: »Bayside Productions.«

»Siehst du?«, sagte Harper. »Wir sind tolle Geschäftspartnerinnen. Ich bin so froh, dass du was mit Jett angefangen hast.«

»Ich weiß, warum *ich* mich darüber freue, aber warum du?«

»Weil wir vielleicht nie zu dieser Entscheidung gekommen wären, wenn ihr nicht miteinander gevögelt und an dem Businessplan gearbeitet hättet.« Harper umarmte sie. »Bin gespannt, welche Ideen dir nach eurem sexy Hochzeitswochenende noch so kommen.«

Tegans Puls schoss bei dem Gedanken an eine weitere Nacht mit Jett in die Höhe. »Er fliegt am Morgen deiner Hochzeit ein und reist am nächsten Tag wieder ab, sodass wir nur eine Nacht miteinander verbringen können, nicht das ganze Wochenende. Und nach zwei Wochen Trennung werden wir uns wohl hauptsächlich mit versautem Bettgeflüster beschäftigen. Sorry, darüber erzähle ich dir nichts.«

»Pillow Talk Productions – von Bettgeflüster – wäre doch eigentlich auch nicht schlecht«, neckte Harper sie.

»Oh mein Gott. Ich gehe jetzt.«

Tegan lachte auf dem ganzen Weg zum Auto in sich hinein. Sie liebte ihr Bettgeflüster mit Jett, und jetzt vermisste sie es noch mehr, in seinen Armen zu liegen, ihn zu küssen und von ihm geküsst zu werden. Sie wollte sein Gesicht sehen und die Aufregung, den Rausch oder einfach nur die Hitze spüren, die er in ihr auslöste. Beim Anschnallen erinnerte sie sich daran, wie ihr Herz einen Hüpfer gemacht hatte, als Jett während des Sturms plötzlich an ihrem Autofenster aufgetaucht war. Gott, wie sehr sie ihn vermisste. Sie griff nach ihrem Handy und überlegte, ob sie ihm eine Nachricht schicken sollte, um ihn auf den neuesten Stand zu bringen. Sie wollte ihn anrufen, um ihn über Harpers FWB-Namensvorschlag lachen zu hören und wie er darauf mit einer sexy-sarkastischen Bemerkung reagierte.

Doch ein Anruf könnte eine Grenze überschreiten und ihn

dazu bringen, das Weite zu suchen.

Ihm fehlte vielleicht die Zeit oder das Bedürfnis nach einer Beziehung, aber er hatte ihr eine Nachricht geschickt, während er in einem geschäftlichen Meeting saß. Schuf er damit Raum für eine echte Freundschaft oder ließ er nur die Möglichkeit für ihre sexy Rendezvous offen?

Verflixt! Eine Freundschaft plus sollte doch eigentlich einfach sein.

Sie verwarf die Idee, ihn anzurufen, und tippte stattdessen eine Nachricht. *Danke für den geschäftlichen Rat. Harper und ich lassen uns auf was Neues, Spannendes miteinander ein.* Sie legte das Handy beiseite und startete den Motor. Wenig später überraschte ihr Handy sie jedoch mit einem Vibrieren und Jetts Name erschien auf dem Display. *Ich wusste nicht, dass du auch auf Frauen stehst. Alles okay?*

Sie saß in Harpers Einfahrt und starrte auf diese letzten beiden Worte.

Ja, ich vermisse nur einen gewissen Freund. Bei dir? Eine leise Stimme in ihrem Hinterkopf riet ihr davon ab, die Nachricht zu senden. Sie drückte trotzdem auf den kleinen blauen Pfeil, klammerte sich ans Telefon wie an eine Rettungsleine und wartete auf seine Antwort. Zwei Minuten vergingen, vier, fünf …

Anspannung ballte sich in ihrem Bauch zusammen, und sie legte den Gang ein, doch da kam seine Antwort: *Ich vermisse das Plus.*

Sie schluckte schwer, als die Realität sie damit eiskalt einholte, schob ihr Handy in die Umhängetasche und machte sich auf den Heimweg.

Sechzehn

Am Freitagabend saß Jett im Arbeitszimmer seiner luxuriösen Penthouse-Suite in Los Angeles am Schreibtisch und brütete über den Finanzunterlagen eines Unternehmens, das sein aktueller Schützling Jonas ihm als potenzielles Investitionsobjekt vorgestellt hatte. Doch so sehr er sich auch um Konzentration bemühte, seine Gedanken kreisten immer wieder um Tegan. Er vermisste es, mit ihr zu reden und die Zuversicht und Zufriedenheit in ihrer Stimme zu hören. Sie war ein helles Licht in einer Welt, die so lange grau gewesen war, und er hatte keine Ahnung, was er mit der Fülle an Emotionen und Gedanken anfangen sollte, die sie in ihm auslöste. Er war davon ausgegangen, dass es ihm einen klaren Kopf verschaffen würde, wenn er zwei Tage lang nicht mit ihr chattete, aber er hatte trotzdem permanent an sie gedacht. Immer wieder fragte er sich, ob sie sich mit Bryson traf. Ob sie ihr umwerfendes Lächeln an ihn verschwendete? Oder an den verdammten Jack? Von ihm hatte sie doch Nachrichten während des Sturms bekommen. Und als ob das nicht genug wäre, um ihn abzulenken, standen ihm auch noch die Bilder der Verwüstung in seiner Heimatstadt vor Augen.

Als er diese Woche mit Leslie Carlisle über den Verkauf

von Carlisle Enterprises gesprochen hatte – das Unternehmen, das sie und ihr Bruder nach dem Tod ihres Vaters geerbt hatten –, war er so neben der Spur gewesen, dass er in Leslies sentimentalen Gründen für ein Festhalten an der Firma immer wieder Tegan herausgehört hatte. Vor der Bekanntschaft mit Tegan wären Jett ein Dutzend scharfer Gegenargumente über die Lippen gekommen, ohne einen Gedanken an Leslies Gefühle zu verschwenden. Doch er hatte gezögert, als er sich daran erinnerte, wie wichtig es Tegan war, das Vermächtnis ihres Großonkels fortzuführen.

Sein Telefon klingelte und der Name seiner Großmutter erschien auf dem Display. Er nahm den Anruf entgegen, froh über die Ablenkung. »Wie geht es der coolsten Großmutter im LOCAL?«

»Die fragt sich, warum zum Kuckuck sie von der Mutter ihres Enkels über seine Freundin informiert wurde.«

»Himmel«, murmelte er leise. »Vergiss bitte wieder, was Mom gesagt hat. Tegan ist eine gute Freundin, nicht *meine* Freundin.«

»Nennt ihr Kinder das heutzutage so?«, neckte Rose ihn.

Er sah praktisch vor sich, wie ein amüsiertes Funkeln in den blaugrauen Augen seiner Großmutter aufblitzte. »Lassen wir das, Gram. Wie geht's dir?«

»Mir ginge es besser, wenn du deine blonde Schönheit mitgebracht hättest, um sie mir vorzustellen.«

»Ich habe dir doch gerade gesagt ...«

»Spar dir das, Jetty. Sogar dein Vater hat gesagt, dass die Anhimmelei unübersehbar war.«

»Das war sein Wunschdenken. Tegan hat mich nicht angehimmelt. Wenn er irgendwas gesehen hat, waren das wohl eher die Blitze, die er und ich aufeinander abgeschossen haben.

Tegan hat sich wahrscheinlich gefragt, warum sie sich bereit erklärt hat, mich zu begleiten.«

»Tegan hat er auch nicht gemeint.«

»Netter Versuch, Gram. Du kannst aufhören, im Trüben zu fischen, denn ich beiße nicht an.«

»Ich fische kein bisschen, Schätzchen. Emmie hat mir erzählt, dass du ein paar Tage bei einer neuen Freundin verbracht hast, obwohl alle dachten, du hättest das Cape bereits verlassen.« Rose war eine engagierte Mutter und Großmutter gewesen und hatte leidenschaftlich gern im Garten gearbeitet. Doch fortschreitende Skoliose und Bandscheibenprobleme hatten sie an den Rollstuhl gefesselt. Und dann war Emery – Emmie – in ihr Leben getreten. Als Yoga-Rückenspezialistin hatte Emery ein Übungsprogramm für Rose zusammengestellt und arbeitete ein paarmal pro Woche mit ihr, damit sie wieder auf die Beine kam. Zweieinhalb Jahre waren seitdem vergangen und Rose konnte sich inzwischen wieder an Gartenarbeit erfreuen und sogar tanzen, solange sie auf sich achtete.

»Mein Privatleben sollte für die Gerüchteküche von Bayside tabu sein.«

»Das behalte ich im Hinterkopf«, sagte Rose. »Ich will alles über die Frau erfahren, die deiner Arbeit Konkurrenz macht.«

»Nichts kann mit Geschäften konkurrieren«, erwiderte er viel lässiger, als er sich fühlte.

»Sagt der Mann, der morgens mit dem Gedanken an seine nächste große Übernahme aufwacht. Apropos, woran denkst du denn im Moment, wenn du morgens aufwachst?«

Er schloss die Augen und lachte leise. Seine Großmutter hatte keine Skrupel, über Sex, Drogen oder alles andere zu reden, was sie gerade beschäftigte. »Lass es bitte gut sein.«

»Da hast du deine Antwort. Du denkst an Tegan«, sagte

sie. »Es wird Zeit, dass du ein bisschen Liebe in deinem Leben zulässt. Du bist ein kluger, gesunder junger Mann, und soweit ich das mitbekommen habe, ist Tegan ein guter Fang.«

»Sie ist toll, Gram, aber mach dir nicht zu viele Hoffnungen.«

»Toll ist ein leeres Wort. Wenn du mir sagst, was du wirklich von ihr hältst, stelle ich keine weiteren Fragen, versprochen.«

Zwischen ihnen herrschte eine unausgesprochene Vereinbarung, dass alles, was sie einander erzählten, nicht weitergetratscht wurde. Rose hatte offen mit ihm darüber gesprochen, dass ihre Liebe zu seinem Großvater seine Verbitterung und sein schäbiges Verhalten nicht überlebt hatte, und auch darüber, wie sehr sie von Jetts Vater enttäuscht gewesen war, als er in die Fußstapfen seines Vaters getreten war.

Als Jetts Vater zum zweiten Mal an sich gearbeitet hatte, war Rose gegenüber seinen Bemühungen genauso misstrauisch gewesen wie Jett. Inzwischen begrüßte sie die Veränderungen seines Vaters, doch sie hatte Jett nie dazu gedrängt, dasselbe zu tun. Er vertraute seiner Großmutter, und als er nun an Tegan dachte, wurde ihm klar, dass er auch ihr vertraute.

»Sie ist anders als andere Frauen«, gab er zu. Er hatte sich so sehr bemüht, nicht an Tegan zu denken, dass es ihm schwerfiel, zu artikulieren, was sie anders machte, also sagte er das Erste, was ihm in den Sinn kam. »Sie kann nicht tanzen, aber sie tut es, als würde sie auf einer Bühne stehen, stolz darauf, gesehen zu werden.«

»Ich mag sie jetzt schon.«

»Sie isst für ihr Leben gern, vor allem Eis, und sie hat keine Angst davor, Nein zu sagen.«

»Und das bist du sicher nicht gewohnt«, neckte sie ihn.

»Gram«, erwiderte er streng. »Familie bedeutet ihr sehr viel. Sie redet nicht ständig über sie, wie manche Leute es gern mal tun, doch sie hat diesen Gesichtsausdruck, wenn sie über sie spricht. Man spürt die Liebe zwischen ihnen. Sie hat das Theater ihres Onkels geerbt und ist mehr daran interessiert, gute Arbeit zu leisten, um seinen Ruf zu bewahren, als ihren eigenen. Und sie würde lieber für immer das klapprige Auto fahren, das ihr Onkel ihr vor langer Zeit geschenkt hat, als das neuere, schönere, das er ihr hinterlassen hat.« Ein Lächeln legte sich auf seine Lippen. »Ihr Verstand arbeitet ziemlich wirr, aber sie ist so intelligent, Gram. In vielerlei Hinsicht wahrscheinlich klüger als ich. Und sie strahlt eine Herzlichkeit aus, die einen dazu bringt, in ihrer Nähe sein zu wollen, mehr wie sie zu sein. Nach dem Sturm hat sie den ganzen Tag im kalten Nieselregen gearbeitet und sich nicht ein einziges Mal beschwert oder sich verhalten, als wäre sie lieber woanders. Ihr Humor ist niedlich und sarkastisch gleichzeitig. Sie hat keine Angst, mir die Meinung zu geigen. Das gefällt mir sehr. Ich will jedes Wort hören, das sie von sich gibt, und, Mann, sie ist so sexy. Absolut unvergesslich.«

»Oh, Jetty. Sie klingt ganz reizend.«

Er verzog das Gesicht. Seine Gedanken kreisten so sehr um Tegan, dass er ganz vergessen hatte, dass er mit seiner Großmutter telefonierte.

»Und du siehst sie auf der Hochzeit deiner Freundin wieder?«

»Warum fragst du? Es ist doch offensichtlich, dass Emery oder jemand anderes dir erzählt hat, dass ich dort sein werde.«

»Ich wollte nur sichergehen, dass du nicht doch wegen der Arbeit abgesagt hast.«

Natürlich hatte er vor, zu kommen, doch es bestand immer die Möglichkeit, dass ihm etwas dazwischenkam. »Wie gesagt, mach dir keine allzu großen Hoffnungen. Damit ist die Fragestunde beendet. Worüber möchtest du sonst noch sprechen?«

Sie unterhielten sich über seine Brüder, und Rose äußerte sich zuversichtlich, dass die beiden bald eine Familie gründen würden. Jett riet ihr, sich nicht zu viele Hoffnungen zu machen. Seine Brüder schienen es nicht eilig zu haben, Kinder zu bekommen, und nach allem, was sie durchgemacht hatten, konnte er es ihnen nicht verübeln.

»Du hast sicher schon gehört, dass die Geier über Hyannis kreisen.«

»Geier?«, fragte er.

»Die Investoren, die nach dem letzten großen Sturm versucht haben, die Geschäfte in der Stadt aufzukaufen. Sie sind wieder da, und dieses Mal scheinen die Leute verkaufen zu wollen.«

»Moment mal. Langsam, Gram. Wer genau? Welche Geschäfte?«

»Also da wären die Reinigung der Olsons und Bradleys Saisonartikelgeschäft am Ende der Main Street. Du weißt schon, das mit den Schwimmtieren und der Gartendeko, die sie im Sommer vor dem Haus aufstellen. Wir sind früher mit euch da hingegangen.«

»Ja, ich erinnere mich.«

»Mich stört am meisten, dass Mitchell über einen Verkauf nachdenkt. Als dein Großvater um meine Hand angehalten hat, stand hinten im Laden eine Limo-Maschine. Er hat mich immer dorthin ausgeführt und wir haben stundenlang geredet. Das sind schöne Erinnerungen, und wenn ich daran denke, weiß ich wieder, warum ich mich in den alten Griesgram verliebt habe. Ich werde den Laden vermissen, aber Mitchells Familie hat in den letzten Jahren so viel durchgemacht. Soweit ich weiß, wollen die Investoren alle Geschäfte in der Straße aufkaufen, sie abreißen und einen schicken Bürokomplex bauen.«

Jetts Brust zog sich schmerzhaft zusammen bei der Vorstellung, dass Mitchell und die anderen kleinen Unternehmen aufgeben würden, ganz zu schweigen davon, was ein Bürokomplex für eine Stadt bedeuten würde, in der es schon mehr als genug davon gab. »Geht jemand dagegen an? Wer versucht, sie zu kaufen? Dazu bräuchten sie die Zustimmung der Stadt.«

»Das weiß ich alles nicht. Jedenfalls ist es eine Schande. Sie nennen es Fortschritt, aber wenn du mich fragst, stecken die Leute so viel Energie ins Fortschreiten, dass sie vergessen, wie es sich anfühlt, frische Luft zu atmen und das Leben zu genießen.«

»Mhm«, murmelte er geistesabwesend. Seine Heimatstadt wurde von einem Investor übernommen, der wahrscheinlich noch nie persönlich am Cape gewesen war. »Ich muss Schluss machen, Gram.«

»Okay, Schätzchen. Ich hab dich lieb.«

»Ich dich auch. Ich ruf dich nächste Woche wieder an.«

»Ich freue mich drauf.«

Nachdem er das Telefonat beendet hatte, klingelte er bei Tia durch, stellte sie auf Lautsprecher und ging seinen Laptop holen.

»Solltest du nicht gerade bis zum Hals in Finanzunterlagen stecken oder flachgelegt werden?«, meldete sich Tias beste Freundin Becca Nunnally. Becca lebte in Port Hudson, New York, und arbeitete für Aubrey Stewart, Mitinhaberin von

LWW Enterprises und eine der erfolgreichsten Frauen, die Jett kannte. Außerdem flirtete sie bei jeder Gelegenheit ungeniert mit ihm. Er hatte ganz vergessen, dass sie Tia dieses Wochenende besuchte.

»Wie geht's, Bec?« Er stellte seinen Laptop auf den Schreibtisch und setzte sich.

»Kommt darauf an, was du von Tia willst.« Im Hintergrund dröhnte Musik. »Wir machen dieses Wochenende Party. Wenn du sie schon einspannst, könntest du wenigstens herkommen und mir Gesellschaft leisten, während sie beschäftigt ist. Ich sorge dafür, dass du den Kopf freibekommst, versprochen.«

Becca war eine wahnsinnig attraktive Blondine mit einer Sanduhrfigur, einem Modegeschmack wie ein Pin-up-Girl und einem ziemlich launischen Temperament. *Nein danke.* »Gib sie mir mal bitte.«

Einen Augenblick später sagte Tia: »Hey, Boss.«

»Hi. Ich bräuchte alles, was du über die Geschäfte im 600er-Block der Main Street in Hyannis findest.«

»Okay, kannst du mir das mailen? Ich habe schon ein paar Drinks intus.«

»Mach ich sofort.« Er öffnete sein E-Mail-Programm auf dem Laptop. »Finde auch heraus, wer versucht, die Immobilien dort zu kaufen.«

»Klar. Warum das plötzliche Interesse am Cape?«

»Das weiß ich noch nicht.«

»Hat es etwas mit dem Grund zu tun, aus dem du deinen Flug am Montag storniert hast?«

»Nein«, erwiderte er bissig, ruderte aber direkt wieder zurück. »Mehr oder weniger.«

»Du klingst komisch. Ist alles in Ordnung?«

Nein, gar nichts ist in Ordnung. Eine Frau verdreht mir den Kopf, der Mann, der mir geholfen hat, einen Weg aus meinem dunkelsten Loch zu finden, steht kurz davor, sein Familienunternehmen zu verlieren, und der Deal, an dem ich seit Monaten arbeite, verursacht mir Sodbrennen. Das verkniff er sich jedoch und sagte: »Bestens. Kriegst du das hin?«

»Natürlich. Brauchst du sonst noch was?«

»Ja. Einen Drink. Wir sprechen uns nachher.« Er beendete das Gespräch, schnappte sich seinen Geldbeutel und ging ins Erdgeschoss zur Hotelbar.

Jett verbrachte viel Zeit in den Penthouse-Suiten seiner Hotels und zu viele Abende in Hotelbars. Innerhalb von Sekunden nach seiner Ankunft identifizierte er die beiden Frauen, die an einem Nebentisch saßen und ihn von oben bis unten musterten, als Aufreißerinnen, die hier nach Beute suchten. *Viel Glück, Ladys.*

Er setzte sich an die Bar und schaute kurz zu dem Mann zwei Hocker rechts von ihm, der die Rothaarige im Visier hatte, die sich am anderen Ende des Tresens mit dem Barkeeper unterhielt. Der Kerl war ein Arsch – ein verheirateter Mann, der seinen Ehering abnahm, um Frauen abzuschleppen. Solche Typen waren nicht schlau genug, um zu merken, dass ihr Ring eine helle Linie am Finger hinterließ. Die Frau, die ein paar Hocker links von ihm ihre Sorgen ertränkte, wirkte zu aufgebracht, um auf der Suche nach einem Date zu sein.

Vermutlich hatte sie gerade eine Trennung hinter sich. Sie sah zu ihm hinüber und lächelte angestrengt, doch er hatte genug mit seinem eigenen Kram zu tun. Jett nickte ihr knapp zu, schenkte seine Aufmerksamkeit dann jedoch dem jungen Barkeeper, der auf ihn zukam.

Er wischte vor Jett über den Tresen und fragte: »Was darf

ich Ihnen bringen?«

»Whiskey, pur.« Jetts Gedanken kehrten zu Tegan zurück. War sie mit Bryson oder einem anderen Mann auf einem Date? Saß sie in einer Bar und hielt nach einem Mann Ausschau, den sie aufreißen konnte, oder tanzte sie, selbstbewusst und unverschämt heiß in einem hautengen Kleid?

Die Rothaarige beobachtete ihn. Jett drehte sich weg und überlegte, ob er Tegan eine Nachricht schicken sollte.

Aus dem Augenwinkel nahm er eine Bewegung wahr. Die Rothaarige war auf der Pirsch und er war ihre Beute. Sie schlenderte herüber und setzte sich mit übereinander-geschlagenen Beinen auf den Hocker neben ihm. Ihr enges schwarzes Kleid bedeckte kaum ihre üppigen Kurven.

»Hi«, sagte sie und musterte ihn verführerisch.

»Wie geht's?«

»Mein Abend ist gerade ein ganzes Stück besser geworden«, antwortete sie. »Sind Sie geschäftlich hier?«

Der Barkeeper stellte Jetts Drink vor ihm ab und fragte: »Soll ich die Rechnung offenlassen?«

Jett schüttelte den Kopf und bezahlte den Drink direkt, bevor er sich der Rothaarigen zuwandte. »Ja, geschäftlich. Und Sie?«

»Ich arbeite im Vertrieb eines Pharmakonzerns. Ich bin noch zwei Nächte wegen einer Konferenz hier …«

Sein Handy vibrierte mit einer eingehenden Nachricht, und er hatte kurz die Hoffnung, dass sie von Tegan war und sie sich doch nicht mit Bryson oder einem anderen Kerl verabredet hatte. Es ärgerte ihn maßlos, dass ihm das nicht egal war. Die Rothaarige redete weiter über die Konferenz, während er sein Handy herausholte und Tias Nachricht las. *Ich hatte vergessen, dir zu sagen, dass ich die Suite im Silver House gebucht habe, die du für die Hochzeit haben wolltest.* Er steckte sein Handy in die Gesäßtasche, verärgert über seine Enttäuschung, dass sich Tegan nicht gemeldet hatte, und lenkte seine Aufmerksamkeit wieder zu der Frau neben ihm.

Die Rothaarige lehnte sich zu ihm. »Ich hasse Small Talk.«

»Wer nicht?« Er dachte daran, wie Tegan im Café seine Krawatte gelockert hatte. Ob sie wohl jemals Small Talk betrieb? Sie war so ... Tegan.

»Du bist doch kein Serienmörder, oder?«

Er nippte an seinem Drink. Was für eine dumme Frage. Welcher Serienmörder würde darauf ehrlich antworten? Er zuckte mit den Schultern. »Was denkst du denn?«

Sie musterte sein Hemd und seine Anzughose. Krawatte und Jackett hatte er in seinem Zimmer gelassen. Der hungrige Ausdruck auf ihrem Gesicht hätte wohl viele Männer schwach werden lassen. »Wenn ja, kann ich mir keine bessere Todesart vorstellen.« Sie streifte sein Bein mit ihrem und flüsterte halblaut: »Vielleicht bin ich ja eine Serienmörderin?«

»Du klingst wie eine gefährliche Frau.« Und eindeutig nicht wie eine schlaue. Er nahm noch einen Schluck und wägte seine Optionen für den Abend ab.

»Nur auf die gute Art.«

Vielleicht würde ihm eine Nacht mit der Rothaarigen helfen, wieder einen klaren Kopf zu bekommen.

Der Gedanke hinterließ einen bitteren Geschmack auf seiner Zunge. Er stellte sich Tegan bei einem Date mit einem anderen Mann vor und kippte den Rest seines Drinks in einem Zug hinunter.

Die Rothaarige legte ihm die Hand aufs Bein. »Wir sollten woanders hingehen.«

»Da hast du absolut recht.« Er stand auf und legte ein paar

Scheine als Trinkgeld auf den Tresen. »Schönen Abend noch«, verabschiedete er sich und verließ die Bar.

Zurück in seiner Suite war das Bedürfnis nach einem Drink noch schlimmer als zuvor. Seine Brust zog sich schmerzhaft zusammen, seine Nerven lagen blank, und er schaute auf die Uhr, während er unruhig auf und ab tigerte. In L.A. war es noch früh, aber am Cape bereits halb zwölf. Wenn Tegan auf ein Date gegangen war und die Nacht mit einem anderen Mann verbrachte, lag sie jetzt gerade wahrscheinlich in seinen Armen.

»Scheiß drauf«, presste er zwischen zusammengebissenen Zähnen hervor. Das würde er nicht zulassen.

Tegan saß im Wohnzimmer auf dem Boden, heftete Stoffstücke an Jonis Kostüm, schaute *Friends* und telefonierte über ihre Bluetooth-Ohrhörer mit ihrer Schwester. Sie hatte heute von der Autowerkstatt erfahren, dass Bertas Motor am Ende war. Also trauerte sie nun mit Cici, und sie ließen die vielen schönen Momente mit Berta noch einmal Revue passieren, von ihrem ersten gemeinsamen Roadtrip bis zum letzten Mal, als Tegan sie in New York besucht hatte und Berta abgeschleppt wurde, weil Tegan nicht merkte, dass sie in einer Parkverbotszone stand. Es würde eine Weile dauern, bis Tegan über Bertas Verlust hinwegkam.

Cici briefte sie für ein bevorstehendes Fotoshooting für eine Familie, die gerade Zwillinge bekommen hatte, und Tegan vermerkte die Nachbearbeitung in ihrem Kalender. Als ihre Schwester davon schwärmte, wie glücklich sie und ihr Mann

Cooper waren, hellte sich Tegans Stimmung etwas auf. Cici schaffte es immer, sie aufzumuntern. Sie berichtete ihr von den Abenteuern ihres dreijährigen Neffen Billy, der kürzlich beschlossen hatte, Fischer zu werden, nun rund um die Uhr Gummistiefel trug und sich weigerte, etwas anderes als Fisch zu essen, und von ihrer siebenjährigen Nichte Melody, die ihrem Vater verkündet hatte, dass sie niemals einen Freund haben würde, weil Jungs dumm waren.

»Hat Cooper das gefeiert?«, fragte Tegan. Sie mochte Cooper sehr. Er war ein liebevoller Vater und hingebungsvoller Ehemann. »Wir wissen doch alle, dass er sie am liebsten mit dreizehn einsperren und erst mit dreißig wieder rauslassen würde.«

»Sie musste es wiederholen, und er hat es aufgenommen, um es ihr vorzuspielen, wenn sie Jungs irgendwann wieder gut findet.«

»Also etwa nächste Woche?«, witzelte Tegan und setzte sich aufrechter hin, um sich die Fellstücke anzusehen, die sie an das Oberteil des Kostüms gepinnt hatte.

»Wahrscheinlich. Sie ist so sprunghaft, dass sie glatt dein Kind sein könnte.«

»Ich bin nicht sprunghaft, im Gegenteil. Ich kündige keine Jobs einfach so oder mag jemanden im einen Moment und hasse ihn im nächsten.«

»Du hast recht. Sprunghaft ist nicht das richtige Wort für dich, für sie aber schon. Du triffst einfach Entscheidungen enorm schnell, zum Beispiel innerhalb der ersten fünf Minuten eines Dates.«

»Zweimal habe ich das gemacht. Ich halte einfach nichts von Zeitverschwendung.« Vor ein paar Jahren hatte Tegan sich auf ein paar Blind Dates eingelassen. Sie hatte innerhalb von

Minuten nach dem Kennenlernen der Männer erkannt, dass die nicht die Richtigen für sie waren, und sich eine Ausrede einfallen lassen, um zu gehen. »Und zu meiner Verteidigung: Ich habe eine exzellente Menschenkenntnis.«

»*Dreimal.* Einen hast du vor deiner Haustür abserviert, einen anderen auf dem Weg zum Abendessen und mit dem dritten warst du auf dem Jahrmarkt, wo du so getan hast, als wäre dir von der Zuckerwatte schlecht. Du hast mir schon auf dem Hinweg eine Nachricht geschickt, dass er eine Niete ist, Berta aber kaputt ist und du Lust auf Schmalzgebäck hast.«

»Oh mein Gott, stimmt. Ich bin ein schrecklicher Mensch.«

»Nein, bist du nicht. Du hast ein gutes Gespür und vor nichts Angst. Melly wird immer mehr wie du. Das macht mir manchmal Sorgen.«

»Verstehe ich. Doch sie ist ein kluges Mädchen und noch in der Grundschule. Drogen wird sie ja wohl nicht nehmen und Sex hat sie auch keinen. Zumindest noch nicht.«

»Nenn meine Tochter bitte nicht in einem Atemzug mit solchen Dingen. Sie wird so schnell groß. Ich hoffe, sie bekommt deine Fähigkeit, Menschen einzuschätzen, aber mir wäre es lieber, wenn sie bei wichtigen Entscheidungen so wird wie ich. Sie darf gern alles bis ins kleinste Detail durchdenken, damit sie gut vorbereitet ist.«

Tegan rutschte zum unteren Ende des Meerjungfrauenschwanzes und begann, die bunten Schuppen, die sie ausgeschnitten hatte, festzustecken. »Willst du mir damit irgendwas sagen?«

»Nicht doch. Du kannst von einer Sache zur nächsten wechseln, ohne mit der Wimper zu zucken, und du landest immer auf deinen Füßen. Aber sie ist mein kleines Mädchen.

Was, wenn sie nicht auf den Füßen landet? Was, wenn sie für irgendeinen Kerl ans andere Ende des Landes zieht und er ihr wehtut?«

»Dann wirst du da sein, damit sie wieder auf die Beine kommt, und ich werde da sein, um den Mistkerl windelweich zu prügeln, der ihr das angetan hat.«

»Ich nehme dich beim Wort, das weißt du hoffentlich?« Cici seufzte schwer. »Mutter zu sein, ist gruselig. Lass uns über was anderes reden. Gibt's was Neues, seit wir am Sonntagabend gechattet haben, als du mit dem Kerl von dieser Party an deinem Businessplan gearbeitet hast?«

»Gott, es kommt mir vor, als wäre das ewig her.«

»Er muss dir ganz schön den Kopf verdreht haben. Wer ist er? Und wie ist er so? Passt du auf dich auf?«

»Er hat definitiv irgendwas mit meinem Hirn angestellt und ich passe immer auf mich auf.« Sie beugte sich nach unten, um eine Schuppe anzuheften. »Sein Name ist Jett Masters und er ist ein komplexer Mensch.«

»Jett Masters? Warum kommt mir der Name so bekannt vor?«

»Er meinte, dass Cooper und Jackson mit ihm ein Fotoshooting für einen Magazinartikel gemacht haben. Oder vielleicht war es auch nur einer von beiden – weiß ich nicht mehr.«

»Welches Magazin?«

»Ich habe keine Ahnung.«

»Warte mal. Coop?«, rief Cici. »Sagt dir der Name Jett Masters was?«

Tegan hörte Coopers tiefe Stimme, verstand jedoch nicht, was er sagte, und befestigte weiter Schuppen am Kostüm.

»Oh mein Gott, Teg!«, entfuhr es Cici laut, was Tegan

erschrocken zusammenfahren ließ. »Er wurde vor ein paar Jahren im *Forbes* als einer der Selfmade-Geschäftsleute vorgestellt, die es sich zum Ziel gesetzt haben, anderen Menschen was zurückzugeben. Wie kannst du das nicht wissen?«

»Warum sollte ich? Ich habe ja nicht nach seinem Lebenslauf gefragt, bevor ich mit ihm geschlafen habe. Das erklärt wohl seine Armani-Anzüge und warum er keine Zeit für ein Leben außerhalb der Arbeit hat. Aber ich hatte keinen Schimmer, dass er so viel davon an andere weitergibt. Das finde ich toll.«

»Meine Güte, Teg. Er muss wirklich reich sein, um im *Forbes* erwähnt zu werden.«

»Warum haut dich das so um? Du und Cooper habt mehr Geld, als ihr je ausgeben könnt, seit Onkel Harvey uns seine Millionen hinterlassen hat. Es ist nur Geld. Damit kann man sich nichts kaufen, was wirklich wichtig ist.«

»Du hast recht, trotzdem finde ich, so was solltest du über den Kerl wissen, mit dem du ins Bett gehst.«

Tegan setzte sich auf die Fersen zurück und sagte mit einem Anflug von Unbehagen: »Wir sind ja nicht zusammen. Er wohnt nicht hier in der Gegend und ist ständig auf Reisen. Wir treffen uns nur, wenn er mal in der Stadt ist.«

»Oh.« Cici klang überrascht. »Ich weiß, dass du gut mit Veränderungen umgehen kannst und dich nicht von anderen abhängig machen willst, aber ist das für dich in Ordnung? Das passt so gar nicht zu dir.«

»Es war mein Vorschlag.«

»Ach ja? In Sachen Männer hast du gern mal eine große Klappe, doch du bist sensibel, Teg. Ich habe Angst, dass du verletzt wirst.«

»Oh, ich werde definitiv verletzt.« Sie dachte an Jetts Nachricht. *Ich vermisse das Plus.* Vielleicht flirtete er mit ihr, vielleicht wollte er auch nur die Grenze zwischen ihnen verdeutlichen. Die Tatsache, dass sie seitdem nichts mehr von ihm gehört hatte, sprach für Letzteres. »Er ist charismatisch und charmant, aber auch tough und hat dicke Mauern um sein Herz gezogen. Allerdings habe ich auch schon erlebt, wie er ohne sie ist, und mir geht nicht mehr aus dem Kopf, wie …« Ein weiterer Anruf klopfte an und Jetts Name erschien auf dem Display. »Oh verflixt. Das ist er.«

»Das gefällt mir nicht, Tegan. Du bist mehr wert als Gelegenheitssex.«

»Das war mir klar und ich hab dich dafür sehr lieb«, erwiderte sie hastig. »Aber ich bin nicht Melly und ich muss jetzt auflegen.« Sie schenkte ihrer Schwester noch ein Küsschen und wechselte dann zu Jetts Anruf. »Hey, Armani«, begrüßte sie ihn und bemühte sich, so entspannt wie möglich zu klingen.

»Hey.« Er klang angefressen.

Eine lange Pause folgte.

»Ich …. Alles in Ordnung?«, fragte sie vorsichtig.

»Ja, super. Bist du allein? Kannst du reden?«

»Allein an einem Freitagabend? Bin ich ein Loser? Joey und Ross leisten mir Gesellschaft. Chandler ist gerade mit Monica in der Küche, und … Oh! Sie kommen gerade wieder«, sagte sie, als die Figuren im Fernsehen erschienen.

Jett fluchte unterdrückt. »Viel Spaß auf deiner Party.«

»Meine Par…? Du meinst die Fernsehserie? Oh mein Gott, Jett! Hast du noch nie *Friends* gesehen?«

»Ich schaue kein Fernsehen.«

»Die gibt es jetzt auf Netflix. Aber ist das dein Ernst? Wirklich nie?«

»Nein, nie. Also … du bist allein?«

»Ja. Warum fragst du? Was ist denn los? Du klingst sauer.«

Einen Moment herrschte Stille, dann sagte er ruhiger: »Ich bin nicht sauer. Ich bin nur … ich weiß es verdammt noch mal nicht. Ich dachte, du wärst vielleicht ausgegangen.«

»Du meinst auf ein Date?« Sie erinnerte sich daran, wie eifersüchtig er auf Bryson gewesen war, und konnte nicht widerstehen, ihn damit aufzuziehen. »Mit Bryson?«

»Bryson ist scheiße«, grollte er.

Er war wirklich eifersüchtig! »Nur damit ich das richtig verstehe: Du dachtest, ich hätte vielleicht ein Date, also hast du angerufen, um es zu sabotieren? Um mir einen Strich durch die Rechnung zu machen?«

»Nein. Ja. Verdammt, Tegan, ich weiß es nicht. Ich kann nicht aufhören, an dich zu denken, und ja, die Vorstellung, dass du mit Bryson vögelst, macht mich stinkwütend. Aber ich bin kein Arsch.«

»Eifersucht macht dich nicht zum Arsch. Sie macht dich menschlich.«

»Dann bin ich es gewohnt, übermenschlich zu sein. Das ist doch alles Mist. Ich hätte nicht anrufen sollen, aber du bringst mich total durcheinander.«

»Vielleicht ist das gar nicht so schlecht«, sagte sie vorsichtig.

»Doch, ist es, glaub mir. Ich habe die ganze Woche bei der Arbeit nichts auf die Reihe bekommen. Dafür muss ich einfach eine Lösung finden.«

»Wofür?« Sie lehnte sich an die Seite der Couch.

»Dich. Mich. Warum du mir nicht mehr aus dem Kopf gehst.«

»Na ja, ich bin heiß«, neckte sie ihn und genoss das entnervte Stöhnen, das durchs Telefon drang. »Zwischen uns stimmt die Chemie, Jett, und wir arbeiten gut zusammen. Kein Wunder, dass wir ständig aneinander denken.«

»Du hast also an mich gedacht.« In seiner Stimme schwang Erleichterung mit und es klang nicht wie eine Frage.

»Was hast du denn gedacht, was passiert? Dass du gehst und ich suche mir sofort neue Dates?«

»Ich will gar nicht nachdenken, Tegs. Ich will nur deine Stimme hören.«

»Okay«, sagte sie leise und spürte den wundervollen Gefühlen in ihrem Inneren nach. »Lass uns reden. Erzähl mir von deinem Tag.«

»Meine Tage sind vollgepackt mit Meetings und Telefonkonferenzen mit Analysten, Anwälten und Kunden. Das ist das Letzte, worüber ich mich unterhalten will. Erzähl mir von deinem Tag, Tegs. Was hast du gemacht? Was machst du gerade?«

»Ich trauere um Berta. Sie konnten sie nicht retten.«

»Oh nein. Das tut mir leid.«

»Danke. Cici und ich haben ihr die letzte Ehre erwiesen und all unsere Erinnerungen wieder aufleben lassen. Es fühlt sich seltsam und traurig an, als hätte ich ein weiteres Stück meines Onkels verloren.«

»Ach, Babe.«

Sie wollte nicht, dass ihre Niedergeschlagenheit ihr Telefonat ruinierte. »Ist schon okay. Sie brauchte einen neuen Motor und selbst der Mechaniker meinte, dass sich das nicht lohnt. Also fahre ich jetzt erst mal das Auto meines Onkels, und wer weiß, vielleicht lerne ich es ja lieben. Aber nun zu erfreulicheren Neuigkeiten …« Sie erzählte ihm, was sie und Harper beschlossen hatten und wie sie mit Brandon am Logo und an den Entwürfen für Werbeanzeigen gearbeitet hatte.

»Das ist großartig. Fühlst du dich wohl mit allem?«

»Ja, rundum, und ich hätte mich nie getraut, Harper darauf anzusprechen, wenn du nicht gewesen wärst.«

»Irgendwann hättest du es schon gemacht. Erzähl mir mehr von deiner Woche. Ich höre gerne deine Stimme.«

Sie zog sich auf die Couch hoch und ließ sich ins Polster sinken. »Gestern hatte ich ein FaceTime-Gespräch mit meinen Eltern. Sie tun echt immer so, als hätten sie mich seit Jahren nicht gesehen, dabei vergeht nie mehr als eine Woche, ohne dass wir miteinander sprechen.«

»Das ist schön, Tegs. Du hast großes Glück.«

»Ja.« Ihr wurde zu spät klar, dass sie ihn damit vielleicht wegen der Beziehung zu seinem Vater traurig machte. »Und ich habe mit Leesa gesprochen, meiner besten Freundin zu Hause.« Sie erzählte ihm ausführlich von Leesa und ihrer Familie. »Außerdem mit ein paar anderen Freundinnen aus Peaceful Harbor, die mit mir in Chloes und Daphnes Buchclub sind. Wir hatten uns viel zu erzählen. Und du? Hast du Freunde in L.A.? Triffst du dich mit Freunden, wenn du auf Geschäftsreise bist?«

»Nein. Nur mit Geschäftspartnern.«

»Oh. Und am Wochenende? Gehst du zu Sportveranstaltungen? Baseballspielen?«

»Nein, nie.«

»Aber du hast Baseball geliebt. Ich glaube, ich muss herausfinden, wann Saison ist, und dich zu einem Spiel schleppen.«

Er lachte, doch gleich darauf wurde seine Stimme leiser, als er sagte: »Wir sind so verschieden, Tegs. Du bist ein geselliger Mensch, und ich bin Workaholic, dessen engste Freunde die Jungs sind, mit denen ich aufgewachsen bin, die ich nur selten sehe.«

»Das könntest du doch ändern. Ohne meine Freunde wäre ich verloren. Allein zu wissen, dass sie da sind, macht mich glücklich. Wie oft redest du mit deinen Brüdern?«

»Alle paar Wochen oder so. Und du und deine Schwester?«

»Wir chatten ständig und telefonieren einmal pro Woche.« Sie erzählte ihm von dem Gespräch mit ihrer Schwester, wobei sie den Teil über ihn ausließ, und schwärmte schließlich davon, wie bezaubernd Melody und Billy waren.

»Man hört dir an, wie sehr du sie vermisst«, sagte er einfühlsam.

»Ja. Aber es ist wahrscheinlich gut, dass ich sie nicht zu oft besuche. Cici macht sich Sorgen, dass Melody am Ende wie ich wird und große Entscheidungen trifft, ohne sie sich gründlich zu überlegen.«

»Ich habe dein Uhrendiagramm gesehen, Tegs. Ich weiß, wie sorgfältig du alles abwägst. Deine Nichte könnte sich glücklich schätzen, wenn sie wird wie du.«

Sie hörte gern, wie sehr er an sie glaubte. Er fragte sie, ob sie damit gehadert hatte, als Cici nach New York zog, wohin sie im Lauf der Jahre gereist war und ob sie einen Lieblingsort hatte. Sie erzählte ihm von ihren liebsten Zielen, bis ihr aufging, dass sie schon fast eine Dreiviertelstunde redeten.

»Langweile ich dich zu Tode?«, fragte sie.

»Kein bisschen. Ich könnte deiner Stimme die ganze Nacht lang zuhören.«

Ein Kribbeln stieg in ihr auf. »Ich wette, du hast auf deinen Reisen schon eine Menge cooler Orte besucht.«

»Ich bin zwar international geschäftlich unterwegs, aber für Sightseeing bleibt mir eigentlich nie Zeit.«

»Und im Urlaub? Hast du ein Lieblingsziel?«

»Ich kann mich gar nicht mehr erinnern, wann ich das

letzte Mal richtig Urlaub gemacht habe.«

»Jett Masters, wann erholst du dich denn mal? Selbst Übermenschen brauchen Freizeit.«

»Hast du Montagabend schon vergessen?«, fragte er verführerisch.

»Sex kann nicht deine einzige Form von Erholung sein. Er macht natürlich gute Laune, aber Körper und Geist brauchen mehr als das. Man muss rausgehen und mehr erleben als Büros und Hotelzimmer. Frische Luft atmen, Berge besteigen oder eine neue Stadt erkunden, die Kultur kennenlernen, in die Geschichte eintauchen und neues Essen genießen. Ich liebe es, Menschen aus aller Welt kennenzulernen. Die Leben der Leute sind so unterschiedlich, trotzdem sind wir in mancher Hinsicht alle gleich. Ich denke immer gern an die Menschen, die ich getroffen habe, und an die Orte, an denen ich gewesen bin. Es ist, als wären sie irgendwo in mir verwurzelt, und es macht Spaß, sie in Gedanken wieder zu besuchen. Ich habe auch eine echt lange Liste mit Dingen, die ich noch erleben möchte, zum Beispiel in der besten Bäckerei in jeder neuen Stadt essen. Hast du nie das Gefühl, was zu verpassen? Würdest du nicht gerne einen Regenwald erkunden oder durch eine Wüste wandern? Die Welt ist so groß. Willst du nichts davon sehen?«

»Ich will sie *besitzen*«, sagte er.

»Wo liegt darin der Spaß? Aber jeder, wie er mag. Versuch es ruhig, und wenn ich einmal im Jahr auf Abenteuerreise bin, schicke ich dir Fotos.«

»Wo bist du gerade?«, fragte er.

»In meinem Wohnzimmer. Ich werkel an einem Meerjungfrauenkostüm mit Löwenfell und Flügeln für Joni. Hier herrscht das blanke Chaos.«

»Das will ich sehen. Ich will *dich* sehen. Lass uns auf einen

Videocall wechseln.«

Einen Moment später erschien sein attraktives Gesicht auf dem Bildschirm. Es ging so schnell, dass sie keine Zeit hatte, ihre Haare zu richten, die sie mit einem Stirnband zurückgebunden hatte, oder etwas Netteres als das alte, ausgeblichene Shirt anzuziehen, das sie sich während der Collegezeit genäht hatte. Doch all das war unwichtig, denn als sie ihm in die Augen blickte, wurde ihr ein wenig schwindelig von der Art, wie er sie anschaute.

»Tegs …«, sagte er leise. »Gott, du bist wunderschön.«

»Ich sehe furchtbar aus.« Sie fasste sich in die Haare.

»Du bist das Beste, was ich dieses Jahr gesehen habe.«

Schmetterlinge flatterten in ihrem Bauch. »Ich zeig dir mal Jonis Kostüm.« Sie drehte die Kamera um und schwenkte über das Durcheinander aus Stoffen und Nähutensilien, das im ganzen Zimmer herrschte. »Die Schuppen haben unterschiedliche Muster und die Flügel werden glitzern. Wie gesagt, Chaos.« Sie drehte die Kamera wieder zu sich und ihr Herz setzte einen Schlag aus, als sie das Leuchten in seinen Augen entdeckte.

»Ich mag dein chaotisches Zimmer und das Kostüm ist fantastisch. Sie wird total begeistert sein. Wo hast du das gelernt?«

»Von meiner Mom. Als wir klein waren, hat sie immer Kleidung für uns genäht, und ich wollte immer diese abgefahrenen Outfits haben. Ich glaube, sie hat mir das Nähen beigebracht, damit ich ihr nicht mehr auf die Nerven gehe. Seitdem mache ich meine Klamotten selbst.« Sie deutete auf ihr verwaschenes, langärmeliges Patchwork-Shirt. »Das habe ich im College gemacht, und den Jumpsuit, den ich auf Harpers Junggesellinnenabschied getragen habe, auch.«

»Gut, dass ich dir den nicht einfach vom Leib gerissen habe, als ich es so eilig hatte, dich nackt zu sehen.«

Bei der Vorstellung beschleunigte sich ihr Puls. »Ich kann mir jederzeit einen neuen nähen …«

Sein Lachen war Musik in ihren Ohren. Sie liebte dieses Lächeln an ihm. Es war unbeschwerter als alle anderen, die sie bisher gesehen hatte.

»Das merke ich mir«, sagte er. »Willst du wissen, wo ich bin?«

»Ja.«

Er zeigte ihr seine luxuriöse Hotelsuite. Auf dem Schreibtisch stand sein Laptop neben einem Stapel Aktenmappen und loser Unterlagen. Auch auf dem Couchtisch lagen überall Papiere herum. Es gab ein Wohnzimmer, eine Küche und einen Essbereich. Sie stellte sich vor, wie er in die leeren Räume kam, seine Schuhe auszog und sich direkt an die Arbeit machte, bis er kaum noch die Augen offenhalten konnte.

»Ziemlich langweilig, was?«, sagte er und richtete die Kamera wieder auf sich, während er zur Couch ging und sich setzte.

»Ist doch nett.«

»Es wäre noch viel netter, wenn du hier wärst.«

Das kam so unerwartet, dass sie sich fragte, ob er überhaupt merkte, was er da gesagt hatte. »Wenn ich bei dir wäre, würdest du wahrscheinlich nicht viel zum Arbeiten kommen.«

»Stimmt.« Er lehnte sich zurück. »Was steht bei dir am Wochenende an?«

Der abrupte Themenwechsel entging ihr nicht, aber das machte ihr nichts aus. Sie wusste, dass er mit seinem Anruf bereits eine Menge seiner selbst gesteckten Grenzen überschritten hatte. Als Tegan bemerkte, dass die Akkuanzeige ihres

Handys rot blinkte, eilte sie nach oben, um es an den Strom zu hängen. Sie witzelten darüber, dass Jett die Figuren aus *Friends* für echt gehalten hatte, und unterhielten sich über ihr Lieblingsessen – er mochte Steak mit Kartoffeln, sie alles Mexikanische mit vielen bunten Zutaten wie rote, gelbe und orangefarbene Paprika –, ihre größten Alltagsaufreger – er hasste Zeitverschwendung, fehlerhafte Grammatik und Psychospielchen, während sie Männer ablehnte (Hass war ein zu starkes Wort dafür), die ihre Freundinnen oder Ehefrauen herabwürdigten, Freunde, die sich gegenseitig ausnutzten, und Boston-Cream-Donuts mit zu wenig Cremefüllung – und Farben, die sie nicht leiden konnten – sie waren sich einig, dass dunkelbraun gar nicht ging.

Jett erzählte ihr von seiner Teenagerschwärmerei für eine Zahnarzthelferin und wie er stundenlang Tagträumen über sie nachgehangen hatte, und sie vertraute ihm an, dass sie beim ersten Händchenhalten mit einem Jungen vor Nervosität ins Schwitzen geraten war und sich danach wochenlang davor gefürchtet hatte, es zu wiederholen. Sie sprachen über ihre ersten Küsse, den Abschlussball, auf dem sie gewesen war, und den, auf dem er nicht gewesen war.

Stunden später zeigte die Uhr zwei Uhr morgens und sie telefonierten immer noch. Tegan lag auf ihrem Bett und fühlte sich, als würde sie sich mit jemandem unterhalten, den sie schon seit Jahren kannte, und war so glücklich wie noch nie.

»Was denkst du gerade?«, fragte er leise.

»Dass ich froh bin, dass du angerufen hast.«

»Ich auch. Erzähl mir etwas, das ich noch nicht über dich weiß, Tegs.«

»Ich mag es, wenn du mich Tegs nennst.«

Das brachte ihr ein sexy Grinsen ein. »Noch was. Etwas,

das sonst niemand über dich weiß.«

Ein Kribbeln breitete sich in ihr aus. *Ich verliebe mich in dich und das sollte ich nicht,* lag ihr auf der Zunge. »Du zuerst«, sagte sie stattdessen, weil ihr nichts anderes einfiel.

Er schwieg einen langen Moment, bevor er antwortete: »Ich möchte einfach alles über dich wissen.«

»Das ist kein Geheimnis über *dich.*« Sie war sich sicher, dass er ihr auswich, um kein echtes Geheimnis preisgeben zu müssen.

»Ach nein?« Er fixierte sie mit einem durchdringenden Blick.

Oh Gott. Du hast es ernst gemeint.

»Da du jetzt mein größtes Geheimnis kennst, bist du dran.«

»Äh …« Das Bedürfnis, ihm ihre Gefühle zu gestehen, prickelte auf ihrer Haut, doch sie hatte auch Angst, weil sie sich daran erinnerte, wie offen und emotional er am Montagabend gewesen war, und am Dienstagmorgen plötzlich vollkommen unterkühlt.

»Komm schon, Tegs. Gib mir irgendwas.«

»Okay. Ich hätte es dir wahrscheinlich schon sagen sollen, als du noch hier warst. Ich will nicht mit Bryson ausgehen. Er ist nett, doch ich bin noch nicht bereit für einen Mann, der ein Kind hat.«

»Nein?«

Sie schüttelte den Kopf. »Ich möchte irgendwann Kinder, aber ich habe meiner Schwester nach der Geburt mit Melly geholfen und weiß, wie viel Zeit und Aufmerksamkeit Kinder brauchen. Ich will noch eine ganze Menge erreichen, bevor ich so viel von mir dafür aufgebe.«

»Zum Beispiel?«

»Das mit dem Theater hinbekommen, reisen, mich verlieben …« Ihre Augen wurden groß, denn das Letzte war ihr so rausgerutscht. »Ich meine eines Tages, nicht jetzt.«

Er kniff die Augen ein wenig zusammen und musterte sie, als würde er überlegen, wie viel Wahrheit in ihren Worten steckte. »Du warst noch nie verliebt?«

»Ich wollte das gar nicht sagen.«

»Die ehrlichsten Dinge kommen versehentlich raus. Du bist so ein großherziger Mensch. Warst du wirklich noch nie verliebt?«

Sie schüttelte den Kopf, sah eine Gelegenheit, von sich abzulenken, und ergriff sie. »Ich würde dich ja das Gleiche fragen, aber du hast ja schon gesagt, dass du noch nie jemandem näher warst als mir am Montagabend.«

»Das stimmt, du hast recht. Das Seltsame ist, dass wir gerade komplett angezogen und Tausende von Meilen voneinander entfernt sind und ich mich dir jetzt noch näher fühle als am Montagabend.« Er atmete hörbar aus, als hätte er das schon eine ganze Weile mit sich herumgetragen. »Ich sollte dir so was nicht erzählen. Wir wissen doch beide, dass ich nicht der Mann sein kann, den du brauchst.«

Aber du kannst der sein, den ich will. »Ich habe noch nie einen Mann *gebraucht*.«

Er setzte sich auf und seine Kiefermuskeln wirkten wieder angespannt. »Es ist spät. Ich sollte dich jetzt schlafen lassen.«

»Okay«, sagte sie leise.

»Gute Nacht, Tegs, und … Ich habe nicht nur das Plus vermisst. Ich habe dich vermisst.«

Siebzehn

»Fütterungszeit im Zoo«, sagte Violet, als sie am Montagabend mit zwei Pizzakartons in Daphnes Wohnung kam. Sie trug eine enge Lederhose und ihre allgegenwärtigen Motorradstiefel und sah aus, als wäre sie bereit für eine kleine Spritztour auf ihrem Bike.

»Danke«, sagte Daphne, legte ihren Pinsel beiseite und nahm sich ein Stück Pizza.

Harper angelte sich ebenfalls eins. »Das sieht echt lecker aus.«

»Ich bin am Verhungern. Danke.« Tegan legte ihren Pinsel auf die Farbwanne.

»Ich auch«, sagte Chloe, schnappte sich ein Stück und gab Serena ein weiteres.

Während Tegan herzhaft in die köstliche Pizza biss, spähte Emery an Serena vorbei in die Kartons. »Das ist ja viel Belag. Was für Pizzen hast du mitgenommen?«

»Welche, die ich nicht selbst backen musste.« Violet hielt Emery ein Stück hin. »Wenn's dir nicht schmeckt, stell dir vor, es wäre dein Ehemann, und tu so, als ob.«

Emery hätte vor Lachen fast den Bissen wieder ausgespuckt, den sie gerade im Mund hatte.

»Ich bezweifle, dass sie bei diesem Mann irgendetwas vor-
täuschen muss«, sagte Chloe. »Wenn mich einer so ansehen
würde wie Dean sie, würde ich wahrscheinlich ohnmächtig
werden.«

Tegans Gedanken wanderten direkt zu dem sexy Videocall
mit Jett gestern Abend und ihre Wangen wurden heiß. Sie
stopfte sich ihre Pizza in den Mund und kaute hastig, bevor sie
ihren Pinsel wieder aufhob. Sie und Jett hatten seit Freitag
jeden Abend telefoniert und bis in die frühen Morgenstunden
geredet. Er hatte es ernst gemeint, als er sagte, dass er alles über
sie wissen wollte. Jedes Mal fragte er sie nach den Fortschritten
beim Theater und mit Jonis Kostüm, und er wollte auch
wissen, was sie sonst noch so trieb, wie zum Beispiel im Sundial
Café frühstücken. Abends war ihre Jugend oft ein Thema, und
er fragte sie, wie sie als Teenager gewesen war und wie sie sich
seitdem verändert hatte. Oft steuerte er kleine Anekdoten aus
seiner eigenen Kindheit bei und gab ihr einen Einblick, wie
sich die Beziehung zu seinen Freunden gewandelt hatte, als er
seine ganze Energie immer mehr darauf verwendete, so wenig
Zeit wie möglich zu Hause zu verbringen. Sie liebte ihre
Videocalls, wollte jede Sekunde davon festhalten und wünschte
sich, sie würden nie enden. Vorgestern hatten sie zusammen
eine Folge *Friends* geschaut, und Jett behauptete, dass er es
selbst mit geschlossenen Augen locker mit Ross, Chandler und
Joey aufnehmen konnte. Insgeheim fand sie es toll, wenn er
eifersüchtig wurde, auch wenn er immer wieder klarstellte, dass
sie nur Freunde mit gewissen Vorzügen waren und nicht mehr.
Aber es war nicht zu leugnen, dass ihre Verbindung tiefer und
intensiver wurde, je mehr sie übereinander erfuhren. Gestern
Abend hatte sie sein Verlangen spüren können, als sie ihm
wohlig entspannt in die Augen schaute, und sie hatten sich auf

erotischeres Terrain gewagt. Was mit ein paar verführerischen Anspielungen begann, entwickelte sich schnell zu Eingeständnissen ihrer unanständigsten Fantasien. Unfähig, sich zurückzuhalten, hatten sie sich beide mitreißen lassen und sich ausgezogen, um sich gegenseitig mit Flüstern und Stöhnen über die Klippe zu treiben, während sie sich selbst berührten. Zu sehen, wie seine große Hand seine Erektion umschloss und seine sexy blauen Augen nur auf sie gerichtet waren, während er ihr versaute Dinge zuraunte, war heißer als alles, was sie je erlebt hatte.

»Du solltest mitmachen«, sagte Harper und holte Tegan damit in die Realität zurück.

Alle aßen bereits ihr zweites oder drittes Stück Pizza. Heiliger Strohsack, wie lange hatte sie denn vor sich hingeträumt? Tegan legte ihren Pinsel beiseite und fragte sich fieberhaft, mit wem Harper wohl sprach. Hoffentlich nicht mit ihr, denn sie hatte keine Ahnung, wovon sie redete.

»Als ich das letzte Mal einen Pinsel in der Hand hatte, waren Andre und ich nackt und die Farbe essbar«, sagte Violet.

Tegan atmete erleichtert auf und ermahnte sich, nicht mehr an Jett zu denken. Und sich ihn vor allem nicht nackt vorzustellen. Sie nahm sich ein weiteres Stück Pizza und biss hinein.

Violet schaute zu Chloe. »Ich hab gehört, dass Justin im Sturm bei dir festsaß. Wurde ja auch Zeit, dass du ihn mal ranlässt.«

»Was?« Emery runzelte die Stirn. »Du hast die Nacht mit dem Langschniedel-Typ verbracht und uns nichts davon erzählt?«

Chloe schob sich den letzten Bissen Pizza in den Mund und griff nach ihrem Pinsel. »Ihr seid ja nicht mehr ganz dicht.

Feucht wurde ich an dem Abend nur, weil ich raus in den Regen musste.«

»Hast du dich deshalb erst Stunden später bei mir gemeldet?«, fragte Tegan und war froh, sich auf etwas anderes als ihren heißen Videochat konzentrieren zu können.

»Nein«, behauptete Chloe, doch etwas in ihrem Blick verriet Tegan, dass mehr hinter der Sache steckte.

»Dann bist du echt dumm«, sagte Violet und ging zur Tür. »Justin ist ein toller Kerl, und du könntest einen Mann gebrauchen, der im Bett weiß, was er tut, damit du mal ein bisschen lockerer wirst.« Sie schaute in die Mädelsrunde. »Denkt dran, dass Desiree Nachtisch für alle macht.«

»Ich freue mich schon drauf«, sagte Tegan und aß ihre Pizza auf. Aufgrund der Zeitverschiebung telefonierten sie und Jett normalerweise gegen elf Uhr, sodass sie den ganzen Abend Zeit hatte, um mit den Mädels Spaß zu haben.

»Ich muss Hadley von meiner Mutter abholen, sobald wir mit dem Streichen fertig sind«, sagte Daphne. »Ich versuche, rechtzeitig wieder hier zu sein. Aber wenn Hadley quengelig ist, muss ich vielleicht auf den Nachtisch verzichten.«

»Bring sie mit und leg sie für ein Nickerchen in den Laufstall. Des hat genug gemacht, um eine ganze Armee zu verköstigen«, meinte Violet.

»Wir helfen dir mit Hadley«, bot Serena an.

Daphne ließ die Schultern hängen. »Ihr wisst, wie sehr ich meine Kleine liebe, aber wenn sie schlecht drauf ist, verdirbt sie allen den Abend. Der Einzige, der Hadley noch zum Lächeln bringt, ist Onkel Jett, und der ist weg. Sie ist total wild auf das Vogelhaus und den Vogel, die er ihr geschenkt hat.«

Tegans Ohren spitzten sich. »Onkel Jett?« Sie tauchte ihren Pinsel in die Farbe und widmete sich wieder der Fensterlaibung.

»Er verwöhnt Hadley nach Strich und Faden«, erklärte Daphne. »Wenn er herkommt, bringt er ihr Geschenke mit, und er schickt ihr auch zu jedem Feiertag welche. Letztes Thanksgiving war sie total verrückt nach Affen und er hat ihr einen riesigen Plüschaffen geschickt. Das Ding ist über einen halben Meter groß. Dieser Mann wird ein großartiger Vater, wenn er sich je dazu entschließt.«

Tegan machte sich mentale Notizen, weil diese neuen Infos brennende Neugier in ihr weckten. »Seid ihr mal miteinander ausgegangen?«

»Nein, nein, nein.« Daphne wedelte abwehrend mit den Händen. »Er ist viel zu viel Mann für mich, bei ihm stottere ich ständig nur rum. Er ist so kompetent und hat immer alles im Griff. Aber er entlockt meiner Tochter, die sich normalerweise von niemandem beeindrucken lässt, nur Positives. Man könnte meinen, er holt ihr die Sterne vom Himmel.«

Mich lässt er ja gern mal welche sehen.

»Ich glaube nicht, dass er jemals sesshaft wird oder heiratet, geschweige denn eine Familie gründet«, sagte Emery, die ebenfalls weiter strich. »Zumindest nicht hier. Er erträgt es kaum, sich im selben Bundesstaat wie sein Vater aufzuhalten. Er besitzt hier schon seit Ewigkeiten ein Grundstück am Meer und hat nie was damit gemacht.«

»Warum kauft jemand ein Grundstück und tut nichts damit?«, fragte Tegan.

»Er ist Investor«, warf Serena ein und tunkte ihren Pinsel in die Farbwanne. »Wahrscheinlich will er es irgendwann wieder verkaufen. Aber Menschen ändern sich, Em. Rick ist auch wieder zurückgekommen, nachdem er Desiree kennengelernt hatte.«

»Was meinst du mit *wieder zurück*?«, fragte Tegan.

Alle Blicke richteten sich auf Serena. Sie legte ihren Pinsel beiseite. »Rick hat damals in Washington gewohnt. Als Teenager waren er und seine Familie mit ihrem Boot unterwegs, als sie auf dem Meer in einen Sturm gerieten. Rick und Drake waren mit ihrem Vater an Deck, als er über Bord ging. Sie konnten nichts tun. Seine Leiche wurde nie gefunden und Rick hat sich die Schuld dafür gegeben.«

»Oh mein Gott, das ist ja grauenvoll«, sagte Tegan.

»Ja, und es hat Ricks und Drakes Beziehung schwer zugesetzt«, meinte Serena. »Drake hat zu Hause die Stellung gehalten, als Rick das Cape verließ.«

»Genau wie Dean«, fügte Emery hinzu. »Er versucht immer, Jetts Abwesenheit bei Veranstaltungen und Familientreffen auszugleichen. Sie arbeiten daran, aber ich weiß, dass Dean sich wünscht, Jett würde seinen Hintern hierherbewegen und das ein für alle Mal in Ordnung bringen.«

Tegan verstand, dass verpasste Familienfeiern schmerzhaft sein konnten, doch sie fragte sich auch, was seine Familie unternommen hatte, um die abgebrochenen Brücken zu kitten. »Besucht eigentlich irgendwer mal Jett?«

»Ich glaube nicht«, sagte Emery. »Er reist viel, also ist es vielleicht zu schwierig, ihn irgendwo abzupassen.«

»Also ich finde, dass Jett sein Bestes gibt.« Tegans Beschützerinstinkt erwachte. »Er hat am Montag die Arbeit sausen lassen und wir haben den Tag mit seinen Eltern verbracht und in der Gemeinde geholfen. Danach waren wir alle zusammen zum Abendessen bei ihnen zu Hause. Es gab Spannungen zwischen ihm und seinem Vater, aber sie waren nicht erdrückend. Sie kamen und gingen. Und Jett kommt zur Spendengala im Juni. Er leitet ein Unternehmen und ist dafür ständig auf Achse. Im Moment ist er in L.A. und am Donnerstag in Louisiana. Er kann nicht einfach alles hinschmeißen und hierherziehen.« Von den Videocalls erzählte sie nichts, auch nicht, dass Jett trotz seines vollen Terminkalenders Zeit gefunden hatte, Rob Wicked anzurufen und ihn zu bitten, das Schlagloch zu reparieren, das Berta auf der Zufahrt das Leben gekostet hatte. Rob hatte sich gestern darum gekümmert.

»Ich wollte damit nicht sagen, dass er es nicht versucht«, sagte Emery leise. »Ich meinte nur, dass es schon Jahre so geht und alle ihn vermissen. Dean will seinen Bruder zurück, und genauso sehr wünscht er sich, dass es zwischen Jett und ihrem Dad besser läuft.«

»Ich glaube, das würde Jett auch gefallen, aber zwischen ihm und seinem Vater ist es kompliziert.« Tegans Handy zeigte ihr vibrierend eine eingehende Nachricht an. Sie legte ihren Pinsel weg, zog das Gerät aus der Tasche und lächelte über Jetts Namen über der Sprechblase.

»Ist das der Sterneholer?«, fragte Serena, die sich wieder der Türzarge zuwandte.

»Wer sonst bringt sie so zum Lächeln?«, warf Chloe ein.

Tegan drehte den Mädels den Rücken zu, öffnete die Nachricht und wurde von einem Foto von einem Teller mit mexikanischem Essen überrascht. Die Bildunterschrift lautete: *Mittagessen à la Tegan.* Eine weitere Nachricht poppte auf. *Ich habe keine Ahnung, warum du dich mit einem Arsch wie mir abgibst, aber danke. Du öffnest mir in vielerlei Hinsicht die Augen. Besonders gut hat mir die horizonterweiternde Erfahrung gestern Abend gefallen.*

Sie tippte eine Antwort zurück. *Du bist kein Arsch. Du bist wie ein Igel, der die Stacheln aufstellt. Aber wer das Glück hat, unter deine Rüstung zu linsen, auf den wirkst du so herrlich anziehend wie warmer Apfelkuchen an einem kalten Wintertag.*

»Oh mein Gott«, sagte Chloe, die über Tegans Schulter mitgelesen hatte.

»Chloe!« Tegan schob ihr Handy in die Gesäßtasche.

Ihre Freundin deutete mit dem Pinsel auf Tegan. »Komm mir nicht so. Das war ja glatt poetisch. Du bist total in ihn verknallt.«

»Ich bin nicht in ihn verknallt! Und poetisch war das kein Stück.«

Chloe schnaubte spöttisch. »Kommt nah genug ran. Total kitschig-süß. Ich hatte dich doch gewarnt, dich nicht in ihn zu verlieben, Teg.« Ihr Gesichtsausdruck wurde weicher. »Du hast gehört, was Emery gesagt hat. Er wird nicht zurückkommen. Er wird sich nie auf was Dauerhaftes einlassen.«

»Ich habe gesagt, dass ich es nicht *glaube*«, stellte Emery klar.

»Ist schon okay, Em«, meinte Tegan. »Ich weiß, wie Jett tickt, und ich weiß, wie ich ticke. Er ist witzig und sexy, und ich finde es toll, ihn besser kennenzulernen. Aber deswegen mache ich mir nicht direkt Hoffnungen auf einen Antrag.«

Chloe legte ihren Pinsel beiseite. »Ganz sicher? Ich will nicht, dass du verletzt wirst.«

»Meinst du, ich will verletzt werden? Harper verlässt sich auf mich. Ich verlasse mich auf mich. Ich habe keine Zeit für Liebeskummer. Trotzdem habe ich Zeit für einen Mann, den ich anziehend finde. Weißt du, wie lange es her ist, dass ich jemanden getroffen habe, über den ich mehr erfahren will – und der mein wahres Ich kennenlernen will? Der Interesse daran hat, wer ich bin und wie ich zu dem wurde, was mich heute ausmacht? Einen Mann, der mich fragt, wo auf der Welt ich schon war und wo es mich noch hinzieht? Jemand, der meine verquere Herangehensweise und meinen Geschäftssinn respektiert? Jemand, der neugierig auf *mich* ist und mich nicht nur vögeln will?«

Die Mädels tauschten überraschte Blicke miteinander.

»Wir reden hier immer noch von Jett Masters, oder?«, fragte Emery.

Tegan verdrehte die Augen.

»So hat sie das nicht gemeint«, sagte Serena. »Das klingt nur überhaupt nicht nach Jett. Chloe und ich sind mit ihm aufgewachsen. Soweit ich weiß, hat er sich noch nie für jemanden so interessiert.«

Tegan seufzte und ließ sich auf die Couch sinken. Die Abdeckplane knisterte unter ihr. »Tja, bei mir tut er es.«

Daphne setzte sich neben sie. »Er nimmt sich immer die Zeit zu fragen, wie es mir geht. Ich denke, unter der gleichgültigen Fassade steckt ein großartiger Kerl. Ich könnte es dir nicht verdenken, wenn du dich in ihn verliebt hast.«

Tegan stieß Daphne leicht mit der Schulter an. »Danke. Ich habe mich nicht in ihn verliebt. Aber das könnte ich. Ich mag ihn wirklich sehr.«

Die Mädels scharten sich um sie, knieten sich auf den Boden und gaben ihr alle auf einmal Ratschläge.

»Das ist doch okay«, meinte Harper. »Lass das Schicksal seinen Lauf nehmen.«

Chloe starrte Harper an, als hätte sie nicht mehr alle Latten am Zaun. »Das wird dir gewaltig auf die Füße fallen, Teg. Ich halte das für keine gute Idee. Männern wie Jett ist es egal, wie viel Schmerz sie verursachen.«

»Das glaube ich nicht«, hielt Tegan dagegen. »Er hat ein großes Herz, auch wenn er es nicht immer zeigt.« Sie wollte die anderen fragen, ob sie ihre Gefühle offen zeigen würden, wenn sie so verletzt worden wären wie er, wenn sie miterlebt hätten,

MELISSA FOSTER

wie zwei wichtige Männer in ihrem Leben – Vater und
Großvater – gemein und egoistisch wurden. Sie selbst würde
jedenfalls nicht das Risiko eingehen, wieder verletzt zu werden.

»Manchen Männern ist das egal«, sagte Serena. »Jett ist ein
toller Kerl, und ich finde zwar, dass Chloe recht hat, gleichzeitig glaube ich auch, dass es ihm nicht egal wäre, wenn er dich
verletzt. Er ist immer noch wütend auf seinen Vater, und sein
Dad versucht schon lange, die Situation wieder in Ordnung zu
bringen. Das sagt einiges über ihn aus.«

»Zwischen ihnen ist viel passiert«, sagte Tegan. »Dinge, die
ihr wahrscheinlich nicht wisst und die ich euch nicht erzählen
kann, weil ich kein Recht dazu habe. Ich freue mich, dass ihr
euch um mich sorgt, aber ich weiß, was ich riskiere, wenn ich
Jett an mich ranlasse. Risiken gehe ich schon mein ganzes
Leben lang ein. Ich habe drei Jobs parallel gehabt, um über die
Runden zu kommen. Bin allein in fremde Länder gereist. Ans
Cape zu ziehen und das Theater meines Onkels zu übernehmen, war ein enormes Risiko, und wer weiß, wie es ausgeht.
Trotzdem bin ich hier. Wenn das Theater den Bach runter-
geht, wird mich das härter treffen, als es ein Mann je könnte.
Und selbst mit euch darüber zu reden, ist gefährlich. Es könnte
mich eure Freundschaft kosten, wenn ich euch gegenüber
ehrlich bin und euren Rat missachte.«

»Das stimmt doch gar nicht, Teg. Du bist unsere Freundin
und wir verurteilen deine Entscheidungen nicht. Wir wollen
nur auf dich aufpassen«, sagte Chloe ernst.

»Ja, vielleicht, aber es fühlt sich riskant an – und verdammt
beängstigend, weil ich dich jetzt schon wie eine Schwester liebe.
Doch wenn ich vor allem weglaufe, was mich potenziell
verletzt, würde ich mich nie weiterentwickeln.« Ihr Blick
wanderte über die besorgten Gesichter der Mädels. »Ich bin so

318

froh, Freundinnen wie euch zu haben. Und ihr habt recht. Es könnte schmerzhaft für mich werden, und ich glaube nicht, dass Jett jemals wieder hierherziehen wird. Aber das ist doch eigentlich egal, weil ich im Oktober sowieso nach Maryland zurückgehe.« Sie holte tief Luft. »Ich habe meinen Lieblingsonkel verloren und er hat eine große Lücke in mir hinterlassen. Doch er hat mir beigebracht, mein Leben aktiv in die Hand zu nehmen und es in vollen Zügen zu genießen. Was zählt ist, dass ich *jetzt* glücklich bin. Und ich werde das Schicksal seinen Zauberstab schwingen lassen, denn mit Jett zusammen zu sein, mit ihm zu reden, ihn kennenzulernen, fühlt sich besser an als alles andere seit sehr langer Zeit.«

»Ich heul gleich los.« Daphne fiel ihr um den Hals. »Sei glücklich, Tegan. Sei einfach glücklich.«

Bevor Tegan durchatmen konnte, überhäuften die anderen sie mit Umarmungen, Entschuldigungen und aufmunternden Worten.

»Ich möchte so sein wie du, wenn ich groß bin«, verkündete Daphne. »Du bist so selbstbewusst.«

»Nicht immer«, brachte Tegan erstickt hervor. »Ich hoffe nur, dass ihr alle für mich da seid, wenn sich herausstellt, dass ich den größten Fehler meines Lebens begehe.«

»Wir stehen hinter dir«, sagte Harper.

Chloe legte eine Hand auf Tegans. »Tut mir leid. Vielleicht bin ich zu sehr die große Schwester. Ich mache mir einfach Sorgen um dich.«

»Ich mache mir auch Sorgen um mich. Aber ich mein's ernst: Ich bin glücklich und habe keine Angst vor dem, was noch kommt. Vor allem weil ich weiß, dass ihr da sein werdet, um mich aufzufangen, wenn irgendwas schiefgeht.«

Achtzehn

Als Tegan am Mittwochmorgen zum Sundial Café fuhr, um Jonis Kostüm abzuliefern, war Jett in ihren Gedanken mehr als präsent. Am Vorabend waren sie wieder viel zu lange aufgeblieben und hatten sich unterhalten, doch ein bisschen Müdigkeit war nichts im Vergleich zu der Nähe, die sie zueinander aufgebaut hatten. Sie hatte ihn über die Fortschritte informiert, die sie bei den Marketingplänen für das Theater machte, und ihm erzählt, dass sie ernsthaft darüber nachdachte, in das Verwalter-Cottage zu ziehen. Er war froh, dass sie es in Erwägung zog, und als sie ihm erzählte, dass sie und Harper die Partnerschaftsvereinbarung vom Anwalt erhalten und unterzeichnet hatten, lobte er sie beide dafür, dass sie ihre Freundschaft schützten. Sie hatte ihm das Logo gezeigt, das sie für das Amphitheater ausgesucht hatte, und genau wie sie und Harper fand er großartig, was Brandon für Bayside Productions entworfen hatte. Ihre Freunde und Familie ermutigten sie bei allem, aber Jett hatte echtes Interesse bewiesen, indem er sie nach ihrem Vorgehen und ihren Entscheidungen fragte, sie auf eine Weise anleitete und auf sie achtete, wie niemand vor ihm, und das fühlte sich unglaublich gut an. Sie sprachen auch über ihren Onkel und Tegan hatte ein paar Tränen vergossen. Jett war so mitfühlend, und es war so einfach, mit ihm zu reden, dass sie eingestand, wie schwer es ihr fiel, Harveys Sachen auszusortieren. Jett hatte deutlich gemacht, wie gern er bei ihr wäre, um ihr zu helfen, und der Ausdruck in seinen Augen hatte ihr verdeutlicht, dass er es ernst meinte. Sie wünschte sich das auch, doch sie wusste, dass es nicht ging. Jett hatte ihr im Gegenzug anvertraut, dass er immerzu an Mitchell und die anderen vom Sturm Betroffenen denken musste.

Genauer war er nicht darauf eingegangen, aber nach allem, was er ihr an jenem Abend erzählt hatte, fand sie es positiv, dass sie ihm nach wie vor nicht egal waren. Kurz bevor sie ihren Videochat um fast drei Uhr morgens beendeten, sagte Jett: »Wenn wir so weitermachen, sehen wir irgendwann noch die Sonne aufgehen.« Dann hellte sich auf einmal sein Gesicht auf. »Bevor ich am Morgen nach der Hochzeit wieder abreise, sollten wir das unbedingt machen.« In diesem Moment wurden ihr gleich mehrere Dinge klar: Er schmiedete Zukunftspläne für sie und sei es auch nur für einen Sonnenaufgang. Außerdem wusste sie nicht, wohin es für ihn am Morgen nach der Hochzeit ging, doch was sie am meisten überraschte, war die Erkenntnis, dass ihr das egal war. Er war ja sowieso immer irgendwohin unterwegs.

Wichtig war nur, ob er wieder zurückkommen wollte.

Tegan parkte das Auto ihres Onkels vor dem Café und wünschte sich immer noch, sie hätte stattdessen ihre Berta. Rasch sammelte sie ihre Sachen zusammen und stieg aus. In den letzten beiden Wochen war sie ein paarmal zum Frühstück hier gewesen, und auch jetzt immer noch ein bisschen hibbelig, wenn sie an die erste Begegnung mit Jett zurückdachte. Das war jedoch nicht das Einzige, was sie beschäftigte, während sie das fast leere Café betrat. Sie erwartete immer noch, von Jonis fröhlicher Stimme begrüßt zu werden, aber für das energiegeladene Mädchen war wieder Schule angesagt.

»Hallo, Herzblatt«, begrüßte Rowan sie von hinter der Theke.

»Hi. Ich bin mit Jonis Kostüm fertig.« Sie reichte ihm die hübsche Papiertüte. »Ich hoffe, es gefällt ihr. Ich habe es als Geschenk verpackt und eine Notiz mit einer kleinen Geschichte reingelegt, wie die Tiere im Park das Kostüm genäht haben. Ich liebe ihre Fantasie.«

»Du bist wirklich eine Wucht. Vielen Dank. Carlo hätte dich sehr gemocht.« Er stellte die Tüte auf die Anrichte hinter ihm. »Joni redet von nichts anderem mehr. Sie wird ganz sicher hin und weg sein.«

»Hoffen wir es.«

»Auf was hast du heute Lust?«

»Kein Frühstück für mich, ich kann leider nicht bleiben. Ich muss die Sachen meines Onkels durchgehen. Das schiebe ich schon viel zu lange vor mir her.« Sie hatte Rowan neulich beim Frühstück alles über das Theater und ihre großen Pläne erzählt.

Er stützte sich mit den Unterarmen auf die Theke, sodass sie miteinander auf Augenhöhe waren. Seine fransigen Haare fielen ihm ins Gesicht und er schob die Strähnen auf eine Seite. »Ich weiß aus eigener Erfahrung, wie schwierig es sein kann, die Sachen eines geliebten Menschen auszusortieren. Darf ich dir einen Rat geben?«

»Sehr gern. Jedes Mal, wenn ich es angehen will, werde ich zu traurig.«

»Nimm dir Zeit für jede Kleinigkeit. Du denkst vermutlich, dass du dich besser fühlst, wenn du damit fertig bist und alles weggeräumt hast. Aber für mich war das Aussortieren der

Teil, bei dem ich mich am besten gefühlt habe. Am Anfang war es schwer, und ich habe viel geweint, doch dann habe ich mir erlaubt, die Erinnerungen eine nach der anderen noch einmal zu durchleben. Das hat mir wirklich geholfen. Manchmal müssen wir weinen dürfen, um zu heilen. Bei mir war es das Weggeben und Wegräumen von Carlos Sachen, das mich fertiggemacht hat. Aber als ich jede gute Erinnerung und auch ein paar der schlechten bewusst verinnerlicht hatte, wurde es leichter.«

»Ich habe versucht, es einfach durchzuziehen.«

»Das machen wohl die meisten so, doch wie gesagt, für mich war es anders einfacher. Soll ich vorbeikommen und dir helfen? Einen Freund an deiner Seite zu haben, könnte es angenehmer für dich machen.«

»Nein, aber es ist nett, dass du fragst.« Cici hatte ihr schon Hilfe angeboten, ebenso wie einige der Mädels. Ihre Schwester hatte jedoch mit ihrer eigenen Familie genug um die Ohren, und Tegan wollte ihre Freundinnen nicht mit etwas belasten, bei dem ihr selbst womöglich ständig die Tränen kamen.

»Okay.« Er richtete sich wieder auf. »Du weißt ja, wo du mich findest, wenn du es dir anders überlegst.«

»Danke.« Sie schaute zu einem Pärchen, das am Fenster saß und über den Tisch hinweg Händchen hielt, und das ließ sie Jett noch mehr vermissen. Es erinnerte sie auch an ihren Onkel und Adele. Sie wusste, dass ihre Einstellung zur Liebe von ihrem Onkel kam, und allein der Anblick dieses Paares weckte in ihr den Wunsch, etwas zu tun, um sie zu ermutigen. »Haben die beiden ihr Essen schon bezahlt?«

»Ja, direkt beim Bestellen. Warum?«

Sie kramte zwei Zwanziger aus ihrem Geldbeutel und legte sie auf die Theke. »Sie sehen so verliebt aus, das hat mich inspiriert. Das ist für das Essen des nächsten Paares, das kommt.«

»Etwas weitergeben. Das gefällt mir.« Er öffnete die Kasse und legte das Geld hinein. »Liebe ist etwas Wundervolles.«

»Darf ich dich was Persönliches fragen?«

Er zuckte mit den Schultern. »Klar.«

»Du hast Carlo ein paarmal erwähnt und dabei immer denselben Gesichtsausdruck wie mein Onkel, wenn er von seiner Frau Adele gesprochen hat, die acht Jahre nach der Hochzeit gestorben ist. Wie hast du damals gemerkt, dass du dich in Carlo verliebt hast?«

»Gar nicht. Da war nichts mit Verlieben. Ich bin überzeugt, dass wir das in einem anderen Leben schon erledigt und uns in diesem nur wiedergefunden haben, denn in dem Moment, in dem ich sie zum ersten Mal gesehen habe, war es um mich geschehen.«

»Wow, wirklich?«

»Ja, und ich weiß, wie das klingt. Die meisten Menschen verlieben sich über einen längeren Zeitraum ineinander. Aber bei Carlo war es, als wäre ich vom Blitz getroffen worden. Krach!« Er strahlte übers ganze Gesicht. »Ich mochte von Anfang an alles an ihr. Meine Freunde hielten mich für verrückt, doch sie war meine ganze Welt. Stur wie ein Esel und sie hat oft nur diskutiert, um zu beweisen, dass niemand sie zu irgendetwas zwingen kann. Selbst darauf stand ich. Manchmal zog sie sich für ein oder zwei Tage zurück, weil sie ihren Freiraum brauchte, aber ich wusste, dass sie immer zurückkommen würde.« Er runzelte die Stirn. »Ich wusste wohl, dass ich in sie verliebt bin, weil ich alles für sie getan hätte, ohne mit der Wimper zu zucken. Warum fragst du? Belastet dich was?«

»Keine Ahnung. Ich war einfach neugierig, denke ich.«

»Hat es etwas mit Inspektor Gadget zu tun?«

Tegan spürte, wie sie rot wurde. »Vielleicht ein bisschen.«

»Er stand definitiv auf dich, als ihr am Tag nach dem Sturm hier wart und er mir bei den Sandwiches geholfen hat. Er hat viele Fragen gestellt und war extrem aufmerksam dir gegenüber. Auf mich hat er wie ein netter Kerl gewirkt.«

»Ich weiß, dass er auf mich steht«, sagte sie, doch es fühlte sich gut an, es auch von Rowan zu hören.

»Du glaubst also, dass du dich in ihn verliebst?«

Sie zuckte ausweichend mit den Schultern, ihr rasender Herzschlag war allerdings ziemlich aufschlussreich.

»Ich fasse das als ein schwammiges Ja auf. Es gäbe da einen todsicheren Weg, um es herauszufinden. Trenn dich von ihm.«

»Was? Nein!«

»Jap, du bist quasi schon verloren.«

Sie schüttelte lachend den Kopf. »Du hast doch …«

»Recht?«

»Keinen Schimmer«, sagte sie schmunzelnd. »Ich muss dann mal los.«

Auf der Rückfahrt schwankte Tegan zwischen Freude über ihre emotionale Erkenntnis und der Angst davor, die Sachen ihres Onkels durchzusehen. Bis sie zu Hause ankam, hatte die Angst jedoch die Oberhand gewonnen. Sie war überrascht, als sie ein Fahrzeug von »Edible Arrangements« vor dem Anwesen entdeckte, dessen Fahrer gerade auf die Eingangstür zuhielt.

Sie sprang schwungvoll aus dem Auto und rief: »Hi! Ist das für mich?«

Der Lieferant drehte sich um, ein riesiges Bouquet aus schokoladenüberzogenen Früchten in der einen und eine rote Schachtel in der anderen Hand.

»Wenn Sie Miss Fine heißen, ja«, sagte er.

Ihr Herz machte einen Hüpfer. Nur Jett nannte sie Miss Fine! Sie dankte dem Zusteller und eilte mit ihren Leckereien ins Haus, weil sie unbedingt die Karte lesen wollte. In der Küche angekommen, stellte sie Vase und Schachtel auf die Anrichte und öffnete hastig die Karte.

Ich hoffe, das hilft dir über die schwierigen Momente heute hinweg – Jett

Sie seufzte verträumt. In der Schachtel fand sie zu ihrer Begeisterung ein Dutzend Erdbeeren mit Schokoladenüberzug. Sie nahm eine heraus, machte ein Selfie davon, wie sie hineinbiss, und schickte es an Jett mit dem Kommentar: *Du kannst dir nicht vorstellen, wie sehr ich das gebraucht habe! Mir graut's davor, die Sachen meines Onkels auszusortieren. Danke!! Das wird definitiv die Trauer lindern.*

Einen Moment später kam auch schon seine Antwort: *Wenn ich da wäre, würde ich gern die Erdbeeren von deinem Körper essen. Mit auf dem Rücken gefesselten Händen.*

Heiliger Strohsack …

Ja, bitte.

Eine weitere Nachricht von Jett ging ein. *Genug Ablenkung von der Angst?*

Oh, dieser Mann wusste genau, welche Knöpfe er bei ihr drücken musste. Sie antwortete mit einem *JA!*

Während sie nach einer weiteren Erdbeere griff, kam Jetts Reaktion: *Gut. Auf der Hochzeit bestellen wir uns abends welche beim Zimmerservice. Ich kann es kaum erwarten, dich zu sehen. Vielleicht solltest du heute ein paar der Mädels fragen, ob sie dir helfen. Das machen sie bestimmt gern.*

Sie fand es toll, dass er versuchte, ihr aus Tausenden von Kilometern Entfernung unter die Arme zu greifen. Sie antwortete: *Erdbeeren, ein Sonnenuntergang und du. Klingt perfekt. Vielleicht rufe ich eine Freundin an. Oder vielleicht verschiebe ich das Ganze noch ein paar Tage und genieße einfach meine Leckereien. Vielen Dank!*

Während sie die Schachtel mit den Erdbeeren ins Wohnzimmer trug, erhielt sie eine weitere Nachricht von Jett: *Auf dem Weg zu einem Meeting. Viel Glück.*

Sie stellte die Schachtel auf den Couchtisch und schaute hinüber zu Harveys Sachen. Mit noch einer Erdbeere ließ sie sich auf die Couch sinken, um sich mental auf einen Tag voller Traurigkeit vorzubereiten. Ihr Handy vibrierte, und sie hoffte, dass es Jett war. Doch als sie es aus der Tasche zog, sah sie Jocks Namen auf dem Display. Eine Welle der Enttäuschung überrollte sie, was natürlich unfair war, da Jock gestern Nachmittag fast eine Stunde lang mit ihr über die Idee, ins Cottage zu ziehen und das Haupthaus für Aufführungen zu nutzen, gesprochen hatte.

Er schrieb: *Ich habe darüber nachgedacht und finde den Vorschlag großartig, dass du ins Cottage umziehst.* Darüber war sie sehr froh, denn je mehr sie darüber nachdachte, desto begeisterter wurde sie.

Vielleicht war ihre heutige Aufgabe tatsächlich zusammen mit einem Freund einfacher, und womöglich täte es Jock auch gut, damit abzuschließen. Sie rief ihn an.

»Hey, Teg. Was gibt's?«

»Ich glaube, ich brauche dich.«

Er lachte. »Ich wusste immer, dass dieser Tag kommen würde. Tut mir leid, Teg, aber du bist wie eine kleine Schwester für mich. Ich glaube nicht, dass wir uns auf so was einlassen sollten.«

»Sehr witzig. Ich mein's ernst.«

»Ich auch«, sagte er, und sein Lächeln war laut und deutlich zu hören.

»Jock«, flehte sie. »Ich sortiere Harveys Sachen aus oder versuche es zumindest und ... Ich brauche Hilfe. Bist du gerade im Land? Gibt es eine Chance, dass du mir irgendwann im Lauf der nächsten Woche helfen kannst? Ich kann mir diese Berge nicht mehr lange ansehen.«

»Ach, Teg, es tut mir leid. Ich hätte letzten Sommer bleiben und dir helfen sollen.«

»Du warst auch ziemlich fertig. Wenn es dir zu viel ist, ist das okay. Vielleicht hilft mir Tequila ja weiter.«

»Das ist keine gute Idee. Erinnerst du dich an den Abend, an dem wir das Trinkspiel gespielt haben? Am Ende habe ich dir die Haare beim Kotzen aus dem Gesicht gehalten.«

»Oh, stimmt.« Der Abend war trotzdem grandios gewesen. »Ich schulde dir was, nicht umgekehrt. Vergiss es.«

»Du schuldest mir wahrscheinlich eher zehnmal was, aber wer zählt schon mit? Ich bin bei meinem Bruder Levi in Harborside, hänge mit ihm und meiner Nichte ab und besuche zwei meiner Cousins. Inzwischen haben sie wahrscheinlich die Nase voll von mir. Ich kann in etwa zwei Stunden bei dir sein.«

»Augenblick. Du bist bei deiner Familie? Dann solltest du auf jeden Fall dortbleiben und Zeit mit ihnen verbringen.«

»Der Rest meiner Verwandtschaft ist gerade nicht hier und ich bin schon seit einer Woche da. Levi, Jesse und Brent arbeiten, und meine Nichte Joey ist in der Schule. Gib mir ein paar Minuten, um hier alles zu regeln und bei der Schule vorbeizuschauen, damit ich Joey noch mal drücken kann, bevor ich mich auf den Weg mache.«

»Bist du sicher?«

»Absolut. Außerdem wird Harvey mich wahrscheinlich heimsuchen, wenn ich es nicht tue.«

Knapp drei Stunden nach Tegans Anruf traf Jock bei ihr ein – ein willkommener Anblick für ihre müden Augen. Ihr sonst so geschniegelter Freund trug einen dichten Drei-Tage-Bart und seine dunklen Haare brauchten dringend einen Schnitt, was seinem normalerweise gepflegten Äußeren ein paar rauere Ecken und Kanten verlieh. Tegan warf sich ihm in die Arme und sie drückten sich für eine gefühlte Ewigkeit.

»Ich habe dich vermisst!«, sagte sie, während er sie wieder auf die Füße stellte.

»Ich dich auch, Teg. Es ist schön, wieder hier zu sein.«

»Möchtest du wieder im Cottage einziehen? Oder wenn es dir lieber ist, kannst du auch ein Zimmer im Haupthaus haben.«

»Danke, aber nein danke. Es ist Zeit, dass ich nach vorne schaue. Ich werde wahrscheinlich irgendwo am Cape bleiben. Vielleicht miete ich irgendwo ein Zimmer mit Meerblick und versuche, was zu schreiben.«

»Ja! Im Bayside Resort! Ich habe eine tolle Idee: Du kannst Daphne oder Chloe als Date zur Hochzeit mitnehmen.«

Er lachte leise, holte seine Tasche aus dem Auto und sie gingen ins Haus. »Glaub mir, ich schleppe mehr Ballast mit mir rum als jeder Hochseetanker. Das Letzte, was ich gerade brauche, ist eine Beziehung mit einer deiner Freundinnen.« Jock hatte die Bayside-Freunde im letzten Sommer kennengelernt, als Tegan, Cici und ihre Familie zur Beerdigung hier waren. Sie waren über den Nationalfeiertag am vierten Juli geblieben, und alle zusammen waren sie Harper und ihren Freunden in Provincetown über den Weg gelaufen.

»Ich rede nicht von einer Beziehung. Aber eine Freundschaft plus könnte ja drin sein, so wie bei Jett und mir.«

Er stellte seine Tasche an der Haustür ab. »Wie wäre es, wenn du meine Freundin bist plus mir was zu essen machst? Ich bin am Verhungern.«

Sie gingen in die Küche, wo er sich ein Stück Obst aus dem Bouquet fischte. »Jett?«

»Mhm.«

»Ich will gar nicht wissen, was du dafür tun musstest«, neckte er sie.

Während er aß, unterhielten sie sich über Jocks Reise und über sie und Jett, und Tegan vertraute ihm an, dass sie bestimmte Teile des Hauses mied, darunter auch Harveys Schlafzimmer. Deshalb schlug Jock vor, genau dort anzufangen. Als würde man ein Pflaster abreißen. Als sie sich auf den Weg nach oben machten, um mit dem Aussortieren anzufangen, fühlte sie sich schon besser. Es war viel einfacher, sich dieser Aufgabe zu stellen, wenn Jock dabei Geschichten erzählte und mit ihr scherzte. Sie arbeiteten sich durch die Zimmer, verpackten Kleidung, Dinge zum Spenden und Erbstücke zum Verschicken an ihre Eltern in Kartons und machten anschließend im Erdgeschoß weiter. Sie unterhielten sich die ganze Zeit, was es viel einfacher machte. Inzwischen ging die Sonne langsam unter, und sie saßen in Harveys Büro auf dem Boden und sichteten Schachteln mit Fotos.

Sie trennten Bilder aus Harveys Leben, bevor er ans Cape gezogen war, von denen danach. Tegan behielt einige Fotos von sich und Harvey, um sie Jett zu zeigen. Irgendwann würde sie hoffentlich dazu kommen, sie zu digitalisieren.

»Sie sind alle wild durcheinander, ohne erkennbare Ordnung. Warum hat er sie so und nicht in Fotoalben aufbewahrt?«

»Weil er ein sturer alter Bock war. Ich habe Dutzende Male versucht, ihn dazu zu bringen, sie in digitale Dateien umwandeln zu lassen, doch davon wollte er nichts wissen. Er hat sie gerne durchgeblättert, sie angefasst und betrachtet.«

Sie legte ein Bild von Harvey und Adele auf den entsprechenden Stapel. »Echt?«

»Oh ja. Er schwelgte dabei gern in Erinnerungen.«

»Hat er dabei auch etwas erzählt?«

»Wenn er in Stimmung dafür war, aber meistens hat er in sich hineingelacht oder traurig ausgesehen. Wenn ich ihn danach gefragt habe, kassierte ich diesen bestimmten Blick. Du weißt schon, als könnte man sowieso nicht nachvollziehen, was ihm durch den Kopf geht.«

»Er hat dir das Leben oft so schwer gemacht. Warum bist du geblieben?«

Jock schaute auf das Foto von Harvey, das er in der Hand hielt, und ein nachdenklicher Ausdruck zeigte sich auf seinem Gesicht. »Wir waren auf einer Wellenlänge miteinander und haben uns gutgetan.«

»Darüber bin ich sehr froh.« Sie holte ein weiteres Bild aus der Schachtel, auf dem ein sehr viel jüngerer Jock mit Harvey zu sehen war, umringt von einer Gruppe von Kindern vor dem Amphitheater. »Oh Jock, auf dem hier siehst du so jung aus. Du warst so süß. Hast du dich da überhaupt schon rasiert? Und wie dünn du warst.« Sie rutschte näher zu ihm und hielt ihm das Bild hin.

Jock schnappte es sich und erwiderte. »Ich bin immer noch jung und süß.«

»Ich habe ja auch nicht gesagt, dass du alt bist. Aber als süß würde ich dich definitiv nicht bezeichnen. Süß ist der zwanzigjährige Junge auf dem Foto.«

»*Zwei*undzwanzig«, korrigierte er sie und betrachtete das Bild.

»Fast das Gleiche. Damals warst du süß, jetzt bist du ein Mann und siehst umwerfend gut aus. Ich wette, in dem Alter hättest du dir diesen netten kleinen Bart noch nicht stehen lassen können. Du hast damals schon verschlossen gewirkt. Verständlich nach allem, was du durchgemacht hast. Dein Glück, dass sich das zu einer geheimnisvollen Aura gewandelt hat, wie bei einem Filmstar, der die Leute neugierig macht und den sie bewundern.«

»An mir ist nichts Bewunderung oder Neugier wert, Teg. Ich bin nur ein Mann, der einen Weg sucht, wie alle anderen durchs Leben zu gehen.« Er wedelte mit dem Foto. »Bei der Aufnahme habe ich im ersten Jahr für Harvey gearbeitet.«

»Wow.« Sie musterte ihren Onkel neben Jock. Harvey war etwas kleiner, stand jedoch kerzengerade und hatte die schmalen Schultern gestrafft, attraktiv und würdevoll in seinem grauen Cardigan und dunkler Stoffhose. »Er saß so lange im Rollstuhl, dass ich ganz vergessen hatte, wie er ohne aussah.«

»Er hat sich mit Händen und Füßen gegen diesen Rollstuhl gewehrt, als hätte er tatsächlich gewinnen können.«

»Natürlich hat er das. Sämtliche Assistenten vor dir hat er innerhalb weniger Monate gefeuert.«

»Ich weiß. Er hat mir erzählt, dass sie ihn wie einen sterbenden alten Mann behandelt haben, obwohl er noch eine Menge Lebenszeit vor sich hatte. Den Kampf gegen diesen verdammten Rollstuhl verlor er allerdings knapp zwei Jahre nach meiner Einstellung. Bis dahin hatte ich mir alles über Lungenemphyseme angelesen, was ich finden konnte, und bestellte ein paar Wochen lang eine Pflegefachkraft ein, wenn er abends ins Bett gegangen war. Ich wollte auf alles vorbereitet sein, was mich im Zusammenleben und bei der Pflege eines Manns mit seiner Diagnose erwartete. Ich war vorbereitet, aber als es so weit war, als er nur noch ein paar Schritte gehen konnte, bis seine Beine die Kraft verließ, wollte ich diesen blöden Stuhl am liebsten für ihn zertrümmern. Er war so lebenslustig, er hatte es nicht verdient, jahrelang an einen Rollstuhl gefesselt und an eine Sauerstoffflasche angeschlossen zu sein.« Jock hielt inne, als müsste er seine Gefühle unter Kontrolle bringen, und fügte einen Moment später hinzu: »Habe ich dir je erzählt, wie viel Angst ich in diesem ersten Jahr um ihn hatte?«

»Nein. Du hast in den ersten Jahren generell nicht viel mit mir geredet, erinnerst du dich?«

Er lehnte sich mit der Schulter an ihre. »Tut mir leid, wenn ich ein Ekel war, Teg.«

»Warst du nicht. Du hast getrauert, und dass du so verschlossen warst, hat mich fasziniert. Ich weiß noch, dass ich immer versucht habe, dich zum Lächeln zu bringen, bevor du mir erzählt hast, was du durchgemacht hast.«

»Du hast ohne Punkt und Komma geredet. Und dein Onkel hat mich auf jede erdenkliche Weise getriezt, nur damit er was zu lachen hatte.«

»Er sagte immer, dass nichts wertvoller ist als Lachen.« Harveys Stimme schlich sich ganz leise in ihren Kopf. »Sein Sinn für Humor war das Größte für mich.«

»Aber auch nur, weil er dir nicht ständig eine Heidenangst eingejagt hat. Hast du eine Ahnung, wie es war, nach ihm zu sehen und ihn halb auf dem Bett, halb daneben vorzufinden, mit seinem Sauerstoffschlauch um den Hals?«

Tegans Augen weiteten sich vor Schock. »Bitte was?«

»Der Mistkerl hat alle paar Wochen seinen eigenen Tod vorgetäuscht. Ich war völlig fertig seinetwegen. Und als ich den Fehler gemacht habe, ihm zu erzählen, dass meine Brüder und ich uns zum Spaß immer gegenseitig zu Tode erschrecken, hat er noch einen draufgesetzt und doch tatsächlich einen Kerl angeheuert, der sich eines Abends als Einbrecher ausgegeben hat.«

»Oh mein Gott. Ist das dein Ernst?« Sie konnte sich durchaus vorstellen, dass ihr Onkel so etwas anstellte.

»Wir reden hier von Harvey. Was glaubst du denn? Der angeheuerte Kerl hatte eine Waffe, die sich als verdammte Theaterrequisite herausstellte. Da stand ich also mit ausgebreiteten Armen vor Harvey, um ihn vor diesem Mann zu schützen, und überlegte, wie ich ihn außer Gefecht setzen sollte, als der Kerl plötzlich eine Waffe auf meine Brust richtete.«

»Oh nein …« Sie verzog das Gesicht, denn sie wusste, dass Jock alles getan hätte, um Harvey zu beschützen. »Was hast du getan?«

»Ich habe ihn aus einem Impuls heraus gepackt, ihm den Arm auf den Rücken gedreht und ihn innerhalb von Sekunden zu Boden gezwungen. Harvey machte sich beinahe in die Hose vor Lachen, doch der arme Kerl hatte am Schluss ein gebrochenes Handgelenk. So was hat Harvey zwar nie wieder angestellt, dafür aber eine Menge anderen Unsinn.«

Sie lachte und griff in die Fotoschachtel. »Der arme Mann. Der falsche Einbrecher natürlich.«

»Ich hatte so ein schlechtes Gewissen.« Jock betrachtete das Bild noch einmal und schüttelte den Kopf. »Ich vermisse ihn, Teg. Ich vermisse Harvey jeden Tag.«

»Ich auch«, sagte sie leise. Sie holte ein weiteres Foto heraus und versuchte, sich nicht von der Traurigkeit überwältigen zu lassen. Auf dem Bild war Harvey in seinem Rollstuhl zu sehen, gekleidet wie ein Arzt, und Jock daneben als Frankensteins Monster. »Von wann ist das hier?«

Freude schimmerte in Jocks Augen, und er legte das Bild weg, das er gerade aus einer anderen Schachtel geholt hatte, um Tegans entgegenzunehmen. »Das war unser viertes gemeinsames Halloween. Wir waren beide Halloween-Fans, also haben wir die Theatergruppen informiert, dass wir Süßigkeiten verteilen. Vor dem Haus haben wir einen Friedhof mit Rauch und allem drum und dran aufgebaut. Oder besser gesagt: Ich habe aufgebaut und Harvey hat Anweisungen gegeben. Und dann saßen wir in tollen Kostümen auf der Veranda und gaben einen Berg Süßigkeiten aus. Er fand es großartig und ich auch. Der beste Teil des Abends kam allerdings nach *Süßes, sonst gibt's Saures*. Da haben wir nämlich zusammen Horrorfilme geschaut.«

»Ich wusste gar nicht, dass er Horrorfilme mochte.«

»Weil du seine fröhliche Nichte warst. Er wollte nicht, dass du irgendetwas Furchterregendes oder Schlechtes erlebst. Ich glaube, er betrachtete dich und Cici als die Töchter, die er selbst nie hatte.«

»Da bin ich mir ganz sicher. Er wäre ein großartiger Dad gewesen.«

Sie arbeiteten sich durch ein paar Schachteln und sprachen darüber, wie sehr sie ihn vermissten und wie viel Spaß sie alle zusammen gehabt hatten. Als sie mit dem Sortieren der Bilder fertig waren, ging Jock zum Wandschrank und kam mit einer großen Holzkiste wieder.

»Was ist das?«

»Keine Ahnung. Sie war in einem Pappkarton, auf dem

Adeles Name steht.« Er stellte die Kiste ab und setzte sich neben Tegan.

Tegan öffnete den Holzdeckel und zum Vorschein kam eine scheinbar endlose Anzahl handgeschriebener Briefe. Sie holte einen heraus und las die zittrige Handschrift ihres Onkels. »Das ist ein Liebesbrief von Harvey an Adele, geschrieben, nachdem sie gestorben war. Hör dir das an.« Sie las die ersten Zeilen vor. »*Meine liebe Adele, es sind jetzt vierhundertsiebenundachtzig Tage vergangen und der Schmerz ist nicht geringer als an dem Tag, an dem ich dich verloren habe. Ich höre dich morgens meinen Namen flüstern und öffne die Augen in der Erwartung, dich zu sehen ...*« Tränen stiegen Tegan in die Augen und sie ließ den Brief auf ihren Schoß sinken. »Ich kann das nicht lesen. Wir sollten sie im Garten begraben, wo Adeles Asche verstreut wurde.«

»Okay, das machen wir.« Jock nahm ihr den Brief ab und legte ihn zurück in die Kiste, bevor er einen Arm um Tegan schlang und sie mit dem Rücken an seine Seite zog, um sie dort festzuhalten und ihr einen Kuss auf den Kopf zu geben. »Alles okay?«

Sie nickte. »Er hat sie so sehr geliebt. Sie hatte so ein Glück.«

»Ich denke, sie hatten beide Glück.«

»Glaubst du, dass wir je diese Art von Liebe finden werden?« Sie legte die Hände auf seinen Arm und war froh, dass er da war. In diesem Moment vermisste sie Jett schmerzlich.

»Dazu müssten wir ja was miteinander anfangen, und du weißt, wie ich dazu stehe. Aber du ...«

Sie schloss den Mund, um nicht mit dem herauszuplatzen, was ihr gerade über Jett durch den Kopf ging.

»Die Frau, die nie den Mund hält, ist gerade auffällig still.«

Er wackelte mit dem Arm. »Teg, ist aus dem Typen mit den schokoladenüberzogenen Früchten mehr als eine FP geworden? Ist er deine große Liebe?«

Sie drehte sich um und vergrub das Gesicht an Jocks Brust. »Ich hab ein Riesenproblem.« Sie schlug die Stirn gegen seinen Oberkörper, doch ihre Gefühle für Jett wollten nach draußen. Also richtete sie sich auf und zog die Beine unter den Körper. »Ich dachte, unser Plus würde im Vordergrund stehen und nicht unsere Freundschaft, aber wir haben jeden Abend miteinander geredet, Videocalls gemacht ...«

»Oh Gott. Keine pikanten Einzelheiten, bitte«, sagte Jock.

»Kriegst du nicht, versprochen, es geht auch nicht nur um die sexy Situationen. Wir reden stundenlang über alles Mögliche. Ich weiß mehr über ihn als über dich, und dich kenne ich schon seit mehr als zehn Jahren. Doch er ist auch kompliziert und hat ordentlich Ballast. Genau wie du wahrscheinlich mehr als ein Hochseetanker, aber das ist mir egal. Ich will ständig bei ihm sein. Ich zähle die Minuten bis zu unseren Anrufen und will nicht, dass wir auflegen.«

»Du hast dich in deinen Freund mit gewissen Vorzügen verliebt? Empfindet er dasselbe für dich?«

Sie nestelte nervös am Saum ihres Shirts herum. »Ich weiß es nicht«, gestand sie die Wahrheit ein. »Wenn wir uns unterhalten, habe ich das Gefühl, dass es auf Gegenseitigkeit beruht. Ich sehe es in seinen Augen und merke es in allem, was er sagt und tut. Selbst das Obst, das er mir heute geschickt hat, zeigt, wie wichtig ich ihm bin. Doch er würde es nie aussprechen, und er hat mir sehr deutlich zu verstehen gegeben, dass er nicht mehr will.«

»Dann mach nichts draus, was es nicht ist, Teg. Dieser Kerl wird dir wahrscheinlich das Herz brechen, und das hieße, ich müsste ihm was brechen. Warum tun Frauen sich das an?«

»Das ist nicht unsere Schuld«, erwiderte sie nachdrücklich. »Beziehungen sind keine Einbahnstraße, Jock. Jett gesteht mir, dass er mich vermisst, und er sagt romantische Dinge, die mich dahinschmelzen lassen. Und wenn wir zusammen sind? Das kann ich nicht mal ansatzweise in Worte fassen. Ich möchte mich in unserer Nähe verlieren und nie wieder ohne sie sein.«

»Ich freue mich, dass du jemanden gefunden hast, der dich glücklich macht, aber Männer gehen an so was meistens ziemlich nüchtern ran. Wenn er Grenzen zieht, würde ich darauf wetten, dass er sie ernst meint.«

»Schon möglich, trotzdem glaube ich, er hat einfach Angst, und das verstehe ich, vor allem wenn man bedenkt, was er alles durchgemacht hat. Außerdem ist er ständig unterwegs. Morgen fliegt er nach Louisiana und nach der Hochzeit für etwa einen Monat ins Ausland, also gibt es triftige Gründe, warum aus uns nicht mehr werden kann. Und doch ...« Sie senkte den Blick. »Ich kann einfach nicht anders. Ich bin verrückt nach ihm.«

Jock hob ihr Kinn an und lächelte aufmunternd. »Verrückt genug, um nicht durchzudrehen, wenn er einen Monat lang weg ist?«

»Ich denke schon.«

»Tja, das sagt einiges aus. Glaubst du, er kann dir irgendwann das geben, was Harvey und Adele hatten?«

Sie schluckte schwer und versuchte, die schmerzhafte Wahrheit, die ihr im Hals steckte, zu verdrängen. Sie dachte an das, was Rowan gesagt hatte, dass er gewusst hatte, dass er Carlo liebte, weil ihn keine Macht der Welt von ihr fernhalten konnte. Doch ihr war klar, dass es für Jett keine Rolle spielen würde, wenn er sich auch in sie verliebte. Die Arbeit würde immer an erster Stelle stehen.

»Teg?« Jock stupste sie am Knie.

Sie erwiderte seinen Blick und schüttelte den Kopf. »Aber ich weiß nicht, ob mir das überhaupt jemand geben kann.« Unruhig stand sie auf und fasste den Entschluss, sich nicht mit Sorgen über die Zukunft zu quälen, wenn ihre Gegenwart so wunderbar war. »Machen wir uns an den nächsten Raum. Wir haben viel zu tun und können keine Ablenkung gebrauchen.«

Hinter Jett lag ein höllischer Tag. Schon beim Aufwachen hatte er sich Sorgen um Tegan gemacht und die waren ihm auch den ganzen Tag über bei den anstrengenden Meetings ein ständiger Begleiter gewesen. Zum Glück fügte sich beim Carlisle-Deal alles gut zusammen. Der Kleine hatte ihm heute eine E-Mail geschickt, nur um ihn zu provozieren. Er wollte sich diese Woche in London mit den Carlisles treffen, doch das kümmerte Jett nicht groß. Zack war vieles, doch reicher und gerissener als er gehörte nicht dazu. Wenn alles weiterhin reibungslos verlief, würden Jett und sein Team sich ab der übernächsten Woche in London mit den Eigentümern zusammensetzen und den aktuellen Mitarbeiterstab sowie die Arbeitsabläufe besprechen.

Weniger vielversprechend war leider, was sie über Mitchells Laden und einige der anderen Geschäfte in Hyannis herausgefunden hatten. Die meisten konnten sich gerade so über Wasser halten. Alles andere als solide Investitionen. Jett wusste nicht, was er damit anfangen sollte, denn aus irgendeinem verdrehten Grund musste er immer wieder an den niedergeschlagenen Ausdruck in Mitchells Augen denken, und an die

Herausforderung im Blick seines Vaters, als er die Idee geäußert hatte, dass Jett ihnen helfen sollte. Wie sollte er noch in den Spiegel schauen, wenn Mitchell verkaufen musste, weil er keine andere Wahl hatte? Wenn die Geschäfte, die seine Jugend so sehr geprägt hatten, von großen Unternehmen geschluckt wurden?

Er zog sein Handy aus der Tasche und der Anblick von Tegans wunderschönem Gesicht auf seinem Sperrbildschirm lockerte das Engegefühl in seiner Brust. Er konnte immer noch nicht fassen, welche Macht sie über ihn hatte. Wenn sie abends miteinander sprachen, sehnte er sich danach, sie in den Arm zu nehmen und ihren Atem auf seiner Brust zu spüren, während sie sicher in seinen Armen schlief. Neulich hatte sie ihm Fotos vom Nachtisch mit ihren Freunden im Summer House geschickt. Das auf seinem Sperrbildschirm gefiel ihm am besten. Sie hielt ein riesiges Stück Kuchen in die Kamera, hatte Farbspritzer auf der Nase und ein breites Grinsen im Gesicht. Er war sich ziemlich sicher, dass der Kuchen sie zum Strahlen gebracht hatte und nicht er, aber das war ihm egal, denn ihre Freude machte ihn glücklich.

Er wischte übers Display, um es zu entsperren, und enthüllte damit sein zweitliebstes Bild, das später am gleichen Abend im schummrigen Licht ihres Schlafzimmers entstanden war. Sie lag auf dem Bauch, blickte in die Kamera, und ihre entspannte, sexy Ausstrahlung wirkte wie eine warme Brise, der er sich nicht entziehen konnte.

Verdammt, er vermisste sie so sehr.

Er scrollte durch die Fotos, auf denen sie und ihre Freundinnen alberne Grimassen schnitten. Tegan hatte an diesem Abend mit allen Fotos gemacht, auch mit Dean. Der muskulöse Arm seines Bruders lag um Tegans Schulter und in seinen

Augen lag ein Lächeln, doch er zeigte Jett trotzdem den Mittelfinger. Als sie ihm von dem Abend erzählte, wie viel Spaß sie mit Drake, Rick und Dean gehabt hatte, war er schrecklich neidisch gewesen. Er wusste, dass er anders war als die Jungs, mit denen er aufgewachsen war. Sie wussten, wie man ein guter Freund und Ehemann war, wie man so tiefe Wurzeln schlug, dass man sich nie wieder davon lösen konnte. Selbst seine Brüder, die mit ihm im selben Haus aufgewachsen waren, hatten einen Weg gefunden, die Art Männer zu werden, die Tegan verdiente. Sie wussten, wie man zur Ruhe kam, wie man Abende am Lagerfeuer oder im Mondlicht in einer Hütte verbrachte, ohne an die Arbeit oder die Geister ihrer Vergangenheit zu denken. Warum also, verdammt noch mal, sah Jett jedes Mal, wenn er in den verdammten Spiegel schaute, seinen Vater und all das, was er nicht sein wollte?

Er schaute sich wieder Tegans Abbild an. *Warum bringst du mich dazu, alles infrage zu stellen?*

Doch das Warum war unwichtig.

Trotz seines unausgesprochenen Schwurs, sich nie in eine Lage zu bringen, in der er eine Frau oder Familie enttäuschte, wie es sein Vater getan hatte, war Tegan ihm unter die Haut gegangen, und er wollte sie nicht wieder rausreißen. Doch er schaffte es nicht, die Stimme in seinem Kopf zum Schweigen zu bringen, die ihn an die harten Fakten erinnerte. Bewies nicht die Tatsache, dass er hier in L.A. war, während sie am Cape ihre Trauer allein verarbeitete, dass er nicht der Mann sein konnte, den sie brauchte?

Seine Hand verkrampfte sich um das Telefon, und er erhob sich mit einem Ruck, um unruhig auf und ab zu gehen und weiter gegen diese Stimme anzukämpfen. Er war nicht sein Vater. Dafür hatte er verdammt noch mal gesorgt, oder nicht?

Er hatte ihr Schokofrüchte geschickt. Er chattete mit ihr. Er hatte getan, was er konnte. Sein Vater hätte den Schmerz seiner Mutter nicht einmal bemerkt, geschweige denn versucht, ihn zu lindern.

Das nagende Gefühl in seinem Bauch sagte ihm, dass er sich vielleicht irrte.

Fuck …

Das konnte er in Ordnung bringen. Er rief Tia an.

»Was gibt's, Boss?«, begrüßte sie ihn.

»Du musst meinen Flug nach Silver Island von Samstag auf Freitagmorgen umbuchen, und ich möchte nach Hyannis, nicht direkt auf die Insel. Früh. Die erste Maschine.«

»Du triffst dich am Freitag mit den Geschäftsführern von EBC.«

EBC war ein Unternehmen für Gesundheitsmanagement, das Jett vor sechs Monaten gekauft und umfassend umstrukturiert hatte. Die halbjährlichen Überprüfungen seiner Akquisitionen beinhalteten, die Firma gründlich zu durchleuchten. Jett traf sich mit dem Management und bewertete die Betriebsabläufe und die Arbeitsmoral der Mitarbeiter neu, um ein Gefühl dafür zu bekommen, wie sich die Theorie seiner Maßnahmen in der Praxis entwickelte. Er war stolz auf dieses persönliche Engagement, doch was nützte das, wenn er damit Tegan im Stich ließ?

»Mir egal. Kümmer dich einfach drum. Ich bleibe am Mittwoch und Donnerstag länger, wenn es sein muss.«

»Ich versuche es. Was ist denn los? Geht es um die Immobilien in Hyannis?«

»Nein, aber vielleicht setze ich ein Meeting dafür an, wenn ich schon mal da bin.«

»Okay, lass mich wissen, was du dafür brauchst. Warum

hast du es dann so eilig, wieder ans Cape zu kommen?«

»Ich muss mich um ein paar Dinge kümmern.«

»Kann ich dir irgendwie helfen? Soll ich Daphne anrufen und dir ein Cottage buchen?«

»Nein. Ich schlafe bei Tegan.« Er schloss die Augen. *Shit.*

»Wow, Moment mal«, sagte sie. »Tegan? Hat Tegan auch einen Nachnamen?«

»Fine«, antwortete er.

»Deine Bettgeschichte?«

»Lass das, Tia. Sie ist keine Bettgeschichte.«

»Sie war aber eine«, erinnerte sie ihn. »Weißt du noch, als du mich gebeten hast, sie für dich aufzuspüren?«

Er fluchte unterdrückt. »Ja, und du hast dich geweigert, was bedeutet, dass du kein Recht hast, mir damit auf die Nerven zu gehen.«

»Wir wissen doch beide, dass mich nichts davon abhält. Ist sie der Grund, warum du letzte Woche deinen Flug storniert hast?«

»Ja. Kannst du das Verhör jetzt bitte beenden?«

»Gleich. Du hast noch nie eine Frau erwähnt, abgesehen von den Mädels im Resort deines Bruders, deiner Mutter oder deiner Großmutter, geschweige denn, dass du wegen einer die Arbeit sausen lässt. Das bedeutet, es ist dir wichtiger als der Deal mit Carlisle Enterprises.«

»Nein, ist es nicht.«

»Du bist ein hervorragender Geschäftsmann, Boss. Du witterst Schwachstellen eine Meile gegen den Wind und bist ein Meister im Verhandeln, ich bin mir nur nicht sicher, ob du weißt, wie man das Verhalten von Frauen oder deine Gefühle ihnen gegenüber deutet. Hast du die Situation schon auf Herz und Nieren geprüft?«

»So was mache ich mit Tegan nicht.«

»Siehst du? Damit hast du meinen Standpunkt bestätigt. Du bist bei Beziehungen völlig ahnungslos.«

»Wir führen keine Beziehung.«

Sie seufzte. »Und wieder keine Ahnung. Stell dir vor, du wärst ich, und ich würde mir freinehmen, um einen Mann zu besuchen. Du würdest sofort Reggie Steele anrufen und zwei Stunden später alles über den Kerl wissen.«

»Das ist was anderes. Du bist eine Frau. Männer nutzen Frauen zu oft aus.«

»Und Frauen machen das auch bei Männern. Bist du sicher, dass sie nicht hinter deinem Geld her ist?«

Er schnaubte spöttisch. »Sie könnte nicht weniger an meinem Geld interessiert sein.«

»Weiß sie, dass du fast einen Monat lang in London sein wirst? Vielleicht sogar länger, wenn du den Deal erfolgreich abschließt? Dass du ständig alle Pläne über den Haufen wirfst und in das nächste Flugzeug steigst, um irgendwo ein Geschäft abzuwickeln?«

»Sie weiß, dass die Arbeit für mich an erster Stelle steht.«

»Tja, ab Freitag wird sie das anders sehen, oder? Du musst dir gut überlegen, was du ihr damit signalisierst.«

Das ließ er sich einen Moment lang durch den Kopf gehen, bevor er antwortete. »Ich habe alles unter Kontrolle. Sonst noch was?«

»Ja. Es wird Zeit, dass du etwas Sonnenschein in dein Leben lässt. Verrätst du mir was über sie?«

»Nein.«

»Du weißt, dass ich alles über sie herausfinden kann, was ich will. Das hast du mir beigebracht. Gib mir was Kleines. Irgendwas.«

Er lachte leise. »Okay. Sie ist genauso intelligent wie schön.«

»Komm schon, Boss. Das ist doch nichts Neues. Du bist heiß, also ist sie natürlich attraktiv, und du hast keinen Nerv für dumme Leute, also ist intelligent eine Selbstverständlichkeit. Hör auf, Spielchen zu spielen, und rück was raus, das meine Neugier befriedigt.«

»Gott, du bist so eine Nervensäge. Sie bringt mich dazu, auf eine Art und Weise zu denken, wie ich es seit Jahren nicht mehr getan habe.«

»Sie ist kinky. Erwischt!«

»Tia!«, schimpfte er.

»Ich mache doch nur Spaß. Das ist gut, Jett, und ich bin stolz auf dich. Ich fühle mich, als würde mein Sohn auf den Abschlussball gehen.«

»Mach's gut, Tia …«

Jett war bester Laune, als er das Gespräch beendete, und wusste, dass er das Richtige getan hatte. Er schaute auf die Uhr. Noch zu früh, um Tegan anzurufen, also klingelte er bei Mitchell durch.

»Hallo?«

»Mitchell, hier ist Jett Masters.«

»Hi, Jett. Wie geht's dir?«

»Sehr gut, danke. Ich rufe an, weil ich gehört habe, dass ein Investor an dich und ein paar andere herangetreten ist.«

»Das stimmt, und offen gesagt, sprechen sie über Summen, die wir nur schwer ablehnen können. Die Versicherungsgesellschaften lassen sich Zeit und die Leute werden unruhig. Es waren ein paar harte Jahre.«

»Das verstehe ich. Tu mir einen Gefallen. Unterschreib noch nichts und bitte die anderen Geschäftsinhaber in deiner

Straße, es auch noch zu lassen. Ich bin ab Freitagmorgen wieder in der Stadt und würde mich später am Tag gerne mit dir und den anderen treffen, um ein paar Ideen zu besprechen.«

»Was für Ideen?«, fragte Mitchell.

»Ich habe noch nichts Konkretes, aber ich arbeite an ein paar Dingen. Glaubst du, du kannst die Leute bis dahin zusammentrommeln?«

»Ja, sicher. Wo sollen wir uns treffen?«

»Keine Ahnung. So weit habe ich noch nicht gedacht.«

»Wie wäre es bei mir zu Hause?«, schlug Mitchell vor. »Um wie viel Uhr?«

Jett ging rasch im Kopf den Freitag durch. In Tegans Haus lagen überall Berge von Sachen ihres Onkels herum und er wollte sie beim Aussortieren nicht hetzen. Vermutlich würden sie den ganzen Tag daran arbeiten, dann irgendwo Abendessen gehen und anschließend hatte er Zeit für Mitchell.

»Wie wäre es mit halb acht?«, meinte Jett. »Ist das zu spät?«

»Nein, das ist wunderbar. Ich habe keinen Schimmer, was du vorhast, aber ich weiß zu schätzen, dass du uns nicht vergisst.«

»Das könnte ich nie.« *Nicht mehr.*

Nach dem Gespräch mit Mitchell war Jett zu aufgeregt wegen seiner Besuchspläne, um bis abends zu warten. Er ging zum Fenster und schaute auf die Lichter der Stadt, während er Tegan anrief.

»Jett, hi!« Sie klang etwas außer Atem.

»Hey, Babe. Wie geht's dir?«

»Gut. Mein Freund Jock ist seit ein paar Stunden hier und hilft mir, die Sachen meines Onkels durchzugehen. Wir müssen vielleicht die Nacht durchmachen, um fertig zu werden, aber wir machen Fortschritte. Wäre es in Ordnung, wenn ich dich morgen zurückrufe? Tut mir wirklich leid.« Sie senkte die Stimme. »Oder ich könnte es später versuchen. Ich will ihn nur nicht hier allein sitzen lassen, nachdem er extra hergekommen ist, um mich zu unterstützen.«

Er biss die Zähne zusammen und verfluchte sich im Stillen, zwang sich jedoch zu einem möglichst lässigen Tonfall. »Kein Ding. Wir holen das morgen nach.«

»Okay«, sagte sie fröhlich. »Danke für dein Verständnis. Jock war eine große Hilfe. Ich bin echt froh, einen Freund wie ihn zu haben. Hab einen schönen Abend.«

Sie beendete das Gespräch, bevor Jett sich verabschieden konnte.

Er fühlte sich vollkommen überrumpelt. Als hätte er einen Schlag in den Magen bekommen.

Aufgebracht tigerte er auf und ab. War Jock ein Freund von der Art wie er selbst?

Er ist bei ihr, du Vollpfosten. Du nicht.

Neunzehn

»Wo bist du?« Tias wütende Stimme dröhnte aus dem Lautsprecher von Jetts Handy. »Der Fahrer wartet seit einer halben Stunde auf dich. Du wirst deinen Flug verpassen.«

»Storniere ihn.« Jett bog in Tegans Zufahrt ein. »Ich fliege erst nächste Woche nach Louisiana.« Ein ihm unbekanntes Auto kam in Sicht und er fluchte leise. Wieder schimpfte er sich dafür aus, dass er der Hornochse war, der sie mit den Sachen ihres Onkels alleingelassen hatte. Dass sie sich einen Kerl für eine Nacht ins Haus holte, hatte er jedoch nicht kommen sehen.

»Was meinst du mit stornieren? Was ist los?«

»Ich bin am Cape.«

»Was? Du hast Freitag gesagt! Wir hätten Jonas zu EBC schicken können. Er kennt das Unternehmen in- und auswendig. Ist was passiert? So was machst du doch sonst nie. Ich kann Jonas wahrscheinlich noch darauf ansetzen.«

Jonas Cross lernte schnell und hatte bereits mehrere Projekte geleitet. Allerdings war er nicht Jett. Er stellte den Motor ab. »Lass es gut sein, Tia. Es ist meine Firma und mein Ruf. Ich kümmere mich nächste Woche darum.«

»Du wirst nächste und übernächste Woche in L.A. gebraucht, um die letzten Dokumente mit der Rechtsabteilung durchzugehen, bevor du nach London fliegst.«

Er stieß die Tür auf und stieg aus dem Auto. »Ich fliege am Sonntagmorgen nach Louisiana und am darauffolgenden Freitag wieder nach L.A. Die Besprechungen schaffen wir schon irgendwie innerhalb einer Woche. Sag der Belegschaft, dass sie sich auf frühen Arbeitsbeginn und lange Abende einstellen sollen. Wir bekommen das hin.«

»Jett, ich mache mir Sorgen um dich. Gib EBC einfach an Jonas ab. Du weißt, dass er qualifiziert genug ist. Du glaubst, dass du unbesiegbar bist, doch irgendwann bist selbst du ausgebrannt.«

»Nicht in diesem Leben. Ich muss los. Ich fliege Sonntagmorgen, wie geplant. Ändere einfach das Ziel.«

Er beendete das Gespräch und marschierte mit geballten Fäusten an dem Auto des Mistkerls vorbei. Gestern Abend hatte er eine harte Sportsession eingelegt, um die Schuldgefühle und die Wut in den Griff zu bekommen, die ihn innerlich auffraßen, aber es hatte nicht mal ansatzweise geholfen. Schließlich hatte er ein Privatflugzeug für den Trip nach Boston gechartert und war anschließend mit Bleifuß hierher zu Tegan gefahren. Nichts würde ihn jetzt noch aufhalten.

Er stieg die Treppe hinauf und hämmerte an die Haustür. Als er eine Männerstimme hörte, verwandelte sich sein schlechtes Gewissen in blinden Zorn.

Die Tür öffnete sich und laute Musik dröhnte aus dem Haus. Ein großer und verdammt gut aussehender Mann stand vor ihm, nur mit einem Handtuch bekleidet, die Haare noch feucht vom Duschen, worüber Jett lieber nicht genauer nachdachte. Wenn Tegan mit diesem Kerl geduscht hatte, brannte ihm eine Sicherung durch.

Der Mann musterte Jett unverhohlen abschätzend. »Kann ich helfen?«

Jett straffte automatisch die Schultern und machte sich ein bisschen größer. »Ich möchte zu Tegan«, verkündete er nachdrücklich und kämpfte gegen den Drang an, sich einfach an dem Mann vorbeizudrängeln.

Der Kerl warf einen Blick auf Jetts Mietwagen und reckte das Kinn ein wenig nach vorn. »Und du bist?«

Ihr verdammter Freund, lag Jett auf der Zunge, doch das stimmte nicht, und es wäre ja durchaus möglich, dass dieser Schönling sie davon überzeugt hatte, die FP-Beziehung mit Jett zugunsten einer monogamen mit ihm aufzugeben. »Jett Masters. Ist sie da?«

Der Mann starrte ihn einen langen Moment lang durchdringend mit zusammengebissenen Zähnen und zu Schlitzen verengten Augen an, bevor er schließlich zur Seite trat und nickte. »Sie ist in der Küche.«

Jett schob sich an ihm vorbei und warf auf dem Weg einen Blick ins Wohnzimmer. Beim Anblick der Decken und Kissen auf dem Boden krampfte sich seine Brust zusammen. Schmerz und Wut rangen in ihm miteinander, als er in die Küche stürmte, doch dann geriet sein Herz ins Stolpern und ließ ihn wie angewurzelt im Türrahmen stehen bleiben. Tegan tanzte zur dröhnenden Musik, fuchtelte wild mit den Armen und schwenkte die Hüften vor einer Pfanne mit Pancakes. Ihr schlabbriges Sweatshirt reichte ihr fast bis über die knappen Flanellshorts und ihre rosa Hausschuhe klapperten und quietschten über den Boden, während sie lauthals irgendwas von »Hold My Girl« sang. Ihre Haare glichen einem Vogelnest, und selbst wenn sie mit dem Mistkerl, der hinter ihm stand, geschlafen hatte, war sie immer noch das Schönste, was er seit sehr langer Zeit gesehen hatte.

Verdammter Mist. Er war verloren.

»Tegan!«, rief der fremde Mann über die Musik hinweg.

Tegan fuhr erschrocken zusammen. »Meine Güte, Jo…« Sie drehte sich um und ihr Blick fiel auf Jett. Der Pfannenwender rutschte ihr aus der Hand, und sie schrie: »Jett!«

Gleich darauf rannte sie auf ihn zu, stolperte prompt, doch er fing sie auf. Sie kletterte praktisch an ihm hoch, schlang die Arme um seinen Hals, die Beine um seine Taille und grinste, als hätte er ihr die Welt zu Füßen gelegt – und auch wenn es dumm klang, genau das hatte er vor.

»Was machst du denn hier?«, wollte sie begeistert wissen und drückte ihm einen Kuss auf den Mund, den sie jedoch viel zu schnell wieder löste. »Ich kann nicht fassen, dass du hier bist«, sagte sie, bevor er antworten konnte. Sie schaute zu dem anderen Mann. »Jock! Das ist Jett!« Sie küsste Jett noch einmal und stieß atemlos aus: »Ich dachte, du musst nach Louisiana? Warum bist du hier?«

Als sie sich nach unten rutschen ließ, hielt Jett sie weiter im Arm und versuchte, ihre Reaktion richtig einzuordnen. Der halb nackte Kerl, mit dem sie die Nacht verbracht hatte, stand direkt neben ihnen. *Scheiß drauf.* Wenn es ihr egal war, war es ihm auch egal. »Weil ich es vermasselt habe, Tegs. Ich hätte schon gestern kommen sollen, um dir mit den Sachen deines Onkels zu helfen. Ja, dieser Kerl ist da, aber Tegs, er ist nicht *ich*. Ihr beide seid nicht *wir*.« Er warf Jock einen flüchtigen Blick zu. »Nichts für ungut, Mann.«

Der Kerl war offenbar zu geschockt, um sich zu rühren.

»Ich habe nicht von dir erwartet, dass du alles stehen und liegen lässt und hierherkommst«, protestierte Tegan. »Mir ist klar, wie wichtig dir deine Arbeit ist.«

»Das weiß ich, so sollte es jedoch nicht sein. Nicht, wenn du leidest, weil du jemanden verloren hast, der dir so viel bedeutet hat. Ich möchte derjenige sein, auf den du dich verlassen kannst, wenn du traurig bist. Ich möchte derjenige sein, der deine Tränen trocknet und sich die Geschichten anhört, die du in diesem Haus erlebt hast. Das ist mein Wunsch, Tegan. Ich weiß absolut nicht, wie ich das anstellen soll, und ich bin mir sicher, dass ich es noch hundertmal vermasseln werde. Aber ich will es versuchen, weil du es verdienst, und ich hoffe, dass du mir eine Chance gibst.«

Sie warf sich wieder in seine Arme, drückte ihre zarten Lippen auf seine, gab ihm damit die Antwort, die er brauchte, und löste all die Ängste auf, die seit ihrem Telefonat gestern Abend an ihm genagt hatten.

»Ich gehe mich dann mal ... äh ... anziehen«, meinte Jock.

Tegan scheuchte ihn mit einer Handbewegung weg, und Jett legte all seine Erleichterung und alle Gefühle, die er bislang zurückgehalten hatte, in den Kuss, was ihr Lächeln in die sinnlichen Laute verwandelte, die er so sehr vermisst hatte.

Irgendwann zog sie sich keuchend zurück und gestikulierte in Richtung Küche. »Die Pancakes! Stell den Herd ab und komm mit nach oben.«

Noch nie hatte er ein Gerät dermaßen schnell ausgeschaltet oder war eine Treppe so schnell hinaufgestiegen.

»Wo hast du den Kerl denn aufgegabelt?«, fragte er im Schlafzimmer zwischen zwei Küssen, während er Tegan das Sweatshirt auszog.

»Jock war jahrelang der Assistent meines Onkels.« Sie öffnete den Knopf seiner Jeans und streifte sich die Hausschuhe von den Füßen.

Ein schmerzhafter Stich fuhr ihm ins Herz. Was zwischen

ihr und Jock gelaufen war, wollte er nicht wissen, doch gleichzeitig musste er es unbedingt. »Im Wohnzimmer liegen Decken auf dem Boden.«

»Wir haben uns gestern Abend ein Heimvideo angeschaut und sind dabei eingeschlafen.« Sie schob sein Hemd nach oben, und als er es auszog, fügte sie noch hinzu: »Er ist wie ein Bruder für mich.«

Vor Erleichterung blieb ihm glatt die Luft weg, und er fragte sich, ob ihn das zu einem Arsch machte. »Verdammt, Tegs«, sagte er beinahe so reumütig, wie er sich fühlte. Er zog sie in die Arme. »Es tut mir so leid. Ich dachte ...« Er schaute ihr in die wunderschönen, vertrauensseligen Augen und konnte die Wahrheit nicht zurückhalten. »Es ist nicht okay, dass erst ein anderer Mann auftauchen musste, damit ich erkenne, was sich direkt vor meiner Nase abspielt. Damit ich auf die beängstigenden Dinge höre, die mir durch den Kopf gehen und sich in meinem Herz einnisten. Ich kann mein Leben nicht einfach so von heute auf morgen ändern, Tegs. Und ich gebe keine Versprechen, die ich nicht halten kann. Aber als du gesagt hast, dass Jock bei dir ist, dass er von irgendwoher zu dir gefahren ist, um dir zu helfen, ist mir klar geworden, wie sehr ich dich im Stich gelassen habe.«

»Nein, das mit uns ist nur eine Freundschaft plus. Ich wusste, dass du nicht kommen kannst, und habe dich auch nicht darum gebeten, dass du ...«

Er brachte sie mit einem Kuss zum Schweigen. »Du solltest mich überhaupt nicht bitten müssen, nachdem jeden Abend ein bisschen mehr zwischen uns entsteht, als wir für möglich gehalten haben. Kein Tag vergeht, an dem ich nicht an dich denke und mich frage, wie es dir geht, was du machst, an dem ich dich nicht in den Armen halten will. Ich möchte für dich da sein, wenn du mich brauchst, und ich weiß nicht, ob ich das hinbekomme oder ob das für dich reicht, um unsere nicht-monogame Vereinbarung in eine monogame zu verwandeln.«

»Das reicht mir«, warf sie rasch ein. »Du reichst mir, Jett. Ich weiß nicht, wie das Ganze in einem Monat oder einem halben Jahr aussieht, ob ich dann mehr oder du weniger willst. Doch jetzt im Moment will ich das. Ich will mit *dir* zusammen sein, nur mit dir.«

»Gott sei Dank.« Er eroberte ihren Mund leidenschaftlich, und sie ließen keinen Augenblick voneinander ab, während sie sich auszogen und sich auf die Matratze fallen ließen.

Er verschränkte ihre Finger miteinander, und sie wand sich unter ihm, nahm ihn bereitwillig in ihren wundervollen Körper auf. Ihre Lippen trennten sich voneinander, als sie aufstöhnten, und erneut überrollten ihn die gleichen Emotionen wie vor knapp zwei Wochen. Es war immer noch berauschend, jetzt aber stärker, größer und setzte sich tief in ihm fest, zu greifbar, um durch Zeit oder Entfernung gekappt zu werden. Keiner von ihnen sagte etwas, sie rührten sich nicht, und er fragte sich, ob Tegan es wohl auch spürte.

Sie strich ihm sacht über die Lippen. »Ich kann nicht glauben, dass das echt ist, dass du wirklich hier bist.«

»Ich bin da, Baby, und ich habe dich so sehr vermisst.«

Seine Lippen suchten ihre und er küsste sie tief. Ihre Körper bewegten sich in perfekter Harmonie miteinander. Sie klammerte sich an ihn, und die Anspannung wuchs mit jedem Stoß ihrer Hüften, jedem Reiben ihrer Körper, jeder Liebkosung ihrer Zungen. Die Lust ging mit ihnen durch, sie krallten, kratzten, bissen, packten zu und bettelten unverständlich, hielten sich aneinander fest, als hinge ihr Überleben von dieser Verbindung ab. Der Raum um sie herum verschwamm. Jett verlor sich in einem Meer herrlicher Empfindungen, vollkommen eingenommen von der Frau in seinen Armen, die nun fordernd seinen Namen schrie, als sie sich ihren wilden Instinkten hingab. Feuer und Eis rannen ihm über die Wirbelsäule. Er kämpfte gegen seinen Orgasmus an und legte den Kopf neben ihren. Dann umfasste er ihren Hintern mit beiden Händen und hob ihr Becken an, um noch tiefer in sie einzudringen, bis sie nur noch verlangend stöhnen konnte.

»Komm noch mal für mich, Baby«, knurrte er an ihrer Wange.

Er drückte die Lippen auf ihren Hals und saugte an ihrer Haut, wie sie es liebte. Mit einem weiteren, lustvollen Laut ließ sie den Kopf in den Nacken sinken und ihr Körper umschloss seinen Schaft mit seiner perfekten Enge.

»Tegan ...«, kam ihm über die Lippen, atemlos vor Leidenschaft und Sehnsucht und noch so viel mehr.

Zwanzig

»Ich kann immer noch nicht glauben, dass du hier bist«, sagte Tegan, nachdem sie später am Donnerstagvormittag geduscht und sich angezogen hatten.

»Ich kann auch nicht glauben, dass ich hier bin. Du hast mich per Videochat in deinen Bann geschlagen, mich mit einer Art Zauber belegt und in dein Netz gezogen.« Jett nahm sie in die Arme und küsste sie.

»Tja, entschuldigen werde ich mich dafür nicht. Bist du erschöpft, weil du die ganze Nacht auf den Beinen warst, um herzukommen?«

»Wie neugeboren.«

»Du bist umwerfend.« Sie stellte sich auf die Zehenspitzen und gab ihm noch einen Kuss, bevor sie nach seiner Hand griff. »Na komm. Ich möchte dir Jock noch richtig vorstellen. Du wirst ihn mögen.«

»Vor allem, weil du nicht mit ihm geschlafen hast«, meinte er auf dem Weg nach unten.

»Wir haben zusammen geschlafen«, neckte sie ihn.

Jett versetzte ihr einen Klaps auf den Hintern und erntete ein melodisches Lachen.

»Du hast gesagt, dass du nicht eifersüchtig bist, aber da hast du dich wohl geirrt.« Sie blieb abrupt stehen. »Mist. Ich habe mein Handy vergessen. Geh schon mal und mach dir Kaffee. Ich komme gleich nach.« Sie ging die Treppe wieder hinauf.

Jett begab sich in die Küche, wo Jock gerade Pancakes briet.

»Hey«, sagte Jock. »Hast du Hunger?«

»Nein danke. Ich brauche nur Kaffee.« Während er sich mit der Maschine beschäftigte, sagte er: »Hör mal, Jock, es tut mir leid, dass ich hier so angriffslustig reingeplatzt bin. Ich dachte, dass du und Tegan mehr als Freunde seid, und habe ein bisschen überreagiert.«

»Sie ist eine ganz besondere Frau, die es wert ist, für sie einen Aufstand anzuzetteln.« Er schob drei Pancakes auf einen Teller. »Kommt Tegan runter? Soll ich ihr auch welche machen? Kochen kann sie zwar kein Stück, essen dafür umso besser.«

Jett lachte. »Ja. Sie ist nur noch mal hoch, um ihr Handy zu holen, und sie will ...« – *nach einer Runde Matratzensport und verdammt heißem Sex unter der Dusche –* »... sicher was essen.«

Jock gab Teig auf die Grillplatte, drehte sich um, verschränkte die Arme und sah Jett mit ernstem Gesichtsausdruck fest in die Augen. »Tegan hat mir von eurer Abmachung erzählt. Ich weiß, dass sie selbstbewusst und stark rüberkommt, was sie auch ist, doch das bedeutet nicht, dass sie nicht verletzt werden kann.«

»Deshalb bin ich hier. Ich habe nicht vor, sie zu verletzen. Aus unserer Abmachung ist eine monogame Beziehung geworden«, sagte er stolz.

Jock nickte und wendete die Pancakes. »Ich habe ein bisschen recherchiert, während ihr oben wart. Weißt du, ich kannte dich schon als Kind. Wie wahrscheinlich alle hier.«

»Du stammst vom Cape?«

Jock schüttelte den Kopf. »Silver Island. Du bist ein paar Jahre älter als ich, aber ich habe dich gegen unsere Highschool Baseball spielen sehen. Eine Zeit lang warst du eine Legende. Gerüchten zufolge hast du damals ein Baseball-Vollstipendium am Boston College bekommen.«

»Das habe ich abgelehnt.« Jett setzte sich an den Tisch. »Ich habe Wirtschaft studiert.«

»Ich hatte mich schon gewundert, als dein Name nicht auf den Kaderlisten stand.« Jock stapelte Tegans Pancakes auf einen Teller, griff sich eine Flasche Sirup und setzte sich Jett gegenüber an den Tisch. »Nach allem, was ich über dich gelesen habe, bist du ein Mann, der alles hat, und sich wahrscheinlich mit Frauen umgibt, die ganz anders ticken als Tegan.«

Jett wusste, worauf das Gespräch hinauslief, und er war beeindruckt von Jocks Taktik, die Verbindung in ihrer Jugendzeit anzusprechen, um sein Vertrauen zu gewinnen, bevor er auf etwas umschwenkte, das sich sicher als Drohung entpuppen würde, für den Fall, dass er Tegan nicht gut behandelte.

»Ich umgebe mich nicht mit Frauen«, sagte Jett. »Tegan ist die Einzige, die ich je an mich herangelassen habe.«

Jock kniff die Augen zusammen. »Ein vermögender Kerl wie du, der ständig auf Reisen ist? Mit den Reichen und Berühmten verkehrt? Soll ich dir echt abnehmen, dass du diese Macht noch nie genutzt hast, um dir gewisse Gefälligkeiten zu sichern?«

»Ich behaupte nicht, ein Heiliger zu sein. Ich habe mit etlichen Frauen geschlafen, doch keine wollte ich so sehr kennenlernen wie Tegan. Und ganz ehrlich? Es ist mir scheißegal, was du mir abnimmst.« Er hielt Jocks Blick stand. »Aber Tegan ist es sicher nicht egal, und das ist der einzige Grund, warum ich eine Antwort darauf gebe. Dieses eine Mal.« Er ließ das kurz sacken, bevor er fortfuhr. »Ich hatte einen großartigen Vater, der sich in einen fiesen Mistkerl verwandelt hat. Da fragt man sich schon, wozu man selbst fähig ist, wer man am Ende sein wird und welchen Schaden man hinterlässt. Anstatt so zu werden wie er, habe ich persönliche Beziehungen vermieden und mir ein unantastbares Imperium geschaffen. Darauf konzentriere ich mich seit meiner Collegezeit. Also, ja, Tegan ist die erste und einzige Frau, die mir unter die Haut geht.« Er breitete die Arme aus, ohne sein Gegenüber aus den Augen zu lassen. »Glaub es oder lass es bleiben. Wie gesagt, mir ist nur wichtig, dass die Frau da oben weiß, dass ich versuche, ein besserer Mann für sie zu sein. Und wenn ich das vermassele, kannst du mir nicht mal in Gedanken etwas antun, was ich selbst nicht viel schlimmer schaffe.«

Jock musterte ihn prüfend.

»Meine beiden Lieblingsmänner frühstücken zusammen?«, fragte Tegan, als sie einen Moment später in die Küche rauschte. »Sind wir schon Freunde?«

Jett zog eine Augenbraue hoch und ließ Jock die Möglichkeit zu antworten.

»Wir kommen der Sache näher«, meinte der und seine Miene wurde freundlicher. »Jett und ich scheinen viel mehr gemeinsam zu haben, als ich dachte.«

Als Tegan, Jett und Jock sich daran machten, die Kartons zu sortieren, die an die Heilsarmee gehen sollten, waren Jett und Jock nicht sehr gesprächig, was für einen etwas holprig-unangenehmen Start sorgte. Doch nach ein, zwei Stunden arbeiteten sie zunehmend Hand in Hand und trafen Entscheidungen als Team, anstatt sich wie Neandertaler auf die Brust zu trommeln. Am späten Nachmittag packten sie Tegans Habseligkeiten zusammen und brachten sie ins Cottage. Tegan fiel auf, dass die Spannung verflogen war und die beiden Männer wie Kumpel miteinander scherzten.

Sie folgte Jett ins gemütliche Wohnzimmer des Cottages und genoss die Aussicht, als er sich bückte, um den Karton abzustellen, den er in den Händen hielt.

»Willst du ihm den ganzen Tag auf den Hintern glotzen?«, fragte Jock, und stellte einen weiteren Karton ab.

»Gut möglich.« Sie würde ihn wahrscheinlich den ganzen Tag und die ganze Nacht über anstarren, denn sein Auftauchen und alles, was er gesagt hatte, war so völlig unerwartet gekommen, dass sie es immer wieder im Kopf Revue passieren ließ.

Jett drehte sich mit einem lasziven Ausdruck in den Augen um. »Lass mich das machen.« Er nahm Tegan ihren Karton ab.

»Den konnte ich problemlos tragen«, sagte sie.

»Das weiß ich.« Er küsste sie sanft. »Aber ich bin hier, um mich nützlich zu machen, also benutze mich, Baby.«

Jock brummte etwas Unverständliches, bevor er fragte: »Braucht ihr zwei eine Krawatte, die ihr an die Eingangstür hängen könnt?«

Jett zog Tegan in die Arme. »Nein. Schick uns einfach eine Nachricht, bevor du vom Haupthaus runterkommst. Wenn wir nicht antworten, warte eine Stunde, bevor du es noch mal versuchst.« Er gab ihr einen kleinen Kuss und machte sich grinsend daran, einen Bücherkarton auszupacken.

»Sind wir sechzehn oder was?« Sie öffnete den Karton mit Fotos und Schnickschnack, den sie von zu Hause mitgebracht hatte. »Ab sofort ist dieses Thema zwischen euch beiden tabu.«

Jock lachte leise. »Wo soll der Fotografie-Kram hin?«

Tegan deutete aufs Gästezimmer. »Stellst du ihn da rein?«

»Liest du Horror, Tegs?«, fragte Jett.

Sie schaute zu ihm hinüber und sah, dass er *Dunkle Lügen* in der Hand hielt. »Das ist mein Exemplar von Jocks Buch. Er hat es geschrieben.«

Jett warf einen Blick aufs Cover. »Da steht Jack Steele. Ist das ein Pseudonym?«

»Das ist mein richtiger Name«, erklärte Jock, der gerade zurückkam.

»Mein Onkel hat ihm den Spitznamen verpasst, weil er so sportlich ist. Jock wie Sportass auf der Highschool.«

»Glaub ihr kein Wort«, sagte Jock. »Harvey hat mich unheimlich gern geärgert. Als ich gerade bei ihm angefangen hatte, nannte er mich eines Nachmittags im Scherz Jock, und ich sagte ihm, dass er das lassen soll. Großer Fehler. Damit habe ich nur Öl ins Feuer gegossen. Von diesem Moment an nannte er mich nicht nur so, sondern stellte mich auch allen als Jock vor. Nach einer Weile blieb es kleben.«

»Er ist nicht mehr da. Du könntest wieder zu Jack wechseln«, meinte Jett.

»Ja, könnte ich«, sagte Jock. »Doch Harvey hat mir mehr über das Leben beigebracht, als du dir vorstellen kannst. Bei dem blöden Namen zu bleiben, ist das Mindeste.«

»Verstehe«, sagte Jett. »Ist kein schlechter Name. Bist du irgendwie mit Reggie oder Shea Steele verwandt?«

»Das sind meine Cousine und mein Cousin. Kennst du sie?«, fragte Jock.

»Ja.« Jett nickte. »Ich habe Reggies Dienste als Privatdetektiv schon oft in Anspruch genommen und Shea macht PR für meine Firma.«

»Die Welt ist klein«, sagte Jock. »Reggie ist total witzig, und Shea ist ein Pitbull, wenn's ums Geschäft geht, privat kaut sie einem dagegen gern mal das Ohr ab.«

»Sie sind beide großartig. Darf ich mir das Buch ausleihen, Tegs?«, fragte Jett. »Ich würde es gern lesen.«

»Klar. Aber es ist wirklich gruselig.«

»Mit Grusel kann ich umgehen.« Jett drehte das Buch um und überflog die Rückseite. »Sechzehn Wochen in Folge Nummer eins der *New York Times*-Bestsellerliste. Beeindruckend, Steele. Was hast du noch geschrieben?«

Tegan und Jock tauschten einen beredten Blick miteinander. Sie wusste, wie zurückhaltend er mit persönlichen Informationen war, und warf deshalb ein: »Er hat angefangen, sich um Harvey zu kümmern, und seine Muse verloren.«

Jett musterte Jock und erkannte wohl, dass mehr hinter der Sache steckte.

Jock rieb sich mit verkniffenem Gesichtsausdruck den Nacken. »Eigentlich habe ich schon aufgehört zu schreiben, bevor ich Harvey kennengelernt habe. Ich habe meine Freundin verloren … und unser Baby. Harvey ist der Grund, warum ich noch hier stehe, statt mir die Radieschen von unten zu begucken.«

»Oh Mann, das tut mir leid.« Jett legte das Buch auf den Couchtisch. »Ich kann mir nicht mal vorstellen, wie das gewesen sein muss.«

»Das willst du auch nicht, glaub mir.« Jock ging zur Eingangstür des Cottages. »Ich hole ein paar deiner Klamotten aus dem Schrank, Teg. Bin bald wieder da.«

Nachdem Jock gegangen war, sagte Jett: »Tut mir leid. Ich wollte nicht bohren.«

»Schon okay. Ich bin überrascht, dass er dir die Wahrheit gesagt hat. Mir hat er es erst erzählt, als wir uns schon ein paar Jahre kannten. Ich habe ihn seitdem auch nicht wieder darüber reden hören. Vielleicht ist das einer der Gründe, warum er nicht gerne zu Hause auf Silver Island ist.«

»Vielleicht stammte sie von der Insel und er fühlt sich schuldig. Das würde erklären, warum er mir heute Morgen nach unserem Gespräch vertraut hat.«

»Wie meinst du das?«

»Er passt auf dich auf und wollte mir genau das klarmachen. Du weißt schon, eine Warnung, dir nicht wehzutun.«

»Ach ja?«

»Mhm. Schau nicht so überrascht. Du hast doch gesagt, dass er wie ein Bruder für dich ist. So was machen Brüder eben. Ich habe ihm einen kurzen Einblick in meine Vergangenheit gegeben, und er konnte das vermutlich nachempfinden. Klingt, als hätten wir beide die Hölle durchgemacht, wobei seine natürlich viel schlimmer war als meine. Wenn du recht hast und er deswegen kaum zu Hause ist, sind wir uns auch bei den Familienproblemen ähnlich. Armer Kerl. Ich bin froh, dass er dich in seinem Leben hat.«

Sie packten die Kartons aus und holten Tegans Nähmaschine und ihre Nähutensilien aus dem Haupthaus, zusammen mit dem Rest ihrer Kleidung. Während sie Fotos von ihrer Familie und ihren Freunden auspackte, überprüften Jock und Jett die Riegel an den Fenstern und das Schloss der Hintertür, als ob hier seit Jocks Auszug irgendwer hätte einbrechen können. So albern.

»Hey, Mann, wenn du immer noch auf der Suche nach deiner Muse bist, ich habe überall auf der Welt Anlageimmobilien«, hörte sie Jett sagen. »Du kannst dich da gern irgendwo häuslich einrichten.«

»Danke, aber ich bin in letzter Zeit viel gereist und das hilft nicht. Ich werde nach der Hochzeit wohl noch eine Weile bleiben.«

Tegan spähte ins Schlafzimmer. »Auf der Insel?«

Jock schüttelte den Kopf. »Das wird nur eine Stippvisite, Teg. Nach der Hochzeit schaue ich bei meinen Eltern vorbei. Meine Mutter würde mich umbringen, wenn ich es nicht mache, du weißt ja, wie sie ist.«

»Shelley ist großartig!«, rief Tegan.

»Du kennst sie?«, fragte Jett.

»Ja. Der Großteil von Jocks Familie war schon ein paarmal im Sommer zu Besuch. Seine Mutter ist der freundlichste, herzlichste und fröhlichste Mensch, den ich je getroffen habe. Sie liebt es, für andere Leute zu kochen, deshalb verstehen wir uns prächtig. Und sein Vater ist ein attraktiver Silberfuchs, der seine Frau vergöttert. Die beiden sind so süß zusammen.«

»Das trifft es ziemlich gut«, stimmte Jock zu.

Jett sah ihn neugierig an. »Warum wohnst du nicht dort?«

»Es ist kompliziert. Wenn ich jemals wieder schreibe, dann sicher nicht auf der Insel«, erklärte Jock. »Ich ziehe nach der Hochzeit wieder ans Cape.«

»Super. Könntest du auf Tegs aufpassen, wenn ich weg bin?«, fragte Jett. »Darauf achten, dass sie niemand belästigt oder unerwünscht hier auftaucht?«

Auch wenn es schmeichelhaft war, wie sehr Jett sich um sie sorgte, ging sie sofort dazwischen: »Ich brauche keinen

Babysitter.«

»So habe ich das nicht gemeint«, sagte Jett, während die beiden wieder ins Wohnzimmer kamen. »Das hier ist ein großes Anwesen und du bist hier draußen ganz allein.«

Sie holte ein Bild aus dem Karton und stellte es aufs Bücherregal. »Im Haupthaus war ich auch ganz allein. Ich komme schon klar.«

»Tut mir leid, Mann, ich bleibe nur noch heute Nacht«, sagte Jock. »Morgen fahre ich ins Resort und frage, ob ich eins der Cottages für den Sommer mieten kann. Aber keine Sorge. Es gab noch nie Probleme auf dem Gelände und das Cottage und das Haus sind mit einem hochmodernen Sicherheitssystem ausgestattet.«

»Ach ja?«, fragte Tegan.

Jock runzelte die Stirn. »Ich habe dir doch gezeigt, wie man es benutzt. Das Bedienfeld befindet sich hinter dem Gemälde im Foyer.«

»Oh verflixt! Das habe ich ganz vergessen. Siehst du, Jett? Es ist alles gut. Wenn es etwas gäbe, worüber man sich Sorgen machen müsste, wüsste Jock es, denn niemand kennt dieses Haus und das ganze Anwesen so gut wie er.« Erst in dem Moment ging ihr auf, wie recht sie damit hatte. »Jo-hock«, säuselte sie in einem Singsang-Tonfall.

»Oh, oh. Jetzt kommt's«, sagte Jock. »Das ist ihr Ich-brauche-einen-Gefallen-Tonfall.«

Jett lachte leise.

»Brauchen ist zu viel gesagt, ich wüsste es allerdings sehr zu schätzen. Du willst ja eigentlich nicht hierbleiben, aber da du deine Muse noch nicht wiedergefunden hast, könntest du vielleicht bis nach der Premiere im August bleiben und mich zu den Treffen mit den Leuten begleiten, die die Kinderproduktionen leiten? Du kennst sie alle und weißt, wie die Bühnenbilder und die Beleuchtung aufgebaut werden und was dabei schiefgehen könnte. Tatsächlich weißt du alles, was ich noch lernen muss, und es würde mir sehr helfen, das Vertrauen dieser Leute zu gewinnen, wenn du dabei wärst. Ich kann nicht fassen, dass mir das erst jetzt einfällt, doch das wäre wirklich toll.« Sie klang immer aufgeregter. »Oh, Jock, bitte? Wenn du mir diesen einen Gefallen tust, mache ich alles, was du willst! Ich koche für dich, wasche deine Wäsche, egal was.«

»Sie hat recht, was das Vertrauen angeht«, sagte Jett. »Das wäre wirtschaftlich sehr sinnvoll.«

Jock zog die Augenbrauen zusammen, doch ein Lächeln umspielte seine Lippen. »Warum fühle ich mich gerade, als würde ich da in was reingedrängt werden?«

»Das ist nicht meine Absicht, und du kannst jederzeit Nein sagen, ohne dass ich beleidigt bin. Ich weiß, dass ich das Theater auch allein übernehmen kann. Mit dir an meiner Seite wäre es einfach viel weniger stressig, und es würde den Leuten, die so lange mit Onkel Harvey zusammengearbeitet haben, viel mehr Sicherheit geben.«

Jock seufzte. »Na schön.«

Sie fiel ihm um den Hals. »Danke!«

»Aber ich stelle ein paar Bedingungen«, sagte er bestimmt.

»Alles. Alles, was du willst!«, versprach Tegan.

»Ich weiß, wie du kochst, und der Gedanke, dass du meine Unterwäsche anfasst, ist mir auf zu viele Arten unangenehm. Also kein Kochen und kein Wäschewaschen.«

»Okay. Abgemacht!«

Jett lachte.

»Und wenn wir nicht arbeiten, geben wir einander Freiraum«, fügte Jock hinzu. »Ich habe mich ans Alleinsein gewöhnt, und ich hab dich wirklich lieb, aber ich habe wirklich gern Zeit für mich allein, Teg.«

»Abgemacht. Kein Problem. Du hast mir gerade den Tag unglaublich versüßt.« Sie umarmte ihn noch mal. »Ich helfe dir dafür auch gern, deine Muse wiederzufinden.«

Jock runzelte die Stirn. »Freiraum, Tegan. Schon vergessen?«

»Freiraum. Verstanden. Ja. Absolut«, sagte sie und ging auf Abstand zu ihm. »Keine Musen-Suche.« Sie war so begeistert, dass sie sich nur mit Mühe davon abhalten konnte, ihn wieder zu umarmen. Um sich abzulenken, nahm sie sich das Foto von eben und platzierte es auf dem Bücherregal. »Siehst du? Zurück an die Arbeit, wie immer.«

Jock schüttelte den Kopf.

Jett lehnte sich für einen Kuss zu ihr. »Du bist eine kluge Frau, Baby.« Er griff nach dem gerahmten Foto. »Ich weiß, dass das nicht Cici ist, wegen der blonden Haare. Ist das Leesa Braden? Die, die eine Girl-Power-Gruppe leitet?«

»Das hast du dir echt gemerkt?«, fragte sie ungläubig.

»Ich erinnere mich an alles, was du mir erzählt hast. Sie hat eine Tochter, Ava. Nein.« Jett schüttelte den Kopf. »Avery! So heißt sie. Sie ist mit Cole verheiratet, der ist Arzt, und sie hat ihn kennengelernt, als sie ihm erst den letzten Cranberry-Walnuss-Muffin für dich abgeschwatzt und ihn dann bei einer Junggesellenauktion ersteigert hat.« Er griff in den Karton und nahm ein Bild von Tegan, Cici und Melody heraus. »Und das müssen Melly und Cici sein. Du hast einen Gips am Fuß. Kam Cici nicht da wieder mit Cooper zusammen?«

Tegan blieb glatt der Mund offenstehen, und sie musste ihn aktiv wieder schließen, so schockiert und gerührt war sie. »Hast du dir Notizen gemacht?« Er hatte wirklich alles aufgenommen, was sie so über Familie und Freunde erzählte. Sie war sich trotz allem nicht sicher gewesen, ob sie sich das nur einbildete oder ob es wirklich so war.

Jock klopfte ihr auf die Schulter. »Pass bloß auf, Tegan. Dem Elefantengedächtnis hier entgeht nichts.«

»Scheint so«, sagte sie leise.

»Ich hole die Kiste mit den Liebesbriefen und eine Schaufel. Treffen wir uns im Garten?«, fragte Jock.

Tegan hatte Jett von den gefundenen Briefen erzählt und dass sie sie bei Adeles Asche begraben wollte. Sie war froh, dass er da war. Ihr Bauchgefühl sagte ihr, dass sie und Jock heute Abend vielleicht beide etwas zusätzliche Unterstützung brauchen würden.

»Klar. Wir sind gleich da«, sagte Jett.

Jett stellte das Bild zurück ins Regal, griff nach Tegans Hand und zog sie in seine Arme. »Ich war vielleicht ein bisschen langsam, alles zu verstehen, was zwischen uns passiert, und entsprechend zu handeln, aber ich habe dir vom ersten Moment an sehr genau zugehört. Ich habe über deine Geschichten nachgedacht, über den Ausdruck in deinen Augen, während du sie erzählt hast, und darüber, wie jede Einzelne davon dazu beigetragen hat, dich zu der Frau zu machen, die du bist. Zweifel nie daran. Deshalb bin ich hier, Tegs. Ich komme nicht von dir los und will es auch nicht.«

Er strich mit seinen Lippen über ihre, und sie hielt sich an ihm fest, weil sie sonst zu einer kleinen Pfütze dahingeschmolzen wäre.

Einundzwanzig

Normalerweise war Jett um halb sechs schon munter und auf den Beinen, an diesem Freitagmorgen jedoch schlich sich das Erwachen langsam und schrittweise ein. Er nahm Tegans warmen Körper an seinem wahr, ihren Arm auf seiner Brust. Ihr sommerlicher Duft hüllte sie beide ein und ihr Atem strich warm über seine Haut. Er wollte sich nicht bewegen und der gestrige Abend lief noch einmal wie ein Film in seinem Kopf ab. Tegan und Jock hatten sich von Harvey verabschiedet und anschließend die Holzkiste mit den Briefen im Garten neben einem Rosenbusch begraben, den Harvey laut Jock sehr geliebt hatte. Die Stelle markierten sie mit ein paar großen Steinen, die Tegan in Form eines Herzens auslegte. Sie hatte gesagt, dass sie Berta dort auch gern bestatten würde. Jett hatte seine fahrbaren Untersätze immer sehr emotionslos gegen neue ausgetauscht, aber der Schmerz in ihrer Stimme war so echt, dass er am liebsten ihr Auto geholt hätte, damit sie genau das tun konnte. Er wünschte sich sogar eine Grabrede und eine Trauerfeier für das verdammte Ding. Beim Abendessen mit Jock im Haupthaus hatten sie viel von ihrer Trauer mit guten Gesprächen und Lachen losgelassen. Er hatte ganz vergessen, wie es war, einfach nur zum Spaß Zeit mit Freunden zu verbringen, und merkte, wie sehr er das vermisst hatte.

Er drückte Tegan einen Kuss auf den Kopf und ließ seine Wange dort ruhen, während er daran dachte, wie sie zu zweit ins Cottage zurückgekehrt waren und weiter Kartons ausgepackt hatten. Sie hatte ihm Geschichten über jeden einzelnen Gegenstand erzählt, von Fotos bis hin zu Nippes. Alles schien einen Platz in ihrem Herzen zu haben. So machte sie auch weiter, als sie ihr Foto- und Nähzimmer einrichteten, selbst gemachte Wandteppiche aufhängten, Bilder von ihrer Nichte und ihrem Neffen aufstellten, die mit ihr im Regen tanzten, und Schnüre mit bunten Wimpeln spannten, deren Buchstabenaufdruck die Worte *Lachen, teilen und inspirieren* bildeten. Schließlich kümmerten sie sich noch um ihr Schlafzimmer.

Er öffnete die Augen und blinzelte ein paarmal ins Sonnenlicht, das durch den schmalen Spalt zwischen den Vorhängen fiel. Wie spät war es? Panik flammte in seiner Brust auf. Er musste seine E-Mails checken. Das hatte er gestern zwischendurch immer wieder gemacht und auch noch einmal spät in der Nacht, aber er wusste ja, was ihn jeden Morgen erwartete. Einzelheiten zu möglichen Investitionen, Updates zu aktuellen Projekten, Kundenprobleme und hundert andere Dinge, die seine sofortige Aufmerksamkeit forderten. Er musste auch sicherstellen, dass er es sich mit EBC nicht zu sehr verscherzt hatte, indem er die Meetings auf nächste Woche verlegte.

Doch als sein Blick über die winzigen bunten Lichter wanderte, die sie an der Decke aufgehängt hatten, rührte er sich nicht. Seine Arbeitssorgen wurden von dem Wunsch verdrängt, öfter mit Tegan in den Armen aufzuwachen und dieses Zimmer zu sehen, hier mit ihr zu schlafen und danach nackt und zufrieden wegzudämmern, wie sie es letzte Nacht getan hatten. Er wollte in ihr Leben in Maryland eintauchen, an den

Stränden spazieren gehen, von denen sie ihm erzählt hatte, ihre Lieblingsorte besuchen, ihre Familie, Leesa und ihre anderen Freunde kennenlernen. Er wollte mit ihr nach New York fahren und den Tag mit der Familie ihrer Schwester verbringen und sie zusammen mit ihrer Nichte und ihrem Neffen erleben. Er wollte Zeuge sein, wenn sich ihr Licht auf die Menschen übertrug, die sie liebte, so wie sie es in jedem Raum des gemütlichen Cottages getan hatte, während sie es zu ihrem Zuhause machte.

So, wie du dein Licht auf mich überträgst ...

Er strich ihr mit einer Hand über die Hüfte und küsste sie erneut auf den Kopf, während er zum Wandschrank schaute. Sie hatte ihre Kleidung wahllos darin verstaut, wodurch Shirts, Kleider, Hosen und Jacken nun vollkommen durcheinander darin hingen. Ohne Sinn und Verstand, so anders als sein eigener, durchsortierter Kleiderschrank, in dem Anzüge und Hemden nach Farben sortiert waren. Sein Blick wanderte zu ihrer Kommode, wo ein übervoller Korb mit Bürsten, Schals, einem E-Book-Reader und einer Menge anderem Zeug stand. Er mochte all ihre Eigenheiten und ihre kluge, kreative Art, die so charakteristisch für Tegan war. Neben dem Korb entdeckte er das Schmuckkästchen, das sie mit sechzehn von Harvey bekommen hatte. Jett stellte sich vor, wie sie als nervöser Teenager das Haus ihres Onkels mit seinem Autoschlüssel in der Hand verließ und nach ihrem Abenteuerausflug in die Galerie selbstbewusst zurückkehrte, bereit, die Welt zu erobern. Zu gern hätte er den Mann kennengelernt, der so großen Einfluss auf seine Freundin gehabt hatte.

Meine Freundin.

Oh, das gefiel ihm. Er hätte nie für möglich gehalten, dass es sich so gut anfühlen könnte, wenn ihm eine Frau so wichtig wurde wie Tegan, geschweige denn, dass er jemals eine Beziehung haben wollte. Allein auf den Gedanken daran hatte er früher mit *Nie im Leben* reagiert. Doch jetzt war sein rechter Arm unter Tegans Kopf taub, sie hatte auf seine Brust gesabbert, und es gab keinen Ort auf der Welt, an dem er lieber gewesen wäre als genau da, wo er war. Als er die Lippen wieder auf ihren Scheitel senkte, stellte er überrascht fest, wie oft er das seit dem Aufwachen schon getan hatte. Es kostete ihn keine Überwindung, Tegan Zuneigung zu zeigen, denn zum ersten Mal ließ er sich von seinem Herzen leiten und nicht von seinem Kopf. Es war ebenso beängstigend wie kompliziert und wunderbar, und er hoffte sehr, dass er es besser hinbekommen würde als sein Vater.

Vorsichtig angelte er sich sein Handy, um sie nicht wachzurütteln, und entsperrte den Bildschirm. Ach du Scheiße, es war halb zehn. Mit einer Hand scrollte er durch seine E-Mails und kämpfte gegen den Drang an, aufzustehen und sich in die Arbeit zu stürzen.

Tegan kuschelte sich noch enger an ihn und gab einen schläfrigen Laut von sich.

Verdammter Mist.

Er ging die E-Mails noch einmal durch und sah sich die einzelnen Probleme genauer an, um sie in Gedanken durchzuspielen. Er sollte aufstehen, die nächsten paar Stunden arbeiten und später Zeit mit Tegan verbringen. Das wusste er, wollte es aber kein Stück. Er tippte eine Nachricht an Tia. *Kannst du dich heute um meine E-Mails kümmern? Geh sie durch, beantworte sie, um mir Zeit zu verschaffen, und schick mir bei dringenden Sachen eine Nachricht.*

Er ließ den Arm auf die Matratze sinken und kurz darauf leuchtete das Display mit Tias Antwort auf. *Bist du bei Tegan?*

Er schickte ein *Ja* zurück.

Sie antwortete sofort mit einem Feier-Emoji und mit einem Meme, das die Darsteller von Seinfeld bei einem ausgelassenen Tänzchen zeigte, und schließlich: *Ich mache es für ein Selfie von euch beiden.*

Treib's nicht zu weit, schrieb er.

Sie antwortete mit: *Ich treibe ganz sicher nichts mit dir, das ist Tegans Job,* gefolgt von einem Zwinker-Emoji und: *SELFIE oder die Antwort ist NEIN.*

Er antwortete: *SIE SCHLÄFT! Ich schicke dir später eins.*

Daraufhin kamen von ihr zwei Zeilen mit Herzchenaugen-Emojis und ein Daumen nach oben.

Sie war so nervig, wie er sich kleine Schwestern vorstellte, trotzdem konnte er sich glücklich schätzen, sie zu haben. Er legte sein Handy beiseite und schloss auch den zweiten Arm um Tegan. In ihm rangen Anspannung und Erleichterung miteinander.

Tegan streckte sich, wobei sich ihre Brüste und Oberschenkel gegen ihn drückten, und richtete die schönen, verschlafenen Augen auf ihn. »Du bist ja noch da.«

»Hast du gedacht, ich würde abhauen?« Gott, er war wohl echt eine Niete in diesem Beziehungskram.

»Nein. Ich hatte einen Albtraum, in dem ich neben einem Zettel aufgewacht bin, auf dem stand, dass du nach Louisiana musst und wir uns irgendwann mal wiedersehen.«

Er drehte sie auf den Rücken und schob sich über sie. »Ich bin hier, Baby, und ich gehöre ganz dir. Ich habe Tia gebeten, sich heute um alles zu kümmern. Du bekommst heute Zugang zur neuen Website für den Betatest und hast sicher noch mehr zu erledigen. Wenn du mich also loswerden willst, arbeite ich zwischendurch ein paar E-Mails ab. Aber ich würde mir die

Website gerne mit dir ansehen.«

»Du solltest Tia was von Edible Arrangements schicken.«

»Ich bezahle sie gut und außerdem hat sie mich bestochen. Ich muss ihr ein Selfie von uns schicken.«

»Wie lustig! Ich finde sie jetzt schon toll!« Ein umwerfendes Lächeln breitete sich auf Tegans Lippen aus. »Hast du wirklich den ganzen Tag freigenommen?«

»Fast. Nachdem ich mich für einen Besuch bei dir entschieden hatte, habe ich Mitchell angerufen und ihn gebeten, ein Treffen mit einigen der anderen Geschäftsinhaber in Hyannis zu arrangieren. Das findet heute Abend um halb acht statt.«

Sie machte große Augen. »Du willst ihnen helfen? Oh Jett, das freut mich so sehr! Ich hatte schon Angst, dass Mitchell und die anderen Ladenbesitzer ihre Saisoneröffnung verschieben müssen und ihnen der komplette Verdienst entgeht. Deine Mutter hat mir erzählt, wie verheerend das nicht nur für die Inhaber, sondern auch für ihre Angestellten wäre.«

»Mach dir nicht zu große Hoffnungen, Sunshine. Ich weiß noch nicht, wie viel Zeit ich dafür habe oder was ich tun kann. Es ist nur ein Vorgespräch. Ich sammle Informationen und prüfe verschiedene Optionen.«

»Das verstehe ich, aber es ist ein Anfang. Weißt du noch, wie schlecht du dich gefühlt hast, als du nach dem Sturm abreisen musstest? Dein großes Herz konnte nicht einfach loslassen.«

»Dich konnte es nicht loslassen, so viel steht fest«, meinte er und küsste sie auf das Kinn.

»Oder sie.« Sie schlang die Arme um seinen Hals. »Ich finde, wir sollten feiern. Es sei denn, du bist zu müde. Hast du gut geschlafen oder warst du die halbe Nacht wach?«

Als sie am Vorabend mit dem Auspacken fertig waren, hatte Tegan bemerkt, wie müde er von der langen Anreise war, und deshalb vorgeschlagen, dass sie sich mit einem Film auf der Couch einkuschelten. Jett war nicht besonders kuschelfreudig, mit Tegan fand er es allerdings großartig. Verdammt, er fand es sogar großartig, mit ihr zusammen Kartons auszupacken – also legte er sich natürlich mit ihr auf die Couch, von hinten an sie geschmiegt, während sie den Film schauten. Das war zumindest die Ausgangslage, doch wie immer hatten sich ihre zärtlichen Küsse und Liebkosungen in unaufhaltbares Verlangen gewandelt. Somit schliefen sie gegen elf nackt, verschwitzt und befriedigt in den Armen des anderen ein.

»Der Zauber, mit dem du mich belegt hast, hält noch an. Ich habe ausgeschlafen.« Er küsste sich über ihren Hals nach unten. »Aber selbst, wenn ich die ganze Nacht über auf gewesen wäre, hätte ich immer noch genug Energie für dich.« Er leckte über ihren Nippel, was ihm ein sexy Seufzen einbrachte.

Sie bog den Rücken durch und drängte sich gegen seine Erregung. Als er die Lippen um ihren Nippel schloss und sanft daran saugte, wand sie sich unter ihm und gab einen sehnsüchtigen Laut von sich. Er küsste sich zur anderen Brust und genoss ihre leidenschaftliche Reaktion in vollen Zügen. Langsam arbeitete er sich über ihren Körper nach unten, widmete sich dabei liebevoll jeder Vertiefung und Rundung, von ihren Brüsten bis zu ihren Oberschenkeln.

»Du bist so unglaublich schön«, murmelte er an der Innenseite ihres Schenkels und schob ihre Beine auseinander.

Er leckte und küsste sie um ihre Mitte herum, neckte ihre Feuchtigkeit mit den Fingern. Sie wimmerte und bettelte nach mehr. Schließlich drang er mit zwei Fingern in ihre feuchte

Hitze ein und drückte die Zunge gegen ihr Geschlecht.

»Oh Gott«, keuchte sie und stemmte die Fersen in die Matratze. »Das ist so viel besser als ein Videochat.«

Grinsend hob er das Gesicht, um ihr Lachen zu sehen. Er zwickte sie sacht mit den Zähnen in die empfindliche Innenseite des Oberschenkels und erntete dafür ein amüsiertes Japsen. Als er den Mund erneut auf sie senkte, wurde das niedliche Kichern zu lustvollem Stöhnen. Er leckte und verwöhnte sie schnell und tief, dann quälend langsam, und wiederholte das Muster, bis sie kurz vor der Erlösung stand und am ganzen Körper bebte. Eine ganze Weile hielt er sie so am Rand des Höhepunkts fest, sog ihre hungrigen Laute in sich auf, ihren herrlichen Geschmack, wie ihr Körper sich ihm entgegenbog und nach dem letzten Schubs verlangte, ihn darum anflehte. Er verstärkte seine Bemühungen, nahm seine Finger dort hinzu, wo sie ihn am meisten brauchte, und gab ihr alles, was sie wollte. Erotische Laute kamen ihr über die Lippen, als der Orgasmus sie mitriss, und sie krallte sich in seine Schultern, hinterließ ihre Spuren auf ihm.

Als ihr Hoch schließlich langsam wieder abebbte, keuchte sie: »Mehr, mehr, *mehr*!«

Er rieb mit den Fingern und der Handfläche über ihr feucht glänzendes Geschlecht, um seine Haut zu benetzen. Sie öffnete die Augen und beobachtete ihn, wie er sich auf die Knie aufrichtete und die Hand um seinen pochenden Schaft schloss. Sie biss sich auf die Unterlippe und nahm den Blick keine Sekunde von ihm, während er sich langsam rieb. Langsam schob sie eine Hand zwischen ihre Beine und berührte sich selbst. Oh Shit, sie war eine Göttin.

»Ich muss deinen Mund auf mir spüren, Baby.«

Sie stemmte sich auf die Ellenbogen, doch er schüttelte den

Kopf.

»Bleib liegen, Sunshine. Ich will tief in dir sein und bin noch lange nicht mit dir fertig.«

Er drehte sich um, platzierte die Knie links und rechts neben ihren Schultern und senkte den Kopf, um einen Kuss auf ihr Geschlecht zu drücken.

»Ja«, flüsterte sie und griff nach seiner Härte, um sie an ihre Lippen zu führen.

»Nimm mich fest in die Hand und reib mich, während du mich in den Mund nimmst. Es soll sich anfühlen, als wäre ich in dir, wenn ich dich verwöhne.«

Sie schloss die Finger eng um seine Länge, saugte an ihm und bewegte die Hand auf und ab, während er sie mit Zähnen, Händen und Zunge in den Wahnsinn trieb. Ihr Stöhnen vibrierte um seinen Schaft und schickte einen Blitz in seine Körpermitte, die jeden klaren Gedanken aus seinem Kopf vertrieb. Mit der freien Hand packte sie ihn an der Hüfte und zog ihn zu sich, um ihn tiefer aufzunehmen. Sein Schaft stieß gegen ihren Rachen, und er zog sich sofort zurück, um ihr nicht wehzutun, doch sie drängte ihn zu sich hinunter, um ihn bis zum Anschlag aufzunehmen und dort festzuhalten. *Hab's verstanden, laut und deutlich.* Sein Mädchen wollte Kontrolle und die überließ er ihr bereitwillig. Er schob zwei Finger in sie und sie beschleunigte das Tempo, drückte ihn fester. Er spiegelte ihre Leidenschaft mit seiner eigenen, stieß immer wieder mit den Fingern in sie. Tegan drängte das Becken gegen seine Hand und saugte härter an ihm, rieb ihn jedoch langsamer, was einen schwindelerregenden Rhythmus schuf, der ihn kaum noch geradeaus denken ließ. Aber er war fest entschlossen, sie noch mal zum Kommen zu bringen. Er schob die freie Hand unter sie und hob ihre Hüften an, während er sich auf die kleine Stelle konzentrierte, die dafür sorgte, dass sich ihre Zehen vor Lust verkrampften. Sie spreizte die Beine weiter und presste sich gegen seinen Mund.

Oh ja, das gefiel seinem Mädchen.

Ihre Muskeln spannten sich und ihr Becken zuckte nach oben. Heiße Lust schoss sein Rückgrat hinunter, als sie um seinen Schaft aufschrie. Ihr Geschlecht pulsierte eng und heiß um seine Finger, und sie umfing seine Länge noch fester, was ihn ebenfalls in die Ekstase schickte. Er bewegte das Becken mit kurzen, harten Stößen vor und zurück. Doch sie wich nicht zurück, ließ nicht von ihm ab, sondern schluckte alles, was er ihr gab, immer noch gefangen in ihrem eigenen intensiven Höhepunkt.

So. Verdammt. Perfekt.

Das letzte Nachbeben hallte noch in ihnen wider, er ließ sich neben sie aufs Bett fallen und wischte sich über den Mund, bevor er ihren entspannten Körper in die Arme nahm und die Welt langsam um sie herum zurückkehrte.

»Du machst mich fertig, Sunshine.«

Sie gab einen niedlichen Laut von sich und gähnte schläfrig.

»Habe ich dir wehgetan?« Er streichelte über ihren Kiefer und hoffte, dass er nicht zu grob mir ihr umgesprungen war.

Sie schüttelte den Kopf und flüsterte: »So gut.«

Dann kuschelte sie sich an ihn, und er küsste ihre Schulter, ihren Hals und strich ihr über die Haare. Lange hielt er sie so fest, ließ die Finger über ihren Rücken, ihre Hüften und ihr Gesicht wandern. Ein tief sitzendes Verlangen, sich um sie zu kümmern, erfüllte ihn – er wollte ihr Vergnügen bereiten, das nichts mit Sex zu tun hatte. Denn das hier, sie in den Armen zu halten und ihr Vertrauen zu genießen, bedeutete ihm alles.

Er gab ihr einen Kuss auf die Wange und sagte: »Wie wäre es mit einem heißen Bad?«

»Nur, wenn du mit mir in die Wanne kommst.«

»Was anderes würde mir nicht mal im Traum einfallen.«

Jett Masters wusste, wie man eine Frau im und außerhalb des Betts verwöhnt. Das luxuriöseste Bad, das Tegan je erlebt hatte, war zum lustigsten geworden. Sie hatten sich viel Zeit genommen, sich gegenseitig zu waschen, und Jett raunte ihr süße Dinge zu, wodurch sie sich rundum gut und besonders fühlte. Anschließend wuschen sie sich gegenseitig die Haare, was nicht ganz so reibungslos verlief. Nachdem sie sich Irokesen und Hörnchen aus den Haaren gemacht hatten, bekam Jett von Tegan Seife in die Augen, und als sie versuchte, diese wieder auszuspülen, gelangte Seife in ihre eigenen. Am Ende mussten sie sich unter hysterischen Anfällen unter die Dusche stellen, um endlich sauber zu werden. Jetzt saßen sie am Küchentisch und Jett begutachtete ihre neue Website, machte sich Notizen und äußerte Vorschläge. Es war ein unglaubliches Gefühl, dass Harpers und ihre monatelangen Träume und Pläne endlich Früchte trugen. Sie konnte es kaum erwarten, Anzeigen zu schalten und ihren Namen bekannt zu machen.

So großartig sich das auch anfühlte, es war ebenso wunderbar zu sehen, wie Jett sich auf die Website konzentrierte, als wäre sie seine wichtigste Kundin.

»Was denkst du?«, fragte er.

»Über was? Sorry, ich habe wohl ein bisschen vor mich hingeträumt.«

Er lehnte sich zu ihr und küsste sie. »Tagträume? Das habe ich noch nie gemacht. Wie ist das so?«

Sie schwang sich von ihrem Stuhl auf seinen Schoß und legte ihm die Arme um den Hals. »Also, zuerst musst du emotional und körperlich so high sein, dass du nicht mehr klar denken kannst.«

»Dafür hat meine Freundin schon gesorgt.«

»Meine Freundin«, flüsterte sie. »Ich kann nicht glauben, dass du mich so nennst. Ich hätte nie gedacht, dass ich das mit dir erleben würde.«

»Ich auch nicht. Aber es ist ja nicht so, als hätte ich da groß eine Wahl. Ich sollte dich wegen deiner Hexenkräfte Sabrina nennen.« Er küsste sie auf die Nasenspitze. »Jetzt erzähl mir mal was übers Tagträumen. Mir ist das echt ein Rätsel.«

»Ach, komm schon. Du hast doch bestimmt schon mal vor dich hingeträumt. Woran hast du kurz nach dem Orgasmus gedacht?«

»Verdammt, das war der Hammer.«

»Du bist so ein Männerklischee. Vielleicht kannst du tatsächlich nicht tagträumen, denn sonst hättest du es wahrscheinlich schon getan. Ich lag in deinen Armen, habe deinem Herzschlag gelauscht und das Gefühl deiner Arme um mich herum und die Wärme unserer Körper genossen. Ich habe mich gefragt, ob du dich mir genauso nahe fühlst wie ich dir, oder dir nur der Sex durch den Kopf ging. Tja … die Frage hast du ja jetzt beantwortet, oder?«

Sie wollte schon von seinem Schoß steigen, doch er zog sie wieder nach unten, woraufhin sie die Augen verdrehte. »Ist schon okay, Jett. Ich verstehe das. Es war heiß und Männer und Frauen sind da oft nicht auf derselben Wellenlänge. Das ist keine große Sache. Ich bin nicht sauer oder so.«

»Doch, es ist eine große Sache, aber ich hatte ziemlich damit zu kämpfen. Ich kämpfe immer noch damit.«

»Mit was? Heißem Sex?«

»Nein, Tegs. Wie sehr es mich verändert hat, dass ich mich so sehr auf dich eingelassen habe. Seit dem Abend, an dem ich dir von meinem Vater erzählt habe, ist unsere Verbindung so viel intensiver geworden.«

»Wenn du jetzt einen schmutzigen Kommentar über meinen Mund ablässt, verpasse ich dir eine.«

»Deinen Mund sollten wir patentieren lassen.« Hastig lehnte er sich zur Seite, um vorsorglich dem angedrohten Klaps auszuweichen. Dann wurde der Ausdruck in seinen Augen jedoch ernst. »Wenn wir uns so nahe sind, ist das ein bisschen überwältigend. Ich stelle mir Dinge mit uns vor, von denen ich keine Ahnung habe, wie ich sie erreichen soll.«

»Sexuelle Dinge?«

»Mit dir? Immer, doch das meine ich nicht. Andere Dinge, emotionale Dinge.«

»Das klingt gut. Bist du sicher, dass du das nicht nur sagst, damit ich nicht allein mit meiner Gefühlsduselei dastehe?«

»Ich bin vieles, aber kein Lügner und schon gar nicht bei dir.«

»Also hast du doch vor dich hingeträumt.« Sie legte ihm eine Hand an die Wange und genoss, wie er sich in die Berührung lehnte. »Und du hast von uns geträumt, was doppelt schön ist. Heißt das, dass ich dich jetzt offiziell als meinen Partner bezeichnen darf?«

Er schenkte ihr ein freches Grinsen. »Babe, nach dem, was du heute Morgen mit mir angestellt hast, kannst du mich nennen, wie du willst.«

»Irgendwie bist du ungefähr zehn Personen in einer: ein

arroganter Geschäftsmann, ein Liebhaber mit Vorliebe für Dirty Talk, ein frecher Partner – und ja, du gehörst jetzt mir –, ein verwirrter, wütender Sohn, ein fürsorglicher Freund ...«

»Das sind nur fünf.«

»Da sind bestimmt noch weitere. Die leeren Plätze behalte ich im Hinterkopf, bis ich mehr weiß.« Sie legte sich eine Hand auf den Bauch, als ihr auf einmal der Magen knurrte. »Wir haben noch gar nichts gegessen!«

»Komisch, ich erinnere mich an ziemlich leckere ...«

Sie versetzte ihm einen Klaps auf den Arm, sprang auf und zog ihn mit sich. »Du hast mir genug geholfen für heute. Die Website kann bis Sonntag warten, wenn du wieder weg bist. Dann muss ich mich irgendwie beschäftigen, damit ich nicht durchdrehe.«

»Ich habe gestern doch gesagt, dass ich nächsten Freitag zurückkomme, bevor ich nach London fliege. Ich brauche meine Dosis Tegan.«

»Ich weiß, es wird mir trotzdem wie eine halbe Ewigkeit vorkommen. Durch die Zeitverschiebung und deinen vollen Terminkalender fallen unsere abendlichen Videocalls auch aus.«

»Wir finden schon eine Lösung.«

»Darauf verlasse ich mich«, sagte sie und zog ihn zur Tür. »Lass uns ein Abenteuer erleben.«

»Was für ein Abenteuer? Draußen ist es nicht gerade toll.«

»Angst vor ein bisschen trübem Wetter, Mr. Masters? Zu dieser Jahreszeit scheint grauer Himmel, ob klar oder bewölkt, alles zu sein, was wir am Cape bekommen. Aber nicht mal das vermiest uns das erste gemeinsame Abenteuer. Wir entscheiden abwechselnd, wo es hingeht. Du fängst an.« Sie zog sich kniehohe Lederstiefel über ihre Leggings und ihr Magen knurrte erneut.

»Ins Sundial Café«, sagte er, während er ihre Jacke holte und ihr hineinhalf. »Da sind wir uns zum ersten Mal begegnet.«

»Nein, das war an der Tankstelle. Wir könnten dort vorbeifahren und uns einen Snack besorgen.«

»Ich kann dein Snack sein und es dir besorgen.« Er zog sie an sich und küsste sie.

»Ich habe gerade Nummer sechs herausgefunden«, sagte sie, während sie das Cottage verließen. »Ein Mann zum *Flirten und Flachlegen*. Du solltest dir meine Maske vom Junggesellinnenabschied ausleihen.«

»Die ziehst du heute Abend an, Süße.«

»Das werden wir ja sehen«, erwiderte sie herausfordernd. »Mir gefällt die Vorstellung, wie du mit verbundenen Augen vor mir kniest.«

Der heiße Ausdruck in seinen Augen ließ sie abrupt innehalten. Er trat dicht an sie heran, umfasste ihren Hintern mit beiden Händen und drückte sie an sich. Er fixierte sie mit einem durchdringenden Blick und sagte mit heiserer, sexy Stimme: »Ich will, dass du an mich denkst, wie ich auf dem Boden knie, nackt und mit verbundenen Augen, und wie ich alles tue, was du verlangst. Stell es dir den ganzen Tag lang vor, denn wenn wir zurück sind, setzen wir alles, was dir durch den Kopf geht, in die Tat um.«

Heiliger Strohsack …

Er schlenderte zum Auto, um die Tür zu öffnen, während sie sich nicht von der Stelle rühren konnte, weil sie ihn vor sich sah, wie er mit verbundenen Augen vor ihr kniete …

Zweiundzwanzig

»Komm schon, sonst drängelt sich noch jemand vor!« Tegan zog Jett zu den Go-Karts in der Skull Island Adventure Golf and Sports World in South Yarmouth.

Sie reichten dem bärtigen Mann, der für die Go-Karts zuständig war, ihre Tickets, und Tegan sagte: »Hi, ich bin Tegan und das ist Jett. Hier kann man sicher eine Menge Spaß haben. Wie lange arbeiten Sie schon hier?«

Der Kerl musterte Jett von oben bis unten, doch der grinste nur. Nach ihrem Besuch im Sundial Café heute Morgen wusste er, dass ihre Neugierde durch nichts zu bremsen war, und das wollte er auch gar nicht. Sie hatte sich über eine halbe Stunde lang mit dem anderen Paar unterhalten, das im Café frühstückte, und als Rowan ihnen das Essen brachte, hatte er sich ebenfalls an dem Gespräch beteiligt. Er schwärmte davon, wie begeistert Joni von ihrem Kostüm war, und dass sie es sogar in der Schule getragen hatte. Er setzte sich ein paar Minuten zu ihnen, und Jett fand es schön, dass er ein bisschen mehr über den Mann erfahren hatte. Rowan war ein einfühlsamer Mensch, und Jett erfuhr, dass er auch von Silver Island stammte. Seine Familie betrieb einen der Jachthafen und der Großteil seiner Verwandtschaft wohnte noch immer dort. Jett und Rowan hatten Nummern ausgetauscht, und Jett freute sich darauf, sich wieder mit ihm zu unterhalten.

»Zwei Jahre«, antwortete der Go-Kart-Kerl.

»Gefällt es dir hier? Ist bestimmt lustig, so viele verschiedene Leute zu beobachten.« Sie fragte ihn nach Tipps und Tricks zum Go-Kart-Fahren und wie viel hier im Sommer los war. Schließlich deutete sie mit dem Daumen auf Jett und sagte: »Danke. Jetzt können Sie mir dabei zuschauen, wie ich den Überflieger hier schlage.«

»Du bist echt zum Schießen. Du quatschst ja jeden an«, meinte er, während sie zu den Go-Karts gingen.

»Wir sind auf einem Abenteuer! Bei Abenteuern geht es darum, die Umgebung zu erkunden, sich mit ihr zu beschäftigen und alles auszuprobieren, was sie zu bieten hat. Einschließlich dich in diesem Rennen zu schlagen.« Sie stellte sich auf die Zehenspitzen und küsste ihn, bevor sie auf ein rotes Go-Kart zeigte. »Mach dich drauf gefasst zu verlieren, Masters. Berta 2.0 wird dich Staub schlucken lassen.«

»Träum weiter, Sunshine.« Er warf ihr ein Luftküsschen zu und stieg in das schwarze Go-Kart, das neben ihrem geparkt war.

Jett hatte bislang gar nicht bemerkt, wie ehrgeizig Tegan war. In der ersten Runde schlug er sie knapp und sie bestand auf einer zweiten. Als es danach unentschieden stand, verlangte sie eine dritte. Er spielte mit dem Gedanken, sie gewinnen zu lassen, hatte allerdings das Gefühl, dass sie es merken würde. Also gab er alles, doch seine Freundin hatte sich die Strecke eingeprägt und schlug ihn um etwa drei Sekunden.

»Wuuhuu!«, jubelte sie, während sie aus ihrem Fahrzeug kletterte, und strahlte dabei heller als die Sonne. »Ich hab doch gesagt, dass ich dich schlage.«

Jett nahm sie in die Arme und küsste ihre lächelnden Lippen.

Sein Handy meldete sich mit Tias Klingelton. Er wollte danach greifen, erinnerte sich jedoch daran, was Tegan über das Annehmen von Anrufen gesagt hatte, wenn er eine Frau im Arm hatte. »Sorry, Baby, aber das ist Tia. Da sollte ich rangehen.«

»Oh! Darf ich kurz mit ihr reden?«

Sie wirkte so begeistert, dass er nicht Nein sagen konnte. Er reichte ihr das Handy.

Sie nahm den Anruf entgegen. »Hi, Tia? Hier ist Tegan. Vielen Dank, dass du Jett heute so viel abnimmst!«

Nur Tegan nahm einen Anruf so entgegen, als wären sie schon ewig befreundet, und aus irgendeinem Grund machte ihn das noch verrückter nach ihr.

»Mhm«, sagte Tegan und ein verschmitztes Funkeln trat in ihre Augen. »Okay. Das verstehe ich absolut.« Sie hielt inne und lauschte. »Ja, oder? Tja, dann freut es dich sicher, dass ich ihn gerade beim Go-Kart-Fahren fertiggemacht habe.« Sie lächelte Jett zuckersüß an und schwieg erneut. »Ja, Go-Kart. Wir sind in einem Freizeitpark.«

Tegans Gesichtsausdruck verriet, dass Tia sich sicher fragte, welche Drogen Tegan ihm verabreicht hatte.

»Okay, ich richte es ihm aus. Danke, Tia. Ich hoffe, wir lernen uns irgendwann mal persönlich kennen.«

Jett streckte seine Hand nach dem Telefon aus, doch Tegan formte mit den Lippen ein *Gleich*.

»Das klingt super! Sehr gern. Noch mal vielen Dank. Ich kümmere mich sofort darum, versprochen!« Damit beendete sie das Gespräch.

»Du hast aufgelegt?«

»Jep. Sie hat gesagt, dass dein Flug für Sonntag gebucht ist und sie deine Rückreise auf Freitagabend gelegt hat. Außerdem hast du wahrscheinlich deinen Anzug für die Hochzeit vergessen und sollst ihr eine Nachricht schicken, wenn sie ihn dir per Kurier schicken soll. Sie ist fantastisch. Komm her, wir müssen ein Foto machen.« Sie lehnte sich seitlich an ihn und knipste ein Selfie, bevor sie ihm das Handy zurückgab. »Könntest du das an Tia schicken und ihr meine Nummer geben? Und leitest du mir gleich noch das Foto und ihre Nummer weiter?«

»Wozu brauchst du ihre Nummer?«

»Sie und ihre Freundin Becca kommen vielleicht diesen Sommer ans Cape und wir wollen uns eventuell treffen. Das stört dich doch nicht, oder?«

»Äh …« Tat es das? Verdammt, er wusste es nicht, doch die Vorstellung, dass sich sein Arbeits- und Privatleben vermischten, fühlte sich seltsam an. Tegan sah ihn jedoch so vertrauensvoll und glücklich an, dass seltsam ihm gar nicht mehr so schlimm vorkam. »Nein, das ist in Ordnung.«

»Bist du sicher? Ich hätte dich vorher fragen sollen. Tut mir leid. Ich wollte ihr nur für ihre Hilfe danken, aber sie war mir direkt so sympathisch. Wenn es dich stört, verstehe ich das natürlich. Dann lass ich es sein. Versprochen. Ich neige dazu, erst zu handeln und dann zu fragen.«

Sie krauste die Nase, und verdammt, das schnürte ihm die Brust zusammen.

»Ja, wirklich. Komm her.« Er zog sie in eine Umarmung. »Ich bin froh, dass ihr miteinander geredet habt. Du hast mir wahrscheinlich gerade ein Verhör erspart.«

»Schick ihr mal lieber das Selfie. Sie hat gesagt, dass sie den Flug am Freitag storniert, wenn sie es nicht in zehn Minuten hat. Ich mag sie. Sie hat Biss.«

»Erinnert mich an jemand anderen, den ich kenne«, meinte er, während er die Nachricht an Tia tippte. »Hat sie deshalb angerufen? Wegen dem Selfie und der Flüge?«

»Ich denke schon. Oh, und sie lässt dir ausrichten, dass sie alles andere im Griff hat und dass du dir öfter mal freinehmen sollst.«

Er schickte Tegan eine Nachricht mit dem Selfie und Tias Nummer. »Ja, das wird nur nicht klappen.«

»Ich weiß«, sagte sie leise.

Sie klang nicht enttäuscht, aber der Ausdruck in ihren Augen verriet sie. »Tut mir leid, Baby. Der London-Deal geht gerade in die heiße Phase.«

Als hätte man einen Lichtschalter umgelegt, hellte sich ihre Miene auf. »Ich weiß. Mach dir keinen Kopf deswegen. Komm. Ich zeig dir jetzt, warum ich mit dir hierher wollte.«

Sie zog ihn mit sich zur anderen Seite des Geländes. »Ich weiß, wie sehr du Baseball liebst, und es hörte sich so an, als hättest du schon eine ganze Weile nicht mehr gespielt, also …« Sie umrundeten ein Gebäude und ein Schlagkäfig kam in Sicht. »… dachte ich, ich könnte meinem Freund zuschauen, wie er sein Ding macht.«

Ihm wurde ganz warm ums Herz und er war glatt ein wenig gerührt. »Seit der Highschool hat niemand mehr versucht, mich dazu zu bringen, einen Schläger in die Hand zu nehmen, nicht mal Leute, die mich schon mein Leben lang kennen.« Er zog sie in die Arme. »Du kennst mich seit gerade mal zehn Minuten und kommst mit mir hierher. Du bist anders als alle, denen ich je begegnet bin.«

»Da sind wir schon zu zweit. Siehst du? Du bist mein perfekter Partner.« Sie riss die Augen auf. »Heute ist mein

Glückstag. Das ist Nummer sieben auf meiner Liste deiner Persönlichkeiten. Mein perfekter Partner.«

Er wusste, dass er nicht perfekt war, geschweige denn ein guter Partner, weder im Beruf noch im Privatleben. Beruflich war er zu kontrollsüchtig und privat zu kaputt. Ihm war schleierhaft, wie er von dem Wunsch, mit Tegan eine monogame Beziehung zu führen, dazu gekommen war, dass sie ihn als ihren perfekten Partner betrachtete. Aber wenn sie ihn mit ihren hellblauen Augen so vertrauensvoll anschaute, wollte er dem unbedingt gerecht werden.

»Komm schon, Überflieger«, sagte sie. »Zeig deiner Freundin, wie gut du mit einem Baseballschläger umgehen kannst. Ich bemühe mich auch, nicht zu sabbern, wenn ich mir dich in engen Baseballhosen vorstelle.«

Gott, war sie umwerfend. »Erinnere mich daran, dich nie zu einem Spiel mitzunehmen.« Er gab ihr einen kurzen Kuss und machte sich auf den Weg zum Schlagkäfig, um seine Freundin vom Hocker zu hauen.

Tegan feuerte ihn an, als wäre er auf dem Spielfeld, und ihre Begeisterung gab ihm das Gefühl, ein Superstar zu sein. So gut hatte sich Jett seit seiner Kindheit nicht mehr gefühlt, bevor sein Vater die Familie verlassen hatte. Nach dem ersten Dutzend Bälle holte er Tegan zu sich, damit sie es auch mal probieren konnte. Sie war mit einem Schläger ähnlich koordiniert wie beim Tanzen, doch das machte es nur noch lustiger. Er stellte sich hinter sie, brachte ihre Hände in die richtige Position auf dem Schläger und versuchte, ihr beizubringen, den Ball zu treffen, aber sie wackelte ständig mit dem Hintern an ihm, was ihn hart werden ließ. Sie lachten miteinander, küssten sich und irgendwann traf sie doch noch ein paar Bälle, bevor sie den Rest des Parks erkundeten. Sie spielten drei Runden Minigolf und gaben in der Spielhalle genug Geld aus, dass sie das Ding davon hätten kaufen können, nur um zwei Teddybären zu gewinnen – denn nachdem Jett einen bekommen hatte, behauptete Tegan, dass er ohne Freund einsam wäre. Er hatte das Gefühl, dass sie ihm nur gerne dabei zusah, wie frustriert er jedes Mal war, wenn er verlor, um ihn anschließend mit Küssen und ihrer süßen Art wieder aufzumuntern. Damit konnte er leben. Sie aßen genug Corn Dogs, Funnel Cake und Popcorn für ein ganzes Leben, und als sie schließlich wieder ins Auto stiegen, kam es ihm vor, als hätten sie ein komplettes Wochenende in dem Freizeitpark verbracht. Ein wundervolles, romantisches Wochenende.

Tegan lehnte ihren Kopf gegen den Sitz. »Das hat so viel Spaß gemacht. Jetzt bist du dran, unser nächstes Abenteuer auszusuchen.«

Er beugte sich über die Konsole zu ihr. »Ich nehme dich.« Er schob seine Finger in ihre Haare, zog sie näher zu sich heran und küsste sie, bis ihr die Luft ausging.

»Wow«, sagte sie leise. »Der Mann kann küssen.«

»Die Frau kann auch küssen. Ich habe noch nie so viel gelacht wie mit dir, Tegs, und ich kann mich nicht erinnern, wann ich das letzte Mal den ganzen Tag nicht an die Arbeit gedacht habe.«

»Ich weiß. Tia hat mir vor etwa einer Stunde eine Nachricht geschickt, um zu fragen, ob ich eine Mörderin bin und dich um die Ecke gebracht habe, weil sie noch nie so lange nichts von dir gehört hat.«

»Ich weiß nicht, ob es gut ist, dass ihr beide euch anfreundet, oder ob es mir das Leben zur Hölle machen wird.«

Sie zog wieder die Nase kraus – so verdammt niedlich – und sagte: »Wahrscheinlich beides. Such mal lieber unser nächstes Ziel aus, damit du nicht zu spät zu deinem Meeting kommst. Ich hatte noch nicht genug Abenteuer für einen Tag.«

Er setzte sich wieder aufrecht hinters Steuer und plötzlich hatte er seinen alten Lieblingsort vor Augen. Seit Jahren hatte er nicht mehr daran gedacht, doch jetzt kam nichts anderes mehr infrage. »Schnall dich an, Baby.«

Während Jett nach Wellfleet fuhr und dort die Straßen entlangrollte, die er seit fast einem Jahrzehnt nicht mehr gesehen hatte, breitete sich kribbelnde Anspannung in ihm aus. Er warf Tegan einen verstohlenen Blick zu, doch sie schaute aus dem Fenster, als wäre sie damit zufrieden, einfach nur da zu sein, und das beruhigte seine Nerven. Er verstand nicht, warum es ihm half, seine Dämonen zu besänftigen, wenn er sie ansah oder mit ihr zusammen war, aber vielleicht gab es Dinge, die er nicht verstehen musste, um sie zu akzeptieren.

Er griff nach ihrer Hand und hielt sie fest, als er auf die unauffällige Nebenstraße abbog, die abgeschirmt vom Rest der Welt durch Wälder und Gestrüpp führte. Er parkte am Ende der Sackgasse vor der Düne, stieg aus, um Tegans Tür zu öffnen, und ließ den Blick über die Wildrosen, Strandpflaumen und anderen Büsche schweifen, die seit seinem letzten Besuch vor einigen Jahren enorm gewachsen waren. In ein paar Wochen würden sich hier rosafarbene Blüten und rote Beeren zeigen. Dann war alles voller Dünengras und nistender Vögel. Das würde Tegan gefallen. Wahrscheinlich stellte sie ihnen direkt ein Futterhäuschen auf.

»Wo sind wir?«, fragte sie und stieg aus dem Auto.

»Hier war ich früher oft. Komm.« Er nahm sie an der Hand und führte sie zu einem schmalen Durchgang zwischen zwei hüfthohen Büschen.

»Dürfen wir überhaupt hier sein? Da ist ein Schild, das das

Betreten verbietet. Wir könnten Ärger bekommen.«

»Hast du Angst vor ein bisschen Ärger, Abenteuer-Girl?«, fragte er und half ihr, die Düne zu erklimmen, wobei er stachelige Büsche beiseiteschob, um den Weg freizumachen.

»Keine Ahnung. Kennst du den Besitzer? Unbefugtes Betreten kann ernste Konsequenzen haben.«

»Ich weiß, wem das hier gehört. Manchmal ist er ein ziemlicher Arsch, aber mein Bauchgefühl sagt mir, dass du weißt, was zu tun ist, wenn er sauer wird.«

Als sie die unbewachsene Kuppe der Düne erreichten, schaute Tegan staunend auf das weite Panorama der Cape Cod Bay. »Jett ... Ist das die Bay oder das offene Meer?«

»Die Bay.« Er legte ihr eine Hand auf die Hüfte und deutete nach rechts aufs Wasser. »Da drüben liegt Provincetown.« Er zeigte in die andere Richtung. »Das Resort ist dort und dein Anwesen liegt ein Stück weiter die Küste runter, hinter Eastham und Orleans und etwas landeinwärts.«

»Das ist unglaublich. Hier ist man wirklich ungestört. Wie bist du darauf aufmerksam geworden?«

»Ich bin als Teenager zufällig darauf gestoßen. Ich wollte nach einem Baseballspiel nicht nach Hause, also bin ich herumgefahren und irgendwie auf der Straße gelandet, die hierherführt. Es kam mir vor, als würde sie zu einem Ort führen, den niemand sonst kennt, als wäre dieses Fleckchen Erde von allen vergessen worden. Die perfekte Zuflucht. Das hat mich immer wieder hierher zurückkehren lassen. Dieser Ort war ein Geschenk des Himmels.«

»Dein geheimes Versteck.« Sie legte einen Arm um seine Taille und lehnte den Kopf an ihn. »Ich wünschte, ich hätte dich damals schon gekannt. Wir hätten stattdessen gemeinsam Abenteuer erleben können.«

»Du hättest mich nicht gemocht, Tegs. Ich konnte mich ja selbst nicht leiden. Und auch niemanden sonst.«

»Nicht mal deine Mutter? Deine Brüder?«

»Weiß ich nicht so recht«, meinte er. »Es war nicht unbedingt Abneigung. Ich war sauer auf meine Eltern und wütend auf meine Brüder, weil sie unseren Vater nicht in die Verantwortung genommen haben.«

»Was ist mit Drake und Rick?«

»Vor dem Tod ihres Vaters war ich vermutlich ein bisschen neidisch auf alle meine Freunde, weil sie nicht mit dem gleichen Mist zu kämpfen hatten wie ich. Doch als sie ihren Dad verloren haben … waren wir alle ziemlich durcheinander.«

»Das ist verständlich.«

»Ich weiß nicht, ob es verständlich war, aber ich habe mich von allen zurückgezogen, außer von meiner Großmutter.«

»Warum nicht von ihr? Was war bei ihr anders?«

In ihrem Blick lag keine Wertung und dafür war er ihr dankbar. So lange hatte er sich gefühlt, als würde sein Umfeld ihm Vorwürfe machen, dass er es leid war, auch wenn er es verdient hatte. »Meine Großmutter hat das Verhalten meines Vaters nicht schöngeredet. Sie hat die Wut und den Schmerz, den er verursacht hat, anerkannt. Sie selbst konnte ihm letztendlich verzeihen, aber mich hat sie nie dazu gedrängt.«

»Vielleicht hatte sie Angst, dass sie dich dann auch verliert.«

So hatte das noch nie jemand formuliert, doch als er sich das durch den Kopf gehen ließ, spürte er einen scharfen Stich, eine unverheilte Wunde. Es kam ihm falsch vor. Aber er war nicht dumm, und auch wenn er es nicht wahrhaben wollte, konnte sie damit durchaus recht haben.

»Großeltern sehen alles aus einer anderen Perspektive«, sagte Tegan liebevoll. »Es muss schwer gewesen sein, eine so besondere Beziehung zu deinem Vater zu haben, Baseball zu spielen, gemeinsam Karten zu sammeln und auf einmal das Gefühl zu haben, im Stich gelassen zu werden. Ich hatte nie eine so besondere Bindung zu meinen Eltern. Ich liebe sie und wir stehen uns nahe, aber wenn ich plötzlich im Sommer nicht mehr meinen Onkel hätte besuchen dürfen, hätte es mir das Herz gebrochen.«

Jett war immer bewusst gewesen, dass seine Gefühle nach dem Auszug seines Vaters weit über Wut hinausgingen, doch er hatte es nie benennen können. Ein gebrochenes Herz drückte genau das aus, was er empfunden hatte. Tegan umarmte ihn und sagte nichts weiter. Das brauchte sie auch nicht. Sie hatte ihm bereits das Teil seines verkorksten Lebenspuzzles gegeben, dessen Fehlen er bis jetzt nicht einmal bemerkt hatte.

Sie sah zu ihm hoch. »Ich wette, deine Großmutter wollte auf gewisse Weise die Taten deines Vaters wiedergutmachen, weil es ihr Sohn war – auch wenn er sich aus guten Gründen dafür entschieden hat, für eine Weile wegzugehen. Andererseits ist sie deine Großmutter. Sie liebt dich, und sie weiß, wie toll du bist, unabhängig von den Schwierigkeiten, einen neuen Umgang mit deinem Dad zu finden. Ihr gebt euch offensichtlich Mühe, und ich bin sicher, dass sie stolz auf euch beide ist.«

War er auch stolz auf sich selbst? Er konnte sich wohl durchaus mehr anstrengen. »Ich habe mein Leben lang persönliche Bindungen vermieden, aber durch dich will ich ein besserer Mensch werden, Tegs. Du bringst mich dazu, mir ein erfüllteres Leben zu wünschen, ein besseres Leben, jenseits der Welt, die ich mir selbst geschaffen habe.«

»Für einen Kerl, der keine persönlichen Bindungen eingehen will, stellst du dich als fester Freund ziemlich gut an. Ich weiß, wie wenig Zeit du hast, und du investierst jetzt schon mehr in uns, als ich je erwartet hätte. Wir stecken mitten in einem Abenteuer, und du hängst weder am Handy noch stresst du dich wegen der Arbeit, wie mir alle prophezeit haben. Und nachher bist du mit Leuten in einem Raum, mit denen du aufgewachsen bist, denen du nicht den Rücken gekehrt hast, als du nach dem Sturm ins Flugzeug gestiegen bist. Sie haben wahrscheinlich Angst und sind verwirrt, weil sie nicht wissen, wie es weitergehen soll, und du verschiebst Meetings und stellst uns hintenan, um dir Zeit für sie zu nehmen. Ja, du hast gesagt, dass ich keine großen Erwartungen haben soll, aber allein, dass du dich mit ihnen zusammensetzt, könnte den Leuten Hoffnung geben oder sie in die richtige Richtung lenken. All das sagt viel darüber aus, wer du bist und was dir wichtig ist. Du bist ein toller Mann, Jett, und ich bin mir sicher, dass du und dein Vater wieder eine stabile Beziehung zueinander aufbauen könnt, wenn ihr es nur genug wollt. Es wird vielleicht nie wieder so sein wie früher oder wie deine Familie es sich wünscht, aber das ist okay. Wichtig ist nur, dass du und dein Vater glücklich seid, wo auch immer ihr am Ende miteinander steht.«

Er war zu verblüfft von ihrer Weitsicht, um zu antworten.

»Also, raus mit der Sprache«, fuhr sie fort und schaute sich um. »Gehört dir das Geheimversteck? Bist du der Eigentümer? Emery hat erwähnt, dass du ein Grundstück am Cape besitzt.«

»Ja, Baby. Es gehört mir.«

»Was hast du damit vor?«

»Nichts. Ich wollte es nur haben. Ich war nicht ein Mal hier, seit ich es vor ein paar Jahren gekauft habe.«

»Willst du meine Meinung hören?«, fragte sie und schlenderte am Rand der Dünengrasfläche entlang.

»Immer.«

»Ich glaube, du hast als Kind nie die Antworten gefunden, nach denen du gesucht hast, also hast du all die Wut und die Sehnsucht genutzt, um deinen Erfolg voranzutreiben, und soweit ich weiß, hast du alle Erwartungen übertroffen, vielleicht sogar deine eigenen.« Sie kam zu ihm zurück und der Wind spielte mit ihren Haarspitzen. »Du hast deinem Vater und allen anderen bewiesen, dass dich nichts unterkriegen kann. Aber du hast diesen ganzen Mist zwischen dir und deinem Dad nie aufgearbeitet, und dieses wunderschöne Fleckchen Erde, dein Versteck, birgt all die Emotionen und Fragen, mit denen du als Teenager zu kämpfen hattest. Du hast sie zwar aus deinem Kopf verbannt, um weitermachen zu können, doch sie sind nie verschwunden. Sie sind begraben, genau hier, wo wir gerade stehen.« Sie packte ihn an den Aufschlägen seiner Jacke und senkte die Stimme zu einem verschwörerischen Raunen. »Vielleicht, ganz vielleicht, hast du gehofft, dass du eines Tages zurückkommen und hier die Antworten finden wirst.«

»Du hältst dich wohl für ziemlich schlau, was? Du denkst, wenn du mir einen Floh ins Ohr setzt, werde ich darüber nachdenken und härter an einer Lösung arbeiten.«

Sie wippte auf den Fußballen. »Die Hoffnung stirbt zuletzt.«

Er musste lachen, denn sein hübscher Frechdachs wusste genau, wie sie ihn ködern konnte.

»Aber es besteht natürlich auch die Möglichkeit, dass du dieses Grundstück einfach nur besitzen wolltest, wie alles andere, was du gekauft hast. Denn wenn es einen Berg gibt, will Jett Masters ihn besteigen!« Sie klopfte ihm auf die Brust und sagte: »Was auch immer der Grund ist, ich bin wirklich froh, dass du mich hierher mitgenommen hast. Ich lerne gerne den Teenager Jett kennen. Ich wünschte immer noch, ich hätte das grüblerische Kind gekannt, das im Baseball so gut war. Ich wette, wir hätten trotz all der Probleme, mit denen du zu kämpfen hattest, Spaß zusammen gehabt.«

»Bei dir klingt alles so einfach.«

»Nicht einfach, nur machbar. Nach dem Verlust meines Onkels wurde mir klar, dass wir jeden Sommer all diese Wochen miteinander verbracht haben, und das war großartig, aber ich hätte trotzdem gerne mehr Zeit mit ihm gehabt. Es war nicht genug.« Traurigkeit stieg in ihren Augen auf. »Ich vermisse ihn.«

Jett drückte ihre Hand. »Ich weiß. Es tut mir leid, Baby.«

»Schon in Ordnung«, erwiderte sie mit dem Lächeln, das sie immer für sich selbst und für andere parat hatte. »Ich muss ihn vermissen. Schließlich hatte ich ihn auch sehr lieb. Und ich will dich bei deiner Familie oder deinem Vater in keine Richtung drängen. Was auch immer du tust oder lässt, muss deine Entscheidung sein. Aber wenn ich eins aus dem Tod meines Onkels gelernt habe: Wenn ein Mensch erst mal nicht mehr da ist, war's das. Dann bleiben uns nur noch Erinnerungen, gute wie schlechte. Die ganze Sache quält dich schon so lange, ohne dass eine Lösung in Sicht wäre. Vielleicht solltest du dir eine wirklich schreckliche Frage stellen: Wenn du heute erfahren würdest, dass dein Vater morgen stirbt und du ihn nie mehr wiedersiehst, dass dir die Zeit davonläuft, um herauszufinden, was du willst oder wie ihr euch wieder annähert ... Wäre die Vergangenheit dann immer noch erdrückend genug, um dich von allem fernzuhalten? Oder würdest du mit aller Kraft versuchen, da rauszukommen, und das Risiko eingehen, daran zu scheitern, um zu retten, was bei dem Vater noch zu retten ist, zu dem du mal so sehr aufgeschaut hast?«

Bevor er jedoch die Bilder richtig verarbeiten konnte, die sie ihm gezeichnet hatte, machte sie auf dem Absatz kehrt. »Haben wir noch Zeit für ein letztes Abenteuer vor deinem Meeting? Ich könnte jetzt nämlich ein paar frittierte Muscheln und ein Eis vertragen.«

Und in diesem Moment hüllte sie ihn erneut mit ihrem Licht ein und wies ihm einen Weg aus der Dunkelheit.

Mit dem Bauch voller Muscheln und Eis und dem Herzen erfüllt von Jett rannte Tegan mit ihm über den Parkplatz von Arnold's Lobster and Clam Bar zum Auto. Sie hatten die Zeit aus den Augen verloren und waren spät dran. Eilig warf sie sich auf ihren Sitz und zerrte an ihrem Sicherheitsgurt. »Los, los, los!«, drängelte sie, doch Jett war schon einen Schritt weiter und bog rasant auf die Route 6 ab, die sie auf den Highway führte. Während er sich anschnallte, lehnte sie sich zurück und fragte: »Schaffen wir es noch rechtzeitig?«

»Wenn der Verkehr nicht zu dicht ist, sollten wir rechtzeitig ankommen.« Er griff nach ihrer Hand. »Das war ein fantastischer Tag.«

»Mit so viel Spaß«, stimmte sie zu und dankte den Sternen, dass er nicht dichtgemacht hatte, nachdem ihr die Überlegungen über ihn und seinen Vater vorhin so rausgerutscht waren. Auf dem Weg zu Arnold's war er schweigsam gewesen, und sie hatte sich gefragt, ob sie ihrer Beziehung wohl gerade den Todesstoß versetzt hatte. Doch als sie in der Warteschlange standen, legte er die Arme von hinten um sie und küsste sie auf die Wange. Von diesem Moment an war er wieder ganz sein charmantes Selbst.

»Tut mir leid, dass ich keine Zeit habe, dich zu Hause abzusetzen. Nimm ruhig das Auto, und ich rufe mir einen Uber, wenn ich fertig bin.«

»Wie lange wirst du denn ungefähr brauchen?«

»Das weiß ich nicht. Es kann eine Stunde dauern, aber auch zwei oder drei. Hängt davon ab, wie es läuft und für welche Richtung ich mich entscheide.«

»Ich denke, ich fahre in die Stadt und schaue mich da ein bisschen um. Bisher kenne ich nur den einen Block, in dem sich Mitchells Laden befindet. Chloe hat mir von ein paar Geschäften in der Mall erzählt, die ich mir gerne ansehen würde. Vielleicht fahre ich ein bisschen durch die Gegend und zu deiner alten Schule, damit ich dort nach dem Baum Ausschau halten kann, unter dem Katie Garland dir in der Grundschule deinen ersten Kuss gestohlen hat.«

Er drückte erneut ihre Hand. »Als wir beide uns geküsst haben, war es, als hätte es vor dir nie eine andere gegeben.«

»Du bist so ein Charmeur.«

Er wackelte vielsagend mit den Augenbrauen.

Um Punkt halb acht hielten sie vor Mitchells Haus. »Viel Glück!«, wünschte Tegan ihm, als er ihr den Autoschlüssel reichte.

»Glück brauche ich keins, Baby. Hier geht's ums Geschäft. Wenn ich etwas will, dann setze ich es um.« Er gab ihr noch einen Kuss. »Ich muss herausfinden, ob die Geschäftsinhaber klug und motiviert genug sind, um die nötigen Maßnahmen für höhere Gewinne umzusetzen, und wie viel Zeit ich aufbringen kann, um ihnen das beizubringen.«

»Oh. Ich dachte, es geht darum, ihre Läden zu retten. Aber ich schätze, das geht Hand in Hand. Mit Verlusten macht man keine Geschäfte.«

»Ganz genau.« Er zwinkerte ihr zu, und sie sah ihm nach, wie er zur Tür ging. Als ihm aufgemacht wurde, umarmte er eine Frau, die vermutlich Mitchells Ehefrau war, und ging ins Haus.

Sie überlegte, wohin sie zuerst wollte, als sie auf einmal das Auto von Jetts Vater entdeckte, das die Straße entlangfuhr und neben ihr hielt.

Sherry ließ das Seitenfenster herunter. »Tegan, was für eine nette Überraschung. Was machst du denn hier?«

Tegan beugte sich vor und erkannte, dass neben ihr und Jetts Vater noch eine ältere, weißhaarige Frau auf dem Rücksitz des Autos saß und sie interessiert musterte. »Jett hat ein Meeting mit Mitchell und ein paar der anderen Ladenbesitzer, deren Gebäude im Sturm Schaden genommen haben.«

»Ach ja?«, fragte sein Vater.

»Wir wussten nicht einmal, dass er wieder in der Stadt ist«, sagte Sherry.

»Es war eine spontane Entscheidung. Er hatte bestimmt vor, sich bei euch zu melden«, erwiderte sie, obwohl sie keine Ahnung hatte, ob das zutraf. »Wir waren den ganzen Tag unterwegs und haben uns beim Abendessen ein bisschen zu viel Zeit gelassen, deswegen bin ich hier. Er konnte mich nicht mehr zu Hause absetzen, also wollte ich gerade in die Stadt fahren, um mir da die Zeit zu vertreiben, bis er fertig ist.«

Die Frau auf dem Rücksitz lehnte sich nach vorn. »Wir sind das Spannendste, was diese Stadt zu bieten hat. Ich bin Jetts Großmutter Rose und würde gern die Gelegenheit nutzen, dich kennenzulernen. Möchtest du dich uns anschließen?«

Tegan schaute noch einmal zu Mitchells Haus und war hin- und hergerissen. Sie wollte Jett nicht verärgern, indem sie unabgesprochen Zeit mit seiner Familie verbrachte, und sie wollte auf keinen Fall in eine Situation geraten, in der von ihr erwartet wurde, über ihn zu sprechen. Gleichzeitig mochte sie seine Eltern und war neugierig auf seine Großmutter.

»Rose hat einen Cherry Pie gebacken«, sagte Sherry.

»Das klingt sehr lecker.« Tegan legte eine Hand auf ihren Bauch. »Ich hatte gerade erst frittierte Muscheln und ein Eis. Ich kriege wirklich keinen Bissen mehr runter, aber komme gern für ein Weilchen mit.«

»Steig ein, Liebes«, sagte Rose, und Tegan nahm für die kurze Strecke neben ihr auf dem Rücksitz Platz.

Jetts Vater half Rose ins Haus, obwohl sie sich noch recht behände bewegte. Sie war zierlich und humorvoll und zog ihn damit auf, dass er sie wie eine alte Frau behandelte. Drinnen hängten sie ihre Jacken auf und gingen ins Wohnzimmer. Jetts Vater bot ihnen einen Drink an, den Tegan und Sherry jedoch ablehnten.

»Ich hätte gerne ein Glas Wein.« Rose schaute zu Tegan. »Das ist gut fürs Herz, weißt du?« Sie ließ sich auf der Couch nieder und klopfte neben sich aufs Polster. »Setz dich hierher, Liebes. Emmie hat mir erzählt, was du mit dem Amphitheater vorhast. Ich finde das wunderbar. Ich möchte alles über dich und diese pikanten Liebeskomödien hören, die du veranstalten wirst. Aber zuerst: Woher hast du diese sexy Stiefel? Meine Freundin Mags würde dafür töten. Sherry würden die auch wunderbar stehen. Nicht wahr, Douglas? Weißt du noch, wie hübsch sie damals in diesen weißen Go-Go-Stiefeln aussah?«

Jetts Vater warf seiner Frau einen eindeutig zweideutigen Blick zu. »Wie könnte ich das vergessen? Sherry hat immer noch die schönsten Beine weit und breit.«

Sherry errötete. »Woher hast du die denn, Tegan?«

»Ich glaube, sie stammen aus Chelsea's Boutique zu Hause, wo ich als Näherin arbeite.«

»Hast du das gehört, Sherry? Sie näht.« Rose senkte die Stimme ein wenig. »Also hast du geschickte Hände. Kein Wunder, dass Jetty wieder da ist.«

»Rose«, warnte Sherry sie mit einem Kopfschütteln, ihr Lächeln verriet Tegan jedoch, dass sie die resolute Art ihrer Schwiegermutter genauso schätzte wie Jett.

Tegan erzählte ihnen von ihrer Arbeit als Näherin und von den Kostümen, die sie für die Kinderboutique Princess for a Day anfertigte. Sie beschrieb auch das Kostüm, das sie für Joni gemacht hatte. Rose stellte ihr viele Fragen, erkundigte sich schließlich nach ihrer Familie und kam dann auf das Amphitheater zurück.

»Werdet ihr für die romantischen Komödien Ermäßigungen für Senioren anbieten?«, fragte sie. »Viele meiner Freunde haben nicht allzu viel Geld zur Verfügung, doch sie werden sich die heißen jungen Schauspieler nicht entgehen lassen wollen.«

»Mutter, bitte«, mischte Jetts Vater sich ein, der neben seiner Frau auf dem Zweiersofa saß.

Rose nippte an ihrem Wein und erwiderte: »Wir mögen alt sein, Douglas, aber wir sind noch nicht tot.« Sie wandte sich wieder Tegan zu. »Wir alle brauchen ein wenig Licht in unserem Leben, nicht wahr? Wo können wir Tickets für die Aufführungen bestellen?«

»Wir testen gerade unsere neue Website, sie sollte bald fertig sein. Ich sorge dafür, dass Jett dir die Adresse gibt, sobald sie online ist.«

»Habe ich das richtig verstanden, dass Jett und du den ganzen Tag unterwegs wart?«, fragte sein Vater. »Heißt das, er ist nicht nur wegen des Geschäftstreffens hier?«

Sie fühlte sich schuldig, dass Jett sie besuchen gekommen war, ohne seine Eltern anzurufen und Bescheid zu geben, dass er in der Stadt war. Sie überlegte, ob sie behaupten sollte, dass er aus rein geschäftlichen Gründen angereist war, doch sie war keine gute Lügnerin. »Nein. Er sollte eigentlich woanders sein, aber ich hatte Schwierigkeiten, die Sachen meines Onkels auszusortieren, und er hat mir dabei geholfen. Es tut mir wirklich leid, dass er sich nicht bei euch gemeldet hat.«

»Wenn ich eine hübsche Frau wie dich an meiner Seite hätte, wäre ein Anruf bei meiner Familie das Letzte, woran ich denken würde«, sagte Rose.

Sein Vater erhob sein Glas, als ob er ihr zustimmen wollte, und trank einen Schluck.

»Hattet ihr einen schönen Tag?«, fragte seine Mutter.

»Wir haben ein großartiges Abenteuer erlebt.« Tegan erzählte ihnen vom Freizeitpark und wie viel Spaß es gemacht hatte, Jett beim Baseball zuzuschauen. »Ich wünschte, ich hätte ihn als Teenager spielen sehen können.«

»Er war ein hübscher Junge«, sagte seine Mutter.

»Hart im Nehmen und blitzgescheit«, fügte sein Vater hinzu. »Es gab nichts, was Jett nicht erreichen konnte.«

»Sherry und ich waren bei fast jedem seiner Spiele dabei«, sagte Rose. »Douglas musste natürlich oft arbeiten, aber wir haben jede Menge Fotos gemacht und Sherry hat ihn immer auf dem Laufenden gehalten. Jett liebte Baseball so sehr. Douglas, erinnerst du dich, wie er diese ganzen Statistiken heruntergerattert hat?«

»Er war schon etwas Besonderes.« Sein Vater sah zu Tegan. »Das ist er immer noch. Ich kann es nicht fassen, dass du Jett dazu gebracht hast, Minigolf und Arcade-Spiele zu spielen. Er braucht mehr davon in seinem Leben. Ich war schon alt und grau, bevor ich gelernt habe, was schöne Momente und Entspannung wirklich bedeuten. Ich bin froh, dass er in diesem Punkt nicht in meine Fußstapfen tritt.«

»Ihr habt einen tollen Mann großgezogen«, erwiderte Tegan. »Ich weiß, dass Jett viel arbeitet, aber selbst wenn wir getrennt sind, nimmt er sich Zeit für mich. Wir haben viel Spaß zusammen und sind beide so ehrgeizig, dass wir am Schluss immer darüber lachen.« Oder Sex haben, doch das sagte sie natürlich nicht.

»Das macht mich so glücklich«, meinte Sherry. »Als unsere Jungs noch klein waren, haben sie die ganze Zeit gelacht. Manchmal habe ich einfach innegehalten, um ihnen beim Spielen zuzuhören. Irgendwann sind sie immer im Baumhaus gelandet. Manchmal war es totenstill, und ich habe mich gefragt, was sie wohl gerade anstellen. Dann ertönte Gelächter aus dem Baumhaus oder ein Durcheinander aus Befehlen und Diskussionen und auf einmal wurden Spielzeugwaffen oder was auch immer sie an diesem Tag dabei hatten – bei Jett war es meistens ein Baseballschläger – auf unsichtbare Bösewichte gerichtet.«

»Sie hatten es faustdick hinter den Ohren«, sagte Douglas. »Ständig planten sie irgendetwas, heckten etwas aus. Jett war so etwa fünf oder sechs, als sie aus etwa drei Dutzend Nägeln und einem Seil einen Flaschenzug bastelten, an dem sie einen der Körbe meiner Frau befestigten.«

»Ich habe ihnen immer Mittagessen oder Snacks in diesem Korb hochgeschickt«, sagte Sherry mit einem verträumten Ausdruck in den Augen, als würde sie die Erinnerungen noch einmal aufleben lassen.

Rose erzählte noch mehr Geschichten aus der Kinderzeit

der Jungs, wie sie versucht hatten, sie dazu zu bringen, ihnen zusätzliche Süßigkeiten zu geben oder sie lange aufbleiben zu lassen, wenn sie bei ihr übernachteten. Jede Erinnerung führte zu einer weiteren Anekdote und zeichnete das Bild einer glücklichen Familie – ganz anders als die, die er aus seinen Teenagerjahren beschrieben hatte. Aber je mehr Tegan hörte, desto klarer wurde, dass die Liebe seiner Eltern auch in den weniger guten Zeiten immer da gewesen war.

Als Tegans Handy mit einer Nachricht von Jett vibrierte, in der er wissen wollte, wo sie war, wurde sie ein bisschen nervös und tippte: *Bei deinen Eltern zu Hause. Sie haben gesehen, wie ich ins Auto gestiegen bin, und mich eingeladen. Tut mir leid!*

»Ach herrje, wie spät es schon ist«, sagte Sherry. »Entschuldige bitte, Rose. Du wolltest um neun zu Hause sein und jetzt ist es schon halb zehn. Liebes, wir müssen los.«

Als sie sich gerade zum Gehen bereit machten, flog die Haustür auf und Jett stürmte herein, als hätte er nur ein Ziel vor Augen. Er musterte sie rasch, während er auf seine Großmutter zuging und sie auf die Wange küsste. »Hi, Gram«, begrüßte er sie zurückhaltend. Seine Anspannung war fast greifbar, als er einen Arm um Tegans Taille legte. »Was ist hier los?«

»Immer mit der Ruhe, Jetty«, sagte Rose. »Wir lernen nur deine reizende Freundin besser kennen.«

Tegan schlang einen Arm um ihn, lehnte sich an seine Seite und spürte, wie er sich ein wenig entspannte.

»Wir haben gehört, dass ihr einen ziemlich lustigen Tag zusammen verbracht habt«, meinte seine Mutter.

»Und dass Tegan dich auf der Go-Kart-Bahn haushoch geschlagen hat«, zog sein Vater ihn auf. »Da hast du vielleicht deine Meisterin gefunden.«

»Sie ist auch eine knallharte Geschäftsfrau«, sagte Jett, als hätte er das Bedürfnis, seinem Vater etwas zu beweisen.

»Habe ich schon mitbekommen«, entgegnete sein Vater gelassen. »Du hast dich mit Mitchell getroffen? Schön, dass du Zeit dafür gefunden hast.«

»Ich bin auch froh darüber.« Jett atmete tief ein und ließ die Luft langsam wieder entweichen, wodurch sich die Anspannung in ihm weiter löste. »Es war seltsam, als Redner in diesem Raum zu stehen, umgeben von den Männern und Frauen, die früher auf mich aufgepasst haben.«

Sein Vater schmunzelte. »Ja, an dieses Gefühl erinnere ich mich noch gut.«

»Ich weiß nicht, was sie erwartet haben, und wusste im Vorfeld auch nicht, was ich ihnen mit meiner begrenzten Zeit überhaupt anbieten kann. Aber ich wollte sie zumindest anhören, vielleicht Vorschläge machen, oder ihnen etwas Geld anbieten und einen meiner Jungs auf das Projekt ansetzen. Doch als ich reinkam, taten sie so, als wäre ich nicht jahrelang weg gewesen. Sie haben mich mit offenen Armen empfangen und gesagt, wie stolz sie auf mich sind und dass sie immer wussten, dass mal was aus mir wird.«

»Das sind gute Menschen«, sagte Sherry. »Sie fragen ständig nach dir und deinen Brüdern. Nur weil man woanders lebt, heißt das nicht, dass man vergessen wird.«

»Schon, aber ich war kein sehr netter Teenager.« Sein Blick huschte zu seinem Vater, und Tegan spürte, wie er sich wieder verkrampfte.

»Das ist noch milde ausgedrückt«, murmelte Rose in ihren nicht vorhandenen Bart.

»Vielen Dank, Gram«, gab Jett sarkastisch zurück und drückte Tegan fester an sich. »Aber du hast recht. Ich war ein

Ekelpaket.«

Sein Vater senkte das Kinn und fixierte Jett mit dem ernsten Blick eines Geschäftsmannes und dem Argusauge eines
Vaters. »Alle Teenager sind ein bisschen eigensinnig, doch
nicht alle nehmen diese Zielstrebigkeit mit ins Erwachsenenal-
ter, so wie du. Hast du dich entschieden, Mitchell und den
anderen zu helfen?«

»Weiß ich noch nicht«, erwiderte Jett scharf.

»Nun, ich bin gespannt, was du tun wirst, wenn du denn
etwas tust«, sagte sein Vater.

»Oh je, schon so spät«, ging Rose in einem offensichtlichen
Versuch dazwischen, die Stimmung aufzulockern. »Jetty und
Tegan, würdet ihr mich nach Hause fahren?«

Jett wandte sich von seinem Vater ab. »Natürlich.«

Er half Tegan in ihre Jacke, während sein Vater sich um
Rose kümmerte. Jett umarmte seine Mutter, schüttelte seinem
Vater die Hand und sagte: »Das Baumhaus ist ja doch noch
nicht weg.«

»Ich habe Rob Wicked angerufen, aber er und seine Jungs
sind in den nächsten Wochen komplett ausgebucht.«

Jett schaute in Richtung Garten. »Ich bin am Freitag wieder da, um Tegan zu besuchen. Am nächsten Abend muss ich
um sechs Uhr los nach London, aber wenn du willst, schaue
ich für ein paar Stunden vorbei und wir reparieren es für
Dougs und Deans zukünftige Kinder. Sie werden dich doch
sowieso überreden, ein neues zu bauen.«

Sein Vater verzog keine Miene, doch die Emotionen in
seinen Augen ließen Tegans Kehle eng werden. Auch Sherry
und Rose sahen aus, als kämen ihnen gleich die Tränen.

Douglas nickte. »Klingt gut. Ich bestelle das Holz.«

»Das ist großartig«, entfuhr es Sherry, und sie blinzelte ein paarmal. »Kommst du auch, Tegan?«

»Auf jeden Fall. Sehr gern. Bist du dabei, Rose?«

»Das würde ich um nichts in der Welt verpassen wollen«, erwiderte die alte Dame kokett.

Nach einer weiteren Runde Umarmungen und herzlicher Verabschiedungen gingen sie. Sobald die Tür ins Schloss gefallen war, fragte Rose: »Wie wirst du Mitchell und den anderen helfen?«

Tegan fragte sich, wie Rose darauf kam, dass er bereits eine Entscheidung getroffen hatte.

»Ich werde sie auf keinen Fall jemand anderem überlassen. Das ist meine Stadt und diese Leute waren unzählige Male für mich da. Ich möchte derjenige sein, der ihnen hilft, wieder auf die Beine zu kommen und ihre Unternehmen voranzubringen.«

»Der Mann, der nie zu seinen Wurzeln zurückkehren wollte, tut nun genau das«, meinte Rose.

Jett warf ihr einen genervten Blick zu.

»So hast du dein Imperium aufgebaut, Schätzchen, indem du anderen beigebracht hast, wie sie ihr eigenes verbessern«, sagte Rose.

Verwirrt fragte Tegan: »Warum hast du deinem Vater nicht gesagt, was du vorhast?«

»Keine Ahnung«, brummte er.

Rose schaute Tegan aus ihren weisen graublauen Augen an. »Es ist ein Tauziehen, Liebes, genauso typisch für viele Männer wie das Bedürfnis, ihr Revier zu markieren.«

»Aber war das Baumhaus nicht ein Ölzweig?«, fragte Tegan.

Sie gingen die Auffahrt hinunter und Rose antwortete: »Es war ein Zweig von einem sehr stacheligen Busch.«

Jett nickte zustimmend und stützte seine Großmutter sicher. »Alles in Ordnung, Gram? Gehe ich zu schnell?«

»Nein, Schätzchen. Du bist endlich im perfekten Tempo unterwegs.«

Einige Zeit später betrachtete Tegan beim Abtrocknen nach der Dusche die vom Mondlicht geküssten Baumwipfel durchs Badezimmerfenster und sinnierte über ihr Leben. Sie war voller Abenteuerlust ans Cape gezogen, und als sie Jett den Versuch einer Freundschaft plus anbot, hatte sie erwartet, dass es relativ einfach sein würde, sich nicht emotional an ihn zu binden. In beiden Punkten hatte sie sich geirrt. Das Vermächtnis ihres Onkels weiterzuführen, mochte zu Beginn ein Abenteuer gewesen sein, doch inzwischen war das Theater ein Teil von ihr geworden. Oder vielleicht war es das schon immer gewesen und sie hatte es einfach nur nicht bemerkt. Und Jett? Sie drückte sich das Handtuch an die Brust. Als sie ihn gestern Morgen neben Jock in ihrem Flur stehen sah, war ihr fast das Herz explodiert. Es war wie ein Traum, mit ihm und Jock ihre Sachen ins Cottage zu schaffen und daraus ein Zuhause zu machen. Sie liebte das gemütliche Häuschen, und es freute sie unendlich, dass Jett und Jock sich angefreundet hatten. Sie dachte an den tollen Tag heute zurück und bekam unwillkürlich eine Gänsehaut.

Sie spürte noch immer die Freude und Entschlossenheit in der Luft, als Jett den Schläger geschwungen hatte, und sein Lachen und die übermütigen Kommentare. Sie sah noch immer vor sich, wie seine Augen bei jeder verstohlenen Berührung, die sie miteinander teilten, dunkel und verführerisch wurden. Sie liebte es, wie ihr Ehrgeiz sie zum Gewinnen antrieb, es ihnen aber auch ermöglichte, die Siege gemeinsam zu feiern. Und sie war stolz auf ihn, dass er versuchte, die Kluft zu seinem Vater zu überbrücken. Stacheliger Zweig oder nicht, er gab sich Mühe, und das machte sie glücklich, ebenso wie das Gefühl, ihn auf diesem steinigen Weg zu begleiten. Sie seufzte. Sie liebte alles an ihrer Beziehung als Paar.

Sie liebte alles an ihm.

»Kommst du, Baby?«, rief Jett von der anderen Seite der Badezimmertür, und sie hängte ihr Handtuch auf.

Ihr Puls beschleunigte sich. »Bin gleich da.«

Sie zog sich ein Schlaftop aus Seide und einen passenden Slip über, doch als sie die Tür öffnete, ging ihr beim Anblick des von Kerzenschein erhellten Schlafzimmers das Herz auf. Ihr Blick huschte zu Jett, der nur mit der Maske bekleidet neben dem Bett kniete, und ein Feuer loderte in ihrem Körper auf. Sie schluckte hart und ihre Nervenenden kribbelten aufregend.

»Ich halte meine Versprechen immer«, sagte er verführerisch.

Sie war so sehr mit allem anderen beschäftigt gewesen, dass ihr dieses spezielle Versprechen vollkommen entfallen war. Ein Grinsen legte sich auf seine Lippen, und sie hoffte, dass ihre weichen Knie ihr nicht den Dienst versagen würden, als sie auf ihn zuging. Sie konnte sich gar nicht an ihm sattsehen, an seinen herrlichen Lippen, der breiten Brust, den muskulösen Oberschenkeln und dem harten Schaft, der nur darauf wartete, ihr Lust zu bereiten.

»Guten Abend, Miss Fine. Ich bin hier, um jede ihrer Fantasien zu erfüllen.«

Ein Wimmern entkam ihr, bevor sie es aufhalten konnte. Er hob den Kopf und sah sie durch die sexy Maske mit der

Aufschrift *Flirten und flachlegen* an. *Oh Gott. Dieser Mann ...* Ihre Gefühle waren zu heftig und tobten in ihr wie ein Sturm, der in die Freiheit drängte. Sie atmete zu schwer, verlor sich zu schnell in ihm, trotzdem wollte sie nicht aufhören.

Jett strich mit den Fingerspitzen über ihre Beine und schickte damit einen heißen Schauer durch ihren Körper. »Wo soll ich anfangen, meine Schöne?«

Wie sollte sie denn bitte schön einen klaren Gedanken fassen, geschweige denn sprechen? Fieberhaft suchte sie nach den richtigen Worten, nach einem Befehl, den sie ihm geben konnte. »Zieh mir den Slip aus«, flüsterte sie.

Seine Hände wanderten federleicht an den Außenseiten ihrer Oberschenkel nach oben und zogen den Stoff nach unten. Dann sah er ihr unverwandt in die Augen, was ihr Herz noch härter klopfen ließ. Gott, er machte das wirklich. Sie war so nervös, dass ihre Stimme zitterte. »Küss dich hoch bis zu meinem Mund.«

Er fing bei ihren Knöcheln an und liebkoste ihre Beine, während er sich langsam und sorgfältig mit den Lippen an ihrem Unterschenkel nach oben arbeitete. Dabei verweilte er kurz an ihrer empfindlichen Kniekehle, was prickelnde Lust durch sie hindurchschickte. Er verwöhnte jeden Zentimeter ihrer Oberschenkel und wagte sich provokant so dicht an ihr Geschlecht heran, dass sie sich an seinen Schultern festhielt, damit ihre Knie nicht unter ihr nachgaben. Ihr Verlangen kam ihr mit einer hitzigen Forderung über die Lippen. »Ich will deine Zunge.«

Ohne zu zögern, schob er sich zwischen ihre Beine, leckte über ihre Feuchtigkeit. Ihr Geschlecht zog sich zusammen, und sie versuchte nicht einmal, sich zu beherrschen. »Benutz deine Hände. Ich will sie auf meinem Hintern. Saug an meiner Klit.

Bring mich zum Kommen.« Sie hatte gerade die Kontrolle, aber er war der Meister, der sie direkt in die Wolken katapultierte. Lichtblitze explodierten hinter ihren geschlossenen Lidern, doch er ließ sie nicht zur Ruhe kommen. Sie zwang sich, die Augen zu öffnen, weil sie ihm zusehen wollte, wie er ihr Lust verschaffte. Ihre Blicke trafen sich mit der Intensität eines Erdbebens, was alle Empfindungen noch verstärkte. Er umfasste ihren Hintern fester, drückte ihre Beine weiter auseinander und brachte sie mit seinem geschickten Mund direkt zum nächsten Höhepunkt. Die Welt drehte sich um sie herum, als sie versuchte, ihn auf die Beine zu ziehen. Doch er schob nur die Hände unter ihr Top und spielte erneut eine Sinfonie auf ihrem Körper, die sie erschöpft und zittrig zurückließ.

»Hoch!«, brachte sie keuchend hervor. Er stand auf und nahm sie in die Arme, als wäre sie etwas ganz besonders Wertvolles. »Nimm die Maske ab.« Er gehorchte und die Emotionen in seinen Augen raubten ihr erneut den Atem. »Jett.« Es klang eher wie ein Flehen.

»Ich weiß, Tegs. Mir geht's genauso.«

Er leitete sie zum Bett und schob sich über sie. Als ihre Körper zueinanderfanden, brachte er sein Gesicht ganz dicht an ihres und flüsterte: »Du hast gesagt, dass ich sieben Personen in mir trage, aber ich will nur eine sein.« Er hob den Kopf und sah ihr fest in die Augen. »Der Mensch für dich, Tegs. Für dich allein.«

Dreiundzwanzig

Jett konnte sich nicht an eine Zeit erinnern, in der die Teilnahme an einer Hochzeitsfeier kein Gefühl des Grauens in ihm ausgelöst hatte. Die langatmige Zeremonie, die Tränen und sogar die darauffolgenden Trinksprüche hatten sich immer unecht und unnötig angefühlt. Für ihn war es immer viel Lärm um eine antiquierte Verbindung gewesen, die in seinen Augen nur auf eine Art enden konnte. Aber als er am Samstagabend mit Tegan im Arm dasaß, während sich Gavin und Harper in einem blumengeschmückten Raum im Silver House auf Silver Island das Jawort gaben, war alles anders. Er war nicht mehr der Außenseiter, der sich mit Ausreden früh verabschieden und fünfzehn Mal pro Stunde auf sein Handy schauen musste. Er hatte Tia gebeten, seine Nachrichten im Auge zu behalten und alles Delegierbare für die nächsten vierundzwanzig Stunden an Jonas und andere Mitarbeiter abzugeben, damit er sich auf die Frau konzentrieren konnte, die ihm die Augen für Dinge öffnete, die er bisher verpasst hatte, ohne es zu merken.

Während alle anderen wie gebannt auf das Brautpaar schauten, konnte Jett den Blick nicht von Tegan abwenden, die kerzengerade auf der Stuhlkante saß. Tränen liefen ihr über die Wangen, und ganz egal, wie abenteuerlustig sie sich gab, sie war trotzdem eine Frau, die irgendwann sesshaft werden wollte. Der Typ Mensch, der Traditionen wie Familientreffen an Feiertagen liebte, jeden Sommer viele Wochen mit ihrem Lieblingsonkel verbracht hatte und jedes Jahr ohne großen Plan verreiste. Sie mochte die wöchentlichen Gespräche mit ihrer Schwester und die Telefonate mit ihren Eltern, und sie hatte all das und noch viel mehr verdient.

Jubeln und Klatschen rissen Jett aus seinen Gedanken, als Braut und Bräutigam sich zum ersten Mal als verheiratetes Paar küssten. Tegan sah ihn mit tränenfeuchten, freudestrahlenden Augen an. Er spürte, wie sich alles in ihm öffnete, als sie sich in seine Arme schmiegte und an seiner Schulter schniefte.

»Das war so schön«, murmelte sie mit belegter Stimme.

Er drückte sie sanft an sich. »Nicht annähernd so schön wie du.« Als sie in ihrem blassrosa Kleid mit weiten Ärmeln und tiefem Ausschnitt, das sie im Winter für die Hochzeit genäht hatte, aus dem Schlafzimmer gekommen war, hatte es ihm glatt die Sprache verschlagen.

Sie richtete sich wieder auf. »Ich bin eine Katastrophe. Ist mein Eyeliner verschmiert?«

Er wischte ihr die Tränen aus den Augen. »Nichts verschmiert, Baby. Und du bist keine Katastrophe, du freust dich für sie, was dich noch anziehender macht.«

Die Gäste standen auf und klatschten, als Gavin und Harper den Mittelgang zurückgingen. Die Leute, die am Ende der Stuhlreihen standen, warfen Rosenblätter aus Körben, die entlang des Gangs bereitstanden.

Tegan lehnte sich mit verträumtem Gesichtsausdruck an Jetts Seite und klatschte mit. »Sie sehen so glücklich aus!«

Er wollte ihr versichern, dass sie das eines Tages auch bekommen würde, doch manche Dinge waren zu groß, um auch nur darüber nachzudenken. Er blieb an ihrer Seite, während sie sich mit den anderen Gästen auf den Weg zum Bankettsaal machten.

Jock schloss zu Jett auf. »Das war wirklich etwas Besonderes.«

»Tolle Hochzeit«, pflichtete Jett ihm bei. »Wie geht's dir?« Auf der Fahrt mit der Fähre zur Insel hatte Jock ihm anvertraut, dass er eine schwierige Beziehung zu seinem Zwillingsbruder hatte.

»Gut. Nur noch ein paar Stunden, dann bin ich wieder auf der Fähre und mir geht's noch besser.«

»Wir sind da, wenn du uns brauchst«, sagte Jett. Sie schlossen sich ihren Freunden an, die sich in der Nähe der Bar versammelt hatten.

»Das war so romantisch. Seht euch die Turteltauben nur an.« Serena hatte die Finger mit Drakes verschränkt und deutete damit zur anderen Seite des Raumes, wo Gavin und Harper von ihren Familien umringt wurden und sich mit der jungen blonden Fotografin unterhielten.

»Sie sehen fast so verliebt aus wie wir«, meinte Drake und nahm sie in die Arme.

»Ich liebe Hochzeiten.« Desiree lehnte sich an Rick und sagte: »Weißt du noch, wie unsere war?«

»Diesen Tag werde ich nie vergessen.« Rick küsste sie.

Andre zog Violet näher zu sich. »Wir auch nicht. An dem Tag haben wir uns wiedergesehen.«

»Du hattest Glück, dass Violet dich da nicht umgebracht hat«, erinnerte ihn Serena.

Andre war zur Hochzeit von Desiree und Rick als Begleitung von Violets Mutter erschienen, und Jett hatte sich sagen lassen, dass es zwischen Violet und ihm direkt gewaltig geknistert hatte.

»Aber mal im Ernst«, meinte Serena, »fandet ihr nicht, dass Gavins und Harpers erster Kuss als Ehepaar heiß war?«

»Mich hat ihr Eheversprechen umgehauen«, erwiderte Tegan. »Es war poetisch und kam von Herzen.«

»Gavins Gelübde hat mich zum Weinen gebracht«, sagte Daphne, die Mühe hatte, dass Hadley sich nicht von ihr losriss.

Hadley klammerte sich an einen der Vögel, die Jett ihr geschenkt hatte, und versuchte angestrengt, sich aus dem Griff ihrer Mutter zu befreien. »Dock! Dock!«, wiederholte sie immer wieder. Schließlich gelang es ihr, loszukommen, und sie wackelte so schnell sie konnte in ihrem hübschen pinken Kleid und den weißen Schuhen zu Jock, schmiegte sich an seine Beine und lächelte, als wäre sie auf einmal rundum glücklich und zufrieden.

»Hey, ich habe dir den Vogel geschenkt und er bekommt die ganze Aufmerksamkeit?«, scherzte Jett, doch Hadley war völlig auf den Mann fixiert, an dessen Beinen sie hing und der sichtlich unbehaglich wirkte. Da er wusste, dass Jock ein Kind verloren hatte, hob Jett Hadley schwungvoll auf die Arme und sagte: »Komm her, meine Hübsche. Erzähl mir was über deinen Vogel.«

Jock ließ die Schultern erleichtert sinken. »Ich hole mir etwas zu trinken.«

»Dock!«, rief Hadley und streckte die Arme nach ihm aus, als er wegging.

Daphne nahm Jett ihre weinende Tochter wieder ab. »Entschuldige, Jett.« Sie strich Hadley über die Haare und versuchte sie zu beruhigen. »Schsch, Schatz. Er kommt gleich wieder. Lass uns mit deinem Vogel spielen.«

Jett und Tegan tauschten einen besorgten Blick aus. Jett

überlegte, ob er Jock folgen sollte, doch in diesem Moment gesellte sich die Fotografin zu ihnen. »Hi. Ich bin Tara. Harper und Gavin haben mich gebeten, Fotos von eurer Gruppe zu machen. Wir können aber gern warten, bis eure Kleine besser gelaunt ist. Während des Empfangs mache ich auch ein paar Schnappschüsse. Harper plant ein Lagerfeuer auf der Terrasse für alle, die hier übernachten. Da bekomme ich bestimmt auch ein paar schöne Bilder.«

»Das klingt toll«, sagte Tegan. »Vielen Dank.«

Hadley warf Tara einen finsteren Blick zu. Sie schrie nicht mehr, aber ihr liefen immer noch Tränen über die Wangen.

»Ich nehm's dir nicht übel, Süße. Für meine Nichte Joey ist ihr Onkel Jack auch der Größte.« Tara drehte sich um und warf Jock einen Blick über die Schulter zu, der sich gerade einen Drink bestellte. »Jack ist einer der nettesten Männer, die ich kenne.«

»Bist du seine Schwester?«, fragte Serena.

»Oh nein, tut mir leid. Ich wollte dich nicht verwirren«, sagte Tara. »Meine Schwester ist Joeys Mutter und Jacks Bruder Levi ist ihr Vater. Sie sind aber kein Paar. Joey wächst bei Levi auf und sie liebt Jack abgöttisch. Ich glaube, ich sage mal Hallo.«

Tara wandte sich zum Gehen, und Daphne meinte: »Klingt komisch, wenn sie ihn Jack nennt, während wir alle nur seinen Spitznamen benutzen.«

Tara umarmte Jock, und Serena sagte: »Ich frage mich, ob er für sie auch der Größte ist.«

»Keine Ahnung, aber Jock ist hier aufgewachsen, und Harper hat erwähnt, dass ihre Fotografin auch von der Insel stammt. Also kennen sie sich sicher gut«, erklärte Tegan.

»Ich frage mich, wie gut«, sagte Daphne leise, während

Hadley immer noch versuchte, sich aus ihren Armen zu winden.

»Bist du an Jock interessiert, Daph?«, fragte Desiree.

»Was? Nein.« Daphne setzte Hadley ab, die sofort wieder in Jocks Richtung watschelte. »Natürlich geht sie schnurstracks zu ihm.«

Daphne folgte ihrer Tochter eilig und Tegan wandte sich Jett zu. »Denkst du, er kommt klar?«

Jock hatte einen Drink in der Hand und unterhielt sich mit Tara. »Er scheint sich wieder gefangen zu haben.«

Emery stieß zu ihrer Gruppe. »Diese Location ist der Hammer. Kein Wunder, dass Harper sich mit nichts anderem zufriedengeben wollte. Habt ihr die Aussicht gesehen?«

Das Silver House stand auf einer Klippe mit Blick auf den Sunset Beach und Silver Harbor. Es war eine der beliebtesten Hochzeitslocations an der Ostküste, trotz seiner begrenzten Kapazität. Der Bankettsaal, in dem sie sich befanden, bot einen Ausblick auf eine weitläufige Terrasse, den Garten mit mehreren Lauben und den Hafen.

»Könnt ihr euch vorstellen, wie wunderschön dieser Ort im Sommer ist, wenn alle Blumen blühen?«, fragte Dean.

»Nicht schöner als Bayside.« Serena kuschelte sich an ihren Mann und der Rest der Gruppe pflichtete ihr bei.

Jett schlang von hinten die Arme um Tegans Taille. Sie warf einen Blick über die Schulter, und er flüsterte: »Du warst zu weit weg.« Er küsste sie auf den Hals und sie lehnte sich zufrieden an ihn. Chloe und Justin gesellten sich zu ihnen.

»Was ist hier los?«, fragte Chloe und beäugte Jett und Tegan perplex.

Justin legte seinen Arm um sie. »Eifersüchtig? Ich biete mich gern als FP an.«

»Moment mal. Wo wart ihr denn die ganze Zeit?«, fragte Emery.

»Überall und nirgends«, antwortete Chloe lässig. Dann wandte sie sich ernster an Justin. »Ich bin nicht auf der Suche nach einer FP, vielen Dank auch.« Sie entzog sich seinem Griff. »Obwohl, Beckett sieht in diesem Anzug wirklich zum Anbeißen aus, oder? Vielleicht überdenke ich meine Einstellung zu FPs noch mal.«

»Ich hab's dir ja schon mal gesagt«, meinte Justin mit einem Anflug von Ärger in der Stimme, »wenn du mit den Ken-Klonen fertig und bereit für einen echten Mann bist, bin ich der Richtige für den Job.«

Chloe schnaubte abfällig.

»Nur damit das klar ist: Tegs und ich sind nicht mehr nur Freunde mit gewissen Vorzügen«, erklärte Jett. »Wir sind jetzt ein richtiges Paar.«

»Echt?«, rief Emery begeistert. »Das ist ja großartig!«

Dean teilte die Begeisterung seiner Frau offenbar nicht. Er starrte Jett sehr skeptisch an.

»Ich freue mich so für euch«, sagte Desiree. »Ihr passt wirklich gut zusammen!«

»Wir freuen uns auch für euch«, sagte Drake.

»Augenblick mal. Wann ist das denn passiert?«, fragte Chloe.

»Vor ein paar Tagen«, antwortete Tegan. »Jett hat mich am Donnerstagmorgen überrascht. Wir hatten gestern einen wunderschönen Tag, und er kommt in zwei Wochen wieder her, bevor er nach London fliegt.«

»Ganz genau, Baby.« Jett senkte die Lippen auf ihre Wange, woraufhin Dean spöttisch schnaubte und in Richtung Terrassentür davonmarschierte.

»Was ist denn mit dem los?«, fragte Serena.

»Keinen Schimmer«, erwiderte Emery. »Vielleicht sollte ich mal mit ihm reden.«

»Ich mach das schon«, sagte Jett. »Bin gleich wieder da, Tegs.«

Als Jett nach draußen trat und die kühle Abendluft seine Wangen kitzelte, war Dean bereits die Terrassentreppe hinunter und entfernte sich über die Rasenfläche vom Haus.

»Dean! Warte!« Wind fegte über die Klippe und schlug Jett entgegen, als er Dean hinterherjoggte. »Was ist denn los? Ist alles okay?«

Dean wirbelte zu ihm herum, ballte die Hände zu Fäusten und fauchte: »Nein, verdammt, nichts ist okay!«

»Hoppla.« Jett wich einen Schritt zurück. »Warum bist du denn so angepisst?«

Dean funkelte ihn bitterböse an. »Wie viele Jahre sammel ich nun schon die Scherben auf, die du hinterlässt?«

»Ich weiß nicht, wa…«

»Siebzehn, Jett. So lange ist es her, dass ich meinen Bruder verloren habe. So lange versuchen Mom und ich schon, dich dazu zu bringen, zu uns zurückzukommen. Weißt du, wie oft du in diesen Jahren die Arbeit als Ausrede benutzt hast, um uns nicht zu besuchen?«

»Dean, lass …«

Dean ging auf ihn zu und rempelte Jett mit dem Oberkörper an. »Was glaubst du, wie Mom sich fühlen wird, wenn sie hört, dass du die Arbeit für ein Betthäschen liegen lässt?«

Jett packte Dean mit beiden Händen am Kragen und trieb ihn ein Stück zurück. »Nenn sie nie wieder so, oder ich sorge dafür, dass es das Letzte ist, was du sagst.«

Dean stürzte sich auf ihn und riss Jett zu Boden. Sie rangen miteinander, teilten Schläge aus, sie ächzten, fluchten und kämpften um die Oberhand. Fäuste trafen auf Knochen, als jahrelang unterdrückter Schmerz und Wut zwischen ihnen aufflammten. Jett wusste, dass er jeden einzelnen Schlag verdient hatte, doch er würde nicht zulassen, dass Dean seine Freundin beleidigte. Mit aller Kraft stieß Jett seinen Bruder von sich und setzte sich auf seinen Oberkörper. Dean gab einen erstickten Laut von sich, die Zähne zusammengebissen, die Adern an Hals und Armen traten sichtbar unter der Haut hervor.

»Red nie wieder so über meine Freundin!« Jett holte mit einem Arm aus, aber Dean war zu groß, zu stark und zu wütend. Er schleuderte Jett von sich herunter, wodurch dieser mit einem dumpfen Aufprall auf dem Boden landete, doch sofort wieder auf den Beinen war und sich erneut auf Dean warf. Sie standen vornübergebeugt, Schulter an Schulter, zwei Linebacker, die um den Sieg kämpften.

»Wir wissen doch beide, dass du sie nicht gut behandeln wirst«, presste Dean zwischen zusammengebissenen Zähnen hervor.

Im nächsten Moment lag Jett auf dem Rücken, unter seinem Bruder festgenagelt. Dean klemmte Jetts Oberarme mit den Knien ein und seine breite Brust hob und senkte sich heftig. Er holte mit der Faust aus.

»Ich liebe sie, Mann«, brüllte Jett und erstarrte, schockiert von seinem eigenen Geständnis. »Mich kannst du ruhig fertigmachen. Das habe ich weiß Gott verdient, aber nicht wegen meinem Verhalten Tegan gegenüber.«

Sein Bruder verengte die Augen verwirrt zu Schlitzen.

»Ich liebe sie, Dean«, schnaufte Jett. »Ich werde ihr nicht wehtun.«

Deans Wut verebbte nicht. »Du weißt doch gar nicht, was Liebe ist. Du bist ein Kontrollfreak, genau wie Dad. Du wirst sie nie über irgendetwas anderes stellen.«

»Glaubst du, dass ich dich und Emery nicht beobachte? Drake und Serena? Unsere anderen Freunde?« Er hielt inne und versuchte, unter den gut hundertzehn Kilo Muskelmasse wieder zu Atem zu kommen. »Ich weiß, wie Liebe aussieht, auch wenn ich noch nicht alles richtig mache. Aber wenn Violet es schafft, nach all dem Scheiß, den sie durchgemacht hat, dann kann ich das verdammt noch mal auch. Ich weiß, dass ich nicht du bin, und ich beneide dich verdammt noch mal um deine Fähigkeit zu vergeben und weiterzumachen, darum, dass du für all die guten Dinge im Leben so offen sein kannst. Aber ich versuche es, Mann. Ich versuche, für sie zu lernen. Sie weckt in mir den Wunsch, ein besserer Mensch zu sein. Sie glaubt an mich.«

»Dean Masters! Was ist denn nur in dich gefahren?«

Sie drehten die Köpfe in Emerys Richtung und Jett rutschte das Herz in die Hose angesichts der Angst in Tegans Gesicht. Sie und Emery eilten zu ihnen herüber.

»Oh, Shit«, murmelte Dean und stieg von Jett herunter.

Jett rappelte sich auf und reichte Dean die Hand. Der verzog das Gesicht, ergriff sie aber und ließ sich von Jett auf die Beine ziehen. Ihre Jacketts waren an den Schultern eingerissen, sie waren voller Gras und Dreck und Dean hatte eine blutige Platzwunde über dem Auge. Jetts Wange fühlte sich an, als hätte sie ein Vorschlaghammer getroffen.

»Es ist meine Schuld«, sagte Jett. »Wir haben ein bisschen herumgealbert und das ist etwas ausgeartet.«

Dean signalisierte ihm mit einem Blick, dass sie ihnen das nie abkaufen würden. »Tut mir leid, Püppi.« Er wandte sich

Emery zu, die ihm bereits Erde vom Jackett klopfte.

»Dein Jackett ist ruin…« Emery sah hoch und schrie entsetzt auf. »Du blutest!« Sie streckte eine Hand in Richtung der Platzwunde über Deans Auge aus.

»Alles in Ordnung?« Tegan rannte zu Jett. »Dein Gesicht.« Sie strich ihm über die Wange, die einen Schlag abbekommen hatte. »Das musst du kühlen.«

Er legte seine Hand auf ihre. »Mir geht's gut, Baby.«

»Bist du sicher? Wie kann ich helfen?« Sie zupfte ein paar Grashalme aus seinen Haaren, griff dann nach seiner Hand und drückte sie fest.

Schuldgefühle nagten an ihm. Er fühlte sich schrecklich, weil er ihr Angst gemacht hatte. »Es ist nichts. Es tut mir leid, dass ich dich so blamiert habe.«

»Wisst ihr, wie viel Schwein ihr habt, dass euch sonst niemand gesehen hat?«, fuhr Emery sie an. »Ihr hättet damit Harpers Hochzeit ruinieren können!«

»Tut mir leid«, sagten Dean und er wie aus einem Mund.

»Das sollte es auch.« Emery warf Jett einen vernichtenden Blick zu. »Was hast du dir dabei gedacht, hier ein Wrestling-Match mit Dean zu veranstalten? Er ist viel größer als du.«

Dean rieb sich die Brust. »Er hat ein paar gute Treffer gelandet«, meinte er mit einem Seitenblick zu Jett.

Emery verdrehte die Augen, als ob sie, genau wie Jett, wüsste, dass Dean ihn hätte umbringen können, wenn er gewollt hätte.

Er ging mit Tegan ein paar Schritte von Dean und Emery weg und sagte: »Es ist wirklich alles okay, und es tut mir leid, dass ich dich darum bitte, aber würdest du mir ein paar Minuten mit Dean allein geben?«

Angst schlich sich in ihre Augen. »Prügelt ihr euch noch mal?«

»Nein, Baby. Versprochen.«

Sie trat näher zu ihm. »Was ist wirklich los?«

»Etwas, das wir schon vor Jahren hätten aufarbeiten sollen. Wir müssen nur noch ein paar Dinge klären.«

Nachdem sie Tegan und Emery noch einmal versprochen hatten, sich nicht wieder im Dreck zu wälzen, kehrten die Mädels ins Haus zurück.

Dean verschränkte die Arme vor der Brust. »Du bist ihr wirklich wichtig.«

»Und sie mir auch. Hör zu, Dean. Mom weiß, dass ich hier bin. Ich war gestern Abend bei ihnen, aber du hast recht. Es hat sie sicher verletzt, dass ich nicht angerufen und Bescheid gesagt habe, dass ich in der Stadt bin. Es ist was passiert und ich …« Er wollte die Wahrheit nicht eingestehen, doch sie waren am absoluten Tiefpunkt angelangt. Er hatte nichts mehr zu verlieren. »Ich dachte, ich würde Tegan verlieren, und Mann, sie ist das Beste, was mir je passiert ist. Du und so ziemlich alle anderen habt mich schon vor langer Zeit aufgegeben …«

»Blödsinn.«

»Komm schon, Dean. Lass das. Du hast mich zwar angerufen und gebeten, nach Hause zu kommen, aber du wusstest genau wie ich, wie meine Antwort lauten würde. Und ich habe es verdient. Verdammt, ich habe die Situation schließlich selbst verursacht. Aber wir wissen beide, dass du mich genauso aufgegeben hattest, wie ich Dad aufgegeben hatte.« Er zuckte mit den Schultern. »Ich weiß nicht, wie ich darauf vertrauen soll, dass er so bleibt, wie er in den letzten zwei Jahren war. Ich wünschte, ich könnte es. Ich will es. Tegan lässt mich zur Ruhe kommen. Durch sie sehe ich die Dinge auf eine neue Weise. Sie hilft mir, zu akzeptieren, dass ich die Dinge tatsächlich *sehen* will. Es ist bescheuert, aber es fällt mir schwer, Dad anzuschauen, ohne dass mir meine vermeintliche Zukunft vor Augen gehalten wird. Glaubst du nicht, dass mir das eine Scheißangst macht? Ich will nicht so sein wie er und ich habe deswegen mein Leben lang Menschen auf Abstand gehalten. Doch von Tegan kann ich mich nicht fernhalten.«

Deans Gesichtsausdruck blieb unverändert hart. »Wie oft habe ich dir schon gesagt, dass du dich nicht wie er verhalten musst, nur weil du ihm ähnlich siehst?«

»Das ist egal, Mann. Es geht um mehr als das.«

»Es ist mehr als das, weil du genau den gleichen Scheiß abziehst wie er.«

»Jetzt ist mir das auch klar, aber bevor Tegan in mein Leben getreten ist, war es das nicht.«

Dean runzelte die Stirn, als würde er endlich verstehen, was Jett ihm zu erklären versuchte. »Heißt das, dass du endlich aufhörst, deine Arbeit als Ausrede zu benutzen? Dass du mehr als nur für ein oder zwei Nächte an den Feiertagen auftauchst? Dass du auch wirklich kommst, wenn du es ankündigst?«

»Ich gebe mein Bestes, und es tut mir leid, dass ich Mom verletzt habe – und dich. Du bist der beste Mann, den ich kenne, und ich schulde dir viel mehr als Dankbarkeit dafür, dass du den Schmerz, den meine Abwesenheit verursacht hat, gelindert hast. Ich schulde dir – ich schulde *uns* – Jahre, die wir nie zurückbekommen werden. Das kann ich nicht wiedergutmachen, Dean. Ich kann nicht mit einem Zauberstab alles, was ich getan habe, auslöschen, und ich bitte dich nicht um Vergebung. Ich weiß, dass ich ein Arschloch war, aber irgendwo in deinem Inneren weißt du bestimmt, dass ich getan habe, was ich für nötig hielt, um mir ein halbwegs gesundes Maß an klarem Verstand zu bewahren. Doch ich verspreche dir

Folgendes: Wenn du mir eine Chance gibst, werde ich alles dafür tun, dich nie wieder im Stich zu lassen.«

»Und was für ein Arschloch du warst.«

»Ach was. Glaub mir, du warst auch manchmal eins. Gibst du mir noch eine Chance?« Jett trat näher zu ihm. »Aber nur damit das klar ist – wenn du Nein sagst, werfe ich mich wieder auf dich und mache dich fertig.«

Dean bleckte die Zähne. »Du bist ein Mistkerl.«

»Ja, aber ich bin ein Mistkerl mit der heißesten Freundin weit und breit.« Er legte einen Arm um Deans Schulter und drückte ihn kurz an sich. »Es tut mir leid.«

»Mir auch, dass ich Tegan ein Betthäschen genannt habe.«

»Ja, was sollte das denn bitte? Sag so was nie wieder.« Er trat zurück und reichte seinem Bruder die Hand. »Waffenstillstand?«

Dean musterte seine Hand und ein wissendes Lächeln umspielte seine Lippen. »Das werde ich sicher bereuen. Waffenstillstand.«

Er klatschte die Handfläche gegen Jetts, dann schlugen sie die Handrücken aneinander, stießen die Fäuste zusammen, und gaben ein Explosionsgeräusch von sich, während sie die Finger spreizten und langsam die Hände hoben. Lachend machten sie sich auf den Rückweg zur Terrasse, wo Emery und die schönste Blondine der Welt auf sie warteten.

Tegan hatte Jett und Dean nicht allein lassen wollen, nachdem sie die Spuren der Prügelei auf ihren Gesichtern und die zerrissene Kleidung gesehen hatte, jetzt war sie jedoch froh, dass sie und Emery gegangen waren, damit die beiden klären konnte, was auch immer da zwischen ihnen lief. Während des Abendessens waren beide etwas angespannt, doch im Lauf des Abends legte sich das. Sie hatten mit einigen der anderen Jungs ein paar Shots getrunken, und das hatte das Eis noch mehr gebrochen. Und jetzt, als Harper und Gavin ihren ersten Tanz als Ehepaar tanzten, war nur noch das scherzhafte Geplänkel zwischen Brüdern übrig. Tegan würde wohl nie verstehen, warum Männer Probleme mit scharfen Worten und fliegenden Fäusten lösten, aber als Jett sie näher zu sich zog und sie Harper und Gavin beim Tanzen zusahen, war es ihr egal. Was auch immer er und Dean besprochen hatten, wie viele Schläge es auch gekostet hatte, dadurch stand jetzt ein wie neugeborener Mann an ihrer Seite. Sein Lachen klang unbeschwerter und sein Lächeln war noch echter, was es noch umwerfender machte. Er strahlte eine gelöstere Stimmung aus, als wäre ihm eine Last von den Schultern genommen worden – wobei, nicht von den Schultern, sondern von seinem Herzen.

Sie beobachtete, wie Harper und Gavin miteinander flüsterten und sich küssten. Sie sahen glücklicher aus als je zuvor. Tegan hatte nie von einer Hochzeit in Weiß geträumt und sich selbst auch nie als Braut gesehen. Sie hatte zu viele Ziele, zu viele Abenteuer, die sie erleben wollte. Aber sie war so glücklich mit Jett, dass sie sich vorstellen konnte, das alles mit ihm zu erleben – die Abenteuer, die Freiheit, das Unternehmen mit Harper aufzubauen, ohne an irgendetwas gehindert zu werden, und vielleicht sogar eine Zukunft, von der sie bislang nicht gewusst hatte, dass sie sie wollte.

Jett drückte seine warmen Lippen direkt neben ihr Ohr und flüsterte: »Woran denkst du jetzt gerade?«

Sogar seine Stimme klang unbekümmerter. Ihr Puls

schnellte in die Höhe, als sie sich zu ihm umdrehte. Der Bluterguss auf seiner Wange war dunkler geworden, und vielleicht lag es an den Drinks, die sie schon intus hatte, aber sie hätte schwören können, dass er sie irgendwie anders anschaute. Sein Blick war durchdringend wie immer, doch es lag noch mehr darin, als hätte die Prügelei auch einen tieferen, emotionaleren Teil von ihm befreit.

»Dass die Wege der Männer unergründlich sind«, antwortete sie.

»Sollte ich mir Sorgen machen, dass du an andere Männer denkst, während du hier bei mir bist?«

Das Selbstvertrauen in seinen Augen sagte ihr, dass er genau wusste, wem ihr Herz gehörte. Also stichelte sie zurück: »Was glaubst du denn?«

»Ich glaube nichts. Ich weiß es.« Er drückte ihr einen Kuss auf den Handrücken.

»Was genau weißt du?«, fragte sie leise.

Er hielt ihren Blick und ihre Hand fest und die Musik und die Gesprächsfetzen ihrer Freunde wurden zu einem Hintergrundrauschen. »Mit dir in meinem Leben ist in meinem Kopf und in meinem Herzen kein Platz für andere.«

Ihre Tischrunde sprang auf und machte sich auf zur Tanzfläche, was die kleine Blase platzen ließ, die sie eben eingehüllt hatte. Einer von Tegans Lieblingssongs lief gerade: *Use Somebody.*

»Sie spielen unseren Song.« Jett stand auf und zog sie mit sich auf die Füße.

»Wir haben einen Song?«, fragte sie auf dem Weg zur Tanzfläche.

»Mehrere sogar.« Er schloss sie in die Arme und wiegte sich mit ihr im Takt. »Musik und Liedtexte, Sonnenuntergänge und

-aufgänge und hundert andere Dinge hatten für mich keine Bedeutung, bis du in mein Leben getreten bist.« Er legte die Wange an ihre und flüsterte ihr ins Ohr: »Jetzt höre und sehe ich uns in allem.«

Sie schloss die Augen und ließ seine Worte auf sich wirken. Sie wusste, dass er auf der Tanzfläche ebenso auf sie aufpassen würde wie auf ihre Herzen.

Vierundzwanzig

Die Flammen des Lagerfeuers tanzten unter dem gewölbten Sonnensegel in der kühlen Abendbrise und wärmten Tegans Wangen. Sie saß in eine Decke eingekuschelt auf der Terrasse des Resorts auf Jetts Schoß. Wie versprochen hatte Tara Fotos von Harper und Gavin und all ihren Freunden und Verwandten gemacht, während sie am Lagerfeuer plauderten und Champagner tranken. Vor dem Hintergrund des mondbeschienenen Himmels waren sicher einige der schönsten Bilder des Abends entstanden. Jock, Daphne und einige ihrer anderen Freunde hatten kurz darauf zusammen mit den meisten Hochzeitsgästen die Insel verlassen. Harpers und Gavins Eltern hatten sich schon vor einer ganzen Weile zurückgezogen und auch ein Großteil der Pärchen war bereits im Bett. Nur Harper und Gavin, Dean und Emery, Chloe, Justin und Beckett waren noch übrig. Abgesehen davon, dass Dean und Jett ihre Anzüge ruiniert und sich gegenseitig ein paar Schrammen und blaue Flecken verpasst hatten, war es ein wunderbarer Abend gewesen, und Tegan wollte nicht, dass er zu Ende ging.

»Hey, Jett!«, rief Harper von der anderen Seite der Feuerstelle, wo sie und Gavin sich einen Liegestuhl teilten.

Jett hob das Kinn als Zeichen, dass er sie gehört hatte.

»Ich bin wirklich froh, dass du und Tegan zusammen seid, aber bitte verdreh ihr nicht so sehr den Kopf, dass sie vom Cape wegzieht«, flehte Harper. »Ich brauche sie hier.«

»Da brauchst du dir wirklich keine Sorgen zu machen. Es müsste schon viel passieren, damit Tegan das Vermächtnis ihres Onkels aufgibt.« Jett fuhr mit seinen Fingern durch Tegans Haare. »Stimmt's, Babe?«

»Definitiv«, pflichtete Tegan ihm bei. »Außerdem würde ich dir das nie antun, Harper. Das weißt du doch.«

»Ja, aber ich weiß auch, dass der richtige Mann alles verändern kann.« Harper lehnte den Kopf an Gavins Schulter.

Chloe und Justin zankten sich über die Sinnhaftigkeit von Dating-Apps. Emery, die auf Deans Schoß saß, ging dazwischen. »Chloe, ich dachte, du wolltest heute Abend ein Date mitbringen. Was ist da schiefgelaufen?«

»Ihr Ken-Klon musste zur Kosmetikerin«, antwortete Justin mit einem fiesen kleinen Lachen.

Chloe funkelte ihn böse an, warf dann jedoch Beckett einen flirtenden Blick zu. »Ich habe mich daran erinnert, dass Beckett hier ist, also …«

Beckett grinste frech zurück. »Die Bar ist noch eine Stunde offen. Was hältst du davon, wenn wir uns das mal näher ansehen?«

»Oh Shit, jetzt geht's los«, murmelte Dean in seinen Bart.

»Klingt super.« Chloe erhob sich und legte die Decke, in die sie sich gewickelt hatte, auf ihren Stuhl. Sie sah in ihrem langärmeligen hellgrauen Kleid sehr elegant aus.

»Finde ich gut.« Justin stand ebenfalls auf und ignorierte den ungläubigen Blick, den sie ihm zuwarf. »Ein Drink klingt hervorragend.«

Beckett schüttelte den Kopf.

Gavin lachte leise. »Er ist mein bester Freund, Beck. Er weiß, wie du bist.«

»Attraktiv? Intelligent?« Beckett lockerte seine Krawatte. »Gut im Bett?«

»Ich spiele jederzeit gern die Sexbremse.« Justin legte Chloe einen Arm um die Schultern. »Gehen wir, Blondie.«

»Wenn du jetzt wieder an einen flotten Dreier denkst, lass es«, sagte Chloe im Weggehen.

»Die sind so lustig.« Den dreien hätte Tegan stundenlang zuhören können.

»Für alles Geld der Welt würde ich dich nicht teilen«, sagte Jett.

»Oh, wie schade«, neckte sie ihn. »Ich hatte mich so auf ein kleines Abenteuer zu dritt gefreut.«

Jett zwickte sie leise knurrend mit den Zähnen in den Kiefer.

Dean grinste. »Sieht so aus, als hättest du dich in die richtige Frau verliebt. Sie hat keine Angst davor, dich zu triezen.«

Jett umarmte sie fester. »Und sie weiß auch genau wie.«

»Ich wünschte, dieser Abend könnte noch ewig weitergehen«, meinte Tegan.

»Ich auch«, sagte Gavin, erhob sich jedoch. »Aber da das nicht geht, müsst ihr uns jetzt entschuldigen, weil ich meine wunderschöne Frau gerne nach oben entführen würde.« Er zog Harper auf die Füße und legte seinen Arm um sie.

»Oh«, sagte Emery honigsüß. »Sex in der Hochzeitsnacht ist der beste.«

»Nichts anderes erwarte ich«, sagte Harper. »Ich hoffe, wir sehen uns noch mal beim Frühstück. Wir starten um zehn in unsere Flitterwochen. Wenn ihr also zu lange aufbleibt und wir euch nicht über den Weg laufen, vielen Dank, dass ihr unseren besonderen Tag mit uns geteilt habt.«

Ein Knoten bildete sich in Tegans Magen, als die Realität sie einholte. Jett würde die Zehn-Uhr-Maschine nach Boston nehmen und sie und die anderen wurden von der Fähre um halb elf nach Hause gebracht. Sie war noch nicht bereit, ihn eine ganze Weile nicht mehr zu sehen.

»Wir haben euch lieb!«, rief Emery Harper und Gavin hinterher, doch die waren bereits im Haus und küssten sich auf der anderen Seite der Glastüren.

»Hast du Lust auf einen Strandspaziergang?«, fragte Jett. »Die Silvers haben sicher nichts dagegen, wenn wir die Decken mitnehmen.« Alexander und Margot Silver, das vornehme Ehepaar, das das Resort leitete, hatten sich am Abend kurz zu ihnen gesellt, um Harper und Gavin persönlich zu gratulieren. Sie hatten Champagner und einen Korb voller Decken für alle mitgebracht. Das war eine ganz besondere persönliche Note und schuf die warme, herzliche Atmosphäre, die Tegan sich auch für die Besucher ihres Theaters erhoffte.

»Ja!« Emery hüpfte von Deans Schoß.

»Ich glaube, er hat mit Tegan gesprochen«, meinte Dean, der sie um ein gutes Stück überragte, als er ebenfalls aufstand.

Jett warf Tegan einen fragenden Blick zu. *Macht es dir was aus, wenn sie mitkommen*, stand sehr deutlich in seinen sexy blauen Augen. Sie schüttelte den Kopf und kletterte von seinem Schoß. Sie freute sich, dass er mehr Zeit mit seinem Bruder verbringen wollte.

Jett legte ihr die Decke um die Schultern »Ist schon okay, Dean. Kommt gern mit. Wir hatten noch nie ein Doppeldate.«

»Super!«, jubelte Emery.

Sie gingen die Steintreppe zum Strand hinunter. Kalte Luft peitschte vom Wasser hoch und prickelte schmerzhaft auf Tegans Wangen.

»Wir hätten wohl an den Wind und den Temperaturabfall am Wasser denken sollen.« Er drückte sie an sich und achtete darauf, dass die Decke sie fest umschloss.

»Nein, es ist herrlich.« Tegan streifte ihre High Heels ab und war froh, dass sie keine Seidenstrümpfe trug. »Über die Kälte zu meckern, ist leider nicht drin. Wir haben nur heute Nacht. Unser erstes Mondscheinabenteuer. Zieh die Schuhe aus, wir halten die Zehen ins eiskalte Wasser.«

»Du bist verrückt. Ich glaube, du könntest mein Seelentier sein!« Emery zog ihre High Heels aus. »Komm schon, Dean. Rein ins Wasser.«

Dean schaute Jett mit hochgezogenen Augenbrauen an, der bereits dabei war, seine Schuhe und Socken auszuziehen.

Jett krempelte seine Hose hoch. »Mach, was du willst. Ich stürze mich mit meiner Freundin ins Abenteuer.«

Dean gab nach und ging in die Hocke, um seine Schuhe auszuziehen.

Tegan ließ die Decke in den Sand fallen und nahm Jett an der Hand. »Los!«

Gemeinsam mit Dean und Emery rannten sie zum Wasser und riefen sich dabei zu, wie durchgeknallt sie waren. Als Tegans Füße nassen Sand berührten, quietschte sie erschrocken auf und zerrte Jett nach hinten.

Jett brach in schallendes Gelächter aus und zog sie in seine Arme. »Hast du es dir anders überlegt, Sunshine?«

»Nein!«, antwortete sie mit klappernden Zähnen. »Ich muss mich nur mental vorbereiten.«

»Kommt schon, Leute!«, rief Emery, die schon am Wasser stand. »Eure Füße werden ganz schnell taub!«

Tegan klammerte sich an Jetts Hand. »Na dann, auf zu tauben Füßen.«

Sie rannten über den nassen Sand und ins knöcheltiefe Wasser. Ihr entkam noch ein Aufschrei und sie wollte umdrehen und sich auf den Strand zurückziehen, aber Jett packte sie um die Taille und hob sie hoch. Sie schlang ihre Arme um seinen Hals und er drückte die Lippen auf ihre.

»Ich hab dich«, sagte er.

»Sind deine Füße noch nicht erfroren?«

Sein Lächeln wurde raubierhaft. »Nicht, wenn du in meinen Armen liegst. Du machst mich heiß genug.«

Sie schlang die Beine um seine Taille. »Dann küss mich noch mal.«

Darum musste sie nicht zweimal bitten. Er küsste sie tief und sinnlich und ließ Hitze in ihr aufsteigen. Gerade als die Welt langsam um sie herum verschwand, spritzte Emery mit dem Fuß Wasser in ihre Richtung und rannte lachend davon.

Tegan wand sich aus Jetts Armen und rief: »Schnapp sie dir!«

Emery suchte hinter Dean Deckung und spähte an seinen breiten Schultern vorbei. Dean breitete die Arme aus und in seinen Augen stand ein herausfordernder Ausdruck.

»Tja, auf ins Gefecht.« Jett senkte die Stimme und wandte sich Tegan zu. »Du gehst nach rechts. Ich gehe nach links.«

Ein aufregendes Kribbeln raste durch ihren Körper, als sie lossprinteten. Dean stürzte sich auf Jett und sie landeten lachend im nassen Sand. Tegan verfolgte Emery, spritzte sie nass und brachte sie damit zum Kreischen. Sie jagten einander hinterher, bis sie außer Atem waren, und stützten sich kichernd aneinander ab. Von den Knien abwärts waren sie beide klatschnass.

Tegan drehte sich gerade um, als Jett sich auf sie stürzte, Dean sich Emery schnappte und die beiden Männer ihre

Freundinnen über die Schulter warfen. Die Mädels kreischten, strampelten, und bettelten darum, wieder heruntergelassen zu werden, während die Männer aufs offene Meer blickten.

»Was meinst du, Dean?«, rief Jett. »Haifischfutter?«

»Nein! Bitte nicht!«, flehte Tegan.

»Wenn du das tust, setze ich dich einen Monat lang auf Liebesentzug!«, warnte Emery.

»Als ob du mir widerstehen könntest.« Dean kicherte und watete in knietiefes Wasser. Emery trommelte auf seinen Rücken und beschwor ihn, es nicht zu tun.

»Was ist mit dir, Sunshine?«, fragte Jett und folgte Dean ins Wasser.

Sie würde sicher nicht auf Zeit verzichten, die sie nackt mit ihm verbringen konnte. Also sagte sie: »Wenn du es nicht tust, bleibe ich den ganzen Tag mit dir im Bett, wenn du mich das nächste Mal besuchst!«

Jett blieb stehen.

»Ich auch! Ich auch!«, kreischte Emery.

»Danke für das Angebot, Em«, erwiderte Jett. »Aber ich glaube nicht, dass Dean es gutheißen würde, wenn du den Tag in meinem Bett verbringst.«

Dean machte eine Kehrtwende und stapfte mit gespielt wütender Miene auf seinen Bruder zu. Er jagte Jett den Strand entlang, wobei sie beide durch das Gewicht der kichernden Frauen, die wie ein Sack Kartoffeln über ihrer Schulter hingen, ausgebremst wurden. Sie lachten immer noch schallend, als sie sich schließlich in die Decken einwickelten und bibbernd ihre Schuhe aufsammelten.

»Hey, Jett«, sagte Dean. »Tut mir leid, was ich vorhin gesagt habe. Ich sehe ein, dass ich da falschlag.«

»Womit?«, fragte Emery.

»Nichts«, sagte Dean und hielt Jetts Blick fest. »Alles klar zwischen uns?«

»Ja.« Jett nickte. Sie gingen die Steintreppe zum Resort hinauf. »Ich bin in zwei Wochen wieder bei Tegan, lande am Freitagabend und fliege Samstagabend nach London. Ich habe Dad gesagt, dass ich ihm helfe, das Baumhaus zu reparieren, während ich hier bin. Hast du Lust, ein paar Nägel einzuschlagen?«

»Was ist denn mit dem Baumhaus?«, fragte Dean.

»Der Sturm hat es erwischt und er wollte es abreißen«, erklärte Jett. »Ich dachte mir, dass du es bestimmt für deine und Ems Kinder behalten willst.«

Der ungläubige Ausdruck auf Deans Gesicht gefiel Tegan, ärgerte sie zugleich jedoch auch. Es schien, als würde jeder Jett als eindimensional, auf die Arbeit fixiert und nicht mehr als das sehen. Sie verstand, woher das kam, aber es nervte sie trotzdem. Sie wollte sich für ihn einsetzen, damit Dean verstand, wie sehr sich Jett bemühte und was für ein wunderbarer Mensch er war.

Doch Dean ergriff das Wort, bevor sie dazu kam. »Das freut mich zu hören. Sag mir Bescheid wann und ich bin da.«

»Toll. Bring Em mit«, sagte Jett, als sie die Rasenböschung am oberen Ende der Treppe erreichten. »Tegs kommt auch und Gram sollte auch da sein.«

»Rose kommt mit?«, fragte Emery begeistert. »Das wird ein interessanter Nachmittag. Warte, bis du sie kennenlernst, Tegan. Sie ist zum Schießen.«

»Wir sind uns gestern Abend begegnet, als Jett sich mit Mitchell Myer und ein paar der anderen Geschäftsinhaber aus Hyannis getroffen hat, und ich war sofort hin und weg von ihr«, sagte Tegan. Sie traten auf die Terrasse und gingen zur Feuerstelle.

Dean warf Jett einen Blick zu. »Was hat es damit auf sich?«

»Sie brauchen etwas Beratung und finanzielle Unterstützung. Keine große Sache«, antwortete Jett bescheiden.

»Für mich klingt das schon nach was Großem«, sagte Dean und schaute Jett fest in die Augen.

»Kann er dir das bei Gelegenheit erzählen?«, bat Emery. »Ich erfriere!«

»Klar, Püppi.« Dean legte einen Arm um sie. »Wir sprechen uns morgen früh, Jett. Das hat Spaß gemacht. Danke, dass du ihn mit uns geteilt hast, Tegan.«

Während Dean und Emery hineingingen, wärmte sich Tegan an der Glut des Feuers. Jett holte eine zweite Decke, um sie darin einzuwickeln.

»Wofür hat sich Dean vorhin entschuldigt?«

Er nahm sie in die Arme. »Er wollte dich beschützen, als wir uns gestritten haben, und hat ein paar Dinge gesagt, die er nicht hätte sagen sollen.«

»Bitte sag mir, dass es bei eurer Prügelei nicht um mich ging.«

»Du warst nur ein Vorwand, ein Ventil für den Ärger, der seit unserer Jugend zwischen uns schwelt. Ohne dich wäre dieser Streit ganz anders ausgegangen. Sehr viel schlechter.«

»Wie meinst du das?«

»Ich hätte keinen Grund gehabt, aufzuhören, und Dean wäre wahrscheinlich so blind vor Wut gewesen ...« Er seufzte. »Lass uns nicht darüber reden, was hätte passieren können. Die Prügelei war notwendig und sie hat mich und Dean wieder zueinandergeführt. Das ist gut und ich möchte mich wirklich darauf konzentrieren.« Er lehnte die Stirn an ihre. »Du machst jeden Aspekt meines Lebens besser. Möchtest du sonst noch was wissen?«

»Nur eine winzige Kleinigkeit. Ich würde gerne wissen, wie es sich anfühlt, in diesem großen Jacuzzi in unserer Suite nackt in deinen Armen zu liegen.«

»Oh, Baby.« Er küsste ihre Lippen. »Bis morgen früh weißt du, wie es sich anfühlt, nackt in meinen Armen im Jacuzzi zu liegen, und auf dem Sofa …« Er küsste ihre Nase. »… und überall sonst, wo es dein schönes Herz begehrt.«

Stunden später, nachdem er Tegans sexuellen Wissensdurst umfassend gestillt hatte, lag Jett im Bett und streichelte ihr gedankenverloren über den Rücken. Es war kurz vor Sonnenaufgang, was sich wie ein Schlag in die Magengrube anfühlte, denn nach dem Sonnenaufgang kam das Frühstück und dann machte er sich auf den Weg nach Boston, um in den Flieger nach Louisiana zu steigen, wo er in endlosen Meetings feststecken würde. Wie sollte er es zwei Wochen ohne Tegan aushalten? Und wie sollte er in zwei Wochen, nach ihrer einen gemeinsamen Nacht, einen Monat oder länger ohne sie überleben? Ihre Situation war beschissen und daran war nur er selbst schuld. Er war eine wandelnde selbsterfüllende Prophezeiung. Er hatte sich ein Leben gewünscht, das keine Zeit ließ, zu jemandem eine tiefergehende Beziehung aufzubauen, ein Leben, in dem er reicher und angesehener war als sein Vater. Und genau das hatte er erreicht.

Jetzt wollte er Tegan.

Aber zu welchem Preis? Dieses Hin und Her war definitiv keine Lösung. Das Problem war nur, dass es seiner Meinung nach keine Lösung dafür gab. Doch eines wusste er ganz sicher:

Seine liebe, geduldige, lebensfrohe Tegan musste erfahren, was er für sie empfand.

Er küsste sie auf den Kopf und flüsterte: »Noch wach?«

»Mhm. Grade so«, gab sie leise zurück.

»Die Sonne geht gleich auf. Schlaf noch nicht ein.« Er hatte ihr versprochen, dass sie sich zusammen den Sonnenaufgang ansehen würden, und dieses Versprechen würde er auf keinen Fall brechen.

Sie ächzte. »Ich will mich nicht aus deinen Armen wegbewegen.«

»Ich weiß, Baby. Ich will mich auch nicht bewegen. Ich frage mich schon die ganze Zeit, wie ich es schaffen soll, von dir wegzukommen.« Seine Kehle wurde ganz eng. »Du weißt hoffentlich, dass ich mit dir zusammen sein möchte. Ich will mit dir schlafen, dich in den Arm nehmen, wenn die Emotionen so stark werden, dass wir auch ohne Worte wissen, was der andere empfindet. Ich will mit dir lachen, mit dir die alten Heimvideos deines Onkels anschauen und dich trösten, wenn du weinst. Ich will das alles so sehr, Baby, aber ich kann dir im Moment nichts davon geben.«

»Ja, das weiß ich.« Ihre Finger glitten über seine Brust.

Die intime Berührung war ihm so vertraut geworden, dass er sie noch spüren würde, wenn er nicht mehr bei ihr war.

»Ich habe dich nicht gebeten, etwas an deinem Terminplan zu ändern. Oder?«, fragte sie. »Wir waren die ganze Nacht auf, doch wenn ich nicht gerade im Delirium Unsinn geplappert hätte, würde ich mich wohl daran erinnern. Ich weiß, wie hart du arbeitest, und ich respektiere deine Verpflichtungen.«

»Danke«, flüsterte er. »Du machst mich fertig, Sunshine.«

Sie beugte sich über ihn, stützte das Kinn auf die Hände und hielt seinen Blick mit einem Lächeln fest. »Du hast mich die ganze Nacht lang fertiggemacht. Da ist es nur fair, dass ich es dir heimzahle.«

Er ließ die Hände über ihren Körper wandern und sie drängte sich gegen seine Erektion.

»Wenn du so auf mir liegen bleibst, verpassen wir den Sonnenaufgang.«

Sie wackelte mit dem Hintern. »Aber dafür kriegst du was anderes zu sehen.«

»So sehr ich deinen Hintern auch liebe, ich habe dir einen Sonnenaufgang versprochen, also werden wir uns den anschauen.« Er drehte sich mit ihr auf die Seite. »Es ist verdammt gut, dass wir beim letzten Mal unter der Dusche Sex hatten, denn wenn ich jetzt mit dir duschen müsste, würden wir den Sonnenaufgang und das Frühstück verpassen, und ich wahrscheinlich auch meinen Flug.«

»Das klingt verlockend«, flüsterte sie gespielt schüchtern. Ihr Blick fiel auf den Bluterguss auf seiner Wange. Sie strich sacht darüber. »Du gehst alles mit so viel Leidenschaft an. Kein Wunder, dass ich mich Hals über Kopf in dich verliebe.«

Sein Puls schnellte in die Höhe, als ihre Worte zu ihm durchdrangen und ihn so umfassend erfüllten, dass er einen Moment brauchte, um seine Stimme wiederzufinden. Er streifte mit den Lippen ihre. »Hals über Kopf ist bei mir schon längst in einen Endlos-Salto übergegangen.«

Ihre Lippen fanden sich zu einem verzehrenden Kuss. Jett sehnte sich danach, sie noch einmal zu lieben, sie in Ekstase seinen Namen schreien zu hören und zu spüren, wie sie sich an ihn klammerte, als wäre er die Luft, die sie zum Atmen brauchte. Aber er kannte sie gut genug, um zu wissen, dass sie es bereuen würde, wenn sie ihre Chance auf den Sonnenaufgang verpassten. Solche Erlebnisse gab es nicht oft genug.

Er löste sich schweren Herzens von ihr und tätschelte ihr liebevoll den Hintern. »Zieh dich an, meine Schöne. Unser morgendliches Abenteuer wartet auf uns.«

Fünfundzwanzig

Warm eingepackt in Jacken und Pullover gingen Tegan und Jett nach draußen. Sie wurden von frischer, kalter Luft, taunassem Gras und Streifen in dunklen Grautönen und zartem Violett über dem pechschwarzen Wasser begrüßt.

Tegan deutete auf ein weißes Zelt am Rand der Klippe. »Was das wohl ist?«

»Ein Abenteuer. Schauen wir es uns doch mal an.« Er nahm sie bei der Hand und schlug diese Richtung ein.

»Was ist, wenn wir jemanden bei irgendwas stören?«, fragte sie, aber es war ihr anzusehen, wie aufregend sie das Ganze fand.

»Dann entschuldigen wir uns und gehen weiter.«

»Es ist so schön hier. Harper hat erzählt, dass sie sich im letzten Sommer in die Insel verliebt hat, als sie mit Gavin hier war. Das Cape ist zwar auch von Wasser umgeben, aber ich kann den Reiz einer Insel durchaus nachvollziehen. Es ist wie eine andere Welt, in der sich alles besonders anfühlt.« Sie näherten sich dem Zelt, und Tegan legte einen Finger an die Lippen, ließ seine Hand los und schlich auf Zehenspitzen zu dem offenen Eingang, um einen Blick hineinzuwerfen. »Das musst du dir ansehen!« Sie winkte ihn heran und verschwand im Inneren des Zelts.

Er lachte leise. Er wusste bereits von den funkelnden Lichtern, die die Nähte säumten, und dem luxuriösen Ruhebett, auf dem sie es sich unter warmen Decken gemütlich machen und den Sonnenaufgang beobachten konnten. Die Duftkerzen, Orchideen und roten und rosa Rosen, die die eleganten, eisengefassten Glastische schmückten, hatte er selbst ausgesucht, und er hatte auch für die Cranberry-Walnuss-Muffins, Croissants und die Auswahl an Crackern, Käse und Aufschnitt gesorgt, die mit Sicherheit unter den Deckeln der silbernen Servierplatten auf seine hungrige Freundin warteten.

»Jett! Es gibt sogar eine Heizung. Glaubst du, dass Gavin das für Harper vorbereitet hat? Er hat wirklich an alles gedacht. So was Schönes habe ich noch nie gesehen.«

»Ich auch nicht«, sagte er, weil er den Blick nicht von ihr abwenden konnte.

»Wir sollten gehen. Jemand hat sich hier viel Mühe gegeben und wir könnten es ihm verderben.«

»Das ist für dich, Baby.« Er zog sie in die Arme. »Du hast mir die Augen für eine ganz neue Welt geöffnet und dann bist du selbst zu dieser Welt geworden.«

»Das warst du? Für uns?«

»Für dich, Sunshine. Ich wollte dir einen unvergesslichen Morgen schenken, an den du dich erinnern kannst, wenn wir nicht zusammen sein können.«

»Oh, Jett.« Sie schlang die Arme um seinen Nacken und küsste ihn. »Das hättest du nicht tun müssen. Ich meine, es ist fantastisch, aber du reichst mir vollkommen. Ich hoffe, das weißt du.«

»Ja, tue ich.« Sie verdiente einen Freund, der öfter da war, doch er hatte sich nie gefragt, ob er ihr als Mann genügte, was allein an ihr und ihrem schönen Herzen lag, das ihn trotz all seiner Fehler akzeptierte. Sie hatte seinen Kummer angenommen und half ihm, damit umzugehen und ihn hoffentlich irgendwann hinter sich zu lassen. Sie brachte ihn nicht nur dazu, ein besserer Mensch sein zu wollen, sondern unterstützte ihn auch, tatsächlich einer zu werden.

»Ich wollte das für dich machen«, sagte er. »Du verdienst es, Abenteuer zu erleben, an die du bisher noch nicht mal im Traum gedacht hast. Die Sonne geht jeden Moment auf, also mach es dir bequem und lass mich dich verwöhnen, Baby.«

Sie richtete sich auf dem Ruhebett häuslich ein. »Ich kann es echt nicht fassen. Wie hast du das nur hinbekommen? Wir waren die ganze Zeit zusammen.«

»Ein Gentleman genießt und schweigt.« Die Planung lief schon seit dem Abend, an dem sie im Videocall beschlossen hatten, gemeinsam den Sonnenaufgang zu beobachten. »Hungrig?« Er nahm den Deckel von der Silberplatte.

»Sind das Cranberry-Walnuss-Muffins?«, fragte sie und griff nach einem.

»Deine Lieblingssorte.«

Sie kuschelte sich an ihn. »Du hast es dir gemerkt«, murmelte sie in diesem verträumten Tonfall, den er so gern mochte.

»Jedes Wort, das du gesagt hast, seit dem ersten Tag.«

Lange nachdem die Sonne sich voll am Himmel gezeigt hatte und die Geräusche des Resorts ins Zelt drifteten, lagen sich Jett und Tegan voll bekleidet in den Armen, ihre Körper ineinander verschlungen. Tegan hatte keine Lust auf Frühstück mit den anderen gehabt, und er war froh darüber, denn er wollte so viel Zeit wie möglich mit ihr allein verbringen. Aber er wusste, dass er sich in Bewegung setzen musste, sonst würde er seinen Flieger verpassen.

Er hauchte ihr einen Kuss auf die Lippen, und auch wenn es ihn schmerzte, flüsterte er: »Ich muss packen, Baby.«

»Okay«, sagte sie so leise, dass er es fast überhörte.

Sie gingen zurück ins Resort und dort auf ihr Zimmer, wo sie schweigend ihre Sachen zusammenpackten. Jett schloss den Reißverschluss seiner Tasche und versuchte, seine Gedanken vom Abschied auf die arbeitsreiche Woche zu lenken, die vor ihm lag, doch es war unmöglich, der Traurigkeit zu entkommen, die zwischen ihnen in der Luft hing.

Er schulterte seine Tasche und drehte sich um. »Hast du alles?«, fragte er, doch dann gaben ihm die Tränen in ihren Augen beinahe den Rest. Er nahm all seine Selbstbeherrschung zusammen und schloss Tegan in die Arme. »Ich weiß, dass zwei Wochen uns im Moment wie eine Ewigkeit vorkommen, aber wir telefonieren jeden Tag miteinander. Versprochen.«

»Wie ist das so schnell passiert?«

»Ich weiß es nicht, Baby.« Er wischte ihr die Tränen aus den Augen, die ihm das Herz brachen. »Es tut mir so leid.«

Sie schüttelte den Kopf. »Mir nicht. Ich war noch nie so glücklich wie mit dir. Ich komme schon klar. Das ist nur ein alberner Moment. Ich habe genug Arbeit, um mich abzulenken, während du weg bist.«

»Du bist nicht albern. Ich bin auch traurig. So verdammt traurig. Ich werde dich – uns – so sehr vermissen.« Er küsste sie liebevoll. »Aber solange ich in Louisiana bin, haben wir nur eine Stunde Zeitverschiebung. Du kannst mich jederzeit anrufen und mir schreiben, wann immer du möchtest. Am Freitagmorgen sitze ich im Flugzeug nach L.A., doch ich sollte um zwei Uhr deiner Zeit landen. Und wir sehen uns jeden Abend um acht Uhr deiner Zeit auf FaceTime, so wie bisher auch.«

Sie nickte schniefend und blinzelte ein paarmal. »Am Donnerstag habe ich um sieben mein Buchclub-Treffen. Da bin ich erst gegen zehn wieder zu Hause.«

»Möchtest du davor oder danach telefonieren?«

»Danach. Ich möchte, dass deine Stimme das Letzte ist, was ich vorm Einschlafen höre.«

»Dann machen wir das so. Wir überspringen auch nur ein gemeinsames Wochenende und am darauffolgenden Freitagabend kann ich dich wieder in die Arme schließen.« Er drückte sie fest an sich und versuchte, nicht daran zu denken, dass ihm auch dann nur eine Nacht mit ihr blieb, bevor er für mehrere Wochen das Land verließ. Er umfasste ihr Gesicht mit beiden Händen und küsste sie.

»Du wirst bald abgeholt«, sagte sie.

»Ich weiß. Wenn wir jetzt runtergehen, habe ich gerade noch genug Zeit, mich von allen zu verabschieden.«

Sie atmete tief durch, löste sich aus seinen Armen und wischte sich über die Augen. Es haute ihn wieder einmal um, mit wie viel Würde sie die Situation hinnahm. »Okay. Ich bin fertig.«

Er trug ihr Gepäck nach unten in die Lobby, wo ihre Freunde sich bereits versammelt hatten und sich angeregt miteinander unterhielten, während sie reihum Gavin und Harper eine gute Reise wünschten.

»Da seid ihr ja!«, rief Chloe. »Hast du dein Handy verloren? Ich habe dir ein paar Nachrichten geschickt.«

»Das habe ich gestern Abend ausgeschaltet, und wir sind früh aufgestanden, um uns den Sonnenaufgang anzusehen. Ich habe wohl vergessen, es wieder anzumachen.« Tegan zog ihr Telefon aus der Gesäßtasche und schaltete es ein.

Chloe warf Jett einen anerkennenden Blick zu. »Den Sonnenaufgang? Wer hätte gedacht, dass du so romantisch bist.«

Er selbst jedenfalls nicht. Er wusste nicht, ob Tegan ihm die Augen dafür geöffnet hatte, wer er wirklich war, oder ob er sich einfach von selbst zu diesem Menschen weiterentwickelte, der nur ihretwegen über Sonnenaufgänge und Schaumbäder nachdachte. Vermutlich war es eine Mischung aus beidem. Er drückte Tegans Hand und sagte: »Ich verabschiede mich mal eben. Bin gleich wieder da.« Er wollte keine Zeit verschwenden, also hielt er schnurstracks auf Dean zu.

»Du musst los?«, fragte Dean.

»Ja. Wir sehen uns in zwei Wochen.« Er umarmte seinen Bruder und hielt ihn etwas länger als sonst fest. Er würde ihn vermissen. Es war immer einfach gewesen, Menschen aus seinen Gedanken zu verbannen, indem er sich am Abend vor der Abreise mit einem flüchtigen *Bis zum nächsten Mal* verabschiedete und sich anschließend stundenlang in Arbeit vergrub. Das hier war alles andere als einfach. »Ich hab dich lieb, Mann.«

Jett fügte dieses neue Vermissen seines Bruders der langen Liste von Dingen hinzu, für die Tegan ihm die Augen geöffnet hatte – nur war er sich hier nicht sicher, wie sehr ihm das gefiel.

Als er Dean wieder losließ, starrte ihn sein Bruder an, als hätte er den Verstand verloren. »Ich hab dich auch lieb. Alles okay bei dir?«

»Er leidet wahrscheinlich noch unter dem blauen Fleck, den du ihm verpasst hast«, sagte Emery und umarmte Jett ebenfalls fest. »Hab dich lieb, Jett. Das gestern Abend hat wirklich Spaß gemacht. Ich freue mich so für dich und Tegan. Wir sehen uns in zwei Wochen.«

»Bis dann, Wirbelwind.« Er sah sich nach ihren Freunden um und erneut spürte er diesen Stich in der Brust. Er würde sie alle vermissen. Er winkte der Gruppe flüchtig zu. »Bis zum nächsten Mal.«

Seine Freunde winkten und riefen ihm Grüße hinterher, doch Jett war schon auf dem Weg zu Tegan, die sich noch mit Chloe unterhielt, und er konzentrierte sich nur auf eine Sache: sicherzustellen, dass es ihr gut ging.

Als er sich den beiden näherte, schaute Chloe mit trauriger Miene auf. Tegan warf einen Blick über die Schulter, und die starke Frau, die sein Herz erobert hatte, setzte ihr schönstes Fake-Lächeln auf, was ihm ein unsichtbares Messer in den Bauch rammte.

»Bis in zwei Wochen, Chloe«, sagte Jett.

»Ich passe gut auf Tegan auf, solange du weg bist.«

»Ich komme schon klar«, sagte Tegan und klang dabei beneidenswert überzeugend.

»Natürlich wirst du das.« Jett verschränkte ihre Finger ineinander und drückte sie fest. »Bringst du mich raus?«

Auf dem Weg zur Tür sammelte er seine Tasche ein, die er draußen dem Fahrer übergab. Dann nahm er Tegan ein paar Schritte beiseite und umarmte sie. »Ich ruf dich heute Abend über FaceTime an. Acht Uhr.«

»Super«, erwiderte sie zu fröhlich und hielt den Blick fest auf seine Brust gerichtet.

Er legte ihr einen Finger unters Kinn und hob es an, um ihr ins Gesicht zu sehen. Unter der selbstsicheren Fassade erkannte er die Traurigkeit, die nur knapp unter der Oberfläche lauerte, doch er würde sie sicher nicht darauf ansprechen. »Ich werde es vermissen, morgens mit dir in meinen Armen aufzuwachen und als Erstes dein schönes Gesicht zu sehen. Aber das sind die Erinnerungen, die mich durchhalten lassen, während wir nicht zusammen sind. Was kann ich tun, um dir den Abschied zu erleichtern?«

»Mir geht es gut«, beharrte sie. »Ich werde in Arbeit ersticken, während du weg bist. Wenn ich heute nach Hause komme, werfe ich noch einen letzten Blick auf die Website, und bis Mitte nächster Woche sollte sie fertig sein und laufen. Die ersten Anzeigen gehen am Freitag online, und es kommen sicher Kundenanfragen rein, sobald das losgeht. Ich muss Besprechungen mit den Beleuchtungs- und Bühnenteams planen. Und ich habe Desiree und Rick neulich vom Umbau des Haupthauses erzählt, damit ich es als Theater nutzen kann. Wusstest du, dass Rick Architekt ist? Ich treffe mich am Dienstag mit ihm und telefoniere anschließend mit Rob Wicked, damit er mir einen Kostenvoranschlag für die Arbeiten erstellt. Ich bin erwachsen und bereit, mich kopfüber in die Arbeit zu stürzen ...«

Doch Jett durchschaute auch dieses Gerede über die Arbeit. Er zog sie schwungvoll an sich, brachte sie mit einem langen, intensiven Kuss zum Schweigen und wartete auf den Moment, in dem sie sich an ihn schmiegte. Als er spürte, wie die Anspannung aus ihrem Körper wich und sie sich gegen ihn sinken ließ, küsste er sie trotzdem weiter, denn zwei Wochen waren eine verdammt lange Zeit.

Als sich ihre Lippen schließlich voneinander lösten, schlug er einen unbekümmerten Tonfall an, um nicht noch mehr Tränen zu provozieren. »Ich freue mich darauf, heute Abend mit dir über FaceTime sehr erwachsene Dinge zu machen.«

Ein echtes Lächeln umspielte ihre Mundwinkel und sie nickte.

Er gab ihr einen letzten Kuss. »Bis heute Abend, Sunshine.«

Er stieg ins Auto und als er aus dem Fenster schaute, tauchte gerade Dean neben Tegan auf. Tränen rannen ihr über die Wangen. Jeder Muskel in Jetts Körper spannte sich an. Noch nie zuvor hatte er den Kummer sehen müssen, den er zurückließ. Er war eigentlich davon ausgegangen, dass er sich nicht mehr darauf verlassen musste, dass Dean diese Lücke füllte, aber als das Auto anfuhr und Tegan das Gesicht an der Brust seines Bruders vergrub, fragte er sich, ob das jemals wirklich enden würde.

Sechsundzwanzig

Am Montagmorgen packte Tegan ihren Laptop und die Notizbücher in ihre Tasche, schob ihre Füße in ihre gefütterten Lieblingsstiefel, warf sich ihre Jacke über und machte sich auf den Weg zum Haupthaus. Jett hatte gestern Abend eine halbe Stunde früher angerufen, weil er keine Sekunde länger warten konnte, ihre Stimme zu hören und ihr Gesicht zu sehen. Er hatte ihr von seinem Trip erzählt, ihr seine Hotelsuite gezeigt und ihr gestanden, wie sehr er sich wünschte, dass sie bei ihm wäre. Aber sie hatte sich gestern nach seiner Abreise entschlossen, ihn nicht merken zu lassen, wie traurig sie war, oder sonst etwas zu tun, das ihm ein schlechtes Gewissen machte, weil er sich um sein Unternehmen kümmerte. Und sie war stolz auf sich, dass sie es durchgezogen hatte. Anstatt ihm zu sagen, dass sie ihn so sehr vermisste, dass sie den ganzen Tag gebraucht hatte, um die Website zu prüfen und ihre Notizen an Evan zu schicken, hatte sie ihm versichert, es habe auch etwas Gutes, Zeit getrennt voneinander zu verbringen. Denn wenn er bei ihr wäre, würde sie sich wahrscheinlich ausführlich mit ihm beschäftigen anstatt mit der Arbeit, der sie ihre Aufmerksamkeit schenken musste.

Es war die Hölle.

Sie eilte ins Haus und rief: »Jock?« Sie hängte ihre Jacke auf und brüllte nach oben: »Bist du wach?«

»In der Küche«, antwortete er laut.

Dort fand sie ihn an die Anrichte gelehnt vor, eine Kaffeetasse in der einen und sein Handy in der anderen Hand. Auf der Arbeitsplatte hinter ihm stand ein Teller mit Bacon, Eiern und Toast.

»Hi.« Sie stellte ihre Tasche auf den Tisch, nahm ihm die Tasse aus der Hand und nippte an seinem Kaffee. »Ich habe alles organisiert und vorbereitet. Ich hoffe, du bist startklar.« Sie gab ihm seine Tasse zurück und klaute sich ein Stück Bacon. »Ich dachte, wir fangen damit an, die Produktionsassistenten zu kontaktieren, dann die Beleuchtungs- und Bühnenteams.« Sie biss vom Speck ab und ging zum Tisch zurück. »Außerdem sollten wir Flyer drucken lassen und sie an Knotenpunkten wie dem Sundial Café auslegen. Die Anzeigen werden ja ab Freitag geschaltet, aber Flyer können die Kunden direkt mitnehmen, und viele Leute, die im Urlaub sind, schauen sich wahrscheinlich keine Zeitungen oder Online-Lokalnachrichten an.«

Jock drehte sein Handy um und zeigte ihr die Lokalnachrichten, die er gerade las.

»Du bist ja nicht im Urlaub und ich halte es für eine gute Idee. Wir sollten das machen.« Sie holte ihren Laptop, ihre Notizbücher und Post-its aus ihrer Tasche, um alles auf dem Tisch auszubreiten. »Außerdem könnten wir ein Brainstorming darüber machen, wo man am besten an die 25- bis 40-Jährigen rankommt, denn als ich gestern mit meinen Eltern gesprochen habe, hatte meine Mutter eine tolle Idee. Wir haben uns über den Buchclub unterhalten, in dem ich Mitglied bin, und sie meinte, dass Frauen, die Liebesromane lesen, wahrscheinlich auch gerne Liebeskomödien im Theater anschauen. Ich glaube, damit hat sie den Nagel auf den Kopf getroffen. Wir sollten uns mit Buchclubs und Buchhandlungen in Verbindung setzen und vielleicht sogar mit den örtlichen Supermärkten darüber sprechen, ob sie in der Nähe ihrer Bücher und Zeitschriften ein Werbeschild fürs Theater anbringen können.«

Jock stellte seine Tasse ab und kam auf sie zu. Er legte ihr die Hände auf die Schultern und sah ihr prüfend in die Augen.

»Was ist los? Habe ich was im Gesicht?« Sie wischte sich über die Wangen.

»Ich suche nach Hinweisen auf Drogenkonsum.«

»Was? Das würde ich nie tun!«

»Wenn du keine Aufputschmittel nimmst, was ist dann los? Hast du gestern Nacht überhaupt geschlafen?«

»Nicht wirklich, aber ich hatte ausreichend Kaffee. Ist noch Speck da? Ach, weißt du was? Ich kann mir selbst welchen machen.« Sie ging zum Herd.

Jock packte sie an der Hand, führte sie zurück zum Tisch und drückte sie auf einen Stuhl. »Bleib da.« Er holte den Teller und seinen Kaffee und stellte das Essen vor ihr ab. »Du vermisst Jett wirklich, oder?«

Sie winkte ab. »Ich sehe ihn ja in zwei Wochen wieder. Das ist keine große Sache.« Rasch stopfte sie sich ein Stück Speck in den Mund.

Er zog skeptisch die Augenbrauen hoch.

»Was denn?«, fragte sie mit vollem Mund.

»Weißt du noch, was du direkt nach Harveys Tod gemacht hast?«

Sie aß auf und sagte: »Ich habe geheult und dich angerufen.«

»Und du hast mehr als eine Stunde so verbracht wie jetzt

auch: über irgendwelchen Unsinn aus deiner Heimatstadt zu reden.«

»Stimmt doch gar nicht.« Sie wandte den Blick ab.

»Tegan«, sagte er streng.

Sie spürte seine zweifelnden Blicke auf sich und warf resigniert die Hände in die Luft. »Okay, na schön. Ich vermisse ihn. Aber das ist kein Drama. Ich lenke mich einfach mit Arbeit ab und die zwei Wochen werden wie im Flug vergehen.«

»Aha.« Er lehnte sich zurück und nippte gelassen an seinem Kaffee. »Möchtest du darüber reden?«

»Nein, ich will nicht darüber reden. Ich will arbeiten. Habe ich ein Schild auf dem Kopf, auf dem steht, dass ich schwach und ein Weichei bin und auf Unterstützung angewiesen? Meine Güte. Chloe hat gestern angeboten, für einen Filmabend vorbeizukommen, und Emery hat mir eine Nachricht geschickt und gefragt, ob ich heute mit den Mädels im Summer House frühstücken möchte.«

»Klingt doch lustig. Du hättest hingehen sollen.«

Sie hatte befürchtet, dass die anderen die Wahrheit aus ihr herausbekamen und sie zum heulenden Elend mutierte. »Ich würde wirklich gern anfangen, diese Liste abzuarbeiten.«

Es klingelte an der Tür und sie fragte: »Erwartest du jemanden?«

»Nein. Ich gehe schon. Du isst was.«

Sie nahm sich gerade ein weiteres Stück Speck von seinem Teller, als sie eine weibliche Stimme und laute Schritte im Flur hörte. Tegan stand auf. Chloe, Emery, Daphne und Serena stürmten mit Taschen und Pappschachteln beladen in die Küche.

»Die Fernbeziehungs-Schadensbegrenzer sind da, zu Ihren Diensten!«, verkündete Chloe, hielt ihr eine der Schachteln hin und öffnete den Deckel, unter dem ein Dutzend köstlich aussehender Donuts zum Vorschein kamen.

Fernbeziehungs...?

Emery kippte eine Einkaufstüte mit verschiedenen Chipssorten auf dem Tisch aus. Daphne stellte zwei riesige Tüten M&M's daneben und sagte: »Süß und salzig, das braucht jede Frau, wenn sie traurig ist.«

Eine Welle der Dankbarkeit durchströmte Tegan, gleichzeitig hatte sie Angst, sich darauf einzulassen. Wenn sie die Schleusen erst mal öffnete, war nicht abzusehen, was alles herauskommen würde.

»Wir sind für dich da, Tegan.« Serena stellte zwei Laptops auf die Anrichte. »Du musst das nicht allein durchstehen.«

»Mir geht's gut.« Tegan nahm einen Schokodonut aus dem Karton und biss hinein. »Im Ernst. Ich bin nicht der Typ Frau, dem man das Händchen halten muss, nur weil der Freund nicht in der Stadt ist. Jett arbeitet. Er lässt mich nicht im Stich. Mir geht's prächtig.« Sie nahm einen weiteren Bissen und sah mit den dicken Backen vermutlich wie ein Hamster aus.

Die Mädels tauschten besorgte Blicke miteinander aus.

»Ihr geht es schlechter, als wir dachten.« Emery runzelte die Stirn. »Sie verdrängt es.«

Serena drückte sacht Tegans Hand. »Ich habe das auch schon durchgemacht, Süße, und ich kann dir aus Erfahrung sagen, dass dir das nicht guttut.«

»Ich verdränge nichts«, murmelte Tegan. Die anderen sahen sie an, als würde sie totalen Mist verzapfen, und das schlechte Gewissen nagte an ihr. »Okay, na schön. Ich vermisse ihn wie verrückt, aber ich komme damit klar. Dann habe ich halt das Foto von uns, das Daphne mir auf der Hochzeit geschickt hat, ausgedruckt und neben meinem Bett aufgehängt, na und?«

»Hast du?«, fragte Daphne. »Das war ein besonderer Moment, nicht wahr? Wie er dich angesehen hat, als wäre er vollkommen fasziniert von dir.«

»Ich liebe es«, gab Tegan zu. Sie warf einen Blick in die Runde. »Aber als wir Daphnes Wohnung gestrichen haben, hatte ich den Eindruck, dass ein paar von euch nicht so begeistert davon waren, dass ich mich auf was Ernstes mit Jett einlasse. Was soll das also?«

Chloe stellte die Donuts auf die Anrichte und sagte: »Das war, bevor wir euch als Paar erlebt haben. Jetzt haben wir mitbekommen, wie Jett dich ansieht, wie er dich im Arm hält und mit dir tanzt.«

»Und wie er dich selbst von weiter weg im Auge behält, als wärst du sein Ein und Alles«, fügte Serena hinzu.

Chloe trat zu ihr. »Er hat dir ein verdammtes Liebesnest organisiert, nur um den Sonnenaufgang zu beobachten. Wir haben uns geirrt, Teg.«

Die Mädels nickten zustimmend.

»Ich habe mich geirrt«, stellte Chloe klar. »Es tut mir leid, dass ich so überfürsorglich war. Ich bin sofort vom Schlimmsten ausgegangen. Ich hätte deinem Bauchgefühl vertrauen sollen.«

»Du findest, was sie zu dir gesagt hat, war hart?« Serena verdrehte die Augen. »Versuch mal, ihre kleine Schwester zu sein. Sie macht das allerdings wirklich nur, weil sie uns liebt.«

Tegans Kehle fühlte sich wie zugeschnürt an, weil so viele Gefühle in ihr aufstiegen, doch sie wollte nicht heulen, nicht vor ihren Freundinnen und Jock. »Das verstehe ich und ich weiß es zu schätzen. Aber mir geht es wirklich gut. Ich meine, klar, wir haben bis zwei Uhr morgens telefoniert, und es war gleichzeitig schön und Folter, ihn zu sehen und ihn nicht anfassen zu können. So sind Fernbeziehungen eben. Ich weiß, worauf ich mich eingelassen habe, und arrangiere mich damit.«

»Ja, vielleicht, aber ich weiß, wie es sich anfühlt, meilenweit von seinem Partner entfernt zu sein. Ich bin nach Boston gezogen, als Drake und ich gerade frisch zusammen waren«, erklärte Serena. »Boston ist natürlich nicht so weit weg wie der Ort, an dem Jett sich gerade befindet, doch das Vermissen wird davon nicht weniger.«

Chloe legte die Hand auf einen der Laptops. »Und du baust ein Unternehmen auf, während du ihn vermisst. Das ist sicher hart.«

»Und du hast Berta verloren«, fügte Daphne hinzu. »Wir wissen ja, wie viel sie dir bedeutet hat.«

Tegans Brust zog sich schmerzhaft zusammen. Sie vermisste Berta, war jedoch davon ausgegangen, dass die anderen sie für albern hielten, wenn sie es ihnen erzählte.

»Wir hätten nach dieser Nachricht schon für dich da sein sollen«, meinte Chloe. »Erst waren wir mit den Sturmschäden beschäftigt, dann mit der Arbeit und der Aufregung um Harpers Hochzeit. Wir haben uns nie die Zeit genommen, um dich richtig in unserer Schwesternschaft willkommen zu heißen. Aber jetzt sind wir hier. Und wenn du uns lässt, werden wir dir helfen, wo wir nur können. Mit dem Theater, auf persönlicher Ebene, was auch immer du brauchst oder dir wünschst.«

»Selbst wenn es nur darum geht, Filme zu schauen und Junkfood zu essen«, sagte Emery. »Du bist eine von uns, und von jetzt an kannst du dich darauf verlassen, dass wir dir bei jeder Gelegenheit auf die Nerven gehen.«

»Müsst ihr heute nicht zu eurer regulären Arbeit?«

»Schwesternschaft, Süße«, sagte Chloe. »Heute bist du unsere reguläre Arbeit.«

Tränen brannten in Tegans Augen, und sie stopfte sich hastig das letzte Stück Donut in den Mund, in der Hoffnung, sie so in Schach halten zu können. Doch als die Mädels sich zu einer Gruppenumarmung um sie scharten, konnte sie die Tränen nicht länger zurückhalten und sie kullerten ihr über die Wangen.

»Ich sollte wohl noch mehr Frühstück machen. Wer will Eier mit Speck?«, fragte Jock.

Alle meldeten sich lauthals, was Tegan die Chance gab, sich wieder zu sammeln.

»Speck landet bei mir direkt auf den Hüften«, sagte Daphne verlegen. »Ich glaube, ich lasse ihn lieber weg.«

»Bei einer Figur wie deiner würde ich mir da keine Sorgen machen«, sagte Jock, während er zum Herd ging.

Daphnes Wangen färbten sich rosig und Tegan hatte sie noch nie so glücklich gesehen.

Emery klatschte in die Hände. »Okay, Team Schadensbegrenzung, raus aus den Mänteln. Auf uns wartet Arbeit!«

Geplapper und Gelächter erfüllten die Küche, als die Frauen ihre Mäntel auszogen und Onkel Harveys Haus wieder Leben einhauchten. Jock witzelte, dass sie das nicht zur Gewohnheit machen sollten, weil er seine Tage lieber ruhig angehen ließ, woraufhin Chloe verkündete: »Dann treffen wir uns ab sofort einmal pro Woche zum Frühstück!«

Tegan blieb im Hintergrund und genoss die neue Situation, wohl wissend, dass sie mit solchen Freundinnen nie wieder einsam sein würde.

Siebenundzwanzig

Am Mittwochabend saß Jett im Konferenzraum von EBC Enterprises und versuchte, sich auf die laufende Diskussion zu konzentrieren, doch es war halb acht und sie brüteten seit zwölf Stunden über den Themen. Normalerweise wäre das kein Problem, aber während er im Kopf die wichtigen Punkte abhakte und die Fortschritte von EBC bewertete, tüftelte er gleichzeitig auch an Strategien und Plänen für die Hyannis-Projekte und überlegte ernsthaft, ob er Jonas auf die Betreuung ansetzen sollte, während er selbst in London war. Und dann war da noch Tegan …

Er schaute zum wohl hundertsten Mal auf seine Uhr und zählte die Minuten bis zu ihrem Videocall. Er wusste, dass sich das Chaos in seinem Kopf legen würde, sobald er ihre Stimme hörte und ihr wunderschönes Gesicht sah. Die Leere, die sie in ihm hinterlassen hatte, würde es jedoch nicht vertreiben. Dass sie so weit weg war und ihre Projekte durchzog, ohne dass er sie dabei unterstützen oder sie am Ende des Tages in den Arm nehmen konnte, war ihm zuwider. Er war froh, dass Jock und die Mädels ihr unter die Arme griffen, aber davon wurden seine Schuldgefühle nicht weniger.

»Ich denke, das war's für heute Abend.« Senior Director

Ken Wallace schaute über den Tisch zu Jett. »Oder gibt es noch etwas, das Sie besprechen möchten?«

»Nein danke. Ich denke, das reicht für heute. Ich bin beeindruckt von den Fortschritten, die Sie in Ihrer Abteilung gemacht haben, und ich freue mich auf die Berichte nächsten Monat. Ich denke, die Umsetzung der Verfahren, über die wir gesprochen haben, wird eine spürbare Verbesserung erbringen, jetzt, wo sich die Wogen nach der Übernahme geglättet haben.«

Während alle ihre Sachen zusammenpackten, sagte Ken: »Vielen Dank für Ihr Vertrauen in mein Team. Ihre Beratung war unbezahlbar.«

»Meine Beratung ist nur so gut wie das Team, das sie ausführt.« Jett schüttelte ihm die Hand. »Machen Sie weiter so.«

Nachdem die anderen den Konferenzraum verlassen hatten, räumte Jett seine Unterlagen weg und rief Tia an. »Hi. Du musst bitte eine Telefonkonferenz mit Jonas einberufen, wenn ich in L.A. bin.«

»Ist dir endlich klar geworden, dass du dir zu viel zumutest? Dass es an der Zeit ist, ihn die Überprüfungen machen zu lassen?«

»Nein«, sagte er, obwohl ihm diese Meetings lange nicht mehr so viel Spaß machten wie früher. Er hatte während der Sorgfaltsprüfung und Akquisitionsprozesse genug Zeit mit den Schlüsselpersonen der von ihm übernommenen und umstrukturierten Unternehmen verbracht, um sich ein Bild davon zu machen, wie sie sich schlagen würden. Wenn er sich nicht sicher wäre, dass sie ihre Aufgaben erfüllten, wären sie nicht in Schlüsselpositionen eingesetzt worden. Vielleicht konnte Jonas oder eins seiner anderen Teammitglieder die Informationen auswerten, die er in diesen Besprechungen zusammentrug.

Aber diese Überprüfung war in vierundzwanzig Stunden abgeschlossen und dann saß er im Flugzeug nach L.A. und machte sich ans nächste Projekt. Das nächste Meeting bei EBC stand erst in drei Monaten an. Darüber würde er sich also später Gedanken machen. Er hatte dringendere Probleme zu lösen.

»Ich überlege, ihm die Leitung der Hyannis-Projekte zu übertragen«, erklärte Jett. »Hast du die unterschriebenen Verträge von Mitchell und den anderen Geschäftsinhabern schon zurückbekommen?« Der Gedanke, Mitchell und die anderen an Jonas abzugeben, fügte dem Berg an Schuldgefühlen, die auf ihm lasteten, noch ein bisschen mehr hinzu, doch da war nichts zu machen. Er schnappte sich seine Aktentasche und verließ den Konferenzraum.

»Ja. Der letzte ist heute eingegangen. Ich dachte, du wolltest diese Projekte selbst managen?«

»Wollte ich auch. Und will ich noch. Aber der Carlisle-Deal ist zwanzigmal so groß wie diese Läden zusammen. Da ist meine Expertise gefragt.«

»Na, das klingt doch nach dem Chef, den ich kenne. Den kleinen Leuten ein bisschen Geld hinwerfen und sich dann den großen Kalibern widmen.«

Tias Worte schmirgelten wie Sandpapier über seine Nerven. »Ich werfe ihnen kein Geld hin und sie sind auch keine kleinen Leute«, blaffte er. Er drückte die Eingangstür des Bürogebäudes auf und trat hinaus auf den Bürgersteig. »Diese Projekte könnte Jonas im Schlaf leiten.«

»Das war ein Scherz. Was ist denn los mit dir? Du bist schon seit deiner Ankunft so schlecht drauf. Ich glaube, du leidest unter Tegan-Entzugserscheinungen.«

Ach, was du nicht sagst. »Ich habe gerade viel um die Ohren.«

»Nicht mehr als sonst, außer dass am Cape eine hübsche, kleine Belohnung auf dich wartet.«

»Vielleicht hast du recht mit den Entzugserscheinungen«, gab er zu. »Tut mir leid. Ich wollte meine schlechte Laune nicht an dir auslassen.«

»Schon okay. Da du jetzt etwas besser gelaunt bist, wäre das vielleicht ein guter Zeitpunkt, um nach der Genehmigung für meinen Urlaubsantrag zu fragen.«

»Den habe ich noch gar nicht gesehen. Wann fährst du?«

»Vom fünften bis neunten August.«

»Ist das dein Ernst? In der Woche, in der Tegans Vorpremiere stattfindet? Ich bin heute Abend nicht in der Stimmung für Witze, Tia. Du weißt, dass ich bei der ersten Aufführung ihres Kinderprogramms schon nicht dabei sein kann. Aber die Vorpremiere des Erwachsenenprogramms verpasse ich auf keinen Fall. Du musst in meiner Abwesenheit den Laden schmeißen.«

»Die wirst du auch nicht verpassen. Versprochen. Tegan und ich stehen miteinander in Kontakt und wir haben uns angefreundet. Becca und ich wollen auch hingehen, um sie zu unterstützen. Mach dir keine Sorgen. Ich habe mit Lauren gesprochen, und sie kümmert sich hier um alles, während ich weg bin.« Lauren Day war Tias rechte Hand. Sie hatte Tia bereits in der Vergangenheit vertreten und dabei hervorragende Arbeit geleistet.

»Tia, mit Tegan Kontakt zu halten, ist eine Sache, aber wenn ihr richtig dicke Freundinnen werdet, mache ich mir einfach Sorgen ...«

»Bevor du mir sagst, dass du es nicht für eine gute Idee hältst, dass Tegan und ich uns besser kennenlernen, solltest du wissen, dass ich dir gegenüber loyal bin. Ich würde nie über dich als ihren Freund sprechen oder so. Sie und ich haben bereits über Grenzen gesprochen, die wir nicht überschreiten dürfen. Wir können gute Freundinnen sein, ohne über die sexy Einzelheiten eurer Beziehung zu reden. Aber ich mag sie, Jett. Sie hat eine so positive Lebenseinstellung und ist einfach echt. Weißt du, wie schwer es ist, Frauen zu treffen, die einem nichts vormachen oder nur an sich selbst denken?«

»Also für *mich* ist sie was ganz Besonderes.« Tia musste Tegan nicht zwingend mögen, doch er vertraute Tia und hörte gern, dass sie so eine hohe Meinung von Tegan hatte.

»Tja, das finde ich auch, und in meinem Vertrag steht nicht, dass ich nicht mit Frauen befreundet sein darf, mit denen du was hast.«

Er sah praktisch vor sich, wie Tia trotzig das Kinn nach vorn schob. »Na schön«, gab er nach. »Sonst noch was?«

»Nö! Alles bestens. Versuch, bis nächsten Freitagabend niemandem den Kopf abzureißen. Bye-bye, Boss.«

Jett legte auf und sah sich nach seinem Fahrer um, bevor ihm aufging, dass er vergessen hatte, ihm eine Nachricht zu schicken. Verdammt. Er atmete tief durch und füllte seine Lunge mit der frischen Louisiana-Luft. Auf einmal hatte er Tegans Stimme im Ohr: *Man muss rausgehen und mehr erleben als Büros und Hotelzimmer. Frische Luft atmen, Berge besteigen oder eine neue Stadt erkunden, die Kultur kennenlernen, in die Geschichte eintauchen und neues Essen genießen.*

Er rief Tegan über FaceTime an. Ihr wunderschönes Gesicht erschien auf dem Bildschirm, verbreitete ihr Licht wie Balsam auf seiner Seele und trat damit eine Welle der Sehnsucht in ihm los. Der Rest der Welt verblasste.

»Hi, Sunshine. Wie geht's dir?«

»Hi. Mir geht's gut. Ich habe schon so viel erledigt. Die

Website ist online und ich fange schon morgen statt Freitag mit den Anzeigen an. Rick hat tolle Ideen für den Umbau des Hauses und arbeitet an den Plänen, und Rob Wicked hat zugesagt, das Projekt für den Herbst in seinen Terminkalender aufzunehmen. Er kommt morgen vor meinem Buchclubtreffen vorbei, um sich ein Bild von den Gegebenheiten zu machen.«

»Das ist super, Tegs. Er leistet hervorragende Arbeit.«

»Das hat Rick auch gesagt. Habe ich dir schon erzählt, dass Jock und ich Meetings mit den Geschäftspartnern meines Onkels und den Beleuchtungs- und Bühnenteams angesetzt haben? Ich kann nicht fassen, dass die erste Kinderaufführung schon in einem Monat stattfindet. Und wie war dein Tag?«

Das war ihre Masche geworden, über alles zu reden, nur nicht darüber, wie sehr sie ihn vermisste. Sie wurde immer besser darin, eine starke Fassade zu präsentieren, und anfangs hatte er mitgespielt, weil er wusste, dass sie das brauchte, und er nicht der Grund für weitere Tränen sein wollte. Doch jetzt ertrug er das nicht mehr. Er musste ihr sagen, wie es ihm ging.

»Mein Tag war okay, aber ich will nicht über die Arbeit reden. Ich vermisse dich, Baby. Ich vermisse dich so unglaublich.«

Ihr Blick wurde weicher. »Ich vermisse dich auch so sehr.« Sie presste die Lippen zusammen, und er wusste, dass das noch nicht alles war.

»Sag es mir, Sunshine. Ich muss es hören.«

»Ich wache morgens auf und vergesse, dass du nicht hier bist, weil ich jede Nacht von dir träume«, erwiderte sie und in ihrer Stimme lag ein gequälter Unterton. »Es dauert immer einen Moment, bis ich mich daran erinnere.« Sie legte den Kopf in den Nacken und schloss kurz die Augen, bevor sie ihn wieder ansah und mit versteinerter Miene fortfuhr. »Ich habe mir geschworen, dir das nicht zu erzählen. Es geht mir gut, Jett. Ich vermisse dich, aber sonst ist alles in Ordnung.«

Gott, war sie unglaublich. »Ich will es hören, Tegs, denn ich sehe dich auch in meinen Träumen und höre deine Stimme in meinem Kopf. Wie wär's, wenn wir zusammen einen Spaziergang machen, den Park erkunden und damit unser erstes Abenteuer hier in Baton Rouge erleben?«

Ihre Miene hellte sich auf. »Das finde ich wunderbar! Ich habe meine Sportschuhe an. Brauche ich sonst noch was? Einen Regenschirm? Eine Jacke?«

Er hätte nicht gedacht, dass sie noch mehr von innen heraus strahlen könnte, doch ihre überschäumende Begeisterung jagte ihm eine wohlige Gänsehaut über den Rücken. »Nein. Es sind gut fünfzehn Grad bei klarem Himmel. Du brauchst also nur meine Hand in deiner. Spürst du, wie sich unsere Finger ineinander verschränken? Unsere Handflächen sich berühren?«

»Ja«, sagte sie leise.

»Sag mir Bescheid, wenn ich zu schnell gehe. Das ist mein erstes FaceTime-Date und ich will es nicht vermasseln.«

»Das kannst du gar nicht. Wir stürzen uns gleich in unser bisher bestes Abenteuer, das nur von unserem nächsten übertroffen werden kann.«

Diese Frau machte ihn schon wieder fertig – auf eine absolut wundervolle Art. Er schlenderte den Häuserblock entlang, beschrieb ihr die Umgebung, und drehte das Handy, um ihr die Gebäude und die Leute auf dem Bürgersteig zu zeigen. Dann drehte er es wieder zu sich, damit er sie sehen konnte. Als er am Pub an der Ecke ankam, fragte er: »Hast du Hunger?«

»Ich bin am Verhungern. Wie immer.«

Er lachte leise. »So kenne ich meine Freundin. Was hältst

du von einem Burger?«

»Klingt perfekt. Mit Pommes!«

»Klar doch.« Er ging in den Pub und setzte sich an einen Tisch, wo er sich mit dem Handy so drehte, dass Tegan ihren Kellner kennenlernen konnte, bevor er ihnen etwas zu essen und ein Bier bestellte. Anschließend wanderte er durch den Pub, um ihr die Bar zu zeigen, und sie begrüßte die anderen Gäste, winkte ihnen zu und erklärte aufgeregt, dass sie und Jett gerade ein FaceTime-Date hatten. Bis ihr Essen kam, kannte sie fast alle Anwesenden. Sie lachten während des Abendessens viel, und als er gehen wollte, bestand sie darauf, dass er das Telefon hochhielt, damit sie sich von allen verabschieden konnte. Jett hätte nie für möglich gehalten, dass er irgendwas davon mal tun würde, aber er reckte das Handy stolz in die Luft und verkündete: »Tegan Fine bittet um eure Aufmerksamkeit.«

»Es war so schön, euch alle kennenzulernen!«, rief Tegan. »Genießt euer Abendessen und denkt dran, vor die Tür zu gehen und die frische Luft zu genießen.« Sie winkte und die Leute an der Bar klatschten und winkten zurück.

Beim Rausgehen meinte Jett zu ihr: »Deine Hand bitte.«

»Ups. Sorry. Ich musste dir erst noch kurz an den Hintern grapschen«, sagte sie frech.

»Du lässt deine Hand lieber in meiner, sonst gehen meine Hände womöglich noch irgendwohin auf Wanderschaft, wo sie in der Öffentlichkeit nicht hingehören, wenn wir im Park sind.«

Sie kicherte. »Ich halte liebend gern Händchen mit dir, sogar virtuell.«

»Geht mir genauso, was bedeutet, dass deine Hexenkräfte nichts von ihrer Wirkung eingebüßt haben.« Er schlenderte mit ihr durch den Park und zeigte ihr den großen Platz und die Rasenflächen, auf denen Paare Hand in Hand spazieren gingen.

»Das sieht romantisch aus. Warst du schon mal da?«

»Ich war noch nie irgendwo anders als im Hotel und in den Büros. Der Fluss ist nur ein paar Blocks von hier, da war ich auch noch nicht.«

»Nichts wie hin! Ich will das Wasser sehen.«

Ihre Begeisterung war ansteckend. Er ging die paar Blocks zu Fuß, und am Flussufer angekommen sagte sie: »Setzen wir uns ins Gras. Wie ist es so?«

Jett ließ sich ins Gras sinken, ohne einen Gedanken an seinen Anzug oder irgendetwas anderes zu verschwenden. Er stellte seine Aktentasche ab und beschrieb Tegan die Gerüche und Geräusche des Flusses und des Verkehrs. Sie stellte eine Frage nach der anderen und kommentierte jede seiner Antworten. Sie sog jede Kleinigkeit in sich auf, was in ihm den Wunsch weckte, noch mehr Abenteuer mit ihr zu erleben.

»Ich wünschte, ich könnte dich anfassen«, sagte sie und berührte den Bildschirm.

Eine kühle Brise wehte vom Fluss herauf, und ihm war, als könnte er ihre Finger auf seinem Gesicht und den warmen Druck ihrer Handfläche auf seiner Haut spüren. »Nicht mehr lange, dann ...«

Achtundzwanzig

Die oberste Regel des Buchclubs besagte, dass alle physischen Treffen am Strand stattfinden mussten. Tegan und die anderen Mitglieder waren an einem Strand in Harwich gewesen – und hatten sich dort den Hintern abgefroren. Es war ein kalter, trüber Tag, und sie hatten sich extra mit Mützen, Handschuhen und Decken ausgerüstet, aber der Wind war schneidend kalt. Sie blieben lange genug, um sich über Harpers Hochzeit zu unterhalten, doch ihre Zähne klapperten zu sehr, um das Gespräch zu genießen. Gabe Appleton, die kurvige Rothaarige, die dieses Mal das Buch und den Ort des Treffens ausgewählt hatte, schlug vor, ins Common Grounds zu gehen, ein Café nicht weit vom Strand, das ihr gehörte. Dort saßen sie nun seit einer Stunde und Tegan wurde endlich wieder warm.

Das unscheinbare Café lag versteckt in einer Seitenstraße und die Atmosphäre war sehr angenehm. Auf der gegenüberliegenden Seite des Raums spielten ein paar Männer Billard und an einem Tisch in der Ecke trank ein Pärchen Kaffee. Gabes großer Bruder Rod spielte auf einer kleinen Bühne Gitarre und ihr kleiner Bruder Elliott, ein liebenswerter Servicemitarbeiter und offenbar sehr kompetenter Bäcker, war mit dem Versprechen auf frisch gebackene Leckereien in der Küche verschwunden.

»Hat sich noch jemand beim Lesen von Kapitel einundzwanzig die Augen ausgeweint? Als sie ihn weggeschickt hat?«, fragte Mia Stone, eine extrovertierte Brünette, die als Assistentin der weltberühmten Modedesigner Josh und Riley Braden arbeitete. »Ich habe geheult wie ein Schlosshund.«

Der Buchclub hatte Mitglieder im ganzen Land, und obwohl die meisten Diskussionen in den Onlineforen stattfanden, trafen sie sich auch einmal im Monat an verschiedenen Orten. Jeden Monat wurde ein Mitglied nach dem Zufallsprinzip ausgewählt, das das zu lesende Buch und den Ort des Treffens bestimmen durfte. Wer nicht physisch teilnehmen konnte, war eingeladen, sich per Videochat dazuzuschalten, so wie es Mia Stone und Amber Montgomery heute Abend getan hatten.

»Ja!«, sagten sie alle gleichzeitig.

»Charlotte hat die Emotionen in diesem Buch definitiv voll aufgedreht«, sagte Amber. »Sie meinte, es liegt daran, dass sie geheiratet hat und …«

»Du kennst Charlotte Sterling *persönlich*?«, fragte Gabe.

»Ich dachte, das hätte ich im Forum erwähnt, als Gabe das Buch ausgesucht hat«, erwiderte Amber freundlich. Ihr gehörte eine Buchhandlung in Oak Falls, Virginia, was man bei ihr auch direkt vor Augen hatte. Sie war nett und geduldig und schien sich durch nichts aus der Ruhe bringen zu lassen. »Vielleicht hatte ich es auch nur vor, bevor ich von einem Kunden aufgehalten wurde oder so. Charlotte und ich sind LWW-Schwestern. Wir waren auf dem College beide in der Studentinnen-Verbindung LWW, den *Ladies Who Write* oder *Schreibenden Ladies.*«

»Gehört das zu LWW Enterprises, dem Multimediakonzern? Und heißt das, dass du auch schreibst?«, fragte Mia.

»Ich bin keine Autorin. Aber das Verbindungshaus gehört LWW«, erklärte Amber.

»Es ist so cool, dass du Charlotte persönlich kennst«, sagte Steph. »Ich frage mich ja, ob sie so draufgängerisch ist wie die Heldinnen in ihren Büchern.«

»Ach was. Ich frage mich, ob es diesen Sexclub wirklich gibt«, mischte sich Mia ein. »Ich muss da mal ein bisschen nachforschen.«

Daphne fielen fast die Augen aus dem Kopf. »Du würdest in einen Sexclub gehen?«

»Nicht, um mitzumachen«, sagte Mia. »Ich bin mir nicht mal sicher, ob ich mutig genug wäre, da reinzugehen. Meine Schwester Jennifer bestimmt schon. Wäre es nicht lustig, da mal Mäuschen zu spielen?«

»Das könnte ich nicht.« Daphne lief dunkelrot an.

»Ich auch nicht«, pflichtete Amber ihr bei. »Ich kann darüber lesen, aber nur, weil niemand weiß, dass ich das mache.«

»Ich würde hingehen«, sagte Steph mit einem Schulterzucken. »Und Gabe würde mich sicher begleiten, oder?«

Gabe reckte einen Daumen nach oben. »Na klar, Baby Girl. Bin dabei.«

»Ich auch«, schloss Chloe sich ihnen an. »Wie Mia gesagt hat, man muss ja nicht mitmachen. Einfach mal dabei zu sein, wäre schon spannend.«

»Ich glaube nicht, dass ich das könnte.« Tegan wäre es zu peinlich, anderen Menschen beim Sex zuzusehen, geschweige denn, selbst aktiv zu werden. »Aber ihr dürft euch sehr gern Notizen machen und mir danach alles haarklein erzählen.«

Sie lachten, und Daphne und Amber bestätigten, dass auch sie Anekdoten haben wollten.

»Was mir an diesem Buch auch gefallen hat, war, dass die

Heldin die Führung übernommen hat. Sie war feminin, aber knallhart«, sagte Mia.

»Das stimmt«, meinte Steph.

Amber lehnte sich näher an den Bildschirm. »Könnt ihr euch vorstellen, das zu tun? Euren Mann mit verbundenen Augen vor euch auf die Knie gehen lassen und ihm sagen, was er mit euch machen soll?«

Tegan verschluckte sich an ihrer heißen Schokolade und kleckerte sie prompt über ihren Pullover und den Tisch. Chloe und Steph schnappten sich eine Handvoll Servietten, tupften sie damit ab und wischten über den Tisch.

»Alles okay?«, fragte Steph.

Tegan tränten die Augen vom Husten und was noch viel schlimmer war: Jetzt konnte sie nur noch daran denken, wie Jett nackt und erregt mit der *Flirten und flachlegen*-Maske auf dem attraktiven Gesicht vor ihr gekniet hatte. »Alles in Ordnung.« Sie räusperte sich. »Tut mir leid. Da war ich wohl ein bisschen zu gierig.«

»Das hat sie auch gesagt«, witzelte Mia und brachte sie alle zum Lachen.

»Männer-Alarm. Schluss mit den sexy Themen«, warnte Elliott sie, der gerade mit einem dampfenden Tablett aus der Küche kam. Er stellte es auf ihren Tisch und die Mini-Maisbrote und Chocolate Chip Cookies erfüllten die Luft mit ihrem verlockenden Duft. In der Mitte des Tabletts stand ein hübscher Honigtopf aus Keramik und ein Teller mit blumen-förmigen Butterstücken.

»Wow, das sieht köstlich aus«, sagte Daphne.

»Vielen Dank«, sagte Elliott und reichte jeder einen Teller.

Elliott hatte das Downsyndrom, und obwohl er mit seinen halblangen sandblonden Haaren und seiner kleinen, untersetzten Statur weder seiner hochgewachsenen rothaarigen Schwester noch seinem dunkelhaarigen Bruder ähnlich sah, teilte er Gabes extrovertierte Persönlichkeit. Er schob seine Drahtgestell-Brille auf der Nase hoch und meinte: »Rod sagt immer: ›Gib einer Frau Schokolade und sie wird für immer dir gehören.‹ Aber ich sage: ›Gib ihr Maisbrot und Schokolade, das verdoppelt deine Chancen.‹«

Alle lachten.

»Du bist ein Geschenk des Himmels, El. Genau das habe ich heute Abend gebraucht.« Steph griff nach einem Cookie. »Ich sollte dich heiraten.«

»Stell dich hinten an, Steph«, erwiderte Elliott, was ihm erneut leises Lachen einbrachte.

Die Tür des Cafés ging auf, und Justin kam herein, gefolgt von einem Riesenkerl. Beide trugen schwarze Lederjacken, der Riese hatte Tätowierungen am Hals, pechschwarze Haare und einen gehetzten Ausdruck in den Augen.

»Dark Knights!«, jubelte Elliott und ging zu ihnen hinüber, um sie zu begrüßen.

Justin nickte ihm zu. »El, mein Bester. Hängst du heute Abend mit den Ladys ab?«

»Will der mich denn verarschen?« Chloe schnaufte entnervt.

»Wer ist der unheimliche Typ bei Justin?«, fragte Tegan.

»Das ist sein Cousin Tank«, erklärte Steph. »Dwaynes Bruder. Er ist bei der Freiwilligen Feuerwehr und ihm gehört ein Tattoo-Studio. Er sieht furchteinflößend aus, und das ist er auch für diejenigen, die es verdienen, aber er ist ein toller Kerl.«

»Gehören die zu den Hells Angels?«, fragte Amber nervös.

»Nein«, sagte Steph. »Zu den Dark Knights. Das ist keine Gang, sondern ein Motorradclub, der viel Gutes für die

Gemeinde tut.«

Justin gab Elliott ein High-Five und steuerte dann direkt auf die Mädelsrunde zu. Tank blieb zurück und unterhielt sich mit Elliott.

»Die reden über versaute Sachen in Büchern!«, rief Elliott Justin hinterher.

Justins Aufmerksamkeit galt allein Chloe und ein sexy Grinsen umspielte seine Lippen. »Frauen, die versaute Sachen sagen. Darauf stehe ich ja.« Er zog einen Stuhl von einem der Nebentische heran, stellte ihn verkehrt herum neben Chloe und ließ sich rittlings darauf nieder. Die Arme verschränkte er auf der Rückenlehne. »Sag was Versautes zu mir, Baby.«

»Oh, den mag ich«, sagte Mia und erntete dafür ein Zwinkern von Justin.

Chloe schaute ihm unverwandt in die Augen und erwiderte mit vollkommen unbewegter Miene: »Ich sollte mal Dwayne anrufen und ihm sagen, dass einer seiner durchgeknallten Hunde ausgebüxt ist.«

»Ich bin wegen des Buchclubs hier.« Justin zog ein Exemplar des Buchs, das sie gerade lasen, aus seiner Tasche und warf es auf den Tisch. »Ich habe die Regeln im Forum nachgeschlagen, und nirgendwo steht, dass Männer nicht beitreten dürfen.«

»Du hast wohl den Teil übersehen, in dem steht, dass die Clubgründerinnen alle Beitrittsanfragen genehmigen müssen.« Chloe verschränkte die Arme und rief »Tank!«, ohne sich von Justin abzuwenden.

Der große Mann kam zu ihnen herüber. Seine Augen waren schwarz wie die Nacht und ein kalter, stahlharter Ausdruck lag darin. Unter seinem Bart lugte eine dicke Silberkette hervor, und seine Ohren und Nase waren gepierct. Tegan war egal, was Steph über ihn gesagt hatte; der Mann machte sie nervös.

Tank packte Justin mit einer seiner tätowierten Pranken am Kragen seiner Lederjacke und zerrte ihn auf die Beine. »Los, Dumpfbacke. Du wolltest doch Billard spielen und nicht irgendeiner Tussi nachsteigen.«

»Das ist keine Tussi«, protestierte Justin, doch Tank schleifte ihn bereits in Richtung Tür. »Das ist Chloe.«

Tank schnaubte spöttisch und bugsierte ihn aus dem Café.

»Wow«, sagte Amber. »Wo ich herkomme, gibt es Cowboys. Ich bin keine Biker gewohnt. Die machen mir Angst.«

»Ich liebe Biker fast so sehr wie Privatdetektive«, warf Mia ein.

Tegan stand auf keins von beidem. Sie war mit ihrem Anzug tragenden, Süßholz raspelnden, sexy arroganten Investor vollkommen zufrieden.

»Bist du sicher, dass du und Justin nichts miteinander habt?«, fragte Daphne Chloe. »Er fährt total auf dich ab.«

»Der würde sogar auf einen Laib Brot abfahren, wenn der Brüste und eine Vagina hätte.« Chloe schnappte sich einen Cookie und biss ihn in der Mitte durch, während ihre Bemerkung eine lange Diskussion über Männer auslöste.

Schließlich kam das Gespräch wieder auf den Helden des Buchs, das sie gelesen hatten.

»Der arme Kerl hat acht Tage lang nicht geschlafen, nachdem sie ihn weggeschickt hatte.« Steph aß das letzte Stück ihres Maisbrots. »Ich wäre am liebsten ins Buch geklettert und hätte ihm etwas von meinem beruhigenden Schlafspray gegeben. Ein Sprühstoß auf sein Kissen und er hätte geschlummert wie ein Baby.«

Tegan aß ihren dritten Cookie auf und sagte: »Davon

könnte ich auch was gebrauchen.«

»Hast du Schlafstörungen?«, fragte Steph.

Tegans Handy zeigte ihr mit einem Vibrieren eine neue Textnachricht an. »In letzter Zeit schon«, sagte sie, während sie ihr Handy herausholte und Jetts Namen auf dem Display erkannte. Es war erst halb zehn. Ob er wohl ihr Buchclubtreffen vergessen hatte?

»Sie und Jett sind inzwischen ein Paar«, erklärte Chloe. »Und er ist auf Geschäftsreise.«

Tegan las seine Nachricht. *Entschuldige die Störung. Wenn du fertig bist, schau in deine Mails.*

»Ist bestimmt schwer, ständig voneinander getrennt zu sein«, sagte Steph, während Tegan ihr Postfach öffnete und dort eine E-Mail von Jett vorfand. »Ich geb dir auf jeden Fall die Infos zu dem Schlafspray.«

Sie las die Nachricht. *Tegs, unser allererstes Abenteuer an der Westküste wartet auf dich.* Den Rest der E-Mail überflog sie rasch. »Danke, Steph, aber ich brauche es vielleicht noch nicht. Jett hat mir ein Flugticket nach L.A. geschickt!«

Ein Aufschrei ging durch die Runde und alle redeten wild durcheinander, doch Tegan stand noch unter Schock. Sie las sich die E-Mail und die Ticketdaten noch einmal durch. »Ich soll morgen Nachmittag zu unserem ersten gemeinsamen Westküsten-Abenteuer aufbrechen und erst Sonntag zurückkommen!«

»Das ist so romantisch!«, sagte Amber. »Du bist echt ein Glückspilz. Das solltest du unbedingt machen.«

»Ich habe mich in diesem Mann so sehr getäuscht«, sagte Chloe.

»Ich nicht«, sagte Daphne lachend und wurde wieder rot.

Während die Frauen weiter schwärmten, rutschte Tegan

jedoch das Herz in die Hose und sie sagte: »Ich kann da nicht hin.«

»Was? Warum denn nicht?«, fragte Mia. »Ich kenne den Kerl nicht und würde sofort hinfahren!«

»Nein, ich würde ja gern, aber ich habe dieses Wochenende schon Termine fürs Theater. Jock und ich treffen uns mit den Bühnentechnikern, am Samstag essen wir mit einem der Produzenten der Kinderaufführungen zu Mittag und am Sonntag ist ein Meeting mit einem anderen anberaumt. Das kann ich nicht einfach alles absagen.«

»Doch, kannst du«, erwiderte Chloe. »Oder lass Jock das übernehmen. Das macht ihm sicher nichts aus.«

»Ich kann ihm das nicht einfach aufhalsen. Mein Onkel hat mir das Theater vermacht. Jock hilft mir nur, er übernimmt es nicht.« Sie war todunglücklich. »Jett hat schon ein paarmal Termine für mich verschoben, und bald ist er einen ganzen Monat lang weg. Ich will ihm zeigen, dass ich das Gleiche für ihn tue. Dass er das Risiko wert ist. Aber ich will nicht gleich zu Beginn bei den Produzenten oder anderen Leuten, mit denen ich zusammenarbeiten muss, damit das Theater bestehen kann, einen schlechten Eindruck hinterlassen. Was mache ich denn jetzt?«

»Flieg hin!«, riefen alle wie aus einem Mund.

»Ganz ruhig.« Chloe griff nach Tegan. »Frag Jock, ob es ein Problem wäre, die Termine zu verschieben. Er kennt die Leute, mit denen du dich treffen willst, und er wird absolut ehrlich zu dir sein.«

»Ruf diesen Jock an«, sagte Mia. »Los, ich muss wissen, ob du es durchziehst.«

»Okay.« Tegan holte tief Luft und rief Jock an. Sie schilderte ihm ihre Zwickmühle und fragte: »Was soll ich tun? Ich würde gerne fliegen, aber ich will beim Theater auch keinen Fehler machen.«

»Teg, du weißt, was Harvey jetzt sagen würde. Nichts war ihm wichtiger als dein Glück. Das Leben ist kurz. Geh, besuch Jett.«

Überschäumende Freude stieg in ihr auf. »Ganz sicher?«

»Absolut. Ich mache neue Termine mit den Leuten aus. Der Kerl hat sich für dich ins Zeug gelegt. Das ist wie die Liebe von Harvey und Adele, Tegan.«

Nachdem sie das Gespräch beendet hatte, fragten die Mädels: »Und?«

»Sieht aus, als würde ich nach L.A. fliegen!«

Neunundzwanzig

Tegan war schon seit Jahren als Alleinreisende auf der ganzen Welt unterwegs, und noch nie war sie so aufgeregt gewesen wie auf dem Weg zur Rolltreppe am Flughafen LAX, wo sie Jett bei der Gepäckausgabe treffen sollte. Sie hatte sich an diesem Morgen viermal umgezogen, weil sie für Jett sexy aussehen, es auf dem langen Flug, der erst um halb neun abends landete, aber auch bequem haben wollte. Schließlich hatte sie sich für ihre weichste Strickjacke und ein Top entschieden, kombiniert mit ihren Lieblingsjeans und Stiefeln. Sie war sich nicht sicher, ob sie damit lässig und schick oder langweilig aussah, doch als sie versucht hatte, sich sexy zu kleiden, hatte sie sich over-dressed gefühlt, und dafür war sie viel zu nervös.

Sie trat auf die Rolltreppe und schaute an dem Mann vor ihr vorbei. Ihr Herz setzte einen Schlag aus, als sie Jett entdeckte, der neben drei Männern in Anzügen stand, die Schilder mit Passagiernamen in der Hand hielten. Jett sah in seinem dunklen Pullover und der Jeans teuflisch gut aus. Ihre Blicke trafen sich und sofort knisterte zwischen ihnen die Hitze eines Sommergewitters. Das freche Grinsen, das sie so gern mochte, umspielte seine Lippen, und er hielt ein Schild mit der Aufschrift *Post-it-Girl* hoch.

Sie kam aus dem Grinsen gar nicht mehr heraus.

Er drehte das Schild um, und auf der Rückseite stand in großen roten Buchstaben: *Ich habe dich vermisst.*

Sie zitterte und sehnte sich so sehr nach seiner Umarmung, aber als sie sich dem Ende der Rolltreppe näherte, ermahnte sie sich, hier keine Szene zu machen. Jett war ein Profi, der sich einen gewissen Ruf bewahren musste. Sie wollte nicht wie eine übereifrige, liebeskranke Hohlbirne wirken.

Doch kaum dass sie wieder festen Boden unter den Füßen hatte, stürmten sie und Jett aufeinander zu. Er riss sie in die Arme und wirbelte sie im Kreis herum, während sie sich küssten. Wie hatte sie auch nur einen Gedanken daran verschwenden können, das hier für ein Arbeitsmeeting zu verpassen? Diesen Fehler würde sie nie wieder begehen.

Als sich ihre Lippen schließlich voneinander lösten, ihre Füße jedoch immer noch in der Luft baumelten, sah Jett ihr in die Augen, als hätte er den ganzen Tag Zeit, um sie einfach nur anzusehen. »Gott, habe ich dich vermisst«, sagte er und senkte die Lippen wieder auf ihre, um sie um den Verstand zu küssen.

Als ihre Füße endlich wieder Kontakt zum Boden hatten, war ihr hoffnungsvolles, glückliches Herz erfüllt wie nie zuvor.

»Möchtest du spazieren gehen? Hast du Hunger? Worauf hast du Lust?«, fragte er, doch der Ausdruck in seinen Augen verriet ihr, dass er auf genau die Antwort hoffte, die sie ihm gab.

»Dich …«

Jett hatte Tegan vor der langen Fahrt vom Flughafen zu seinem

Hotel gewarnt, aber während der Fahrer sich durch den Verkehr schlängelte, waren sie auf dem Rücksitz zu sehr ineinander vertieft, um auf die Zeit zu achten. Sie war immer noch benebelt vor Lust, als sie die luxuriöse Hotellobby durchquerten. Nur ganz am Rand nahm sie wahr, dass die Mitarbeiter Jett als Mr. Masters begrüßten, als sie an der Rezeption vorbeikamen. Sie stiegen mit einer Handvoll anderer Leute in den Aufzug. Jett legte von hinten die Arme um sie und sein harter, heißer Körper schmiegte sich verlockend an ihren, sein verführerischer Mund verteilte Küsse über ihren Nacken.

In dem Moment, in dem sie allein im Aufzug waren, drehte er sie schwungvoll zu sich herum und drängte sie nach hinten gegen die Wand, wo er sich links und rechts von ihr abstützte und sie mit einem raubtierhaften Ausdruck in den Augen fixierte. »Es können nicht nur ein paar Tage gewesen sein. Es kommt mir vor, als hätte ich dich monatelang nicht gesehen.« Seine Lippen pressten sich auf ihre, nahmen ebenso viel, wie sie gaben. Sie ließen ihre Hände hungrig auf Erkundung gehen, rieben ihre Hüften sinnlich aneinander, und als er die Finger in ihre Haare grub, jagte ein aufregendes Prickeln über ihre Haut.

Sie stolperten ins Penthouse und lösten die Lippen gerade lange genug voneinander, um sich Schuhe, Socken und den Rest ihrer Kleidung auf dem Weg ins Schlafzimmer auszuziehen. Dort angekommen fielen sie in einem Durcheinander aus leidenschaftlichen Küssen und gierigen Berührungen auf die Matratze. Ihre Körper verlangten nach ihrer Vereinigung, die Tegan schließlich einen lustvollen Aufschrei und Jett einen heiseren Fluch entlockte. Tegan fühlte sich vollkommen enthemmt und wild. Sie gab sich ihren animalischen Emotionen hin, krallte sich in seinen Rücken und kam jedem seiner

Stöße entgegen, als er sich in ihr bewegte. Ihr Atem ging in hektischen, abgehakten Zügen. Schweiß bedeckte ihre Körper.

Jetts ganzer Körper verspannte sich und er packte ihre Haare mit beiden Händen. »Komm mit mir«, presste er angestrengt hervor.

Die heiße Mischung aus Autorität und Sehnsucht in seiner Stimme fegte das letzte bisschen ihrer Selbstbeherrschung hinweg. Ein heißes Kribbeln explodierte in ihr, sie klammerte sich an ihn und schrie auf, als Jett seinem eigenen, gewaltigen Höhepunkt nachgab. Ihr Name kam ihm als heftiger Fluch, als inniges Gebet über die Lippen und gemeinsam kosteten sie die Wellen ihrer Leidenschaft bis ins Letzte aus.

Eng umschlungen ließen sie den Nachhall in ihren Körpern ausklingen. Jett drückte die Lippen auf ihre Wangen und ihren Mund, raunte süße Nichtigkeiten an ihrer Haut. Als sich ihr Atem langsam wieder beruhigte, lichtete sich auch der Nebel in Tegans Sichtfeld. Mondlicht schien durch die Fenster und fiel auf ihre ineinander verschränkten Glieder.

»Danke«, flüsterte ihr Jett ins Ohr.

»Für *Sex*?«, fragte sie lachend.

Er hob den Kopf gerade weit genug, dass sie die überbordenden Emotionen erkannte, die ihm so deutlich in die Augen geschrieben standen, dass sie sie selbst blind noch gespürt hätte. Ihr Herz machte einen Hüpfer in ihrer Brust. Er war der leidenschaftlichste Mann, dem sie je begegnet war. Das machte ihn geschäftlich so erfolgreich und für sie beide gab es kein Entrinnen.

»Dafür, dass du deine Termine verlegt und den langen Flug auf dich genommen hast. Weil du etwas in mir gesehen hast, von dessen Existenz ich selbst nichts wusste.«

»Ich glaube, dir war doch irgendwie klar, dass es in dir

steckt«, neckte sie ihn. »Immerhin kannst du exzellent damit umgehen. Oder hast du den Wow-Faktor vergessen? Du hast dir in unserer ersten Nacht eine Freundschaft plus durch hervorragenden Sex gesichert. Wäre das nicht gewesen … Tja, wer weiß, wer als Nächstes in meinem Bett gelandet wäre.«

»Du weißt doch ganz genau, wovon ich spreche, du verführerischer kleiner Frechdachs.« Er umfasste ihren Hintern und brachte sie damit zum Lachen.

»Ich musste gar nicht so lange suchen, um herauszufinden, wer du wirklich bist«, fuhr sie etwas ernster fort. »Ich musste mich einfach nur auf das Abenteuer einlassen. Die Tür hast du aufgemacht.«

»Aber du hast mich an der Hand genommen und mir den Weg gezeigt.« Er rutschte mit ihr in Richtung der Kissen.

Tegans Blick fiel auf ein gerahmtes Foto von ihnen beiden, das auf dem Nachttisch stand, und erneut überrollte sie eine Welle des Glücks. Auf dem Bild tanzten sie auf der Hochzeit, ihre Wange ruhte an Jetts Brust und Jett gab ihr einen Kuss auf den Scheitel. Sie hatten beide die Augen geschlossen und lächelten. Das Foto strahlte so viel Gefühl aus, dass Tegan unwillkürlich eine Gänsehaut bekam. Ihre Schwester, die Fotografin, machte Hunderte von Bildern von Paaren, um eine perfekte Aufnahme zu erzielen.

»Wo hast du das Foto her?«

Er zog sie näher zu sich heran und die Haare auf seinen Beinen kitzelten sie an den Oberschenkeln. »Dean hat es mir geschickt, nachdem ich am Sonntag weg war. Ich habe dich vermisst, also habe ich es ausgedruckt und unten im Hotelshop einen Rahmen gekauft.«

»Ich glaube, wir teilen uns ein Hirn. Ich habe das Gleiche mit einem Foto gemacht, das Daphne aufgenommen hat, nur dass wir uns auf meinem wie zwei liebeskranke Teenager in die Augen schauen.«

»Nicht eher liebeskranke Erwachsene?«, fragte er.

Ihr Magen knurrte und Jett lachte leise.

»Sie haben meinen Appetit angekurbelt, Mr. Masters. Gibt es in diesem schicken Hotel Zimmerservice?«

»Dein persönlicher Zimmerservice steht schon bereit.«

Er rollte sich über sie und grinste wie ein Mann, der nicht genug bekommen konnte ... und sie konnte das auch nicht.

Dreißig

»Wenn ich jetzt nicht hier wäre, was würdest du dann tun?«, fragte Tegan, als sie am Samstagnachmittag Hand in Hand den belebten Bürgersteig entlangschlenderten. Sie hatten den Vormittag im Bett damit verbracht, sich zu unterhalten und einfach nur zusammen zu sein, und es war wundervoll. Jetzt stürzten sie sich in ein neues Abenteuer und erkundeten gemeinsam L.A. Tegan war zum ersten Mal in der Stadt.

»An dich denken«, antwortete Jett.

Sie drehte sich um, ohne seine Hand loszulassen, und ging rückwärts weiter. »Netter Versuch, du Charmebolzen, aber du hast gerade den halben Tag damit verbracht, versaute Dinge mit so ziemlich jedem Zentimeter meines Körpers anzustellen. Du schuldest mir die Wahrheit.«

»Ach ja? Du meinst also, die ganzen Orgasmen und die Leckereien aus der Bäckerei waren nicht genug?« Er zog sie an sich und stahl ihr den x-ten Kuss ihrer Erkundungstour, die sie gegen Mittag begonnen hatten. »Ich würde an dich denken und gleichzeitig im Fitnessstudio des Hotels trainieren, Verträge prüfen, recherchieren oder mich um alles kümmern, was sonst noch meine Aufmerksamkeit erfordert. Aber alles wäre doppelt so schwierig abzuschließen, wenn mir ständig

Gedanken an dich durch den Kopf gehen.«

»Heißt das, dass ich auf beruflicher Ebene nicht gut für dich bin?«, fragte sie mit gerunzelter Stirn und ging wieder normal neben ihm weiter.

Er legte den Arm um sie, weil er sie näher bei sich haben musste. »Du bist ohne jeden Zweifel das Beste, was mir je passiert ist.«

Sie blickte zu ihm auf, als wäre ihr kurz die Luft weggeblieben – und irgendwie hoffte er darauf, weil es die Wahrheit war.

Sie setzten ihren Spaziergang fort und Tegan war einfach bezaubernd. Ihr fielen so viele Dinge auf, und sie kommentierte alles, vom strahlend blauen Himmel bis zu den bunten Markisen der Geschäfte und den Pflastersteinen unter ihren Füßen. Sie sprach über das Theater und wie aufgeregt sie war, die Schlüsselpersonen kennenzulernen, deren Aufführungen bei ihr stattfinden würden. Sie erzählte ihm, was für eine große Hilfe Jock gewesen war, und Jett ging einen Moment lang mit der Frage in sich, ob er in irgendeiner Form Eifersucht verspürte. Doch das Einzige, was er empfand, war Freude darüber, dass sie einen so guten Freund hatte. Es war schon ewig her, dass Jett jemandem ein guter Freund gewesen war, und das Schlimmste daran war, dass er es nicht einmal bemerkt hatte. Tegan hatte das geändert, doch es war höchstwahrscheinlich nicht bewusst passiert. Allein ihre Anwesenheit genügte, ihre Akzeptanz dessen, wer er war, und ihre Selbstsicherheit, mit der sie ihn ganz sanft auf Dinge hinwies, die er getan hatte, um seine eigenen negativen Gefühle gegenüber seinem Vater aufrechtzuerhalten.

»Es ist unglaublich, dass du nur zwischen deinem Büro und deinem Hotelzimmer pendelst, obwohl all das hier nur die Straße runter ist«, sagte sie und holte ihn damit in die Gegenwart zurück.

»Bis du aufgetaucht bist, gab es für mich nichts Interessanteres als die Arbeit.« Er hob ihre Hand an seine Lippen und küsste sie.

»Wie konntest du dein großes Herz nur so lange für dich behalten?«

Bevor er antworten konnte, rief sie plötzlich: »Sieh mal!«, und zerrte ihn über die Straße zu einem Sportartikelgeschäft. »Warst du schon mal hier?«, fragte sie, während sie hineingingen.

»Ich wusste nicht mal, dass es den Laden gibt.« Er war nicht mehr in so einem Geschäft gewesen, seit er seine Sammelkarten weggeworfen hatte. Selbst wenn er davon gewusst hätte, wäre es ihm nie in den Sinn gekommen, hineinzugehen.

Er ließ seinen Blick durch den Laden schweifen und Adrenalin fegte wie ein Windstoß durch seinen Körper, als er die Glasvitrinen mit Sportkarten und gerahmten, signierten Fotos von Spitzensportlern an den Wänden betrachtete. In den Regalen lagen von kompletten Mannschaften signierte Helme und Schläger. Handschuhe und Trikots, die bei Spielen getragen worden waren, lockten ihn vom anderen Ende des Ladens, zusammen mit Dutzenden anderer Sportutensilien, die eine Flut von Erinnerungen in ihm auslösten. Jett wusste noch, wie er als Kind auf Bilder von Ty Cobb und Babe Ruth gezeigt und gerufen hatte: *Eines Tages kaufe ich das da! Und das auch!* Wenn er in den Vitrinen eine Karte entdeckt hatte, die er schon besaß, war sein Puls in die Höhe geschnellt, und er hatte seinen Vater stolz angestrahlt und gesagt: *Schau mal, Dad! Die habe ich auch!* Das Bild seines Vaters, der für ihn als kleinen Jungen groß und beständig wie eine riesige Eiche gewirkt hatte, und dessen riesige Hand Jetts viel kleinere umfing, schoss ihm durch den Kopf, und die tiefe Stimme seines Vaters ertönte in seinem Kopf: *Mit deinem Arm, Junge, wirst du eines Tages das Spielfeld beherrschen.* Erinnerungen an den tiefen Schmerz, als sein Vater die Familie verlassen hatte, trafen ihn wie ein Faustschlag. Das quälende Gefühl des Verlusts kehrte zurück, und die Albträume, die ihn wie Geister heimgesucht hatten, drängten sich in sein Bewusstsein.

Tegan berührte ihn am Bauch und holte ihn so aus der Vergangenheit in die Gegenwart, die er sich so verzweifelt wünschte. Sie sah ihn aus großen, besorgten Augen an, und er kämpfte mit aller Kraft gegen die Geister an. Auf keinen Fall würde er zulassen, dass sie seiner schönen, großherzigen Freundin dieses Abenteuer verdarben.

»Alles in Ordnung?«, fragte Tegan. »Wir müssen uns nicht umsehen, wenn du nicht willst.«

Er legte einen Arm um ihre Schulter, spürte, wie ihr Licht die Dunkelheit verdrängte. »Ich will mich nicht nur umsehen ... Hat dir schon mal jemand was über Baseballstatistiken beigebracht?«

»Nein, aber ich kann ziemlich gut knackige Hintern in Baseballhosen begutachten«, antwortete sie mit einem Augenzwinkern.

Er knurrte gespielt ungehalten. »Warum provozierst du den Master?«

»In der Hoffnung, dass er vielleicht im Gegenzug provokante Dinge mit mir macht ...«

Jett genoss es in vollen Zügen, das Sportgeschäft zu erkunden. Am meisten gefiel ihm, mit Tegan das Hobby zu teilen, das ihm einst so viel Freude bereitet hatte. Als er ihr vermittelte, was es mit den Sammelkarten auf sich hatte und wie man die Statistiken lesen musste, kamen ihr Dutzende aufschlussreicher Fragen. Ihre Begeisterung entfachte seine Liebe zum Sammeln aufs Neue. Bevor sie gingen, bestand sie darauf, ihm eine Wackelkopffigur seines Lieblingsspielers zu kaufen – des siebenfachen Cy-Young-Award-Gewinners, Pitcher Roger Clemens. Als sie den Laden schließlich verließen, fuhren sie mit der Straßenbahn zu einem Bauernmarkt, wo sie Beeren für das morgige Frühstück kauften. Den Rest des Tages waren sie zu Fuß unterwegs, um schließlich in einem italienischen Restaurant zu Abend zu essen. Sie teilten ihre Gerichte miteinander und küssten sich mehr, als sie aßen.

»L.A. ist gar nicht so anders als New York«, meinte Tegan. Die Sonne senkte sich langsam Richtung Horizont und sie machten sich auf den Weg zurück zum Hotel. »Aber es ist schöner hier – grüner, sauberer und die Gebäude sind niedriger. Es riecht sogar besser. Ich nehme alles zurück. L.A. ist ganz anders als der Big Apple. Danke, dass du mich hierher eingeladen hast.« Sie lehnte den Kopf an ihn. »Ich liebe es, mit dir auf Abenteuerreise zu gehen. Ich werde keine Sekunde dieses Wochenendes vergessen.«

Zum hundertsten Mal an diesem Tag hatte Jett Visionen von zukünftigen Wochenenden wie diesem, an denen sie Hand in Hand spazieren gingen, coole Orte erkundeten und mehr über sich selbst erfuhren. Er wollte alle Geschichten über Tegans Jugend, ihre Collegezeit und die Jahre zwischen dem Studium und ihrem Kennenlernen hören, bis er alles über sie wusste, was es zu wissen gab. Allerdings war er sich sicher, dass sie ihn jedes Mal, wenn er dachte, er hätte alles über sie erfahren, mit weiteren Geschichten überraschen würde, die sie vergessen hatte zu erzählen. Er konnte Deals abschließen, bis er alt und grau war und sein Verstand versagte, und doch würde keiner davon je an sie heranreichen.

»Das ist noch lange nicht alles, Sunshine. Ich habe eine kleine Überraschung für dich.«

Sie lächelte zu ihm hoch. »Da kommt noch mehr?« Gemeinsam betraten sie das Hotel.

»Es gibt immer noch mehr.« Er führte sie durch die Lobby und sagte Hallo zu den Angestellten, die ihn grüßten, während sie an der Rezeption vorbei zum Lastenaufzug gingen.

»Hier kennt dich echt jeder«, sagte sie. »Wie oft hast du hier schon übernachtet?«

»Jedes Mal, wenn ich in L.A. bin, seit ich die Hotelkette vor sieben Jahren gekauft habe.« Er holte seinen Schlüsselbund hervor, an dem auch der Aufzugschlüssel hing. »Wie sollte ich sonst an den hier kommen?«

»Dir gehört die Hotelkette? Du meinst ... alle Hotels davon?«

Er schloss den Lastenaufzug auf und leitete sie hinein.

»Alle«, bestätigte er. Sie fuhren nach oben. »Du weißt doch, dass ich Investor bin.«

»Ja, aber ich dachte, du meinst ein paar Firmen und Immobilien. Nicht gleich eine ganze Hotelkette.«

»Dann hast du deinen Freund unterschätzt, Baby.«

»Das erklärt wohl auch die Armani-Anzüge.«

»Das ist einfach nur guter Geschmack und Kleidung, die die Erwartungen und Anforderungen erfüllt.« Er nahm sie in seine Arme. »Möchtest du eine Kopie meines Anlageportfolios?«

»Nein. Alles, was ich will, steht direkt vor mir, und es ist mir egal, ob du ein Dutzend Hotelketten besitzt oder in einem Lebensmittelgeschäft arbeitest, solange du mich so ansiehst wie jetzt gerade.«

»Gott, ich liebe dich.« Die Worte fühlten sich an, als wären sie ihm direkt aus der Seele gerissen worden. Er fühlte sich stärker, freier, als wäre seine Lunge zum ersten Mal bis zum Anschlag gefüllt. Ihre überraschten, liebevollen Augen füllten sich mit Tränen, und er sagte: »Wirklich, Tegs. Ich liebe dich. Ich liebe alles an dir, von deinen Post-its über dein wildes Tanzen bis hin zu der Tatsache, dass du manchmal über deine eigenen Füße stolperst. Ich liebe es, wie du meinen Namen sagst, und alles fühlt sich besser an, wenn du an meiner Seite bist.«

Freudentränen liefen ihr über die Wangen. »Ich liebe dich auch«, erwiderte sie mit zittriger Stimme. »Ich wollte es dir nicht sagen, weil ich dachte, es könnte dich verschrecken.«

»Nichts könnte mich von der einzigen Person fernhalten, mit der ich mich vollständig fühle. Ich wollte es dir schon auf der Hochzeit sagen und jeden Tag danach, aber ich wusste nicht, wie man den Übergang hinbekommt von FPs zu …«

»ILDs?«

»Genau …« Er küsste sie und fühlte sich wie der glücklichste Mann auf Erden.

Der Aufzug kam abrupt zum Stehen und die Türen öffneten sich. Kühle Luft strömte herein, vor ihnen lag das Flachdach und unter ihnen schimmerten die Lichter der Stadt. Tegan wischte sich über die Augen und Jett kämpfte gegen den Drang an, in die Welt hinauszuschreien: *Sie liebt mich!*

Hand in Hand verließen sie den Aufzug, doch plötzlich blieb sie wie angewurzelt stehen, als sie den glänzenden, dunklen Hubschrauber sah. Sie starrte ihn aus großen, hellblauen Augen an. »Jett Masters, was hast du getan?«

Er zuckte mit den Schultern und sagte: »Ich habe mich verliebt.« Es war die ehrlichste Antwort, die er je gegeben hatte.

»Jett ...?«

Er griff auch noch nach ihrer anderen Hand. »Ich möchte dir alles geben, Tegs, und das fängt damit an, dir alles zu zeigen, was L.A. zu bieten hat, auch wenn ich nur einen Tag Zeit habe.«

Einunddreißig

Jett glaubte nicht, dass es etwas Schöneres gab als Tegan, die barfuß durch sein Wohnzimmer tapste und deren pinker Slip dabei unter einem seiner T-Shirts hervorlugte. Es war Sonntagmorgen und sie telefonierte mit ihren Eltern – und schwärmte, von Jett und dem gestrigen Tag. Gerade hatte sie den Helikopterflug als wahnsinnig romantisch und alle Sehenswürdigkeiten als unglaublich beeindruckend beschrieben. Als sie am Vorabend über Strände und Berge, Promi-Häuser und Touristen-Hotspots wie das Getty Center, das Dodger Stadium, die Universal Studios und Dutzende anderer Orte geflogen waren, hatte sie wie ein Kind an Weihnachten gewirkt und war von absolut allem begeistert gewesen.

»Ich wurde von vorne bis hinten verwöhnt.« Tegan drehte sich um und warf ihm Luftküsschen zu.

Er zwinkerte, immer noch berauscht von ihren Liebesbekundungen. Heute war er noch mehr in sie verliebt als zuvor, und er wusste, dass er sie morgen und an jedem Tag danach noch mehr lieben würde.

»Ich weiß!«, rief Tegan. »Langsam fügt sich alles. Ich muss mich um viele Meetings kümmern, wenn ich zurück bin, und immer schön Daumen drücken, dass sich das Marketing auszahlt. Die erste Aufführung des Kinderprogramms ist in knapp einem Monat, ist das zu fassen? Ich freue mich so, dass ihr kommt. Ich kann es kaum erwarten, euch wiederzusehen. Nein, Jett ist leider nicht dabei. Da ist er gerade in London.«

Es schmeckte ihm überhaupt nicht, dass er die Eröffnungsveranstaltung verpasste, aber er war froh, dass ihre Familie bei ihr sein konnte. Tegan hatte Cici gestern Abend vom Hubschrauber aus eine Nachricht und Fotos geschickt. Unwillkürlich fragte sich Jett, ob er und Dean wohl eines Tages wieder ein so enges Verhältnis zueinander aufbauen konnten.

Tegan schlenderte auf ihn zu und sagte dabei ins Telefon: »Ja, Dad. Ich verspreche, dass ich dir Bescheid gebe, wenn ich in Boston lande, damit du weißt, dass ich noch am Leben bin.« Sie machte eine Pause, bevor sie hinzufügte: »Und wenn ich nach Hause komme.« Wieder eine Pause. »Ich richte es ihm aus. Wir hören uns dann nächsten Sonntag. Hab dich lieb.«

Sie legte auf und angelte sich eine Heidelbeere aus der Obstschale auf dem Tisch, die sie in den Mund steckte.

»Alles in Ordnung?«, fragte er.

»Ja. Mein Dad sagt, er freut sich darauf, den Mann kennenzulernen, bei dem ich klinge, als würde ich auf Wolken schweben. Seine Worte, nicht meine.«

Jett zog sie auf seinen Schoß. Ihr Flug ging erst um eins, doch er suchte bereits jetzt nach der nächsten Gelegenheit, sie wiederzusehen. »Ich freue mich darauf, deine Familie kennenzulernen. Mir ist übrigens der Gedanke gekommen, dass du mal nach London fliegen solltest, während ich dort bin.«

»Das würde ich wahnsinnig gern. Aber die Proben mit den Kindertheatergruppen und allen Crews starten schon diese Woche, um sicherzugehen, dass keine unerwarteten Probleme auftreten. Die Proben laufen bis zwei Tage vor der ersten Vorstellung, und das ist deine letzte Woche in London. Ich muss vor Ort sein. Außerdem habe ich noch so viel zu erledigen. Sieht deine Reiseplanung nach London etwas entspannter aus?«

»Irgendwann ja, aber wahrscheinlich nicht sofort. Sobald der Deal abgeschlossen ist, werde ich deutlich mehr Zeit dort verbringen müssen. Klingt, als würde das ein harter Sommer für uns werden. Du hast erzählt, dass du mehr Flexibilität hast, wenn du in Maryland bist. Heißt das, du kannst mich öfter mal begleiten, wenn du wieder in deiner Heimatstadt bist?«

Sie schwieg einen Moment. »Tatsächlich … habe ich mich dazu entschieden, am Cape zu bleiben. Ich habe lange darüber nachgedacht, und es macht keinen Sinn, nach Peaceful Harbor zurückzukehren, wenn ich so hart daran arbeite, dieses neue Programm auf den Weg zu bringen. Als wir nach dem Sturm in Hyannis geholfen haben, wurde mir klar, dass die Leute, mit denen ich mich vernetzen muss, im Sommer genug damit zu tun haben, ihre eigenen Geschäfte am Laufen zu halten. Nach der Touristensaison ist ein viel besserer Zeitpunkt, um Geschäftsinhaber anzusprechen, die beim Marketing für das neue Programm helfen können.«

»Das ist wirtschaftlich sinnvoll.« Er wusste, dass sie recht hatte, doch er war trotzdem enttäuscht. »Bist du sicher, dass du da den Winter verbringen willst? Es ist ziemlich trostlos und kälter, als man denkt. Dieser Sturm war nichts im Vergleich zu den richtig heftigen in dieser Jahreszeit.«

»Ich bin glücklich am Cape und ich liebe mein Cottage und unsere Freunde. Potenziell schlimmere Stürme finde ich natürlich nicht toll, aber während ich am Programm gearbeitet, meine bevorstehenden Meetings vorbereitet und an meiner

Präsentation gefeilt habe, ist mir etwas Wichtiges klar geworden: Es ist ein großer Unterschied, ob man ein Unternehmen leitet, an dem die Gemeinschaft teilhat, oder ob man hinter den Kulissen werkelt. Ich möchte nicht nur das Theater meines Onkels führen. Ich will die Person sein, die Kinder freudestrahlend besuchen, wie sie es bei meinem Onkel getan haben. Und wenn Harper und ich die Erwachsenenveranstaltungen zu etwas machen wollen, auf das sich die Leute jedes Jahr freuen, dann muss ich mich draußen blicken lassen, Hände schütteln, Freundschaften schließen und mir Namen merken. Ich weiß, das klingt altmodisch, aber so hat mein Onkel sein Unternehmen aufgebaut, und ich möchte es auch so machen. Ich finde Menschen großartig, also werden sie mich hoffentlich auch mögen. Mir sind auch ein paar neue Ideen gekommen, über die ich mit Harper sprechen werde. Ich weiß, dass es uns beiden schwerfallen wird, voneinander getrennt zu sein, wenn du auf Geschäftsreise bist, doch wenn das Schicksal uns füreinander bestimmt hat, werden wir einen Weg finden, damit es funktioniert, oder?«

»Und schon lässt du uns wieder in den Genuss deines strahlend hellen Lichts kommen. Natürlich kriegen wir das hin. Ich weiß nicht, warum ich erwartet habe, dass du tatsächlich nach Maryland zurückgehst. Du machst nie halbe Sachen, dafür bist du nicht der Typ Mensch. Das ist eine der Eigenschaften, die ich an dir liebe. Aber was ist mit deinem Haus in Maryland und deinem Job als Näherin?«

Sie lachte. »Unglaublich, du erinnerst dich echt an meinen Job in der Boutique. Du hast wirklich ein Gedächtnis wie ein Elefant.«

»Und ich bin bestückt wie einer.« Er schmiegte das Gesicht

an ihren Hals, biss sie sacht und erntete dafür einen niedlichen Laut.

»Ja, bist du. Ich habe neulich mit Chelsea telefoniert und sie wird meine Stelle der Person anbieten, die mich aktuell vertritt. Mein Mietvertrag für das Haus müsste im Dezember verlängert werden, also lasse ich den einfach auslaufen. Ich habe überlegt, ein oder zwei Wochen vor Thanksgiving noch mal hinzufahren, um den Rest meiner Sachen zu holen.«

»Und du kommst damit klar, so weit weg von deinen Eltern zu leben? Ihr steht euch doch so nah.«

»Sicher doch. Ich werde sie vermissen, aber du hast ja gesehen, wie wir sind. Es ist egal, ob ich am anderen Ende des Landes oder in der Nähe wohne; wir telefonieren weiter jede Woche miteinander. Sie werden mich besuchen und ich sie. Sie führen ein wirklich erfülltes Leben und ich auch.« Sie steckte sich noch ein paar Heidelbeeren in den Mund. »Ich verlängere mein Abenteuer offiziell, und ich denke, Onkel Harvey würde das gutheißen. Was sagst du dazu?«

»Ich denke, du bist mutig und intelligent und so verdammt süß. Bei dir sieht jede Entscheidung so leicht aus.«

»Die meisten sind es ja auch, selbst die großen.« Sie fütterte ihn mit einer Erdbeere. »Nehmen wir zum Beispiel das Thema Deko. Du hast dich offensichtlich dafür entschieden, dich nicht damit zu beschäftigen. Ich kann nicht glauben, dass du hier seit sieben Jahren ein und aus gehst und nirgendwo etwas Persönliches von dir zu sehen ist. Das soll keine Kritik sein oder so, aber ich dachte wirklich, dass wir hier in einer Hotelsuite sind, die du gemietet hast.«

Er fuhr mit den Fingern über ihren Arm. »Wie gesagt, vor dir gab es für mich keinerlei persönliche Beziehungen.«

»Ich dachte, du meinst mit *Menschen*.«

»Menschen, Orte, so ziemlich alles. Doch das ändert sich gerade. Ich habe das Foto von uns auf dem Nachttisch stehen.« Er warf einen Blick auf die Figur auf dem Kaminsims. »Und meine aufmerksame Freundin hat mir einen Wackelkopf von meinem Lieblingsspieler geschenkt.«

»Vielleicht bekommt Roger Clemens ja eines Tages ein paar Freunde.«

»Stört es dich, dass ich vor dir mit niemandem eine enge Bindung eingegangen bin?«

»Nein, es macht mich nur traurig für dich und deine Familie. Ich bin froh, dass dein Verhältnis zu Dean stabiler wird und dass du versuchst, dich mit deinem Vater auseinanderzusetzen. Ich bin neugierig, betrachtest du das Cape als dein Zuhause?«

»Ich betrachte eigentlich keinen physischen Ort wirklich als mein Zuhause, und das schon seit langer Zeit nicht mehr. Das klingt jetzt vielleicht seltsam, aber du fühlst dich für mich wie ein Zuhause an, Tegs. Es spielt keine Rolle, wo wir uns befinden, allein deine Anwesenheit gibt mir das Gefühl, genau dort zu sein, wo ich sein soll.«

»Das ist das Süßeste, was ich je gehört habe.«

»Dann ergibt mein Empfinden Sinn, denn du bist die süßeste Frau, die ich je getroffen habe.« Er ließ die Hand über ihr Bein nach oben wandern »Ich glaube nicht, dass die Beeren meinen Hunger stillen können.«

Er strich mit den Fingern über die Innenseite ihres Oberschenkels und die Mitte ihres Slips. »Zum Glück wartet hier was Leckeres auf mich.«

Er senkte den Kopf und machte ihr einen Knutschfleck am Hals. Tegan entkam ein atemloses *Ah*, als er sie auf den Tisch hob. Er verwöhnte sie mit Fingern und Zunge und erntete noch mehr seiner Lieblingslaute. Als er innehielt, öffnete sie die

Augen und er fragte: »Wie willst du mich, Baby? Mein Mund auf deiner süßesten Stelle oder mich ganz tief in dir?«

»Beides«, sagte sie in einem langen Atemzug.

Tegan war noch immer bester Laune, als sie am Flughafen ankamen, aber je näher der Abflug rückte, desto mehr machte sich Trauer breit. Sie redete sich ein, dass das Wochenende ein unerwartetes Geschenk gewesen war, zu schön für einen tränenreichen Abschied. Als sie die Sicherheitskontrolle erreichten, stellte Jett ihre Tasche ab und umarmte sie. Ihn zurückzulassen hätte angesichts des neuen Schritts, den sie in ihrer Beziehung gemacht hatten, einfacher sein sollen, doch es war noch schwerer.

Er küsste sie auf den Scheitel, und als sie ihn ansah, traf sie die Sehnsucht in seinen Augen wie ein Schlag.

»Irgendwie verabschieden wir uns ständig«, sagte sie leise.

Seine Mundwinkel zuckten nach oben. »Aber denk dran, wie grandios unsere Begrüßungen sind.« Er drückte die Lippen auf ihre. »Ich liebe dich, Tegs.«

Er hatte es seit dem ersten Eingeständnis ein Dutzend Mal gesagt, und jedes Mal bekam sie wieder eine Gänsehaut. »Ich liebe dich auch. Können wir vielleicht nicht *Mach's gut* sagen? Das klingt so endgültig, und du bist ja in fünf Tagen schon wieder zu Hause.«

»Zu Hause. Das gefällt mir.« Er küsste sie zärtlich. »Wie wär's mit *Bis zum nächsten Mal* oder *Peace, Baby*? Oder wir nehmen einfach die Wahrheit: *Ich werde von dir träumen.*«

»Das Letzte gefällt mir.« Sie suchte nach den perfekten

Worten, um *Mach's gut* zu ersetzen, und plötzlich kam ihr die Antwort. *»Ich warte auf dich.«*

»Perfekt.«

Der warme Druck seiner Lippen vertrieb die Traurigkeit und ersetzte sie durch die Freude darüber, dass sie in fünf Tagen wieder in seinen Armen liegen würde.

Als sich ihre Lippen voneinander lösten, loderte Hitze in seinen Augen auf. »Ich werde von dir träumen.«

Sie hatte sich geirrt. *Ich warte auf dich* passte doch nicht ganz, auch wenn es der Wahrheit entsprach. Sie hob ihre Tasche auf und sagte mit einem Augenzwinkern: »Was Versautes, hoffe ich.«

Sein unbeschwertes Lachen folgte ihr in die Sicherheitskontrolle. Sie dachte über Jetts versaute Träume nach, und seine Teenager-Fantasie von einem ans Bett gefesselten Bikini-Model fiel ihr wieder ein. Noch immer spürte sie seinen Blick auf sich und schaute noch einmal über die Schulter. Er beobachtete sie mit einem teuflischen Grinsen und einem wahnsinnig sinnlichen Ausdruck in den wunderschönen Augen.

Oh ja, Baby. Ich bin bereit und warte nur auf dich …

Sie holte ihr Handy heraus und schickte Chloe eine Nachricht: *Ich muss mir einen weißen Bikini kaufen.*

Zweiunddreißig

»Es gibt ein paar Dinge, die jede Frau besitzen sollte.« Chloe hielt einen Kleiderbügel hoch, auf dem etwas hing, das wie zwei lange Streifen einer hellgrünen Schnur aussah, die hinten zu einem zusammenliefen.

Tegan und Daphne brachen in schallendes Gelächter aus. Es war Freitagnachmittag und sie waren im Einkaufszentrum von Hyannis auf der Suche nach Tegans Bikini.

Chloe bemühte sich um eine ernste Miene. »Was denn? Findet ihr, dass ich Borats Mankini nicht tragen kann? Der ist eindeutig nur für mich gemacht. Das Oberteil ist nur etwa zweieinhalb Zentimeter breit, was absolut ausreicht, um meine winzigen Brüste zu bedecken.«

»Du hast perfekte Brüste«, sagte Daphne und nahm Chloe den Kleiderbügel ab. »Aber du ziehst keine Ritzenflitzer an. Dafür hast du zu viel Klasse. Du brauchst etwas Eleganteres, wie einen schwarzen Bikini und einen Hut mit breiter Krempe.«

»Sehe ich auch so«, pflichtete Tegan ihr bei und betrachtete eine Auslage verschiedener Bikinis.

Chloe verdrehte die Augen. »Ihr seid so seltsam. Ich habe kein bisschen mehr Klasse als ihr beide.«

Daphne stöberte in einem Ständer mit Strandtüchern. »Das war ein Kompliment. Du bist immer sehr gut gekleidet. Ich bewundere dich. Du siehst immer aus, als wärst du einem Modemagazin entsprungen.«

»Oh mein Gott. Das stimmt doch gar nicht.« Chloe stemmte die Hände in die Hüften. »Ich trage ständig Jeans und Shorts, nur nicht bei der Arbeit.«

»Und du siehst trotzdem wie eine Fashionista aus«, meinte Tegan. »Das ist was Gutes, Chloe. Du benimmst dich nicht wie ein Snob oder so, aber du hast endlos lange Beine und eine schlanke Figur, die dich von anderen abhebt. Genau wie bei Daphne, nur dass sie kurvig ist und jedem Mann den Kopf verdreht, egal, wo wir hingehen.«

Daphne drehte sich mit offenem Mund zu ihr um. »Du bist ja verrückt. Ich war schon kurvig, bevor ich mit Hadley schwanger wurde, aber meine süße kleine Tochter muss wohl heimlich überall an meinem Körper Fettzellen injiziert haben, denn ich habe zwanzig Pfund mehr drauf als vor meiner Schwangerschaft. Es ist so lange her, dass ein Mann mir in irgendeiner Form Aufmerksamkeit geschenkt hat, dass ich heute Morgen den Rasenmäher rausholen musste, um mir die Beine zu rasieren, weil ich einfach aufgegeben habe.«

»Daph, bist du blind? Hast du nicht mitbekommen, wie Jock dir letzte Woche beim Frühstück hinterhergesabbert hat?«, fragte Chloe.

»Du meinst, als er mir Speck gebraten hat?«, fragte Daphne. »Er hat wahrscheinlich gedacht, dass ein oder zwei Pfund mehr bei mir nicht auffallen.«

»Ich bin mir ziemlich sicher, dass Jock sich eher das hier vorstellt, wenn er dich ansieht.« Chloe hielt einen Bügel mit einem String-Bikini in der Hand, der auf jeder Brust ein aufgedrucktes Spiegelei hatte und das Unterteil sah aus wie Speck.

»Oh mein Gott!« Daphnes Wangen liefen rot an. »Das hat er nicht!«

Tegan lachte.

»Glaub's mir, dieser Mann will an deinen Speck ran.« Chloe schnappte dramatisch in Richtung des Bikinihöschens.

»Hört auf!« Daphne nahm ihr den Kleiderbügel ab und versteckte ihn hinten auf einer Kleiderstange. »Er war nur nett, wahrscheinlich weil er weiß, dass jeder mitbekommt, dass er Hadley nicht ausstehen kann.«

Die Traurigkeit in Daphnes Stimme berührte Tegan. Sie wollte Jocks Vertrauen nicht missbrauchen, indem sie Daphne von seiner Vergangenheit erzählte, doch sie wollte auch nicht, dass ihre Freundin sich eine falsche Meinung über ihn bildete. »Daph, es stimmt nicht, dass er Hadley nicht ausstehen kann. Er fühlt sich in ihrer Gegenwart nur unwohl, das ist alles. Nicht alle Männer können gut mit kleinen Kindern umgehen.«

»Bist du dir da sicher? Er verzieht jedes Mal das Gesicht, wenn sie in seiner Nähe ist.« Daphne seufzte. »Die arme Hadley wird ihre Teenagerjahre damit verbringen, den falschen Kerlen hinterherzulaufen. Das weiß ich jetzt schon.«

»Bei Jock bin ich mir sicher«, bekräftigte Tegan.

»Er war ja nur einer von vielen Männern, die dir auf der Hochzeit nachgeschaut haben«, fügte Chloe hinzu.

»Du hast Jocks Interesse definitiv geweckt, aber er hat ziemlich viel durchgemacht. Nimm seine Reaktion auf Hadley nicht persönlich.«

»Das ist gut zu wissen.« Daphne klang erleichtert. »Ich wollte nichts sagen, aber er hat für den Herbst ein Cottage in Bayside gemietet. Ich hatte irgendwie Angst, dass es komisch wird, wenn er sie wirklich nicht leiden kann.«

»Mach dir da mal keine Sorgen. Außerdem ist Jock ein Eigenbrötler. Ich bezweifle, dass du ihn oft zu Gesicht bekommen wirst«, beruhigte Tegan sie. Sie und Jock hatten in den letzten zwei Wochen zusammengearbeitet, und es war wunderbar, doch abends blieb er immer für sich.

»Und wenn du ihm oder einem anderen gut aussehenden Mann begegnest, dann mach die Augen auf und sieh, wie fantastisch du bist«, sagte Chloe. »In den Modemagazinen, aus denen ich angeblich entstiegen sein soll, sind nur zu dünne Frauen abgebildet, die alle irgendwie gleich aussehen. Mädels wie ich verschwinden im Hintergrund: glatte Haare, schlaksige Körper und kantige Gesichter. An meinem Aussehen ist nichts Besonderes, und weißt du was? Vielleicht trage ich deshalb keine typischen Freizeit-Strandoutfits wie alle anderen, weil ich Kleidung benutzen muss, um aufzufallen. Aber du? Du siehst in allem, was du trägst, umwerfend aus. Du hast ein Dekolleté, in dem Männer ihr Gesicht vergraben wollen, einen Hintern, an dem sich ein Mann festhalten kann, und ich wette, die Hälfte der alleinstehenden Männer auf der Hochzeit hat davon geträumt, dass deine Beine sich um sie schlingen.«

Daphnes Wangen färbten sich leuchtend rot. »Ihr seid echt gute Freundinnen. Ich kann mich wirklich glücklich schätzen, euch zu haben.«

»Wir sind alle Glückspilze«, sagte Tegan und wählte einen dritten weißen Bikini zum Anprobieren aus. »Das hat maßgeblich zu meinem Entschluss beigetragen, im Herbst endgültig hierherzuziehen.«

»Du bleibst hier?«, sagten Chloe und Daphne unisono.

»Ja! Das ist jetzt offiziell mein Zuhause.« Jetts Stimme flüsterte ihr ins Ohr: *Du fühlst dich für mich wie ein Zuhause an* ... Gestern Abend hatte er gesagt, dass er es nicht erwarten könne, nach Hause zu ihr zu kommen. Zuerst war sie sich nicht sicher gewesen, ob ihm klar war, dass er *nach Hause* gesagt hatte, doch der Ausdruck in seinen Augen hatte ihr gezeigt, dass dem so war.

»Und wie findet Mr. Ich-liebe-dich es, dass du ganz herziehst?«, fragte Chloe.

Sie hatte sich am Montagabend mit den Mädels zum Essen getroffen und ihnen von ihrem Wochenende und den Liebesgeständnissen erzählt. Sie waren genauso von den Socken und euphorisch gewesen wie Tegan. Diese drei perfekten Worte fielen ihnen inzwischen so leicht, wenn sie miteinander sprachen. Jett fügte sogar ILD am Ende einiger seiner Nachrichten an, was sie jedes Mal ganz hibbelig werden ließ.

»Er steht voll hinter mir. Warum?«

»Weil er dich nach L.A. ausgeflogen und ein Vermögen dafür ausgegeben hat, dich im Hubschrauber zu umwerben, dir gesagt hat, dass er dich liebt, und wir alle wissen, wie er zum Cape steht«, erklärte Chloe. »Ich weiß, dass er an sich arbeitet und das ist wirklich eine Leistung. Aber dass du das ganze Jahr über hier sein wirst, könnte ihn ein wenig beunruhigen. Er hat so lange alles getan, um so selten wie möglich herzukommen.«

»Und was hatte es mit dem Streit zwischen Jett und Dean auf der Hochzeit auf sich?«, fragte Daphne vorsichtig. »Danach hat es ausgesehen, als würden sie entspannter miteinander umgehen, aber worum ging es denn?«

»Ich bin ein bisschen angefressen, dass ich das verpasst habe«, meinte Chloe. »Die Vorstellung, wie sich diese beiden attraktiven Kerle prügeln, ist total heiß.«

Daphne sah Chloe an, als hätte sie nicht mehr alle Tassen im Schrank. »Du hasst Bad Boys, und ich verstehe nicht, inwiefern Prügeleien überhaupt heiß sein sollen.«

»Du findest deinen Wahnsinnskörper ja auch nicht oberse-xy, also überrascht mich das nicht.« Chloe versetzte Daphne einen Klaps auf den Hintern, was sie erneut erröten ließ. »Du bist verdammt heiß, Daph. Eines Tages werde ich dir den Unterschied zwischen Bad Boys wie Justin, Dwayne oder Zander und einem Gentleman erklären, der Ecken und Kanten hat, für seine Überzeugungen einsteht und sich durchsetzt, wie Jett und Dean.«

Tegan deutete mit dem Zeigefinger auf Chloe. »Sabber meinem und Ems Mann nicht so hinterher. Es gibt noch genug andere Fische im Meer.«

»Ist sie nicht süß, wenn sie eifersüchtig wird?«, zog Chloe sie auf. Sie legte sich einen pinken Badeanzug über den Arm und stöberte dann weiter die Kleiderstange entlang. »Das war nur ein Scherz. Die sind echt heiß, aber du weißt ja, dass ich keinen von beiden will.«

»Na klar, trotzdem war es lustig, dich zu warnen. Ich bin jetzt eine feste Freundin. Ich habe alle möglichen neuen Einstellungen zu Themen.« Sie wackelte mit den Schultern, was die Mädels zum Lachen brachte. »Aber mal im Ernst, für Jett ist es okay, dass ich hier bin, und er versucht offensichtlich, die Sache mit seiner Familie ins Reine zu bringen. Immerhin verbringen wir morgen den Tag mit ihnen. Er hat mir gestern Abend gesagt, dass er ein bisschen Angst davor hat. Doch er ist ein selbstbewusster Mann, der alles schafft, was er sich vornimmt, also hoffe ich das Beste.« Sie hielt drei weiße Bikinis hoch und sagte: »Ich hoffe auch, dass vielleicht einer von denen seine Angst abbauen kann.«

»Heißt das, du verrätst uns jetzt endlich, warum du bis heute Abend einen jungfräulich weißen Bikini brauchst?«, wollte Chloe wissen.

Tegan versuchte, ihr Lächeln zu unterdrücken, das war jedoch ein hoffnungsloses Unterfangen. Seit sie sich dazu entschlossen hatte, konnte sie an nichts anderes mehr denken als an ihre sexy Überraschung. »Es ist ein bisschen peinlich, aber Jett hatte diese Teenager-Fantasie, in der eine heiße Braut in einem weißen Bikini und ein bisschen Fesselei im Schlafzimmer vorkommt. Ich möchte ihn überraschen, wenn er heute Abend nach Hause kommt, und sie wahr werden lassen. Ich habe schon alles mit Rosenblättern aus Seide und Duftkerzen durchgeplant. Er sollte gegen acht Uhr ankommen und ich werde ihm in einem weißen Bikini und High Heels die Tür öffnen.« Ein Flattern machte sich in ihrem Bauch bemerkbar. »Wenn ich nicht vorher kneife.«

»Oh Shit, Teg. *Ich* will bitte dein fester Freund sein«, sagte Chloe. »Gegen so viel Erotik hat Jetts Angst keine Chance.«

»Okay, das war's. Ich brauche einen Partner.« Daphne senkte die Stimme ein wenig. »Alle haben ein abenteuerlustiges Sexleben, außer mir. Ich war verheiratet, bin geschieden und habe eine kleine Tochter, aber so was gab's bei mir nie. Kneif nicht, Tegan. Er wird so aus dem Häuschen sein.«

»Das hoffe ich. Ich liebe ihn so sehr, Leute. Ich möchte, dass das etwas ganz Besonderes und Intimes wird. Seit unserer ersten gemeinsamen Nacht hat es zwischen uns einfach gepasst, im Bett und außerhalb, und es ist immer noch besser geworden und … Ich schweife ab. Tut mir leid.« Sie lachte nervös, doch es musste einfach raus. »Aber wenn wir chatten, rast mein Herz, und wenn ich ihn auf FaceTime sehe, verliebe ich mich wieder neu in ihn. Das klingt albern, aber so habe ich mich noch nie gefühlt, und ich habe definitiv noch nie so was in die Richtung gemacht wie das, was ich hier plane. Was ist, wenn er zu müde bei mir ankommt? Oder zu gestresst? Was ist, wenn er denkt, dass ich übertreibe und dass ich lächerlich aussehe?«

»Wenn er nur halb so sehr in dich verliebt ist wie du in ihn, könntest du eine schlabberige Jogginghose tragen und dir den Kopf rasieren und er würde dich trotzdem die ganze Nacht lang lieben wollen…«, sagte Daphne.

»Ganz ehrlich, Teg? Ich würde mir darüber keine Gedanken machen. Ein Blick auf dich und bei ihm geht's ab in der Hose.« Chloe deutete auf die Bikinis, die Tegan in der Hand hielt. »Jetzt müssen wir nur noch deinen Kopf aus den Wolken holen und deinen Körper in diese Bikinis verfrachten, damit wir den perfekten für deinen Verführungsabend aussuchen können. Und wenn wir schon mal dabei sind – Daph, welche Größe trägst du?«

»Keine Ahnung«, sagte Daphne. »Ich hasse Badeklamotten.«

»Grobe Schätzung?« Chloe ließ nicht locker und war schon mit einer Kleiderstange mit Badeanzügen beschäftigt.

»44? 46? Vielleicht auch größer, nach dem ganzen Mist, den ich gegessen habe.«

Chloe nahm sich einen schwarzen Einteiler in drei Größen und sie gingen in den Umkleidebereich. Sie reichte Daphne die schwarzen Badeanzüge und sagte: »Probier die mal an.«

»Ich habe gerade gesagt, dass ich Badeanzüge hasse«, beschwerte sich Daphne. »Ich sehe darin schrecklich aus.«

»Unsere vorherigen Gespräche haben mich gelehrt, deinem Urteil nicht zu trauen.« Chloe schob Daphne in Richtung einer Umkleidekabine. »Geh da rein und zieh dich um. Wir sagen dir, wenn sie tatsächlich schrecklich aussehen.«

Daphne riss den Vorhang auf. »Ich mache das nur, weil ich weiß, dass du mir auf die Nerven gehen wirst, bis ich nachgebe.«

»Ich tue, was getan werden muss«, sagte Chloe, während sie und Tegan in ihre eigenen Umkleidekabinen schlüpften. »Wir treffen uns gleich zum Bademoden-Dreier.«

»Uuuuh, Mädels …«, witzelte Tegan und brachte sie alle zum Lachen.

Ein paar Minuten später stand Tegan vor dem Spiegel und bewunderte sich in dem schlichten weißen Bikini mit Schnürung an der Hüfte, als Chloe in einem pinkfarbenen Einteiler mit tiefem Dekolleté und hohem Beinausschnitt aus ihrer Umkleidekabine kam.

»Wow, Chloe. Die Farbe steht dir wirklich gut.«

»Danke. Du siehst umwerfend aus.« Chloe tippte auf die Bänder an Tegans Hüfte. »Die sind praktisch, weil leicht zu öffnen.«

»Stimmt. Ich glaube, ich nehme den hier mit.«

Chloe drehte sich um und betrachtete ihren Hintern im Spiegel. »Mein Hintern ist so bla. Für ein paar von Daphnes Kurven würde ich töten. Vielleicht sollte ich mehr Speck essen. Ich muss mir einen dieser Röcke besorgen, die alles kaschieren.«

»Du hast einen tollen Hintern, und wenn du mir nicht glaubst, frag Justin. Er starrt immer drauf.« Tegan schaute in Richtung Daphnes Umkleidekabine. »Komm mit. Ich glaube, sie versteckt sich.«

Sie gingen zu Daphnes Umkleide und Tegan sagte: »Daph? Wie steht's?«

»Ich sehe aus wie mein süßes Speckbaby Hadley mit Dekolleté.«

Tegan und Chloe tauschten einen ungläubigen Blick miteinander und spähten hinter den Vorhang. Daphne sah sexy und wunderschön aus, und es machte Tegan traurig, dass ihre

Freundin das alles nicht wahrzunehmen schien. Der glatte Stoff des unteren Teils schmeichelte ihren vollen Hüften und betonte die natürliche Vertiefung ihrer Taille, und das geschnürte Mieder zeigte gerade genug Haut, um Blicke auf sich zu ziehen.

Daphne verdeckte ihren Bauch mit den Händen. »Seht ihr? Hadley, oder?«

Tegan und Chloe traten in die Umkleide. »Wenn Hadley später mal so aussieht wie du, würde ich sehr auf sie aufpassen. Dieser Badeanzug steht dir absolut perfekt. Ich schwöre, ich würde es dir sagen, wenn es nicht gut aussehen würde. Ich bin die Freundin mit der großen Klappe, die immer sagt, wie es ist«, meinte Tegan.

»Was gefällt dir denn daran nicht?«, fragte Chloe.

»Den Badeanzug an sich finde ich großartig. Er ist wunderschön und wirklich bequem. Aber ich fühle mich in Badeklamotten einfach immer ein bisschen unsicher. Mein Ex hat mich immer dazu angehalten, Shorts darüber zu tragen.«

»Machst du das deshalb?«, fragte Chloe. »Weißt du was, meine Hübsche? Dein Ex war ein Arsch, der dich von Anfang an nicht verdient hatte.«

»Stimmt, aber von mir gibt's ganz schön viel.« Sie fuhr sich verlegen über den Oberschenkel.

»Na und?«, sagte Chloe. »Von mir gibt's nicht genug.«

Tegan musterte sie im Spiegel, wie sie da zu dritt nebeneinanderstanden. »Du findest dich zu dick, Chloe findet sich zu dünn. Ich könnte größere Brüste und eine ausgeprägtere Taille gebrauchen, aber ich lasse mir weder Implantate einsetzen noch eine Rippe entfernen. Meine Mutter hat immer gesagt, wenn ich das alles hätte, würde ich eben was anderes haben wollen. Inzwischen bin ich mir sicher, dass sie recht hat. Ich habe noch nie eine Frau getroffen, die alles an sich richtig gut fand. Ich bin an einem Punkt im Leben, wo ich einfach bin, wer ich bin, und versuche, mich so zu akzeptieren, mit allen meinen Fehlern. Ich wünschte, ihr könntet das auch, denn alles, was ich sehe, sind drei wunderschöne Frauen, die sich um wichtigere Dinge sorgen sollten als darum, ob wir zu viel essen oder ob unser Hintern zu groß oder zu klein ist.«

»Weißt du was? Du hast recht. Weg mit den Po-Kaschierern«, sagte Chloe. »Mein dürrer Hintern wird diesen Sommer voll zur Schau gestellt.«

Daphne fuhr sich mit der Hand über die Kehrseite. »Ich bin mit der Idee einverstanden, aber es wird mir trotzdem schwerfallen, meine Shorts wegzulassen.«

»Das ist okay. Du sollst ja du selbst sein, so wie es für dich angenehm ist«, sagte Tegan. »Denk nur dran, wir finden, dass du fantastisch aussiehst.«

»Danke.« Daphnes Blick wanderte an Tegans Körper nach unten. »Und du siehst aus wie Jetts wahr gewordene Teenager-Fantasie.«

Chloe schnaubte spöttisch. »Vergiss seine Teenager-Fantasie. Sie sieht zum Anbeißen aus.«

Am Abend tanzte Tegan um halb sieben zu Musik durchs Schlafzimmer, wo sie gerade Duftkerzen aufstellte. Auch im Wohnzimmer platzierte sie ein paar und zündete dann alle an, damit es im Cottage gut duftete, wenn Jett ankam. Anschließend machte sie sich daran, einen Pfad aus seidenen Rosenblättern von der Haustür zum Schlafzimmer zu legen, und wurde mit jedem Schritt in Richtung Vollendung ihres großartigen Verführungsplans nervöser. Sie wusste, dass Daphne recht damit hatte, dass Tegan eine schlabberige Jogginghose tragen und sich den Kopf rasieren könnte und Jett sie trotzdem die ganze Nacht lieben würde. Sie zweifelte nicht an seinen Gefühlen für sie. Das war nur einer der Gründe, warum sie wollte, dass dieser Abend etwas Besonderes für ihn wurde. Das Wochenende in L.A. war fantastisch gewesen, aber es hatte seinen Preis gehabt. Am Montag war sie völlig erschöpft gewesen, und die ganze Woche über hatte sie sich abgemüht, um die Arbeit aufzuholen, die liegen geblieben war. Dadurch wusste sie die Zeit, die Jett mit ihr und seiner Familie verbrachte, noch mehr zu schätzen. Seine Arbeit war viel stressiger als ihre, mit viel höheren Risiken, und die ständigen Reisen in den letzten Wochen forderten sicher ihren Tribut. Sie fragte sich, ob seine Familie sich jemals darüber Gedanken gemacht hatte, da es so aussah, als würden sie es nie auf sich nehmen, ihn zu besuchen.

Sie verteilte Rosenblätter auf der Bettdecke und legte die Seidenkrawatten, die sie gekauft hatte, aufs Kissen. Zum Schluss zog sie den weißen Bikini und die High Heels an und trat einen Schritt zurück, um alles auf sich wirken zu lassen. Sie versuchte, es durch Jetts Augen zu sehen. Würde er die Romantik wahrnehmen, die sie zu wecken versuchte, oder würde er sich zu sehr auf Sex konzentrieren? Sie erschauerte bei dem Gedanken an seine vor Verlangen dunklen Augen und konnte sich damit ihre Frage selbst beantworten. Jett würde sich definitiv auf Sex konzentrieren, doch selbst wenn er etwas rauer wurde, war die Liebe zwischen ihnen fast greifbar, und das allein schuf schon Romantik.

Die Rosen und Kerzen machten es einfach noch perfekter.

Es war fast sieben. Sie war so nervös, dass sie sich fragte, wie sie die nächste Stunde überstehen sollte. Sie ging in die Küche, um sich eine der alkoholischen Limos zu genehmigen, die sie auf dem Heimweg gekauft hatte. Sie hoffte, dass Jett sich daran erinnerte, dass sie das in der Nacht des Sturms getrunken hatten. Ihr Handy klingelte, als sie gerade die Flasche öffnete. Sie eilte ins Wohnzimmer und schnappte es sich vom Couchtisch. Zu ihrer Überraschung sah sie auf dem Display Jetts Namen und hoffte, dass er vielleicht einen früheren Flug erwischt hatte.

»Hi.«

»Hey, Sunshine. Wir haben ein paar rechtliche Probleme mit Carlisle. Es tut mir wirklich leid, aber ich muss hierbleiben, bis wir das geklärt haben.«

»Du bist noch gar nicht aus L.A. raus?« Sofort bereute sie den fassungslosen Unterton in ihrer Stimme. Sie wusste, dass er nicht noch mehr Druck brauchte, insbesondere nach allem, was er getan hatte, um ihrer Beziehung gerecht zu werden, doch sie war die ganze Woche über in Hochstimmung gewesen, weil sie sich auf die Überraschung gefreut hatte und darauf, wieder in seinen Armen zu liegen. Sie schloss die Augen, um die Traurigkeit zurückzudrängen, die in ihr aufstieg, und erinnerte sich daran, wie wichtig ihm dieser Deal war.

»Nein. Tut mir leid, Baby. Ich hätte früher anrufen sollen, aber ich hing in Meetings fest und habe die Zeit vergessen.« Bedauern und Frust waren ihm deutlich anzuhören. »Es könnte noch ein paar Stunden dauern. Ich werde einen Flug morgen früh nehmen müssen.«

Sie schaute sich im Raum um, sah die flackernden Kerzen und bemitleidete sie alle zusammen, doch sie hatte sich geschworen, ihm keine Vorwürfe zu machen, weil er arbeiten musste. »Schon in Ordnung. Zumindest bist du noch rechtzeitig hier, dass du zu deinen Eltern kannst. Fliegst du direkt nach Hyannis? Wollen wir uns morgen einfach bei ihnen zu Hause treffen?«

»Ja, das ist wahrscheinlich am besten. Es tut mir leid. Ich werde versuchen, so früh wie möglich hier wegzukommen. Viel Zeit werden wir leider nicht haben. Mein Flug morgen Abend geht um sechs Uhr von Hyannis aus und dann habe ich um halb neun den Anschlussflug nach London.«

Sie schluckte schwer. London. Noch mal drei Wochen getrennt.

Seine Stimme wurde leiser. »Baby, ich vermisse dich so sehr. Ich mache das wieder gut. Nach London nehmen wir uns ein paar Tage Zeit, nur für uns.«

»Ist schon gut. Ich verstehe das. Aber ich kann die Stadt nicht verlassen, weißt du noch? Ich muss mich um das Kinderprogramm kümmern.«

»Ich weiß. Du musst auch nirgendwohin. Wir bleiben dort. Ich will nur bei dir sein.«

Er wusste nichts von der Überraschung, die sie für ihn vorbereitet hatte, und trotzdem versuchte er schon, ein paar Stunden verpasster Gemeinsamkeit nachzuholen. In diesem Moment verliebte sie sich noch ein bisschen mehr in ihn. Sie dachte an ihren Onkel und seine Liebe zu Adele. Das Leben war voller Höhen und Tiefen, Tragödien und Siege, und sie wusste, dass die Liebe, die sie und Jett teilten, all das überstehen konnte.

Sie hörte eine männliche Stimme im Hintergrund und dann sagte Jett: »Ich muss leider los. Ich liebe dich, Tegs.«

»Ich liebe dich auch. Aber, Jett?«

»Ja?«

»Ich will nur, dass du weißt, dass es zwar schade ist, dass wir heute Abend nicht für uns haben, aber ich bin wirklich stolz auf dich, für das, was du tust. Ich weiß, wie wichtig dir dieser Deal ist, also mach dir keinen Kopf um mich, okay?«

»Gott, Tegs. Du bist unglaublich. Danke für dein Verständnis.«

Nachdem sie das Telefonat beendet hatten, ließ sie sich auf die Couch sinken und fühlte sich, als hätte sie einen Golfball im Hals stecken. Tränen strömten ihr über die Wangen und sie starrte gedankenverloren ins Nichts und vermisste ihn.

So blieb sie sitzen, bis ihre Tränen versiegten und ihre Wangen wieder trocken waren. Es überraschte sie ein bisschen, dass sie nicht wütend wurde oder ihm Vorwürfe wegen der verdorbenen Überraschung machte. Doch wie sollte sie das auch empfinden, wenn sie doch genau wusste, dass es Jett genauso schlecht ging wie ihr? Nein, es waren nicht solche Gefühle, die sie dazu trieben, aufzustehen und alle Kerzen auszublasen, oder in die Küche zu gehen, um sich den Rest des Sixpacks zu holen. Es gab keinen Platz für Wut oder Groll, wenn die herzzerreißende Traurigkeit, einen Mann zu vermissen, der Tausende von Kilometern entfernt war, sie bereits verzehrt hatte.

Dreiunddreißig

Jett war todmüde, als er am Samstagmorgen die Verandastufen zu Tegans Cottage hinaufstieg. Er hatte es kaum über sich gebracht, sie gestern Abend anzurufen, und dann kristallisierte sich im Lauf des Meetings auch noch immer deutlicher heraus, dass er länger in London bleiben musste als ursprünglich angenommen, was ihn noch zorniger machte. Er wollte keine weitere Minute damit verschwenden, auf das Wiedersehen mit Tegan zu warten. Also charterte er ein Flugzeug und nahm die wichtigsten Teammitglieder mit, um das Meeting in der Luft zu Ende zu bringen. Das Team war nun auf dem Rückweg nach L.A.

Er klopfte an Tegans Tür, rollte die Schultern nach hinten und streckte den Nacken von einer Seite zur anderen. Es war erst fünf Uhr morgens, und mit der schlechten Nachricht, die er noch beichten musste, war das schon jetzt der beschissenste Tag seines Lebens.

Die Vorhänge am Fenster neben der Tür bewegten sich und Tegans verschlafenes Gesicht erschien. Er hörte das hektische Klicken des Schlosses und das Gleiten einer Kette, dann warf sein Sonnenschein sich ihm in die Arme und kittete die zerbrochenen Teile von ihm wieder.

»Gott, ich habe dich so vermisst.« Er küsste sie, bemerkte aber, dass sie vollständig mit Jeans und Pullover bekleidet war. Eine ihrer Wangen war rot und ein Polsterabdruck der Couch zierte ihre Haut.

»Wie spät ist es? Ich dachte, du kommst erst später«, nuschelte sie undeutlich. Sie schlang die Arme um seine Taille und ließ sich gegen ihn sinken, als hätte sie all ihre Energie aufgebraucht. »Hast du im Flugzeug geschlafen?«

»Nein. Ich konnte es nicht erwarten, dich zu sehen.«

»Ins Bett.« Sie nahm ihn an der Hand und zog ihn ins Cottage.

Innerhalb weniger Sekunden ging sein beschissener Tag noch mehr den Bach hinunter. Auf dem Boden lagen Rosenblätter, auf jeder Oberfläche standen Kerzen und auf dem Couchtisch sechs leere Flaschen alkoholische Limo. Auf der Couch entdeckte er eine zusammengeknüllte Decke. Ihm drehte sich der Magen um. Hatte sie das alles für ihn vorbereitet?

Tegan führte ihn ins Schlafzimmer, wo weitere hübsche Blütenblätter das Bett schmückten. Über eins der Kissen waren schwarze Seidenkrawatten drapiert und auf dem Nachttisch lag ein knapper weißer Bikini.

Ein verdammter weißer Bikini.

Gott.

Was hatte er getan?

»Baby? Du hast das alles für uns gemacht?«, fragte er, während sie aufs Bett stieg und sich auf die Rosenblätter legte.

»Mhm. Nimm mich in den Arm.« Sie streckte eine Hand nach ihm aus.

Er streifte sich die Schuhe ab, kletterte neben sie, und es brach ihm das Herz, als er sie an sich zog. »Es tut mir leid,

Sunshine. Es tut mir so verdammt leid.«

»Ist schon okay.«

»Nein, ist es nicht. Es tut mir nicht nur wegen gestern Abend leid. Es tut mir leid, weil ich meinen Aufenthalt in London verlängern muss. Ich werde wahrscheinlich sechs bis acht Wochen dort sein, nicht drei. Ich habe keine ...«

Sie presste ihre Lippen auf seine und brachte ihn damit zum Schweigen. Ihre schlaftrunkenen Augen flehten ihn an, auf ihre benommen klingende Stimme zu hören. »Jetzt bist du hier. Wir werden eine Lösung finden.«

»Ich habe so ein unglaublich schlechtes Gewissen, Baby«, gestand er.

»Es ist Arbeit, keine Affäre.« Sie kuschelte sich enger an ihn und flüsterte: »Halt mich fest, mach die Augen zu, ruh dich aus. Wir haben einen großen Tag mit deiner Familie vor uns.«

Er gehorchte und schloss irgendwann sogar die Augen. Aber ein Mann, dessen ganze Welt gerade in seinen Armen lag und der trotzdem in weniger als vierundzwanzig Stunden wieder Tausende von Meilen von ihr entfernt sein würde, fand keine Ruhe.

Als sie später am Morgen am Haus seiner Eltern ankamen, wappnete sich Jett innerlich gegen das Engegefühl in seiner Brust. Er wartete darauf, dass die Wut in ihm aufflammte und ihn das Bedürfnis überkam, zu fliehen. Doch während er den Mietwagen hinter Deans Pick-up parkte, wurde ihm klar, dass das Unbehagen in seiner Brust zum ersten Mal nicht von den Geistern seiner Vergangenheit herrührte, die ihn zum Abhauen drängten. Es entstand aus dem Drang heraus, diese Geister zu bekämpfen, zu bleiben und zu versuchen, die Situation zu verbessern. Und die Person, die dazu beigetragen hatte, das möglich zu machen, saß neben ihm und griff nach seiner Hand.

»Alles in Ordnung?«, fragte Tegan.

Sie trug ein langärmeliges pinkes Spitzenoberteil und schien von innen heraus zu strahlen. Er hoffte, dass heute alles glatt lief, denn er wollte sie nicht noch mehr enttäuschen, als er es bereits getan hatte. Er hatte sich inzwischen unendlich oft für gestern Abend entschuldigt, und sie hatte so nachsichtig wie immer reagiert, was ihn jedoch nur noch entschlossener machte, keine Situationen mehr zu verursachen, die Entschuldigungen und Vergebung erforderten.

»Ja.« Er beugte sich über die Mittelkonsole, um sie zu küssen. »Danke, dass du die wenige Zeit, die wir haben, mit meiner Familie teilst.«

»Ich sollte wohl eher ihnen danken. Sie haben den älteren Anspruch.«

Er strich mit den Lippen über ihre, sah dann aber Emery seitlich am Haus entlanggehen und aufs Auto zukommen. Dean war ihr dicht auf den Fersen. Er gab Tegan noch einen keuschen Kuss. »Na komm, auf geht's.«

Sie stiegen aus dem Auto, und er schaute Dean in die Augen, die etwas weniger ernst dreinblickten als sonst. Ihre Prellungen und Kratzer waren verheilt, doch bei ihrer Beziehung würde das deutlich länger dauern.

Emery umarmte Tegan und rief: »Das wird so viel Spaß machen! Rose ist hinten bei Sherry und Doug. Wir backen Pies für nach dem Mittagessen.« Sie schaute zu Jett. »Ich entführe mal deine Freundin!«

Tegans blonde Haare schwangen um ihr lächelndes Gesicht, als sie sich umdrehte.

»Nur zu«, sagte Jett und zwinkerte Tegan zu. Die beiden
gingen, und Jett versuchte noch zu begreifen, wie gut es sich
anfühlte, Tegan mit Emery in den Garten seiner Eltern gehen
zu sehen, als wäre das ein wöchentliches Familientreffen.

Dean zog ihn in eine männliche Umarmung. »Ich gebe zu,
ich habe halb erwartet, dass du absagst.«

»Ich bin da. Bin heute Morgen um fünf angekommen.«

»Bist du sicher, dass du bereit bist, Dad mit einem Hammer in der Hand gegenüberzutreten?«

Dean lächelte nicht und wahrscheinlich hatte er es auch
nicht als Scherz gemeint, und das tat weh. Nicht, dass Jett
jemals Hand an seinen Vater legen würde, geschweige denn
einen Hammer. Doch die Sorge, was passieren würde, wenn sie
sich über einen gewissen Zeitraum am selben Ort aufhielten,
war schon so lange Teil ihres Lebens, dass Jett sich fragte, ob
sich das jemals ändern würde.

»Das schaffe ich schon«, sagte er, obwohl jeder Schritt in
Richtung Garten seinen Angstpegel steigen ließ.

Sein Vater stand mit dem Rücken zu ihnen am anderen
Ende der Grünfläche. Um seine Taille hing ein Werkzeuggür-
tel, der lächerlich fehl am Platz an einem Mann aussah, der in
teurer Kleidung lebte, auch wenn er heute Jeans und Jeans-
hemd trug. Er stemmte die Hände in die Hüften und starrte
auf das beschädigte Baumhaus. Es war nichts Besonderes, nur
vier Wände, die Jett als Kind bis zur Brust gereicht hatten, eine
Plattform mit Geländer auf der einen Seite und darüber eine
Plane als Dach, die über ein Seil gespannt wurde. Die Plane
gab es schon lange nicht mehr, aber das ausgefranste, schmutzi-
ge Seil hing immer noch zwischen den beiden Bäumen, auf

denen das Baumhaus errichtet worden war. An einen der Bäume waren Holzstücke genagelt, die als Leiter dienten und zu einem Loch im Boden führten. Ein Ast war abgebrochen und hatte einen Großteil einer der Wände und der Plattform mit sich gerissen.

Jetts Blick fiel auf eine Menge Nägel, die sie als Kinder in einen der Bäume geschlagen hatten. Sie hatten ein Seil darüber gespannt und es als Flaschenzug benutzt. Damals war es eine ihrer größten Erfindungen gewesen. Sie hatten damit Spielzeug, Essen und so ziemlich alles andere hochgezogen, wofür sie stark genug waren. So viele Jahre hatten sie in diesem Baumhaus gespielt und waren von Sonnenaufgang bis Sonnenuntergang draußen gewesen. Er konnte ihre Stimmen praktisch noch hören. Jett lächelte bei der Erinnerung. Es war schwer zu glauben, dass er jemals so sorglos gewesen war.

»Als wir noch Kinder waren, kam es uns größer vor«, sagte er zu Dean.

Dean nickte. »Es war die Antwort auf all unsere Träume.«

Jetts Blick wanderte zu Tegan, die sich auf der Terrasse mit seiner Mutter, seiner Großmutter und Emery unterhielt. Wie sich seine Träume doch verändert hatten. »Lass mich eben Gram und Mom Hallo sagen, dann können wir loslegen.«

»Das wäre der Weg des geringsten Widerstands.«

Jett schüttelte den Kopf. »Willst du mir den ganzen Tag auf die Nerven gehen?«

»Wahrscheinlich.« Dean verschränkte die Arme vor der Brust und sein Bart bewegte sich, als er grinste. »Macht der Gewohnheit und so.«

Jett murmelte ein »Arsch« und hörte Dean im Weggehen hinter sich leise lachen.

Rose breitete die Arme aus, als er näher kam. Ihre Hand

war butterweich und zerbrechlich wie ein kleiner Vogel, aber emotional war sie noch stark wie ein Ochse. Er küsste sie auf die Wange. »Hi, Gram.«

»Du bist bestimmt todmüde«, sagte Rose. »Tegan hat uns erzählt, dass du ein nächtliches Meeting im Flugzeug hattest.«

»Ich habe meine Zeit einfach optimal genutzt«, sagte Jett und gab auch seiner Mutter einen Kuss auf die Wange.

»Ich freue mich so, dass du hier bist, Schätzchen«, sagte seine Mutter.

»Oh, ich freue mich auch«, fügte Rose hinzu. »Aber ich bin mir nicht sicher, ob deine Mitarbeiter das auch so sehen.«

»Ich bezahle sie gut«, erinnerte Jett sie. »Wir hatten noch ein paar Dinge für eine Übernahme zu klären, an der ich arbeite, und ich musste hierher. Es war eine gute Lösung.« Er legte einen Arm um Tegans Schultern und fragte sie: »Brauchst du noch was, bevor ich mit dem Baumhaus anfange?«

»Hier ist alles super«, sagte Emery, bevor Tegan antworten konnte.

Jett sah Tegan fest in die Augen. »An ihr ist alles super.« Tegan errötete, und als er sie küsste, wurden ihre Wangen noch ein wenig rosiger.

Sie versetzte ihm einen Schubs. »Geh und mach dein Ding. Dein Vater wartet und niemand will dich mit mir flirten hören.«

»Also ich schon, Liebes«, warf Rose ein. »Ich bin eine alte Frau. Ich bekomme meinen Nervenkitzel, indem ich das Leben anderer mitlebe, und mein Enkel kann ruhig mal wieder flirten.«

»Das reicht, Gram«, warnte Jett. »Und erzähl ihr ja keine erfundenen Geschichten darüber, wie ich als Kind war.«

»Zum Beispiel, wie du und Dean einmal eure Penisse gemessen habt und es dann beim Abendessen einen Riesenstreit darüber gab, wessen größer war?«, fragte Rose. »Oh, Schätzchen, so was würde ich nie tun.«

Die Frauen lachten.

Jett runzelte die Stirn. »Alles Lügen. Sie ist manchmal auch schon an der Grenze zur Demenz. Man kann ihr kein Wort glauben.«

Er ging zu Dean und ihrem Vater zum Schuppen. Sein Vater sah aus, als würde er sich ebenso unwohl fühlten wie Jett, und Dean erging es auch nicht viel besser. Er behielt die Situation scharf im Auge.

»Bereit, an die Arbeit zu gehen?«, fragte ihr Vater.

Jett war erleichtert, dass er nicht auf Small Talk aus war. »Auf jeden Fall. Wie sieht der Plan aus?«

Ihr Vater blickte abwechselnd Jett und Dean an. »Ihr meint, ihr habt keinen Plan gemacht?«

»Schau nicht mich an«, sagte Dean. »Das war Jetts Idee.«

»Ist schon gut. Ich habe alles unter Kontrolle.« Jett musterte das Baumhaus und legte sich rasch einen Schlachtplan zurecht. »Wir sollten wahrscheinlich mit der Wand anfangen und danach die Plattform reparieren.«

»Ich könnte die Plattform übernehmen. Kümmert ihr euch um die Wand?«, schlug Dean vor.

Ist doch immer wieder schön, wenn man den Wölfen zum Fraß vorgeworfen wird.

»Klar. Klingt gut. Holen wir unser Werkzeug und Leitern und legen wir los. Ich muss um sechs wieder in den Flieger.« Jett ging in den Schuppen.

Sein Vater folgte ihm. »Ich habe mein Werkzeug schon. Ich hole die Leiter.«

»Ich mach das schon, Dad«, sagte Jett. »Du musst doch auf

deine Hände aufpassen.«

»Ich habe keine Angst davor, mir die Hände schmutzig zu machen. Ich werde alles tun, was nötig ist, um das Ding zu reparieren«, sagte sein Vater.

Jett fragte sich, ob er von ihrer Beziehung oder dem Baumhaus sprach. »Wer soll denn operieren, wenn du dir einen Finger brichst?«

Sein Vater nahm sich die Leiter. »Der nächstbeste Chirurg.«

Jett sah ihm zu, wie er den Schuppen verließ, und stand einen Moment lang einfach nur perplex da. Dann wandte er sich wieder den Werkzeugen zu und fragte sich, wann die Arbeit als Arzt vom ersten Platz der Prioritätenliste seines Vaters gestrichen worden war.

Er schnappte sich ein Paar Arbeitshandschuhe für seinen Vater und griff nach einem Hammer.

Dean schob ihm einen Plastikwerkzeugkasten zu. »Ich habe dein Werkzeug hier.«

»Und ich habe dein blaues Auge hier.« Jett ballte grinsend eine Hand zur Faust. Er betrachtete den Werkzeugkasten genauer und erkannte ihn aus ihrer Kindheit. »Wo hast du das Ding denn aufgetrieben?«

»Mom hat unser altes Spielzeug aussortiert.« Dean lehnte sich an die Werkbank. »Ich habe ihr gesagt, dass unser Baby Gartengeräte braucht, aber du weißt ja ...«

Jett erstarrte. »Baby?«

Dean nickte und der Stolz in seinen Augen traf Jett mitten in die Brust.

»Das ist großartig, Mann, herzlichen Glückwunsch.« Jett umarmte ihn. »Wissen es alle anderen schon?«

»Nein. Es ist noch sehr früh. Wir haben es gerade erst gemerkt und wollten es als Erstes Mom und Dad sagen.«

»Sie sind bestimmt ganz aus dem Häuschen. Gram auch.« Jett schaute über den Rasen zu Tegan, die seiner Mutter und Großmutter zusammen mit Emery ins Haus folgte. Ein sehnsüchtiges Ziehen machte sich in ihm breit. Würden er und Tegan jemals so etwas haben? Eine eigene Familie? Was würde sein Kind bekommen? Einen Taschenrechner? Er biss die Zähne zusammen. Ihm war klar, dass er nicht so weit in die Zukunft blicken konnte, solange er noch an seine Vergangenheit gefesselt war.

»Alle sind wahnsinnig aufgeregt«, sagte Dean. »Ich kann immer noch nicht fassen, dass ich Vater werde. Das Baby kommt im Januar.«

»Geht es Emery gut? Sie wirkte auf der Hochzeit fröhlich und energiegeladen wie immer.«

»Sie ist eine der Glücklichen, hatte nur ein paar Tage lang Morgenübelkeit.«

»Oh Mann, Dean. Du hast sie über die Schulter geworfen. Du hättest sie verletzen können.«

»Glaubst du, das würde ich riskieren? Ich war vorsichtig, glaub mir. Nichts ist wichtiger als meine Püppi und das kleine Baby in ihr.« Dean schnappte sich ebenfalls eine Leiter. »Es wäre schön, wenn wenigstens einer der Onkel unseres Babys öfter mal hier wäre.«

»Ist angekommen«, sagte Jett, und sie gesellten sich zu ihrem Vater, der schon am Baumhaus stand.

»Das hoffe ich«, sagte Dean. »Denn ich glaube nicht, dass Doug vorhat, je wieder in den Staaten zu leben, und Emerys Brüder sind zwar toll, aber sie sind nicht du.«

Jett war ein wenig gerührt, dass Dean ihn nach allem, was sie durchgemacht hatten, als Bezugsperson seines Kinds haben wollte.

»Seid ihr so weit, Jungs?«, wollte ihr Vater wissen.

»Ja. Haben wir schon Latten zur Hand?«, fragte Jett.

Sein Vater schaute auf seinen Schritt. »Ich noch nicht. Du?«

Deans schallendes Gelächter holte Jett aus seinem perplexen Schweigen. Er hätte nie erwartet, dass ihr hochanständiger Vater so einen Witz reißen könnte.

Jett deutete mit dem Daumen auf ihn. »Wer ist der Kerl?«

Ihr Vater reichte ihm die Hand. »Douglas Masters, in erster Linie geläuterter Vater, dann erst ein egoistischer Arsch. Schön, dich kennenzulernen.«

Auch darauf wusste Jett nichts zu erwidern, also warf er seinem Vater die Schutzhandschuhe zu und schüttelte den Kopf. Er war dankbar, dass sein Vater einen Weg gefunden hatte, das Eis zu brechen.

Sie sprachen nicht viel, während sie das neue Holz heranschafften, Leitern aufstellten und sich organisierten. Seite an Seite rissen sie die alten, verwitterten Bretter ab, und je mehr Zeit verging, desto besser arbeiteten sie als Team zusammen, und die Anspannung zwischen ihnen ließ nach. Dean kümmerte sich allein um den Wiederaufbau der Plattform, aber er ließ Jett und ihren Vater nie zu lange aus den Augen.

Die Frauen brachten das Mittagessen, und Jett fragte: »Bereit für eine Pause, alter Mann?«

»Bin ich. Das ist echte Knochenarbeit.« Sein Vater saß mit vor Anstrengung hochrotem Kopf auf dem Boden des Baumhauses. Er zog seine Handschuhe aus und legte sie neben sich. »Als du noch klein warst, haben wir so was nie zusammen gemacht. Das ist meine Schuld, wie so vieles andere, das uns irgendwann Ärger gemacht hat. Es tut mir leid, Jett, das alles. Dass ich gegangen bin, als du noch so klein warst, für die Zeit, die wir verloren haben, und dass wir beide einen Knacks davongetragen haben. Ich möchte nur, dass du weißt, dass ich dir nicht die Schuld an der Kluft zwischen uns gebe. Ich habe einen glücklichen, selbstbewussten kleinen Jungen genommen und seine Welt auf den Kopf gestellt. Diesen Albtraum habe ich mit meinem eigenen Vater erlebt und übernehme die volle Verantwortung dafür. Ich hoffe nur, dass du eines Tages so viel Vergebung für mich aufbringen kannst, dass wir noch mehr Sachen wie das hier zusammen machen können.«

Jett räusperte sich und versuchte, sich durch die Emotionen zu arbeiten, die ihm die Kehle zuschnürten. Auf nichts von dem, was sein Vater gesagt hatte, war er vorbereitet, und zum dritten Mal an diesem Tag wusste er nicht, wie er reagieren sollte. Er entschied sich für Humor. Das war nicht die beste Art, damit umzugehen, aber im Moment war es alles, was er zustande brachte. »Bist du sicher, dass du noch mehr körperliche Arbeit packst?«

»Wie gesagt, ich werde alles tun, um das Ding zu reparieren.«

Während sein Vater die Leiter hinunterstieg, sah Jett auf einmal den kleinen Jungen vor sich, dessen Welt auf den Kopf gestellt worden war. Er sah, wie er zu einem wütenden, unversöhnlichen Teenager wurde, und die Wahrheit traf ihn wie ein Schlag. Sein Vater hatte vielleicht sein Vertrauen verspielt, doch es war Jett, der das Skelett ihrer Beziehung wie eine Rüstung getragen hatte. Das kostete sie die drei Jahre zwischen der Rückkehr seines Vaters nach Hause und dem Zeitpunkt, ab dem er wieder unerträglich geworden war. Die verlorenen Jahre, die darauf folgten, gingen auf das Konto seines Vaters, bis auf die letzten zweieinhalb, in denen er versucht hatte, sich zu ändern. Für die war Jett verantwortlich.

War er auf Rache aus gewesen? Versuchte er, seinem Vater wehzutun, weil der ihn beinahe zerstört hatte? Er wollte nicht glauben, dass er zu so etwas fähig war, aber er kannte die kalte, hässliche Wahrheit. Wunden mussten versorgt werden, um zu heilen, und Jett war in seinem Zorn gnadenlos gewesen.

Sein Vater hatte keine Chance gehabt.

In diesem Moment, in dem die Last der Wahrheit von ihm abfiel, lösten sich auch die Ketten der Vergangenheit und offenbarten eine Zukunft, die Jett nie für möglich gehalten hätte – eine, in der er seinen Vater mit anderen Augen sehen würde.

»Jett?«, rief Tegan ihm zu. »Kommst du runter?«

Ihre angenehme Stimme riss ihn aus seinen Gedanken. »Ja, Baby. Bin gleich da.« Ohne Tegan wäre dieser Tag vielleicht nie gekommen.

Er sah sich in dem heruntergekommenen Baumhaus um und wusste in diesem Augenblick, dass die Geister, die seit seiner Kindheit seine ständigen Begleiter waren und die die Leiter wie ein Gorilla auf seinem Rücken mit nach oben gekommen waren, den Weg nach unten nicht mehr antreten würden.

Gott sei Dank gab es kein Dach, das sie hier einsperrte.

Fliegt, ihr Drecksviecher. Fliegt schnell und weit weg.

»Alles in Ordnung?«, fragte Tegan leise, als er wieder auf dem Boden ankam.

Er küsste sie und selbst das fühlte sich besser an als je zuvor. »Perfekt, Baby. Einfach perfekt.«

Vierunddreißig

Das Mittagessen war ein fröhliches Durcheinander aus Aufregung, ausgelöst von der Nachricht von Deans und Emerys Baby, und einer Menge leckerem Essen. Als sie fertig waren, machten sich die Männer wieder an die Arbeit. Sie maßen und schnitten zu, schliffen und hämmerten und scherzten die ganze Zeit miteinander. Die Frauen unterhielten sich auf der Terrasse über den Flohmarkt in Wellfleet und machten etwas, das sie Marmeladenpizza nannten – mit *Luscious Leanna's Sweet Treats*-Marmeladen, die von ihrer Freundin Leanna Bray-Remington hergestellt wurden. Ihr Ehemann Kurt war Thrillerautor, und Jett fragte sich, ob Jock ihn wohl kannte. Als er so über seine Freunde nachdachte, dämmerte ihm plötzlich, dass Rowans Nachname ebenfalls Remington lautete. Waren er und Kurt vielleicht verwandt? Seine Gedanken schweiften weiter ab, und er stellte sich vor, wie cool es wäre, mit Tegan auf den Flohmarkt zu gehen, was er schon seit Jahren nicht mehr gemacht hatte, und danach ins Autokino zu fahren. Er hatte fast vergessen, wie seine Mutter ihnen früher immer Popcorn mit Zucker und Zimt gemacht hatte, das sie aßen, während sie im Auto saßen und Filme schauten. Seine dauerhungrige Freundin würde dieses zuckrige

Popcorn lieben. Er bemerkte, dass Tegan ihm wieder einmal einen verstohlenen Blick zuwarf, was sie schon den ganzen Nachmittag tat, und er warf ihr ein Luftküsschen zu. Sie tat, als hätte sie es gefangen. Er wünschte sich mehr Wochenenden wie dieses, an denen er Zeit mit der Familie verbrachte, die er kaum noch kannte, und mit der Frau, die er anbetete.

Als sie schließlich das letzte Brett an seinen Platz hämmerten, fühlte sich Jett so erneuert wie das Baumhaus.

Ihr Vater legte je eine Hand auf seine und Deans Schultern und sagte: »Wir sind ein verdammt gutes Team, Jungs.«

Das waren Worte, von denen Jett nie gedacht hätte, dass er sie mal hören würde, und sie fühlten sich verdammt gut an.

Er schaute auf die Uhr und das gute Gefühl verschwand. Mit bleierner Last im Bauch zog er Tegan in die Arme, und während alle anderen sich darüber ausließen, wie toll das Baumhaus aussah, flüsterte er ihr ins Ohr: »Ich sollte mich waschen gehen, weil ich demnächst losmuss.«

Ihre Augen wurden traurig, aber sie brachte ein liebes »Okay« zustande.

Er ging ins Haus, und als er aus dem Badezimmer kam, verließ sein Vater gerade die Küche. Er sagte: »Jett, hast du kurz Zeit? Ich würde dir gern etwas zeigen.«

»Klar.« Jett folgte seinem Vater den Flur entlang in sein Arbeitszimmer. Er konnte sich nicht erinnern, wann er das letzte Mal dort gewesen war, dafür jedoch nur zu gut daran, wie sein Vater sich dort abends eingeschlossen hatte. Die Regale waren vollgepackt mit medizinischen Fachbüchern. Auf seinem Mahagonischreibtisch stapelten sich ordentlich Akten und an den Wänden hingen Familienfotos. Waren sie schon immer da gewesen? Er wusste es nicht mehr, aber dann wurde ihm klar, dass das keine Rolle spielte. Jetzt waren sie da.

»Danke, dass du mich gebeten hast, das Baumhaus nicht abzureißen«, sagte sein Vater, während er die Schreibtischschublade aufschloss. »Es war eine Herzensangelegenheit, als ich es gebaut habe, und ich bin froh, dass unsere Enkelkinder auch noch in den Spielgenuss kommen.«

»Ich wusste gar nicht, dass du es selbst gebaut hast. Ich dachte, du hättest jemanden beauftragt, der daran gearbeitet hat, während wir in der Schule waren.«

»Das hätte ich wahrscheinlich tun sollen.« Er legte den Schlüssel auf den Schreibtisch. »Ich wollte nicht, dass ihr euch so fühlt wie ich als Kind. Mein Vater hat nie Zeit mit mir verbracht. Ihn haben nur die Schulnoten und der Eindruck interessiert, den wir auf andere machten. Als ihr geboren wurdet, hatte ich die feste Absicht, der Vater zu sein, den ich mir immer gewünscht hatte. Ich wollte, dass ihr Jungs in dem Wissen aufwachst, wie sehr ich euch liebe und wie wichtig ihr für mich seid. Ich wollte euch in euren Träumen unterstützen, ganz egal wie realistisch oder albern sie waren. Das habe ich gründlich vermasselt, als du ein Teenager warst, und auch für eine halbe Ewigkeit danach, aber darauf will ich gar nicht weiter herumreiten. Ihr Jungs habt damals sehr überzeugend argumentiert, warum ihr unbedingt ein Baumhaus braucht. Doug hat mir erklärt, dass ihr drei Privatsphäre braucht, doch du warst deutlich emotionaler.« Er imitierte eine kindlich-hohe Stimme: »Komm schon, Dad. Weißt du nicht mehr, wie es war, ein Kind zu sein? Wir brauchen eine Festung, ein Hauptquartier, um unsere Abenteuer zu planen.«

»Daran erinnere ich mich«, sagte Jett und versuchte, seine Gefühle unter Kontrolle zu halten.

»Du warst so verdammt niedlich. Und Dean? Der wollte nur, dass du und Doug bekommt, was euch glücklich macht, also hat er mich mit seinen ernsten Augen angesehen und gesagt: ›Bitte, Daddy?‹«

»Immer der Friedensstifter«, meinte Jett.

»Ja, er war immer auf Frieden aus. Ich hatte keine Ahnung, wie man ein Baumhaus baut, aber ihr habt mich damals angesehen, als könnte ich alles. Ich sag dir mal was, mein Junge. Es gibt keine größere Freude und keinen größeren Druck, als den Erwartungen seiner Kinder gerecht zu werden. Ich wollte dieses Baumhaus mehr als alles andere in meinem Leben bauen. Aber ich hatte noch nie einen Hammer in der Hand gehabt und war eine totale Niete darin.«

Jett lachte leise. »Du lernst offenbar schnell, heute hast du den Hammer wie ein Profi geschwungen.«

»Dafür sollte ich mich bei Mitch bedanken. Er und ich haben das Baumhaus zusammen spät abends gebaut, nachdem ihr Jungs im Bett wart. Volle zwei Wochen haben wir dafür gebraucht, und ich war fix und alle. Doch ich hatte das Gefühl, endlich etwas richtig gemacht zu haben.«

»Du hast damals eine Menge richtig gemacht, Dad.« Es fühlte sich gut an, das auszusprechen, sich unter dem Schmerz herauszuarbeiten. »Du hast auch danach vieles richtig gemacht, und es tut mir leid, dass ich dir nie eine Chance gegeben habe. Das versuche ich jetzt zu ändern.«

Emotionen glommen in den Augen seines Vaters auf. »Danke, mein Junge.«

»Zu wissen, dass du dir nach einem langen Arbeitstag und den Abenden mit uns noch so viel Mühe gemacht hast, bedeutet mir viel. Das klingt wahrscheinlich albern, aber danke, dass wir dir wichtig genug dafür waren.«

»Ich würde ja sagen, dass Väter das eben so machen, doch wir wissen beide, dass das nicht auf alle Väter zutrifft. Also sage ich, dass es das ist, was Väter tun sollten. Aber ich wollte dir etwas zeigen, und ich hoffe, du wirst nicht sauer. Ich werde allerdings auch nicht jünger, und ich möchte die Gelegenheit nicht verpassen, dir das hier zu geben.« Er holte Jetts alte blaue Baseball-Sammelmappe aus der Schublade.

Jett ließ sich auf einen der Besucherstühle vor dem Schreibtisch sinken und konnte nur fassungslos auf die mit Stickern übersäte Mappe starren. Sein Vater holte auch die mit Stickern beklebte Holzkiste mit dem Rest seiner Sammlung heraus und Jett blieb die Luft weg.

Douglas umrundete den Schreibtisch und stellte das Ganze vor Jett. »Es hat mir das Herz gebrochen, als deine Mutter mir erzählte, dass du sie weggeworfen hast.« Tränen stiegen ihm in die Augen, er schluckte schwer und wandte sich ab, um seine Gefühle wieder unter Kontrolle zu bringen.

Jett folgte seinem Beispiel, war sich jedoch sicher, dass der Schmerz in seiner Brust ihn umbringen würde.

Als sich ihre Blicke wieder trafen, schimmerten die Augen seines Vaters feucht. »Ich konnte das nicht zulassen. Mir war klar, dass du uns damit wegwirfst, und ich konnte einfach nicht …«

»Ich wollte nicht …« Jett versagte die Stimme, als seine Gefühle ihn übermannten. Er räusperte sich und setzte sich aufrechter hin, hatte aber weiterhin Schwierigkeiten beim Sprechen. »Ich dachte nicht … Ich war ein dummer, kleiner Junge, Dad.«

»Nein, das warst du nicht. Deshalb warst du so lange wütend auf mich, weil du intelligent bist, Jett. Ich weiß, dass du mir nicht traust, dass ich nicht wieder zu einem selbstsüchtigen Mistkerl werde. An manchen Tagen traue ich mir selbst auch nicht, aber ich versuche es.«

Jett hörte sich genau diese Worte zu Dean und Tegan sagen. Er klammerte sich an die Armlehnen des Stuhls, um sich gegen die Emotionen zu wappnen, die durch ihn hindurchrauschten und ihn aus der Bahn warfen. Er deutete mit dem Kopf auf die Holzkiste. »Sind sie alle noch da?«

Sein Vater nickte. »Ja.«

Jett legte eine Hand auf die Mappe, neigte den Kopf zur Seite und schaute seinem Vater in die Augen. »Lust, sie durchzuschauen?«

»Was glaubst du denn?«

Jett schlug die Mappe auf und wurde von Nostalgie überrollt. In jede Plastikseite waren neun Baseballkarten eingesteckt, die er und sein Vater zusammen gekauft und katalogisiert hatten. Sie begannen, die Karten einzeln durchzusehen, sich gegenseitig über die Statistiken abzufragen und die Momente noch einmal zu erleben, in denen sie bestimmte Karten entdeckt hatten. Jett fühlte sich, als wäre er in der Zeit zurückgereist, als wären all diese schrecklichen Jahre nie passiert. Als sie sich dem Ende der Mappe näherten und sein Vater nach der Holzkiste griff, wurde Jett mit einem Mal klar, dass es nie um die Karten gegangen war. Es ging um ihre Verbindung. Und Mann, hatte er das vermisst.

»Ich hab sie gefunden«, brüllte Emery und spähte ins Arbeitszimmer. »Jett, du musst los, sonst verpasst du deinen Flieger!«

Jett fluchte leise, klappte die Mappe zu und stand auf. »Tut mir leid, Dad. Kannst du die für mich aufbewahren?«

»Aber natürlich«, sagte sein Vater. »Ich bin stolz auf dich. Hol dir diese Übernahme und zeig diesem größenwahnsinnigen Kind, warum du der König bist.«

Jett nickte und umarmte ihn kurz. Er biss die Zähne zusammen, als er das Büro verließ. »Danke, Emery«, sagte er im Vorbeigehen.

Tegan kam ihm mit seiner Mutter und den anderen im Flur entgegen. Frust machte sich in ihm breit. Er wollte nicht von ihr weg und jetzt wollte er auch nicht mehr von seiner Familie weg.

»Wie können wir helfen?«, fragte seine Mutter.

Jett schaute auf seine Armbanduhr. *Fuck.* Er musste ganz dringend los. »Dean, ist es immer noch okay für dich, Tegs nach Hause zu bringen?«

»Wir kümmern uns um sie«, antwortete sein Bruder.

Tegan scheuchte ihn zur Haustür. »Ich komme schon heim, aber du musst wirklich los.«

»Nicht ohne Abschiedskuss, Jetty«, sagte seine Großmutter. »Meine Tage sind womöglich schon gezählt, weißt du?«

»Gram, es ist schwer genug, mich überhaupt zu verabschieden.« Er beugte sich vor und gab ihr einen Kuss auf die Wange. »Ich bin zurück in ... Verdammt. Ich habe ganz vergessen, euch zu sagen, dass ich länger in London bleiben muss, wahrscheinlich sechs bis acht Wochen. Es sind einige Probleme aufgetaucht und es ist ... Ich habe keine andere Wahl.«

Seine Mutter zählte an ihren Fingern ab. »Oh nein, dann verpasst du ja das Galadinner der Stiftung. Und Doug und Susie.«

Schuldgefühle fuhren ihm wie ein Messer in den Bauch. »Tut mir leid, Mom. Ich rufe Doug an und sage es ihm selbst.« Er wandte sich seinem Vater zu und sagte: »Es tut mir leid, Dad. Ich wollte wirklich dabei sein. Das war ernst gemeint, als ich zugesagt habe.«

»Und wieder die gleiche Leier«, sagte Dean.

Jett starrte ihn finster an. »Echt jetzt, Dean? Ich habe gerade den ganzen Tag hier verbracht und du kommst mir mit dem Scheiß?«

»Nicht fluchen, Jett«, ermahnte ihn seine Mutter.

»Lass es gut sein, Dean«, meinte sein Vater. »Wir verstehen das, Jett. Es ist nicht wie früher. Wir wissen, dass das keine Ausrede ist, um wegzubleiben.«

Doch Jetts Blick blieb fest auf Dean gerichtet, denn der sah aus, als würde er jeden Moment explodieren. »Wenn du was zu sagen hast, dann jetzt, Dean, ich muss nämlich einen Deal abschließen.«

»Natürlich musst du das«, brachte Dean zornig hervor. »Du sagst, du vertraust Dad nicht, dass er sich wirklich geändert hat? Schau mal in den Spiegel, Jett. Seine Veränderung hält jetzt schon deutlich länger als deine.« Damit wandte er sich ab und stürmte zur Hintertür hinaus.

Emery rannte ihm hinterher.

»Oh je. Da wären wir wieder …«, sagte Rose.

Jett wollte Dean hinterher, aber sein Vater packte ihn am Arm. »Lass es gut sein. Er hat es nicht so gemeint. Er wird sich wieder beruhigen.«

Tegan sah Jett an, als wäre sie hin- und hergerissen zwischen Weinen und Schreien, was ihn bis ins Mark traf. Wahrscheinlich wollte sie ihm auch gerne eine verpassen, weil er die Gala der Stiftung verpasste. Das war alles zu viel auf einmal, und er konnte nichts davon ändern, ohne seinen Flug zu verpassen.

»Ich muss los.« Er verabschiedete sich kurz von seinen Eltern und seiner Großmutter und ging mit Tegan nach draußen.

»Alles okay?«, fragte sie, als er sie in die Arme zog.

»Ja.« Das Wort schmeckte bitter. »Ich hasse es, dass ich

nicht hierbleiben kann, und jetzt ist Dean auch noch angepisst. Das ist alles ganz großer Mist. Tut mir leid, Baby. Soll ich dir ein Taxi rufen, das dich nach Hause bringt?«

Sie schaute zu ihm hoch. »Ich komme klar. Versprochen. Du hattest einen schönen Tag. Wir alle hatten einen schönen Tag. Genieß das. Denke daran, während du dich darauf vorbereitest, deinen nächsten großen Deal zu jagen.«

»Ich werde dich so unendlich vermissen.« Er küsste sie und drückte sie fest an sich.

»Ich dich auch.« Ihr versagte die Stimme. »Ich habe mir geschworen, nicht zu weinen. Du musst hier weg, bevor ich die Beherrschung verliere.«

Gott. Er kam sich wie ein Monster vor. »Ich rufe dich an, sobald ich in Boston bin, wenn ich zwischen den Flügen Zeit habe.« Er umfasste ihr Gesicht mit beiden Händen und küsste sie erneut. »Du bist mein Zuhause, Baby. Denk daran. Nicht weinen.«

»Geh«, sagte sie zittrig und schob ihn Richtung Auto.

Er hasste das so sehr. »Ich werde von dir träumen«, sagte er, als er ins Auto stieg.

»Was Versautes, hoffe ich.« Tränen liefen ihr über die Wangen.

Er biss die Zähne zusammen und zwang sich, loszufahren.

Tegan schaute Jetts Auto hinterher, bis es um die Ecke verschwand. Sie schäumte innerlich vor Wut auf Dean. Rasch wischte sie sich über die Augen und redete sich gut zu, dass sie lieber einen Spaziergang machen und etwas Dampf ablassen sollte, doch sie war stinksauer. Nichts konnte ihren Zorn herunterkühlen, und sie nahm nichts um sich herum wahr, als sie wieder in den Garten marschierte. Ihr Blick fiel auf Emery – und auf Dean, der mit ihr vor dem Schuppen auf und ab tigerte.

Tegan überquerte die Rasenfläche und nahm ganz am Rand wahr, dass jemand ihren Namen rief, als sie sich Dean in den Weg stellte. »Was zum Teufel sollte das?«

Er verengte die Augen zu Schlitzen.

»Hey, das ist mein Mann, mit dem du da redest«, sagte Emery. »Pass auf, was du sagst.«

»Es tut mir leid, Emery. Aber niemand sonst scheint zu sehen, was für mich so offensichtlich ist.« Sie wandte sich wieder Dean zu. »Dein Bruder ist die ganze Nacht durchgeflogen, um herzukommen. Heute Morgen hat er vermutlich auch kein Auge zugemacht und er hat den ganzen Tag geschuftet. Er war nett, witzig und voll da. Er hat keine Anrufe entgegengenommen oder E-Mails gecheckt. Wie kannst du es wagen, ihm Vorwürfe zu machen, weil er zurück zu seinem Job muss? Ich mag dich, Dean, aber was glaubst du, wer du bist? Du sitzt da arrogant auf deinem hohen Ross, knallst Jett alles vor den Latz, was er deiner Meinung nach falsch macht, und ich weiß nicht, wie du auf die Idee kommst, dass du auch nur einen Deut besser bist. Ich weiß, dass er sich in der Vergangenheit oft zurückgezogen und in Arbeit vergraben hat, aber er tut absolut alles dafür, sich für eure Familie zu ändern. Was tust du, um der Familie zu helfen, wieder zusammenzufinden?«

Deans Nasenflügel blähten sich wie bei einem Stier, der zum Angriff ansetzte. Ihr war klar, dass sie ihn anbrüllte und dass seine Eltern und Rose sie beobachteten, doch sie konnte nicht aufhören, alles rauszulassen, was sie bisher zurückgehalten hatte.

»Hast du ihn auch nur ein einziges Mal besucht? Ich höre nur ständig, dass Jett nicht oft genug nach Hause kommt und dass er zu viel arbeitet. Warum muss immer er sich bemühen? Dein Resort ist im Winter nicht voll ausgelastet. Was machst du in diesen Monaten? Warum steigst du da nicht in ein Flugzeug, um Zeit mit ihm zu verbringen? Hast du eine Ahnung, wie anstrengend es für ihn ist, unter Zeitdruck herzukommen?« Tränen liefen ihr über die Wangen und sie zitterte am ganzen Körper, aber sie musste das loswerden. »Dieser Mann tut so viel und bekommt von dir null Anerkennung. Es ist egal, ob es weniger ist, als du für dich und eure Familie für angemessen hältst. Er gibt sich Mühe und verdient dafür Respekt. Liebe ist kein Wettbewerb, Dean. Es geht nicht um alles oder nichts, Familie oder Arbeit oder Arbeit oder mich, das nur am Rande. In Jetts Leben ist Platz für uns alle, doch er muss erst herausfinden, wie er alles unter einen Hut bekommt, nachdem er das sein ganzes Leben lang nicht wollte. Und du solltest ihn unterstützen und lieben, damit er den Willen zum Weitermachen hat. Niemand gewinnt, wenn eine Person verliert, und je mehr du ihn wegstößt, desto schwieriger wird es für ihn, den Weg zurückzufinden. Bitte denk daran, wie sehr er sich anstrengt. Bitte sei nachsichtig mit ihm.«

»Ich bin es leid, dass Leute nachsichtig mit mir sein müssen. Vor allem du, Tegs.«

Tegan fuhr verblüfft herum und da stand tatsächlich Jett. *Oh Gott*, wie viel hatte er gehört? »Hast du deinen Flug verpasst?«

Er stellte sich neben sie und hielt den Blick fest auf Dean gerichtet. »Ich fliege nicht.«

»Aber der Carlisle-Deal?« Sie war so verwirrt, dass sich in ihrem Kopf alles drehte.

Schließlich sah er sie an, und der aufgebrachte Ausdruck in seinen Augen wurde weicher, als er sagte: »Den kann der Kleine haben, ein junger Mann, den ich vor ein paar Jahren als Mentor betreut habe.«

»Aber ...«

»Kein Aber, Baby. Ich gebe etwas weiter und kehre zu meinen Wurzeln zurück. Kein Deal der Welt könnte mich reicher machen als mit dir zusammen zu sein. Ich weiß nicht, womit ich mir das Glück verdient habe, auf diese Party zu gehen und sie mit dir wieder zu verlassen, doch ich danke Gott jeden Tag dafür. Du bist aus dem Nichts aufgetaucht, hast wie eine Sternschnuppe mein Leben erhellt und mir gezeigt, was mir gefehlt hat. Ich liebe dich, Tegs. Du bist mein Zuhause, und ich möchte nie wieder einen weißen Bikini verpassen oder tagelang, geschweige denn wochenlang, von dir getrennt sein.«

»Weißer Bikini?«, flüsterte Emery.

Tegan spürte, wie ihre Wangen glühend heiß wurden, und fragte schnell: »Was ist mit der Arbeit? Du kannst nicht einfach deine ganze Welt für mich über den Haufen werfen.«

»*Du* bist meine Welt, Sunshine. Ich gebe nicht alles auf, was ich aufgebaut habe, aber ich habe Jahre damit verbracht, die Geschäfte anderer Leute zu optimieren. Es ist an der Zeit, dass ich mich darauf konzentriere, mein eigenes Leben zu überarbeiten. Ich weiß noch nicht genau, wie sich das alles entwickeln wird, aber ich will hier bei dir sein. Ich möchte mich darauf konzentrieren, meine Gemeinde hier wieder aufzubauen und den Menschen, die früher für mich da waren, beizubringen, wie man Erfolg hat. Ich möchte mehr Zeit mit Mentoring verbringen und weniger Zeit mit Übernahmen.« Er schaute zu seinen Eltern und Rose, die alle Tränen in den Augen hatten. »Ich möchte Zeit damit verbringen, meine

Familie wieder kennenzulernen.« Er nahm Tegans Hände in seine und blickte ihr tief in die Augen. »Ich weiß nicht, ob du mich nach ein paar Monaten satthaben wirst, aber, Baby, ich bin bereit für dieses Abenteuer, wenn du es auch bist. Ich möchte weder deine Premieren noch die Stiftungsevents meines Vaters verpassen.« Er sah Dean an und sagte: »Oder die Geburt meiner Nichte oder meines Neffen.«

»Du gibst einen Multimillionen-Dollar-Deal auf?«, fragte Dean bissig.

»Ja.« Jett fixierte ihn mit einem herausfordernden Ausdruck in den Augen. »Möchtest du dazu auch noch was sagen? Denn ich bin hier, Dean, und ich gehe nirgendwohin.«

»Ja, ich habe dazu was zu sagen.« Deans Kiefermuskeln traten angespannt hervor.

»Dean«, flehte Emery und legte ihm eine Hand auf den Arm.

Die erstaunliche Fähigkeit, zu starren ohne zu blinzeln, musste den Masters in den Genen liegen, denn für eine gefühlte Ewigkeit bewegte keiner der beiden Männer auch nur einen Muskel.

»Stur wie die Esel, alle beide«, sagte Rose.

Dean ging auf Jett zu, der die Schultern straffte, einen Arm schützend vor Tegan hielt und sie sanft ein paar Schritte zurückschob.

Als Dean die Hand hob, riefen alle gleichzeitig: »Jett!« – »Dean!« – »Jungs!«

Und Dean sagte: »Willkommen zu Hause, A-loch.«

Jett packte Deans Hand, zog ihn an sich und klopfte ihm fest auf den Rücken. »Pass auf, was du dir wünschst, Vollpfosten.«

Fünfunddreißig

Tegan zog ihre Shorts an und eilte auf der Suche nach ihren Sandalen in den Wandschrank. Noch immer rann ihr ein leichtes Kribbeln über den Rücken, wenn sie Jetts Kleidung und Schuhe zwischen ihren eigenen sah. Drei magische, abenteuerliche Monate waren vergangen, seit Jett beschlossen hatte, sein Leben zu ändern und sich voll und ganz auf die Beziehung zu ihr und zu seiner Familie einzulassen. Er war zu ihr ins Cottage gezogen und sie waren glücklicher denn je. Zeit füreinander zu finden war manchmal durch das Theater und seine Arbeit kompliziert, aber Tegan würde nichts anders haben wollen. Nicht einmal an einem Morgen wie heute, an dem sie unter der Dusche übermütig geworden waren und mehr als nur ein bisschen zu spät zum Frühstück mit Jock und ihren Familien kamen. Heute Abend war die Premiere von »Bettgeflüster«, der ersten Live-Folge von Bayside Productions. Tegans Familie war angereist, um sich die Aufführung anzuschauen. Sie übernachteten im Haupthaus bei Jock, der inzwischen so eng mit Jett befreundet war, dass er den Sommer über geblieben war und nächstes Wochenende ins Resort umzog. Jock bereitete gerade ein großes Festtags-Frühstück vor, und Jetts Familie stieß im Haupthaus zu ihnen.

Tegan war wegen der Vorstellung schon ein nervliches Wrack, und jetzt würden ihre Familien bestimmt auch noch herausfinden, warum sie zu spät zum Frühstück kamen. Wie peinlich.

Aber das war es wert!

Sie ging auf alle viere und eine Sandale war schnell gefunden. Wo zum Geier war die andere? Sie ließ sich auf die Ellenbogen nach vorn sinken und spähte unter ihre Kleider.

»Beweg deinen hübschen kleinen Hintern, Sunshine, sonst ist der ganze Bacon schon …« Jett gab einen bewundernden Laut von sich und kam in den Schrank, um ihr an den Hintern zu fassen. »Vergiss den Bacon.«

Sie warf ihm über die Schulter hinweg einen finsteren Blick zu, doch in ihrem Bauch flatterten Schmetterlinge. Seine Haare waren noch nass von ihrer sexy Dusche, und er sah sie an, als wäre er bereit für eine zweite Runde.

»Hände weg von meinem Hintern, Masters. Damit hat das Ganze doch überhaupt erst angefangen.«

Jett war im Privatleben und in seinem Geschäft so aktiv wie nie zuvor. Genau wie bei Tegans Businessplan hatte er akribisch eine Strategie ausgearbeitet, um sich sein Leben zurückzuholen und sich wieder auf seine Wurzeln zu besinnen. Er hatte Büroräume in Hyannis angemietet und half Mitchell und den anderen Ladenbesitzern dabei, wieder auf die Beine zu kommen und wertvolle Strategien für ihre Unternehmen zu erlernen. Manchmal arbeitete Jett sogar in Harveys altem Büro im Haupthaus, anstatt nach Hyannis zu fahren. Doch er und Tegan waren unersättlich und an diesen Tagen kam er nicht viel zum Arbeiten. Leider hatte Jock sie schon mehr als einmal in einer kompromittierenden Situation erwischt. Wenn Tegan Jett jetzt im Homeoffice besuchte, hängten sie vorsichtshalber einen Schal an die Türklinke, man konnte ja nie wissen.

»Du hast mich mit deiner Nacktheit provoziert.« Jett setzte sich auf den Boden und zog sie mit einem lasziven Grinsen auf seinen Schoß.

Sie schlang ihre Arme um seinen Hals. »Ich habe geduscht, du warst schon fertig, weißt du noch?« Er war früh aufgestanden, um mit Dean irgendwas in Eastham abzuholen. »Hör auf, mich so anzusehen. Ich finde meine andere Sandale nicht und alle warten auf uns.«

Er küsste sie sanft. »Heute ist dein großer Tag, Sunshine. Sie erwarten, dass wir feiern.«

Die Vorstellung war bereits für den gesamten Monat ausverkauft und die heutige Folge wurde von mehreren Medien rezensiert. Es lief schon jetzt besser, als Harper und sie zu hoffen gewagt hatten.

»Oh, natürlich. Meine konservativen Eltern finden, dass zum Feiern ein schönes Abendessen und eine schicke Torte gehören, nicht, dass man sich gegenseitig vernascht und dabei dreimal kommt.«

Seine Augen verdunkelten sich. »Du weißt, dass es mich anmacht, wenn du versaute Sachen sagst.«

»Wenn du meine andere Sandale findest«, sagte sie mit ihrer verführerischsten Stimme, »lasse ich heute Abend nach der Premiere all deine schmutzigen Fantasien wahr werden. Dann wartet niemand auf uns und wir haben stundenlang Zeit zum Spielen.«

Sie hatten die geplatzte Bikini-Fantasie mehr als wettgemacht, und es so sehr genossen, dass sie angefangen hatten, sich gegenseitig versteckte Notizen zu hinterlassen, in denen sie ihre Fantasien beschrieben. Es machte ihnen Spaß, sie auszuleben, aber die Bikini-Fantasie war immer noch eine von Jetts

Favoriten. Tegan hatte Zettel von Jett in einem Becher Eis im Gefrierschrank gefunden, an der Sonnenblende im Auto ihres Onkels und sogar in ihrem Geldbeutel, um ihre Debitkarte gewickelt, was ihr sehr peinlich war, als sie die Karte im Supermarkt zum Bezahlen herausziehen wollte. Ihr Mann war sehr hinterhältig und sehr kreativ, und sie liebte es!

Sie flüsterte: »Ich trage auch den weißen Bikini«, und spürte, wie er unter ihr hart wurde.

Er gab ein Knurren von sich.

»Viel Glück!«, sagte sie und stemmte sich mit einem Kichern auf die Füße.

Er klatschte ihr auf den Hintern und kroch dann auf dem Boden herum, um ihre Sandale zu suchen, und fand sie, noch bevor Tegan den Schrank verlassen hatte. Er packte sie um die Taille, zog sie an sich und brachte sie zum Quietschen, indem er ihren Hals mit Küssen bedeckte.

»Komm schon, Sunshine. Wir sind spät dran«, neckte er sie, musste aber ebenfalls lachen und hielt sie noch immer mit einem Arm fest. So kam sie keinen Schritt von ihm weg und er triezte sie mit einem Dutzend weiterer Küsse.

Es verging kein Tag, an dem sie nicht lachten. Selbst als Jett anfangs mit Tia – die Tegan endlich in Person kennengelernt und ins Herz geschlossen hatte – und seinen Mitarbeitern neue Terminpläne ausarbeitete, hatten sie es dennoch geschafft, an den dunkleren, stressigeren Tagen für etwas Aufmunterung zu sorgen. Als bei einer der Kinderaufführungen etwas schiefgelaufen war und Tegan befürchtete, dass die enttäuschten Kunden nie wiederkommen würden, hatte Jett sie beruhigt und ihr geholfen, Notfallpläne zu erstellen, falls so etwas jemals wieder passierte. Sie waren ein großartiges Team, und jede Hürde, die sie meisterten, machte sie stärker.

Jett verpasste ihr einen Knutschfleck auf der Schulter und gab sie schließlich frei. Sie zog schnell ihre Sandalen an. »Wir sind viel zu spät dran!«

»Komm schon, meine Schöne.« Er nahm sie an der Hand und führte sie aus dem Schlafzimmer. »Wir müssen der Familie deiner Schwester und unseren Eltern erklären, warum du deine Hände nicht von mir lassen konntest.«

»Was? Das lässt du schön bleiben!«

Er grinste frech.

»Rache ist süß, weißt du«, sagte sie, während sie durch die Eingangstür des Cottages nach draußen gingen. »Du solltest dir lieber gut überlegen, wann du den Mund vielleicht lieber zum Essen benutzt.«

Es war ein warmer, leicht bewölkter Morgen, und Tegan hatte vorsichtshalber ein Zelt organisiert. Aber sie hatte ein stilles Gebet zu ihrem Onkel gesprochen, in der Hoffnung, dass er noch ein paar Strippen zog und die Sonne überredete, sich zu zeigen. Der Hausumbau sollte bis zum Jahresende abgeschlossen sein, danach brauchten sie die Zelte nicht mehr.

»Ich würde lieber an etwas Langes und Hartes in deinem Mund denken.« Er zog sie in die Arme und küsste sie wieder.

»Was ist denn heute in dich gefahren?«, fragte sie, obwohl sie die Antwort bereits kannte. Er war vor zwei Tagen von einer Geschäftsreise nach Hause gekommen und wie immer unersättlich, wenn sie eine Weile voneinander getrennt waren.

»Nur du, Baby.« Er legte einen Arm um ihre Schulter und sie nahmen den Weg durch den Garten und an der Seite des Haupthauses entlang. »Ich hasse es, nicht bei dir zu sein.«

Er reiste immer noch, jedoch nie länger als ein oder zwei Tage hier und da, jetzt, wo er den Wert virtueller Meetings erkannt hatte. Er delegierte auch mehr, was ihm zusätzliche

Zeit als Mentor und für Tegan verschaffte. Sie liebte diese Extrastunden, aber noch glücklicher war sie, dass er und seine Familie enorme Fortschritte gemacht hatten und sie sich jede Woche näherkamen. Sie hatten am Galadinner der Stiftung teilgenommen und es war ein wundervoller Abend gewesen. Außerdem hatte sie seinen Bruder Doug und dessen Frau Susie kennengelernt. Die beiden hatten bei seinen Eltern übernachtet, solange sie in der Stadt waren, und Tegan und Jett besuchten sie jeden Tag. Noch mehr Zeit verbrachten sie mit ihren Freunden. Tegan hatte herausgefunden, dass Jett eine Art Babyflüsterer war. Nicht nur Hadley liebte ihn, er hatte auch eine magische Wirkung auf Desirees und Ricks neugeborenen Sohn Aaron.

Jett blieb stehen, um einen Blick auf das Amphitheater und den Garten zu werfen, der nun in voller Blüte stand und vor Farben nur so strotzte. »Die Bühnencrew und Caterer werden bald hier sein, und dann steht meine Freundin zusammen mit ihrer Geschäftspartnerin auf dieser Bühne und hält eine Rede zur Premiere des allerersten Stücks. Das ist dein besonderer Tag, Tegs, und ich bin so stolz auf dich.«

»Danke. Ich bin auch stolz auf mich. Kaum zu glauben, dass mein Onkel schon seit einem Jahr tot ist. In dieser Zeit hat sich mein ganzes Leben verändert.«

Jett zog sie in seine Arme. »Jock hat mir erzählt, dass Harvey immer davon überzeugt war, dass du hier glücklich wirst. Nach allem, was ihr über deinen Onkel erzählt habt, glaube ich, dass er dich hierhergebracht hat, damit du mir hilfst, auch glücklich zu werden.«

»Ich liebe es, wie du denkst.«

»Und ich liebe alles an dir.« Doch als er gerade die Lippen auf ihre senken wollte, kam ihr Neffe Billy kichernd um die

Hausecke gerannt.

»Ich war's nicht!«, rief Billy, während er mit ausgestreckten Armen auf sie zu rannte und etwas in seinen Fäusten umklammert hielt. Die Anglermütze, die Jett ihm im Mai geschenkt hatte, als ihre Familie zur Premiere des Kinderprogramms gekommen war, flog ihm vom Kopf. Sein Hemd und seine Shorts waren mit Post-its übersät.

»Billy, nicht!«, schrie Melody und jagte ihrem kleinen Bruder hinterher. Ihre langen dunklen Haare flatterten hinter ihr her. Sie war ein dünnes kleines Ding mit schlaksigen Armen und Beinen und zu Cicis großem Bedauern hatte sie nur vor sehr wenig Angst. »Du kriegst so viel Ärger!«

»Oh, oh.« Jett lief auf Billy zu, während Cici und Cooper an Melody vorbei gesprintet kamen. Billy lachte so heftig, dass ihm Spucke übers Kinn lief.

»William Wild, bleib sofort stehen!«, schrie Cici und brachte Billy damit noch mehr zum Lachen. Er wich Jett aus, der ihn packen wollte.

»Was ist hier los?«, rief Tegan, während Billy die Gruppe weiter hinter sich herjagen ließ.

Cooper erwischte ihn Sekunden, bevor er Tegan erreichte und schwang ihn hoch über seinen Kopf. »Du kleiner Schlingel! Was haben wir dir gesagt?«

»Du steckst in großen Schwierigkeiten, Mister!«, sagte Cici, die sich die Seite hielt und versuchte, wieder zu Atem zu kommen. »Tut mir wirklich leid, Jett.«

»Was tut dir leid?«, fragte Tegan.

»Tegan! Tegan!«, schrie Billy und schüttelte die Fäuste in ihre Richtung.

Tegan trat auf ihn zu. »Ich bin doch hier, Kumpel.«

Billy streckte ihr schwungvoll die Hände hin, doch alle

anderen brüllten plötzlich: »Nein!« Er öffnete die Finger und Post-its flogen durch die Luft.

Tegan hatte keine Ahnung, warum alle so in Panik waren. Es war ihr egal, ob er was von ihren Büromaterialien gemopst hatte. Sie versuchte, die Haftnotizen aufzufangen, aber Cici und Jett schubsten sie zur Seite und versuchten, die Post-its aus der Luft und vom Gras zu fischen.

Tegan warf die Hände in die Luft und rief: »Ihr seid doch alle verrückt! Ich gehe rein.«

»Billy!« Cooper setzte den Jungen auf seine Hüfte und sagte: »Warum hast du das gemacht?«

»Ich habe ihm gesagt, er soll es nicht tun, Daddy! Ich habe versucht, ihn aufzuhalten!«, rief Melody, als Tegan an ihr vorbeiging.

Sie entdeckte Haftnotizen, die auf dem Boden verstreut lagen, doch noch während sie sich bückte, um sie aufzuheben, machte Jett einen Hechtsprung an ihr vorbei. Sein großer Körper schlug mit einem dumpfen Geräusch auf dem Boden auf und er blieb über den Haftnotizen liegen. Jetzt wollte sie erst recht wissen, was los war. Sie entdeckte einen weiteren Post-it etwas weiter entfernt und schnappte ihn sich. Flüchtig fing sie Jetts Blick auf, bevor er ihr nachsetzte. Sie schrie auf und rannte mit dem Zettel in der Hand hysterisch lachend zur Vorderseite des Hauses. Cici und ihre Familie folgten ihnen. Melody und Billy riefen ihren Namen, aber sie hatte nicht vor, langsamer zu werden. Jett packte sie am Rücken ihres Shirts, doch sie riss sich los und bog um die Hausecke in den Vorgarten, als gerade Jock und der Rest ihrer Familien aus der Haustür traten. Beim Anblick eines mit Post-its übersäten Autos in der Einfahrt blieb sie wie angewurzelt stehen, und ihre Welt wurde still. Alles wurde still, bis auf ihr wild pochendes

Herz. Dieses Auto würde sie überall erkennen, aber sie traute ihren Augen nicht.

Berta?

Sie schaute nach unten, öffnete ihre zur Faust geballte Hand, versuchte immer noch zu verstehen, was hier vor sich ging. Sie entfaltete den Zettel und war überrascht, als sie darauf *Dein edles Mahl* in Jetts kantiger Handschrift sah. Sie war verwirrt und bewegte sich wie auf Autopilot, als sie auf die Einfahrt und Berta zuging. Als sie näher kam, bemerkte sie, dass er auf jedes einzelne Post-it etwas geschrieben hatte. Sie bekam eine prickelnde Gänsehaut, als sie neben Berta – *Berta!* – stehen blieb und die Zettel las.

Wie dein Lächeln jeden Raum erhellt.

Dein Seufzen.

Dein abenteuerlustiger Geist.

Deine Liebe für mich.

Dass du immer das Gute im Menschen siehst.

Dein Lachen.

Deine Laute, wenn wir uns lieben.

Ihre Wangen wurden heiß, und ihr Blick wanderte über das Auto, das mit Hunderten von Post-its bedeckt war. Ihr Herz fühlte sich an, als würde es ihr aus der Brust springen. Sie drehte sich um und fragte: »Jett? Was ist das al…?«

Ihre Worte gingen im Schock unter, weil er sich vor ihr auf ein Knie hatte sinken lassen und sie nun anschaute, als wäre sie seine Sonne, sein Mond und seine Sterne.

Jett war in seinem ganzen Leben noch nie so nervös gewesen

wie in diesem Moment, als er vor Tegan kniete und den Ring hielt, den er für sie hatte anfertigen lassen. In ihren liebevollen Augen sah er ihre gemeinsame Zukunft. Melody und Billy standen mit ihren Eltern ein paar Meter entfernt und wirkten, als würden sie vor Aufregung gleich platzen. Cici schien den Tränen nah zu sein. Jock und der Rest ihrer Familien beobachteten sie von der Veranda aus.

Jett holte tief Luft, doch plötzlich war sein Kopf wie leer gefegt. *Mist.* Er hatte diese Rede in den letzten zwei Monaten so oft geübt und jetzt konnte er sich an kein Wort mehr erinnern. *Verdammt, verdammt, verdammt.* »So hatte ich mir den heutigen Tag nicht vorgestellt«, gab er zu, während er im Stillen betete, dass er es nicht vermasseln und sich vor ihren Familien zur Lachnummer machen würde. »Aber du hast mir beigebracht, meinem Herzen zu vertrauen, also tue ich genau das.«

Tegan legte ihm eine zitternde Hand an die Wange. Er bedeckte sie mit seiner eigenen und ihre Berührung brachte seine Worte zurück.

»Ich habe miterlebt, wie sich meine Brüder und Freunde verliebten, und ich wollte das nie für mich selbst«, sagte er und nahm ihre Hand von seinem Gesicht, um sie festhalten zu können. »Ich habe mir nicht zugetraut, ein guter Partner zu sein, geschweige denn ein Ehemann. Dann bist du an der Tankstelle aufgetaucht, wie ein Sonnenstrahl an einem der dunkelsten Tage, und das zweite Mal im Café, als würde die Welt mich zu dir führen. Du brauchtest mich nur einmal anzusehen und hast gewusst, dass ich mich verstecke. Du hast gesehen, was sonst niemand je bemerkt hat, und hast meine Krawatte gelockert, um alles, wohinter ich mich verschanzt hatte, abzustreifen, damit du mein wahres Ich sehen konntest.

Und du hast mich zu sehen bekommen, mein wahres Ich, das Gute, das Schlechte und das Verlorene. Ich dachte, das war's, aber anstatt dich abzuwenden, hast du genauer hingesehen. Du warst einfühlsam, witzig, selbstbewusst und so verdammt schön und klug, dass ich dachte, ich hätte dich mit deinen Uhrkreisen und deinen Cracker-Sandwiches mit Peperoni, Käse und Oliven nur erträumt. Baby, als du meine Krawatte gelockert hast, hast du den Weg zu einem Herzen freigemacht, von dem ich nicht einmal wusste, dass es sich öffnen kann, geschweige denn, jemanden so lieben, wie ich dich liebe. Du hast dein Licht über mich gebreitet, und plötzlich warst du alles, was ich sah, alles, was ich sehen wollte.«

Er stand auf und wischte ihr die Tränen von den Wangen, während seine eigenen Augen ebenfalls feucht wurden. »Du hast mir gezeigt, dass es in Ordnung ist, zu vertrauen und zu lieben, und du hast mir eine Welt gezeigt, die so groß und wunderbar ist, dass ich sie nie verlassen möchte. Diese Liebe, die wir geschaffen haben, ist größer und echter als alles, was ich je gekannt habe. Ich kann mir nicht vorstellen, auch nur einen Tag ohne dich an meiner Seite zu leben. Ich liebe dich, Tegs, und ich möchte ein Abenteuer für die Ewigkeit mit dir erleben. Ich möchte dein Morgen besser machen als das Heute, und ich verspreche, dass wir an jedem darauffolgenden Tag noch heller leuchten, stärker lieben und lauter lachen werden, als wir es je für möglich gehalten hätten. Willst du mich heiraten, Sunshine? Lässt du mich der Mann sein, von dem dein Onkel sich gewünscht hat, dass du ihn findest?«

Tränen liefen ihr über die Wangen, doch sie nickte und brachte ein ersticktes »Ja!« hervor.

Jubel und Applaus ertönten um sie herum, als Tegan ihre Arme um ihn schlang, und er salzige Tränen auf ihren Lippen schmeckte. Der innige Kuss wurde nur von ihrem *Ich liebe dich* unterbrochen.

Der Jubel verebbte, als er ihr den Ring an den Finger steckte und sagte: »Gelbe Diamanten in Form der Sonne, weil du mein Sonnenschein bist. Du kannst dir alle Gründe dafür durchlesen, wenn wir Berta die Post-its abgenommen haben, um mit ihr eine Spritztour zu machen.«

»Berta«, flüsterte sie unter Tränen.

»Ich habe sie komplett überholen lassen, von oben bis unten. Sie wird noch weitere fünfzehn Jahre halten, und danach werden wir sie wieder auf Vordermann bringen, denn als du mir gesagt hast, dass du sie im Garten begraben willst, wusste ich, wie sehr du sie an deiner Seite brauchst.«

Ein Durcheinander aus Glückwünschen, Pfiffen und Jubel erklang, als er sie in die Arme nahm, und in diesem Moment riss die Wolkendecke auf. Ein Sonnenstrahl traf sie wie ein Bühnenscheinwerfer, und als er die Lippen auf ihre senkte, wusste er, dass Harvey Fine auf sie herablächelte.

Bereit für die nächsten *zwei* Bayside-Bücher?

Weiterlesen für Daphnes und Jocks sowie für Chloes und Justins Liebesgeschichten! Und danach folgen auch noch Infos zu den Geschichten aus Tegans Heimatort Peaceful Harbor.

Dein nächstes Bayside-Buch spielt auf Silver Island!

Jock und Daphne finden in einer zum Dahinschmelzen schönen und prickelnden Liebesgeschichte zueinander – im ersten Band der Reihe »Die Steeles auf Silver Island«, einem Spin-off von »Bayside Summers«.

Ein Mann, der alles verloren hat und ein qualvolles Geheimnis mit sich herumträgt, eine geschiedene alleinerziehende Frau, die alles zu verlieren hat, und das kleine Mädchen, das ihnen hilft, ihre Verletzungen hinter sich zu lassen.

Justin und Chloe bekommen endlich ihr Happy End!

Bei den Wickeds an den Sandstränden von Cape Cod spielen leidenschaftliche Helden voller Beschützerinstinkt, starke Heldinnen und unverwüstliche Familienbande die Hauptrolle. Witzig, sexy und emotional!

Was haben ein frecher Biker und eine Geschäftsfrau, die Bad Boys abgeschworen hat, gemeinsam? Laut Chloe Mallery nicht viel. Doch Justin Wicked hat schon lange ein Auge auf sie geworfen und ist sich sicher, dass die unausweichliche Anziehung zwischen ihnen viel tiefer geht als nur körperliches Verlangen. Wird ihrer beider herausfordernde Vergangenheit sie zusammenschweißen oder schränkt Justins Beschützerinstinkt Chloe zu sehr in ihrer Unabhängigkeit ein?

Lust, Tegans Heimatort zu erkunden?

Verlieb dich mit den Bradens in Peaceful Harbor!

Nate Braden liebt Jewel Fisher, seit er denken kann, aber die Sache ist nicht so einfach, wie sie auf den ersten Blick scheint. Jewel ist nicht nur viel jünger als er, sondern zu allem Überfluss auch die Schwester seines besten Freundes Rick, und so hat Nate ihr seine Gefühle nie offenbart. Nun ist er nach Peaceful Harbor zurückgekehrt und Jewel ist zu einer bezaubernden jungen Frau herangewachsen, doch ihrer Liebe steht nun ein noch größeres Hindernis im Weg. Vor acht Jahren sind Nate und Rick zusammen zur Armee gegangen, doch während Nate als Kriegsheld gefeiert wird, hat Rick den Einsatz in Afghanistan nicht überlebt.

Neu bei »Love in Bloom – Herzen im Aufbruch«?

Ich hoffe, Sie hatten genauso viel Spaß mit den Freunden aus Bayside wie ich! Falls dieser Band Ihr erstes Buch aus der Reihe »Love in Bloom – Herzen im Aufbruch« ist, warten noch jede Menge Geschichten über unsere sexy, selbstbewussten und loyalen Heldinnen und Helden auf Sie.

Bayside Summers ist nur eine der Serien aus meiner großen Sammlung von Liebesromanen mit Tiefgang, Humor und Happy-End-Garantie. In allen Büchern finden Sie eine abgeschlossene Geschichte, die auch für sich allein gelesen werden kann. Figuren aus den einzelnen Serien und Büchern der weitverzweigten »Love in Bloom – Herzen im Aufbruch«-Familien tauchen immer wieder auch in den anderen Bänden auf. So verpassen Sie nie eine Verlobung, eine Hochzeit oder eine Geburt. Wenn Sie mögen, lernen Sie doch auch die anderen Serien der Reihe kennen! Eine vollständige Liste aller auf Deutsch erschienenen und geplanten Bücher gibt es am Ende des Buches und unter dem folgenden Link finden Sie weitere Informationen:

www.MelissaFoster.com/Herzen-im-Aufbruch

Danksagung

Falls das Ihr erstes *Bayside*-Buch war, warten noch eine Menge *Bayside*- und *Seaside*-Geschichten! Meine Empfehlung wäre, mit *Träume in Seaside* zu beginnen. Diese Reihe leitet dann zur Bayside-Reihe über, und die Geschichte von Chloe Mallery und Justin Wicked ist der erste Band der neuen Reihe *Die Wickeds: Dark Knights von Bayside*. Ich hoffe sehr, dass diese Bücher Ihnen auch gefallen!

Als ich Jock Steele und seine Familie kennenlernte, wusste ich, dass ihre Geschichten erzählt werden müssen. Daher ist Daphnes und Jocks Buch das erste der Reihe *Die Steeles auf Silver Island* geworden. Ich freue mich riesig, diese neue Familie vorzustellen. Sie sind die Cousins und Cousinen der »Original-Steeles« (Reggie, Jesse, Brent, Shea, Finn und Fiona), an die Sie sich vielleicht noch erinnern aus dem Buch *Bei Aufprall Liebe*, Jake Bradens und Fiona Steeles Geschichte. Ich freue mich schon darauf, all diese Geschichten zu schreiben, einschließlich der von all den Bayside-Freunden, besonders von Rowan und seiner Tochter Joni.

Bücher werden nicht in einem Vakuum geschrieben, und ich bin mit einer großen Zahl von beständigen Personen gesegnet, die mich inspirieren und mich unterstützen. Alle zu erwähnen, die während meiner Fünfzehn-Stunden-Schreibtage einen Eindruck in meinem Leben hinterlassen haben, wäre schlicht unmöglich. Ich schätze euch alle sehr. Einen besonderen Dank möchte ich aber meiner Freundin Lisa Posillico-

Filipe aussprechen, die wie ein Familienmitglied für mich geworden ist. Mit vierhundertfünfzig Seiten ist Tegans und Jetts Buch, das längste, das ich jemals geschrieben habe. Dabei gab es mehrere Momente, in denen ich eine Menge gutes Zureden gebraucht habe, und du, Lisa, warst immer für mich da. Ohne deine Unterstützung wäre ich wahrscheinlich verrückt geworden. Danke, dass du an meine Fähigkeit, Geschichten zu erzählen, geglaubt und mich nicht gehauen hast, als ich beschloss, dass Tegan auch noch eine Reise nach L.A. braucht, obwohl das Manuskript schon so lang war. Ich bin so froh, dass wir es am Ende beide geliebt haben!

Nichts ist aufregender für mich, als von meinen Fans zu hören und zu wissen, dass Sie meine Geschichten genauso gerne lesen, wie ich sie schreibe. Sollten Sie meinem Fanclub noch nicht beigetreten sein, finden Sie diesen auf Facebook. Wir sind eine lustige Truppe, unterhalten uns über Bücher und Mitglieder erhalten exklusive Vorab-Einblicke in anstehende Veröffentlichungen. www.Facebook.com/groups/MelissaFoster Fans

Ein riesengroßes Dankeschön geht an mein akribisches und talentiertes Redaktionsteam: Kristen Weber, Penina Lopez, Elaini Caruso, Juliette Hill, Lynn Mullan und Justinn Harrison sowie auf deutscher Seite Stefanie Kersten, Stephanie Schottenhamel und Judith Zimmer – danke für alles, was ihr für mich und unsere Leserschaft tut. Und wie immer bin ich meiner Familie unendlich dankbar dafür, dass sie mir ermöglicht, unsere wunderbaren Buchwelten zu erschaffen.

Bei Ankunft Liebe
Im Zweifel Liebe
Bei Rückkehr Liebe
Trotz allem Liebe
Bei Aufprall Liebe

Die Bradens (Peaceful Harbor)

Geheilte Herzen
Voller Einsatz für die Liebe
Liebe gegen den Strom
Vereinte Herzen
Melodie der Liebe
Sieg für die Liebe
Endlich Liebe – ein Braden-Flirt

Die Bradens & Montgomerys (Pleasant Hill – Oak Falls)

Von der Liebe umarmt
Alles für die Liebe
Pfade der Liebe
Wilde Herzen
Schenk mir dein Herz
Der Liebe auf der Spur
Verrückt nach Liebe
Liebe süß und sündig
Und dann kam die Liebe
Eine unerwartete Liebe
Verliebt in Mr. Bad

Die Bradens (Ridgeport)

Gut gespielt, Mr. Perfect
Hochachtungsvoll, Mr. Braden

Die Remingtons

Spiel der Herzen
Im Dschungel der Liebe
Herzen in Flammen
Herzen im Schnee
Liebe zwischen den Zeilen
Von der Liebe berührt

Die Ryders

Von der Liebe bestimmt
Von der Liebe erobert
Von der Liebe verführt
Von der Liebe gerettet
Von der Liebe gefunden

Seaside Summers

Träume in Seaside
Herzen in Seaside
Hoffnung in Seaside
Geheimnisse in Seaside
Nächte in Seaside
Herzklopfen in Seaside
Sehnsucht in Seaside
Geflüster in Seaside
Sternenhimmel über Seaside

Bayside Summers

Sommernächte in Bayside
Verführung in Bayside
Sommerhitze in Bayside
Neuanfang in Bayside
Mondschein in Bayside
Versuchung in Bayside

Die Steeles auf Silver Island

Herzen in Versuchung
Meine wahre Liebe
Erobert von der Liebe
Immer mit dir

Die Whiskeys: Dark Knights aus Peaceful Harbor

Tru Blue – Im Herzen stark
Truly, Madly, Whiskey – Für immer und ganz
Driving Whiskey Wild – Herz über Kopf
Wicked Whiskey Love – Ganz und gar Liebe
Mad About Moon – Verrückt nach dir
Taming My Whiskey – Im Herzen wild
The Gritty Truth – Kein Blick zurück
In For A Penny – Süßes Glück
Running on Diesel – Harte Zeiten für die Liebe

Die Wickeds: Dark Knights von Bayside

Ein kleines bisschen Wicked
Das Wicked-Nachspiel

Verrückte Wicked-Liebe
Die Wicked-Wahrheit

Die Whiskeys: Dark Knights von der Redemption Ranch

Immer Ärger mit Whiskey
Sullys Befreiung
Um Whiskeys willen
Der Geschmack von Whiskey
Liebe, Lügen und Whiskey
Meine Whiskey-Erlösung

...

Entdecken Sie Melissa Fosters Bücher auch auf:
www.MelissaFoster.com/Herzen-im-Aufbruch